KALIL & BASKER

E O BRACELETE DE TONÅRING

1ª Edição

São Paulo - 2018

LARANJA ● ORIGINAL

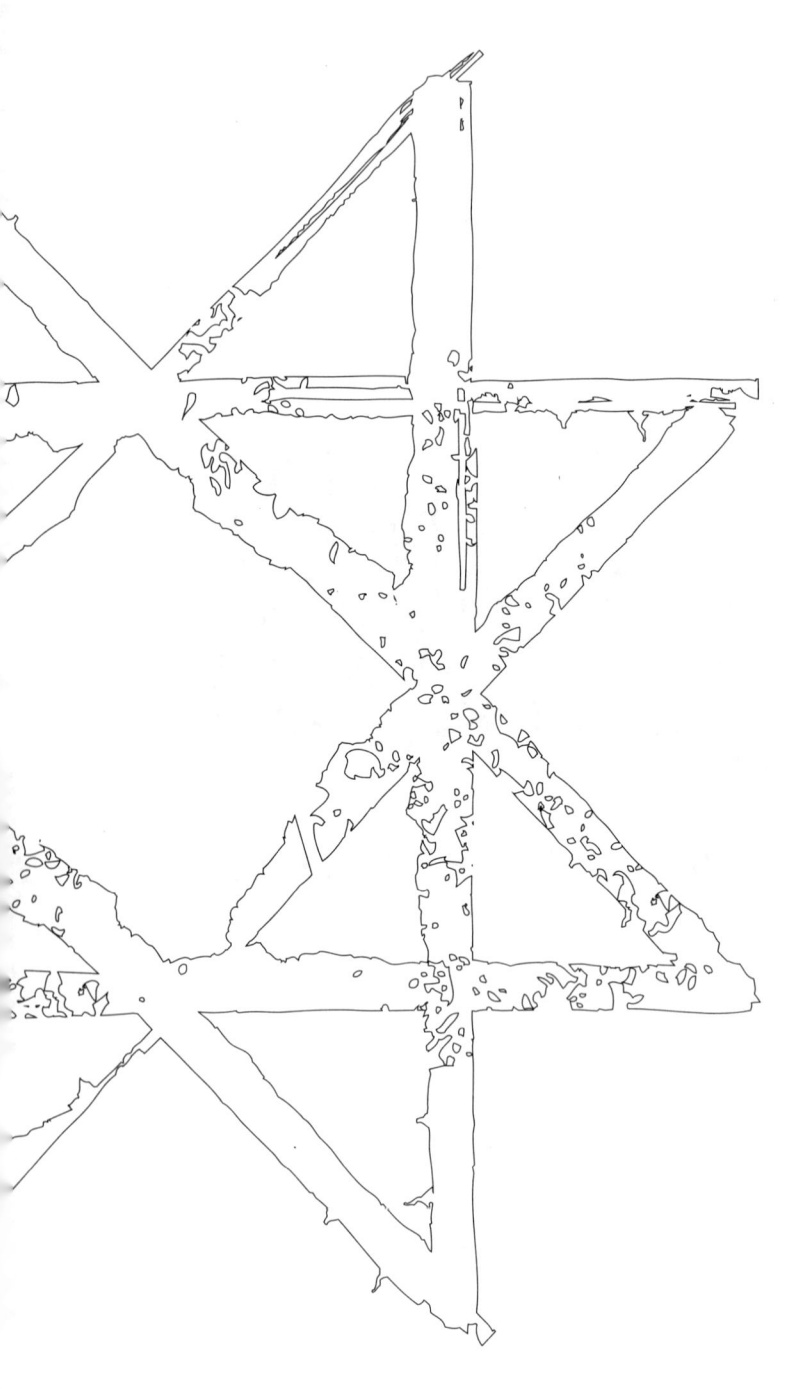

*A Gui, Keko, Renata e
José Kalil. Vocês estão em cada
página da minha história.*
J.E. KALIL

*Dedico este livro a três grandes
magos da minha vida:
Gustavo, Marcos e Arriaga*
N. BASKER

# Parte I

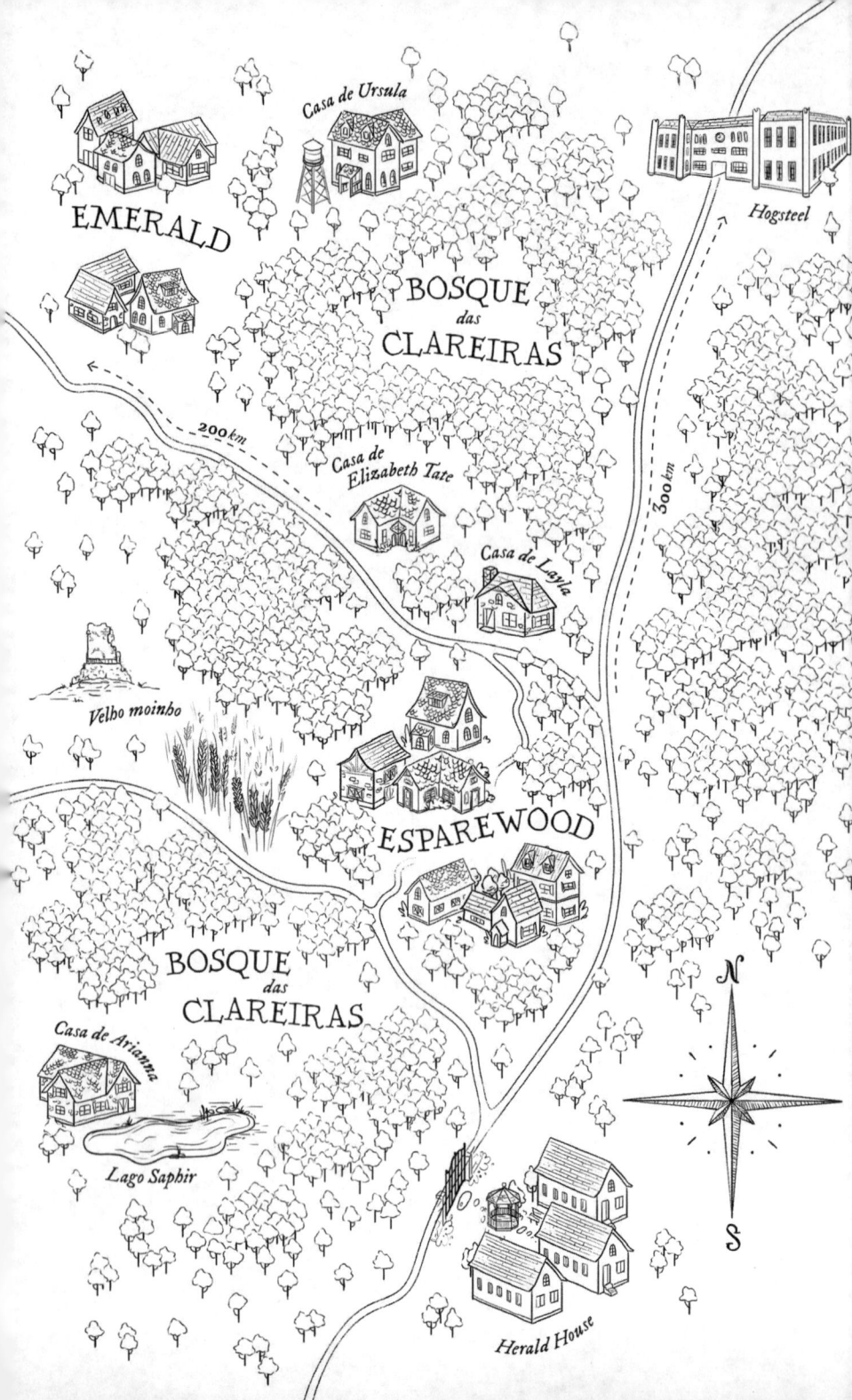

# Prólogo

O poste de luz aparecia multiplicado nas poças e a névoa recobria as paredes das casas e dos jardins, deixando tudo com um mesmo tom metálico. Pássaros noturnos não se intimidavam, e o barulho estridente dos pios abria caminho para a figura que surgia na linha do horizonte, em meio à bruma. A cada passo dado em direção à rua Byron, a sombra que se formava na contraluz aumentava de tamanho, enquanto as botas de salto alto batiam forte como o tambor de algum povo ancestral.

Em frente ao número 78, os passos cessaram, e a longa capa com capuz formou um triângulo pousado na calçada. O tecido negro foi se abrindo na lateral, lembrando asas de um morcego, enquanto os braços finos, ali embaixo, revelavam o objeto ovalado que traziam.

– Então é aqui, minha pequena. Os Ross não estão à sua espera, mas a sua presença não passará despercebida. Como a de nenhum de nós...

O cesto foi colocado com cautela, devagar, mas as mãos não tremiam nem por um segundo, muito menos demonstravam qualquer hesitação. Com o movimento, um trecho do antebraço da mulher, muito alvo, apareceu, assim como um bracelete não apenas colocado, mas entranhado na carne. No pequeno moisés, o vime e o forro de cetim eram escuros e contrastavam com o rostinho que, lá dentro, buscava posição entre as cobertas.

Uma rajada de vento envolveu aquela presença misteriosa, que se virou de forma brusca, formando com a capa um círculo em seu redor. Os pequenos olhos negros do bebê nem ao menos piscaram quando viram a figura feminina, que antes lhe oferecia um pouco de calor, se distanciar. O ser, tão frágil, estava entregue a sua própria sorte na soleira de uma porta, no bairro mais à oeste daquela cidade.

A lua ainda não havia aparecido e o telhado não deixava que a luz da rua chegasse até os degraus. Tampouco havia proteção contra os ventos gelados do inverno, e mesmo assim a boca da criança, quase sem cor, não emitiu nem um som, nem um gemido, nem quando as mãos de dedos longos colocaram, embaixo de seu corpinho, um objeto metálico e um envelope. Ali estavam as indicações que precisavam ser entregues. Sem elas, a menina não teria a menor chance de sobreviver.

Logo o confortável silêncio seria quebrado.

Quando se preparava para tocar a campainha e escapar, a enigmática mulher se retesou diante do ruído vindo do fim da rua, contrastando com a mudez do bebê.

O som do pneu atritando contra o asfalto rasgou o ar e o carro que apontou na curva começou a vir no sentido da casa. Segundo o planejamento, o próximo passo seria tocar a campainha, escondida no meio das trepadeiras, e sair dali por entre os arbustos laterais. Mas a luz rodopiante em cima do carro chegou antes, alterando o que havia sido cuidadosamente programado.

Ela se postou diante da criança, a fim de escondê-la, enquanto via o carro estacionar. O facho giratório tingia seu rosto ora de azul, ora de vermelho, afastando a proteção da noite escura. Mais uma luz, agora vinda de uma lanterna, incidiu diretamente sobre o corpo coberto pelo tecido negro, revelando as mãos crispadas e os lábios cerrados.

O homem parecia do tipo volumoso, estatura média, mas ainda não era possível ver as feições por trás daquela luz irritante. Qualquer movimento suspeito poderia atrapalhar a ordem das coisas, então ela buscou relaxar o corpo, suavizar a expressão e, em sua mente ardilosa, ensaiar os trechos do discurso: "Estou voltando de uma visita à casa de umas amigas, levei minha filhinha", "Só estou com dificuldade de encontrar a chave, o senhor não precisa se preocupar", "Nossa, já é tão tarde? Nem reparei... Sempre acontece quando jogamos bridge...!". As ideias surgiam e se encaixavam, mas o policial cortou bruscamente a sucessão de pensamentos.

– Senhora?
– Boa noite, eu...
– Esta casa é sua?
– É a casa do meu cunhado, estou chegando, mas não encontro as chaves.

O som das folhas amassadas e a luz instável vindo em sua direção fizeram com que ela endireitasse a postura e, assim que a lanterna foi abaixada, pôde ver o rosto redondo, o bigode e os olhos pequenos do policial. O distintivo estava bem polido e brilhou quando ele apontou o facho para o próprio peito como uma forma de se apresentar.

– Sou o oficial Christopher Ryan, responsável pela ronda desta região. Algum problema?
– Não – respondeu ela. – Só... as chaves... estou voltando da casa de uma amiga e...

Não demorou muito para que o policial percebesse que a mulher não trazia bolsa nenhuma e que, com o volume lateral da capa preta, tentava esconder o cesto que se equilibrava nas dobras do capacho.

– A senhora se importaria se eu... – ele direcionou a luz para o rostinho emoldurado pela coberta, que assistia a tudo impassível.
– Senhor, não se preocupe, eu só estou tentando entrar em casa.
– Não é o que parece.

O policial tentou avançar, mas a mulher o bloqueou, posicionando-se entre ele e a soleira. De súbito, começou um choro agudo, causado pela claridade da lanterna. O alarme havia sido dado e era preciso agir com rapidez.

– Afaste-se – a voz veio da suspeita, para espanto do oficial.

– A senhora quer ser presa por desacato? Saia da minha frente, quero ver o que está se passando com essa criança!

A segunda tentativa de avanço por parte dele também foi interceptada, dessa vez por mãos que grudaram em seu peito com uma força além do esperado. Muito além.

Em um reflexo imediato, Christopher Ryan virou-se para trás, em direção ao rádio do carro, seu único canal de comunicação, mas teve dificuldade para andar, como se estivesse plasmado em uma superfície gelatinosa. Quando tentou alcançar a arma no coldre, sentiu então uma dor lancinante, acompanhada de um som craquelado. Eram seus dedos, que haviam sido esmagados contra o revólver.

– O que é você? – perguntou ele, estupefato, quase sem voz, tentando remanejar a arma para sua mão esquerda.

– Instinto, oficial, pode me chamar de Instinto.

O homem arregalou os olhos quando percebeu as unhas da mulher se alongando consideravelmente e penetrando em sua carne. A dor confirmava que não era uma alucinação. Percebeu que a luz do andar de cima se acendeu e, com ela, a esperança. Em breve chegaria ajuda, provavelmente do verdadeiro dono da casa, que já dava mostras de ter acordado.

Mas Christopher estava enganado. Antes que pudesse lançar um olhar para a porta, foi içado do chão por uma força sobre-humana e sentiu os próprios pés rodando vertiginosamente a alguns metros do solo. A luz se transformava em um traço contínuo nos olhos dele à medida que era lançado para longe, como uma bala de canhão, de encontro ao conjunto de árvores que ladeava o bosque.

Seria a última vez que o policial Ryan faria sua ronda noturna pelas pacatas ruas de Esparewood.

A altivez da figura esguia se fez presente mais uma vez. O poder do grupo ao qual ela pertencia era superior, e não seria aquele policial idiota que impediria os planos traçados. Por seus cálculos, o corpo arredondado e aquele bigode beirando o ridículo só seriam encontrados no dia seguinte, já misturados ao trabalho noturno das formigas.

Morloch se orgulharia dela.

O choro do bebê ficou mais alto, e a luz no interior da casa foi se expandindo até chegar à sala, no andar térreo. Finalmente, a maçaneta da entrada principal começou a ser girada de forma hesitante. Já era tarde demais. Quando a porta se abriu, havia apenas um cesto deixado na noite turva, sem qualquer explicação, nem qualquer presença humana. Um estranho silêncio completava a cena, trazendo muitas perguntas e nenhuma resposta.

A figura de manto negro, dentro de um carro de polícia agora discreto, sem luzes ou sons, estacionado um pouco antes da esquina, observava tudo. Sabia que muito em breve estaria bem longe dali. As mãos de longas unhas seguravam um distintivo com restos de tecido tingidos de vermelho escuro. No rosto, um sorriso de orgulho por aquela pequena e soberana criatura dentro do moisés.

Hora de desaparecer sem deixar vestígios. O furo no peito do policial ocupava o lugar de uma última e mórbida condecoração, e não demoraria para o corpo de Christopher, no meio das árvores, funcionar como o delator do próprio assassinato.

# Capítulo 1

Esparewood, uma pacata cidade ao norte da Inglaterra, não se destacava por seu tamanho, por sua história ou por seus campos férteis no passado, mas que, naqueles dias, mal serviam para a plantação do feno que alimentava os animais. Com exceção do Bosque das Clareiras, que circundava toda a cidade como um mar envolvendo uma ilha, tudo era mediano, comum e até um pouco óbvio em suas praças e ruas. Para se ter uma ideia, o último cidadão local que conquistara alguma projeção foi um jogador de críquete, Phil Abbot, em 1962. Ainda assim, a cidade mantinha o ar puro, áreas arborizadas e um acesso simples e rápido ao centro comercial, à escola e ao supermercado. Para alguém sem grandes ambições, era o local ideal para viver. Ou para morrer.

Jasper Ross havia herdado o sobrado modesto de seus pais e morava ali com o irmão mais velho. A casa, simples por fora, modesta por dentro, não deixava de ser confortável. Os móveis antigos eram verdadeiras relíquias para os dois irmãos que perderam os pais cedo e viam, em cada sofá puído, em cada madeira escurecida pelo tempo, em cada xícara guardada na cristaleira, um pouco do olhar complacente da mãe e da força acolhedora do pai. Era um casal simpático, querido pela vizinhança e, por eles terem morrido exatamente no mesmo dia, ainda relativamente jovens, despertaram a comoção da cidade. Orientados pelo tutor destacado pela prefeitura, os dois irmãos foram para a escola do exército, até como forma de terem a estrutura necessária para construir suas vidas.

Richard, o primogênito, era o mais falante, buscava formas de estar com as pessoas e de ser útil nas diversas atividades. Era independente para tomar decisões, mas ao mesmo tempo sempre levava em conta a opinião de seu irmão. Além disso, não era do tipo que sabia dizer não para as namoradas, e tinha uma queda por, digamos, "garotas problemáticas".

Jasper era mais contido, mas nem por isso deixava de agradar as pessoas com seu modo observador e seu jeito prático de resolver problemas. Gostava de estudar estratégias, treinar balística e jogar xadrez. Para ele, os sons dos tiros soavam naturais, enquanto para o irmão mais velho eram motivo de alerta. A verdade é que, enquanto Jasper gostava de proteger as pessoas, Richard tinha vocação para cuidar delas, e, entre as atividades do exército, as de que menos gostava eram as que envolviam armas. Encontrou uma solução: apresentou-se na enfermaria como assistente e ali, mesmo fora de seus horários de serviço, especializou-se em suturas, no tratamento de queimaduras e, após algum tempo, tendo conquistado a confiança dos médicos e dos enfermeiros, até prescrevia medicamentos e fazia consultas informais. Cada um a seu estilo, os Ross se destacavam perante os colegas, e eram sempre os primeiros a ser requisitados para os treinamentos.

Esparewood era uma cidade tranquila, e batalhas pareciam realidades tão hipotéticas e distantes que a escola do exército não chegava a se diferenciar das demais, a não ser pelos exercícios de campo e pelo estudo das armas e dos equipamentos de guerra.

Quando os rapazes fizeram dezoito anos, tiveram autonomia para lidar com seus próprios bens e decidiram reformar o sobrado, cujas paredes ainda pareciam abraçar os momentos passados ao lado dos pais. Tudo caminhava bem e os dois viviam em harmonia, até que Richard começou a sair mais à noite, a passar muitas horas sem dar notícia e a andar pela casa com um olhar perdido e um sorriso solto.

Em pouco tempo Jasper entendeu que seu irmão estava enganchado com alguém.

— Posso saber quem é a felizarda? — embora em tom de brincadeira, o irmão caçula não escondia que estava enciumado.

— Uma mulher linda. Você vai conhecê-la em breve.
— Tão linda quanto Charlotte?
— Por favor...
— Já sei, não devemos falar sobre ela — Jasper franziu a testa e baixou os olhos.
— Não quero mais tristezas, nem pessoas que se vão sem deixar vestígios.
— Talvez ela tenha motivos para ter ido — a melancolia parecia dominar o mais novo dos Ross.
— Não tente defendê-la, Jasper. Eu posso ter um filho perdido por aí. Já imaginou a seriedade disso? Ela roubou meu sonho de ser pai. Meu maior sonho.
— Vocês eram muito jovens e você ainda tem tempo. Pode ter muitos filhos.
— Quer saber? Não posso mais pensar em partidas — Richard fez um movimento com a mão, como se estivesse espantando moscas —, por isso quero te contar dessa moça. Ela acabou de chegar.
— É de fora da cidade?
— É, veio de longe. Encontrei-a na estrada quando cruzava as fronteiras em sua caminhonete. Veio me pedir informações sobre um hotel.
— Um hotel? Em Esparewood? Essa foi boa! Você indicou para ela o...
— ...Summer Lodge, claro, e seus quartos horríveis. Não tive opção.
— E essa criatura tem um nome?
— Arianna. O nome dela é Arianna King.

Ninguém sabe ao certo se foi pela paixão ou pela genuína vontade de ajudar uma mulher sem moradia e sem posses, mas Richard resolveu se casar e mudar com a esposa para uma pequena propriedade, também da família, no lago Saphir.

Para Jasper, tanto o casamento às pressas como a decisão do irmão de ir para aquele lugar soturno, esquecido até mesmo pelos pais enquanto estavam vivos, não eram atitudes sensatas. Nunca entendera as escolhas de Richard, mas, desta vez, ele tinha ido longe demais. Aquela região feia e lodosa não oferecia nenhum atrativo, e a atividade que ele decidiu fazer também não tinha nenhum futuro.

— Jasper, você sabe muito bem como nosso soldo chega a ser ridículo, não dá para ter uma família de verdade assim. A ideia do matadouro é boa, sim. Os animais estão se multiplicando rápido, fiz um bom investimento e sei cuidar deles.

Richard ia diariamente a Esparewood, para as atividades no quartel, e, pelo menos duas vezes por semana, passava no sobrado para falar com o irmão e contar de seus avanços.

— Uma família de verdade? Sua esposa nem ao menos se interessa em ajudar.

— Ela é uma pessoa exigente, Jasper. Eu sei que tem defeitos, mas concordou em morar comigo em Saphir. Imagine, uma mulher como ela... — Richard olhava o vazio, relembrando o belo rosto da esposa. — É claro que está do meu lado.

— Vamos vender esta casa, então, Doc — Richard havia ganhado o apelido no exército, quando fazia as vezes de médico, e Jasper se acostumara a chamá-lo assim mesmo dentro de casa. Muitas vezes, o apelido, uma forma carinhosa de se referir ao irmão, também era uma tática que Jasper adotava para convencê-lo.

— Vender esta casa? A casa dos nossos pais? Nunca! É a única memória que temos deles. Você fica aqui e cuida de tudo. Vou me organizar, tentar transformar o sítio em algo interessante para a venda; quem sabe algum frigorífico se interessa? Estamos quase nos anos 80, Esparewood está crescendo!

Mas Jasper sempre tivera mais os pés no chão do que o irmão. Ele sabia que a casa no lago era pequena e se localizava na única porção menos úmida do terreno. A varanda estreita mal comportava a rede que se estendia pelos dois pilares que seguravam o telhado, e o jardim sempre se inundava de lama durante as chuvas, impedindo a grama de se expandir. O galpão dos abates ficava próximo e o cheiro de sangue que escorria todas as manhãs parecia se locomover pelo ar, impregnando a madeira crua das paredes. Até concordava que, aos poucos, os negócios estavam melhorando, mas o trabalho era excessivo e desgastante.

Richard coordenava dois empregados temporários, gente que tinha cruzado o bosque em busca de sustento e se contentava com qualquer tipo de atividade. Trabalho por aquelas bandas era algo difícil de arrumar. Além de alimentarem os animais, os rapazes faziam o corte, a sangria e a venda nas redondezas. Mas, no fundo, era o proprietário quem mais trabalhava, fazendo jornada dupla no quartel e na propriedade, que fornecia cabras e porcos para mercados periféricos.

Tudo caminhava bem e o sustento começava a se transformar em um pequeno lucro quando a notícia que ninguém esperava chegou como uma flecha: Richard e Jasper precisariam ir a combate, na guerra do istmo de St. Régis, lutando pela ordem nas fronteiras. O caçula iria compor a linha de frente, enquanto Richard ficaria na retaguarda e montaria a enfermaria de campanha.

Foi então que tudo começou a ruir para Richard. De um lado, havia a chance de aplicar, na prática, seus melhores dons profissionais, cuidando de eventuais feridos e evitando dores maiores para os soldados; por outro, havia Arianna e seu longo cabelo negro, a mulher que o atraíra de forma avassaladora e o transformara em um ser obcecado em fazê-la feliz. Tudo o que ele queria era uma família, e aquela esposa encantadora, com os olhos profundos e a boca desenhada com perfeição, parecia corresponder perfeitamente a seus ideais.

Mas, naquele momento, partindo para uma guerra que não escolhera, Richard não podia oferecer nada, e ainda precisava dela para segurar os negócios e cuidar do matadouro até que ele voltasse. Não havia mais ninguém com quem pudessem contar. Arianna, por sua vez, não sabia nem queria trabalhar com nada daquilo. Suas habilidades administrativas eram pífias, e quando visitava o galpão não tinha qualquer voz de comando com os funcionários, apenas os provocava com suas belas formas e seu cabelo de granito. Ainda assim, gostava de ir até lá. Ficava hipnotizada pelos rios de sangue que vazavam pelas canaletas.

O istmo de St. Régis estava localizado na região Norte, e o governo se orgulhou das poucas baixas durante a batalha em que foi considerado vitorioso, abrindo definitivamente o canal, que estava ocupado por incansáveis rebeldes regionalistas. Claro que os relatos noticiados pelos jornais e pela televisão não consideravam os inúmeros feridos, como o próprio Jasper Ross, que, além de ter ficado com uma das pernas comprometida por um tiro que levou na parte inferior, perdeu parcialmente a audição, pelos fortes estampidos das bombas lançadas em direção ao inimigo.

Dos cerca de vinte soldados que morreram, três eram próximos de Jasper Ross. Seu amigo Thomas se arriscara demais ao não respeitar o toque de recolher e fora morto no corpo a corpo pelo rebelde que estava de guarda próximo ao acampamento. O colega do tempo de escola, Phibes, pegara uma infecção depois de várias noites em vigília, e seu corpo, já magro e debilitado, não conseguira esperar pelos remédios enviados pelas equipes de suporte.

Mas a notícia que fez Jasper se jogar no chão e transformar a terra seca em lama com suas lágrimas inconsoláveis foi a que chegou na primeira claridade da madrugada. Hudson, um colega de tropa que havia se tornado amigo íntimo dos Ross em pleno acampamento de guerra, puxou a lona de sua barraca com a prontidão que só o estado de alerta pode trazer. Viera cumprir a pior tarefa para um soldado: trazer a notícia de uma morte. A morte de Richard.

Vestindo a calça verde, mas ainda sem o casaco e as botas, Jasper saiu desesperado pela terra batida até o gramado onde a tenda de seu irmão estava montada. Mas já não havia mais ninguém ali.

– Por quê? Por que isso agora? Por que Richard? – o rapaz se desesperava, mas nada mais podia fazer enquanto via seu último vínculo familiar sendo levado pela maca. O governo prometeu que os corpos retornariam a suas cidades de origem para receberem as tratativas funerárias.

O primogênito dos Ross fora encontrado banhado em sangue, morto com um furo na altura do coração. A bala que supostamente o atingiu não estava no corpo e nunca foi encontrada. A lona da barraca estava intacta e todos estranharam o ataque feito a ele justo naquela data. Era uma noite de trégua, quando os dois lados recebiam provisões extras, e, graças à chegada da equipe de suporte, podiam conversar e até ouvir um pouco de música com antigos radinhos de pilha. Os carregadores, que trouxeram mais comida e munições, contavam histórias engraçadas, enquanto as enfermeiras, que vinham em auxílio dos feridos, lembravam de cenas emocionantes, como os momentos em que tiveram de carregar homens altos e pesados com seus braços franzinos.

A volta para a casa onde fora criado foi dolorosa, e Jasper percebeu que nunca mais seria o mesmo. Ao se olhar no espelho, notou que seus lábios estavam mais rijos, reforçando os vincos nas laterais da boca. Sua tristeza aumentou ainda mais quando foi até a casa do lago para dar a notícia à cunhada. Assim que passou pela cerca caindo aos pedaços e sentiu a lama grudando debaixo de suas botas, percebeu que Arianna havia abandonado tudo.

Os animais, antes presos no cercado, haviam fugido, ou, talvez, tivessem sido levados pelos dois funcionários. A única coisa que restava era o cheiro de sangue impregnado nas vigas de madeira. A caminhonete também não estava no recinto.

A casa estava arrumada e, entre os pouquíssimos móveis – em número muito inferior ao que se recordava que tinham –, estavam a escrivaninha e, sobre ela, uma espátula de abrir envelopes que pertencera a seu pai. Era um belo objeto, mas a lâmina de prata estava escurecida, e por isso mesmo pouco visível em meio a papéis pardos e cadernos de contabilidade. Jasper decidiu levar a lembrança consigo. Queria limpá-la e guardá-la na cristaleira da família. Nesse momento, ouviu um barulho e percebeu que um dos funcionários entrava pela porta.

– O que você está fazendo aqui? – perguntou Jasper. – E o que aconteceu com os animais?

O homem estava com uma expressão assustada e disfarçava sua presença. Não era preciso um grande esforço para ligar os pontos e entender que a falta de objetos teria a ver com ele. Jasper deu passos firmes em direção à porta.

– Você não tem vergonha? E de pensar que meu irmão te ofereceu sustento e trabalhou duro para manter tudo isso funcionando!

– Não é o que o senhor está pensando... Eu... eu estou indo embora daqui. Este lugar é amaldiçoado, esta casa é amaldiçoada! – o homem já se preparava para ir até a porta, mas foi detido pelos braços de Jasper.

– Amaldiçoada? Então por que está levando tudo o que tem aqui? Pode explicar? – mesmo com o problema na perna, Jasper mantinha a força e o ímpeto.

– Ela... É tudo culpa dela... Ela... não é o que parece!

– Do que você está falando, homem? – Jasper viu o empregado sair em direção a um carro velhíssimo estacionado bem próximo à soleira. A parte de trás e provavelmente o porta-malas, com a porta semiaberta, estavam lotados de móveis e caixas. No banco do passageiro, esmagavam-se uma mulher de olhos encovados e duas crianças esquálidas.

– Ei, volte aqui! – Jasper corria como podia, enquanto a perna, ainda gravemente ferida, o impedia de alcançar o carro e buscar mais respostas.

Aquela família estava indo embora para sempre, levando os móveis de Richard, talvez até suas roupas e suas armas. Mesmo assim, a única coisa que realmente passou a interessar a Jasper foi o que saiu da boca do homem. Era óbvio que se referia a Arianna. Pensou que precisava encontrar a cunhada e esclarecer tudo, incluindo seu sumiço. Pensou também que pelo menos a espátula, que trazia memórias de seu pai, e agora de seu irmão, tinha escapado da cobiça daquele ladrão sem-vergonha. Retirou-a do bolso e a observou bem de perto.

Foi aí que percebeu que, além da lâmina bem cortada e da pedra vermelha encravada em sua empunhadura, havia sobre a prata enegrecida os vestígios de uma substância de cor marrom-escuro, bem no fio do corte. Algo que até poderia ser considerado ferrugem se fosse uma lâmina qualquer, mas, sendo de metal nobre, só poderia ser tinta ou, talvez... talvez sangue envelhecido!

Somente duas semanas após o enterro, Arianna apareceu na casa dos Ross, em Esparewood. Sua aparência era surpreendentemente boa, estava mais cheia de corpo, com a pele rosada. Os olhos não revelavam inchaço, olheiras ou qualquer indício de abatimento. O ritmo do par de saltos altos logo chamou a atenção de Jasper.

– Arianna, o que significa isso? Por que você deixou as coisas chegarem a esse ponto? A propriedade em Saphir está praticamente arruinada! – Antes mesmo de a cunhada passar pela porta, ele completou: – E aqueles funcionários vagabundos depenaram a casa!

– Aquelas velharias? Ainda bem que levaram... – a mulher entrou com altivez, mantendo a pose de sempre.

– E você me aparece aqui duas semanas depois do funeral! Duas semanas! Você entendeu o que se passou com seu marido? Ou ainda está no reino da fantasia? – Jasper começava a perder o controle.

– Pelo que me consta... foi ele quem me deixou sozinha.

O homem se aproximou e levantou o dedo em direção àquele rosto impassível.

– Arianna, ele está morto! Como pode ser tão egoísta? Richard foi combater pelo seu país, não estava de férias!

– Sim, e eu também não estava de férias na "casinha encantada do lago". Aquele lodo, aqueles animais! E não estou falando apenas dos quadrúpedes... O que mais eu podia fazer? Passear naquele bosque cheio de árvores podres?

– Você abandonou tudo, Arianna! Tudo! Posso saber onde você se enfiou? Os funcionários fizeram uma verdadeira limpa, e você não parece ter esboçado a menor reação.

– Você que pensa. Fiz muita coisa – a expressão de frieza da mulher era impressionante, e Jasper sentia um alívio quando aquela cortina de cabelo escuro cobria seu rosto. – Alguns... assuntos, até que eu consegui resolver. Muito bem resolvidos, por sinal... Ou você não estranhou que só restou uma daquelas bestas humanas?

Jasper pensou que ela dispensara os funcionários, talvez os remunerando com os animais, os móveis e objetos. Teria sido injusto com aquele homem na casa do lago? Seria um pobre coitado, obrigado a se contentar com móveis velhos em vez de receber os salários em atraso? Já não sabia mais nada, apenas queria se ver livre de Arianna em sua casa – e, se possível, em sua vida. Mas ela não era o tipo de mulher que saía de cena sem deixar marcas, e não demorou a provar isso. Deu três passos até ele e o olhou de forma direta:

– Estou com um grande problema. Vim aqui para garantir que a indenização do falecido será integralmente destinada a mim.

– É dinheiro o que você quer, não é? Eu sabia! Adverti o Richard. Falei que você não era o que ele pensava – Jasper esfregava os próprios braços como se estivesse se esquentando, mas na verdade não conseguia conter a raiva, especialmente quando ela se referiu ao irmão como "falecido". Charlotte jamais diria algo assim do irmão. Por mais que tivesse errado ao partir daquela maneira, ela realmente amava Richard.

– Dá para se controlar? – ela fez um movimento com as mãos pedindo calma, o que o irritou ainda mais. – Vamos, Jasper, seu irmão se foi, e não há nada que você possa fazer, precisamos ser práticos.

– Eu sabia! Nunca vi um único olhar seu verdadeiro em direção a ele, uma palavra de afeto... Você só queria segurança... só queria um... um...

– Um otário?

– Arianna! – o homem não acreditou no que acabara de ouvir. Mas não era só o cavalheirismo que o impedia de partir para cima daquela mulher, algo estranho detinha seu avanço, como se uma força o mantivesse preso naquele espaço.

— E você e seu irmão são os bonzinhos? Quer dizer, o certo é abandonar a mulher e partir para uma guerra estúpida, em vez de cuidar da própria família. Seu irmão era sim um fraco, um...

— Cale essa sua boca ou te coloco para fora da minha casa!

— Casa que deveria ser minha, isso sim! Nem disso o Doc foi capaz, de me incluir na partilha. Um covarde!

— Esta casa é da minha família antes mesmo de termos nascido! Nada disso nunca foi seu, nem nunca será!

— Quer saber? Não vamos mais discutir. Só estou aqui para ter a certeza de que vou contar com o dinheiro. Afinal, sou a pobre viúva, não é?

Ross ficou revoltado com tamanha empáfia. Quis voar no pescoço dela. Lembrou que desde o primeiro dia implicara com aquela beleza obscura, aquele olhar altivo demais para quem não tinha onde cair morta. Ali estava a prova de que sempre estivera certo.

— Claro, claro, sra. Ross — Jasper cuspiu as palavras com a mesma ironia com que ela havia pronunciado o apelido de Richard.

— Você vai se manter às custas do meu irmão. Agora, saia daqui!

Por mais que ele se colocasse de forma agressiva, a mulher não se abalava. Mantinha-se no meio da sala como se posasse para uma foto.

— E que fique claro que esse dinheiro só vai dar para mim. Você e seu irmão sempre foram uns sovinas. Agora pelo menos vou ter alguma coisa.

Arianna movimentou-se felinamente até a janela, de onde recebia a claridade da cortina entreaberta. Foi então que Ross percebeu que o quadril dela estava mais largo, e que, na altura do abdômen, uma pequena protuberância ocupava espaço. Ainda era a mulher de corpo longilíneo que virara a cabeça de Richard. Mas, com certeza, agora era também uma mulher grávida.

# Capítulo 2

Jasper Ross estava há muito tempo sem sair do sobrado. Após os esforços físicos empreendidos na casa do lago, e depois do desgaste da conversação com Arianna, o ferimento que se assemelhava a uma erupção vulcânica piorou muito. Por conta disso, teve direito a cuidados médicos domiciliares e a uma enfermeira particular até seu completo restabelecimento. Muitas vezes, seus únicos momentos de bom humor eram justamente com aquela moça ingênua e estabanada que entrara em sua casa.

– Layla, deixe as coisas exatamente como estão! Pare de tentar arrumar a cristaleira! Ela tem coisas de família, você pode quebrar algo.

Mas a moça, vestida com um uniforme branco em formato de abajur, não largava a flanela.

– Ah, eu não quebro nada, não, sr. Ross.

– Não? E o vaso? E o copo do liquidificador? E o braço da cadeira bege?

– Ah, não, não. A cadeira já estava a um passo de quebrar. É tudo muito velho aqui, sabe? E o vaso... ah, o vaso não era tão bonito assim. Vou trazer outro da minha casa para o senhor.

A parte térrea da casa era dividida pela escada em dois retângulos, uma sala de estar e outra de jantar, bem à moda das antigas casas esparewoodianas. A enfermeira estava orientada a tratar do ferimento, mas também a ajudar nas tarefas do dia a dia do paciente. Assim, entre a limpeza de um móvel de mogno e os cuidados com uma perna ferida, Layla sempre fazia um pouco a mais do que suas funções exigiam e procurava ficar além de seu horário.

– Olhe, Layla, você já pode ir, eu estou ótimo. Está vendo aqui? – Ross levantou a barra da calça larga e desajeitada que passou a usar depois do ferimento.

– O senhor está brincando, não é? Isso aí parece um açougue em miniatura! Um horror! E estou seguindo ordens superiores – a moça, sempre sorrindo, fez uma continência.

– Ordens... eu nem recebi um comunicado. Você apareceu aqui como um fantasma. Eu, hein! Nem eu sabia que o governo poderia ser tão eficiente. Isso deve ser coisa daqueles amigos do meu irmão.

– O senhor merece! Não se preocupe com isso. O senhor não recebe nada porque eu preencho os relatórios e envio para eles, só isso.

– Olhe, eu estou falando sério. Já estou muito melhor, vou avisar lá no quartel que você está liberada.

Ross ainda era um homem jovem e de boa aparência. Ao contrário do irmão, Richard, que apresentava profundas mas charmosas entradas, o caçula era dono de uma cabeleira farta, com os fios penteados para trás, dando-lhe um ar de galã de Hollywood. A enfermeira demonstrava uma leve frustração sempre que ele sugeria dispensá-la.

– Não! Não faça isso, sr. Ross! Os meus serviços estão contratados para até o fim do verão...

– Quer parar de me chamar de senhor? Já falei mil vezes e você não aprende! Mesmo porque você não é tão mais nova do que eu...

– Sim, sen... quer dizer, sim, Ross, é verdade, só temos cinco anos de diferença. Mas mesmo nova eu sei perceber quando alguém precisa de mim – a moça aproximou-se dele, tentando se desvencilhar da timidez e assumir um traço minimamente sedutor, mas tudo o que conseguiu foi ficar engraçada, especialmente com aquelas meias brancas três-quartos e sapatos que lembravam os de um menino.

– Layla, você é uma moça bonita, inteligente, uma ótima enfermeira, não precisa ficar perdendo tempo aqui. Aposto que gostaria de fazer estágio em um bom hospital, não é?

A enfermeira manteve o "moça bonita" ressoando em seus ouvidos por alguns segundos, buscou o encosto da poltrona para se recompor, mas calculou mal a distância e quase se esborrachou no chão. Ross tentou ajudá-la, mas, quando colocou a mão em sua cintura para levantá-la, viu que o rosto da moça enrubesceu tanto que parecia tingido de vermelho. Ele não resistiu e caiu na gargalhada:
— Você está parecendo um pimentão! — o contraste do rosto com o uniforme branco e a expressão desorientada da moça tornavam a cena hilária. — Layla, já pensou você na sala de cirurgia? O doente é capaz de até ficar logo bom para não correr o risco de você cair em cima dele.
— Poxa, sr. Ross... quer dizer.. Ross. Eu sou boa enfermeira. Só fiquei um pouco nervosa — ela arrumou o uniforme e abaixou a cabeça, evitando olhar para ele de frente.
— Imagine, estou brincando. Você é ótima. Aliás, devo ser sincero e dizer que, se não fosse por você, eu talvez já estivesse com esta perna amputada.
— Seria uma perda — Layla pensou alto e arrependeu-se logo em seguida, batendo na boca.
— Sou muito grato por sua atenção — o rapaz, quase se culpando por aquela breve diversão, voltou a se acabrunhar em sua expressão costumeira.
— Por falar em atenção, é hora do seu remédio — disse ela, recuperando sua natural solicitude.
— Eu já tomei, Layla. Viu como sei me cuidar? Olhe, eu só estou pensando no seu bem. Acho que você tem que largar este sobrado sem graça e ir cuidar da sua vida, ter mais tempo para estudar, se divertir, namorar.

Ela mostrou um sorriso espontâneo, levemente esperançoso, e tentava encontrar maneiras de impedir a última coisa que queria: ir embora daquela casa. Quis usar um trunfo, qualquer um, mas errou feio na escolha.

— Sua própria cunhada falou que era melhor eu ficar... que você não estava nada bem...

— Arianna? Aquela mulher não tem nada a ver com a minha vida! Onde você a encontrou? — se até ali ele se rendera a uns poucos momentos de humor, instantaneamente se tornou o mais irascível dos seres.

— No dia em que... esteve aqui — Layla deu um passo para trás involuntariamente —, eu a encontrei no jardim, quando estava indo embora. Ela me perguntou quando minhas atividades se encerrariam. Eu falei que no fim do verão — a enfermeira tateava as palavras, tentando encontrar as mais corretas —, então ela disse: "Ainda bem. Com aquela cara, Jasper deve mesmo estar precisando de cuidados".

— Então o verão acaba de acabar. Está vendo? Não tem mais sol, e não quero mais você aqui!

Ross fechou as cortinas acinzentadas com rispidez, apagando junto a expressão desconcertada da moça. Ela pegou sua bolsa, sua maleta de equipamentos médicos e saiu, cabisbaixa. Ver a angústia de uma mulher o incomodava. Trazia lembranças de Charlotte e de seu terrível e secreto sofrimento.

Nem bem a porta bateu, o homem lamentou sua própria atitude. Layla era uma moça boa e não merecia tal tratamento. Tentou ligar para ela na segunda-feira seguinte para se desculpar, mas ninguém no quartel sabia dela, e lhe recomendaram que procurasse o Departamento de Saúde do Estado. Não iria tão a fundo. Sentia-se mal e não queria magoá-la mais.

— Pobre Layla, tão inocente... — a culpa parecia se somar às lembranças do passado, quando viu Charlotte seguindo pela estrada, chorando, sozinha. Layla tinha um quê da ingenuidade da ex-namorada de seu irmão.

Outro fato que não poderia ser esquecido era o de que aquela mulher salvara sua perna. O próprio médico responsável por seu tratamento, que nas consultas iniciais ainda mencionava os riscos de amputação, ficou maravilhado com os avanços na cicatrização dos ferimentos. Os curativos eram perfeitamente técnicos, quase tão bons quanto os de Richard. No fundo, Ross sabia que seu estado emocional é que estava comprometido. O irmão tinha morrido sem descobrir a verdade sobre Charlotte. E sua cunhada mostrava a verdadeira face.

Sabia também que as coisas estavam prestes a mudar de forma inexorável. Os tempos de companheirismo haviam acabado para sempre, assim como as esperanças de um futuro melhor, o que ele e seu irmão sonhavam desde a morte de seus pais. Percebia também quanto aquela mulher, Arianna, tinha o poder de formar uma nuvem negra a sua volta. Em qualquer tempo, em qualquer lugar.

---

Nos primeiros dias, quando Jasper voltara da campanha em St. Régis carregando muletas, com um ferimento horrível na perna esquerda, e um outro, sem previsões de cura, em seu coração, uma vizinha se ofereceu para preparar suas refeições em troca de um valor módico semanal, o que ele imediatamente aceitou. Da louça, da roupa e de pequenas tarefas do lar, ele mesmo se encarregara, ou, nos primeiros meses, pôde contar com a ajuda de Layla. Mas, naquele momento, percebendo que estava completamente só, depois de dispensar tanto a enfermeira como os alimentos que vinham da casa ao lado, entendeu que precisava retomar as rédeas de sua vida. Não precisava se preocupar com sustento ou moradia, uma vez que o soldo como reservista chegava todos os meses pontualmente em sua conta, e o sobrado continuaria sendo seu. Mas tinha apenas vinte e quatro anos, e não poderia viver isolado para sempre.

Quanto à casa do lago, decidiu passar definitivamente para o nome da viúva do irmão, especialmente depois daquela última visita. Seria tio por uma intervenção do destino, e não poderia deixar de assumir suas responsabilidades e dar conforto à mãe da criança. Richard, mesmo morto, deixara sua descendência, e isso era um assunto de família. Poderia arranjar um emprego, ou abrir um pequeno negócio para conseguir mais dinheiro, mas, antes, precisaria recuperar a vontade de sair. Três meses já tinham passado desde o funeral.

A oportunidade de ver novamente a luz do dia apareceu no domingo seguinte à despedida de Layla, no meio de uma tarde de verão. As nuvens cobriam o sol com delicadeza e o calor incentivava a um passeio. Na porta estava Hudson, uma das pessoas mais extraordinárias que conhecera. O rapaz também morava em Esparewood, mas cruzara seu caminho nas trincheiras de batalha. Tinha quase dois metros de altura, uma força física extraordinária e um temperamento peculiar, o que lhes ajudava nos muitos desafios de St. Régis. A pele de ébano era tão lisa que ninguém ousava dizer sua idade, embora fosse seguramente mais velho do que os Ross.

— Vamos, Jasper, saia desse casulo – disse o colega de exército, enquanto abria as cortinas empoeiradas. – Hoje é a homenagem aos combatentes, e o mínimo que esse governo nos deve é uma banda marcial e uma bandeira hasteada.

— Sair? E ainda vestir o uniforme? Essa batalha terminou de enterrar minha família, não vejo por que de homenagem alguma... – Jasper parecia estar grudado na cadeira, mas no fundo sabia que precisava, de um jeito ou de outro, voltar às atividades normais.

— Se está pensando que vou deixar você perder mais tempo da sua vida aí largado nessa poltrona, está muito enganado. Acho que nem ao banheiro você vai mais. Está usando penico?

Graças à insistência do amigo – que voltara ileso da guerra para os braços de suas filhas, e talvez por isso ainda continuasse a sorrir –, Jasper Ross se fardou e foi à praça Cívica. No caminho, observava o chão cimentado, esquivando-se das pombas e procurando um lugar tranquilo onde pudesse encontrar paz. Criou desculpas para ir embora mais cedo. Não estava disposto a participar do desfile, muito menos da conversa animada entabulada pelos soldados amigos de Richard e de Hudson.

Só não estava esperando a situação que viria a seguir. Uma garota de modos tímidos, com um belo vestido feito à mão, atraiu seu olhar com um magnetismo improvável. Contrariando todos os seus prognósticos, o mundo real lhe tocara mais cedo do que poderia ter suposto.

A moça era mais nova que ele, mas ao mesmo tempo revelava uma expressão sóbria que contrastava com seu rosto de menina. Jasper acompanhou cada passo, cada movimento, cada olhar que ela direcionava para os acontecimentos. Um esquilo ladrão de pipocas, a fanfarra que passava ou os botões de rosa vendidos pela florista. Era como se uma flor delicada se destacasse no burburinho da praça, alterando as prioridades de Ross. Em vez de assumir seu lugar como um dos heróis nacionais naquele evento burocrático promovido pelo governo, ele preferiu apenas olhar para aqueles olhos verdes, para as mechas daquele cabelo que, conforme a incidência da luz do sol, ora parecia loiro, ora, ruivo.

Ao lado da jovem estava uma mulher mais velha, que também acabou chamando sua atenção, mas por razões bem outras. Era espalhafatosa e, mesmo que não houvesse ninguém por perto, parecia estar falando, contando alguma anedota ou rindo sozinha. Em contraste com os movimentos retraídos daquela que parecia ser sua filha, a mulher exercia fascínio por onde passava, e os comerciantes não apenas lhe dirigiam sorrisos calorosos, mas lhe faziam ofertas especiais para que se aproximasse de suas barracas.

— O senhor só pode estar brincando: uma fatia de doce por esse preço? Com o mesmo valor, eu faço dois bolos recheados e confeitados!

— Ah, a senhora está falando porque ainda não conhece esse doce de ovos com nozes, o melhor da cidade. Eu posso dar um para você, e outro para a moça, pelo preço de um!

— Mãe, não me deixe passar vergonha... — a jovem tentou se afastar da barraca, mas foi impedida pela multidão.

— Vergonha nada, menina, a sua mãe é uma luz! — o homem de cabelo grisalho e sorriso largo não tirou os olhos da senhora loira enquanto entregava um doce para cada uma.

As duas continuaram pela trilha da praça seguidas de perto pelos passos discretos de Ross, que havia dado uma desculpa qualquer para se separar de Hudson durante a marcha oficial. Vez ou outra, a mulher mais velha se aproximava da jovem com carinho, envolvendo-a com um dos braços e apontando com o outro para um malabarista mambembe, um carrinho de algodão doce ou uma tenda repleta de badulaques de metal. Parecia que o que mais queria era incentivar a filha a se divertir.

Foi nesse mesmo dia que Ross descobriu que a dona daqueles grandes olhos verdes se chamava Emily Tate, e que chegara havia pouco, ao lado de sua mãe, Elizabeth, à cidade de Esparewood. Ele teve vontade de ir até perto dela, num ímpeto que não era próprio de sua natureza. Ainda se fosse Richard, sempre pronto a arriscar, mas, logo ele, o tranquilo, analítico e seguro Jasper? Era raro que se aproximasse de alguma mulher, embora sempre atraísse involuntariamente muitas fãs, como a enfermeira Layla. Naquele momento, contudo, parecia que algo soprava em seus ouvidos, a cabeça e o coração pulsavam no mesmo ritmo, e tudo em volta parecia ter-se apagado. A única missão daquele dia, como a de um soldado a mando de um general, seria aproximar-se daquela flor. Aquela que ainda tentava entender o que estaria se passando na praça Cívica repleta de homens vestidos de uniforme verde-oliva.

– Se a senhora me permite, posso lhe perguntar o nome de sua filha? – o rapaz, obviamente confuso, imaginou que o melhor meio de se aproximar naquela situação seria demonstrando respeito à mãe.

– E por que você não pergunta diretamente a ela? Já está bem grandinho e... Nossa! Por que você está mancando? – perguntou Elizabeth, com toda sua espontaneidade, a um Ross um tanto atônito.

– Eu... eu sou Jasper Ross, muito prazer. Sou combatente do exército e acabei sendo baleado durante a batalha de St. Régis. Minha perna, como a senhora pôde notar, ficou gravemente ferida.

– Nossa, então temos um herói aqui, minha filha. Na verdade, não entendi muito bem para que serviu aquela guerra, mas agradeço os seus serviços, soldado Jasper – Elizabeth notou um olhar levemente atravessado do rapaz e sentiu uma comichão na orelha esquerda. Resolveu sair dali antes que falasse alguma bobagem e espantasse o "peixe". – Bem, acho que vou ali ver aquela fonte enquanto vocês conversam um pouco. Imagine se eu vou ficar segurando vela... – Elizabeth fez menção de sair, mas antes puxou o braço da filha, distanciando-se um pouco de Jasper e sussurrando algo em seu ouvido: – O nome dele é Jasper.

– Já ouvi, mãe. Eu não estou surda.

– Jasper... Jas... Jota...

– Mãe, você está maluca? – a moça sempre parecia inverter os papéis, como se ela fosse a mais velha entre elas.

– Lembra-se da letra que se formou quando jogamos a casca da maçã?

– Do que estamos falando?

– Da maçã, Emily, do "jogo casamenteiro".

– Ai, mãe, aquilo é uma bobagem.

– Sempre dá certo. A tia Ursula que ensinou.

– Bom, ainda assim, a letra era um "I", não um "J" – Emily lançava olhares furtivos ao homem, que parecia analisá-las acuradamente. Não queria que ele escutasse aquela conversa absurda.

– Quer saber? Não importa a letra. Vi na sua cara que você gostou dele, e é o suficiente.

– O quê? Quem disse que eu gostei? – sussurrou Emily, com um toque de irritação.

– Eu disse! E essas suas mãos tremendo também disseram. É soldado, deve ter coisas interessantes para contar. É bem bonitinho também, não acha?

– Shhh, quieta, mãe!

Elizabeth se afastou e foi para junto do lago, onde, bem no centro, uma fonte formada por estátuas de anjos carregando ânforas fazia jorrar rios de diversas intensidades. Eram figuras jovens e belas, de longas asas, feitas de mármore barato. Depois de se certificar de que Jasper tinha se aproximado e agora conversava com Emily, a mulher se sentou no lado esquerdo de um banco vazio e começou a falar, como se dialogasse com alguém:

– E pensar como imaginam o pessoal do lado de lá... plácidos, alados... segurando ânforas... A gente bem sabe... Como? Ah, sim, bem lembrado, tem as harpas também. Imagine! Harpas! Se eles soubessem... – Elizabeth voltou a olhar para frente por alguns segundos.

O senhor dos doces passou com seu carrinho por trás dela e, avistando a cabeleira loira, preparou-se para se aproximar, mas desistiu assim que a percebeu falando sozinha. Apesar de muito simpática e charmosa, talvez não fosse boa da cabeça. Por que outra razão estaria conversando com o vazio?

– Até que eu desempenhei bem o papel de desentendida, não é? O que você achou? – Elizabeth olhava para o lado, esperando uma resposta. – Mas olhe, todos são méritos seus, viu? Foi um ótimo trabalho... O quê? Imagine, não vai ser nada de mais. Só um pouco, um pouquinho de energia bem gasta, não vai fazer mal... Vai dar tudo certo. Vamos pensar no que é importante, não é? Na criança. Essa criança precisa nascer.

Era alta madrugada, e algo muito intrigante acontecia na rua Byron. Jasper acendeu a luz do corredor e, enquanto descia os degraus com o coração acelerado, esfregando os olhos, ainda tentava organizar os pensamentos. Fosse pelo pressentimento de um perigo real, fosse pelos traumas da guerra, cada passo era um martírio. Uma briga entre arruaceiros? Um pedido de ajuda de algum mendigo? Ou um ladrão? Mas um ladrão acompanhado por um choro agudo, infantil? Isso não fazia sentido. De qualquer forma, abriu a gaveta da escrivaninha, que ficava na base da escada, e procurou sua arma. Estava bem encostada na parede do fundo, aparentemente tão cansada e fora de uso quanto seu dono, mas ainda útil para qualquer... eventualidade. Jasper jamais pensou quão fora de propósito seria ter de usá-la bem ali, em Longchamps, talvez o mais sossegado dos bairros ingleses. O simples fato de empunhá-la novamente já lhe dava arrepios.

No meio da sala, verificou cada janela e em seguida ficou estático entre as poltronas, aguçando sua audição. De frente para a porta principal, não escutou nada mais, a não ser o piar costumeiro das corujas. Engatilhou o revólver, posicionou-o em frente ao corpo e, então, rodou a maçaneta.

Além do frio intenso que açoitou seu rosto e congelou os olhos, já bem abertos, nada parecia estar errado. Talvez o "choro" fosse apenas o barulho do vento. Passou a mão nos fartos fios castanhos que lhe encobriam a testa e buscou enxergar algo em meio à escuridão. Não havia nada. Deu mais um passo e encostou com o pé direito em alguma coisa que estava pousada na soleira, interceptando o caminho. Ao olhar para o chão, deparou-se com o fim do mistério – e o começo daquela jornada que seria a mais difícil batalha de sua vida.

Um rostinho de pele branca e olhos negros agora se correspondia com ele. O bebê estava acordado e, diferentemente de Ross, não revelava nenhuma expressão de espanto. Ao contrário, parecia paciente, como se esperasse por aquele momento desde o dia de seu nascimento. O homem dobrou os joelhos e se postou ao lado do cesto, ignorando o vento que passava pelo xadrez de seu pijama aflanelado. Num impulso, colocou a mão sobre o bracinho frágil, ainda embaixo das cobertas, mas não tinha a menor ideia de como proceder naquela situação inusitada. Procurou ao menos checar se a criança estava protegida.

Não demorou para perceber que, entre as camadas de cobertas, havia um papel, um envelope. Voltou para dentro a fim de pegar os óculos no aparador ao lado da porta, e começou a ler a carta. Quando chegou ao final, ainda atônito, revirou o cesto para encontrar um objeto metálico mencionado nela. Pegou-o com reverência, mas se incomodou com o frio do metal em contato com a pele das mãos e o enfiou rapidamente no bolso.

Era necessário ler, e reler, e ler de novo, o indesejado conteúdo endereçado a ele, para que pudesse acreditar no que aquelas linhas viperinas lhe diziam. Seriam indicações verdadeiras, ou apenas uma brincadeira de mau gosto de alguém com um coração tão nefasto quanto aquelas palavras? Nem mesmo o rangido dos degraus de madeira desviou sua atenção naquele momento.

— Jasper? O que está fazendo aí embaixo a essa hora? — a voz vinha do descanso da escada.

— Vim abrir a porta — a carta aberta em suas mãos parecia sugar toda sua atenção. Sentia como se todo o entorno tivesse congelado no tempo.

— Abrir a porta? Mas são duas da manhã... — Emily descia enrolada em seu robe e cruzava a sala com o cabelo loiro solto emoldurando suas costas.

Jasper Ross viu que ela se aproximava e guardou a carta no bolso rapidamente, atrapalhando-se com os óculos. A mulher saiu pela porta com a impressão de que seu marido lhe escondia algo grave.

— Isto é um... bebê?!
— É, um bebê, Emily.
— De quem? De quem é esta criança?
— Arianna...
— É a filha dela? Mas que loucura! Largar uma criança, meu Deus! É melhor chamarmos a polícia! Vou ligar agora e...

Emily interrompeu-se ao ver a expressão vazia do marido, os olhos embaçados por trás das lentes. Ele mal podia encará-la.

— Não — disse, derrotado —, agora esse assunto é meu. E, se quiser continuar casada comigo... será um assunto nosso. Eu sinto muito.

Quando notou que as lágrimas despencavam daqueles olhos, a mulher pôde sentir a gravidade da situação. Em um ano e dois meses vivendo com Jasper, jamais o tinha visto chorar.

# Capítulo 3

Caminhar logo cedo pelas ruas arborizadas de Esparewood era hábito de Hudson, muito antes de alistar-se para a batalha de St. Régis. Na verdade, quando chegara à cidade, nos idos dos anos 70, costumava passear pelo Bosque das Clareiras, na borda mais próxima de sua casa, para observar os pássaros e ocasionalmente fazer exercícios, usando os galhos das árvores como barra e os troncos como apoio para paradas de mão. À medida que a cidade foi se expandindo, as árvores diminuíram, dando lugar a novas casas e ruas. O cenário mudou, mas o mesmo não se podia dizer da disposição de Hudson. Sua figura larga e alta marcava presença diária nas redondezas, especialmente porque não deixava de cumprimentar ninguém que estivesse por ali regando o jardim, tirando o carro da garagem ou simplesmente passando. Nem mesmo os que lhe torciam o nariz no começo resistiam por muito tempo. Logo rendiam-se às gentilezas e aos sorrisos do americano.

Sempre que andava pela rua Byron, ansiava por um contato com Jasper. Espiava pelas janelas, esticava o pescoço se houvesse alguma cortina aberta, mas já se conformara que o colega não dava as caras tão cedo pela manhã. Nem em qualquer outro horário. Raramente aparecia, saía ou convidava alguém para ir a sua casa. Por sorte, naquela sexta-feira, Hudson percebeu que Emily conversava com o leiteiro na porta, e viu ali a ocasião ideal.

— O senhor está me trazendo dois litros, mas podemos reduzir, que um já é suficiente — Emily dava as indicações enquanto tirava as moedas de sua bolsinha. — Hoje até acordei mais cedo para avisá-lo.

– Mas, sra. Ross, não há criança em casa? As minhas tomam dois litros só no café da manhã. Todo santo dia.

Emily baixou os olhos e deu um sorriso tão triste que mais parecia um pedido de socorro.

– Minha sobrinha... – Emily voltou o olhar para cima e só retornou para o leiteiro ao encontrar uma desculpa –, ela... é alérgica a leite, só isso.

– Bom dia! – o leiteiro e Emily se assustaram com a voz firme e a solidez de Hudson surgindo do nada. – Quem sabe se aproveitássemos o ar puro da manhã essa menina não teria uma saúde melhor, não é mesmo? – o cabelo cheio de pequenas ondas umedecidas pela gomalina funcionava como uma moldura para seu rosto quadrado.

– Que susto! – Emily colocou a mão no peito.

– Seu Hudson! Olha, já fiz a sua entrega de hoje – o leiteiro bateu nas costas do recém-chegado e abriu espaço para ele na conversa. – Cinco litros! Benza a Deus!

– Está vendo, Bob – Emily falou para o leiteiro, enquanto apertava a mão de Hudson –, o meu litro não vai fazer diferença. Você tem clientela cativa.

– Ah, isso é verdade, o leite vendido pelo Bob é o melhor de Esparewood. Mas hoje você se atrasou, hein?

– Foram só alguns minutos, seu Hudson! Não é todo mundo que acorda às cinco da manhã para conferir a hora que eu chego.

– Faço meus exercícios cedo, às vezes o sol ainda nem nasceu.

– Queria que Jasper tivesse um décimo de seu entusiasmo, Hudson.

– Emily, se a guerra já é um tormento simplesmente por existir, imagine quando leva uma parte de nós – Hudson por um instante trouxe a sua face resplandecente uma memória furtiva dos tempos de batalha. – Mas tenho certeza de que um dia desses ele vai lembrar que a vida vale a pena. Você vai ver!

– Espero que chegue logo esse dia, porque por enquanto ele não sai nem para ir ao mercado.

— É um caramujo, esse homem. Por mim, sairíamos para pescar neste fim de semana. Será que... — Hudson alongou o pescoço para olhar dentro da casa, mas Emily, disfarçadamente, colocou-se como um anteparo a sua frente.

— Bom, sra. Ross, volto na segunda-feira, então — Bob retornou para sua motocicleta e deu a partida, acenando para os dois. — Mas, se precisar de mais leite ou nata para as rosquinhas, é só me ligar, viu? Atendo no sábado também.

— Sim, Bob, e quase ia esquecendo de perguntar: como está Bob Jr.?

— Bem, você sabe, sra. Ross, ele não é como os outros meninos.

— Eu sei, Bob. E compreendo perfeitamente. Sinto muito por isso — ela abaixou a cabeça misturando a pena que tinha de Bob com a própria autopiedade. Era difícil lidar com uma criança diferente.

— Não, sra. Ross, a senhora não entendeu, ele é muito mais especial que os outros meninos. O meu filho tem um belo futuro pela frente!

Foram alguns segundos de silêncio, suficientes até para um pequeno mal-estar por parte de Emily e Hudson.

Logo depois, o americano se colocou em posição de continuar a conversa, pois não desistia de suas intenções de saber o que acontecia com o amigo, mas Emily não o convidava para entrar.

— Emily... já faz um tempo que queria falar disso, mas não tive oportunidade. Estou realmente preocupado com Ross — agora a voz de Hudson ganhava um tom mais baixo. — Na verdade, com todos vocês... sua sobrinha... Vocês estão precisando de algo? É verdade o que andam falando por aí? Ela tem uma doença séria? Como eu poderia ajudar?

— Muitas perguntas, Hudson, logo de manhã — mais um sorriso desolador se mostrou no rosto de Emily. — Está tudo bem, ela está bem, e Jasper, ele anda meio nervoso ultimamente, mas nada de grave, é só isso...

– Bem, não vou insistir, mas sabe onde me encontrar para qualquer coisa, certo? Lembre que sou o padrinho desse casamento.
– Sim, já faz mais de um ano...
– Vocês disseram que a lua de mel seria no verão seguinte, para dar tempo de juntarem dinheiro, mas nunca aconteceu.
– Foi tudo tão rápido. A gente nem conseguiu pensar direito... Uma criança muda tudo.
– Eu que o diga: três meninas! Daríamos um time de basquete – a voz do homem perdeu o brilho de repente –, se a mãe delas ainda estivesse aqui...
– Eu... – Emily queria consolar o amigo, mas não sabia que palavras usar –, eu sinto muito, Hudson.
– Eu sei. Ela me faz muita falta! Tenho saudades, mas também sou grato, afinal ela existiu, me deu minhas filhas, minha maior razão de viver.

Emily abriu-se num sorriso sincero. Queria ficar horas conversando com aquele homem que, por alguma mágica, conseguia encarar as coisas com tamanha leveza. Mas, acostumada que estava com a dinâmica da casa, gentilmente dispensou o amigo do marido e retomou seus afazeres domésticos. Havia muita roupa para passar, faxina para terminar e as refeições do dia esperando para serem feitas por ela na cozinha.

– Obrigada, Hudson, um bom passeio pra você. O dia vai ser longo. Se me dá licença...

Enquanto Emily entrava, o homem acenou e voltou a caminhar, agora num passo mais moroso. A expressão animada que trazia no rosto deu lugar a um vinco de preocupação que transformou seu cenho na mesma hora. Pensou em Richard, seu grande amigo, e em Jasper, o "irmãozinho" que se tornara um clandestino no próprio bairro, um recluso, uma lembrança escondida na antiga casa da rua Byron.

Emily atravessou a sala e caminhou direto para o balcão da cozinha para arrumar o café da manhã. Ao colocar a toalha de tecido xadrez, lembrava-se dos dias de recém-casada e do prazer que tinha no ritual de preparar as torradas no ponto certo, coar o café e colocar o bolo por uns minutinhos no forno para parecer feito na hora. Puxou da memória o tempo em que recebia do marido um carinhoso bom-dia assim que ele descia as escadas, e os dois se sentavam juntos, sem pressa. Jasper costumava elogiar o capricho da mesa posta e, antes do primeiro gole no café, sempre dava um beijo no rosto de Emily, envolvendo-a nos braços. Mas tudo já estava bem diferente. O relógio batia sete da manhã e ela sempre se sentia atrasada para alimentar a sobrinha.

– Isabella já comeu? – Jasper interrompeu bruscamente as lembranças de Emily, sentando-se rápido e colocando um pedaço de pão na boca.

– Ainda não – a voz dela saiu fraca. Já não escondia o desânimo por perceber que a maior preocupação dele era conferir o dia a dia da filha de Richard. – Estou terminando de preparar.

– Ótimo – respondeu ele secamente, enquanto bebericava o café.

Alguns raios do sol da manhã invadiram a janela e, de certa forma, incentivaram Emily a prosseguir com suas atividades. Talvez porque se lembrasse da mãe, que sempre insistia para que ela tomasse banhos de sol. "Energia, energia, a luz do sol tem mais energia do que podemos imaginar", dizia Elizabeth. Emily respirou fundo e colocou sobre a bandeja o pote de amoras-pretas, as torradas e uma xícara de chá com algumas gotas de *Artemisia tridentata*.

– Muito pesado... – dizia Emily a si mesma, mas num tom audível.

– O que você está carregando? Quer uma ajuda? – perguntou Ross, sem muito entusiasmo.

– Estou falando do meu dia, tanta coisa por fazer...

– Emily, eu... – antes que ele começasse a falar, Emily fez um gesto, interrompendo-o.

– O que posso fazer se ainda me surpreendo com essa dieta que damos a uma menina tão nova? – Emily olhava para a bandeja com uma expressão atônita. – Chá preto, nessa idade? Você me diz o que devo fazer, e eu faço, mas confesso a você que ando muito exausta, e mais confusa ainda, onde já se viu... Você por acaso falou com Arianna?

— Falei por telefone, e ela confirmou que não voltará tão cedo, e insistiu nesse regime alimentar, deu apenas essas instruções.

— Instruções? Ela nem quer vir ver a filha?
— Ela disse que não tem condições de criá-la.
— E nós, temos?!
— Bem, estamos conseguindo mantê-la, alimentá-la, e ela é uma doçura. Ela é filha do meu irmão, e nossa obrigação agora é cuidar dela.

Jasper proferiu essas palavras e se calou. Era a forma de dar um ponto final à conversa. Emily não insistiu mais, subindo ao quarto de Isabella com a bandeja.

Desde a madrugada em que descera aquela mesma escada, quando encontrou seu marido estanque ao lado do cestinho na soleira da porta, as responsabilidades se acumularam, e sua alegria evaporou. Jasper transformou-se num eterno sentinela. Um homem mais circunspecto, menos carinhoso, e com uma eterna dor de estômago. Ela também perdera a espontaneidade e, ultimamente, muitas vezes até sentia medo de falar com ele. De que forma ele receberia a notícia que mais cedo ou mais tarde ela teria de lhe revelar?

---

O antigo moinho, usado no tempo em que não havia estrada ligando a cidade à região do lago Saphir, já estava completamente destruído, e tudo que se podia ver eram vestígios no meio do mato. A casa de pedra, no entanto, permanecia de pé. No passado, essa construção funcionara como depósito e também como abrigo para caçadores do bosque, mas naquele momento encontrava-se em estado de total abandono. Ou, pelo menos, assim acreditavam as autoridades do distrito, que procrastinavam a demolição por mero desinteresse naquela região inóspita. A estrada terminava em um ponto específico do Bosque das Clareiras, muito antes do moinho; e, dali, era necessário caminhar por cerca de uma milha na terra lodosa, envolta em bruma.

Os faróis da caminhonete foram desligados, e a luz de uma lanterna seria, como sempre, a única aliada no trajeto até a construção. Morloch exigia que os encontros fossem noturnos, e a mulher odiava o desconforto de sujar os sapatos, molhar as meias e impregnar sua capa de umidade. Ainda assim, cumpria todas as exigências. Naquele acordo não havia concessões.

– Atrasada, de novo? – a voz era ainda mais fria que a noite outonal.

– A lama me fez vir mais devagar.

– Você reclama da lama, enquanto, para mim, cada minuto pode ser fatal – só se via uma silhueta sentada em uma espécie de trono de pedra.

– Desculpe, Morloch – o tom de confronto era mais forte que o pedido de perdão.

– Tudo está caminhando conforme combinamos?

– Ela está protegida e a transfusão, acontecendo.

– Você não deve acompanhar de perto.

– Eu sei disso. Fui lá apenas duas vezes, e vi a movimentação a uma distância segura.

Arianna buscou um lugar onde pudesse se sentar, mas os pedaços de parede desmoronados estavam repletos de fungos e de insetos noturnos. Apenas arrumou a postura e permaneceu mirando a desagradável figura.

– E quanto ao resto? Precisamos de mais Recrutados, e você é a responsável.

– Tenho agido da forma que você me orientou.

– Ótimo, esta região não tem tantos Rumados, precisamos que todos se tornem Recrutados, sem exceção.

– Não é tão fácil fazer o Rumado escolher o nosso lado.

– Depende. Há alguns que não precisam mais que uma palavra, um gesto, uma proposta.

Morloch ergueu os olhos pela primeira vez. Eram acinzentados e foscos, como se estivessem cobertos por uma fina camada de pó.

— Você é um exemplo disso, Arianna. Tinha dezoito anos e não hesitou quando foi recrutada por mim.

— Minha vida estava arruinada, não tinha nada a perder.

— Não. Não era só isso. Você sempre foi... especial. Além de optar pelas Sombras sem resistências, tinha algo que poucos têm.

— Do que você está falando?

— Sua vocação, Arianna. Você não é apenas uma Decaída.

— Nossa, que elogio. — O tom irônico também revelava curiosidade. — Nunca gostei dessa palavra mesmo...

— Você é uma Górgone. A você é permitida a manifestação das Sombras. E o uso do bracelete.

Arianna olhou para seu pulso alvo e contemplou por alguns segundos a peça prateada. O sorriso altivo trazia as lembranças do que já havia experimentado em algumas ocasiões muito especiais. Como no dia da entrega de Isabella aos Ross.

— E mais — a voz pastosa de Morloch interrompeu os pensamentos da mulher —, você tem o poder da beleza e deve usá-lo para despertar as atenções, mas é claro que só isso não basta. O processo tem seus desafios, Arianna. É preciso esforço. Você precisa assumir suas responsabilidades de Recrutadora. Os índices não estão bons.

— Não quero investir em quem não conseguirei converter definitivamente às Sombras. Não quero perder meu tempo.

— Então, lembre-se dos trunfos: pessoas passando por um momento ruim, ou aqueles que têm um gosto pela ambição e pela vingança. Esses são os principais pontos a se observar. E você pode lhes dar o direito a satisfazer um desejo. Geralmente se rendem a isso com muita facilidade.

Morloch não se levantava, cada movimento exigia mais *enits*, e ele não estava disposto a gastá-los com Arianna. Mas seus olhos, embora embaciados, pareciam se mexer com impressionante agilidade. E, naquele momento, eles pareciam fuzilar os olhos negros a sua frente.

— Posso lhe fazer uma pergunta, Morloch? — Arianna cortou o silêncio.

— Mais do que fazer perguntas, você precisa cumprir metas. Ou prefere que as coisas tomem seu curso natural?

— Não, você sabe, faço tudo pelo nosso trato. Mas é que quero entender: por que eu? Por que você precisa de mim?

— Há coisas que você não precisa entender. Tudo vai começar aqui, e isso é irrevogável. Você, uma fugitiva, uma bela fugitiva, aliás, era a peça perfeita para os planos. Especialmente por ser uma Górgone.

A risada que parecia vir da terra sempre assustava a mulher, mas ainda assim ela permaneceu firme diante da figura de cabelo desgrenhado e de pele cinzenta.

— Mas você sabe, Arianna, meu verdadeiro trunfo não é você.

— Eu sei. Você quer Isabella.

— Ela já tem todas as características dos Discípulos... Ao contrário de você, tem genes de luz. Mas precisa do convívio. Ela precisa reunir forças. E as transfusões estão acontecendo. Ela ainda será muito poderosa.

— Genes de luz? Você quer dizer...

— Richard, Arianna. O pobre Richard. Ou pensou que isso poderia ter a ver com você? — a gargalhada foi para dentro, aos solavancos, talvez pelo gasto de *enits*. — Mas não vamos falar sobre isso agora. Não vou gastar mais energia com assuntos que você não é capaz de entender.

— Eu gostaria de vê-la. É minha filha, Morloch.

Ele fechou os olhos. Era o sinal de que deveria partir. Ainda assim, respondeu friamente à requisição.

— Ainda não. Você não tem permissão. Agora são outras as suas atribuições. Você aceitou as condições quando fez o acordo comigo. Vamos precisar acompanhá-la, mas isso não será feito por você. Trate de arrumar uma informante. E rápido.

– Eu não conheço quem possa nos ajudar.

– Busque nas Sombras, Arianna. Basta buscar nas Sombras... Há muitos Rumados por aí. Faça o que tem que ser feito.

– Sim, Morloch. Farei tudo que você mandar.

Já havia acontecido algumas vezes, mas ela ainda não se acostumara ao que precisava fazer cada vez que ele partia. Era um ritual penoso, nojento e, segundo Morloch, absolutamente necessário. Ela precisava pegar os potes de barro que permaneciam em um buraco no chão, escondidos por uma tábua de madeira, e depois proceder de acordo com as regras.

A pouca luz não revelava se o que Arianna sentia nas mãos, ao retirar os recipientes do solo, eram grãos de terra ou vermes subterrâneos. Na última etapa do ritual, Arianna já não esperava por um agradecimento, até porque isso jamais saíra dos lábios descamados daquele homem agora estirado a sua frente. Ela apenas embatumou o rosto e o corpo dele com a substância pastosa e aguardou pela última respiração antes da partida.

# Capítulo 4

Já eram duas da tarde, mas as cortinas do quarto permaneciam fechadas. E assim deveriam se manter até o pôr do sol. A fresta de luz que entrava pelos cantos servia para sugerir o formato e o volume dos objetos, mas não apenas isso, também desenhava o contorno do pequeno corpo sobre a cama.

– A gente deveria levar essa menina para um passeio ao ar livre... – Emily e Jasper se aproximaram, mas não viram nenhum movimento na menina, que dormia. – Ou pelo menos abrir as janelas. Ela tem o melhor quarto, com vista para o bosque, não entendo tanta escuridão.

– Ela tem os olhos sensíveis...

– Não é assim que está no livro, Jasper. O sol é importante para...

– Esquece esse livro! – disse ele, impaciente, tentando controlar o tom da voz. – Definitivamente o *Crescendo feliz* não vai ter nada de útil para nós.

– Mas é o livro-referência! A bíblia de toda mãe de primeira viagem... – disse Emily, cabisbaixa.

– A nossa viagem é bem diferente... Isabella tem a... a tal doença... você sabe muito bem. Tanto tempo e você ainda não se acostumou? Aliás, por que você foi desenterrar esse bendito livro? Maldita hora que Hudson deu essa porcaria de presente!

Emily baixou os olhos e suspirou antes de continuar. Nenhum dos dois notou que a criança já havia aberto os olhos, mas tinha voltado a fechá-los, para não participar daquela conversa que, como a maioria das atividades naquela casa, a aborrecia.

— O pediatra disse que ela não tem nada, que poderia, sim, tomar banho de sol e fazer todas as outras coisas do *Crescendo feliz*.

— Emily, o que está crescendo é a minha irritação. E não estou nada feliz com isso. Agora vá, traga o café da manhã. Justo no dia do aniversário você vai deixá-la com fome?

— Está vendo? Antes você não falava assim comigo... — a expressão de Emily murchou e, instintivamente, ela colocou a mão sobre a barriga. Depois se dirigiu à porta e fechou-a atrás de si.

Ross se sentiu arrependido e deu um longo suspiro, mas logo se recuperou ao notar que a menina o olhava fixamente. Então tirou do bolso um pequeno objeto de metal e, com um sorriso desgastado, colocou-o na frente do rosto.

— Olhe só que bonito, Isabella. Foi sua mãe que deixou para você.

— Uma pulseira? — a voz da menina era baixa e grave.

— Isso mesmo. Você já tem três anos, já é uma mocinha, não é? — o tio pegou o braço muito branco da menina e checou o tamanho. O fecho era regulável e, devido ao pulso fino de Isabella, boa parte da corrente ficava pendurada.

— Eu gostei dela. Gosto do desenho.

— É um desenho muito bonito... Parece os que você gosta de fazer no papel. Veja como você ficou bonita! Ainda mais bonita!

Isabella, toda vaidosa, chacoalhou o pulso e teve a impressão de que o metal ganhara um brilho que não tinha antes. Jasper percebeu o mesmo brilho, e também o "sumiço" da sobra da corrente, como se ela tivesse se fundido ao punho. Nesse instante, Emily retornou ao quarto, com a bandeja nas mãos e com uma fúria que não era natural dela.

— Emily... — o tom era de conciliação —, você já deu parabéns para a Isabella?

— Parabéns? Mas sou eu que tenho de ser parabenizada, afinal sou eu que faço tudo! — bradou Emily. — Sou eu que compro as amoras e faço batatas amassadas dia após dia para ela, sou eu que acudo quando está anêmica, eu que tenho que lidar com os

caprichos dela, eu é que tenho que fazer as maiores acrobacias para explicar ao médico essa dieta esdrúxula dela...
– Uma mulher é sempre melhor em tudo isso... Grensold não tem ajudado? – o marido, bastante constrangido, tentava amenizar o descontrole de Emily.
– Claro que sim! Mas minha mãe a envia para cá uma vez por semana, você sabe muito bem; e nos outros dias? Eu contava que você pudesse me ajudar mais...
– A minha perna...
– É sempre a mesma desculpa, a sua perna! – Emily explodiu.
A menina arregalou os olhos e se sentou na beira da cama. A tia percebeu o exagero de sua própria reação e amenizou a expressão, tentando construir um sorriso.
– Sinto muito por sobrecarregá-la, tia Emily – desculpou-se, num tom firme e com um vocabulário improvável para sua idade.
– Não, Isabella, eu é que peço desculpas. Essa é uma conversa de adultos, me perdoe... Veja, quase que esqueço: hoje fiz uma geleia de amoras especialmente para você.
– Obrigada – Isabella não escondeu sua desconfiança.
– Nossa! E que pulseira bonita – Emily tentou remediar, mas olhando de viés para o marido.
– Ganhei do tio Jasper...
– É mesmo? O tio Jasper deve estar ganhando muito bem, não é? Para comprar algo tão bonito... – Emily tentava disfarçar sua indignação.
– Emily, essa pulseira foi deixada por Arianna no cesto. É o presente de três anos.
– Ah, é? E como você soube disso? E por que escondeu de mim?
– Soube porque Arianna já tinha comentado comigo, ainda quando Richard era vivo, que se trata de uma tradição na família dela. Não notou que ela também usava uma?
– Não, não notei. Você deve ter se esquecido de que só vi sua cunhada uma vez, e só de relance, quando você evitou encontrá-la na divisa do bosque...

Jasper julgou que a mulher tinha sorte de nunca ter se aproximado da cunhada. Tentou mudar de assunto:

— Emily, querida, venha, vamos deixar Isabella descansar um pouco. No fim da tarde podemos passear, o que acham?

— Sim, tio, obrigada — a delicadeza escondia seu total distanciamento.

Os dois desceram as escadas em silêncio, ambos incomodados com suas próprias atitudes e um tanto envergonhados com o episódio desconfortável, que mais e mais se repetia. O homem se sentou no sofá e num gesto automático pegou o jornal. A esposa, como de hábito, enfurnou-se na cozinha. Mas dali a pouco:

— Seu amigo Hudson veio te procurar de novo esta manhã, e eu, mais uma vez, tive que contar mentiras atrás de mentiras — Jasper abriu a boca para tentar argumentar, mas foi atropelado. — Se não é para ele, é para o pediatra, para as vizinhas, que agora também deram para controlar os hábitos da casa... Onde isso vai parar?

Ele não replicou, não havia mais nada a dizer naquele momento. Permaneceu estático, como se olhasse através do jornal, com a cabeça a muitas milhas dali, no lago Saphir, com as imagens dele e de seu irmão ainda pequenos invadindo suas memórias. Os pais, com as cadeiras de madeira dispostas lado a lado na varanda, observando, de mãos dadas, a brincadeira dos meninos.

Naquele tempo, o lago ainda não estava assoreado, e a água era limpa, com uma vegetação frondosa em volta, especialmente durante as férias de verão. Sentiu muitas saudades de Richard, e constatar que Isabella, aos três anos de idade, tivesse tão pouco da alegria e da generosidade do pai e tanta semelhança com a frieza da mãe foi desesperador. Cuidar da sobrinha sob aquelas estritas condições era uma tarefa hercúlea. A menina era polida e de comportamento contido, a ponto de aceitar ficar no quarto até o pôr do sol, mas, ainda assim, estar ao lado dela era como conviver com a sombra de Arianna. Não conseguia explicar por quê, mas sentia a mesma barreira invisível, a mesma nuvem negra que envolvia a cunhada. Apesar disso tudo, sabia que cuidar de

Isabella significava, além de sua obrigação, preservar a memória de Richard.

Jasper não tirava a razão de Emily. Desde a madrugada em que a sobrinha chegara, as coisas não andavam nada fáceis para ela. No entanto, só ele conhecia a inteira verdade da carta, e esse era mais um dos segredos que carregava.

Jasper abriu a porta e viu a mulher de jardineira jeans e camiseta listrada carregando uma pequena mala. Tudo indicava que sua sogra tinha vindo para ficar por um tempo na casa, o que servia de segundo aviso para Ross. O primeiro fora pelos inúmeros enjoos e corridas de Emily para o banheiro, do qual saía implacavelmente com a tez pálida. Nada o abalava, porém. Ele parecia não enxergar o que estava acontecendo bem debaixo de seu nariz.

– Grávida? – o homem deu um pulo da cadeira e se pôs de pé, apoiado em sua melhor perna. – Como assim? – ele acompanhava Emily, que saíra em direção ao banheirinho dos fundos.

– Ah, não acredito! – Elizabeth se irritou por ter de explicar ao genro o óbvio. – Você é doente da perna ou dos olhos? Tanto enjoo em uma mulher é o quê? Catapora?

– Meu Deus... Emily, Emily – Jasper foi atrás da esposa e a amparou quando ela saía do banheiro com um tom esverdeado no rosto. – Nós vamos ter um bebê... um bebê só nosso!

A alegria do futuro pai foi espontânea, e num rompante de entusiasmo ria em voz alta, abraçava Emily, levantava-a pela cintura, esquecendo o risco das náuseas da mulher. Abraçou a sogra como nunca tinha feito antes e ela retribuiu, envolvendo o casal como uma grande matriarca. A sala parecia outra naquela tarde. Ficou leve, a branda luminosidade do sol tingia os móveis de dourado, e o rosto de Emily ganhara um brilho especial. Levantavam um brinde à vinda do novo bebê quando, do andar de cima, ouviram um estrondo e, em seguida, estilhaços caindo.

– O que foi isso? – Elizabeth se engasgou com o susto.

— Isabella! — a perna deficiente de Ross não existia quando o assunto era a saúde e a segurança da sobrinha, e ele já estava na metade da escada em frações de segundos, enquanto Emily desmontava no sofá.

Elizabeth sentou-se no braço do estofado e pegou na mão da filha, que estava um tanto nauseada, para se recomporem juntas, mas um impulso incontrolável para saber o que acontecia no quarto não a deixou relaxar. Não se conteve.

— Mãe, você vai subir? — Elizabeth já estava ao pé da escada, estirando o corpo para tentar escutar algo lá em cima.

— Não, não, só queria ver se estava tudo bem, não se preocupe. O importante é você ficar calma, filha.

— Jasper não me passa calma nenhuma, mãe, muito pelo contrário. Ele anda estranho.

— Do que você está falando?

— Já faz um tempo... Eu ia te contar, mas achei que era coisa da minha cabeça, ou talvez uma fase que fosse passar logo. Mas foi o contrário, o comportamento piorou, ele está agressivo, seco — Emily pousou as mãos na barriga, sentindo uma pontada.

— Tenha calma, Emily. Depois vamos conversar melhor, você não precisa me esconder nada. Mas agora toda nossa atenção e energia devem estar voltadas ao querido Benjamin, para que ele nasça saudável! E essa carga de estresse com certeza não é um bom começo. O bebê sente.

— Benjamin?

— Sim, Benjamin é um ótimo nome, não acha?

Ross descia a escada com uma dificuldade que não teve quando subiu. Passou por elas sem explicação, abriu a porta da rua e saiu. Ambas se entreolharam, mas, antes que pudessem tecer qualquer comentário, ele voltou para dentro de casa segurando algo.

— Não foi nada, está tudo bem, Isabella apenas...

Jasper olhava para a boneca de plasticina que tinha nas mãos tentando entender de onde a garota tirara tanta força para jogá-la, quebrando o vidro da janela.

– Isabella arremessou isso? – Elizabeth foi até ele e pegou o brinquedo, retorcendo os lábios. – Que horror!

A mulher se espantou com o estado do brinquedo: os furinhos na cabeça da boneca, provavelmente dos chumaços de cabelo arrancados, e uns olhos foscos de acrílico com cílios só em um deles, além dos trapos que vestia, conferiam-lhe um ar diabólico.

– Essa boneca está cada dia pior – Emily, já restabelecida, levantou-se e foi até a mãe. – É melhor nos livrarmos disso.

– É... Concordo.... é melhor nos livrarmos dela... – Elizabeth disse isso com os olhos fixos em Ross, que não os sustentou por muito tempo. Ele virou o rosto e, caminhando devagar, foi até a cozinha:

– Vou varrer o quarto da Isabella, há estilhaços por todo lado...

O homem, resignado com o fim do breve momento de alegria, voltava como um soldado a suas tarefas. Por dentro também estava em cacos. Uma mulher grávida, vidros quebrados, isso lhe trazia duras lembranças.

– Me desculpe, Charlotte... – disse em voz quase inaudível para si mesmo.

---

Milena Parson, a parteira, orgulhava-se de já ter trazido à luz mais de trezentos esparewoodianos, e, embora ninguém soubesse, tinha um ritual próprio. Depois de entregar o bebê nas mãos da mãe, analisava o desenho que se formava na toalha para ler a sorte do recém-nascido. Não costumava dizer nada, mas, se algo muito estranho se revelasse, aproveitava também para benzer a casa com o raminho de ervas que sempre carregava em sua maleta.

– É uma bela criança! E já está de olhos bem abertos – a parteira não se intimidou com a fadiga de Emily e depositou o enorme bebê no peito direito dela.

– Minha mãe... você viu minha mãe? – a voz de Emily era quase um fiapo, estava assustada, mas mesmo assim agarrou a criança.

– Sim, ela acompanhou tudo, me ajudou com as toalhas e as bacias. Se é para ter ajuda, tem que ser assim. Tem avó que só atrapalha.

– Alguém falou em avó? Cadê aquela coisa fofa? – Elizabeth entrou animada no quarto, mas, ao notar o aspecto tísico da filha, exprimiu sua comoção. – Emily querida, você está muito fraca!

Nem Elizabeth nem Emily notaram que, naquele exato momento, a parteira esticava a toalha branca com que amparara o pequeno Benjamin para observar atentamente as manchas no tecido. Ela fez um barulho com a boca que não se sabia bem se era um grito ou uma risada, e arregalou os olhos em direção à cama.

– Que foi, mulher? Que cara é essa? – Elizabeth notara que Milena parecia não se preocupar com a parturiente. – Acho melhor você cuidar da minha filha, ela está mais branca do que o lençol!

– Claro que está, tendo parido um meninão desses... Mas ele... ele tem força, uma incrível força – Milena ajustava as coisas na maleta, já separando o maço de pequenos ramos verde-escuros.

– Sim, mas é com ELA que estou preocupada. Veja a palidez, suas olheiras fundas... – enquanto falava isso, lembrou-se de uma velha receita de ervas fortificantes para mães de primeira viagem, há gerações usadas pela família. – Vou fazer uma poção de ervas!

– Se escolher bem as ervas, pode mesmo ajudar – disse Milena.
– Mas não é só isso, você sabe...

Elizabeth suspirou e notou o ramalhete enrolado deixado sobre a mesinha de cabeceira. Então entendeu o recado daquela experiente senhora: o menino é que precisaria mesmo de proteção.

– Mãe... eu... estou cansada – Emily tentava manter os olhos abertos e sustentar as costinhas do bebê, que mamava, mas sentia como se estivesse cumprindo uma árdua tarefa. – Não sei se dou conta... Agora são dois...

– Filha! Onde está minha Emily de sempre? Cheia de vitalidade, aquela menina teimosa que não deixava ninguém falar o que ela deveria fazer?
– Essa não sou mais eu, mãe. As coisas mudaram. Esta casa... esta vida...
– Vou deixar vocês à vontade – Milena apanhou o ramo e se preparou para sair. – Já volto para limpar melhor o Benjamin. Posso fazer as rezas?

A nova avó assentiu com a cabeça e a mulher se dirigiu à porta do quarto, percebendo logo algo de estranho naquele ambiente. Passava os galhos de ervas nos batentes e nos objetos, pisando pé ante pé sobre o tapete estreito e comprido. Quando deparou com a porta entreaberta no fim do corredor, tremeu, tentou não se abalar com as forças que sentiu, mas acabou ferindo os próprios lábios ao mordê-los sem perceber. Arregalou os olhos e deu meia-volta, adentrando o quarto de Emily precipitadamente. Fechou a porta atrás de si, deixando mãe e filha intrigadas com seu comportamento.

– Ele já terminou de mamar? – a mulher estava aflita, enfiando as coisas desorganizadamente na maleta. – Posso terminar de arrumá-lo? Esqueci que tenho um compromisso – Milena não conseguia mentir, tampouco esconder o tremor das mãos e o pavor em seus olhos.

– Deixe que eu mesma faço isso – Elizabeth achou por bem poupar seu neto daquela vibração estranha da parteira. – Dei o primeiro banho de Emily e posso fazer o mesmo agora com Benjamin.

– Eu... me desculpe... me desculpe... – Milena estava irreconhecível em suas atitudes, agora ansiosas e mecânicas.

– Não se preocupe, eu cuido de tudo. Ela está em boas mãos.
– Espero que sim! Ela vai precisar...

A mulher desceu os degraus de dois em dois e passou como uma flecha por Ross, que esperava ansiosamente no andar de baixo.

– Ei, como foi? – perguntou ele, levantando-se e tentando abordar a senhora, que se esquivou. – Meu filho está bem? É

mesmo um menino? — Ao contrário do filho de Richard e Charlotte, que teve seu sexo revelado pelo recém-inventado ultrassom, desse ele não tinha certeza.
— Sim, um menino de quatro quilos!

A mulher, apressada demais para entender o porquê daquele novo pai ficar melancólico tão de repente, apenas saiu sem se despedir. Do outro lado da calçada, avistou no andar de cima o que parecia uma boneca feita de alabastro, um longo cabelo negro como moldura. A menina que tinha visto no corredor. Apertou o passo e nunca mais quis voltar àquela casa.

# Capítulo 5

Elizabeth assumiria a maior parte das atividades enquanto a filha estivesse de resguardo, e, pelo estado em que ela se encontrava, isso deveria durar pelo menos três meses. A matriarca pediu para se instalar no porão, não apenas porque o quarto de hóspedes agora começava a ser preparado para o bebê, como também porque, nas palavras dela, "lá embaixo tem espaço suficiente". O que realmente queria era privacidade para seus estudos e leituras. O tempo estava correndo e ela precisava de estratégias para consolidar a Profecia. Quanto a sua própria casa, Grensold cuidaria dela. Era uma boa funcionária.

– Mas por que vocês não colocam esse menino junto com a sobrinha no mesmo quarto? – Hudson, em sua primeira visita ao recém-nascido, trouxe não apenas um exagero de presentes, como também um caminhão de conselhos. – Onde já se viu? Deixar a sogra no porão?

– Hudson, não se intrometa. As crianças têm ritmos diferentes – Jasper falava com a intimidade rude dos campos de batalha.

– Ah, não vai ser a primeira sogra injustiçada da história – brincou Elizabeth, que simpatizava muito com o amigo do genro.

– Você não entende nada de crianças, Jasper – o americano sorria e pegava Benjamin no colo com intimidade. O bebê retribuía com um sincero sorriso e parecia se animar toda vez que havia mais pessoas a sua volta. – Devia ouvir quem já cuidou de três! Aliás, você já deu algum banho? Já fez papinha?

Emily, que aproveitava a folga do bebê para descansar na poltrona, apenas levantou as sobrancelhas com ironia.

– Jasper não faz nada dessas coisas, Hudson. Ele diz que a perna o impede de ficar muito tempo de pé. Não pode carregar peso também, e Benjamin já está com quase cinco quilos...

– Sim, eu vi a ferida da perna dele de perto, sei que não foi fácil – o visitante tentava elevar os ânimos e sempre dava um jeito de desfazer situações embaraçosas. – O seu marido foi um herói na batalha, Emily, ele ajudou muita gente no campo! Você sabia disso?

– Bem, uma coisa eu garanto: na batalha da cozinha e do tanque, eu ando totalmente sem reforços.

Ross não demonstrou na hora toda a irritação que sentiu com o comentário da esposa, mas, depois que Hudson foi embora, uma nova briga teve lugar naquela casa. Elizabeth tentava interceder, o que incomodava ainda mais o genro. Ela sabia bem a razão dos desentendimentos que, a partir do segundo mês de casamento, passaram a aumentar dia após dia. Só não podia mencionar suas suspeitas para Ross. Falar da vinda de Isabella era mexer com a memória de Richard.

Jasper era introspectivo e nunca fora muito generoso em luxos para Emily, mas era um bom homem, e ficava claro que algo havia se transformado desde o dia que assumira o posto de tutor de sua sobrinha. Mas talvez o que mais Elizabeth tivesse estranhado fosse o grau de ironia de sua filha, um traço novo na personalidade dela. Havia perdido a doçura e se transformado em uma figura impaciente e ansiosa. Providências precisavam ser tomadas.

– Vou buscar Isabella – Ross tomou a iniciativa, talvez com os brios feridos depois de ter sido apontado como um inútil.

O homem subiu as escadas devagar, pois no fim da tarde a dor na perna aumentava.

– Já estou aqui há mais de um mês e fico intrigada como você não percebe as coisas – Elizabeth aproveitou a rápida saída de Jasper para abordar a filha.

– Do que você está falando, mãe? – Emily trazia a sopeira fumegante para a mesa, mesmo não podendo carregar muito peso.

– O problema não é entre vocês – a mulher optou por sussurrar. – É preciso resistir. Vocês não podem cair na armadilha.

— Que armadilha? Seja mais clara!

— Energia, filha, você está sem energia, não percebe?

— Óbvio, estou cansada.

— Não, vai além disso. Quero dizer que está literalmente sem energia, isto é... Elizabeth olhou para a escada por onde Jasper e Isabella Ross desciam de mãos dadas e mudou de assunto.

— Emily, minha filha, Benjamin está dormindo há duas horas, não é melhor acordá-lo? Eu posso fazer isso e...

— Ele já está acordado — interrompeu-a Jasper. Peguei Isabella ao lado do berço, no nosso quarto.

— No quarto de vocês? — Elizabeth demonstrou uma surpresa maior que o normal. — Mas o que ela estava fazendo lá?

— Talvez brincando... — Jasper respondeu mecanicamente, sem de fato acreditar no que dizia.

— Brincando? E essa menina brinca? — Elizabeth fazia de tudo para conter o tom de acusação. — Tudo o que eu vejo é ela arrancando os últimos fios do cabelo da coitada da boneca. Já pensou se fizer o mesmo com os poucos cabelinhos do Benjamin?

— Mamãe, não diga isso — Emily interferiu. Isabella é um pouco indócil, mas tenho certeza de que não faria mal algum ao nosso Benjamin.

Se o silêncio absoluto poderia ser chamado de paz, então tudo havia terminado bem naquela refeição. Aos poucos as colheres passaram a se afundar na sopa e tilintar nos pratos, enquanto Isabella sorria, despejando um pouco de sal na mesa. Emily olhou para Jasper, esperando que repreendesse a sobrinha, mas ele apenas a puxou pelo braço e, com um sorriso forçado, retirou o saleiro de perto da menina.

Durante a refeição, Elizabeth buscou assuntos, mas todos acabavam sendo cortados por Jasper ou evitados pela criança, que parecia ignorá-la. A senhora de cabelos loiros aproveitou para analisá-la melhor. Embora estivessem morando sob o mesmo teto há quase dois meses, raramente via a menina pela casa, sendo nas refeições noturnas os únicos momentos em que se encontravam. O corpo era delicado e o rosto desenhado com harmonia, mas havia algo obscuro por trás daqueles olhos negros vitrificados. As mãos de Isabella, impassíveis e rígidas, em nada parecidas com as de uma criança, pousavam entrelaçadas sobre a mesa, enquanto o pulso trazia um objeto metálico, uma pulseira com uma mandala arcana esculpida em metal. A princípio, o interesse foi pela própria beleza da peça, tão próxima daquelas que tia Ursula mostrava nos livros de história antiga, mas logo em seguida foi o estranhamento que arrebatou o corpo da matriarca.

"Está se mexendo! A pulseira está se mexendo! Eu estou vendo, não é imaginação minha."

Ao terminarem o jantar, Elizabeth tirou Benjamin da cadeirinha onde acabara de acordar e o trouxe para seu colo. Quando via o sorriso do bebê, qualquer preocupação desaparecia. Até mesmo a estranha cena que acabara de presenciar perdia força. Seu neto tinha um olhar de cumplicidade, que lhe dava motivação para continuar. Carregou-o pela casa mostrando cada peça, retratos, quadros, bibelôs e, depois do breve tour, rodopiou pela sala numa dança improvisada com o bebê.

– Pode deixar tudo aí, Emily, vá descansar. Eu fico aqui um pouco mais com ele e já o levo para o seu quarto. Depois eu lavo essa louça e finalmente vou para o meu paraíso!

– Paraíso debaixo da terra? É o primeiro que eu vejo... – Jasper tinha recuperado seu humor ácido enquanto subia as escadas.

– É, mas existe. Assim como tem muito inferno na superfície, meu caro – ela fez uma pausa e olhou para cima. – E, às vezes, em andares ainda mais altos.

Benjamin dormiu tranquilo, e Emily e Jasper pareciam ter voltado às boas na mesma noite. Entenderam que, enquanto Elizabeth fosse hóspede, ele seguiria irritado, e, enquanto Isabella ainda precisasse de cuidados, Emily continuaria a se sentir refém em sua própria casa. Decidiram, então, tentar melhorar a atmosfera. Não porque acreditassem nas "energias ruins" propagandeadas pela avó do recém-nascido, mas porque, com um bebê em casa, havia a chance de se restabelecer a harmonia da família.

O sol escalava o céu descoberto de Esparewood e anunciava o fim do inverno. Depois do café, aproveitando o sossego do domingo, Emily sussurrou algo no ouvido do marido: – Lembre-se de que nosso acordo de paz inclui minha mãe.

Não houve tempo nem de esboçar uma reação; logo Elizabeth juntou-se aos dois.

– Bom dia! Vocês parecem muito bem-dispostos esta manhã! E meu neto querido, já mamou?

– Sim, ele é o primeiro a comer nesta casa. Tem até leitinho na cama – Emily foi interrompida pelo chorinho do bebê. – Mamãe, sirva-se à vontade, vou ver o que ele tem.

Emily subiu depressa, deixando a mãe e o marido a sós. Uma pausa de tempo indeterminado foi suspensa pela sondagem da sogra.

– Então me diga, Ross, muita dificuldade em se acostumar com os novos horários? Um bebê muda tudo...

– Não, Elizabeth – respondeu, seco. – Não é a primeira vez que eu e sua filha cuidamos de uma criança.

– Bem, você é um homem do exército, sempre precisando se adaptar, não é?

– Isso mesmo. Por exemplo, estou me adaptando à presença da senhora aqui em casa. Há maior prova de resiliência do que essa?

Emily voltou nesse exato momento com Benjamin nos braços. O flagrante na observação do marido reforçou o mal-estar, minimizado pela cândida cena da criança sendo colocada no bercinho, no centro da sala.

– A polícia veio me procurar ontem à tarde – disse Jasper, após alguns minutos cabisbaixo, dirigindo-se apenas à esposa.

– De novo? Quantas vezes vai precisar dizer que não viu nada? Já faz mais de três anos! O que mais querem de você? – o bom humor da manhã tinha definitivamente desaparecido.

– Cada vez é uma coisa. Parece que as investigações continuam.

– Polícia? Investigação? – perguntou Elizabeth. Agora usava um tom manso, que beirava o inocente.

– É, mãe. No dia seguinte à chegada da Isabella, um policial foi encontrado morto perto do bosque, depois da cerca. Uma história horrível! Nunca entendemos o que aconteceu, muito menos como poderíamos ajudar a resolver o caso. Esparewood inteira ficou sabendo! Onde a senhora estava, que não ouviu falar?

– Talvez na convenção das bruxas – Jasper falou muito baixo e a esposa o recriminou com um olhar.

– O exame do corpo revelou um impacto muito forte que estilhaçou o ombro do guarda – continuou Emily.

– Estilhaçou? Foi baleado, é claro... – Elizabeth a cada instante dava mais importância ao assunto.

– Esse é o problema – dessa vez foi o carrancudo genro quem tomou a palavra. – A polícia declarou que o policial havia sofrido um impacto descomunal. E, por mais absurdo que possa parecer, não tem arma de fogo envolvida nessa história.

– Imagine! Só se ele tivesse sido... arremessado – debochou Emily.

– Como a boneca? – perguntou Elizabeth, intrigada.

– O quê?

– O corpo! Foi arremessado como a boneca?

– Do que você está falando? – perguntou Jasper, trocando olhares com Emily, que também parecia perdida com o questionamento repentino da mãe.

– Nada, esqueçam – a senhora baixou a cabeça e balançou a mão. – Foi só um comentário infeliz, desculpem...

Benjamin abriu os olhinhos curiosos. A atenta avó foi até ele e já o tomou em seus braços.

– Posso levá-lo para um banho de sol?

– Mas ainda está frio... – a jovem mãe parecia hesitante.

– Ele precisa crescer como um inglês, acostumar-se com o clima – Jasper repetiu o que costumava dizer desde o primeiro dia de vida do filho.

– Concordo, Ross, é uma família de bravos. Não será um dia como este, já às portas da primavera, que vai intimidar o nosso menino.

Elizabeth provocou um sorriso nos pais da criança e garantiu assim sua autorização para o passeio. Só que o rumo tomado pelo carrinho de bebê conduzido pela simpática senhora não era exatamente o que eles teriam tomado.

— Vamos, meu pequeno, é hora de fazer investigações com a vovó.

---

Em sua vida regrada e aborrecida, Jasper sentia na pele a contradição. Por um lado, queria cumprir as obrigações, pensando na saúde de sua sobrinha, por outro, sentia-se sempre exausto quando caminhava com ela no fim da tarde, o único horário permitido. Raramente Emily o acompanhava e, quando acontecia, via nos olhos da esposa a mesma sensação de desconforto.

Os ameaçadores pios dos corvos que anunciavam a noite no bosque e os olhares atravessados dos vizinhos, que inclusive faziam questão de se afastar toda vez que eles se aproximavam, não impediam que cumprisse a rota diária em relativa paz.

Naquele dia, Emily decidira acompanhá-los no passeio. Eles caminhavam em silêncio, cada um imerso em seus pensamentos. Quanto a Isabella, não parecia se divertir, apenas seguia pela calçada com seu andar marchado. Por um momento, Ross teve a nítida impressão de estar sendo observado. Teve a certeza de ouvir um barulho que vinha da massa verde que fazia divisa com a rua.

— O que foi, Jasper? Por que parou? — Emily, que não havia emitido nem uma palavra até ali, se pronunciou.

— Nada... acho que foi impressão minha. — Instintivamente ele ocupou o lugar mais à esquerda da esposa, como se a estivesse defendendo do bosque.

Alguns metros adiante, quase chegando ao poste de luz, Jasper novamente percebeu a movimentação e o som craquelado de galhos quebrando. De fato havia um homem ali, que surgiu de repente e com quem trocou olhares por alguns instantes até ele sumir na mata. Sentiu-se intrigado e vigiado.

— Você viu aquele homem? — Jasper pousou o braço na mão da esposa, mas foi Isabella que respondeu:

— Tio, não seja ridículo. Ali é um dos caminhos abertos no bosque para os guardas florestais. Deve ser um deles.

Jasper, aceitando a explicação da sobrinha, mas com todos os músculos do corpo retesados, retomou a caminhada. Ainda assim, seus pensamentos se remetiam a uma carta recebida há muito tempo. A última e pior lembrança que tinha de sua cunhada.

Jasper decidiu que terminariam o passeio. Quando voltaram, depois de menos de meia hora de caminhada, encontraram a sala vazia. Já eram sete e meia e havia um prato lavado no escorredor. Provavelmente, Elizabeth tinha comido alguma coisa e estava no quarto do casal, cuidando de Benjamin, com um livro na mão. Em dois meses ela trouxera tantos exemplares para dentro de casa que eles tiveram de mudar uma prateleira que ficava sem uso diretamente para o porão, a fim de guardá-los.

Assim que ouviu a porta da rua bater, Elizabeth desceu com o neto no colo e o entregou a Emily. Isabella foi andando até a escada sem olhar para ninguém e, agarrada ao corrimão, começou a subir sozinha. Ross a acompanhou, certificando-se de que chegaria bem ao quarto. Então espalhou papéis brancos na pequena mesa baixa para que ela pudesse desenhar até vir o sono.

No andar de baixo, a senhora loira deu boa-noite a todos e desceu para o porão. Emily ligou a televisão na sala e se entreteve por um tempo até ir para seu quarto. Ross voltou para a sala minutos depois e abriu a cristaleira para uma limpeza, coisa que fazia de tempos em tempos. Cerca de dez horas da noite, ele teve a impressão de ouvir algo. Uma risada que parecia ser de mulher. Mas sabia que seu ouvido nunca mais fora o mesmo depois da guerra, então se despreocupou e foi dormir também.

Entretanto, se alguém passasse pela folhagem robusta que contornava a casa e fosse em direção ao jardim, bem próximo à base da escada descendente para o porão, de fato ouviria ruídos.

# Capítulo 6

A voz feminina partiu da cabeceira da mesa de madeira:
— Lá vem ela!
— A rainha desce as escadas do palácio, ou melhor, do subsolo... — disse um homem de cabelo grisalho e nariz adunco que estava sentado na cadeira ao lado e usava suspensórios e uma camisa social.
— Pelo menos no nome, tenho algo de rainha, não é, Gonçalo? — respondeu Elizabeth assim que desceu o último degrau. — Se bem que a minha classe também não é assim de se jogar fora...
Dorothy, com seu eterno vestido estampado de violetas, sorriu e cedeu sua cadeira para a recém-chegada. Elizabeth começou a contar um pouco de sua rotina com o adorável neto, a filha e o genro, que sempre a fiscalizava. Disse ainda que discordava de seus familiares quando diziam que o porão era soturno demais. Ao contrário, aquele ambiente tornava viva a lembrança da antiga casa de tia Ursula, em que velas acesas, paredes de pedra e ambientes com pouca luz natural nunca foram sinal de infelicidade.
— São onze horas! Eu já estava quase indo buscar vossa realeza — o gracejo veio de uma voz de tenor estranha para um tipo tão corpulento como aquele. — Então, você muda as coordenadas da reunião e ainda se atrasa?
— Adoro seu senso de humor, Gregor querido, mas o fato é que devo satisfações à minha família; não posso simplesmente sumir da sala e vir para o porão na hora em que bem entendo.
— Você poderia aprender um pouco com o Gonça. Em segundos estaria aqui. — Gregor estava de pé e ia apoiando a mão

no ombro do companheiro quando, num lapso imperceptível de tempo, este mesmo senhor, todo empertigado, apareceu do outro lado da mesa.

— Vixe, começou... Vamos parar com isso, Gonçalo?

— Só quis mudar de cadeira — o português deu um sorriso maroto e se divertiu por provocar Gregor.

— Fora que esse cabelo de algodão não combina em nada com tanta rapidez...

— Você tem outros talentos, rapaz, deixe-me em paz com os meus — disse Gonçalo de forma conciliadora (mas, como por pirraça, em menos de um segundo já estava na cadeira em que se sentara inicialmente).

Elizabeth chamou a atenção dos colegas gentilmente para poderem abrir os trabalhos. Colocou as duas mãos espalmadas sobre a mesa e fechou os olhos, buscando acessar energias para a tarefa. Sem tirar seu largo sorriso do rosto, a anfitriã assumiu a sobriedade que a ocasião pedia. Todos ficaram atentos e um silêncio sepulcral pairou sobre a mesa.

— Elizabeth, chegou a hora, não é? — uma Dorothy inquiridora precipitou o diálogo. — A Profecia está mais perto e....

— Shhh, não mencione a palavra, Dorothy, não podemos correr riscos — Elizabeth olhou em volta, como se realmente buscasse por alguém que estivesse à espreita.

— Mas eles não podem me ouvir.

— Ninguém sabe quem pode ouvi-la, Dorothy... — Elizabeth teve alguns segundos de introspecção, mas logo voltou à função de líder. — Agora estamos num caminho sem volta e temos que nos unir. Por isso quis falar com vocês o mais rápido possível, aqui nas coordenadas da casa da minha filha — ela fez um movimento circular com o braço, indicando o ambiente.

— É sempre uma honra saber que posso contar com vocês e que, por mais que seja perigoso, meus Aiados jamais me deixam na mão.

Todos balançaram a cabeça afirmativamente.

— Mas vocês precisam fazer as medições periódicas de *enits*, que não quero ninguém debilitado.

— Temos passado pouco tempo por aqui, então creio que está tudo sob controle. — Dorothy parou de falar por um instante, prendeu a mecha ruiva atrás da orelha e completou: — A não ser...

— A não ser...? — indagou Elizabeth.

Gonçalo olhou para Gregor, esperando uma reação. Dorothy fez o mesmo.

— A não ser as viagens de Gregor. Ele tem vindo várias vezes para atividades que não estão nas nossas pautas — os óculos de Dorothy faziam seus olhos parecerem duas vezes maior. — Temo pelo nível energético dele.

— Os salvamentos, por exemplo — Gonçalo falou, não sem se sentir culpado por estar dedurando o colega.

— Que salvamentos? — Elizabeth estava confusa, e dois vincos apareceram em sua testa.

— Posso me defender, por acaso? — quando Gregor percebeu que ninguém dizia nada, prosseguiu. — Eu só convenci um menino a não subir numa árvore de galhos podres, foi coisa rápida.

— Setenta e cinco *enits* gastos, no mínimo — disse Gonçalo.

— É preciso um bocado de energia para um Influenciador fazer o seu trabalho, Elizabeth.

— E teve o dia do prefeito de Esparewood — lembrou Dorothy, erguendo o indicador. — Pelo menos uns trezentos e cinquenta *enits* foram gastos para fazer o homem mudar de ideia. Ele queria alargar a estrada de WideRoad, mas Gregor o deteve.

— E estou errado? — indagou Gregor, levantando a palma das mãos, indignado. — Quantas pessoas seriam enxotadas das suas casas, sem terem para onde ir? A gente sabe bem como é a burocracia da desapropriação.

— Eu bem que estranhei que as obras pararam — Elizabeth não conseguiu esconder seu contentamento, mas logo voltou a si. — Gregor, você tem um coração admirável, mas precisa se cuidar. Você pode ficar sem energia, sabe muito bem disso.

– Bem, não se esqueçam que, como Influenciador, eu preciso fazer meu trabalho. Como no dia da praça Cívica, lembra-se, Elizabeth? Quem foi o responsável por um certo jovem criar coragem e se aproximar de uma loirinha, quase ruiva, chamada Emily Tate?

A memória da anfitriã viajou no tempo e se conectou com um período consideravelmente tranquilo e alegre, quando ainda encarava a Profecia como uma grande aventura. Sua vida como vendedora de compotas para o sustento de sua filha ficava cada vez mais longe para dar lugar a sua verdadeira vocação: estudar os mistérios do corpo, da alma e do espírito e contribuir para a ordem geral das coisas, por mais difícil que isso fosse. "Posso despertar a indignação de muitos, mas não desistirei de nenhum de meus propósitos", refletiu.

– E tem mais – entabulou Gregor, interrompendo o devaneio da companheira. – Sou jovem, não me sinto tão cansado como vocês dizem.

– Se você acha que aos sessenta anos está jovem, quem sou eu para contradizer – Elizabeth falou em tom de brincadeira.

– Na verdade, tenho vinte e cinco mais trinta e cinco. Lá em cima sou mais velho que o Gonçalo, mas aqui trago a força da minha juventude.

– Por que tem que me colocar no meio da conversa? Tenho cinquenta e seis mais três, mas, do jeito que você está se arriscando, vou mesmo te ultrapassar na soma. Lembre-se, não teremos uma segunda chance.

– É injusto! Ele como Speedy gasta só cinco *enits* para cruzar sessenta milhas, enquanto eu, como Influenciador, gasto vinte vezes mais para desempacar uma pessoa cabeça-dura. Sem falar nas vidas que salvo...

– Ei, vocês dois! – Dorothy os fez se calarem. – Já sabemos o mais importante: energia é energia, e deve ser preservada.

– Meus amigos – Elizabeth tentou retomar o foco –, o assunto é realmente muito sério. A responsabilidade está sobre nossas costas, e vocês sabem que a missão merece prioridade. Gregor, já que se importa tanto em salvar vidas, arrisco-me a dizer que, se falharmos, a humanidade inteira estará em sério perigo, entende? Dorothy, quanto tempo temos?

– Acabamos de completar o ciclo 990 – respondeu Dorothy.

– E isso quer dizer que... – Elizabeth refletiu e franziu a testa – ... pelas indicações do livro, parece que estamos perto.

– Para ser sincera, esses cálculos são bastante complexos e envolvem somente previsões. Ninguém sabe ao certo, mas, na minha opinião, acho que ainda temos tempo. Pelo menos, mais alguns anos, eu diria.

– Anos?? – Elizabeth não disfarçou seu desespero. – A minha intenção era resolver isso logo!

– Você sabe melhor do que nós que Ursula deixou as indicações cifradas – ajustando os fios soltos do coque, Dorothy pronunciava cada palavra com calma. – É preciso saber esperar para poder decodificá-las.

– Se sua intenção era me incentivar, acabou de fazer o contrário. Nunca pensei que minha estada nesta casa fosse exigir tanto, e essa menina, ou melhor, essa *monstrina*... não sei se ela tem consciência das coisas. O que levaria Arianna a abandoná-la? Percebem como ainda existem várias peças fora do lugar?

– É preciso ser firme – incentivou a amiga. – Nós de lá e você de cá, não é esse o acordo? Temos que ser pacientes.

– Está certo que Dorothy seja uma Movedora, Elizabeth – Gregor nunca perdia a oportunidade de usar seu humor provocativo –, mas pelo que me consta só dá para mover objetos, não o tempo...

A mentora do grupo relevou a gracinha do colega.

– Bem que o casal podia perceber a capacidade que aquela menina sombria tem de alterar completamente o comportamento dos dois! Isso pode estar acontecendo, não pode, Dorothy?

– Pode – a convidada imprimia segurança em cada frase. – Tudo é uma questão de energia, como gostam de dizer os Rebeldes.

A energia corre como sangue pelo corpo, e ela pode ser boa, limpa, a pessoa brilha e, nesses casos, é mais iluminada. Mas também existe a energia sombria. Os seres humanos ainda não têm a verdadeira dimensão dessa voltagem que todos, todos, sem exceção, emanam. A de Isabella, porém, não poderia ser pior. A menina é assustadoramente "escura".

— Pessoal, quantos *enits* já foram? — perguntou Gregor, como se presidisse a reunião. — Precisamos ser objetivos. Tudo indica que ela seja um Ser das Sombras.

— Sem dúvida — disse Elizabeth —, e talvez isso interesse a vocês: quando Isabella soube que Emily estava grávida, atirou uma boneca pela janela. Tinha acabado de completar três anos.

— As crianças costumam fazer isso — Gonçalo mudou da mesa para o sofá em instantes. — Nada de mais.

— Detalhe: a janela estava fechada, e não sobrou um caco maior que uma unha. Percebem agora quando digo que minha filha e meu genro não enxergam um palmo à frente do nariz? Pensando bem, talvez não queiram enxergar...

— Como assim, Elizabeth, acha que sua filha pode estar do lado de Isabella? Seria loucura! — disse Dorothy, demonstrando um raro assombro.

— Não ela, mas talvez Jasper Ross. E não sei se "do lado" seria a melhor definição, mas há algo de estranho. Ele a trata com todos os cuidados, enquanto o pobre Benjamin, seu primeiro e único filho, fica com as migalhas.

— A história do cesto na soleira da porta, da pequena órfã, talvez o tenha comovido, talvez esteja preocupado particularmente com o futuro da garota.

— Gonçalo, Jasper Ross não é exatamente um cara bonzinho. Ele coordena à risca as dietas estranhas dela, está atento às suas alergias, diz o que ela pode ou não fazer. Apesar de tudo, não acho que ele esteja no controle, entendem? Dá a impressão de que existe alguém que o conduz, que o orienta e até lhe dá "instruções".

Bruscamente, um estampido forte vindo do lado de fora interrompeu a reunião. Escutaram em seguida um farfalhar de folhas secas, alguém passando devagar. Todos se entreolharam. Elizabeth levantou-se, temendo que seu genro, o eterno sentinela, estivesse espreitando por perto, ou até que tivesse ouvido alguma coisa. "Falei várias vezes o nome da criatura, e agora ele já deve saber de tudo", pensou. Mas, antes que ela chegasse na escada, Gonçalo já atingira o último degrau.

– Gregor, venha comigo – sussurrou em direção ao amigo.

– O que adianta tanta rapidez se falta coragem, não é? – o jovem falava com ironia.

– Venha logo!

O anglo-português colocou seriedade na voz:

– A porta lá de cima está aberta, alguém estava nos espionando...

Os dois deram meia-volta na casa em sentidos contrários, encontrando-se na porta dos fundos. Não viram nem ouviram nada. Na parte de cima também não notaram nenhum ruído. Quando desciam de volta ao porão sorrateiramente, a projeção da sombra gigantesca de um gato fez Gonçalo tropeçar e rolar junto com o amigo escada abaixo. Notaram o bichano saltar para fora pelo basculante lateral e se acharam dois patetas.

Dorothy e Elizabeth mostraram-se indignadas com aquela confusão.

– Um bichano, era só um bichano – Gonçalo tentava acalmar a todos.

– E *enits* atrás de *enits* sendo gastos à toa – lamentava-se Gregor.

– Depois, não sabem por que os Legítimos têm medo de vocês! – zombou a anfitriã, um tanto aliviada, mas ainda intrigada com o barulho e com a possibilidade de Ross estar de fato suspeitando de algo e de ter "plantado" o gato em seu lugar. – Mas, como eu dizia, Isabella tem uma força incrível para uma criança, ainda mais criada apenas à base de amoras, batatas e chá preto!

– Isso é um risco para os familiares – Dorothy constatou. – Um risco para Benjamin!

– Com certeza. E ainda tem mais mistérios nesta história: no dia seguinte à chegada dela, um policial foi inexplicavelmente morto bem próximo daqui – Elizabeth indicou com a cabeça a direção do bosque.

A colega se mostrou horrorizada e, do mesmo jeito que fazia em um passado longínquo, tirou os óculos e os limpou, como se as lentes estivessem embaçadas.

– O pior é saber que "coincidentemente" – Elizabeth fez o gesto das aspas – tudo aconteceu na noite em que Arianna deixou o cesto na porta desta casa.

– Espere, agora fiquei confuso. Não entendi a relação – Gonçalo também prestava atenção à história.

– Certo, nem você, nem Emily, nem Jasper... então me acompanhe, Gonça, e veja como a relação é muito simples: fui à delegacia e descobri que o policial tinha todos os ossos dos dedos da mão direita estilhaçados. Além de um furo no peito.

– Um tiro...

– O mais óbvio, não é, Gonça? Foi também o que pensaram do furo no peito de Richard, irmão de Ross.

– Você quer dizer que...?

– Isso mesmo, Gregor, Arianna não foi muito criativa quando matou o policial. Preferiu o mesmo método que usou no marido.

– Elizabeth, o que você diz é muito grave. Então ela é uma assassina?

– É o que parece...

– Tudo bem, você está ligando os pontos, mas são só suposições. Não podemos ter certeza.

– Bem, se quiserem esperar em vez de agir... – Elizabeth parecia levemente irritada com o colega. – Se Isabella herdou a força e a maldade da mãe, como acredito que tenha acontecido, estou certa de que estamos lidando com uma dupla muito, mas muito perigosa mesmo.

Uma espécie de letargia se abateu sobre o grupo. Eles quebravam as normas da Colônia para estar ali e se arriscavam o tempo todo. Tudo sem a menor certeza de que estavam no caminho certo.

— E qual seria a origem dessa força toda? — indagou Gonçalo, desalentado. — Algo que não sabemos?

— Bem, dos Seres das Sombras, não sabemos quase nada — Dorothy respondeu. — O assunto é proibido, e você bem sabe quais são as punições para quem se mete a investigar.

— E o que faremos? — Gonçalo buscava respostas.

— Temos que proteger Benjamin, isso é o mais importante — a líder da reunião respondeu de imediato. — Eu não sou bem-vinda nesta casa. Aliás, pelo Ross, eu já teria sido despachada para algum *highland* da Escócia. Mas preciso estar perto do meu neto, sou sua guardiã. Percebem a situação? Até agora, tudo o que sabemos é que Arianna e Isabella são Criaturas das Sombras e...

— Sabemos ou achamos que sabemos? — Gregor jogou a questão de forma reticente. Sua personalidade contestadora sempre tinha um toque de ironia.

— Não importa — respondeu Elizabeth com uma fagulha de irritação. — As ações das duas precisam ser acompanhadas muito de perto, e não podemos deixar uma aresta de fora, senão...

— Não me leve a mal, Elizabeth, você é uma mulher inteligente e eu confio em você, mas, pense bem — argumentou Gonçalo —, se nossa missão é garantir a segurança de Benjamin, tudo o que temos a fazer é protegê-lo de Isabella. Arianna já está fora dessa, nem mesmo visita a filha...

— É esse o ponto. Talvez seja isso, a inteligência, a única coisa que elas não tenham. E acredito que essa será nossa maior arma. E você não seja ingênuo de pensar que Arianna desistiu.

— Como teria tanta certeza de que ambas são de fato das Sombras? E se forem apenas Rumadas? Isabella ainda é uma criança... — a suspeita levantada por Gregor parecia contaminar o ambiente.

— O quê! Você está brincando, Gonçalo? O destino dessa menina já está traçado, e não tenho dúvida de que será com a mãe, na Escuridão.

— Elizabeth, tenho que admitir que Gonçalo está com a razão — pronunciou-se Dorothy, que demonstrava preocupação não só como Aliada, mas também como uma velha amiga. — Prometa-nos que não vai tomar nenhuma atitude sem pensar antes três vezes, e que não vai colocar nossa missão em risco. Tudo poderia ir por água abaixo.

— Ah, minha querida, se tem uma coisa que fiz com bastante frequência nesses dias foi exatamente pensar. Tenho um quadro mental de todas as possibilidades. Temos que ir atrás das origens. Se tudo começou em Arianna, é a partir dela que encontraremos as respostas.

## Capítulo 7

A primeira luz do dia passou pelos vidros embaçados que beiravam a grama do jardim, atingindo diretamente os olhos de Elizabeth. Com o barulho das flores e folhas secas sendo varridas, o sono leve se transformou em um fluxo ininterrupto de reminiscências. "A fiel Grensold sempre chega antes da hora", pensou. O arranhado da vassoura combinou com aquelas lembranças de um tempo distante. De quando ainda mal desconfiava que sua vida passaria por tamanha transformação. Ela nunca mais seria a mesma pessoa.

Quando criança, morava na região de Wildshire, na costa sul da ilha. Costumava andar pelas planícies, passar pelas misteriosas pedras que tinham quase seu tamanho, correr por entre as flores de caules compridos e ali permanecer por toda a tarde, apesar das advertências de sua mãe. Naquela paisagem que tanto a encantava, a menina adorava desfazer as longas tranças loiras e atirar-se no relvado, sentindo a brisa e o perfume selvagem do mato.

Estranhou quando viu um menino mais ou menos de sua idade aparecer na estradinha de terra e se aproximar dela. Não era ninguém de sua escola, nem filho dos novos vizinhos, uns fazendeiros que haviam comprado parte daquelas terras.

Elizabeth seguiu o instinto de se aproximar para cumprimentá-lo e, quem sabe, dar alguma informação ao forasteiro. Colocou no rosto um sorriso tão aberto como o dele e deu mais alguns passos entre o matagal, até ser surpreendida por um misto de temor e admiração. Não era um menino comum. Seu corpo translúcido, como se fosse de vidro opaco, irradiava uma luz intensa. Depois de algum tempo olhando admirada para o menino, impressionada com sua singularidade, notou que ele também a admirava. Poderiam brincar e se tornar grandes amigos. Porém, quando ela ia começar a falar, eles perceberam que alguém passara e os vira. Ela virou a cabeça para ver se era alguém conhecido, para cumprimentar, mas não. Quando se voltou, o garoto tinha evaporado.

Nas tardes seguintes, a pequena Elizabeth tinha sempre a expectativa de reencontrá-lo, mas foi em vão. Com o tempo, deixou a ideia de lado. Não muito depois, com a notícia de que havia uma menina com quem podiam se comunicar sem serem punidos, vieram outros visitantes por aqueles campos. Mulheres sofisticadíssimas, de diferentes idades, soldados, homens com trajes de cavaleiros medievais. O garoto mesmo, nunca mais voltou. E Elizabeth foi se acostumando com aqueles novos visitantes, semelhantes a personagens de contos fabulosos, e até apreciando mais as tardes passadas com eles. Aprendia muito com suas histórias e, quanto mais se afeiçoava, mais eles se aproximavam. Começaram a fazer perguntas sobre sua vida, a opinar sobre seus planos para o futuro, até a sugerir as companhias que ela deveria ter. Chegaram a pedir que ela entregasse recados a determinadas pessoas, às quais inexoravelmente a tiravam de louca, pois o emissor da mensagem já não estava neste mundo. Desistiu dessa tarefa, mas continuou, em segredo, encontrando-se com eles.

Na adolescência, sentiu necessidade de contar a sua mãe, mais uma vez, a respeito de seus encontros na campina. Queria esclarecer definitivamente essa história. Mas mais uma vez foi desacreditada.

– Elizabeth, já não basta a sobrecarga da viuvez? Eu não tenho tempo para isso! O reverendo vai me matar se ouvir você falando essas coisas.

– Mãe, eu não vejo nada de mais, são apenas visitantes, "turistas".

– E de onde eles vêm? Não há outra cidade aqui perto além de Ironwood, e nenhum de seus amigos é de lá!

– São visitantes que vivem em lugares muito distantes, mãe, e conversam comigo, e me entendem. Falamos a mesma língua.

— Minha filha, nossa conversa acaba aqui. Sejam eles quem forem, não quero mais saber de você conversando com essa gente estranha.

A mãe de Elizabeth ainda pediu que seus primos a seguissem até a campina, para verem do que se tratava. Todos voltavam com a mesma versão: só havia ali uma menina de cabelo loiro solto e desgrenhado se movimentando pelo bosque. Elizabeth foi desacreditada e, perante a recusa em se retratar, falando a "verdade" ao reverendo, foi enviada a Drury Lane, onde vivia uma velha tia chamada Ursula.

A senhora era dona de um pequeno lote de terra, de uma casa espaçosa e da fama de feiticeira. Todos tinham ressalvas contra ela, mesmo sendo uma mulher pacífica, que não atrapalhava ninguém. Era bastante culta para os padrões da cidade e possuía tanto uma biblioteca invejável como o tempo disponível para ler os inúmeros volumes. Alegrou-se com a ideia de passar seus conhecimentos para a sobrinha, que, desde que chegou, mostrou-se uma útil companhia.

Foi assim que Elizabeth desenvolveu um gosto ainda mais profundo por tudo o que não era visível aos olhos nem entendido apenas pela racionalidade. A jovem se encantava pelo ambiente peculiar, repleto de objetos feitos de vidro e metal, de móveis estranhos que em nada se assemelhavam à mobília de uma casa, e pelos enfeites, que pareciam saídos de algum filme de suspense. Era o caso da raposa empalhada, que, dizia Ursula, um dia fora seu animal de estimação.

— A senhora pode me explicar mais sobre esse símbolo? Não entendi por que ele pode nos defender — a menina mostrava à tia uma gravura num livro.

— Há muitos aspectos, querida, a geometria, a junção dos elementos... e funciona ainda mais se estiver esculpido sobre ônix ou jade — respondeu a tia sem olhar para a figura, mas entretida sobre um cadinho onde estava derretendo bronze. — Os materiais têm diversas organizações moleculares. Parece mágica, mas é apenas ciência.

— Eu posso fazer um para mim, então?

— Calma, Elizabeth, tudo tem o seu tempo — tia Ursula sorria daquela inocência da sobrinha, que, embora trouxesse o dom, ainda não se dava conta da complexidade e do mérito do assunto. — Quer pegar a caixa com pó de prata, por favor?

— Mas, tia... — a jovem não conseguia disfarçar o desapontamento; ainda que entendesse que paciência e estudo eram imprescindíveis naquele ambiente, estava fascinada pela peça ocre que ia sendo entalhada.

— Menina, pode me passar a caixa menor? — ao jogar o corpo para a frente na tentativa de alcançar o objeto, a tia deixou aparecer uma corrente de prata com uma chave pendurada como pingente.

Elizabeth não conseguia disfarçar sua curiosidade por aquele objeto acobreado. Tudo o que vinha de tia Ursula parecia conter uma aura diferente, uma magia, capaz de povoar por horas sua mente de menina. Não poderia ser diferente com a chave, pensava ela. Ursula, por sua vez, não só entendia as visões e os interesses da sobrinha, como também compartilhava dos sentimentos de rejeição pelos quais ela passara.

— Tia, posso perguntar mais uma coisa?

— Santo Hermes Trismegisto! Você é incansável! Diga, menina!

— Se fazemos objetos para nos proteger, é porque existem objetos feitos para nos atacar, certo? — perguntou Elizabeth, chegando tão perto que Ursula não teve como escapar dos imensos olhos esverdeados da sobrinha.

— Exatamente. E o mais terrível desses é o Bracelete de Tonåring. Mas não devemos falar sobre isso agora. Até porque sou uma mulher otimista. Tenho fé que um dia não precisaremos mais das proteções, dos talismãs, das frases ocultas. Ah, minha Elizabeth, as Sombras estão com os dias contados — tia Ursula deu um sorriso tão singelo naquele momento que se duplicou no rosto da garota, como se a tivesse contagiado.

— Não sei se entendo muito bem, mas parece bom...

– A Profecia, Elizabeth, em breve a Profecia vai se cumprir. É uma pena que, perante o cosmos, "em breve" seja bastante tempo.

– E como fazemos para saber mais sobre a Profecia? – os olhos verdes faiscavam em busca da informação. A ansiedade, que para as outras meninas tinha relação com os rapazes e namoricos, para ela era direcionada aos mistérios da vida.

– Há um... na biblioteca está um exemplar que... – a mulher ensaiou colocar a espátula que estava em suas mãos na bancada, mas logo mudou de ideia. – Isso não é assunto para agora, ouviu? A senhorita está me deixando maluca!

– Desculpe, tia, mas é que eu quero tanto aprender...

Os olhos misteriosos de Ursula se abrandaram e ela abraçou Elizabeth com carinho.

– Menina, tenho tanto orgulho de você! Assim como eu, você já passou seus maus bocados nesta vida, não é? Por isso mesmo vai ser como metal bem polido e, ao mesmo tempo, duro e flexível.

– Eu preferia não sofrer...

– Não se iluda, muita coisa vai acontecer ainda. E é impossível fugir do sofrimento.

– Mas você é tão sábia... Não parece nunca sofrer.

– O que eu sei é lidar com o sofrimento. Esse é o segredo.

Elizabeth ficava hipnotizada com as palavras de Ursula, e quase se ofuscava com a luz que vinha dela.

– Olhe, por falar em sofrimento, desde já vou te dar um presente, para o dia em que você se sentir muito presa, presa mesmo, entende?

– É uma magia?

– Digamos que é um mapa. Um mapa para a saída. Anote esta frase aí no caderninho que eu lhe dei: "Quando as barras de ferro se tornarem serpentes, uma mulher será sua proteção. Você pode confiar nela".

– E o que isso quer dizer? E o que a Profecia quer dizer? Quando você vai me explicar tudo isso?

– Minha querida – o olhar de Ursula era de quem escondia algo, mas havia muito carinho em cada gesto e palavra –, vamos estudar cada um desses assuntos em seu momento oportuno.

O momento oportuno não chegou. Pelo menos não antes do velório de tia Ursula, feito à moda antiga, com familiares e vizinhos na sala de visitas. Foi o dia em que Elizabeth, em meio a um pranto incontido e a momentos de lucidez, recebeu uma chave, sua cota na herança partilhada com os ambiciosos parentes. Era aquela chave antiga, que vivia pendurada no pescoço de tia Ursula como um adorno e sempre fora notada e desejada por Elizabeth. Sabia que em breve seria enxotada daquela casa, levando apenas seus pertences pessoais e a chave que, embora de grande valor sentimental, não trazia nenhuma ajuda prática.

Mesmo no caixão, Ursula aparecia com um semblante sereno. Entre as mãos cruzadas na altura do peito, foi colocado um pequeno buquê de margaridas pelas senhoras que arrumaram a defunta. Elizabeth incomodou-se. Sabia que, se ela pudesse escolher, a flor de seu leito de morte seria um lisianto recém-colhido. Os tons sóbrios de roxo e branco da flor que reinava na área coberta do jardim sempre encantaram a tia. No breve intervalo de tempo que se abriu entre a jovem pensar em ir até o canteiro e preparar de vez um novo arranjo floral, veio-lhe à lembrança um diálogo remoto que tivera com Ursula.

– Querida, você sabe como minha filha costuma agir, não é?

– Do que está falando, tia? – Elizabeth tinha um péssimo relacionamento com a prima a quem Ursula se referia, e cujo comportamento extrapolava todo o egoísmo que alguém poderia conter dentro de si.

– Não seja educada demais, você sabe muito bem. Ellen tem um péssimo gênio, e não pensará em você quando eu não estiver mais por aqui.

– Imagine, tia, você ainda tem muito tempo conosco, tenho certeza.

– Um dia, quando você se lembrar da beleza de um lisianto, lembrará também disso: a porta estará quarenta quilômetros mais longe do oceano vermelho, e quarenta quilômetros mais perto do mar de pássaros.
– Como, tia?
– Lembre-se disso. É o suficiente.

Naquele momento, a dor da perda ganhou um peso maior que qualquer memória, e Elizabeth se decidiu por ficar ao lado do caixão até o último minuto. Queria prolongar ao máximo aquela despedida um tanto abrupta.

Um mês depois, quando recebeu o comunicado da prima Ellen informando que precisaria deixar a casa em quinze dias, o desespero e a angústia pareciam desenhar um futuro sombrio. Tudo o que ela fazia era acariciar a chave acobreada como se fosse um fio condutor que traria até si a sabedoria de sua querida mestra. Foi então que aquele diálogo voltou, martelando em sua cabeça. "Que porta seria aquela, localizada 'quarenta quilômetros mais longe do oceano vermelho, e quarenta quilômetros mais perto do mar de pássaros', como a tia havia dito?", matutou.

Elizabeth estava convicta de que a tia, sempre acostumada à linguagem dos símbolos, não a tivesse deixado tão desamparada, e sim com um enigma a ser solucionado. Foi correndo buscar um grande atlas na biblioteca e ficou horas em cima dele, deslizando o dedo sobre o papel cor de âmbar até encontrar algo que fizesse sentido: Redpool, no oceano Atlântico, e Birdlight, na costa oposta, no mar do Norte, pareciam estar na mesma latitude. Red, vermelho. Bird, pássaro. O início da resolução parecia partir dali.

– Bingo!

Depois disso, Elizabeth calculou o ponto médio daquele segmento que ligava os dois extremos, que no caso recaía sobre Drury Lane. Com o compasso cravado nessa cidade, traçou uma circunferência com o diâmetro correspondente a quarenta quilômetros na escala do mapa. O lugar que ficava no cruzamento dessas linhas imaginárias pelo lado direito (o mais perto do mar) encaixava-se perfeitamente às indicações de Ursula. Pena que só houvesse uma imensa massa verde nessa área, provavelmente algum remanescente dos bosques ingleses. A vila mais próxima era Emerald, algo em torno de três quilômetros ao sul. Mesmo assim, continuou as pesquisas, tendo descoberto muito a respeito da história dessa vila. Era uma terra antiga, que pertencera a uma família espanhola, e talvez justamente por isso Ursula tenha mencionado a distância em quilômetros, e não em milhas. Arrancou a página e traçou seu plano antes de partir.

Voltar para sua casa, em Wildshire, estava totalmente fora de questão. Sua consciência, agora expandida, não cabia mais em uma família que era capaz de expulsar a própria filha.

E foi assim que, com pouca bagagem nas mãos e o peso da dúvida sobre os ombros, Elizabeth Tate seguiu de ônibus até Emerald. Após muitos olhares atravessados, e os vários constrangimentos que uma mulher costumava passar quando viajava sozinha, incluindo o preço abusivo do único motorista de táxi que concordou em levá-la até o local exato que constava no mapa, chegaram a uma propriedade abandonada no meio de um trecho de mata nativa, ladeada de árvores frutíferas. Elizabeth desceu e ficou ali parada. Ela olhava para o mapa e para a casa, tentando decifrar o que significava aquilo.

O carrancudo taxista disse que o casarão velho, em ruínas, tinha fama de ser mal-assombrado e servira de refúgio a uma feiticeira décadas atrás. O homem completou a história revelando que apenas os poucos remanescentes ciganos da região não temiam a enorme propriedade e até costumavam acampar no jardim, cortando o gramado e podando as plantas para que suas tendas ficassem melhor dispostas.

– Uns vagabundos! Deveriam arrumar trabalho de verdade, isso sim – essa foi a última frase do homem antes de partir dali, levantando, com as rodas do carro, a mesma poeira que parecia encobrir seus pensamentos.

Depois de explorar o ambiente e entender que parte da vida de Ursula estava presente naquele lugar, Elizabeth se dirigiu até o casarão com a chave na mão. Os arbustos que cobriam quase completamente a entrada, os musgos sobre as pedras e a madeira envelhecida no deque da varanda não a intimidaram. O encaixe foi perfeito na fechadura e, naquele momento, literalmente, uma porta se abriu para ela.

Foram meses de trabalho intenso e solitário até que naquela clareira fosse possível avistar, da estrada de terra, o antigo casarão, e que ele pudesse ser transformado em um lar aconchegante. Ali Elizabeth reconstruiu sua vida, inclusive encontrando uma forma de se sustentar. Com as frutas das árvores do pomar, cuidado razoavelmente pelos ciganos no tempo de abandono, passou a fazer compotas e vender em Emerald.

No dia da chegada, fora a enorme parede de heras que se espalhavam pela fachada, a parte da casa que mais a encantou foi a biblioteca. Das centenas de prateleiras vazias cobertas de poeira, apenas um imponente livro, de capa de couro vermelho e páginas douradas, sobressaía – e, estranhamente, era o único objeto de toda a casa que não tinha um único grão de pó, como se tivesse sido deixado ali muito recentemente. Quando deparou com o título, Elizabeth ficou um tanto perturbada: *O Livro da Profecia*.

Para entender o que expressavam as minúsculas palavras daquele magnífico calhamaço, seu instinto investigativo não era suficiente. Debruçou-se em estudos de alquimia e história antiga, na cultura celta, egípcia, gitana e maia, nos livros hieráticos e em muitos outros, mais arcaicos ainda, até alcançar, ao menos parcialmente, o significado de sua nova consciência. Foram anos de trabalho intensivo.

– Quantos anos... – disse Elizabeth para si mesma, abrindo a pequena janela em frente a sua cama e voltando à realidade de seu novo abrigo, o porão dos Ross.

Pelo menos naquele momento, era preciso deixar as imagens do passado para trás: tia Ursula sendo velada, a chegada em Emerald, as dificuldades para se adaptar e também a nova rotina, incluindo os cantos e as festas dos ciganos, de quem se aproximou assim que passaram a ter confiança nela e voltaram a aparecer nos jardins. Com seus rostos sérios e suas tradições fortes, eram também uma companhia e uma proteção para ela. Os anos que passou no sobrado aprendendo e fazendo experimentos foram tão importantes quanto necessários. Mas quando sua vida se transformou, e se deu conta de que tinha grande responsabilidade sobre sua descendência, decidiu buscar uma cidade com mais conforto e tranquilidade. A pacata Esparewood.

"Emily já era uma moça. Ela merecia conhecer a vida por outra perspectiva que não a de uma excêntrica alquimista no meio do bosque. Além disso, era preciso preparar o caminho para a chegada do menino", refletiu.

Um barulho vindo do jardim a resgatara de entrar em novos devaneios. Era Grensold, que tinha tampado com força o latão de lixo metálico. Elizabeth levantou o colchão puído e pegou, entre o estrado e a base de um gaveteiro embaixo da cama, sua preciosidade. O *Livro da Profecia* ainda escondia muitas peças daquele intrincado quebra-cabeças, e ela precisava elucidar muitos daqueles códigos antes que seu tempo chegasse ao limite...

Na assembleia do dia anterior ficara decidido o que fazer. Arianna era o foco e, por intermédio de sua filha, Isabella, chegariam a ela. Só não sabia ainda como faria para investigar, neutralizar e, por fim, eliminar o mal que tinha se instaurado naquele ambiente. "Preciso agir sem levantar suspeitas", Elizabeth dizia a si mesma. "Ross, o cão farejador, vai estar no meu caminho e, mesmo que não o faça por mal, é um obstáculo a ser vencido."

Perdida em seus pensamentos, pegou seu melhor vestido entre os poucos ainda dobrados dentro da mala e preparou-se para sair com o neto. Já havia percebido que, sempre que passeava com ele durante o dia, o menino não tinha cólicas e dormia bem a noite inteira. Quanto mais horas longe de casa, melhor.

– Elizabeth, você ainda está aí? – o rosto de Gonçalo na janelinha apareceu virado de cabeça para baixo, na frente dos próprios pés.

– Gonçalo, que alongamento, hein? Seus músculos devem ser de borracha! Espere, já estou subindo.

Mas o Aliado antecipou-se e num átimo estava ao lado dela no porão.

– Já cumpri minhas incumbências. Aproveitei que ontem a madrugada estava tranquila e fui logo até a casa do lago...

– Que eficiência! Diga-me, ela ainda está lá? – Elizabeth mais uma vez ficou impressionada com a presteza de seu Aliado.

– Confesso que não foi fácil chegar àquele... lugar.

– Sim, Gonça, sei disso, mas o que você descobriu?

– Calma, Elizabeth, deixe-me contar: se ela vive lá, não posso lhe garantir, mas encontrei um rapaz, um jovem, num canto atrás do matadouro, e ele... – Elizabeth o interrompeu bruscamente quando ouviu que alguém se aproximava.

– Mãe? Você está aí? – a voz vinha de cima.

– Gonçalo, é a Emily! Não tenho mais tempo agora, mas não deixe de voltar ainda hoje, por Hermes Trismegisto! – ela gostava de usar nessas ocasiões a velha expressão forjada por Ursula.

– Mas eu precisava te contar o que o empregado falou...

– Você ainda tem muito trabalho pela frente, não é? Certifique-se por onde ela anda. Mais tarde conversamos – Elizabeth foi calçando os sapatos enquanto subia a escada com uma agilidade impensável para alguém de sua idade.

– Mãe, com quem você está falando? – Emily apareceu na porta do porão trazendo uma xícara de café nas mãos.

– Com ninguém, só estava xingando esse degrau, acabei de tropeçar nele e quase despenquei no chão – ela pegou a xícara e deu um gole no café. – Obrigada, querida, adorei o serviço de quarto.

– Engraçadinha... Você estava demorando, e vim ver se você vai mesmo passear com o Benjamin, se está tudo bem. Preciso ir ao mercado, e Jasper está com aquela dor reflexa na perna...

— Vou ver nos meus livros se encontro alguma receita, algum bálsamo. Quem sabe eu curo essa perna e ele passa a gostar mais de mim. Porque, cá entre nós, parece que tudo o que ele quer é me ver longe daqui. Estou até pensando em antecipar minha partida.

— Nem pensar! — Emily foi enfática, demonstrando seu pânico. — Eu preciso de você perto de mim, mãe. Você tinha prometido ficar até o fim do mês, e estou contando com isso! Depois, você pode voltar para os seus estudos intermináveis.

— Posso mandar a Grensold vir duas vezes por semana em vez de uma — sugeriu Elizabeth.

— Tudo bem, mas só quando você for embora. Aí a bruxinha pode ajudar mais.

— Emily, para mim a palavra "bruxa" não define algo ruim, você sabe disso. Grensold é uma boa pessoa e está comigo desde que eu vendia compotas no sul da ilha. Ela sofreu demais com aquele marido, naquela casa incrustada no meio do nada.

— Ai, mãe, tudo bem, não precisa ficar nervosa, eu sempre convivi bem com a Gren, só estava brincando. Aliás, ainda de madrugada, ela começou a varrer o jardim e acordou a casa inteira. Você não acordou?

Elizabeth engoliu o café quente de uma só vez. Lembrou-se do dia que aquela mulher chegou para pedir emprego em sua casa. Naquele tempo, era ainda mais magra e, embora observasse cada detalhe, não falava muito. Emily era um bebê, e uma ajuda com as compotas e a casa seriam bem-vindas, então Elizabeth consentiu em fazer uma experiência. Logo no primeiro dia, Grensold mostrou que tinha força de trabalho e seria uma ajudante dedicada.

— Ah, e por falar em Grensold, ela deixou esta carta no aparador — Emily retirou o papel do bolso e o entregou à mãe. — Tem o seu nome no envelope.

— Obrigada — Elizabeth não deu maior atenção à carta, concentrada que estava em conseguir as informações de que precisava. — Emily, eu... tenho que perguntar uma coisa... — ela se esforçava para parecer casual. – Na noite em que tudo aconteceu, o cesto, a menina... Você notou algo estranho? Quer dizer, algo ainda mais estranho do que uma mãe abandonar a filha na soleira da casa dos tios? Sempre que penso na situação, ainda não consigo acreditar!

– Eu estava apavorada e confesso que não consegui entender nada.

– Mas você viu ou ouviu algo estranho?

– Não, nada além de Isabella no cesto e Jasper agachado ao lado dela.

– Agachado? – a expressão de Elizabeth mudou subitamente. – O natural não seria ele pegar o bebê no colo? Ou ter levantado o cesto?

– Espere... – Emily desviou o olhar como se ela se lembrasse de alguma coisa importante. – Ele... ele tinha algo nas mãos, algo que tentou esconder de mim. Ele se atrapalhou todo, quase deixou cair os óculos, mas meu susto ao ver o bebê...

– Espere aí, aqueles óculos que ele usa para ler?

– Sim, ainda lembro dos olhos marejados dele, embaçados por trás das lentes, nunca o tinha visto chorar...

– Quem coloca óculos de perto é porque quer ler algo. Onde ele deixava os benditos, no bolso do pijama?

– Ele tem mais de um par e sempre deixa um no aparador do lado da porta, mas não havia nada para ler ali...

– Você disse que ele escondeu algo...

– Mas não vi, nem pensei mais nisso depois que olhei para aquele serzinho totalmente indefeso na minha frente. Mas agora...

Elizabeth tentou disfarçar sua inquietação. Enxugou uma gota de suor na testa com o dorso da mão em que segurava sua carta e, então, quase deu um salto para trás quando percebeu: – Uma carta, é claro! Um clássico nos cestos de bebês abandonados!

Emily já estava acostumada àqueles rompantes da mãe e resolveu abreviar a conversa.

– Mãe, só não se esqueça de agasalhar bem o Benjamin!

A mulher ficou sozinha, meditando por alguns instantes, imaginando como poderia comprovar suas suposições. Havia uma carta, estava certa disso, e seu genro a escondera por uma razão muito séria. Poderia explicar o comportamento estranho de Jasper com a sobrinha. Já Emily, seria mesmo apenas uma vítima nessa história? "Não é Ross que está no comando. Aposto que está sendo guiado por Arianna a distância, como uma marionete", concluiu.

Antes de sair, Elizabeth abriu a carta que Emily havia lhe entregado. Não precisou verificar o remetente para saber quem lhe enviara aquelas saudosas palavras.

*Por que não dá sinal de vida? Por que não responde minhas cartas? Estou ficando realmente preocupada. O que está acontecendo por aí? Por aqui, embora você nunca pergunte, tudo vai melhor do que o esperado. Garanto-lhe que estou preparada para voltar!*

Elizabeth sorriu enquanto dobrava o papel e o guardava no envelope. A leitura lhe devolvera certa serenidade ao rosto. Ao lado do perspicaz Gregor, do ágil Gonçalo e da prodigiosa Dorothy, talvez sua grande amiga estivesse de fato pronta para ajudá-los a avançar no caminho da Profecia. Na volta de seu passeio, sentaria para lhe responder com toda a consideração necessária.

Pegou um lenço para prender as madeixas douradas, um casaquinho para Benjamin e saiu pelas ruas tranquilas de Esparewood. Era bom também ficar um tempo longe dos olhares críticos de Jasper Ross e da presença perturbadora da *monstrina*. Sabia que a cada dia suas responsabilidades como protetora do menino aumentavam mais. Por isso, não conseguia relaxar...

— *Monstrina!* — Elizabeth riu e acabou falando sozinha. — E não é que o apelido cabe bem para a menina?

## Capítulo 8

Depois de deixar a casa da filha, Elizabeth só pensava em como faria para compensar o pouco rendimento nos estudos durante aqueles três meses. Tinha plena convicção de que precisava mais do que nunca se aprofundar de forma sistemática na Profecia. Havia ainda muitos códigos a ser transcritos, inúmeros rituais, teorias e equações a ser interpretados. Investiria tempo e dedicação para estudar todas as possibilidades, todas as mensagens cifradas. Queria devorar O Livro da Profecia para obter respostas a tantas indagações. Ao mesmo tempo, agora que estava longe, em sua própria casa, não poderia ficar sem notícias do comportamento de Isabella. Para isso, faria de Grensold sua informante e também não deixaria de oportunamente inventar desculpas para visitá-los.

Seus três amigos eram fiéis Aliados, conheciam os Rebeldes acampados fora da Colônia em que viviam e também tinham acesso às informações secretas. Mas, em determinados assuntos, Elizabeth sabia que teria de avançar com as próprias pernas, literalmente.

Com dez incansáveis horas de trabalho diário nos últimos dois anos, ela já havia descoberto informações valiosíssimas, até mesmo aquelas que indicavam como produzir mais armas de proteção e de ataque contra as Sombras. Era o caso do Fogo Grego, do Escudo Aromático e das Bombas de Sementes. Sabia, contudo, que o mais importante ela ainda não tinha conseguido: entender mais sobre Arianna e Isabella, e quais suas reais motivações.

Suas preocupações aumentaram após uma visita que fez a Benjamin no dia de seu aniversário de dois anos, quando o encontrou muito debilitado. Como sempre, a casa tinha as cortinas todas fechadas, os cômodos, desorganizados, e uma energia que chegava a lhe pesar nos ombros. Notou que as coisas não iam bem, e que precisaria mudar o rumo que vinham tomando. Dispensaria as reuniões ordinárias com os Aliados, garantindo assim que eles gastassem seus *enits* unicamente como guarda-costas do neto. Com seus poderes específicos, com certeza poderiam ajudá-la, fosse como informantes, fosse como protetores, caso Isabella resolvesse se aproximar de Benjamin. Outra decisão foi ir ao lago Saphir com sua motoneta. Havia tempo que estava com a intuição de que lá encontraria alguma pista sobre o que de fato acontecia com sua família.

Escolheu um dia de tempo firme para o intento. Na época em que os pais dos Ross estavam vivos, a maior atração da região era o lago, mas, depois do assoreamento, poucos se aventuravam a ir até lá. O bosque vinha ficando ano a ano mais fechado. E, até se avistar a placa de madeira carcomida que indicava a entrada para o lago, precisava-se percorrer cerca de duas milhas.

Embora ela não soubesse ainda, a sensação que atravessava seu corpo era muito parecida com a que Ross tinha sentido tempos atrás. O lugar maltratado, com um cheiro acre de madeira úmida e folhas em decomposição, provocava a sensação de sufocamento. A caminhonete de Arianna não estava lá, e a porta da casa tinha uma corrente fechada com cadeado. Para onde ela teria ido? Teria amigos, ou, quem sabe, um novo companheiro? As perguntas na cabeça de Elizabeth amalgamaram-se ao tom sombreado da propriedade.

Caminhando pelas pedras no meio da lama, chegou ao lugar onde era o matadouro, habitado agora por uma comunidade de pombos. As aves aninharam-se no forro do teto, e os cochos de madeira transbordavam com seus excrementos. O cheiro era insuportável, e ela voltou à casa pelo mesmo lamaçal, para ver se a porta de trás estaria aberta. Nada. Também estava trancada por uma corrente. Não via nenhuma movimentação, mas escutou ao longe um som de apito. Olhou em todas as direções e, mesmo não tendo visto ninguém, sentiu que não estava mais sozinha naquela varanda. E o som do apito ia ficando cada vez mais próximo.

Elizabeth quase desmaiou com o susto que levou quando viu um rapaz esquálido se movendo entre os arbustos. Foi em sua direção para ver quem era. Mas ele saiu em disparada ao notar que ela se aproximava.

– Ei, isso não é nada educado! – disse a senhora ajeitando os fios de cabelo loiro que haviam pulado para a frente. – Preciso de uma informação!

Não havia mais ninguém. O rapaz tinha desaparecido.

– Moço, por favor – Elizabeth arriscou chamá-lo gritando –, volte aqui! Sou sogra do proprietário! Meu nome é Elizabeth Tate...

Imediatamente, começou a ouvir um barulho nas folhagens.

– Elizabeth Tate? – o rapaz surgiu de pronto diante dela.

– Esse é o meu nome...

– Eu imaginava você, digo, a senhora, diferente... mais velha...

– Como assim? Por que você deveria imaginar algo a meu respeito?

– Do jeito que falam, pensava que tinha uns noventa anos...

– Como? Quem falou de mim? – Elizabeth ficou muito desconfiada. – De onde você vem, rapaz?

– Venho ali do bosque. Eu antes usava esse apito para chamar os porcos, sabe? Eles são superinteligentes, a senhora não imagina...

Elizabeth olhou para as botas e as roupas simples do jovem, uma calça de brim acinzentada e uma camisa de manga comprida toda manchada. Com certeza se tratava de um trabalhador da região. O cabelo, castanho, era bem curto, e o rosto, queimado, de quem trabalha ao sol.

– Não entendo muito de animais – continuou Elizabeth depois de analisar o rapaz de cima a baixo. – Gosto mais de plantas. Na verdade, das frutas e das flores.

– Ah, entendi. Vou lhe mostrar as únicas flores que temos aqui. Ficam ali no lodo e são chamadas de "flores do pântano". Meus amigos não vão acreditar quando eu falar que estive com

Elizabeth Tate... Bem que eu disse a eles que você era da família dos patrões, que eu tinha certa proximidade, mas eles sempre acharam que fosse invenção minha...

Elizabeth pensou que na certa o rapaz a estivesse confundindo com alguém, mas, quando um facho de luz saiu de trás de sua nuca, iluminando toda sua cabeça, entendeu de imediato do que se tratava. O brilho não era tão forte, se comparado ao dos seus bem-aventurados amigos Dorothy, Gonçalo e Gregor, mas sem dúvida ela já tinha informações suficientes sobre a origem do sujeito. Tudo agora ganhava sentido.

– Você... poderia estar aqui? – arriscou ela.

– Eu tenho autorização, e tarefas a cumprir. É minha primeira viagem.

– Entendo, posso ver você.

– Fui avisado de que encontraria gente como a senhora, que pode nos ver, e as indicações eram claras: escapar! Só não pensei que me encontraria justo com a prodigiosa Elizabeth Tate!

– Eu sei das indicações, mas – Elizabeth fez uma pausa, intrigada com o "prodigiosa", no entanto seguiu em frente – só gostaria de entender melhor. O que dizem exatamente as regras da Colônia?

– Que, se um de nós for visto por um Legítimo, deve desaparecer imediatamente, não importando se forem pensar que enlouqueceram ou que estão sofrendo dos nervos. Sem contar o castigo... Eu não quero que... Você deve saber...

– Não se preocupe. Sei muito bem, você não quer que ninguém da sua família nuclear sofra. Eu posso ver você, mas nada vai acontecer a eles, eu lhe garanto.

– Sim, a senhora tem permissão para nos ver sem o risco de nos castigarem. A sua fama se espalhou nas Colônias. Aliás, a senhora me enxerga hoje bem melhor do que minha ex-patroa me enxergava...

– Você diz...

– Arianna, Arianna King, a responsável por este lugar, e também por eu estar aqui com a senhora hoje.

– Há algo que eu deva saber?

– Quando ela fincou o punhal do pai de Richard no meu peito...

O ruído da caminhonete se aproximou e Elizabeth instintivamente correu em direção a sua motoneta. Conduziu-a com as mãos pelo guidão, sem ligá-la, até a saída de cima, para que Arianna não percebesse sua passagem por lá. Curiosamente, a moto estava muito mais leve do que era... "Um Movedor em pleno lago Saphir...", rejubilou-se. "Eu sou mesmo uma mulher de sorte."

Já na estradinha ela montou na moto e se afastou, não sem antes virar-se para trás e acenar para seu benfeitor, que agora trazia mais dois fachos de luz na altura do pescoço, formando como que um colar.

Quando chegou a sua casa, esbaforida e com a adrenalina ainda correndo pelo corpo, sentou-se no tapete em posição de lótus e concentrou todas as forças que pôde. Pedia uma reunião extraordinária, e torceu para que ao menos um dos Aliados captasse sua mensagem. Ficou horas tentando enviar a Mensagem de Vento e, quando começou a se sentir exaurida e com o corpo dolorido, viu chegarem seus três fiéis cavaleiros.

– Elizabeth, o que houve? – Dorothy ajeitava o cabelo avermelhado, enquanto Gonçalo entrou bocejando.

– O que está tramando, Elizabeth? – Gregor sempre pressupunha uma articulação na pauta de seus encontros extraordinários.

– Não estou tramando nada, mas devo lhes dizer que hoje fui ao lago Saphir...

– Então você conversou com o James Parker? – Gonçalo entrou na conversa.

– James Parker?

– Sim, o rapaz do apito...

– Espere um pouco, como você sabe dele, Gonçalo?

– Eu tentei lhe contar, você não se lembra? Você falou que não era hora... – o Speedy buscou o tom certo para não parecer revanchista.

— O que importa é que todos nós estamos de olho em Benjamin — Dorothy tranquilizou a amiga. — Você também não sai de perto dele, não é, Gonça?

— Sempre soube que chegaria o meu dia de guarda-costas. Sinto que nasci para isso — brincou.

— Mas, afinal, você foi até a casa de Arianna, e o que encontrou lá?

— Encontrei James Parker, que, assim que me viu, tentou escapulir.

— Não vejo novidade... — soltou Gregor, um tanto entediado.

— Ele conversou comigo, mostrou até certa admiração por mim — disse a líder, com uma ponta de vaidade — e contou que, na Colônia dele, todos me conhecem e sabem que eu posso vê-los sem lhes causar danos...

— Disso, você já sabia...

— Sim, Gregor, mas esse James, embora seja um pouco confuso, é um bom rapaz. A propósito, ele emanava um facho de luz da sua nuca que, após ter me ajudado a despistar Arianna, se duplicou.

— Sempre que vejo a luz de um Áurico eu me emociono — Dorothy completou o pensamento da amiga. — Bem ao contrário de quando me deparo com Seres das Sombras como Arianna...

— Mas falta de luz não é necessariamente sinônimo de maldade, Dorothy — Gregor andava ao redor da mesa enquanto falava. — Até parece que você não se lembra da Máxima de Shikasti.

— Claro que lembro: "Nem todo Ser que não tem luz é das Sombras, mas nenhum Ser das Sombras tem luz". Satisfeito?

— É, mais ou menos — disse Gregor, balançando a cabeça de um lado para o outro. — Estaria mais satisfeito se você tivesse errado.

— Nem adianta — sussurrou Gonçalo no ouvido do rapaz — tentar competir com Dorothy. É perda de tempo, ela sabe tudo.

Elizabeth ficou pensativa por alguns instantes.

— Vejo a luz de Emily, o brilho intenso de Benjamin e até a leve aura de Jasper, embora sempre falhando como uma lanterna com pilha fraca. Das pessoas que vivem ao meu lado, apenas Grensold me preocupa.

– Ela não tem brilho, já percebi – disse Dorothy –, mas talvez se encaixe na Máxima. Vejo que ela tem ajudado com as tarefas da sua casa.

– Tem ajudado Emily também. Ela toma o ônibus para Esparewood semanalmente sem reclamar. E tudo o que lhe peço, ela faz com capricho. Talvez ainda não tenha tido a oportunidade de revelar sua luz, mas não é má pessoa.

– Mas é uma Rumada em potencial – alertou Gonçalo, franzindo as grossas sobrancelhas, que mais pareciam taturanas. – Isso não podemos negar. Digo, quanto menos luz, mais fácil ser persuadido...

– Tem razão – Dorothy sentia que estavam perdendo o foco da reunião –, mas mesmo assim é preciso um Recrutador para formalizar a escolha, além da idade certa para que qualquer pessoa, inclusive Grensold, escolha o lado das Sombras. Não é uma tarefa muito fácil.

---

Benjamin já tinha quatro anos de idade e todas as manhãs despertava com o ritmo forte da bengala, companheira de Jasper nos últimos tempos. O pai marcava o passo com ela em cada um dos dezesseis degraus até alcançar, às sete em ponto, o quarto de Isabella. Então, entregava a ela a xícara de chá preto com gotas de *Artemisia tridentata*, arrumava os papéis espalhados pelo chão, os brinquedos, invariavelmente quebrados, e descia novamente. Mais tarde, Emily subia com mais chá, torradas e amoras, momento em que aproveitava para chamar Benjamin para tomar café com eles na sala.

Naquela manhã, porém, 23 de agosto de 1987, tudo seria diferente. Isabella já havia completado sete anos, e, portanto, já era tempo de ir para a escola. Seria seu primeiro dia de aula.

— Então agora ela pode sair ao sol? — Emily não se conformava. — Eu estou ouvindo bem? Então tudo mudou da noite pro dia? Como pode ter tanta certeza?

— Confie em mim, Emily.

— E por acaso você confia em mim? A cada dia é uma surpresa com essa menina. Nem sabia que você tinha colocado ela na escola! Por que eu tenho que ser a última a saber das coisas?

— Emily, você sabe, embora em raríssimos momentos, eu falei com Arianna... ela sabe da doença da filha.

— Começo a achar que vocês são todos doentes!

— Emily, por favor... isso vai ser melhor pra ela, pra todos nós... não vamos criar problemas...

A mulher parou por um instante e concordou com a cabeça. Isabella na escola seria uma nova fase para ela e sua família. A protegida passaria a se aproximar de uma vida comum. Como a de qualquer criança.

— Tudo bem, Jasper, tudo bem... Você tem razão. Mas talvez seja melhor colocar um chapéu na menina — Emily andava pela casa. — Tenho medo que ela se ressinta da claridade.

— Ótima ideia mesmo — Jasper levantou os braços para exagerar na ironia. — Já no primeiro dia de aula ir parecendo uma camponesa... Emily, ninguém vai para a escola de chapéu!

— Quer saber? Cansei! Você nunca está feliz! Vou preparar o lanche... — Emily andava pela cozinha como uma barata tonta, parecia que estava sendo testada em uma prova dificílima. — Agora, me diga... como vou colocar batatas e amoras em uma lancheira? Se você quer que ela não seja hostilizada, é melhor que coma sozinha no recreio, que ninguém vai entender...

— Isso é o de menos — Ross parecia incomodado. — Infelizmente Esparewood já conhece Isabella e algo me diz que o assunto de hoje será ela...

— Claro. As notícias correm, Jasper, não temos como evitar isso. — Emily continuava tensa. — Ainda mais nesta cidade, que é um ovo.

— É desagradável quando ficam me olhando na rua. Tem gente que chega a apontar para mim!

— Até parece, você mal sai de casa! Eu é que tenho que ficar suportando todos os cochichos às minhas costas. No supermercado, na feira... Nem quero pensar as barbaridades que essa gente deve inventar.

Jasper apertava os lábios e os punhos, estava nervoso, e as palavras de Emily não ajudavam.

— Bem, está chegando a hora. Devemos ir.

— Então é melhor você pegar logo a Isabella. Aposto que ela vai aprontar alguma para não ir. Ela não gosta de convivência.

Emily estava errada. A menina já vinha descendo as escadas nesse instante, de uniforme, bem penteada e carregando a mochila nas costas. O cabelo liso estava preso com uma fivela na lateral, e, de relance, Ross viu ali uma réplica de Arianna.

— Vamos! — disse Isabella num tom imperativo. — Estou pronta.

— Isabella — interveio Emily —, pegue aqui a sua lancheira. Não esqueceu nada? Pegou todo o material que pediram na lista?

— A lista! Espere! — Jasper bateu com a mão na própria testa e percutiu a bengala no chão. — Eu deixei no batente da escada.

— Cuidado com a sua perna, homem! Devagar nesses degraus — Emily falou pensando nas queixas que teria de ouvir mais tarde sobre as dores do marido.

— Pelo jeito, o tio Jasper quer que eu me atrase logo no primeiro dia — Isabella falava enquanto checava os itens da lancheira.

Emily ficou observando a sobrinha e pensando na loucura em que sua vida tinha se transformado.

— Vamos indo — Jasper desceu o mais rápido que pôde e se aprumou, puxando a sobrinha pelo braço. — Espere! Onde está sua pulseira?

Emily revirou os olhos e bufou, voltando para a cozinha.

— Isabella! Isso foi presente da sua mãe e já conversamos a respeito: você NUNCA deve tirar essa pulseira! — Ross só não entendeu como ela conseguira tirá-lo, se o adereço se prendia sem fechos?

Em vez de responder, Isabella subiu e voltou depressa chacoalhando o braço. Parecia que a peça de metal se ajustava sozinha em seu fino pulso.

— É seu primeiro dia na escola — Jasper dizia isso de uma forma um tanto artificial —, e é muito importante que você a use.

— Eu gosto desse desenho — a menina parecia hipnotizada por aquela enigmática mandala.

Mais uma vez a pulseira se moveu sozinha, como se estivesse "agradecendo" o elogio. Isabella não estranhou, ao contrário, parecia ostentá-la com orgulho.

O colégio ficava bem próximo da casa deles, apenas a seis quadras, mas Ross preferiu levar a sobrinha de carro, para evitar o esforço da perna, e, principalmente, a luz ainda brilhante do fim do verão. O que nenhum dos dois esperava era que uma claridade, bem diferente da dos raios solares, os ofuscasse assim que abrissem a porta para sair. Um flash de máquina os cegou e imediatamente uma mulher baixinha, com um cabelo estranho que parecia de plástico, abordou-os com uma voz estridente.

— Bom dia, sr. Ross, então esta é a famosa Isabella? Que bonitinha que ela é! Não parece nada com o que dizem por aí...

— Senhora, quer me dar licença — Ross tentava se esquivar do gravador que a mulher empurrava em direção a seu rosto —, temos que chegar à escola.

— Ah, então ela vai mesmo à escola? O senhor soube das apostas pela cidade? Quem apostou que ela iria na idade obrigatória, de cinco anos, perdeu, e quem garantiu que ela entraria no Junior School aos dez parece que tamb...

— Pela última vez, senhora... — Ross a interrompeu, desacreditando a que ponto chegavam as especulações em torno de sua vida.

— ... Miller, Graça Miller, e eu gostaria de saber se ela ficará com os menorzinhos, que...

— Não, nada de menorzinhos — disse a menina, em sua voz grave e levemente melodiosa, atraindo todos os flashes. — Eu já vou direto para o Junior School. Tirei dez em todas as provas de admissão.

No fundo, Ross estava orgulhoso de Isabella, mas não quis se estender mais naquela conversa fiada, com uma repórter intrometida e irritante de um jornal sensacionalista.

— Sei que a imprensa é curiosa, caça "furos" de reportagem, mas a senhora, sra. Miller, está sendo inconveniente demais. Aqui não temos nada de extraordinário para vocês, além de uma criança indo à escola. Por favor... Ou chamarei a polícia por sua invasão de domicílio.

— Domicílio? Pelo que sei, estou no passeio público — ela deu um passo para trás, fincando os pés na calçada —, e a rua, a rua é pública, sr. Ross.

— Desculpe, mas saia do meu caminho agora!

— Se o senhor não vai falar comigo, eu descobrirei a meu modo as informações de que preciso... — a nanica retorceu-se num esgar que fez ferver o sangue de Jasper.

— Já falei para que saia da minha frente! — ele se dirigiu ao veículo mancando mais do que o normal.

Emily ouviu o burburinho e abriu a cortina da janela da sala. Na mesma hora recebeu o flash do fotógrafo na cara. Não se intimidou, acompanhando o trajeto do marido e da sobrinha de mãos dadas até o carro sendo alvejados pelos clarões das fotos e pelos olhares curiosos de toda a vizinhança, que se aglomerara ali em coisa de segundos. Tanto Jasper como Isabella cobriam o rosto com as mãos, evitando os pipocos luminosos. De longe, Emily pôde perceber o brilho da pulseira resplandecendo, como se agradecesse por todo aquele assédio.

# Capítulo 9

Elizabeth acordou num sobressalto. A imagem de uma Emily assustada veio a sua cabeça e não a deixou mais dormir. Precisava saber se estava tudo bem no sobrado dos Ross. Ela precisou jogar água gelada no rosto para descer os degraus no escuro e chegar à cozinha para tomar seu estimulante matinal: um café bem forte. Escutou um barulho na porta e olhou para o relógio. Era o *EspareNews*, que chegava pontualmente, todos os dias, às cinco e meia. O pressentimento a acompanhava.

Ela abriu a porta da frente, que rangeu pela falta de manutenção, e se abaixou para pegar o diário no capacho. Voltou até a cozinha, passou o café com a água que já estava fervendo e só depois se sentou e abriu o noticioso.

Diferentemente de Ross, ela não usava óculos, mas ao ver as fotos na lateral do primeiro caderno seus olhos se arregalaram tanto que pareciam duas lentes de aumento. Sua filha, fotografada com uma cara de espanto, estava entre as manchetes.

## O MISTÉRIO DA RUA BYRON
por Graça Miller

*Já faz sete anos que a pacata rua Byron, em Esparewood, guarda uma misteriosa história que envolve uma garota, seus hábitos pouco convencionais e o duvidoso relacionamento com seus tios. A curiosidade e a imaginação dos moradores da cidade já criaram inúmeros boatos sobre a criança, que, segundo informações sigilosas, obtidas por uma fonte segura, chegou em um cesto, durante uma fria noite de inverno.*

O EspareNews não poderia deixar de estar lá no momento que a cidade vai saber um pouco mais da história de Isabella Ross. Afinal, "a menina do cesto" vai à escola. Não aos cinco anos, como qualquer criança normal, mas aos sete, direto para a turma Junior School, mesmo sem nunca ter estudado antes. Seria ela uma superdotada?

Nossa equipe de reportagem notou que a dona do rostinho sério, semiencoberto pelos longos fios de cabelo negro, é controlada pelos tios Emily e Jasper Ross, que só a levam para fazer curtos passeios nos fins de tarde – consta que ela nunca saíra para a rua antes das oito da noite. O casal se negou a responder às perguntas da imprensa.

"Acredito que os boatos sejam reais, há algo de muito estranho na casa", diz Nalva Mills, vizinha de frente dos Ross que emitiu sua opinião sobre o caso. "Imagine, sair de casa só ao pôr do sol? Mas aposto que isso tudo é só uma parte da história e, no final das contas, ela não passa de uma pobre garota indefesa que está sendo maltratada pelos tios."

De fato, há rumores de que Isabella Ross é uma provável vítima de um adulto que sofre com sua exoneração precoce do exército. São conhecidas as desordens de comportamento de reservistas, e este pode ser o caso de Jasper Ross. Há ainda boatos de que a permanência da criança em casa seja uma forma de castigo, o que levanta suspeitas de crime contra a infância.

As mais diferentes histórias, algumas fictícias, outras nem tanto, circulam pelas conversas da cidade, inclusive a respeito da aversão de Isabella à luz do sol. Seria uma sensibilidade cutânea, uma simples fotofobia, ou alguma doença mais grave? As respostas pulam de janela em janela, de boca em boca, e os esparewoodianos se atualizam sobre o tema semanalmente.

Mas foi o depoimento de Milena Parson, a famosa parteira da cidade, dado a este noticiário na semana passada, que nos levou a uma averiguação na própria residência dos Ross. "Não tenho dúvida de que a grande maioria das crianças e jovens, e também muitos adultos de Esparewood, vieram ao mundo por minhas mãos. Não foi o caso de Isabella. Quando fui à casa dos Ross, para o nascimento de Benjamin, *deparei pela primeira vez com ela. Estava na porta do seu quarto, como se estivesse me aguardando, e seu olhar... eu nunca vi aquilo em uma criança de três anos. Eu me senti ameaçada, saí correndo de lá e nunca mais passei na rua Byron, faz quatro anos", relatou Parson.*

*Por tudo isso, a volta às aulas no Colégio Edgard II ganhou inesperada importância, e deverá ter mais desdobramentos. Vamos enfim conhecer a verdadeira história por trás da cidadã mais excêntrica de Esparewood.*

A chaleira apitava e fumegava como um trem a vapor descontrolado.

---

O telefone tocou cedo na casa dos Ross. Era Elizabeth dizendo a Emily que já estava a caminho de sua casa.

— Mas às seis da manhã, mãe? Aconteceu alguma coisa?

— Nada, querida, apenas sonhei com você...

— Mãe, estamos numa rotina corrida, começaram as aulas...

— Eu sei...

— ...

— Por isso estou indo aí. Você deve precisar de mim... Até já!

Quando Elizabeth estacionou a motoneta na porta da casa de sua filha, eram 6h45, e eles já tinham descoberto a razão de toda aquela pressa. Ross estava inerte na cadeira, segurando o jornal, mas lendo algo "através" dele (e pela primeira vez na vida Elizabeth o viu com o cabelo desalinhado). Emily, sentada a sua frente, olhava para baixo, apoiando sobre a mesa a testa nas mãos cruzadas. Isabella ainda não estava na sala, mas desceria em breve.

— Vou processar esse jornalzinho! Um absurdo! Lançarem dúvidas sobre minha sanidade! — Jasper levantou-se bruscamente, assustando Emily, que tentava conter as lágrimas.

— Vocês precisam ter muita calma neste momento — Elizabeth modulou o tom de voz para não alterar ainda mais os ânimos, exaltadíssimos.

— Fica fácil, para você, falar. Não foi você que foi acusada de cometer um crime repulsivo, condenada por algo que não existe, senão na cabeça pervertida desses jornalistas... — reagiu Emily, inesperadamente.

— Tem razão, você tem toda a razão, minha filha, mas não se preocupe, a justiça virá e essa desgraça...

— Desgraça mesmo! Graça descarada! — esse nome reverberava na cabeça de Emily e ela já não ouvia mais a mãe. — Pare de falar para eu me acalmar. Você quer me irritar ainda mais, mãe?

— Elizabeth — disse Jasper, injuriado —, sem querer ser rude, mas se foi isso que a senhora veio fazer aqui, então...

— Não, Ross — Elizabeth o interrompeu —, de forma alguma. Vocês não estão me entendendo, eu vim primeiro para dar um conselho...

— Ah, me desculpe, mas isso aqui é entre mim e minha mulher! Não precisamos de conselhos...

— Pois eu vou falar, mesmo assim: qualquer coisa que façam neste momento vai virar outra notícia, e mais outra... É melhor se concentrarem no que importa, ou seja, cuidar para que a menina se comporte no colégio, para que não cause problemas, e que a apoiem sem vacilar diante das pessoas... — com essa frase, Elizabeth surpreendeu os dois, mas ainda mais a si mesma. — Bem, e também vim pedir para ficar um pouco com meu neto. Acho que agora vocês não estão em condições de lhe dar atenção...

— Acho que... — Emily mostrou-se menos irascível.

— Posso ficar com ele até amanhã? Eu deixo a motoneta aqui e vamos para casa no ônibus das dez. Juro que trago ele de volta amanhã no fim da tarde.

— Emily, não vai dar certo, o Benjamin nunca dormiu fora de casa, depois vai acordar chorando no meio da noite e... — Jasper estava inflexível.

— Ross, não vai acontecer nada, eu garanto, eu me responsabilizo — Elizabeth falou com firmeza, transmitindo até certo alento ao genro.

— Sim, Jasper, o Benjamin adora minha mãe. Acho que é uma boa ideia deixá-lo um pouco longe desses holofotes, pelo menos por agora...

Se restava alguma dúvida, ela se dissipou assim que Benjamin apareceu no topo da escada dando um grito de alegria e abrindo um enorme sorriso.

— Vovó! — Elizabeth subiu rapidamente os degraus e abraçou o menino.

— Você quer ir comigo lá pra minha casa?

O menino acenou a cabeça positivamente e ambos sentaram nos degraus da escada como dois amigos. Mas não demorou para perceberem que estavam impedindo a passagem de alguém. Um corpo magro, vestindo o uniforme da escola, queria descer. Elizabeth reparou no braço que levava a bela pulseira prateada, com um símbolo geométrico no centro.

"É a mesma pulseira... e o mesmo movimento...", pensou.

Jasper se locomovia no andar de baixo, pegando as chaves e tomando o último gole de café.

"Eu vi de novo. Eu vi no braço dela a pulseira se mexendo sozinha", Elizabeth ruminava em sua cabeça.

— Vovó, o que foi? — o menino notou que Elizabeth havia afrouxado o abraço, impressionada com o que acabara de ver.

— Nada, nada, querido. Vou pegar as coisas no seu quarto — Elizabeth levou Benjamin até Emily e subiu para preparar a mochila dele. A imagem do metal momentaneamente liquefeito, contudo, não saía de sua cabeça.

Ross e Isabella já estavam indo quando Elizabeth apareceu nas escadas. A garota se voltou para ela e, em seguida, com um olhar fulminante, mirou Benjamin, como se cobiçasse alguma coisa dele.

---

Emily só havia visitado Elizabeth três vezes desde que Benjamin nascera — incentivo suficiente para a avó criar um espaço de brincadeiras só para o neto, onde ele se sentisse à vontade.

Os brinquedos não eram muito comuns, como a raposa empalhada que Elizabeth havia ganhado de tia Ursula, mas as almofadas coloridas e as receitas deliciosas que Elizabeth sempre preparava quando Benjamin estava lá, como o famoso bolo de chocolate com cerejas, transformavam cada momento em uma festa. O menino até sentia um pouco a falta dos pais, especialmente de Emily, mas, assim que percebia um olhar tristonho do neto, Elizabeth fazia uma micagem, uma representação de algum personagem da TV ou mesmo boas cócegas na barriga dele. O tempo passou com suavidade e tudo correu bem até o dia seguinte.

Logo cedo, Grensold preparou o café da manhã dos dois e, à mesa, Elizabeth teve uma ideia.

– Benjamin, hoje vou te apresentar alguém muito especial – aguardou a ajudante se retirar para completar. – Um amigo muito bacana da vovó.

– Cadê ele? – o curioso Benjamin se levantou e foi em sua direção. – Quem é ele, vovó? Vai brincar com a gente?

– Calma, querido, vamos até a sala – seu neto estava ansioso. – Ele se chama Sonny e já está aqui conosco.

– O Sonny está escondido, vovó?

– Está sentado naquela poltrona e sorrindo para você – o menino olhou para onde ela apontou e não viu nada.

– Vovó, acho que preciso de óculos... – Benjamin apertou os olhos e ela riu.

– Querido, é um "amigo invisível" meu, cumprimente-o – e o neto se empolgou com a nova brincadeira.

– Oi, Sonny! Conhece a raposinha? – Elizabeth notou que ele estava "fazendo de conta" que enxergava seu "amigo misterioso".

Neste momento, Grensold entrou na sala com um ar sisudo, o que a fez mudar de ideia repentinamente.

– Benjamin, tive uma ideia melhor! Vamos brincar de "compota alquímica"? – Elizabeth piscou para Sonny.

– Como é isso?

– Ah, você vai adorar! Com fatias de laranja açucarada faremos uma pequena explosão! – Ela esboçou um gesto teatral com as mãos e depois baixou a voz, até ficar quase inaudível: – Só não pode contar nada para os seus pais, viu? Senão eles vão brigar comigo...

– Pode deixar, não conto, não! – ele estava animado para ver logo o experimento.

– São como fogos de artifício, vou lhe mostrar. E dá pra fazer o mesmo com maçã, cereja ou com sementes de diferentes frutos.

Benjamin ficou encantando observando-a preparar o explosivo caseiro. Já tinha visto muitas vezes a avó de avental fazendo deliciosas compotas para estocar ou vender. Mas certamente era a primeira vez que via uma fatia de laranja açucarada virar uma pequena fogueira que, em seguida, se expandia em explosões consecutivas, soltando faíscas para todos os lados. Era um espetáculo incrível, possibilitado por duas gotas de uma substância azulada que ela tirou de dentro de um vidrinho com um conta-gotas e despejou delicadamente sobre a fatia do doce. O aroma espalhado pelo ar após aquela miniexplosão era igual ao dos bolos de laranja que ela fazia para o lanche, e o menino batia palmas como se estivesse em um aniversário.

Depois da brincadeira, Elizabeth saiu com o neto para um passeio pelo Bosque das Clareiras, que começava ao lado de sua casa e se estendia por milhas envolvendo toda a região. Não foram muito longe, pois a mata começava a ficar mais densa, e Benjamin tinha medo das lendas que se escondiam por trás daquelas árvores centenárias, mas andaram o suficiente para que pudessem comer amoras e correr em liberdade pela grama alta. Em seguida, já de volta em casa, a avó mostrou ao neto todos seus livros e também fez mais uma experiência com seus tubos de ensaio só para ele ver uma fumaça de cor violeta subir pelos ares. O menino acompanhava tudo, eufórico, e grudava no pescoço dela em um misto de temor e encantamento. Elizabeth ria e continuava falando coisas que ele não entendia muito bem, mas escutava com atenção.

Os dois almoçaram mais tarde do que de costume, mesmo porque tinham passado mais de meia hora enfiados na estufa onde eram plantadas ervas, flores e algumas outras sementes misteriosas. Mas, quando se deu conta de que a luz do sol já estava fraca, Elizabeth cessou as atividades. Não queria romper o acordo que tinha feito com Emily, para poder repetir dias como aquele com seu neto, passeando e lhe mostrando um outro lado das coisas...

– Posso voltar amanhã, vovó? Prometo estudar a lição!
– Vamos ver, Benjamin... a vida é como a alquimia, sempre reserva surpresas!

Arrumou a mochila do neto, deixou uma chave com Grensold e se despediram. Ao chegar à casa da filha, estranhou que o carro não estivesse na garagem. Não parecia ter ninguém em casa. Percebeu pela porta dos fundos que Emily também não estava na cozinha, como era de se esperar. Decidiu pegar a chave que ficava escondida numa pedra solta do jardim e entrar.

Vendo que o silêncio reinava na casa, a avó pediu que o neto esperasse um pouco na sala, enquanto levaria sua mochila para cima e confirmaria se seus pais de fato teriam saído juntos.

– A minha não precisa levar, vó, tem meu livrinho e chocolates...
– Fique com eles – Elizabeth entregou o que ele queria e levou para cima a mochila com as roupas, e com o fecho semiaberto. – Vovó vai guardar suas outras coisas e já desce, ouviu? – ela não queria ser interrompida por ninguém, muito menos por seu neto.

Estava certa de que aquela era a oportunidade que aguardava havia muito tempo: pegaria Isabella de surpresa, sem o genro farejador para atrapalhar, e teria a chance de descobrir mais sobre ela. E sobre a pulseira feita de uma liga de amálgama ainda desconhecida.

A porta do quarto do fundo do corredor estava fechada, como sempre, e Elizabeth se sentiu atraída como um ímã até ela. A cada passo em direção ao cômodo da *monstrina*, um arrepio gelado subia por sua coluna. Seus pensamentos se embaralharam, e ela foi pisando com todo o cuidado em cada taco, como se um movimento mais brusco fosse fazer eclodir sua verdadeira intenção. Repentinamente, a porta a sua frente se abriu.

– A senhora? Aqui? – o olhar da menina foi uma flechada.

– Isabella! Você quase me mata de susto!

– Meu tio sabe que a senhora gosta de bisbilhotar a casa quando eles não estão?

– O que é isso? Imagine... Eu só vim conferir se estava tudo bem..., estranhei eles não estarem... – a avó postiça da menina assumiu um tom amigável, para não assustar a presa, e se recompôs rapidamente ante sua afronta. – Diga-me, por onde andam seus tios?

– Na delegacia. Na volta da escola, foram perseguidos na rua.

– Perseguidos?! Como assim?

– Repórteres e vizinhos bisbilhoteiros, como a senhora – a menina mirou-se no espelho e arrumou os cabelos orgulhosamente. Parecia muito mais velha do que seus sete anos. – Acho que estão todos falando de mim.

– Ah... – o sangue de Elizabeth esquentou – ... e diga uma coisa: você acha que merece essa atenção toda? Acha que é muito diferente das outras crianças?

– Depende do que a senhora chama de diferente: se pelo fato de eu saber tudo de todas as matérias, de me cansar com todas aquelas bobageiras da escola e me irritar com quase todos daquele colégio, então, sim, sou absolutamente diferente.

Elizabeth sempre se espantava com a linguagem mordaz da menina e com a forma como ela se expressava. Não queria admitir, mas estava com uma sensação densa que, se não fosse em relação a uma menina de sete anos, poderia ser chamada de medo.

– Você sente a falta da sua mãe, é isso... – investiu provocativamente, espiando ao redor para assegurar-se de que ninguém a escutava.

– Claro que não! – Isabella foi tomada de um ímpeto de raiva, mas logo retomou sua calma inabalável. – Quando cheguei aqui, eu não tinha nem oito meses... Mas, pense comigo,

d. Elizabeth, laços de família não se quebram facilmente, não é? Um dia, tudo volta...

— Laços de família? Fico impressionada, Isabella, como você escolhe tão bem as palavras... Esse Edward II deve ser realmente um colégio muito bom — ela disse, tentando desarmar a garota.

— É Edgard II, d. Elizabeth... E ele não tem nada a ver com a forma como eu falo; como lhe disse, não tenho nada a aprender lá, apenas faço alguns..., digamos, experimentos. E devo admitir que é bem mais divertido do que ficar trancada nesta casa. Foram muitos anos, eu já me cansei de leituras e desenhos.

— Ah, sim, bem lembrado. Eu já ia te perguntar sobre isso — a cada palavra, os olhos atentos de Elizabeth perscrutavam o ambiente em busca da pulseira, ou de qualquer outro objeto comprometedor. Com certeza havia mais mistério naquela casa do que ela imaginava. — Você sempre me pareceu tão quietinha quando nos encontrávamos. Confesso que não esperava que fosse tão... eloquente — Elizabeth aproveitava para testar os limites da menina.

— Eu faço a minha parte. Sou apenas uma... criança...

Isabella, indiferente, girou a barra de sua camisola e sentou-se delicadamente ao pé da cama. Apanhou um urso de pelúcia que se escorava nas almofadas e o abraçou contra o peito. Com a cabeça ainda baixa, ergueu um olhar inocente para Elizabeth, que estava petrificada.

— Ora, vamos, d. Elizabeth, a senhora entende de fingimentos...

— Fingimentos? Não sei do que está falando.

— Se a senhora insistir em se fazer de boba, nossa conversa nunca vai terminar. Não acha que eu ficava aqui no quarto enquanto todos dormiam, acha? Sei o que aconteceu no porão há alguns anos...

— Então foi você! — em um lampejo, Elizabeth se lembrou do barulho que interrompera sua reunião com os Aliados há muito tempo, quando ainda se hospedava na casa de sua filha.

— A nossa única diferença é que além de fingida a senhora também é louca. É a única explicação para falar sozinha naquele porão imundo. E por repetir tantas vezes o meu nome. Fico feliz que preencha suas horas livres falando de mim.

Elizabeth engoliu em seco e endireitou a postura. Era como se voltasse de uma outra dimensão. Seu olhar novamente percorreu o ambiente em busca da pulseira, mas aparentemente teria de estender aquela conversa esdrúxula por mais alguns minutos, pois o objeto ainda não estava à vista. Através da janela, pela primeira vez revelada pelas pesadas cortinas, era possível ver as copas das árvores do Bosque das Clareiras e o céu azul, vazio, exceto por algumas aves que sobrevoavam os telhados baixos da rua. Sabia que deveria voltar sua atenção à menina e tinha a desconfortável impressão de estar diante de uma bomba-relógio. Os segundos estavam passando, e a qualquer momento a *monstrina* poderia mostrar sua verdadeira face.

— Por que não mudamos de assunto, Isabella? — Elizabeth queria ganhar tempo e, ao mesmo tempo, retomar uma conversa natural, para que conseguisse seus objetivos. — Que tal me dizer por que tem tantos livros.

— Apesar de tudo, tenho orgulho deles. São minha grande fonte de sabedoria — ela apontou a estante, repleta de exemplares. — Gosto de livros que falam sobre família...

— Como *A Família Robinson*? — Elizabeth sentia as pernas dormentes e mal conseguia falar, mas ainda tentava amenizar a situação.

— Não, como a família Lutz.

— Ah... esse eu não conheço... — a mulher se aproximou da estante e começou a passar os dedos pelos diversos volumes.

— É uma família de Amytville, nos Estados Unidos.

— Sei... literatura estrangeira... Deixe-me ver o que mais você tem aqui... ah... Mary Shelley, nossa... e até Herbert Wells!

Elizabeth virou-se para Isabella e viu que sobre as roupas de escola jogadas sobre a banqueta almofadada estava não só a gravatinha cor de vinho do uniforme como também... a pulseira! "Agora parece bem imóvel, mas é a mesma pulseira e preciso tê-la comigo", convenceu-se. Elizabeth raciocinava em silêncio enquanto notava que a escrivaninha, sobre a qual estava uma série de papéis e canetinhas destampadas, ficava no meio do caminho entre a estante e a banqueta. Era um bom motivo para chegar mais perto. "Contra um inimigo vaidoso... a vaidade!", raciocinou.

– Você gosta de desenhar também? Aposto que seus desenhos devem ser maravilhosos! Posso ver?

Isabella não respondeu, estava entretida penteando os longos cabelos e apenas levantou os ombros com desdém.

Elizabeth deu um passo largo, posicionando-se de costas para a banqueta e de frente para os desenhos. Quando virou as folhas, levou a mão à boca. Era uma série de traços geométricos, bastante complexos para terem sido feitos por alguém tão jovem. Ali estava mais uma prova de que Isabella, ao contrário do que tinha aventado com os Aliados, era uma menina extraordinariamente inteligente. "O Mal... o Mal pode ser calculado, geométrico e... estranhamente belo."

– Que lindos desenhos, incríveis mesmo! Pena que está tão escuro. Tem um abajur aqui? – Elizabeth, fingindo que procurava mais luz, tropeçou intencionalmente na banqueta, fazendo com que ela se virasse e lançasse tudo ao chão.

– Velha desastrada! – Isabella soltou o comentário em tom baixo, e Elizabeth fingiu que não ouviu. Só se preocupava em pegar tudo do chão e devolver na banqueta.

Tudo menos um pequeno objeto prateado, é claro.

Nesse momento o barulho do trinco no andar de baixo forçou Elizabeth a abandonar imediatamente o recinto sufocante. Ela colocou em cima da escrivaninha alguns desenhos que também tinham caído enquanto delineava mentalmente algumas alternativas para explicar o fato de estar no quarto de Isabella. Mas Jasper foi mais rápido.

– Isabella? Você está bem? – Ele entrou com ímpeto, segurando a perna que devia ter se ressentido por mais uma subida rápida pela escada. – Elizabeth? O que está fazendo aqui?

— Eu... quis perguntar a Isabella por que vocês não estavam em casa. Ela falou que...

— Saia daqui, Elizabeth. Você precisa saber os seus limites! — Jasper nunca a tratara daquela forma antes, não tão rispidamente.

— Mas não havia ninguém... eu não poderia ficar com a criança do lado de fora, ele estava cansado, com sede...

— Tio, eu disse para ela não invadir nossa casa, que você não ia gostar nada, nada... — a voz de Isabella era suave e grave ao mesmo tempo.

— Elizabeth, saia daqui! Agora!

Ela ficou indignada com os modos de seu genro e ainda mais com o sorriso da pequena criatura, que se duplicava no espelho.

— Mãe... — Emily chamou no pé da escada e logo a viu descendo, com a mão nos olhos.

— Eu... eu vou embora... o seu marido não me quer aqui. Se precisar de algo, me ligue. — Elizabeth foi até Benjamin, que estava observando tudo, e, assim que ganhou um beijo na bochecha, enlaçou o pescoço da avó. — Tchau, meu amor.

Benjamin parecia triste com a despedida inesperada. Apertou a mão da mãe, que estava a seu lado, e olhou para ela esperando uma explicação.

— Fale tchau para a vovó, querido. Logo ela estará aqui de novo, não é, mãe? — Emily não concordava com nada daquilo, mas conhecia o marido que tinha e sabia que era o melhor para o momento.

— Claro. Eu vou... mas eu volto. — Elizabeth foi se dirigindo à porta, pegou a chave da motoneta e olhou mais uma vez para o neto. — Aliás, pode ter certeza disso: eu volto.

# Capítulo 10

A sala recendia a uma mistura de alfazema com calêndula, e todos os convidados já estavam em seus lugares, fazendo uma sombra aumentada nas paredes opostas pela luz baixa das velas no centro da mesa. O clima de penumbra refletia a gravidade da pauta da reunião.

– Maldade, força e agora essa inteligência demoníaca... – Gonçalo levou as mãos à cabeça. – Isso é um filme de terror!

– Sim, a menina é um gênio, um gênio maquiavélico, não vou dizer que não, infelizmente nos enganamos nesse quesito. Mas nada de pessimismo, Gonça. Nós também temos nossos trunfos.

– Sim, temos um time aqui – completou Gregor. – O que importa é saber o que muda em nossos planos porque, pelo jeito, a menina é ainda mais perigosa do que a mãe.

– O que muda é que agora sabemos melhor o que ela é capaz de fazer e estamos mais preparados. Vamos manter a calma e agir conforme o nosso roteiro.

Quando estava em sua própria casa, Elizabeth se sentia completamente confiante. A comprida bancada de experimentos dava lugar a uma mesa de reunião oficial, na qual ela ocupava a cabeceira, evidenciando sua liderança. Ela parecia brilhar em meio à penumbra da sala, aromatizada por essências de ervas. "O ideal para se comunicar com o que não é visível", pensou.

– Sem contar que, agora, você está armada – disparou Gonçalo.

– Como? – Dorothy ficou intrigada.

– Armada? – Gregor ajeitou o corpo e esticou o pescoço para a frente como uma tartaruga.

— Prossiga, Elizabeth, conte logo a eles!

— Com os últimos acontecimentos, descobri coisas interessantes sobre Arianna e..., ou melhor, descobrimos, não é, Gonça?

— Nosso trunfo é essa arma — Gonçalo se colocou ao lado da líder em segundos.

— O que temos nas mãos pode revolucionar tudo o que sabemos sobre as Criaturas das Sombras — Elizabeth retomou a palavra.

— Acabe logo com esse mistério, mulher! — Dorothy ainda não sabia de nada e também se esticou em busca da resposta.

A líder do encontro abriu a palma da mão e ali brilhava um adorno prateado, com desenhos geométricos.

— Não acredito! — Dorothy tirou os óculos e piscou repetidas vezes. — É o Bracelete de Tonåring!

— Você sabe alguma coisa sobre isso? — Elizabeth estranhou a reação de Dorothy. — Parece que já ouvi esse nome...

— Os Rebeldes. Os Rebeldes que estão na Zona Neutra passam códigos de vez em quando. De lá eles conseguem estudar informações que desconhecemos, porque estão numa área onde os governadores não têm acesso. Eles captam frequências compartilhadas de todas as outras Colônias do universo. No último contato, pedimos indicações das armas que estavam sendo usadas pelos Seres das Sombras e, em resposta, mandaram um palíndromo, "LÁ TEM METAL", inscrito em letras góticas no centro de uma mandala.

Todos ouviam atentos a exposição de Dorothy a respeito do adorno metálico que foi perdendo gradativamente todo seu brilho e magnetismo ao ser posto sobre a mesa.

— Mas você tem certeza, Dorothy, que essa pulseira é mesmo o Bracelete de Tonåring? Porque, veja, ela parece ter perdido todo seu encanto... — Gregor não estava convencido.

— Eu vi a pulseira "se mexer" no pulso da menina, Gregor, como se estivesse... viva! — Elizabeth tentou elucidar melhor a história. — Mas de fato, agora, não sei o que houve...

— Experimente colocá-la no seu pulso — sugeriu Gonçalo.

— Não creio que seja uma boa ideia. Foi presente de Arianna, receio que... Vocês não têm ideia do que a *monstrina* me disse.

— Elizabeth, crianças são voluntariosas. Às vezes falam coisas sem sentido. Além disso, foi a mãe que deu isso pra ela.

— Não é o que eu penso. Para mim, Isabella é uma Rumada e com certeza optará pelas Sombras.

— Calma, gente — Dorothy queria tranquilizar os ânimos. — Eu já vi todos os casos, tanto de Rumados que optaram pelo Mal muito jovens como dos que já pareciam condenados desde a infância e se renderam à Luz na maturidade. Sendo assim... — Dorothy também foi interrompida por Gonçalo.

— Mas não é sempre aos dezoito anos que os Rumados fazem a escolha entre a Luz e as Sombras?

— Gonçalo, você não sabe nem o básico? Acho que precisa voltar a estudar um pouco... Há casos mais graves, os de Rumados que já fazem suas escolhas aos nove anos, no fim da primeira etapa.

— Tão jovens assim? Mas que *cousa*! — o sotaque lusitano ficou mais carregado.

— São espíritos de imensa escuridão, que já têm essa tendência muito pronunciada. Pode ser o caso da Isabella, ainda não sabemos. Há quem faça essa escolha aos vinte e sete, aos trinta e seis e até aos quarenta e cinco anos. Lembram-se do célebre caso de Betty Nemar? Ela escolheu as Sombras aos sessenta e três, poucos meses antes de cometer o seu primeiro crime...

A campainha soou duas vezes, silenciando a todos, que se entreolharam. Elizabeth fez um gesto com a mão pedindo aos que estavam sentados para que esperassem e foi até a porta falando consigo mesma.

— Pelo menos alguém nesta reunião chega pelos métodos convencionais... Estava com saudades de ouvir esse dingue-dongue.

— Não sabia que viria mais alguém — estranhou Dorothy.

— Grande coisa! Com tanto atraso, até eu chegava pela porta... — cochichou Gregor. — Mas quem poderá ser?

Na soleira, o abraço de Elizabeth foi efusivo; já o da jovem mulher de cabelos castanhos e cintura muito fina, nem tanto. Ela parecia desconfiada. Da sala, os convidados viam o que se passava, mas não ouviam muita coisa. Puderam escutar trechos da conversa entre as duas: "... muito tempo... esperava você me chamar antes... Tudo tem a sua hora... Mas foram oito anos...". Elizabeth olhou para trás e, percebendo que estava sendo observada, baixou o tom de voz. Ninguém mais ouviu o que ela disse. Os sons diminuíram enquanto os passos ressoavam no chão de madeira maciça, um dos orgulhos de Elizabeth.

A casa era antiga e a iluminação variava segundo a posição do sol. Para aqueles que chegavam de manhã, era escura e um pouco fria. Os que chegavam à tarde descreviam o local como ensolarado e aconchegante. Mas era durante a noite, com os lustres antigos e os candelabros com velas acesas, que os aposentos costumavam ter seus momentos mais interessantes.

– Aguarde aqui um instantinho, por favor – disse Elizabeth para a mulher, apontando um canto da antessala retangular sobriamente decorada com um único tapete oriental.

– Por causa deles?

– É. Você não pode vê-los ainda. Dorothy tem netos e bisnetos, e Gonçalo ainda tem os irmãos. Não queremos que eles sofram os impactos.

– Você falou que havia três...

– Sim, Gregor. Mas ele não tem parentes vivos. Todos... todos morreram na guerra. – A mulher baixou a cabeça e sacudiu-a, como se tentasse se livrar de uma dor inconsolável. – Se um Legítimo enxerga um ser das Colônias, seus parentes vivos da família nuclear sofrerão...

– Claro, eu entendo perfeitamente, eu espero. É uma pena que eu não possa vê-los cara a cara...

– Quem disse que não? Nós vamos dar um jeito.

– Como? Você não quer gastar o...

– ... o Pacto de Energia? É o único jeito.

Elizabeth cruzou a porta que dividia as duas salas. Avisou seus colegas que a visitante não era um deles, mas, sim, de carne e osso e, que, antes de qualquer contato, deveriam ser tomadas algumas precauções.

— Por que precisamos dela? — Gregor perguntou baixinho a Elizabeth.

— Porque nem sempre vocês estarão aqui comigo. Ou querem perder todos os *enits*? — respondeu-lhe no mesmo tom. — Agora, por favor, vamos ficar em círculo.

Elizabeth sabia bem como conduzir um Pacto de Energia. Ela era um caso raro de Legítimo, pois podia se relacionar sem a menor dificuldade tanto com seus Aliados quanto com qualquer outro visitante sem corpo físico — e por isso se tornara conhecida nas Colônias. Tia Ursula havia recorrido ao Pacto de Energia para que os ciganos Legítimos pudessem conversar com aqueles que visitavam a casa em Emerald e fez questão de ensinar como à sobrinha.

— Eu concordo com Gregor, Elizabeth, você sabe, um Legítimo só tem direito a um Pacto de Energia ao longo da vida. E se, em algum momento de emergência, você precisar da Força e não tiver mais?

— Ela tem que ser uma Aliada, Dorothy, isso é o mais importante!

A mulher na sala ao lado percebeu o que estava acontecendo e se manifestou, surpreendendo todos.

— Ela tem razão, Elizabeth, não vamos gastar agora o seu pacto, que pode lhe ser muito útil no futuro. Eu participo da reunião aqui de fora, escuto tudo sem precisar do contato visual. Assim não causamos nenhum problema a ninguém.

— Tem certeza?

— Absoluta, aprendi com os animais que os olhos nem sempre são o melhor canal para captar as coisas.

O silêncio se impôs. Dorothy e Gregor se sentiram um pouco constrangidos por sua atitude, mas sabiam que o certo era poupar

Elizabeth. Esta, por sua vez, concordou com a solução dada pela amiga. Puxou uma cadeira até a entrada da sala e deixou-a virada, para que a mulher participasse sem ser vista frontalmente.

– A pele branquinha dela a faz parecer uma inglesa do Norte, mas ela é uma Legítima "indígena" sul-americana. Já viveu na selva, e vem daí a sua sabedoria sobre os animais! – Elizabeth deu um sorriso e pôs a mão no ombro da visitante para lhe passar a palavra. – Quer se apresentar?

– Boa noite, pessoal, eu sou...

– *You*, Jane! *Me*, Gonçalo! – a brincadeira incomodou Elizabeth, que achou que seus companheiros estavam indo longe demais.

– Gonçalo! Isso é jeito de receber a nossa Aliada?

– Desculpe, Elizabeth, não consegui segurar. Mas que selva era essa? A floresta dos unicórnios?

– Chegou perto, sr. Gonçalo. E adorei o codinome Jane! – a moça mexeu nas madeixas cor de mel com sua mão marmorizada, despertando a curiosidade de todos sobre as suas feições. – Pena que a Jane do Tarzan vivia na África. A minha selva ficava pelos lados do Peru...na floresta amazônica.

– Bom, vocês terão muito tempo para se apresentar depois. Onde estávamos?

– Em sua neta postiça, e seu suposto Bracelete de Tonåring.

– Não existe parentesco nenhum entre mim e a *monstrina*, Gregor – Elizabeth se conteve para não se desviarem do foco da reunião mais uma vez. – E agora vamos ao que interessa. Conte a eles o que descobriu sobre Jasper Ross. Aquilo que buscávamos há tantos anos.

– O que é que há? Existe um elemento surpresa? – Gonçalo levantou a sobrancelha.

– Existe – Elizabeth olhou para o nada, como que visualizando o que estava prestes a revelar.

– Como assim? Vamos acabar com o mistério?

– Pois é, Gonça! Antes, eu tinha apenas uma desconfiança, baseada em uma conversa com Emily no jardim, há muito tempo.

Mas eu não dei a importância necessária, tinha outras coisas para pensar. Imaginava que os estudos me ajudariam a decifrar os mistérios. Mas, hoje eu tenho certeza, existe uma carta de Arianna sobre Isabella e ela pode ser mais elucidativa do que pensávamos.

– Uma carta? E como você descobriu isso?

Gregor pigarreou e Dorothy logo entendeu a mensagem.

– Gregor! Você nos prometeu que não viria sozinho! – a mulher ruiva parecia indignada. – Elizabeth, você não deveria pedir esses favores a ele!

– Eu não pedi nada! Gregor fez o que fez por conta própria!

– Não se preocupem, não gastei *enits* a mais, na verdade eu estava em meu turno de zelar o Benjamin e foi sem querer que vi Ross com a carta. Acho que vocês estão preocupados demais em monitorar minha vida, sendo que é o Gregor aqui quem mais contribui.

Gonçalo franziu a testa e suas sobrancelhas grossas viraram uma só.

– E qual o conteúdo dessa carta, afinal? Você sabe onde ele a guarda?

– Não tenho ideia, ele não tirou a carta do bolso.

– Mas por que não o seguiu? Para ver onde guardaria o papel?

– Eu havia gastado muitos *enits*, precisava voltar. Ross ficou com a carta no bolso durante todo o jogo do Arsenical contra o Norwitch City.

– Mas temos que encontrá-la – Elizabeth fez um movimento ágil com as mãos. – É uma pista importante sobre as esquisitices de Ross.

– E quem sabe também sobre os pontos fracos de Isabella... – mencionou Gregor.

– Esperem – interrompeu Dorothy, que parecia pensativa havia alguns minutos. – Só queria fazer uma pergunta sobre o assunto anterior. Por que você roubou a pulseira?

Todos os olhares se viraram para Elizabeth. A recém-chegada se espantou com a pergunta e também ficou esperando atenta pela resposta.

— Tenho o palpite de que foi para provocar a Arianna... ou ameaçá-la... — Gregor olhava as unhas com um ar *blasé*.

— Bingo! Ela vai ficar furiosa de ver algo da *monstrina* nas minhas mãos! — Elizabeth parecia uma menina travessa.

— Não é hora para brincadeira, Elizabeth. Isso é muito sério — dessa vez Dorothy foi rápida e direta. — Criaturas das Sombras são muito mais perigosas do que você imagina! Eu consegui fazer algumas pesquisas e...

— E... O que você encontrou? — Elizabeth inclinou o corpo para a frente, alcançando quase o centro da mesa.

— Bem, descobri que eles, os Seres das Sombras, podem se transfigurar.

— Transfigurar?

— Sim, em criaturas horríveis que, coincidentemente ou não, são presenteadas com uma força descomunal.

— Mas eu nunca soube de nenhuma transformação de Arianna. Apesar do olhar de pedra, ela tem um corpo até bastante frágil.

— Eles podem controlar quando se transformam. É mais complexo do que parece.

— Como isso é possível?

— Elizabeth — Dorothy abaixou o tom de voz —, tenho quase certeza de que isso está diretamente relacionado às transformações que você vem observando na sua família. Quando os Rebeldes nos enviaram a mensagem do palíndromo na mandala, encontrei informações entrecortadas. — Dorothy parou para tomar fôlego e continuou: — Todos os assuntos relacionados aos Seres das Sombras são terminantemente proibidos na Colônia. Mas escutem isso: a pulseira, aparentemente, serve para calibrar energias. Energias negras, é claro. Se está parecendo pouca coisa, adianto que essa talvez seja a principal função do bracelete.

— Mas por que nada acontece quando está em minhas mãos?

— Porque, até onde sabemos, você não é das Sombras... — arriscou Gregor.

— Se essa informação sobre a pulseira for confirmada — Dorothy estava com o olhar fixo — e os Seres das Sombras tiverem controle de suas energias, eles serão capazes de... meu Deus... — ela levou a mão à boca, e as últimas palavras saíram fracas, quase culpadas — dominar o mundo.

— Espere, espere, espere! — Elizabeth levantou a mão com o intuito de acalmar a amiga. — Vamos organizar os pensamentos e as informações que temos. O que você está querendo dizer é que os Seres das Sombras precisam de um bracelete para terem êxito em sua transfiguração?

— Não de um qualquer, mas do Bracelete de Tonåring. Para que a transformação ocorra, é necessário controlar a energia, e, como vocês sabem, tudo é energia! Aliás, a grande diferença entre nós, Seres da Luz, e eles é que nós não precisamos de um objeto para calibrar nossas energias.

Elizabeth sorriu e seu rosto brilhou.

— Resumindo: não são nada sem esta pulseira!

— Não é tão simples assim — Dorothy apertava as mãos uma contra a outra.

— Como não? Acho que encontramos mais do que um simples ponto fraco, meus queridos. Acabamos de descobrir algo que os deixa inativos! Sem a pulseira, a força de Isabella simplesmente... some!

— Elizabeth, você está parecendo uma adolescente que conseguiu ultrapassar a rival. Escute a Dorothy! — Gregor deixou de lado as graças.

— E a "Jane"? Vai ficar ali sentada que nem uma estátua? Não acho certo — Gonçalo quis quebrar o clima.

— Desculpe-me, querida — Elizabeth desviou o olhar de Gregor e voltou-se para a amiga —, mas, como você pode perceber, esta reunião está pegando fogo.

— Fique tranquila, Elizabeth, estou me aclimatando — a mulher falava num tom calmo, mas se calou rápido ao ver um facho de luz passar voando a sua frente.

O que estava acontecendo naquela sala, pela primeira vez, saía do plano das reuniões raras e periódicas. Com as discussões e pontos de tensão, os participantes, sem se darem conta, perdiam *enits* de um lado e energia vital do outro. Era como se algum corrosivo discreto estivesse esfarelando os alicerces do grupo.

– Bem, afinal, essas malditas criaturas se "transformam" no quê, exatamente? – Elizabeth retomou o fio da meada.

– Depende. Os arquivos mostravam uma infinidade de formas possíveis. Tudo depende do grau de comprometimento da alma – disse Dorothy, um tanto enigmática.

– Então há os que estão inteiramente tomados pelo Mal? – perguntou a anfitriã.

– Sim, os Górgones, por exemplo, que já têm esse potencial inato. E, até onde pude averiguar, me parece que o Bracelete de Tonåring tem tudo a ver com isso. Ninguém, exceto um Górgone, pode usá-lo.

– Nem mesmo um Decaído?

– Nem mesmo um Decaído. Os Recrutadores conseguem transformar Rumados em Decaídos, mas os Górgones... bem... além do recrutamento, estes já nascem sob o signo das Sombras, e por isso podem usar o bracelete – Dorothy preferiu omitir as imagens que viu, horríveis ilustrações de criaturas transmutadas pela força de Tonåring; achou que isso só iria desestimular os colegas.

– Então a menina... é uma Górgone – concluiu Gonçalo, sem nenhum fio de esperança.

– Não. Há Górgones que se purificaram. São casos raros, mas há registros – disse Dorothy. – E o mistério é que justamente eram os seres que tinham menos luz.

– O equilíbrio do universo... – Elizabeth falou para si mesma, com os olhos parados, numa longínqua divagação. – O eterno embate entre Luz e Sombra...

– Bem, vamos ser práticos! Esses números todos sempre me deixaram confuso – Gregor sacudia os braços.

– Não são muitos números. É sempre o nove. São os múltiplos de nove. Pense nisso – Dorothy falava com Gregor, mas já mirava a amiga, seu verdadeiro foco. – Elizabeth, me escute, já foi muito perigoso chegar até aqui. E você sabe que eu não capitulo, nem me faço de vítima. Mas tive que driblar seguranças e me esgueirar em seções restritas para descobrir essas coisas. Lá é tudo muito controlado, informações sobre Criaturas das Sombras são raras. É um assunto proibido. Os Rebeldes da Zona Neutra conseguiram encontrar a brecha das dimensões, mas parece que o Conselho já está desconfiando. Todos que estão do nosso lado correm sérios riscos.

– Lá é exatamente como aqui: ninguém acredita, ou quer acreditar, que as dimensões existem... nem que o Mal existe – a participante anônima falou sem se intimidar, já totalmente integrada à reunião –, por isso mesmo as pessoas não se protegem, acham que a realidade é só o que podemos ver.

Elizabeth refletiu e não pôde deixar de associar sua própria família com o que suas amigas diziam. Sem dúvida, tinha chegado o momento de agir.

– Bom – Gregor retomou o sarcasmo habitual –, então vamos ao resumo da ópera: ponto um, os seres assassinos das Sombras são também mutantes, mas, quem diria, não conseguem controlar sozinhos suas energias negras; ponto dois, Isabella, a *monstrina*, embora sendo Górgone, pois pode usar a pulseira, ainda não é de todo má, apenas "meio" má... pode até escolher a Luz antes dos nove anos e...

– Dezoito – a voz de Dorothy estava segura e firme. – Houve casos antes dos dezoito anos, Gregor. Eu vi os registros.

– Ah, isso não importa tanto agora! Ponto três, quatro e cinco, temos uma pulseira roubada, uma possível carta que não sabemos onde está e precisamos torcer para que nossos informantes da Zona Neutra não sejam eliminados... Que reunião animadora – disse ele, se espreguiçando.

Elizabeth notou que o desânimo era generalizado, o vigor do começo do encontro estava minguando. Ela mesma sentiu que precisava descansar, para, no decorrer da noite, limpar a lousa mental, repleta de enunciados sem respostas.

— Cuidaremos disso com toda a determinação — disse Elizabeth —, e Isabella não atingirá o estágio em que poderia controlar o bracelete.

— Devemos... matá-la? — Gonçalo fez a pergunta que estava presa na garganta de todos.

— Já falei que não trabalhamos com violência — disse a anfitriã —, pelo menos, não por enquanto. Meu objetivo, por ora, é alertar minha família para a realidade. Não podemos nos esquecer que os dois mundos estão em jogo. Não seria sensato simplesmente livrar o meu para condenar o de vocês. Ninguém deve morrer em vão. A prioridade é abrir os olhos de Ross e Emily, para não se descuidarem de Benjamin.

O abatimento era geral. Embora houvesse boa vontade, era preciso admitir que tinham ferramentas limitadas para avançar. O sopro de esperança veio de onde não esperavam.

— Se existe um propósito — a mulher desconhecida se levantou para falar, ainda de costas —, se existe uma Profecia, temos que acreditar que há mais forças do nosso lado. Talvez ainda não saibamos de todos os nossos trunfos. E isso é animador.

Todos pareceram se acomodar melhor e suspiraram aliviados quase ao mesmo tempo, suavizando a expressão que traziam no rosto, especialmente Dorothy.

— Elizabeth — disse a mulher ruiva se aproximando da visitante —, essa moça mostrou que tem não apenas paciência, mas principalmente um espírito livre e generoso. Eu... eu me arrependo da minha atitude. Proponho retomarmos a ideia do Pacto de Energia.

— Mas como, Dorothy? — Gregor também se levantou. — Elizabeth não pode se arriscar! Pode ser necessário quando...

— Eu vou conduzi-lo — a declaração firme de Dorothy desencadeou um assombro unânime entre os Aliados.

— Como você poderia fazer isso? — Elizabeth foi até ela.

— Simples, minha amiga, ao contrário de Gonçalo e de Gregor, eu também fui uma Legítima, e jamais usei esse "bônus", jamais fiz um Pacto de Energia enquanto viva, o que significa que agora eu posso conduzir um.

— E se não der certo? — Gregor questionou a companheira.

— Vai dar certo. Mas certamente vão ser gastos muitos *enits*, e vou precisar retornar à Colônia imediatamente. Por isso, antes de começar, preciso dizer a vocês algo que estou ensaiando desde que cheguei aqui hoje. Sentem-se.

— Não é possível! — disse Gonçalo, tapando o rosto com as mãos. — Isto não é um filme de terror, é um pesadelo, e bem real!

— Quieto, Gonçalo, sabe que temos pouco tempo aqui — Dorothy circulava pela sala como se caminhar lhe ajudasse a recuperar as informações. — Nos meus estudos, li algo que me intrigou: Seres das Sombras, em sua forma humana, não podem ter filhos com Seres da Luz. As crianças raramente vingam.

— Então... — uma ansiedade incontrolável afligiu o coração de Elizabeth — ...acha que Arianna não seria um Ser das Sombras? Ou que Richard, mesmo com sua fama de bom homem, tinha algo do Escuro?

— O problema é a exceção, amiga. Eu disse que eles "raramente" vingam, mas os que vingam, quando recebem os devidos cuidados na infância, e se tiverem uma fonte certa de energia até a idade da escolha, seja para a Luz, seja para o Mal, estes serão poderosos, pois potencializam as qualidades e os defeitos de ambos os lados... Parece que Isabella herdou a inteligência de Richard e a potenciali...

— Espere! — interrompeu Elizabeth. — O que é essa fonte de energia? De onde provém?

— Geralmente vem de alguém da Luz, ou melhor, de alguém de muita Luz!

— Uma criança, claro! — Elizabeth arregalou os olhos, aparentemente chegando a uma conclusão estarrecedora: — Benjamin!

— Pode ser ele, amiga, eu sinto muito...

— Isabella está usando as energias da casa como alimento. Está exaurindo meu neto! — Elizabeth passou do inconformismo à revolta num segundo. — Isso também explica por que meu neto vive tão debilitado. Melhora um pouco, depois volta com as olheiras.

— É provável que sim — respondeu Dorothy, desconfortável. — E mais do que isso: explica também por que Arianna deixou Isabella sob os cuidados dos Ross. O objetivo seria fortalecer a menina com Seres de Luz.

— Então a reunião termina aqui — bradou Elizabeth, tentando se controlar — e começa agora a nossa corrida contra o tempo! Aquela menina não vai sugar nem mais uma gota de energia da nossa vida! Vou convocar minha filha e meu genro em caráter de urgência! E, que fique bem claro, não quero a presença de vocês. Devo resolver isso sozinha com eles.

Diante da reação explosiva de Elizabeth, todos optaram por apenas concordar com ela. Também estavam agitados e preocupados com o menino. Apenas a jovem mulher de cabelos castanhos parecia plácida enquanto entoava sons contínuos com a boca.

— O que é isso? — Elizabeth estava tão irritada que acabou sendo ríspida com a amiga.

— Está tudo bem, é um canto de proteção. Tudo o que vocês falaram aqui é muito grave. O canto dos pássaros vermelhos fortalece nossa coragem.

— Você aprendeu mais essa com os índios? — Gonçalo parecia simpatizar com a mulher.

— Sim, com uma das tribos. São centenas delas.

Elizabeth interrompeu a conversa.

— Como eu falei, é o fim da reunião.

— Não antes do que eu prometi! — Dorothy se impôs perante a amiga. — Temos que fazer O Pacto de Energia. E o que eu conheço é um dos mais poderosos entre os dois mundos.

— Ótimo, Dorothy! — Elizabeth respirou e percebeu que sua irritação com Arianna a estava tirando do eixo. — Então vamos encerrar do seu modo.

A mulher ruiva conduziu-os à antessala, cujo assoalho estava coberto por um tapete com um desenho de uma estrela de cinco pontas que ninguém havia notado antes. Indicou cada lado do pentagrama a um de seus Aliados e, colocando-se na extremidade que apontava para fora, pediu a Elizabeth: — Traga sua conhecida. Ela é o quinto ponto da estrela. Fale que venha com os olhos fechados.

Elizabeth conduziu a amiga até o local pelas mãos e a colocou no ponto indicado. Então todos ergueram e esticaram os braços de modo que as pontas dos dedos quase se tocassem. Na sala escura, ainda iluminada pela luz bruxuleante das velas aromáticas, o silêncio foi quebrado por uma voz forte que, embora saísse da boca de Dorothy, parecia vir de algum outro lugar.

— Pelos caminhos misteriosos do universo, que unem o que está em cima e o que está embaixo; que forjam o mais resistente metal e libertam as pedras preciosas de sua impolidez; que trazem à luz a verdade e devolvem à lava o que precisa ser transmutado. Façam-nos prontos para a missão e estabeleçam nos braços desta estrela uma energia que se equilibra e se fortalece. O que está quebrado se reconstitui; o que está longe se aproxima; o que não se sabe se elucida; o que não vê tem as notícias. Que este Pacto de Energia nos permita enfrentar os desafios e nos conduza ao bem maior!

Os cinco permaneceram calados por algum tempo, surpresos com a força das palavras. Quase não se mexiam esperando pelo comando de Dorothy. Elizabeth estava feliz de contar com uma presença tão poderosa quanto a dela naquele grupo.

— Que poderoso! Já participei de muitos rituais, mas a pulsação de suas palavras, não sei, vem com um encantamento, sinto-me diferente nesta estrela agora... — a voz da moça estava um pouco embargada.

— Que bom... — disse-lhe Dorothy, que se sentiu agraciada com o comentário —, mas é que agora, com você, a estrela se completa, você faz parte dela. Pode abrir os olhos.

— É uma honra para mim estar neste grupo. Coloco-me de prontidão! — o rosto delicado ganhava personalidade com o nariz marcante. Os cabelos ondulados e selvagens praticamente cobriam os ombros.

— E agora, que estamos todos unidos pelo pacto, tudo deve ficar mais fácil. Se um de nós estiver em apuros, todos os outros saberão no mesmo instante.

— Sim, quando há uma tribo tudo flui com mais facilidade — o sorriso da nova Aliada era feito de memórias, mas, ao mirar os novos companheiros, inspirou fundo, confirmando as alegrias do momento presente. — É muito bom poder vê-los.

— Também gostei de te ver de frente — respondeu Dorothy. — Aliás, você é muito bonita.

— É mesmo — confirmou Gonçalo. — Mas eu já sabia...

— Como assim, já sabia? — dessa vez a pergunta veio de Gregor.

— Dei uma passadinha rápida em frações de segundo na outra sala. Ou você não notou um facho de luz por lá, moça?

Todos riram com Gonçalo, o único que desafiava os limites de velocidade. Mas não por muito tempo. O Pacto de Energia e a extensão do tempo da reunião contribuíram para o esgotamento prematuro. O gasto de *enits* fora muito além do que desejavam. Precisavam voltar à Colônia imediatamente.

---

No ano de 1975, os registros da cidade de Liemington, localizada a duzentos quilômetros ao norte de Esparewood, apontavam que a população total somava pouco menos de cinco mil habitantes. As notícias corriam rapidamente, e a pasmaceira diária só era interrompida a cada dois anos, na Bienal da Maçã, promovida pela corporação dos agricultores. A maioria dos moradores trabalhava com as atividades rurais, nos pequenos comércios ou nos órgãos públicos. A notícia de um assassinato não só era inédita, como capaz de movimentar por muitos dias toda a cidade.

O corpo apareceu e, pouco tempo depois, desapareceu, na praça central, ao lado da igreja presbiteriana. Embora o crime não apresentasse marcas de violência, causou comoção por ser de uma das mais queridas figuras da cidade. Mas apenas três pessoas sabiam da verdade daquela morte. Sendo, duas delas, vivas.

O pastor Roundrup costumava garantir a sopa dos idosos em todas as noites frias, além de reunir voluntários para as quermesses beneficentes que promovia. Era viúvo e não costumava sair da paróquia, onde vivia com os dois cachorros. No entanto, no dia seguinte ao aniversário da cidade, em cujo culto teria pregado sobre a importância de cada cidadão na comunidade, o religioso acabou por ter uma ideia infeliz. Pegou o antigo carro da igreja e se dirigiu ao lugar errado, na hora errada. O cemitério onde estavam os restos mortais de sua querida esposa.

Quando chegou, pensou que outras pessoas também tivessem ido lembrar seus parentes queridos na data festiva. Mas a cena que presenciou foi uma das mais nefastas que viu em toda sua vida. Uma moça de um cabelo negro caprichosamente arrumado num coque de mil voltas acabara de abrir um túmulo e retirava do corpo (ainda inteiramente reconhecível) brincos, colar, pulseiras e anéis.

As sensações no corpo do religioso eram contraditórias. Queria gritar, agredir, mas assim também estaria se rebaixando à violência. Aproximou-se e disse em voz baixa.

– Menina, menina! Não pode fazer isso! É um desrespeito com essa família e com esta cidade!

A jovem mulher, em vez de se retrair com a figura que se aproximava, tranquilizou-se por ser Roundrup, a quem nunca tinha visto tão de perto, mas cuja fama de conciliador sempre era citada entre os locais. Ele seria incapaz de lhe fazer algum mal.

– Reverendo, seus fiéis vivos não devem passar necessidade, e esta pessoa já está morta. Ou será que temos agora a religião dos faraós e eu não sabia?

O reverendo, esforçando-se para não revidar, continuava ereto na frente da moça, que não largava a enxada. As feições a sua frente, agora mais nítidas, puxaram um fio de lembranças.

— Você por acaso é Arianna?

Pela primeira vez ela se intimidou. Não tinha ideia de que o pastor soubesse seu nome. Nunca tinha ido à paróquia nem frequentado as ridículas feiras e bazares promovidos pelos carolas da cidade. Como aquele idiota sabia quem ela era? Devido às circunstâncias, precisaria agir.

— Você é a Arianna, sim. E creio que é melhor você devolver essas peças ao lugar de onde as tirou. E vir comigo para fora deste cemitério — ele apontou a saída com suavidade. — Posso ajudá-la de outra forma, se você disser quais são as suas necessidades.

A retribuição à polidez do pastor foi uma enxadada certeira que o deixou desacordado. O sangue borrifou a lápide com um vermelho vivo, e o corpo despencou na terra ao lado da sepultura. Morto.

Ela o teria deixado ali, não fossem os gritos do vigia do cemitério. Tentava enfiar o homem dentro do caixão para enterrá-lo junto com a defunta, mas a figura atarracada, de passos pesados, chegou antes.

— Arianna, não me crie problemas! O que é isso? Você... você matou o reverendo?!

— Cale a boca, Levian, me ajude a dar um fim neste corpo.

— Ah, mas não mesmo. O nosso acordo acaba de terminar! Mexer com os cadáveres, vá lá, mas fazer um cadáver aqui é diferente. Sou eu que terei que dar explicações.

Sem mais demora, Levian pegou o corpo e o colocou dentro da caminhonete do reverendo. O acordo entre eles envolvia apenas dinheiro e, até aquele momento, era ela que tinha o coveiro nas mãos, pois poderia contar tudo às autoridades. Mas com um assassinato, ainda mais do reverendo, era ele quem poderia chantageá-la. Não contaria mais com aquela mulher para fazer o que não tinha coragem.

— Vá embora daqui, Arianna. E não volte mais! — o homem pegou o chapéu do reverendo e entregou-o na mão dela.

— Ah, que ótimo! Então eu vou circular com isso na caçamba?
— Isso? — até mesmo aquele trambiqueiro se espantou com tanta frieza. — Estou falando, vá embora daqui, ou vou denunciá-la!

Arianna entrou no carro, ligou a ignição e, sem saber o que fazer com aquele chapéu, o colocou na cabeça, como se o objeto pudesse lhe trazer alguma ideia. Tinha a opção de largar o corpo no matagal e tentar se safar ou então de sair daquela cidade para sempre. Estava pensando no que seria melhor fazer quando viu a luz do carro de polícia atrás dela. Não estavam perseguindo-a, mas era o pior momento para aparecerem.

Quando deu a seta para a cidade, crente que a viatura seguiria pela estrada, eles continuaram atrás dela. Foi só quando chegou na praça central que o carro de trás virou na rua à esquerda, aquela que conduziria ao posto policial. Ela percebeu que, na verdade, eles deviam ter pensado que estavam escoltando o próprio reverendo em sua caminhonete. Ainda assim, a situação era crítica. Em desespero, Arianna saiu do carro, abriu a portinhola metálica na traseira e puxou para fora o corpo enrolado na batina ensanguentada.

O som era como o de um saco de cereais se esfacelando no chão. Mais uma vez ela foi vista, agora pelo zelador da paróquia, mas não percebeu que o rapaz se aproximava. Preparou-se para sair, mas algo a deteve.

Um clarão avermelhado cruzou suas retinas e, por um instante, Arianna se sentiu como se estivesse em uma caverna.

— Ora, ora... muito bem. Um crime revelado na frente de uma igreja. Que falta de perspicácia — a voz ecoava e, ao mesmo tempo, parecia que estava bem a seu lado.

— Quem é você? — a mulher olhava ao redor, procurando seu interlocutor. — Quem está falando?

— Não precisa gritar, Arianna, estou aqui, bem do seu lado. E posso fazer muito por você. Mais do que você imagina.

— Não estou vendo nada. Quem é você? — ela havia saído de seu natural estado de indiferença e começava a sentir pânico.

– Veja, esse pastor até que tem um bom porte. Vou gostar de conhecê-lo melhor.

– Ele está morto. Não sei o que aconteceu. Eu o recolhi na estrada.

– Ah, Arianna, não conte mentiras na frente da paróquia. Sua mãe não lhe disse que isso não se faz? Eu sei o que você fez no cemitério. E vejo que não teve pudor de colocar os anéis.

Instintivamente Arianna puxou a mão com os dois anéis de brilhante para perto de si.

– Veja lá fora. Eu tenho meus truques.

Pela janela, Arianna viu que o zelador da paróquia estava parado, com os olhos abobados, como uma lagartixa olhando para a luz.

– Ele está sob meu comando. Tenho o poder de fazer com que olhe para todos os lados, menos para este carro. Aliás, por favor, destrave as portas.

– Não estou entendendo nada. Me deixe em paz!

– Paz? Não acho que você é o tipo de mulher que deseja paz. Vou considerar que você aceitou a minha proposta. Ou prefere ser denunciada pelo zelador?

– Ao inferno! Faça logo o que está pensando. Só sei que preciso sair daqui.

Em alguns segundos a voz cessou. Arianna teve certeza de que tudo aquilo não passava de sua imaginação, ampliada pelo estresse do momento, e que agora tudo o que tinha de fazer era ter calma suficiente para dar o fora dali.

Mas o que ouviu de repente foi seu próprio grito involuntário. Ela se grudou no banco da caminhonete quando viu o que acontecia do lado de fora. O reverendo começou a se movimentar. Desenrolava a batina rapidamente, revelando o corpo de pele esbranquiçada. Antes que pudesse agir, Arianna ouviu a porta do carro se abrir e, com o corpo retesado, notou pelo canto do olho que o reverendo havia entrado e se acomodado no banco do passageiro.

– Olá, doçura – a voz não era a de quem a repreendera no cemitério, mas, sim, a mesma que estivera ouvindo até pouco tempo antes. – Vamos dar uma volta?

Arianna acelerou com tudo e saiu dali levantando a poeira do lugar. Atingiu a estrada no mesmo instante em que o zelador da paróquia voltava a si, sem lembrar o porquê de ter ido até o centro da praça.

– Quem, ou o quê, é você, afinal? – Arianna não tirava o olho da estrada, buscando algum jeito de fugir.

– Ah, permita-me que eu me apresente. Sou Morloch, e de agora em diante a sua vida vai entrar nos eixos.

– Como assim? Que eixos?

– Terá conforto, ficha limpa na polícia e beleza suficiente para conseguir todas as outras coisas.

– Já tenho beleza. E prefiro que você saia daqui – Arianna tentava recobrar a segurança, mas sabia que o que estava acontecendo a seu lado não era normal.

– Não me fiz entender. Você terá beleza eterna, Arianna. Já pensou?

– Eu só quero que me deixe em paz.

– Não é uma opção – o reverendo não estava mais ali. Era outra personalidade que ocupava aquele corpo. – A partir de agora você não tem escolha.

– O que eu tenho que fazer, então?

– É só fazer o que eu mandar, doçura. Qualquer passo em falso, e o seu destino será a prisão. Ou poderá também ser dama de companhia para a verdadeira dona desses lindos anéis.

Arianna engoliu em seco, olhou para o lado e viu que não tinha saída. Então fez um movimento com a cabeça que indicava concordância.

– Melhor assim – os lábios já descoloridos do pastor se esticaram em um largo sorriso. – Arianna King, seja bem-vinda às Sombras.

## Capítulo 11

— Não me lembro.
— Na penteadeira?
— Não sei. Já falei que não sei.
— No bolso do casaco?
— Tio Jasper, vamos logo, estamos atrasados, mais uma vez!
— Ontem você estava com ela, certo?
— Não me lembro.
— Isabella, como assim? Você sabe que não pode tirar sua pulseira!
— Quem disse?
— Não acredito! Você tem que colocá-la, Isabella! Sua mãe disse! Quantas vezes preciso repetir? — o homem buscava entre os objetos da penteadeira, que incluíam a escova repleta de fios de cabelos negros e o pequeno frasco de azeite que ele nunca entendera de onde surgira e por que ficava ali.
— Tio Jasper, tudo bem, mas não vai dar tempo de procurar...
Ela apertava a gravatinha cor de vinho do uniforme da mesma forma que Richard costumava apertar a gravata de sua farda. Jasper queria ter esperança de que naquela menina houvesse pelo menos algum vestígio do sangue nobre e generoso do irmão.
— Que horas são? — o homem estava cada vez mais aflito.
— Hora de estar a caminho daquela chatice. Só não quero me atrasar porque tenho que pedir a maldita autorização na secretaria. Você não leu o manual, tio?
Jasper revirava as coisas espalhadas pelo quarto de Isabella. Ela nunca organizava nem as roupas, nem os desenhos, e se negava a levar a bandeja depois de comer. Quando Jasper ou Emily se

esqueciam de buscar o prato, ele ficava em um canto até o dia seguinte. A estante de livros ia acumulando pó, enquanto o casal planejava há tempos fazer uma limpeza geral no quarto. Era Isabella quem sempre convencia os dois a deixar para a semana seguinte, para o mês seguinte.

– Não dá para viver nessa bagunça! – Jasper estava alterado por não conseguir encontrar o bracelete. Na cabeça, vinha-lhe a imagem do item 6, escrito com destaque em letra de fôrma: "Na escola, ou em qualquer outro ambiente social, é obrigatório o uso da pulseira. Mas não se preocupe, uma vez colocada, jamais será tirada".

Jasper nunca entendera muito bem a última frase do item 6, pois vira a sobrinha várias vezes sem a pulseira. Mas antes ela não saía para o ambiente externo da casa. A situação era preocupante e levava a uma questão mais ampla: qual seria a real utilidade da pulseira? Pensava em Arianna e lhe passava um frio na espinha. Ele sabia que não poderia contrariá-la e não era à toa que se sentia em eterna vigília. Como nas escuras noites de guerra em que tinha de guardar o acampamento, ficando de tocaia, mesmo não tendo a mínima ideia de onde poderia surgir o inimigo. Com o suor brotando dos poros, decidiu que levaria Isabella à escola mais uma vez sem a pulseira. Se no dia anterior não tivera novidades quanto ao comportamento da sobrinha, naquele dia não seria diferente.

Ross estacionou o carro azul metálico na rua Christie e conduziu Isabella até a porta da escola, na Covent Garden. Notou que algumas crianças se esquivaram dos dois, mas estava tão preocupado com o fechamento do portão que não deu crédito ao fato. No fundo, desde a semana anterior, assim que deixava Isabella no colégio, sentia uma espécie de alívio. Seriam pelo menos algumas horas diárias em que poderia respirar. Mas, quando chegou na grade da entrada principal, notou que o guarda responsável pelo fechamento do portão lançou-lhe um olhar de indignação.

— Bom dia, sr. Harry — foi Isabella quem fez o cumprimento, com um tom artificial.

O homem não respondeu ao bom-dia da menina, que sorria com o canto dos lábios enquanto passava por ele em direção ao pátio. Ross teve intenção de reclamar com o sujeito pela falta de educação, mas notou que a mão direita dele, apoiada sobre a grade, tremia. Quis evitar problemas e deu as costas aos portões do colégio, tomando seu rumo em direção ao carro. Mas foi resgatado por uma voz grave, levemente engasgada.

— Senhor?

Ross virou-se e viu que era Harry quem o chamava.

— Pois não?

— Eu sou um homem simples, mas nem por isso mereço ser humilhado.

— O que aconteceu?

— A sua filha. Ela saiu ontem das aulas com uma caixa, disse que era para mim.

— Uma caixa?

— Esta caixa.

Harry estendeu uma caixinha cor de rosa, com um desenho geométrico na tampa.

— Um presente para o senhor? Foi isso? — Ross, intrigado, tirou as próprias conclusões.

— Presente? — o rosto do homem parecia em chamas. — Presente? Veja isso! Veja se isso é um presente!

O homem abriu a tampa em direção a Ross, que apertou os olhos e os dentes com nojo do que via.

— Todas as crianças me vendo pular para trás, assustado... Sua filha me desmoralizou!

— Ela não é minha filha.

Ross não sabia bem por que estava dizendo aquilo de forma tão enfática. Talvez porque no fundo fosse exatamente o que mais queria: uma certa distância de Isabella. Mas logo percebeu seu deslize e buscou amenizar a situação.

— Eu sou o tio dela. É uma criança órfã, só isso... Não se irrite com ela... está pressionada... o começo das aulas... Releve uma brincadeira infeliz, sr. Harry.

O Colégio Edgard II fora fundado em 1957, e desde essa época Harry ficara conhecido entre alunos e professores como o grande coração de manteiga da escola. Talvez por isso fora imediatamente sensibilizado pelo outro lado dos fatos referentes a Isabella.

— Uma órfã. Tão pequena. Eu... eu não sabia... me desculpe, senhor...

— Ross, Jasper Ross — ele estendeu a mão para o vigia, que retribuiu prontamente. — Não há por que se desculpar. Eu é que peço perdão pelo inconveniente. Sou o tio, mas exijo respeito da parte dela, é claro. Vou tomar providências, sr. Harry.

— Obrigado. Apenas cuidado para ela... não pensar que está sendo castigada. Os órfãos já são castigados pela vida, sr. Ross.

Para percorrer o caminho de cinco quarteirões até em casa, Ross manteve a velocidade mínima. Tanto a inconsequência maldosa da sobrinha como a generosidade daquele homem eram tons elevados demais para sua personalidade mediana. Não seria capaz de nenhum dos dois extremos. Seus pensamentos se multiplicavam como alfinetes espetando seu cérebro. O que fazer com aquela situação? Isabella teria de se integrar à sociedade. As perguntas apareciam, as respostas, não.

— Jasper? Jasper? O que aconteceu.

Emily tentou abordar o marido, que acabara de passar pela porta e já caminhava em direção à escada.

— Aonde você vai? Venha tomar um café...

— Estou indisposto, vou descansar um pouco.

— Está com dor de cabeça?

— Estou sem cabeça.

— Jasper, eu te conheço. Ande, fale o que aconteceu!

Jasper apoiou a bengala no primeiro degrau, virou-se para a mulher de avental na porta da cozinha e revelou a cruel verdade.

— Isabella deu um rato para o guarda da escola. Em uma caixa de coraçõezinhos cor de rosa.

— Que horror! Onde ela arranjou um rato? Era um camundongo?

— Era — a voz de Jasper, geralmente firme, saía entrecortada, como se algo estivesse entalado em sua garganta.

— Bem... eu mesma brincava com camundongos quando vivia na casa de Emerald — Emily se virou pensando que fosse algo trivial. — Sabe que eles até que são bonitinhos?

— Você não está entendendo... — Jasper apoiou-se no corrimão.

— Crianças acham que tudo é brinquedo, Jasper — ela sorria enquanto se aproximava do marido. — Não leve tão a sério.

— Emily, você não está entendendo... o camundongo estava esquartejado.

A mulher levou a mão à boca, tentando conter o grito de terror que escapou.

O silêncio se impôs, e a batida grave da bengala, duplicada na subida e na descida da escada, foi o único som audível durante o resto daquela manhã na residência dos Ross.

---

No verão, Elizabeth fazia visitas frequentes a sua filha, especialmente porque era mais confortável o caminho até lá em sua indefectível motoneta cor de rosa. Ela pegava a rota sul da rodovia e chegava perto das dez da manhã, só retornando no fim da tarde. Para Benjamin, eram pura alegria os momentos com a avó. E até Ross, exaurido com as inúmeras questões de Isabella na escola, acabou aceitando a presença da sogra várias vezes na semana.

Sem a rigidez do pai e sem a eterna vigilância de Emily, que sempre aproveitava a presença de Elizabeth para ter raros momentos de ócio, a sala se transformava em um grande playground para Benjamin. Para ele, estar com a avó significava novas possibilidades de brincadeiras. Naquela cabeça de cabelos loiros havia muitas ideias, como a de retirar as almofadas dos sofás e das poltronas e as organizar no chão, confeccionando uma espécie de colchão gigante e disforme perto da janela. Era ali que eles despencavam, de costas, rindo e contemplando o céu azul-claro e as poucas nuvens esgarçadas. Os olhos do menino acompanhavam os movimentos dos fiapos brancos que, não raras vezes, formavam uma figura.

– Olha, é um "jacarréte" – a alegria era tanta que a voz se tornava estridente aos ouvidos.

– "Jacarréte"? É um jacaré andando de charrete? – Elizabeth se dava o direito de também ser criança. Era assim que gostava de ensinar o neto.

– Ah, é jacaré, né?

O cabelo castanho e liso de Benjamin era acariciado pela avó. O calor daquelas mãos sexagenárias já era reconhecido pelo menino, assim como os momentos em que ela estava prestes a começar uma história.

– Outro dia vi um velhinho sentado bem ali naquela cadeira – dizia ela, apontando para o canto da sala. – Estava tão sujo que parecia ter saído de um chiqueiro, coitado. Era Dia dos Pais. Quem sabe estava procurando uma boa família para confortá-lo. – Diante do olhar assustado do menino, ela o tranquilizou: – Mas estamos a salvo... brilho interno cintilante, aura branca como a neve, nada a temer. Ele não nos faria qualquer mal.

– Vovó, mas onde era a casa dele?

– A casa dele? No céu, meu bem...

– Como os anjinhos?

– Na verdade, como... espíritos...

A frase trouxe conexões com livros, filmes e desenhos animados que o menino vira, o que teve o efeito de uma bomba.

– Fantasma, vovó? – o neto virou a cabeça e se colocou sentado, com o pequeno corpo firme como uma rocha.

– Não... não vamos dizer fantasmas. Como falei, são cheios de luz. É como se pudessem iluminar esta casa inteira.

– Até de noite?

– Principalmente de noite, querido.

Benjamin se encantou com a imagem da avó fazendo evoluções com as mãos em volta da cabeça, com o olhar voltado para cima. Só parou quando percebeu que havia mais alguém na sala.

– Trouxe o suco do menino – o corpo longilíneo de Grensold parecia ter surgido do nada.

Elizabeth preferia que a caseira não tivesse ouvido a conversa e resolveu sondá-la.

– Nossa, Grensold, seus passos são leves demais! Faz tempo que está aí?

– Não, Elizabeth, acabei de chegar.

– Certo. Obrigada pelo suco, mas gostaria que você preparasse também uns sanduíches. Meu neto está crescendo... vive com fome. Quer dizer... não só ele, faça um para mim também!

Depois que a mulher saiu, Elizabeth se manteve em silêncio, como que contando um tempo. Depois foi até a porta da cozinha e se certificou de que Grensold já estava lá dentro. Então voltou e continuou a conversa de onde tinha parado.

– Como eu dizia, Benjamin, os amigos da vovó são muito especiais... Eles vêm aqui embaixo me visitar de vez em quando. Lembra-se do Sonny?

– Sim, o Sonny vive na sua casa, não é?

– Não, ele não vive lá, mas também vem me visitar de vez em quando.

Benjamin sorriu. Até uma história daquelas era apenas um conto de fadas na voz de sua avó mágica. Ele voltou a deitar no colo dela e ficou ali por alguns instantes. Até a próxima "bomba".

– Mas, com os espíritos das sombras, todo cuidado é pouco, ouviu, Benjamin? – completou ela, mudando de expressão. – Desses, sim, devemos ter medo.

– Como do bicho-papão? – Benjamin empertigou-se novamente.

– Ah, também te contaram essa história? Os adultos ficam inventando nomes em vez de olhar logo para a verdade. Espíritos escuros, sem luz, são os bichos-papões da vida real. Você nem imagina do que são capazes... – ela percebeu que os olhos do menino se arregalaram como nunca e suavizou a conversa. – Mas tem outra coisa: a luz é sempre mais forte. Não se esqueça disso!

– Não vou esquecer, vó!

– Inclusive, vejo que o senhor também é cheio de luz! Nossa, está até me deixando cega! – disse ela, protegendo os olhos com o antebraço.

– Tenho? Onde, vovó? Não estou vendo!

– Aqui – e ela cutucou as costelas dele – e aqui também, e aqui, nossa! Aqui também, meu Deus! Em todo lugar! – dizia enquanto fazia cócegas no neto.

Sempre que Elizabeth voltava a sua casa, refletia sobre quanto seria bom se pudesse trazer com ela o neto, talvez seu maior aliado. Seu desejo era tirar o menino da casa da rua Byron, livrá-lo tanto da prima como do pai, mas sabia que isso seria impossível. A impotência diante daquela situação fazia seu corpo coçar, especialmente agora, que já sabia que a energia de Benjamin estava sendo sugada e que ele corria um grande risco. "Benjamin deve realmente ter muita luz. Para ter sua energia drenada e ainda assim emanar tanto brilho..."

Para relaxar, ela gostava de espalhar os livros e os materiais alquímicos na longa mesa de madeira maciça. O móvel, encomendado de um marceneiro virtuoso da região, tinha um misterioso buraco retangular com cerca de trinta centímetros de extensão, que ficava sempre coberto por uma bandeja de metal. Quando ela tirava a bandeja é porque estava treinando uma de suas principais misturas alquímicas. Era ali que guardava os ingredientes do maior trunfo entre os experimentos.

– Pensando no Fogo Grego, Elizabeth?

A mulher, até então absorta em seus pensamentos, largou a bandeja, o que produziu uma vibração metálica.

– Gregor! Que susto! Mais destruidor que o Fogo Grego, só mesmo o Furacão Gregor!

– Engraçadinha...

— Bem, agora que você quase me matou do coração, me diga: o que aconteceu? Qual a justificativa da sua vinda desta vez?

— Nada. Só quero dar um palpite... uma singela opinião...

— Ai, ai, ai. Conhece o ditado, né? "Se conselho fosse bom..."

— "Se conselho fosse bom...", então... é... bem... como é que era mesmo? Faz tanto tempo que eu ouvi isso aí. Pelo menos uns trinta anos.

— Se fosse bom, não era dado, era vendido — Elizabeth ia devolver a bandeja ao local de origem. No caminho, Gregor olhou para a superfície espelhada e, como sempre, não conseguiu ver sua face, um dos desejos secretos das pessoas da Colônia.

— Eu bem que queria que alguém me desse conselhos. Coisa de gente sem família, que nem eu — Gregor mantinha o rosto irônico, mas a experiente mulher sabia que era a forma que ele tinha de se proteger de qualquer sofrimento.

— Poxa, Gregor... eu nem sei o que dizer... Sabe a Grensold, ela também tem uma história parecida. Ela...

— Ai, Elizabeth, desculpe, mas não vamos falar daquela mulher com cara de mexerica amassada. Não gosto muito dela.

— Eu sei, quase ninguém gosta, mas Grensold me parece fiel. Sempre me ajuda quando preciso. Com a casa, para ir buscar algo para mim no mercado, na horta, e também... — o tom de voz indicava que ela estava tomando as dores da empregada.

— Gosto de te deixar nervosa — Gregor sorria. — Você fica engraçada!

— Era só o que me faltava! Ande, Gregor, e a tal opinião? O tal conselho? Fale logo, que eu estou ocupada. Pelo jeito, os *enits* estão sobrando pra você, não é?

— É o menino, Elizabeth. Você precisa começar a preparar seu neto desde já. Falar de tudo. Falar de nós.

— Sim, já tenho feito isso, aos poucos, como deve ser.

— É necessário. Daqui a pouco ele já vai ter que partir para a ação, certo? É melhor que esteja pronto.

— Eu até tentei apresentá-lo ao Sonny outro dia. Ele estava aqui. Aliás, nessa mesma poltrona em que você está sentado!
— O Sonny? Poxa... quanto tempo que não o vejo.
— Ele é um exemplo de alguém que acabou com a carga de *enits* indevidamente. Agora é obrigado a viver aqui.
— Gente, esse velho sempre foi maluco. Imagine, perder os *enits* todos! Eu não confio muito nele. Aliás, Elizabeth, acho que você precisa escolher melhor suas companhias — Gregor se arrumou na cadeira, sua marca registrada quando queria impor suas opiniões. — Mas, voltando ao assunto: é importante preparar Benjamin. E acho que estamos em um bom momento. Pelo que percebi, Isabella nem sequer se aproxima do quarto dele.
— Ela é muito inteligente para tentar algo contra sua principal fonte de energia. Mas, escute, não acho que isso dispense a proteção de vocês. Nunca sabemos o que pode acontecer realmente.
— Olhe só! Não era você que defendia a economia de *enits* a qualquer custo?
— Justo você falando de *enits*, sr. Gregor? Só estou dizendo que as visitas de vocês podem até ser esparsas, mas, como já falamos antes, precisam acontecer. Não quero que Benjamin fique desamparado. Só isso.
— Certo. Tenho me revezado com o Gonçalo e a Dorothy. Só não se esqueça do que eu lhe falei: a preparação de Benjamin é inadiável agora. A gente não sabe o que vem pela frente...
— Ninguém sabe, Gregor. Mas estou fazendo o que posso, o que fui instruída a fazer. Mostrei a ele minhas Bombas de Sementes e já estou introduzindo alguns temas, como as visitas de gente das Colônias e da luz que emana das pessoas...
— Ele é um bom garoto...
— Só não é preciso que ele saiba de tudo. Na verdade, a inocência de Benjamin também joga a nosso favor.

## Capítulo 12

Depois de quase um mês sem sair de casa – mergulhada que estava nos estudos da Profecia e no aprimoramento da técnica de alguns experimentos, como o desafiador Fogo Grego –, Elizabeth telefonou para Emily, para combinar uma visita a eles. Nessa ocasião ficou sabendo que Benjamin estava novamente doente, e que isso vinha se tornando rotineiro.

– Mas o que ele tem?

– O pediatra está investigando. Ele não tem febre, nem tosse, só uma indisposição constante. Estranho que os exames deram normal...

– E o doutor não suspeita de nenhuma doença? Ele está se alimentando direito, minha filha?

– Mamãe, passo todos os dias com ele e posso lhe garantir que o apetite dele não mudou. Come bem e ainda assim está perdendo peso...

– Perdendo peso? Emily, estou indo *praí* agora mesmo!

Elizabeth decidiu passar uma nova temporada no porão, apesar da cara de figo azedo do genro que teria de enfrentar no dia a dia, e da sua impertinente sobrinha. Levaria vidros a mais das compotas prediletas deles, de groselha fresca, para o caso de alguma emergência. "Às vezes, a alquimia é mais simples do que parece: apenas uma panela e algumas frutas já fazem mágicas incríveis", pensava enquanto arrumava sua maleta.

A instalação no porão foi sem grandes problemas e, para espanto de Elizabeth, Ross aceitou bem sua estada, uma vez que a esposa teria auxílio nos cuidados com Benjamin, sempre muito fraco e sem energia. Não muito tempo após a chegada da sogra,

Ross chamou Emily para o passeio noturno com Isabella, o que não era comum. O objetivo era que a esposa o ajudasse a saber mais sobre a menina, principalmente sobre seu comportamento na escola. A família fora chamada à secretaria duas vezes na última semana, e, entre as reclamações, estava o fato de que, durante os intervalos, Isabella insistia em ficar trancada no banheiro, não retornando às aulas. Ao pegar seu casaco para o passeio, o tio estava ensaiando mentalmente como ia driblar o gênio forte da afilhada para obter mais informações. Com o olhar baixo, perdido em seus pensamentos, virou a chave, deu passagem a Emily de forma mecânica e trancou a porta atrás de si. Mas quando os três já estavam na rua e Ross finalmente levantou a cabeça, ele deu um salto. Depararam-se com uma presença surpreendente, pelo menos para ele.

– Layla? O que você está fazendo aqui? Como está mudada! – Ross largou a mão da esposa e a da sobrinha e cumprimentou desajeitadamente a moça que chegava.

Se houvesse um termômetro ao lado do rosto de Emily, seria possível mensurar quanto seu sangue ferveu com aquela cena. Via pela primeira vez aquela jovem de cabelos castanhos, corpo bem-feito e olhares excessivamente amigáveis em direção a seu marido.

– Boa noite, meu nome é Emily. Emily Ross – ela esticou a mão em direção à oponente, claramente demarcando seu espaço.

– Emily! Então você foi a sortuda! Ross é duro na queda, não é? Ainda bem que ele encontrou você, senão ia ficar arrasado de saber que eu me casei com o dr. Tramell...

– Como? – Emily estava lívida.

– É brincadeira! Imagine, ele nunca me deu a menor bola!

A brincadeira suavizou o ambiente, mas ao mesmo tempo garantiu que entre os dois de fato houvera algo. Emily ainda não se conformava.

– Eu fui enfermeira do seu marido. No tempo do pós-guerra. O exército me pagava para eu cuidar dele. Olha, deu um trabalho, viu? Ele é muito teimoso, não é? – Layla era uma presença simpática, e Emily, embora enciumada, não deixou de sorrir com as observações dela. – E quem é essa menininha? Filha do casal?

– Não – a voz veio de baixo, e Layla sabia que aquela era Isabella, a famigerada *monstrina* da rua Byron.

– Nossa, bravinha... Tudo bem, criança é assim mesmo. Vim atendendo ao chamado de... deixe eu ver aqui... Elizabeth Tate. Olhe, Ross, eu quase caí para trás quando soube que o endereço era aqui! Na hora que eu escrevi na agenda, nem liguei os fatos. Mas quando vim andando pelo bairro, me localizando, e percebi... Que emoção!

– Grandes emoções, mesmo – Emily olhava para o marido, querendo alguma solução para aquela cena insólita. Ross entendeu o recado. – Hoje o dia está incrivelmente emocionante...

– Minha sogra chamou você? Disse que estava morando aqui? – ele estava achando aquela coincidência bastante estranha.

– Não, não, Ross, eu não sou mais enfermeira. Ela queria conhecer o meu trabalho com ervas medicinais. Eu trabalho com isso agora. Fiz uma especialização com o dr. Tramell. Estudei muito durante todos esses anos! Ah, e ela me avisou pelo telefone que só estaria aqui por pouco tempo. Para cuidar do menino... acho que é o filho de vocês, certo?

– Ah... claro, outra daquelas loucuras da Elizabeth... – Ross voltou a segurar a mão de Isabella, que olhava inquisidora, apontando a praça. – Já vamos, já vamos, um instantinho só.

– Por favor... seu nome é Layla, certo? – Emily ainda estava desconfiada, mas a cada informação relaxava mais. Elizabeth não chamaria qualquer pessoa sem referências para ir à casa deles.

– Isso, Layla.

– Por favor, Layla, toque a campainha para que minha mãe atenda você. Fique à vontade – Emily deu o braço a Ross, que, para evitar problemas, correspondeu imediatamente. – Vamos, Jasper?

Durante a caminhada, Ross acabou com qualquer resto de suspeita que pudesse haver por parte de Emily. Contou como ele e Layla se conheceram, inclusive com os detalhes engraçados do cortejo que a moça fazia em cima dele.

Emily fingia continuar brava, mas na verdade se divertiu com a história. No final, os cuidados de Layla foram indispensáveis para que ela e o marido se encontrassem pela primeira vez.

Elizabeth, que já estava observando tudo pela vidraça semiaberta, se antecipou à campainha e abriu a porta quando a mulher ainda estava no jardim da frente.

– Layla, querida, você veio! – disse, batendo palmas inaudíveis. – Precisamos conversar. Precisamos conversar urgentemente!

– É claro que eu vim, não poderia perder esse momento raro de conversar com você pessoalmente. Você anda muito misteriosa. Depois da reunião com os Aliados, sumiu de novo!

– Ah, Layla, ou Jane, o que você preferir – Elizabeth sorriu, –, preciso te contar várias coisas. Várias...

– É tão estranho voltar a esta casa, desse jeito... – Layla colocou o casaco no cabide e a bolsa na cadeira.

– Eu vi. Você poderia concorrer ao Oscar – Elizabeth tirava alguns brinquedos de Benjamin do sofá para Layla se sentar. – Foi tudo perfeito. Ninguém vai desconfiar de nada.

– O que exatamente você está pensando? – Layla sentou-se em outro lugar, diferente daquele arrumado por Elizabeth, mais perto da janela.

– Bem, você lembra que, desde que foi chamada para vir aqui a Esparewood pela primeira vez, nosso objetivo era cumprir os passos da Profecia.

– Claro que lembro! Ross precisava ficar curado para conhecer Emily. Operação concluída com sucesso, sargento Tate! – a moça bateu continência, lembrando-se dos bons tempos em que se comportava como uma enfermeira do exército.

– Sim, você fez um bom trabalho. E só o tonto do Ross para imaginar que o exército ia pagar uma enfermeira em casa! O Ross pensa que está na Suíça!

– Eu enganei bem!

— Sei... mas nem tudo foi armação, não é, Layla? Quase que os planos vão por água abaixo...

— Não vou negar. Tive uma pequena paixonite... – o rosto de Layla pareceu enrubescer levemente –, mas passou... coisa de moça nova...

— Você poderia ter posto tudo a perder. Já pensou se fosse recíproco?

— Elizabeth, nós somos apenas instrumentos aqui. A Profecia é mais forte do que tudo. Fazemos apenas o rio fluir melhor...

— Nossa! Gostei! Aquela mocinha estabanada amadureceu mesmo!

— Claro, tantos anos de estudo. Foram três tribos e muitos rituais. Conversei com velhos caciques, com xamãs centenários, estudei cada erva e cada uma de suas propriedades – Layla circulava e gesticulava enquanto contava sua epopeia no Peru. Mas, de repente, fez uma pausa expressiva. – Sabe, Elizabeth, aprendi a linguagem da natureza, e muito mais sobre meu "animal de poder".

— Como assim? Está querendo dizer...

— Sim, lembrei muito de tia Ursula! A maioria dos indígenas tem o seu.

— Layla, tenho tanto orgulho! Você está pronta!

— Por isso você demorou tanto para me chamar, não é?

— Claro...

— Eu estava muito brava com você, furiosa, na verdade! Você disse que "em breve daria notícias" e nunca mais apareceu.

— Mas no fim deu tudo certo, não é? Somos apenas instrumentos... – Elizabeth já tinha se acostumado a usar seu carisma quando estava em apuros.

— Isso mesmo. Tenho que admitir que alguns estudos levaram anos para ser concluídos – disse Layla, orgulhosa de seus avanços. – Parecia uma eternidade, que eu nunca chegaria ao fim. Mas valeu a pena, hoje me sinto muito mais segura para te ajudar.

— Sim, os estudos também foram intensos por aqui... acho que é o mínimo que temos que fazer para honrar nossos dons. Mas agora a gente precisa se preparar para o que vem por aí! Aos poucos vou passando as indicações. E conto com sua inteligência também.

— Acha que vou poder contribuir?

— Acho, não. Tenho absoluta certeza.

Layla ajustou o casaco na cintura fina e deu um belo sorriso, metade encoberto pelo cabelo, que caía de lado, ondeando o rosto.

— Estou pronta para a guerra. Se estivesse na Amazônia, até pintaria o rosto...

— Então vamos lá! Anote aí os passos iniciais do plano e preste muita atenção. Mas antes me confirme uma coisa: esse broche com a figura de um lobo não é por acaso, certo?

— Não. A intuição de tia Ursula estava certa. É uma loba. Meu animal de poder.

O passeio com Isabella foi longo, até porque Ross tentou diversas abordagens — nenhuma bem-sucedida — para conseguir mais informações da sobrinha e pedir um comportamento mais adequado na escola. Foi o tempo necessário para as duas mulheres trocarem informações "de trabalho". Sem contar as boas risadas lembrando das histórias do passado.

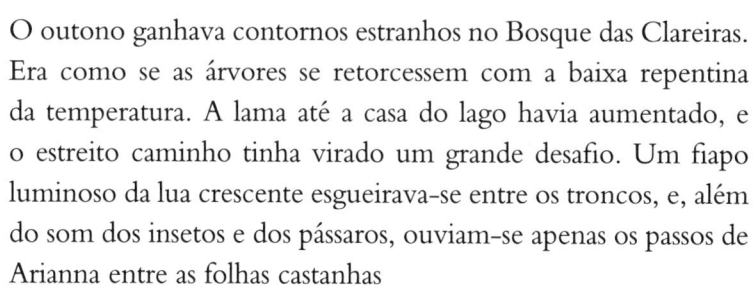

---

O outono ganhava contornos estranhos no Bosque das Clareiras. Era como se as árvores se retorcessem com a baixa repentina da temperatura. A lama até a casa do lago havia aumentado, e o estreito caminho tinha virado um grande desafio. Um fiapo luminoso da lua crescente esgueirava-se entre os troncos, e, além do som dos insetos e dos pássaros, ouviam-se apenas os passos de Arianna entre as folhas castanhas

— Tenho notícias. Mais um Rumado em pleno processo de decisão — a frase veio bruscamente, antes mesmo de ela entrar na cabana. — Vou conseguir recrutá-lo muito em breve.

— Que intimidade, Arianna. Não fala mais boa noite para um senhor? — a umidade do ambiente combinava com a voz pastosa do mestre.

– Morloch, estou trabalhando, como sempre. Vou direto ao assunto porque não temos tanto tempo.

– Eu, se fosse você, seria muito mais delicada comigo. Muito mais...

– Morloch... – Arianna passou a mão em seu rosto perfeito e fechou os olhos, como se fosse revidar a ameaça, mas voltou atrás. – Você tem toda a razão. Estou à sua total disposição, e estou feliz que faremos o bracelete. É um processo longo, eu sei, mas estou certa que vamos conseguir.

– Não, você não sabe – disse o excêntrico senhor, impositivo. – Para forjar um único bracelete, o processo é mais do que penoso. Envolve sacrifícios e muita paciência.

– Sacrifícios? Paciência? O que quer dizer com isso? Pensei que você simplesmente mandava fazer o bracelete. E que o trazia até nós.

– As Forças do Poder não são movimentadas por um sopro, Arianna. É preciso esforço e ação. As duas únicas pulseiras que existem, a sua e a de sua filha, foram forjadas aqui na Terra, onde as energias têm densidade. Só funcionam nesta atmosfera. Não faz muito tempo, os estudiosos desvendaram esse processo e, portanto, o decodificaram. Os braceletes que vocês têm em mãos são muito mais do que meros talismãs. São o poder em forma de matéria. Podem significar a verdadeira conquista sobre esta dimensão – os lábios de Morloch se contorciam em um sorriso de prazer, mas ainda assim ele não escondia a irritação de falar com os vivos. Eles sempre buscavam explicações para moldá-las a seus próprios desejos. – Mas nada disso é assunto para você. Vamos nos concentrar no seu desempenho, na sua atuação, que não está saindo a contento. Os avanços têm sido insignificantes... Acho que você vai precisar de ajuda, digo, de mais ajuda.

– Você nunca reconhece meu trabalho de Recrutadora. O último Rumado que induzi a se tornar um Decaído tinha grandes chances de se desvirtuar para a Luz. A mulher dele é da Luz, e os filhos também. O ambiente não era nada propício.

A gargalhada do velho ressoou pelas paredes de pedra e atravessou as grades da janela, despertando uma resposta dos corvos.

— Você ainda tem muito o que aprender, Arianna. Depois de tanto tempo, você só consegue um Decaído e ainda acha que foi algo importante?

— Já falei, o ambiente não era propício, não era um Rumado qualquer...

— Chega, Arianna! — a voz pastosa invadiu o ambiente. — Vamos ao que interessa. Trouxe o material?

— Trouxe. Está aqui neste pote. Fiz tudo que você me mandou, perfeitamente. Uma porção para mim, outra para você, conforme combinamos.

— Então entregue a minha parte.

Morloch esticou o braço macilento, e as fissuras em sua pele apareceram por baixo dos andrajos puídos. Como uma aranha agarra a presa, puxou o pote de cerâmica para si e o chacoalhou para que o conteúdo se assentasse. O aroma vegetal era um tanto acre e enjoativo.

— Morloch?

— Mais perguntas? — com o nariz próximo da base do pote, ele parecia estar inalando alguma substância alucinógena.

— Tenho uma intuição. Sinto que algo está errado com Isabella.

— O que pode ter acontecido? A sua fonte não está trazendo notícias?

— Não tão atualizadas quanto eu precisava, Conselheiro. Depois que apareceram no jornal, Emily e Ross apertaram a vigilância sobre Isabella. No último relato que recebi, parecia tudo bem, umas bobagens de escola, mas tenho necessidade de ver com meus próprios olhos.

— Se você não estragar tudo com sua ansiedade, eu lhe dou permissão. Mas vá com um propósito, não temos tempo a perder. Isso não tem a ver com saudades, certo? Ou com outra dessas emoções baratas.

– Não, Morloch, claro que não. – Arianna baixou os ombros involuntariamente, mas, assim que percebeu a própria reação, tratou de fazer um movimento com a capa.

– Bem, aproveite para checar se tudo está correndo bem, as transfusões de energia, as indicações sobre o bracelete, e o menino. Não esqueça que ali está a grande fonte de energia – os olhos do Conselheiro Morloch eram de cor indefinida, e quem visse sua íris de perto poderia divisar algo parecido com várias estrelas riscadas, umas sobre as outras.

– Além disso, acho que devo começar o processo de recrutamento da minha filha. Isabella é uma menina precoce, tenho certeza de que fará a escolha aos nove anos. Vou tentar falar com o idiota do meu cunhado – Arianna mirava os sapatos arruinados pela lama e ajeitava sua saia justíssima por baixo da capa.

– Como falei, pare de pensar com seus intestinos. Tente usar a cabeça para algo além de suporte a essa vasta cabeleira de sereia – Morloch passou languidamente os dedos manchados entre os fios compridos do cabelo de Arianna, e ela sentiu um cheiro forte de coisa em decomposição. – Ela é uma Górgone, essa escolha já está praticamente feita.

– Mas e os casos de purificação? Você falou que eles existem.

– Existiram... Qualquer Império tem suas máculas. Mas não vamos deixar isso acontecer por aqui, certo? – o olhar era ameaçador.

– Não. Não acontecerá. Minha filha é uma Górgone e assim permanecerá.

---

A frase "tudo tem um fundamento" era muito recorrente nos pronunciamentos de Elizabeth, mas mesmo para ela foi difícil explicar ao neto o que poderia ter acontecido naquele dia em que os atos de Isabella congelaram os ânimos de todos na casa. Benjamin viu a movimentação na sala quando a prima chegou do colégio no meio da manhã acompanhada da psicóloga. A menina mantinha um olhar frio, enquanto a representante do colégio, trajando um vestido azul-marinho de gola alta, ainda na soleira da porta, falava e gesticulava com uma expressão assustada. Emily alternava os gestos. Colocava as mãos na boca, baixava a cabeça fazendo sumir o pescoço e cruzava os braços com força sobre o peito, como se estivesse tentando se proteger de uma terrível verdade.

– Por favor, entre, senhora...
– ... Daphne, Daphne Ray.

A psicóloga foi convidada a se sentar e, um tanto desconfortável, explicou o que tinha se sucedido: Isabella saíra do refeitório com uma faca escondida no uniforme e, na sala de aula, quase perfurara o peito de uma colega da classe, única e exclusivamente porque a garota, frágil e retraída, quisera mudar de lugar para se afastar da "menina estranha". A professora conseguiu conter Isabella a tempo e descreveu o sorriso estranho no rosto da menina quando afirmou que se tratava "apenas de uma brincadeira".

– Sra. Ross, a continuidade de Isabella na escola terá de ser discutida, e acredito que este seja o momento – disse ela, tendo em suas mãos o dossiê da menina. – E não é apenas isso. Estou aqui também para falar sobre os perigos que ela representa ao próprio núcleo familiar.

Emily, tão acostumada a cuidar dos seus, não gostou que alguém de fora viesse lhe dizer como conduzir as coisas. Antes mesmo que a mulher terminasse a frase, ela se pronunciou:

– A senhora não está exagerando? Sei do comportamento estranho dela, mas talvez tenha perdido o controle. Talvez veja os meninos com revólveres e espadas de brinquedo e pensou que não ia machucar ninguém – respondeu, tentando buscar explicações plausíveis. – E as notas, suas notas são sempre tão boas...

– Sim, a inteligência de Isabella surpreende a todos nós – continuou a mulher, que se mantinha tensa, ereta na poltrona –, mas a questão é outra. Não há exagero nenhum, e este não foi um caso isolado. A senhora sabe o que ela aprontou com o porteiro da escola, um dos funcionários mais antigos, se não for o mais antigo. As repetidas ameaças, em maior ou menor grau, o comportamento arredio, os misteriosos recreios no banheiro em vez de interagir com os colegas. Talvez sejam indícios de algum distúrbio psíquico. É preciso investigar...

Emily remexia-se na cadeira, de tanta ansiedade. Grensold, que naquele dia tinha ido à casa deles para ajudar com as tarefas, entrou na sala e começou a passar um pano bem devagar, talvez querendo tomar parte no episódio, mas a dona da casa, com o olhar, mandou que ela voltasse para a cozinha.

— Há também a questão da segurança, sra. Ross — prosseguiu a psicóloga. — Somos responsáveis por dezenas de crianças. Não podemos colocá-las em risco.

— E o que a senhora sugere que eu faça? — indagou Emily, impaciente com sua sensação de total impotência.

— Que a senhora interne Isabella o mais rápido possível — a resposta direta da sra. Ray fez Emily desmoronar. — Pelo que pudemos perceber, e ontem tivemos uma reunião com toda a equipe pedagógica para tratar exatamente desse tema, parece que sua sobrinha não está usando a inteligência a seu favor, e o que é pior: está fazendo uso dela contra os outros.

Uma mistura de nervosismo e indignação invadiu Emily Ross. Sempre tão séria, até ela mesma se espantou com o sorriso irônico que veio de seus lábios.

— Internar Isabella? Se a escola fornecer o dinheiro, minha família agradece. Nós não temos nenhuma condição de interná-la, mal estamos conseguindo arcar com os gastos da escola... livros, cadernos, uniformes... Meu marido aposentado, duas crianças em casa... Isso... isso é uma afronta!

— Sra. Ross, isso é uma questão séria. Muito séria! É necessária uma atitude. E rápido.

Emily levantou-se da cadeira como se esta estivesse em chamas, interrompendo a psicóloga.

— Não vou admitir que a senhora fale de Isabella como se fosse um animal selvagem. Eu estou na função de cuidar dela e é exatamente isso que vou fazer. Eu prometi ao meu marido. E ele deve isso ao irmão. Mas a senhora não tem nada a ver com isso, não é mesmo? Se quiserem tirá-la da escola, podem tirar, eu resolvo esse problema. Ou melhor, mais esse problema.

Elizabeth estava no andar de cima e ouvia tudo do topo da escada, sem dizer uma palavra, sem intervir em nada. Mas sua mente não parava: era a chance ideal de antecipar seus planos. Era o gancho perfeito. Esperou a sra. Ray ser acompanhada até a porta e desceu.

– Para um caso tão grave assim, era melhor ter Arianna entre nós – Elizabeth aproximou-se da filha e pousou sua mão no ombro dela, de forma carinhosa.

– Mãe, não sabemos por onde ela anda, já faz mais de sete anos... Sem contar que é Jasper quem deve resolver sobre isso. Ainda não acredito que a consulta dele no médico da perna foi justo hoje!

– Arianna é a mãe, Emily. Jasper está cuidando dela, eu sei, mas só a mãe pode conter uma filha problemática como essa. Quero dizer, só uma mãe que seja problemática à altura.

– Você não devia ficar ouvindo a conversa dos outros pelos cantos. E já falei que não tenho autonomia para decidir isso! – a voz de Emily saiu descontrolada, em tom muito mais alto do que costumava ser.

– Autonomia para quê? – Jasper entrou espantado, deixando casaco e receitas médicas no cabideiro, e óculos e chaves sobre o aparador, ao lado da porta. – O que houve desta vez, Emily?

– A psicóloga do colégio acaba de sair daqui – foi Elizabeth quem respondeu. – Sua sobrinha ameaçou uma colega com uma faca.

– O quê? – Jasper cambaleou por um instante.

– Talvez tenha sido uma... uma brincadeira... não temos certeza ainda... – Emily tentava amenizar as coisas, mas era traída por sua hesitação.

– Jasper, a sra. Daphne Ray, a psicóloga, interrompeu suas funções na escola para trazer Isabella em pleno horário de aula. Não lhe parece grave? – Elizabeth restituía o devido peso ao fato.

– Mãe... eu...

– Claro, é muito grave – a concordância de Jasper às intervenções da sogra surpreendeu às duas. Nunca acontecera nada parecido. – Precisamos fazer alguma coisa!

– Eu sugeri chamarmos Arianna... – Elizabeth arriscou mais uma cartada. – Talvez a mãe consiga contê-la.

– Eu falei para ela, Jasper, que isso seria impossível... – Emily só queria poupar a mãe de alguma atitude intempestiva do marido.

– Pois agora sua mãe tem toda a razão – Emily ainda não acreditava no que ouvia, seu marido devia estar no auge do desespero para aceitar aquela proposta. – Vamos chamar Arianna. Afinal, foi ela que nos colocou nesta enrascada.

– Mas, Jasper, ela não viria, não quer nem saber da Isabella...

– Talvez, se souber das atitudes da filha, ela se convença.

– Emily, não se preocupe, eu faço um jantar. Eu organizo tudo que for preciso. Você já tem muitos afazeres. Pedirei a Grensold que vá até a casa do lago para fazer o convite. Direi a ela para reforçar que é algo muito grave com relação a Isabela. Qualquer mãe atende a um chamado como esse. Até mesmo uma mãe como ela...

– Eu irei com prazer. Sei onde fica Saphir – mais uma vez a mulher esquálida apareceu do nada, confirmando que escutava toda a conversa.

– Não entendo como isso pode ajudar... – disse Emily, sentindo como se sua casa inteira estivesse desabando sobre sua cabeça.

– Entende sim. Você entende – reforçou Elizabeth, que, no íntimo, sabia que ganhara aquela batalha.

## Capítulo 13

O dia da reunião com Arianna chegou tão rápido que ninguém parecia estar pronto para o evento. A lua minguante sorria de forma lúgubre para a escura Esparewood, como se esperasse os acontecimentos da noite. Emily estava vestida sobriamente, como sempre, e não incluiu na casa nenhum item que lembrasse uma festa, havendo apenas alguns girassóis arrumados em um vaso em cima do aparador, além dos pratos e talheres do jantar, já organizados sobre a mesa.

Quando a campainha tocou, era como se sete anos inteiros da vida de Emily estivessem concentrados ali, entre aquelas quatro paredes. Sentiu raiva, sentiu dor e uma vontade imensa de pular no pescoço daquela que a fizera se tornar alguém seca, insegura, desconfiada do próprio marido, e tão pouco disponível para a vida. Jasper Ross nunca mais fora o mesmo depois da chegada de Isabella... Se não fosse Benjamin, sua vida teria se transformado em um inferno na terra, como costumava dizer. Entre os talheres estava uma faca de carne. Emily testou seu fio com o dedo e imaginou como devia ser doce a vida dos assassinos. Eles sabiam resolver problemas. A campainha soou pela segunda vez, e Ross, mancando e sem a bengala, apareceu na portinhola dos fundos, reclamando que ninguém tinha ido atender a porta ainda.

– Já estou indo, Jasper. Termine de pegar no jardim a salsinha que eu te pedi. Vou colocar sobre o assado.

Emily sabia exatamente quem estava do outro lado da porta, mas ainda assim optou por puxar as rendas da cortina, como se não fizesse a menor ideia.

Grensold tinha limpado as vidraças tão bem durante a tarde que não foi difícil vislumbrar a figura de pé, de costas para a porta, olhando para um ponto fixo do outro lado da rua. Emily viu o brilho daquele cabelo escorrido, negro, que todo penteado para trás cobria mais da metade das costas. Seu corpo esbelto e seu vestido ajustado correspondiam exatamente à última, e única, imagem que tinha da cunhada.

— Emily, abra logo essa maldita porta — Jasper jogou o cheiro-verde na pia da cozinha e pegou apressado sua bengala para receber a cunhada junto com sua esposa. Ele sabia que precisava apoiar Emily. Na verdade, precisavam contar um com o outro, apoiar-se mutuamente, para enfrentar Arianna. A porta rangeu ao abrir, e ela tinha a mesma postura, a mesma altivez, de anos atrás. A beleza intacta da convidada impressionou a todos, mas o que não esperavam era a fantástica semelhança que se materializava ali, bem à frente deles. A menina que costumava passar seus dias no quarto superior era tão parecida com aquela mulher escultural, de olhar sério e distante que era como se a viagem no tempo fosse para o futuro. Isabella trazia a essência de sua mãe e, em pouco tempo, seria sua réplica perfeita.

As unhas pontudas pintadas de vinho e o batom de mesma cor na boca de Arianna também chamavam a atenção, mas o comportamento foi sem qualquer cerimônia, como se ela frequentasse a casa todos os dias.

— E então, Emily, como vai? — as palavras eram vazias e, talvez por isso, não foram sequer respondidas. Ela passou movimentando suas longas pernas, desfilando pela sala. — Isso aqui continua igual, hein? Já pensaram em um museu para Esparewood?

A mulher girou o pescoço, visualizando o aposento por completo. Foi até o sofá e se acomodou, apoiando bem os ombros no encosto e cruzando as pernas.

— Lembro bem de Richard sentado aqui. Vivia lendo. Tinha uma vontade de saber as coisas, coitado, e olha só... seu destino foi trabalhar em um matadouro... Bem, tem gosto para tudo, não é? Eu gostava mais de pérolas, ele de porcos.

Benjamin foi terminantemente proibido pelos pais de estar com eles na sala naquela noite. A orientação era para que ficasse no quarto, montando um enorme quebra-cabeças, presente de Elizabeth, até que pegasse no sono. Mas, tendo a certeza de que não era um dia comum, e com o agravante do cheirinho de uma comida diferente e deliciosa, ele achou que a desobediência valeria a pena. Aproveitou um instante de desatenção dos adultos, que circulavam com os preparativos, desceu as escadas e se colocou ligeiro atrás de uma cortina, próximo à lareira. O silêncio ele sabia guardar bem. Quanto aos movimentos, também conseguia conter para não chamar a atenção de ningém. Só mesmo sua curiosidade poderia metê-lo em encrenca agora.

Isabella, segundo Jasper, seria chamada no momento oportuno. Ninguém sabia qual poderia ser a reação, de um lado ou de outro, e era melhor primeiro conversarem com Arianna. Elizabeth, por sua vez, analisava tudo do topo da escada, lugar que se tornara sua "torre de observação". Dali podia acompanhar perfeitamente os movimentos de todos, inclusive os do neto, atrás da cortina. Ela pôde vê-lo, não pelo volume no tecido, mas pelo brilho de sua aura, que passava pela trama do tecido.

— E então, como vão as coisas? – indagou Arianna com voz forte e dominante, fitando o rosto do cunhado, que mal se mexia. Emily já havia ido à cozinha para checar as travessas do jantar.

— Estou curiosa para saber o motivo do convite.

— As coisas estão pior do que eu poderia imaginar. Isabella... Bem, você sabe... – respondeu ele contrariado, desviando o olhar. – A situação está saindo do controle e foi exatamente por isso que concordei com este... encontro. Precisamos conversar.

— Não há o que ser conversado, Ross. Eu não posso fazer nada. Eu não posso mudar nada. Sei que essa idade é crítica, ela está se descobrindo, basta que entendam isso. Depois tudo deve se acalmar novamente, é preciso paciência. Mas confesso que fiquei feliz que me chamaram, já estava na hora de conferir as coisas de perto.

— Paciência? — ele parecia indignado, mas o tom de sua voz era forçosamente baixo, para evitar que Emily o ouvisse da cozinha. — Para você, que ficou todo esse tempo longe, é fácil falar em paciência. Sua filha está agindo mal, fazendo coisas horríveis. Eu não tinha ideia de que chegaria a esse nível. E parece que piora a cada dia! Não sei se vamos conseguir manter Isabella aqui por muito tempo...

— Tente a sorte, Ross. Sabe muito bem que, se não fizer o combinado, Emily pode se meter em apuros bem maiores do que a pilha de roupas que tem para lavar. Aliás, você também pode acabar visitando seu irmão antes do que imaginava. O que acha da ideia? — a fixidez de seu olhar parecia queimar as entranhas do homem.

— Arianna, será que você não entende? Preciso de um tempo. Minha família também. A verdade é que não há mais condições de cuidarmos de Isabella. Antes da escola era diferente, ela vivia trancada no quarto...

— Tire-a da escola, então — Arianna olhava para as próprias unhas, como se estivesse falando sobre compras do supermercado. — Aliás, para que serve aquela bobagem?

— Mas todas as crianças vão à escola! O que será dela sem os estudos?

— O futuro dela já está traçado, obviamente. E garanto que seus passos irão muito além das fórmulas de matemática e das aulinhas de geografia.

— Você não entende... — Ross percebeu que estava sendo ignorado —, eu preciso de uma trégua...

— Trégua? Cuidado com o que pede, querido cunhado. Foi durante uma trégua que seu irmão, Richard, foi se encontrar com papai e mamãe... Já pensou? Outra criança órfã nesta casa? Aliás, onde está o pequeno? Já tive notícias dele lá na casa do lago.

Ross não se conformava de estar diante de tamanha maldade. Tentava imaginar caminhos, argumentos, mas se sentia fragilizado contra aquela presença sólida, inabalável. O suor porejava na testa, e a imagem de Richard morto conturbava ainda mais suas emoções. Sim, fora a trégua e não o combate que levara seu irmão para sempre. E aquela menina era a filha dele. Desta vez não poderia falhar com Richard. Não como falhara com o filho de Charlotte.

No topo da escada, Elizabeth cronometrava a chegada de Layla. Na verdade, as coisas já estavam saindo dos planos, pois Elizabeth pensou que a primeira coisa que Arianna faria quando entrasse na casa seria pedir para ver Isabella. "Elizabeth, que mania de ver as coisas por seus olhos. Arianna não é você. Arianna é bem diferente de você. E de qualquer mãe!" Seus pensamentos repassavam os passos da estratégia. Cada milímetro de seu corpo estava em atenção, como se fosse um felino à espreita. A respiração fluía imperceptível e os olhos mal piscavam. Arianna tinha de subir nos próximos minutos, ou a chegada de Layla poderia mais atrapalhar do que ajudar. "*Triquetra, Triquetra, Triquetra.*" Foi por impulso da intuição que a palavra apareceu na cabeça de Elizabeth, e ela começou a repeti-la mentalmente. "*Triquetra, Triquetra, Triquetra*".

Os eventos estavam fora de ordem, mas ainda havia salvação para o plano. Torceu para que as "coisas certas" acontecessem. Olhou para baixo e viu sua filha voltar para a sala. Arianna seguiu-a com o olhar, como uma pantera que rastreia sua presa na savana, o que contribuía para aumentar a respiração já ofegante de Ross.

— Jasper, tem certeza que Benjamin já está dormindo?

Prestes a sofrer um colapso nervoso, ele se sentiu aliviado com a interrupção da mulher e lhe respondeu prontamente:

— Fui ao quarto e ele estava dormindo, sim. E sua mãe ao lado dele, cochilando também — Ross falou de forma alheia. Parecia que a cena do menino na cama, presenciada há cerca de uma hora, fazia parte de um passado remoto. — Por quê?

– Nada. Acabei de pensar nele... Se estava tudo bem... – Emily falou isso com um sorriso nos lábios. Ela não tinha ideia por que a imagem do menino de olhos verdes tinha vindo tão forte em seu pensamento. Na verdade, jamais saberia que sua mãe, ao proferir repetidas vezes a palavra celta *triquetra*, que significa "A Grande Mãe", podia despertar, mesmo na mais insensível das criaturas, a conexão com o sentido da maternidade.

Arianna, por um momento, também suavizou a expressão, como se buscasse dentro dela mesma alguma lembrança, e Jasper teve a sensação de que um fuzil apontado em sua direção baixava a guarda. Emily voltou para a cozinha, ainda sorrindo.

– Onde está Isabella? – a voz veio com um tom a menos de agressividade, se comparada à que mostrara até ali. – Espero que você esteja cuidando bem da minha filha, Ross. Você e sua prendada esposa, é claro.

– Não melhor do que Richard cuidaria, mas com certeza melhor do que você – Jasper respondeu com irritação.

– Quero vê-la. Onde ela está?

Nesse momento, Elizabeth saiu de seu posto, sabendo que os olhares se dirigiriam para cima. Entrou no quarto do casal e deixou apenas uma fresta aberta.

– Você pode subir. Conforme as... ordens, Isabella tem um quarto só dela. Tudo na casa gira em torno dela. Aliás, parece que o mundo gira em torno dela – por um momento Jasper pensou que o certo seria conduzir a mulher até lá para que o reencontro fosse intermediado por ele, mas sua perna doía tanto, talvez pela tensão da conversa, que se permitiu apenas indicar a escada.

– Conheço a casa – antecipou-se Arianna –, vou até lá.

– É o primeiro quarto. No começo do corredor, à esquerda.

Arianna parecia não ouvir mais nada. Firme, com a coluna ereta, subiu as escadas quase flutuando. O porte impressionava. Era uma beleza contundente, que hipnotizava o olhar. Não como um pêndulo e, sim, como uma névoa em alguma floresta misteriosa.

Ela chegou até a porta do meio e teve vontade de girar a maçaneta. Era o quarto de seu sobrinho, aquele que, embora não tivesse consciência, alimentava sua filha com o que ela mais precisava. Queria vê-lo não por curiosidade, mas para se certificar de que estivesse forte o bastante, cumprindo bem seu "trabalho". Mas desistiu e se dirigiu à porta do quarto da frente.

Lembrava-se perfeitamente das feições de sua filha até os oito meses. Sabia que seria uma bela criança, mas ainda assim hesitou em bater na porta. Era difícil, mesmo para ela, ver de perto a realidade deixada para trás. A mão se fechou, preparada para bater com os nós dos dedos na porta, e a respiração veio profunda.

Do quarto do casal, Elizabeth acompanhava a indecisão de Arianna, mas não poderia perder mais tempo, precisava ser rápida. Abriu a bolsa e retirou um vidro cilíndrico, de tampa muito larga, contendo um líquido verde cintilante. Tudo com a ajuda de uma luva. Havia preparado a base do Fogo Grego antes de sair de casa e envolveu o vidro em um veludo grosso e opaco para que nada detonasse seu poder. A fórmula, inventada pelos químicos de Constantinopla, já havia destruído inúmeros exércitos e navios invasores. Por sorte, mantinha-se em segredo entre os poucos alquimistas contemporâneos. Definitivamente, não era uma substância para cair em mãos erradas. A mulher colocou o vidro à altura dos olhos para checar a gota viscosa flutuando sobre a água dentro do recipiente.

– Uma gota, uma gotinha só e... puff... o metal vira pó!

– Pó, é? Nossa, que coisa... – uma cabeça surgiu ao lado de Elizabeth, que deu um pulo para trás.

– Dorothy? Que susto!

– Boa noite, Elizabeth.

– O que faz aqui? Isto é altamente inflamável! Nós duas podíamos ter ido pelos ares!

– Eu já estou nos ares, querida, e vim para te ajudar...

– Não falei que era coisa para eu resolver sozinha, sem os "gastadores de *enits*"?

— É perigoso, Elizabeth, melhor eu estar por perto.
— Eu sei muito bem das suas habilidades. Mas esse assunto é meu. Quero primeiro entender as energias para depois agir. Vocês são minha tropa, preciso preservá-los para o próximo passo.
— Eu não vou deixar você sozinha com essa mulher, ela tem um corpo de princesa, mas uma alma de demônio.
— Vai me deixar, sim. Aliás, agora!
— Elizabeth, você está sendo muito indelicada.
— Indelicada é você, de vir sem ser convidada. Por favor, Dorothy, volte para a Colônia imediatamente.
— Foi o Pacto de Energia — disse Dorothy e se sentiu imediatamente arrependida por estar mentindo. Mas foi a única forma que encontrou para chamar a atenção de Elizabeth. — Nós estamos conectadas por ele agora, não se lembra? Eu senti algo estranho. Acho que esse plano não vai dar certo.
— Pois saiba que o pacto não funciona com intuições, mas com fatos, com situações críticas que já estejam em andamento. Eu conheço bem a técnica, não tente me enganar. E, agora, por favor vá embora.
— Está bem, eu vou, mas...
— Dorothy, eu tenho um plano em ação, e não há mais nem um minuto a perder...
— Elizabeth?
— Ai, meu Deus! Diga, mulher!
— O que você vai fazer com esse vidro?
Em vez de responder, Elizabeth estava dispondo um círculo de pedras brancas sobre uma velha tábua de carne que tinha retirado da cozinha. Um círculo feito de pedras brancas.
— Elizabeth...
— Dorothy, eu estou ocupada. Você precisa ir. Não dá para eu parar e te explicar nada. Tenho que entrar no quarto de Isabella agora. Arianna vai revelar sua verdadeira forma, e Ross finalmente vai enxergar a verdade.
— É perigoso, estou lhe falando! Ela pode se transformar pra valer.

– Está tudo certo.
– Não quero que entre sozinha.
– Eu estou falando para você ir, Dorothy. Agora!

Dorothy, amuada, desapareceu sem deixar rastro, enquanto Elizabeth tentava controlar a própria respiração. A fidelidade da amiga sempre a emocionava, mas nada podia tirar sua atenção. O velho truque do copo não precisava de nenhuma alquimia. Bastava colocá-lo na parede para ouvir trechos da conversa entre a mãe e a filha.

Arianna, parada na porta do quarto, também estava concentrada em seu objetivo. E, em vez de bater, foi entrando, mas uma escuridão imensa a deixou desnorteada.

– Isabella? – ela foi tateando as paredes, tentando encontrar o interruptor.

Leves sons, talvez de tecidos sendo movimentados, se tornaram audíveis, mas ainda não era possível enxergar nada.

– Isabella... vou acender a luz para poder te ver... você é uma linda menina, tenho certeza... Por que ficar nesse escuro?

Um facho luminoso vindo da cama iluminou o rosto de alabastro da mãe. Mas Isabella, segurando a lanterna, manteve-se na sombra, que mostrava apenas seu contorno, como uma montanha em noite sem lua.

– Isabella, deixe-me ver você! – Arianna, inusitadamente, sentiu-se aflita, não tanto pelo breu, mas pela forma como era dominada pela garota muda.

O facho de luz incidiu sobre o espelho, que por sua vez refletiu Arianna.

– Veja você mesma. Eu sou quase você... – a voz vinda da cama era grave e impostada, não tinha a estridência das meninas de sete anos, o que agradou aos ouvidos da mãe.

– Isabella, por favor, vou acender a luz...

– Sou parecida por fora, muito parecida... – ela desligou a lanterna e o negrume invadiu o ambiente.

– Acabe logo com isso – Arianna começou a se irritar.

— ... mas por dentro, a mente... o cérebro..., aí, mãezinha, somos bem diferentes...

A luz do abajur foi acesa. Arianna apertou os olhos, incomodada com a claridade súbita, mas não viu nada a sua frente, a não ser uma cama com as cobertas bagunçadas. Só depois de alguns instantes sentiu a pequena mão, úmida e fria, tocar seu braço por trás. Ela deu um pulo e, ao se virar, percebeu a figura diante dela.

— Isabella, você... você... é linda! — Arianna sentiu impulso de abraçá-la, mas ao mesmo tempo era como se o próprio ar oferecesse resistência. A menina estava enquadrada pela estante de livros e usava uma camisola cinza com um rendado no pescoço. O cabelo negro, levemente azulado pela luz fria do abajur, caía-lhe pelos ombros até quase a cintura

— Você também! A genética estava mesmo a nosso favor.

— Não foi só a genética, Isabella... Bem, às vezes negociações são necessárias... acordos... trocas... Mas não vamos falar disso agora. Quero ver você! Saber como está sua vida, o que você tem feito...

— Sem tanta exaltação, por favor, Arianna. E claro que minha vida, por enquanto, é bem aborrecida. Tudo por aqui é chato, mas sei que as coisas vão mudar. Sou paciente.

— Já falei para o idiota do seu tio tirar você daquele lugar.

— Da escola?

— Claro...

— Mas eu me divirto por lá. Às vezes posso fazer uns testes, treinar um pouco meus estudos...

A mulher parou por um instante. Ligou os pontos e percebeu que tais testes eram os problemas sobre os quais Ross se referira, dando origem ao jantar daquela noite. Ela sabia o quanto era importante para Isabella se conter. De outra forma, o comportamento poderia chamar a atenção das pessoas, das autoridades. Se as estúpidas autoridades e instituições tomassem conta do caso, todo seu plano estaria arruinado.

— Me conte mais desses treinos, Isabella... — Arianna sondou a menina com seu jeito felino.

— Ah, não gosto de pessoas que fingem que são boazinhas. O Harry da escola, por exemplo... Não é possível ter tanta paciência com aquele bando de crianças idiotas...

— Mas você também é uma criança — agora era ela quem fazia um teste.

— Ah, Arianna, você sabe que sou diferente, não é? Agora o Harry também sabe. Quase morreu de susto com o rato que eu mandei pra ele.

— Um rato?

— É, mas fatiado. Eu estava estudando ciências, anatomia mais especificamente, e depois resolvi presenteá-lo.

— Descobertas... Pessoas como nós precisam de descobertas. Mas, Isabella, há algo a mais que você precise me contar? Seus tios andam preocupados...

— Bem, outra falsa boazinha é a Julia, uma garota da minha classe. Deixei claro para que ela não se metesse comigo, nada demais. Só estou ajudando a escola a revelar seus verdadeiros valores.

— Talvez precise rever seus métodos.

Arianna se identificava com a filha em muitas dessas atitudes, mas não poderia imaginar que tão cedo elas se manifestassem, ainda mais dessa forma.

— O que você me sugere? — a menina perguntou, cínica, penteando as madeixas.

— Isabella, você não está usando a pulseira que lhe deixei?! — a mãe ficou atordoada assim que viu o pulso da menina com a marca da pulseira, mas sem ela.

— De vez em quando...

— Como? Como de vez em quando? — Arianna se alterou completamente, puxando o braço da garota para ver de perto. — É impossível tirá-la!

— Nada é impossível para mim.

— Onde está? Onde está ela? — as mãos de Arianna tremiam, fazendo o braço da filha tremer junto.

— Você está me machucando! Acho que aquele badulaque se perdeu, o que importa? Meu tio sempre me encheu para que eu usasse, e não suporto que ele me mande fazer as coisas.

— Fui eu que te dei, garota, eu que mandei ele ficar de olho. Você precisa aprender a obedecer a mim!

— Digamos que você não é exatamente um exemplo de mãe presente, que me oriente, que se faça ser obedecida... — a expressão adulta de Isabella invertia os papéis. — Difícil seguir suas ordens a distância...

Pela primeira vez em sua vida a mulher esguia, dona de uma impressionante beleza, sentia-se insegura nas palavras e nas ações. Ao mesmo tempo, sabia quão importante era o controle proporcionado pelo bracelete e precisava cumprir as ordens do Conselheiro. O objeto calibraria os exageros, impediria excessos, até ela mesma ter total poder sobre seus atos. Faltavam apenas dois anos.

— Isabella, é muito importante que você encontre sua pulseira! Não posso sair daqui hoje sem ver você com ela no pulso!

— Você pode, sim. Sua especialidade é sair sem nem olhar para trás...

— Não se faça de vítima, não mude de assunto! Você não é uma simples menininha caipira de Esparewood. Lembre-se, você é grande! — Arianna recuperava sua força ao perceber o poder da filha. — Estamos seguindo os passos, como deve ser, para cumprirmos nossa missão. E faltam só dois anos!

Nenhuma das duas tinha a menor ideia de que estavam sendo espionadas. Nem que foi nesse momento que Elizabeth até parou de respirar para que ouvisse melhor o que seria dito.

— Dois anos? Dois anos pra quê?

— No seu nono aniversário, você nem imagina o presente que receberá, querida. Eu sei que no momento você sente ondas de calor, ondas de revolta e, ao mesmo tempo, um instinto de pantera para se preservar, para agir sozinha, para dissimular as coisas. Você sentirá isso tudo com intensidade cada vez maior. Mas, para que não seja engolida por seus próprios desejos obscuros, é muito importante que a sua pulseira já esteja totalmente ajustada a você, ao seu ritmo biológico. Veja a minha, ela praticamente já faz parte de mim.

Isabella viu que era como se a pulseira estivesse "costurada" na pele da mãe. Percebeu ainda que o metal parecia ondular levemente, como um ser vivo.

— Acredite, filha, nós não somos como eles — Arianna apontou o chão, referindo-se aos familiares reunidos na sala. — Não precisamos da rede de emoções que confunde essa gente. Tudo o que fiz foi por você, foi por nós. Temos grandes planos. Agora tudo o que temos que fazer é cumprir nossos objetivos como um soldado que cumpre as ordens de um general. Com a diferença que... talvez sintamos vontade de...

— ... matar o general — a frase dita pela menina tão de repente assustou Arianna. Ao mesmo tempo, a sensação de ter alguém que pensava como ela a preencheu de alegria.

— Isso. Mas você não deve fazer nada de drástico — ressaltou Arianna —, pelo menos, não por enquanto. Deve domar seus instintos o máximo que puder. Ainda precisamos dos Ross.

— Até do Benjamin? — Isabella usava um tom inocente e parecia ter baixado a guarda.

— Do Benjamin principalmente! Jamais faça nada contra ele. Ele é a sua fonte de energia. Você deve inclusive manter certa distância, para preservá-lo.

— Mas você não acabou de dizer que eu preciso da energia dele?

— Precisa, mas só de estar nesta casa já é o bastante. Digamos que não podemos esgotar a fonte e você tem poder para esgotá-la. Use o bracelete e você não sentirá tanta vontade de sugar o seu querido priminho.

Isabella sorriu e aquiesceu com a cabeça. As palavras da mãe tiveram efeito sobre ela.

— Está certo, o problema é que não tenho a menor ideia de onde o bracelete possa estar. Já remexi este quarto todo, sinto muito, Arianna — disse a menina, mas sem indício de culpa.

— Precisamos achá-lo. Agora!

Com os olhos mais acostumados à luz tênue do abajur, Arianna olhou ao redor. Percebendo o caos do quarto, ela não teve dúvida de que Isabella realmente tinha remexido tudo atrás do bracelete, e não poderia culpá-la. Mas não seria capaz de perdoar seu cunhado.

— Vou chamar Ross aqui agora! Ele era o responsável por vigiar seu uso vinte e quatro horas!

— Não será preciso. Eu posso explicar.

A massa de luz que veio com a abertura da porta revelou a silhueta compacta de uma mulher com cabelos à altura do pescoço, um corpo levemente arredondado. A figura fechou a porta e apertou o interruptor, clareando de vez todo o quarto.

# Capítulo 14

Ora, ora... veja que novidade... – Arianna deu um passo em direção à porta –, bem que me disseram que a sogrinha era espevitada! Vi até a foto do maldito casamento no jornal. Posso saber o que você está fazendo no quarto da minha filha? Aliás, posso saber o que você está fazendo nesta casa? – Arianna reforçava a ironia, mas no fundo estava espantada.

– É tudo tão óbvio – Elizabeth dava passos mínimos pelo quarto, conduzindo o olhar de Arianna. – Isabella não podia ser simplesmente um ser humano rebelde, não é mesmo? Em um ventre condenado como o seu, só poderia ter se desenvolvido um outro Ser das Sombras.

– Do que a maluca está falando? Não sabe o que diz! Saia daqui e não se meta onde não é chamada.

– Quando o assunto envolve a minha família, sou sempre chamada. Posso saber quais são suas verdadeiras intenções aqui?

– Pelo que me consta, isso não é da sua conta.

– É claro que é da minha conta. Esta é a minha família. E, se depender de mim, você e sua filha vão sair escorraçadas daqui antes do que esperavam.

Elizabeth ainda buscava a melhor posição no quarto. Não se sentia segura estando de costas para qualquer uma das duas, então emparedou-se no terceiro lado do triângulo formado por elas, no canto do criado-mudo. A campainha soou.

O aviso para que Layla entrasse em ação fora jogado pela janela do quarto do casal por Elizabeth, poucos minutos antes de ela ir para o de Isabella. Seria o tempo de a ex-enfermeira saudar os anfitriões, pedir licença para cuidar de Benjamin e convencer Ross a subir com ela. Estava tudo cronometrado, sem nenhuma folga para contratempos.

— A caduca acha mesmo que pode fazer alguma coisa contra nós? — Arianna aproveitava a pouca estatura de Elizabeth para intimidá-la. — Acha que alguém vai acreditar em suas maluquices?

— *Layla! O que você faz aqui?*
— *Tudo bem? Eu marquei com Elizabeth... nós temos que...*
— *Com Elizabeth? Como pode? Ela sabia que hoje tínhamos compromisso!*
— *Ai, Jasper, espere... espere, acho que errei o dia! Ela tinha me dito dia 22... hoje é dia 21, certo? Ai, ai, ai... que confusão...*
— *Layla, realmente não é um bom momento...*
— *Ah, tudo bem, tudo bem... eu já vou indo! Eu volto amanhã. Posso só tomar um copo d'água? Vim correndo da estação até aqui, achei que estava atrasada e... imagine... estou um dia adiantada!*

— Não se preocupe, Arianna — Isabella deu continuidade à última frase dita pela mãe —, ela não tem a menor credibilidade nesta casa. Tio Jasper nem gosta dela. Não vamos perder nosso tempo — Isabella pegou a bandeja do almoço, que ainda estava por ali, e a pôs na frente de Elizabeth. — Leve isso e chame meu tio, que temos um assunto importante a tratar.

Elizabeth não podia descuidar de sua missão, e sabia de sua força transcendental, mas a arrogância daquela criança a colocava frente a frente com o lado mais ignorante do ser humano: o da raiva e da insensatez. Quis lançar a bandeja pelos ares e devolver os impropérios que ouvira da menina, mas não poderia pôr tudo a perder por pura mesquinharia sua.

— Um assunto, é? — Elizabeth não se intimidou, apenas se certificou de que estava a uma distância segura das duas e bem perto da porta. — Seria este assunto aqui? — ela levantou o bracelete quase à altura de seu rosto.

— Emily, pegue uma água para Layla, por favor. Ela confundiu o dia e...

— Layla? Como assim, Layla? Só me faltava essa....

— Ela trocou o dia, era para vir amanhã...

— Onde ela está? Onde a sua ex-namoradinha está?

— Na sala!

— Jasper Ross, estou cansada! Estou cansada de tudo. De trabalhar tanto, de lidar com as loucuras da sua família e agora dessa... Layla!

Quando Arianna viu a pulseira de sua filha nas mãos daquela mulher inconveniente, seu lábio inferior se contorceu de uma forma estranha, parecendo mais grosso e escuro.

— Sua idiota! Quem você pensa que é? – Arianna se aproximou, ainda chocada com o que via.

Elizabeth, embora assustada com o rosto a sua frente, que a cada segundo se transfigurava um pouco mais, ficou satisfeita. As coisas estavam dando certo. Mais alguns minutinhos e Ross entraria ali. Testemunharia a verdade que o corpo esguio de Arianna escondia e, finalmente, tudo estaria acabado.

— Sim, Arianna, acho que temos um assunto importante aqui, não é? Relíquia de família! – Elizabeth aproximou-se mais um passo balançando o bracelete, mas sempre guardando uma distância segura.

— Eu vou acabar com você! – o cabelo negro de Arianna tinha se transformado em feixes grossos emplastrados, e os olhos pareciam dois grandes buracos negros.

— Dois anos, Arianna. Faltam apenas dois anos, não é? – a senhora loira também parecia transtornada. – É melhor você não estragar os planos. Se você acabar comigo, eles vão tomar atitudes... Os Ross vão saber a verdade...

Isabella, sem qualquer controle, pegou a faca pousada na bandeja e se aproximou de Elizabeth com ímpeto. Mas Arianna a agarrou a tempo.

— Pare, pare imediatamente! Estou mandando! Estou ordenando! — até Isabella se assustou com aquela aparência disforme que se agigantava e ganhava uma voz grave.

— Arianna, ela está travando o nosso caminho. Deixe que eu acabo com ela — insistiu Isabella, um tanto receosa.

— Não faça nada — a mulher estava pelo menos dois palmos mais alta. — Deixe ela comigo... vai parecer algo natural, um ataque, um derrame...

Elizabeth enfiou a pulseira no bolso e, diante da figura descomunal que se aproximava dela, se esgueirou pela porta e saiu pelo corredor em direção ao quarto de Emily e Ross. Arianna foi atrás dela, não sem antes fazer um sinal para a filha, para que ela não se movesse um centímetro de onde estava.

Mais uma vez a agilidade de Elizabeth surpreendeu, para seus sessenta anos. Ela se lançou ao chão e pegou um vidro no canto, ao lado da cama. Agitou rápido o conteúdo como se fosse uma pequena garrafa de champanhe e, vendo que fermentava, sacou a rolha e se agachou embaixo da janela.

— Adeus, ônix... — ao proferir essa sentença viu-se um facho cor de vinho inundar o quarto do casal.

— O que está fazendo? — Arianna arregalou os olhos e segurou o grito assim que viu o bracelete diante da chama esverdeada, mas ainda nas mãos de Elizabeth.

— Não faça isso, sua maluca, ou vou acabar com você....

— Em memória de Kallínicos! — Elizabeth encarou a fera nos olhos e se preparou para arremessar o talismã.

— Não!

A criatura investiu para cima de Elizabeth, mas já era tarde: o metal derretia e se transmutava em um fóssil metálico que pairava no ar no mesmo momento em que a transformação de Arianna também chegava ao fim. Ela atingira quase um metro a mais de altura, e sua pele aveludada ficara inteiramente coberta de escamas cinzentas. Suas pernas pareciam duas varetas que a qualquer momento se vergariam, pela cauda monstruosa e gorda que prolongou seu corpo flácido.

O metal da pulseira derreteu quase instantaneamente. Elizabeth se preparou para levantar, ao ver a chama se apagando, mas foi barrada inesperadamente por uma mão forte e áspera, com garras pintadas de vinho.

— Quer fugir? Não, não, não... Venha comigo — a voz era assustadora. — Vamos encontrar um bom local para você descansar em paz.

Elizabeth não tinha como esboçar uma reação. Mal percebeu de que forma fora parar de volta ao quarto de Isabella, no canto da cama, com a roupa em farrapos, a boca tapada e o coração acelerado. Arianna, ou o ser asqueroso que se apresentava ali, dirigia para a vítima o buraco negro de seus olhos. Isabella estava estática. Seus sentimentos em relação à mãe transfigurada eram de respeito e admiração. "Um dia serei como ela ou, talvez, ainda mais poderosa", rejubilou-se.

A única esperança para Elizabeth é que, de acordo com seus cálculos mentais, Layla subiria com Ross a qualquer instante.

— *Ross, será que eu posso aproveitar para dar uma palavrinha com Elizabeth antes de ir embora? Queria falar sobre o tratamento de Benjamin.*

— *Ela está lá em cima, Layla... Eu...*

— *Poderia ir comigo? Não quero entrar no quarto sem ser anunciada, não me sinto à vontade...*

— *Jasper, preciso falar com você AGORA!* — *a voz vinha da cozinha, e estava enfurecida.*

— *Emily, eu vou levar Layla até...*

— *Jasper, ela que espere minha mãe descer!*

— *Emily, o que está acontecendo? Não é hora de dar escândalos!*

— *Eu não quero você perto dessa mulher toda simpática, toda solícita! Ela ainda dá em cima de você!*

Com uma mão, Arianna segurava a boca de Elizabeth, com a outra, retinha o corpo, que ainda oferecia forte resistência. A cauda começou a se enrolar no pescoço da mulher. "O que está acontecendo... onde está Layla?"

Isabella havia se aproximado da cena tanto por curiosidade, como pelo prazer de ver a imobilização daquela presença inadequada. Só não esperava que um braço roliço conseguisse escapar e atingisse em cheio seu rosto angelical.

— Idiota! — Arianna se enfureceu ainda mais com a velha senhora, deixando suas escamas eriçadas.

A cauda se esticou de forma a apertar mais o laço em volta do pescoço de Elizabeth. Em poucos segundos, a pele branca passou a apresentar manchas avermelhadas, pela falta de ar. "Não pode ser minha hora... não assim... não nas mãos desse monstro. Onde está Layla?"

— *Preciso falar urgentemente com Elizabeth, por favor...*
— *Não, Layla, aguarde aqui, minha mãe já vai descer... fique tranquila, tome mais um copo de água.*
— *Emily, estou muito atrasada... eu...*
— *Atrasada? Ué, mas você não está um dia adiantada? O que tem de tão urgente...*

Elizabeth reuniu as últimas forças e pôde divisar, pela porta entreaberta, as luzes do lustre de cristal balançando na parede. Não sabia se já estava tendo uma alucinação, mas viu uma saia longa estampada com violetas e dois pesinhos descobertos equilibrados no umbral da escada. Seria possível?

— *Emily, estou me sentindo péssima, só precisava falar com Elizabeth hoje mesmo, agora mesmo, é muito importante, acredite em mim!...*

A luz começou a piscar como se entrasse em curto-circuito e um chapéu, o chapéu de Dorothy, caiu no chão e rolou escada abaixo. Elizabeth tinha espasmos. Já estava em seus últimos segundos. Não aguentava mais. O lustre girava. Os olhos de Elizabeth piscavam lentamente. Até que se fecharam.

— *Por favor, talvez Elizabeth pudesse me ajudar a explicar que...*
— *Minha mãe fica fora disso, o.k.?*
— *Emily, deixe a Layla tentar se explicar, por favor!*

Um ruído ensurdecedor veio de cima. Um estrondo de algo pesado e de vidros estilhaçados caindo no chão. Ross levantou-se num pulo e subiu os degraus da forma mais rápida que suas pernas permitiam. Viu o lustre de ferro do corredor espatifado no chão e sentiu um cheiro de queimado, sem saber ao certo de onde vinha. Desviou dos cacos e foi direto para o quarto de Isabella. Empurrou a porta e não acreditou no que viu: Arianna e a filha, brancas como uma folha de papel, sentadas lado a lado, de mãos dadas, tremendo, e com as roupas em frangalhos. Elizabeth, na banqueta, mostrava uma expressão aflita e respirava ofegante.

— O que aconteceu? — foi a única pergunta que restou a ele.
— Também ouvimos o estrondo! — Arianna imprimiu uma expressão falsa de desespero e abraçou Isabella como uma verdadeira mãe. — Íamos chamar você, mas ela... ela nos ameaçou, nos agrediu, rasgou nossas roupas...
— Elizabeth, o que você faz aqui?
— Ela está com a pulseira de Isabella. Ou melhor... estava...
— O quê?
— E ainda veio aqui nos chantagear! Queria que eu levasse Isabella embora. Você sabe, Ross, que ela precisa dessa pulseira no braço... Como você permitiu que isso acontecesse? Quem essa mulher pensa que é?
— Elizabeth, você enlouqueceu de vez? — Jasper vociferou contra a sogra.
— Ela é louca mesmo, tio! Veja o que ela fez em mim! — Isabella, se fazendo de inocente, mostrou a testa roxa da pancada que inadvertidamente levara de Elizabeth.
— Eu..., eu... — a senhora não conseguia tomar fôlego para poder explicar.

— Ela destruiu a pulseira! — Arianna completou a frase a sua maneira. — Por favor, Jasper, agora nos dê licença para nos recompormos, e leve essa velha junto!

Jasper Ross estava transtornado. Não conseguia elaborar nenhuma teoria a respeito de tudo o que sucedera em sua casa na última meia hora. Emily exasperada com Layla, Elizabeth completamente insana, arremetendo contra sua sobrinha, e sua cunhada... Já nem sentia sua perna...

Genro e sogra desceram e começaram explicações desencontradas para Emily e Layla no andar de baixo. Todos pareciam atônitos, e Jasper puxou a esposa para perto, a fim de lhe sussurrar algo.

— Como assim, Jasper? — perguntou ela, afastando-se como se estivesse estranhando o marido.

— Não fui claro? Internação! É isso que eu quero, e é isso que será feito. Já aguentei as loucuras da sua mãe por muito tempo, os livros esotéricos, seus mistérios, as minhocas na cabeça de Benjamin! Mas agora ela ultrapassou todos os limites! — enquanto seu pai falava, Benjamin saiu correndo de trás da cortina para abraçar a avó.

— Benjamin! Você estava escondido! — Jasper fechou os olhos e ergueu as mãos. — O que mais falta acontecer hoje?

— Meu filho! — Emily foi correndo até ele, preocupada com tudo o que ele vira e ouvira, sobretudo sua lamentável cena com Layla e o pai.

Arianna desceu de mãos dadas com Isabella. Sua impassibilidade chocou Elizabeth, ainda mais quando a viu enrolada num lençol branco cujo cinto, feito de uma braçadeira da cortina, dava a impressão de estar prendendo uma toga romana, reforçando seu aspecto majestático. Todo seu plano tinha ido por água abaixo, e ainda se virado contra ela, ao final. Se Emily e Jasper tivessem visto ao menos um décimo do que ela presenciara naquele quarto, o desfecho da história teria sido outro. Mas, se não fosse por Dorothy, as consequências seriam muito piores.

— Bem, acho que temos que fazer uma escolha aqui — Arianna falava com frieza enquanto se sentava, revelando as pernas pela fenda do lençol-toga. – Depois do roubo de uma relíquia de família, da destruição de propriedade alheia, da chantagem e da agressão física e verbal... bem... acho que um hospício é melhor do que um processo penal, não, Elizabeth?

– Se quiserem, eu posso dar uma volta com Benjamin, para vocês conversarem... – Layla queria ser solícita de alguma forma, já que tudo ia muito mal, em parte, por sua culpa.

A senhora ajeitava as madeixas louras atrás da orelha, procurando se recompor. Sem saber o que dizer ou pensar, mirava sua amiga, igualmente desolada, quando Benjamin puxou a barra de sua saia. Ele balbuciou algo em seu ouvido, trazendo-lhe de volta uma expressão pungente de dor.

– Vovó, vamos subir? Conta uma história? – o neto falava devagar, com uma voz fraquinha.

A única história que lhe vinha à mente era a que contracenara, havia poucos minutos, no andar de cima.

– Benjamin, querido...

– Eu vou tomar as providências, Arianna. – Jasper cortou a sogra. – Por ora, acho que devemos encerrar aqui nossa noite. Não há mais razão nem condições para jantar algum.

– Emily, eu... – Layla tentava se desculpar.

– Não se preocupe – Emily estava de fato envergonhada, e suas palavras foram sinceras. – Só lhe peço que vá, amanhã conversaremos melhor. Nossa noite ainda será longa...

– Claro – a mulher pegou nas mãos de Emily delicadamente e notou que estavam gélidas e inertes. – Se precisarem de algo que eu possa ajudar, não hesitem em me chamar... – Layla despediu-se trocando olhares solidários com Elizabeth.

A sensação de frustração de Layla quando passou pela porta misturou-se a uma sensação de fracasso nunca experimentada antes. A brisa de fora estava fresca e afagou-lhe o peito apertado. Lembrou dos ensinos de um xamã com quem estivera na Amazônia: "No tempo certo, no espaço certo. Tudo é assim". Foi o suficiente para ela tomar fôlego e caminhar de volta para casa, segura de que se o plano não tinha dado certo era porque ainda estava em andamento.

— Arianna, você me ouviu? — Ross foi ríspido.

— Tudo bem, estou sendo expulsa da casa do meu marido, apesar de tudo o que acabo de passar... — ela se levantou e voltou-se para a filha. — Tenho que ir, Isabella, você viu... Mas antes... — Arianna estendeu o braço para mostrar sua pulseira, muito parecida com a que fora destruída pouco antes —, faça o que tem que fazer. Sei que pode removê-la.

Isabella, diante da primeira prova de amor recebida de sua mãe, pareceu ganhar altura e força. Levou Arianna para um canto e, antes de iniciar a retirada da pulseira, buscou algo no bolso do vestido rasgado. A operação não durou muito tempo, e na pele de Arianna restou apenas uma espécie de ferida, como se as veias tivessem se agregado aos elos.

— Desta vez, você terá mais cuidado, certo, Ross? — a voz mandatória irritava a todos, especialmente a Emily, que notou o olhar de triunfo que Isabella lhe lançou. — Ross, onde você está?

Ela se virou e o procurou pela sala. Quando o viu no andar de cima, confirmou suas suspeitas: era um covarde.

— Não teremos mais ladrões por perto... pode deixar — Ross, apoiando-se no corrimão, respondeu olhando fixamente para Elizabeth, mas no fundo ainda estava impactado pelo que acabara de ver. A forma como a menina retirara a pulseira foi de uma frieza impressionante.

— Eu mesma vou cuidar do bracelete. Eu também prometo! — Isabella acariciou o metal, mas só Elizabeth percebeu que ele apresentava um leve movimento.

— Nossa! Então quer dizer que saio de estômago vazio, mas cheia de promessas? — Arianna sorria com a própria ironia e, com ar displicente, foi pegando o casaco e a bolsa para ir embora.

Antes de abrir a porta, proferiu a última frase sem nenhum pudor:

– Ah, temos um prazo aqui, certo? Um dia para organizarem a mudança dela para o asilo dos velhos doidos. Ou serei obrigada a ir à delegacia – blefou –, porque não podemos deixar solto em Esparewood um monstro assim como ela.

O olhar fixo para Elizabeth Tate era, sim, uma ameaça. Naquele momento elas entenderam que uma verdadeira batalha, de vida ou de morte, havia sido travada.

# Parte II

# Capítulo 15

Jasper estendeu o bilhete amarelado, com as bordas carcomidas pelo tempo.
— Veja por si mesma. Quem sabe assim consegue me entender.

Emily vacilou durante alguns segundos e buscou os olhos do marido, como se quisesse escapar do papel bem a sua frente. O ar, ainda impregnado pela queima de metal, abafava a respiração de ambos, enquanto a luz do abajur no canto do quarto dividia os rostos em metades simétricas. Na área chamuscada do piso, perto da janela, os vestígios do procedimento realizado duas horas antes para destruir a pulseira.

Emily subiu o braço devagar – nada poderia ser brusco depois de tanta espera –, mas ainda assim o suor nas mãos era intenso e dificultava a abertura das dobras da carta que Arianna tinha deixado sete anos antes, no cesto de Isabella.

*A Jasper*

*A partida de Richard foi uma escolha dele, e a mim só restou esta decisão: contar com a ajuda do irmão de meu marido para cuidar de Isabella de forma apropriada.*

*As indicações abaixo são claras o suficiente para garantir o desenvolvimento pleno da criança. Para o seu bem, Jasper, e o da sua família, é bom que as cumpra. E isso não é mera ameaça, caro cunhado, é uma advertência. As consequências podem ser piores do que você ousaria imaginar. Especialmente para Emily. Já pensou que armadilha do destino, eu e você sermos apontados na rua como os jovens viúvos de*

Esparewood? Talvez pensem que os Ross carregam uma espécie de maldição...

Bem, aqui estão as regras que devem ser seguidas, rigorosamente, na educação da minha filha. Que sejam cumpridas por você e sua esposa.

- Isabella não deve receber forte incidência da luz solar, especialmente antes de completar SETE anos. Passeios noturnos são imprescindíveis (digamos que esta medida seja uma precaução contra a evolução de um "processo alérgico").
- Ela JAMAIS deve tomar leite ou derivados.
- Da terra, ela pode comer tubérculos e raízes; das árvores, somente as frutas escuras. O chá preto é bom para ela e mantém sua mente funcionando bem.
- Carne de qualquer animal é permitida, EXCETO os do mar.
- A pulseira que deixo ao lado dela, entre as cobertas do cesto, DEVE ser usada a partir dos três anos.
- Na escola, ou em qualquer outro ambiente social, é obrigatório o uso da pulseira. Mas não se preocupe, uma vez colocada, jamais poderá ser tirada.
- Ela está com oito meses e já é capaz de perceber as coisas. Portanto, não se assuste com demonstrações precoces de inteligência (por favor, não a atrapalhe e dê espaço para que ela se desenvolva SOZINHA).
- É importante que ela fique reclusa nos primeiros anos de vida, com livros que possam estimular seu aprendizado. As refeições devem ter, estritamente, os alimentos permitidos na sua dieta e precisam ser servidas em horários regulares.
- Preserve-a de contato com estranhos.
- Tenha alguém de sua confiança disponível para tomar conta dela. Isabella exige cuidados especiais e não deve ser contrariada. Emily deve servir bem para esta função...
- Último item, e talvez o mais importante. Você sabe que Richard não está mais entre nós por uma razão simples: tinha planos absurdos. Algo como "uma família feliz do interior da Inglaterra". Por isso tive que tomar providências. As mesmas que posso tomar com Emily e, se for necessário, com você.

*Lembre-se: de "crianças normais", o mundo está cheio. A minha Isabella é especial, uma joia que entrego nas suas mãos. Agradeça e faça o que eu digo. Assim não teremos problemas.*

*P.S.: A pocilga (Saphir) fica longe, mas tratarei de ter bons informantes. Pelo seu bem, e de sua adorável Emily, não tenha ideias...*

*Arianna King Ross*

— Que espécie de carta é essa? — Emily olhou para o marido, incrédula, e com vontade de destruir o papel que tinha nas mãos.

— Há coisas que venho tentando explicar... — sentindo a indignação no ar e temendo as reações, Ross tomou a carta da esposa e a dobrou antes de devolver ao envelope –, mas é difícil me fazer entender...

— Entender o quê? Que estamos sendo ameaçados? Que sua cunhada é uma assassina? Que Isabella é uma aberração? O que exatamente você quer que eu entenda? — Emily andava de um lado para o outro, sem encontrar lugar.

— Emily, eu não queria te contar. Não queria que essa ameaça fizesse com você o mesmo que fez comigo. Eu vivo um inferno!

— Então você acha mesmo que eu não percebi que alguma coisa de muito errada acontecia aqui? — ela parou bem perto de Jasper e mirou seus olhos com firmeza. — A sua preferência por Isabella, o seu permanente estado de alerta, a sua indiferença com o próprio filho!

— Você não sabe o que tenho passado... — a voz do homem mal saía. Se pelo menos pudesse contar toda a verdade à esposa. O que mais queria era se livrar dos demônios que o atormentavam, compartilhar suas lembranças sombrias com Emily. Algum dia teria a coragem de contar a ela sobre Charlotte e o filho que Richard jamais conheceu?

— Jasper, eu vi meu nome ali! E agradeço que tenha tentado me defender... Mas precisamos das autoridades! Precisamos detê-la!

— Não podemos, não quero correr riscos. Estamos lidando com alguém que não está levando em conta as leis... as autoridades... Ela tem informantes!

— Como teve coragem de aceitar essa reunião com essa mulher aqui em casa, Jasper? Você expôs toda nossa família a um grande risco!

— Eu só queria que ela levasse a Isabella, queria sensibilizá-la... Mas sua mãe, como sempre, tinha que estragar tudo!

Emily precisou reconhecer que seu marido tinha razão. Vendo o acontecido por esse prisma, compartilhou um pouco da indignação de Jasper com relação a sua mãe. Por outro lado, tinha certeza de que Arianna jamais levaria a menina. Ela nunca dera o menor indício desse desejo.

— Isabella está bem — prosseguiu Jasper, desviando o olhar. — Esse é o preço da nossa paz e da sua...

— ... sobrevivência? — Emily estava perplexa, sua expressão havia murchado e suas pálpebras começavam a cair. — Onde foi que nos metemos? Estamos perdidos, isso sim — ela baixou a voz e a cabeça. — Se ela de fato matou Richard, e não temos por que duvidar da sua confissão, quem vai impedi-la de continuar?

— Basta continuarmos a cuidar da nossa sobrinha. A carta deixa isso claro — ele mesmo tentava se convencer do que dizia. — E essa é uma das razões que me fizeram contar tudo a você. Não aguento mais carregar esse fardo sozinho.

— Nossa sobrinha? Você não está furioso? Que espécie de pessoa você é? A mãe dela matou seu irmão! Ela e essa filha estão destruindo a nossa vida, você não percebe?!

— Já tive todas as reações, Emily. Raiva, depressão, indignação, vontade de matar. Agora só quero evitar mais problemas.

— Então, cuidar do inimigo é o nosso jeito de nos defender? Temos que alimentar o corvo, é isso?

— Emily, ela é filha de Richard — o homem apoiou-se na bengala, mas desistiu de se levantar. — Até onde sabemos, a culpa é toda de Arianna, não da criança!

— Jasper... eu... me perdoe — Emily notou que tinha ido longe demais —, eu estou assustada, só isso. Sei do seu amor por Richard. Não o conheci, mas sei que era especial, generoso...

— O coração dele era puro. Não sei como pôde se encantar por aquela feiticeira...

— Às vezes as pessoas de coração puro são presas fáceis. É por isso que temo por Benjamin. Arianna me ameaçou, mas o que importa para mim é o nosso filho.

— Você se engana. Nosso filho é forte — Jasper parecia realmente convencido do que dizia. — E vai ser ainda mais. Não se engane por aqueles olhos calmos, aquele sorriso de inocência. Ele vai aguentar os desafios como um guerreiro.

— O sorriso dele não está tão brilhante, e os olhos têm olheiras cada vez mais fundas. Não sei se temos dado a ele a atenção que merece... Tudo por causa de Isabe...

— Emily! Por favor, vamos parar. Temos que cuidar das duas crianças. Temos força para isso.

— Jasper, seja honesto... — Emily, que até então estava bastante agitada, com os braços sempre em movimento, soltou o corpo na poltrona — no fundo você sabe que Benjamin não é a prioridade desta casa para você.

— Eu sou o escudo, Emily. Estou sempre de frente para o arco e flecha, para que o nosso filho não vire o alvo.

— O quê?

— Às vezes parece que estou de costas para ele. Mas as aparências enganam... Na verdade, ver um filho crescer é algo tão forte... ninguém deveria ser privado disso.

O tom de voz do marido era sincero. Trazia um lado não revelado da relação com Benjamin que explicava muitas atitudes. Então sua rigidez não era indiferença e, sim, uma proteção extremada de um pai em desespero? Olhar por outra perspectiva tranquilizava o coração de Emily.

— Escute, Jasper...

— Sim... sei que vai me acusar... tem sido assim nos últimos tempos...

— Não, não quero acusá-lo de nada. Mas quero a carta. Quero reler quantas vezes for necessário até que eu possa digerir cada um desses absurdos.

A posição curvada de Jasper, um fator de eterna irritação para Emily, agora parecia ter explicação. Aquele simples pedaço de papel pesava toneladas.

— Não sei, Emily... é perigoso.

— Eu quero guardá-la. Pelo menos isso eu posso exigir.

— Sim, você não tem tido muitas escolhas. Eu só queria dizer que...

— Não precisa dizer nada. Agora ficou mais claro. Você queria me poupar.

— Acima de tudo — Jasper aproximou-se da esposa e apoiou as mãos suavemente sobre seus ombros tensos —, eu queria te proteger, Emily.

Ainda havia uma certa resistência ao encontro que se esboçava. De um lado uma alma em pedaços revestida pelo corpo de um homem. Do outro, uma mulher assustada, em dúvida sobre o futuro de sua família.

Ainda assim, um fiapo de esperança prevaleceu, e a ternura de um abraço iluminou o quarto escuro de uma casa comum, em um bairro esquecido, na pacata cidade de Esparewood.

---

A algumas milhas dali, numa região soturna à beira de um lago, os ventos estavam fracos e úmidos. No fim da tarde, os pássaros não se preparavam para dormir, mas para começar suas caças notívagas. Na casa de madeira, desgastada por fora pelo musgo e por dentro pela podridão de pensamentos, uma mulher se preparava para aquele que era seu mais importante ritual, a ser feito todo ano, religiosamente, no primeiro dia de inverno. Em alguns minutos o sol se poria, e ela deveria se deitar no chão, nua, acender apenas uma vela e, aguentando o frio cortante que entrava pelas janelas abertas, repetir em voz alta o nome dele três vezes, seguido da moeda de troca utilizada em seu acordo de confiança.

– Morloch, Morloch, Morloch. A beleza eterna é minha de direito. Este é o meu pagamento.

Fazia vários anos que essa cena acontecia, mas, ainda assim, Arianna não perdia a vontade de repetir a frase mais algumas vezes, para garantir que tudo funcionaria perfeitamente. Não que fosse necessário. Como em todas as ocasiões, no instante em que ela pronunciava a última palavra com a força de seu desejo avassalador, já se podia perceber a diferença.

Do intervalo mínimo entre as tábuas de madeira nas paredes, surgia, como de um corte em cicatrização, um líquido viscoso, esbranquiçado, que formava gotas densas que lembravam a resina de uma seringueira. Morloch chamava-o de ectoplasma, ou matéria interdimensional. Seria enviado anualmente, e era imprescindível para que ela permanecesse sempre bela, conforme o acordo feito na noite do crime em Liemington. Quanto à origem da substância, nem ele revelava, nem Arianna perguntava. O importante é que fosse usada a quantidade exata em toda a extensão de seu corpo, sempre que necessário. Rendia dois potes, e o segundo era utilizado em Morloch, para que o morto-vivo pudesse continuar usando o corpo do reverendo.

Quando, ainda deitada no chão, viu que a superfície interna da casa estava praticamente revestida com o unguento que porejava das ranhuras, Arianna se levantou, colocou sua capa e se preparou para, com a ajuda de uma espátula, retirar a matéria-prima milagrosa que tanto conservava sua juventude e beleza.

Na noite escura do lago Saphir, no silêncio entrecortado pelos sons do bosque, a mulher falava sozinha, com um quê de ameaça: *Ei, Richard, minha casa não é aqui. Minha casa é o meu corpo e, ao contrário dessa pocilga que você me deixou, é valioso, perfeito e poderoso.*

O espelho da sala, apoiado diagonalmente na parede, mostrava a mulher escultural e também o sorriso de prazer que surgia do encontro com seu próprio reflexo. Sua nudez, motivo de muito sofrimento no passado, agora se revelava soberana, como afirmação de seu fascínio. A expressão em seu rosto só mudou quando uma outra imagem passou a dividir com ela aquele espaço retangular. Era um homem tenebroso, de pele macilenta, que parecia estar prestes a se desfazer.

Arianna puxou o casaco preto e se cobriu diante do Conselheiro das Sombras.

— Morloch, o que está fazendo aqui?

— Não se incomode, eu não me interesso por outro corpo a não ser este, de um pastor sexagenário — ele apontou a si mesmo e soltou uma gargalhada áspera de hiena.

— Por que veio desta vez? Geralmente manda me chamar... — temerosa, Arianna continuou falando, sem tirar os olhos do espelho.

— Sim, sim... Hoje temos um assunto muito especial para resolver. Vamos precisar de outros Recrutadores.

— Como assim? Esse é o meu trabalho!

— Até agora você foi a única por aqui. Mas tudo mudou, e certamente você já está sentindo os efeitos, não é?

— Que efeitos?

— A fraqueza, Arianna... o cansaço.

— Hoje me senti cansada, sim, mas sempre fico desse jeito no inverno, e agora acho que...

— Você não tem que achar nada! Eu não acredito que você não tenha percebido os danos que causou, não só a si mesma, mas a toda nossa ordem, ao se desfazer do seu bracelete!

— Você está querendo dizer que...

— Estou dizendo que só seu bracelete lhe dava força! Quero dizer que essa é a chave. O seu pedido em troca da fidelidade às Sombras mexe com o tempo, com a ordem natural neste planeta.

— Mas e o pedido dos outros Recrutados?

— A maioria pede mais dinheiro, ou se livrar das dívidas. Ou mesmo um pouco mais de poder. Isso é simples, eu consigo interferir. No seu caso, só mesmo o bracelete. Só ele faz com que você possa ser muito mais do que Arianna, que tenha novas formas, tanto belas como monstruosas. Além disso, o seu corpo se adaptou ao objeto, e ele é como uma droga, minha cara. Sem a pulseira você não é nada. Você não vai poder sair. Como falei, a ordem natural foi alterada e sua fraqueza vai aparecer rápido. Precisaremos de reforços, e vou treinar uma nova Recrutadora.

– Eu tenho o unguento, isso deve bastar.

– Claro que não. O ectoplasma dá a você apenas o trunfo da beleza. Pessoas se desesperam por causa dessa bobagem, no mundo todo. Mas o poder, Arianna, o poder é para poucos. E você conseguiu perdê-lo para uma velha idiota! – o homem ainda falava em direção ao reflexo no espelho e manteve-se impassível quando ela se virou.

– Mas eu me sinto forte quando passo o bálsamo em meu corpo – Arianna afivelou o cinto do casaco, marcando a cintura.

– Um pouco de vitalidade, sim, mas o seu pedido não foi esse. Você queria a juventude e é com essa função que o unguento entra nesta dimensão. Pena que essa "pequena ajuda" vai terminar...

– O quê? Como assim?

– Terei de ficar com os dois potes desta vez. Temos que preparar a forja.

– Morloch, o que você está dizendo? Esse é o meu pagamento por ser sua parceira. Foi o combinado – a contração de todos os músculos da face da mulher mostrava seu desespero.

– Como você sabe, um dos potes de ectoplasma é para embalsamar o meu corpo, Arianna. O outro será para a forja. Precisaremos produzir o novo bracelete o quanto antes.

– Não faça isso comigo, Conselheiro, por favor!

Arianna parecia prestes a esquecer seu orgulho e se lançar de joelhos ao chão, em súplica.

– Já está decidido. Você guardará o segundo pote aqui mesmo, na sua casa – o homem olhou ao redor e não viu nenhum lugar adequado. – Talvez naquele local onde você matava porcos.

— Eu... — o rosto dela estava paralisado, mal conseguia articular as palavras —, eu posso reservar ao menos um pouco do restante para o meu rosto?

— Já disse que não! E é para o seu próprio bem. O bracelete requer uma grande quantidade de matéria interdimensional para ser forjado, e todos nós dependemos dele.

— Mas você falou que ele só serve para o meu caso...

— O seu caso tem muita relação com o bracelete... juventude... transformação... — o tom reflexivo logo voltou a ser mandatório. — Mas não é hora de explicações!

— Por favor... eu preciso... eu preciso muito do bálsamo...

— Faça o que eu mandar e tudo vai dar certo. Mas siga à risca as minhas orientações — ele rodeou a figura suplicante como um predador que observa sua presa imóvel antes de dar o bote. — Ah, não teria coragem de me roubar, não é? Eu sinceramente espero que não. Você envelhecerá como uma reles mortal nesse período. Não se preocupe, fará bem ao seu caráter — a risada de escárnio era apavorante —, e as rugas que surgirem servirão para mostrar que você não está roubando nem um grama do unguento.

— Morloch, quanto tempo?

— Algum tempo... alguns anos — o estranho homem começou a se movimentar, indicando que deixaria o recinto.

— Por favor, não me deixe sem resposta...

— Sete anos! Esse é o tempo da forja.

Arianna, pela primeira vez em sua vida, diante do terror maior de ver sua beleza se desvanecer, ficou desesperada.

# Capítulo 16

O céu começou a clarear por volta das cinco e meia da manhã e as nuvens se tingiam do mesmo tom das bem cuidadas rosas. O sol mal havia despontado no bosque que envolvia Esparewood e Elizabeth já plantava e regava as novas mudas, recém-floridas. Além da companhia de seu neto Benjamin, o que mais lhe dava prazer eram os momentos em que ficava na estufa construída ao lado de sua casa. A cada nova leva de flores, que desafiava as estações dentro daquele espaço aquecido, algo se repetia: os monólogos matinais em que ela se livrava de tudo o que estava entalado em sua garganta. Ali era o único lugar onde não precisava se esforçar para controlar sua boca. Falava sozinha sem pudores.

*Maldita norma. Por que não posso reagir, gritar, enviar Ross para o inferno? É quase insuportável ficar passiva diante de uma situação como essa! Não faz sentido!*

Mas como sempre, depois de um tempo, seguia as normas ditadas pelo livro e se calava. "O que chega até você fica em você, germina em você, se resolve em você. Reagir em vez de entender atrasa a evolução dos planos." Os ensinamentos de Ursula vinham à mente e ela se conformava que o melhor a fazer era se preparar. Depois da poda e da rega, acomodou-se em uma das muretas de tijolo e permaneceu longos minutos encarando as paredes de vidro, salpicadas pelo orvalho da madrugada. Os pensamentos chegavam sem que ela os chamasse, e seus anos passados se misturavam às dificuldades do presente e às intuições sobre o futuro. Orgulhos e arrependimentos flutuavam ao redor de si, ora cantando como anjos, ora atormentando como demônios. Analisava seus feitos e seus erros de outra perspectiva agora: de cima, como as gárgulas das catedrais. Ela sabia que, sobre seus ombros ainda bem alinhados, estava o peso de uma grande responsabilidade: a Profecia.

A palavra ecoava em sua mente e zumbia em seus ouvidos como as abelhas que se aproveitavam dos pequenos furos na tela da estufa para entrar. "Por que eu e não qualquer outra pessoa neste vasto mundo?", pensava. A mensagem fora recebida por sua tia, e era preciso se entregar à tarefa. A Profecia precisava ser concretizada, e ela, Elizabeth, havia sido a Escolhida. Se falhasse, sua vida e a de tantos outros guerreiros seriam desperdiçadas. Todos seguiriam vagando por um universo em perigo perpétuo.

Não era tarefa fácil esconder aquele segredo. Sempre fora péssima nisso, mas estava se empenhando, com todas as forças. Nem mesmo seus fiéis Aliados, Dorothy, Gregor e Gonçalo, que tanto a ajudavam em momentos difíceis como os da reunião com Arianna na noite passada, imaginavam o desenho completo da Profecia, ou a força potencializada por Ela, mas acreditavam piamente nos desígnios de sua líder. Pobres Aliados, se soubessem da história toda...

A mera lembrança do neto, Benjamin, parecia passear entre seus fios de cabelo loiro. Elizabeth sabia da importância do menino para alcançar seus objetivos, mesmo que, para isso, precisasse se afastar dele.

"O fim como fim".

Logo mais, conforme prometido a sua filha e a seu irascível genro, ela estaria arrumada, de malas prontas, à espera do carro com destino à Herald House, a casa de repouso que, há mais de um século, abrigava os doentes mentais da região dos bosques. Doris Davis, amiga de Elizabeth, era herdeira da instituição e já havia prometido a Emily que o tratamento destinado a sua ex-fornecedora de compotas e colega nos jogos de bridge seria especial. Iria em silêncio, sem reação, conforme o combinado.

Foi então que uma voz intensa, vinda da janela da edícula ao lado, interrompeu o transe.

— O galo cantou mais cedo hoje?

— Sebastian já morreu há alguns anos, querida Grensold — o tom de voz, entre maternal e irônico, revelava os anos de intimidade. — Você está um pouco desatualizada para uma caseira. Nem as galinhas esperam mais por ele.

— Você parece cansada.

— Não preguei o olho um segundo sequer esta noite.

— Devia ter me chamado. Sabe que pode contar comigo a qualquer hora.

Elizabeth quase sorriu ao associar mentalmente o cabelo de sua caseira à vassoura espigada que usava para recolher as folhas secas. A mulher dava mostras de que tinha acabado de acordar, e sua postura, levemente corcunda, fazia com que a cabeça ficasse alguns centímetros para fora, bem enquadrada no centro da janela. Há quantos anos contava com a fidelidade de Helga Grensold, a mulher que chegara em Emerald com apenas uma valise na mão e um passado trancado a sete chaves. Na época, era uma moça esquálida; fisicamente, beirava a invisibilidade. Mas só até abrir a boca, quando o timbre agudo da voz denotava sua presença.

Elizabeth jamais esqueceu essa característica, percebida desde o primeiro contato. Era noite, Emily estava no berço, e as batidas na porta foram firmes e desesperadas. Os ciganos não ficavam acampados no jardim naquela época do ano, quando o frio os empurrava para o sul. Elizabeth estranhou a visita. Já fazia tempo que pensava em chamar alguém para ajudá-la com as tarefas domésticas e era justamente o que a mulher vinha oferecer: "Posso ajudar em qualquer coisa, sou boa cozinheira e boa caseira. Também sei cuidar de crianças". Foi mesmo uma grande coincidência Grensold chegar quando Elizabeth mais precisava dela. Ou seria o contrário?

— Aconteceu alguma coisa? — continuou Grensold, depois de um longo bocejo.

— Ainda não — Elizabeth suspirou e pegou uma das flores, colocando-a com cuidado entre a orelha e uma mecha de seu cabelo jeitoso. — Mas vai acontecer.

— Elizabeth, por que está falando assim? Não me assuste.

— Por favor, Grensold, preciso que colha as rosas e separe as pétalas. Faça a compota de rosas que Doris tanto adora.

— Doris? Doris Davis?

— Exatamente. Passarei um tempo com ela.

— Mas, Elizabeth... isso quer dizer que.... vão internar você?

— Exato. Minha querida família está "cuidando de mim"... Mas agora, antes de tudo, farei uma visitinha.

— A essa hora? Visitar quem?

— Benjamin, é claro...

— Lá vai ela ver o menino-luz...

Ao ouvir aquele termo sair da boca de Grensold, Elizabeth ficou paralisada. Então alguém mais sabia da luz emanada por Benjamin? Então Grensold também podia, como ela, enxergar o brilho de seu neto?

— Grensold... o que quer dizer com menino-luz? — Elizabeth sentiu um calor que não combinava com aquela hora da manhã e muito menos com a estação do ano.

— Ah, bobagem, Elizabeth. É que o Benjamin é a cara do Ralph Roger. Lembra quando o Ralph Roger ainda era novinho e fazia aquele seriado, que ele era de outro planeta? O título era "Menino-Luz". Eu era jovem e não perdia um capítulo... bons tempos aqueles.

— Ah, o chato do Ralph Roger! Pena que ele cresceu, era melhor mesmo quando fazia esse seriado sem pé nem cabeça — Elizabeth respirava aliviada enquanto fechava a porta de tela a suas costas. — Bem, agora é hora de ir ver meu neto. Preciso fazê-lo entender que não é uma despedida. No máximo, um "até logo".

Grensold ficou um tanto decepcionada por Elizabeth não ter se lembrado de um fato importante: naquele dia ela completava trinta anos "de casa". Três décadas desde que chegara foragida à cidade de Emerald. Ao mesmo tempo, ficou orgulhosa de si mesma por sua memória privilegiada. "Quem diria. Lembro de datas, de acontecimentos e até de artistas de cinema, quando necessário."

A motoca percorreu as pouco mais de dez milhas com velocidade e, não muito tempo depois da conversa com Grensold, Benjamin acordava com o estalido repetido que reverberava do lado de fora da veneziana. Sentado na cama, ele hesitava entre abrir a janela ou não quando reconheceu a voz e vibrou. Pulou sobre as duas pernas e se agarrou na cortina como se fosse dançar com ela.

– Ei, dorminhoco! Acorda logo!

Elizabeth sussurrou entre o arremesso de uma pedrinha e outra, até finalmente ver o rosto do neto aparecer, enquadrado na janela do quarto.

A alegria sincera do menino sempre ajudava Elizabeth a se esquecer por um tempo de seus problemas, mesmo dos mais graves, como a internação em um manicômio. Ao mesmo tempo, Benjamin apresentava olheiras quase roxas que não combinavam em nada com sua idade.

– Querido, troque de roupa e desça de mansinho, vamos dar uma volta – orientou Elizabeth.

– Não dá! Eles fecham a grade da escada!

– Shhhh... não quero que seus pais acordem. E quem disse que é para descer por dentro, menino? Saia pela janela!

Elizabeth sorriu ao ver a surpresa estampada no rosto de Benjamin. Era como se lhe perguntasse: "Como quer que eu faça isso?". Não esperou o neto descobrir e, enquanto ele se trocava, correu até o galpão. Lembrava de ter visto por ali, nos meses em que se hospedara na casa, uma escada retrátil de alumínio. Era exatamente do que precisava naquele momento.

O desafio, além de escorar a escada no muro coberto de hera, era convencer o menino, que parecia desconfiar da segurança daquela operação.

— Venha, confie em mim!

Benjamin iniciou a descida e se sentiu bambeando, como um palhaço com pernas de pau. O grosso casaco que colocou sobre a camiseta amarrotada contribuía ainda mais para a sensação de desequilíbrio. O vento frio avançava pelas frestas das roupas.

— Acho que vou cair! — disse Benjamin por sobre os ombros.

— Do chão não passa!

A grama estava alta, formando um tapete fofo, que amorteceu a queda quando Benjamin escorregou em um dos degraus. As formigas e os pequenos besouros se espalharam rapidamente em volta do corpo do menino, e Elizabeth pegou sua mão para levantá-lo. Benjamin aparentava estar muito cansado, apesar do sorriso estampado no rosto. "Isabella e Arianna juntas na mesma casa no dia do jantar que não existiu, sugando energia como buracos negros..."

— Do que vamos brincar hoje? — a voz veio após alguns segundos. Era fraca, mas cheia de ânimo.

— Ah, hoje preparei algo especial. Vamos dar uma volta? — Elizabeth arrumou a echarpe de lã ao redor do pescoço.

— No bosque? — Benjamin esfregou as mãos, não só pelo frio, mas ansioso por aquela aventura.

— Isso mesmo! Mas antes vamos pegar uns "materiais" que estão lá no porão. Ah, e não esqueça que estamos em uma missão secreta e precisamos voltar antes de seus pais acordarem. — Elizabeth foi tirando as folhas presas no casaco de Benjamin e, imprimindo um tom caricato, perguntou:

— Quanto tempo temos, espião Benjamin?

— Não sei, espiã vovó — Benjamin imitou a voz, estufando as bochechas e franzindo a sobrancelha, o que fez com que Elizabeth sorrisse. Seu neto sempre entendia quando as brincadeiras começavam.

— O.k., estamos sem cronômetro. Vamos rápido ao porão porque algo me diz que não temos muito tempo!

— Foi o passarinho? — o tom de voz de Benjamin já voltara ao normal enquanto eles contornavam a casa, rumo ao porão. — Ele sempre conta as coisas pra minha mãe.

— O quê?

— O passarinho... a mamãe sempre diz "um passarinho me contou que você não escovou os dentes", "um passarinho me contou que você comeu todas as balas"...

— Você não deve acreditar em tudo o que os adultos dizem...

— Nem em você?

— Eu sou diferente. Posso ter a idade que eu quiser.

— Não entendi.

— Shh! Chega de conversa. Espiões não falam em serviço.

Elizabeth ainda guardava a chave que dava acesso ao porão pelo lado de fora da casa, e foi por lá que eles entraram, pelas janelas horizontais revelando partículas de poeira que formavam uma espécie de grade no ar. O menino, que nunca era levado até ali, vibrava com a atmosfera misteriosa enquanto assistia a avó separar algumas coisas que ainda permaneciam naquele espaço: um tecido de cetim verde-claro, alguns vidros e uma espécie de vaso de cerâmica grossa. A cama onde Elizabeth dormia continuava no mesmo lugar, e Benjamin se jogou sobre ela.

— Você já morou aqui? — perguntou, se sentindo desconfortável. Não entendia como Elizabeth poderia ter aguentado dormir tanto tempo naquele colchão que mais parecia uma pedra.

— Já. Quando você nasceu, fiquei aqui por alguns meses. Fora os fins de semana. Desses você se lembra, não é?

— E por que você não volta pra cá?

— Porque agora vou ter que morar em outro lugar. É um lugar no campo, bonito... Quem sabe você vai lá me visitar?

O sorriso do menino caiu por terra, dando lugar a um olhar desconfiado. Elizabeth mudou imediatamente o foco.

— Olhe só esse vidro, tem um pavio dentro. Quer ver? Vou acender pra você — uma chama azulada refletiu nos olhos verdes do neto, trazendo de volta sua disposição para a aventura. — Vamos, espião Benja, vamos rápido.

Elizabeth tinha consciência de que logo mais dariam por falta dele na casa. Era melhor que voltassem antes de o sol despontar, e com uma boa desculpa para o caso de serem pegos.

— Benjamin, se nos descobrirem, já sabe o que deve dizer, não é?

— Sim, espiã-chefe, o de sempre: fomos tomar um pouco o sol da manhã perto do bosque.

— Isso mesmo. "Perto do bosque" é melhor do que "no bosque". Aí eles não ficam preocupados.

Mesmo com a diferença de idade, os dois pareciam almas gêmeas. Adoravam fazer o caminho das raízes das árvores centenárias e se surpreendiam juntos com a largura das ranhuras que surgiam da terra úmida. Em alguns pontos, abrigavam-se sob a folhagem que pendia de galhos gigantescos, fazendo de conta que a noite já começava a cair.

— Vovó, é verdade que minha prima só tira dez na escola? — disse Benjamin dando a mão para Elizabeth.

— É o que dizem — respondeu Elizabeth, franzindo o cenho.

— Pelo jeito, a menina só tira a nota máxima e sempre entrega as provas antes de todos.

— Eu não tiro dez. Eu até fiquei de castigo... — disse o menino com a candura de seus cinco anos, aproximando-se da avó.

— Claro, você nem faz prova! Quanto mais tirar dez!... E seu castigo foi só porque você não levou o caderno, que eu estou sabendo. Benjamin, escute, nem sempre a inteligência é para o bem. Às vezes pode representar muito perigo. Sua prima...

— Ela não brinca comigo.

— Ela não é uma criança como as outras, querido — completou Elizabeth enquanto parava para ver se o que estava no chão era realmente o que pensava —, e você tem que aprender a ficar longe dela.

— Ela nunca vai sair do quarto? Ela nunca vai brincar comigo? — o menino indagou, também voltando seu olhar para o chão.

— E se ela sair? É isso mesmo o que você quer? Aquele rosto sério e sombrio? Aquele jeito mal-educado? — perguntou Elizabeth, abaixando-se para catar o que tinha encontrado. — Veja, pinhões! Em pleno inverno! Vamos pegar alguns para cozinhar!

— Eu não tenho medo dela... — continuou o menino, também recolhendo os pinhões e colocando-os na barra virada da camiseta. — E, mesmo que ela seja do mal, porque não pode virar do bem? Isso pode acontecer, não pode?

Elizabeth sabia dos casos raros de purificação, mas resolveu omitir a informação do neto.

— Vamos deixar a Isabella pra lá. Vamos nos concentrar na nossa missão. Daqui a pouco temos que voltar e...

— Olha! Um texugo!

— Onde?

— Ah, escapuliu! — o menino foi em busca do animal, mas, quando começou a correr, logo se cansou.

— Está tudo bem? — Elizabeth não conseguiu disfarçar a preocupação e foi até ele.

— Sim... — a respiração ofegante mostrava o contrário. — Queria tanto ver ele de perto...

— Você sabia que os texugos são superlimpos? Eles trocam a forração das suas tocas sempre que está suja. Fazem um faxinão.

— Eu queria brincar com ele.

A inocência do neto fez Elizabeth se lembrar das histórias que ouvira quando chegou na cidade. Diziam que havia "encontros" de raposas nas clareiras do bosque, e que elas atacavam, nessa mesma noite, todos os galinheiros da região, como se fossem ladrões em bando. Os cervos eram assustadiços, talvez por já terem sido caçados à exaustão, e os poucos que havia no bosque se escondiam, atrás dos arbustos e das árvores de grossas raízes, sempre que ouviam passos na floresta. Já os porcos do mato, quando desafiados, enfrentavam o perigo e podiam até matar uma pessoa. As chamadas "cobras de colar" tinham hábitos diurnos e, embora sem veneno, eram capazes de espalhar um odor insuportável para se defender. Os ajuntamentos de pedras perto das áreas desmatadas que formavam as clareiras era o lugar preferido dessas inofensivas, porém fedorentas, moradoras. Durante a noite, o que mais se podia ouvir eram os voos dos morcegos em busca de alimento, ou os passos ritmados dos ratões do mato, que se escondiam nos arbustos de folhas escuras que recobriam os troncos das árvores.

Os raios solares já passavam pelas folhagens altas e coloriam de dourado o gramado da floresta. O musgo perto das árvores fazia escorregar a sola lisa de Elizabeth, que, ainda assim, tentava se equilibrar para pegar mais pinhas.

– Quer dizer que você gosta dos animais selvagens, não é? – disse ela, sorrindo. – Não deixa de ser um bom sinal. Tenho um neto corajoso! De pensar que tem menino que morre de medo até de esquilo.

Ele se empertigou, derrubando alguns pinhões da camiseta.

– Mas, Benjamin, você sabe que também temos que aprender a ver o perigo, não sabe? – Elizabeth indagou levemente apreensiva, depois de algum tempo de garimpo de pinhões.

– O texugo é perigoso?

– Estou falando de Isabella.

Em vez de responder, Benjamin buscou na memória algo que confirmasse o que a avó dissera. Sem encontrar. A prima nunca havia feito nada contra ele, mas ao mesmo tempo nunca saíra do quarto para que houvesse uma chance de algo dar errado.

– Benjamin, preste atenção! – a mulher parou de caminhar e se agachou de modo que tivesse seu rosto próximo ao do menino. – Eu sei que gosta dela, mas eu tenho que alertar você. É preciso escolher bem os amigos.

– Mas você tem até amigos que não são de verdade – disse o menino, com genuína alegria.

– Você tem razão – Elizabeth sorriu ao se deparar com a astúcia, e a memória, do menino. – Mas olhe, meus amigos também são "de verdade". Porque, depois que a gente desaparece daqui, a gente continua vivendo em um outro lugar...

Benjamin desviou o olhar e voltou a catar pinhões. Um jeito delicado de dizer que a conversa estava assustando-o. Só depois de alguns segundos voltou a falar.

— Sabe, vovó, ninguém gosta da Isabella. Por isso ela fica sozinha no quarto...

— E você não cansa de tentar entrar lá, né? Mesmo nunca sendo recebido...

— Eu quero entrar lá para proteger.

— Proteger Isabella? Proteger de quem? — Elizabeth se esforçava para não se irritar.

— Do mal...

As palavras vinham carregadas de um sentimento puro. Elizabeth simplesmente sentiu-se incapaz de continuar. Não podia. Por mais que quisesse preservar o neto, não podia destruir o que havia de inocência naquela criança. A fonte de poder. E, por sua fé no Pacto de Energia firmado com os Aliados, Elizabeth encontrou certo alívio: Benjamin poderia, sim, ser sugado, mas, como a própria Dorothy havia dito, jamais teria sua energia vital extinta por um Ser das Sombras.

— Eu não quero que nada aconteça com Isabella, vovó.

— Tudo bem, querido... tudo bem...

Elizabeth se conformou e, ao mesmo tempo, se orgulhou daquele menino que ainda enfrentaria tantos desafios. Teria de se fortalecer sozinho, especialmente a partir daquele momento em que ela estaria longe e, pior, sem qualquer influência sobre as decisões da filha ou do genro. "Uma pena que tia Ursula, a saudosa tia Ursula, não tenha conhecido Benjamin. Ela teria gostado do menino que traz no destino o signo da vitória."

Ambos andaram em silêncio por mais cinco minutos, até Elizabeth parar de repente.

— Aqui — ela deixou cair a bolsa a tiracolo que levava nos ombros.

— Aqui? — Benjamin olhou em volta.

— Sim, um ótimo local. Vamos colocar o pano.

— Vai ser um piquenique? — Benjamin logo se sentou com as pernas cruzadas.

— Só se for de pinhões crus! Não trouxemos nada para comer — Elizabeth abriu o saquinho dos pinhões que tinha pego pelo caminho e espalhou tudo pelo tecido verde-claro. – Além disso, temos que sair daqui em vinte minutos, no máximo.

– Do que vamos brincar?

Elizabeth sentou-se ereta sobre o pano e começou a mexer na bolsa, procurando coisas.

– Vamos brincar de salvamento.

– Polícia e ladrão?

– Eu falei de salvamento, não de policiamento! – ela esticou ainda mais o cetim.

– Quem a gente vai salvar?

– Eu. Eu vou ser a vítima. E você tem que me dar o remédio para que eu fique bem.

– Não, vovó, não gosto de pensar em você doente...

– Mas essa é a brincadeira, Benjamin – Elizabeth começou a formar uma linha ovalada com pinhões em cima do pano. – A ideia é você me salvar!

– Como faço isso?

– Olhe, funciona assim: eu sou a vítima. Na verdade, a princesa do Norte. E este tronco aqui, no meio do círculo de pinhões, é o meu trono. Eu estava bela e formosa no meu reino quando fui envenenada por algum parente longínquo. Então mandei chamar um famoso druida, que vai trazer a poção mágica.

– E cadê o "durida"?

– O druida é você, Benjamin. Olhe aqui o vidro com a poção. Aí você me entrega para eu tomar depois do envenenamento. Entendeu a brincadeira?

– Acho que sim... Entendi.

– Então vamos lá...

– Espera... como o "durida" chega?

– Ah, ele anda pelas pradarias como um viajante – Elizabeth olhou em volta e pegou um galho seco que entregou a Benjamin. – Olhe aqui o seu cajado.

– Tá bom...

– Então vamos lá. Aaaaahhhhh...

— Nossa, vó, o que foi?

— Nada, estou imitando quando a gente é envenenada. É meu grito de horror!

— Seu grito de horror está muito horroroso!

— Tá, vou melhorar um pouco. Ahhh... Pronto. Fui envenenada.

— Foi?

— Viu? O grito de horror tinha que ser horroroso, senão o druida não ia perceber que eu tinha sido envenenada. Bom, pronto, olhe, fui envenenada — Elizabeth deixou cair a cabeça e fechou os olhos.

— Vovó, mas o vidro que você pegou não tinha nada dentro.

— Ai, Benjamin, faz de conta que tinha um líquido, um veneno. É uma brincadeira, não é teatro shakespeariano.

— O quê?

— Nada, nada. Só venha me salvar. Você é um druida ou não é?

— Sou, vovó! Vou te salvar.

— Vovó, não. Princesa do Norte!

— Isso. Princesa do Norte, eu vou te salvar.

Foi então que o druida Benjamin, deixando seu cajado ao lado e assumindo sua missão, deu a poção mágica para a princesa do Norte, Elizabeth, como o antídoto mágico para que ela voltasse à vida. Porém, ela não acordou.

— Vovó? Quer dizer... princesa?

Elizabeth continuou de olhos bem fechados.

— Eu te salvei?

— Não — ela sussurrava e falava com sua voz normal, como se não quisesse atrapalhar o sono da personagem que ela mesma interpretava. — Ainda faltam dois passos. Primeiro você precisa colocar esta moeda nas minhas mãos.

— Moeda?

— Sim, poderia ser qualquer metal, mas hoje só tenho uma libra!

— E o segundo passo? Isso tá ficando muito difícil, vó...

— Precisa falar a frase mágica.

— Frase mágica?
— É assim, ó: "A minha inocência me salva, te salva, salva o mundo, o universo e ainda além".
— Tá vendo? Tudo muito difícil!
— Você quer ou não quer salvar a princesa do Norte? Repita comigo: "A minha inocência me salva".
— A minha inocência me salva.
— "Te salva, salva o mundo..."
— Te salva, salva o mundo...
— "O universo e ainda além."
— O universo e ainda além. Certo, já sei agora. Vamos lá...

O menino, concentrando a atenção ao máximo, colocou a moeda no centro da mão da senhora estendida a sua frente e repetiu a frase sem cometer nenhum erro. Mas, para seu desconforto, Elizabeth continuou de olhos fechados.

— Pronto? Salvei a princesa? Que brincadeira chata essa que a princesa nunca abre o olho...
— Sim, ó druida, estou salva. Aqui eu pareço dormindo, mas já estou salva do outro lado da floresta. Estou feliz, correndo pelos campos, cercada pelos meus cães e pelas ovelhinhas.
— É? Mas então por que você continua assim, parada?
— Para os inimigos do reino longínquo pensarem que conseguiram me matar. Na verdade, eu estou bem longe daqui. No bosque encantado. Eu estou salva, livre, e em breve vou encontrar os meus Aliados – Elizabeth abriu os olhos de relance, deu uma piscada para o neto e depois voltou a fechá-los.
— Ah... entendi... mas então agora acorda. A gente vai ter que andar um tempão pra voltar pra casa.

Benjamin não havia gostado da brincadeira, que julgou cansativa e sem graça, mas Elizabeth tinha sido bem-sucedida em sua missão. O que não fazia nenhum sentido na floresta em breve seria a chave para mais um passo na direção da Profecia.

# Capítulo 17

Emily queria conversar com a amiga da mãe sobre todos os detalhes da internação, por isso pediu a Doris que a partida fosse de sua casa. Conforme o combinado, Ross foi pegar Elizabeth às onze da manhã e a surpreendeu na porta, acabando de chegar.

— Oi, Ross, bom dia... estava voltando da estufa.

— E por acaso você vai à estufa de moto?

— Ah, não, não. Eu a tirei da garagem porque queria que você cuidasse dela para mim... guardasse na sua casa — o capacete do mesmo tom da lataria estava no guidão, mas, para sorte da dona da moto, Ross não percebeu esse detalhe.

Após muita insistência, o homem concordou em levar, na parte de trás da caminhonete, a motoneta cor de rosa. Enquanto ele foi buscar nos fundos alguma tábua grande para colocar o veículo de duas rodas na caçamba, Elizabeth rapidamente pegou o capacete e o enfiou dentro de casa. Grensold, que lhe trazia a compota de rosas recém-feita, fingiu que não viu a cena.

Depois de alguns minutos, e de alguns "ais" pela perna dolorida, Ross escorou uma tábua na caçamba, formando uma rampa.

— Está quente! O motor está muito quente! — o genro de Elizabeth notou o calor quando empurrou a moto pelo guidão.

— Eu estava testando. Quero que ela fique em ordem na sua casa. Você pode usá-la, se quiser.

Ross fez um olhar de reprovação, mas acreditou na história. Grensold saía da casa com duas malas pesadas e ele automaticamente foi ajudá-la. Então, despediu-se da funcionária e abriu a porta para a sogra entrar.

— Dê uma voltinha com ela de vez em quando, Ross. Só para ela não se sentir tão inútil... — Elizabeth olhava as árvores do bosque que passavam pela janela. Ir para Herald House era como viver um pesadelo acordada. O que seria de Benjamin? Arianna estava à solta e a *monstrina*, no quarto vizinho.

Depois de dez milhas de estrada no mais absoluto silêncio, chegaram ao número 78 da rua Byron. Ross estacionou em frente à murada e, ao contrário do que Elizabeth esperava, sua filha não foi recebê-la na porta. Saiu do carro com um suspiro desanimado e, ao olhar para cima em busca de mais ar, percebeu um leve movimento na cortina do quarto que dava para a rua. O quarto de Isabella.

Ross se esforçava para retirar o pequeno veículo da caçamba e já ia soltar algum impropério quando dois braços fortes vieram em seu auxílio, logo colocando a motoneta no chão.

— Hudson! — disse Elizabeth, animada. — Que prazer revê-lo!

— Eu que o diga, Elizabeth, e que cara ótima a sua! Ei, você costuma vir montada nessa coisa rosa. O que aconteceu?

— Ela... minha sogra vai mudar de casa por uns tempos — antecipou-se Ross. — Vai deixar esse troço aqui no porão.

— Eles vão me internar, Hudson. É isso — Elizabeth passava a mão na lataria rosa como se fosse um animal de estimação. — Eu não estou conseguindo atingir o "padrão Ross" de normalidade.

— Como assim?

— Hudson, agradecemos sua visita — Ross não tinha como não pensar que seu amigo escolhia as horas mais inconvenientes para aparecer —, mas acho que hoje é um dia meio atípico aqui em casa. De qualquer forma, é sempre bom ver você.

— Não, nada disso, deixe pelo menos eu colocar a motoneta no porão para você. Ou vai querer urrar de dor com essa perna?

— Deixe ele, Jasper. Está querendo ajudar. Sem contar que daqui a pouco a Doris já vai chegar. Pode deixar que já estou indo embora... — Elizabeth fez um gesto afirmativo para Hudson, que levantou a moto sem a menor dificuldade. — Ainda preciso falar com a Emily e com o Benjamin.

— Benjamin está dormindo. Melhor evitar fortes emoções...
— Ross estava agindo com sua habitual secura em relação à sogra. Hudson e Elizabeth se entreolharam e ele entendeu que mais uma vez teria de interceder.

— Jasper, o seu menino é apaixonado pela avó. Não seja insensível...

— Mais do que insensível! — Elizabeth não se aguentou, contrariando o que fora combinado. — Teremos fortes emoções, caso eu não veja meu neto pela última vez.

— Está vendo, Hudson? Esse é só um exemplo do que passo. Ela não é tão boazinha quanto parece.

— Olá, bom dia! — uma voz feminina veio da cerca, desviando a atenção dos três.

A manhã parecia reservar mais novidades, desta vez na forma de uma moça bastante atraente. O vestido esvoaçante não combinava com o clima, mas ela usava botas pesadas e uma jaqueta de couro para se abrigar dos ventos que ainda persistiam.

— Layla?

— Elizabeth, eu soube de tudo — a mulher pousou as duas mãos nos ombros da amiga. — Queria falar com você antes da sua partida.

— Quem te contou?

— Grensold. Eu passei lá agora há pouco. Segundo ela, minutos depois de vocês terem saído na caminhonete.

— Eu lembro de você muito bem. Cuidou da perna do Ross depois da guerra! — Hudson se aproximou de Layla, estendendo a mão, mas ela não fez nenhum movimento.

— Sim, senhor, sou eu mesma.

— Senhor? Será que estou tão velho assim?

— Imagine, Hudson — Elizabeth interveio. — Você está dando um baile nos adolescentes.

— Desculpe, senhor, quer dizer, Hudson — corrigiu-se Layla —, mas eu não me lembrava do seu nome...

— Poxa, não pensei que eu fosse tão insignificante.

— Ah, na época ela tinha outros interesses, não é? — Elizabeth olhou ironicamente para Ross. — Bem, agora vamos, entrem todos. Quero uma despedida decente.

O visitante entrou com a moto pelo pequeno portão lateral. Ross sentiu alívio pela providencial ajuda do amigo, mas estava inseguro quanto à presença de Layla ali. Se houvesse mais indiscrições da sogra, Emily iria se indispor com ele de novo.

— Elizabeth, prefiro falar com você aqui fora — Layla compartilhava das mesmas preocupações que o seu ex-paciente. — Não quero causar problemas. Mais problemas...

— Menina, você precisa se entender com Emily — Elizabeth abaixou o tom de voz para continuar, depois que notou a porta fechando às costas de Ross. — Eu vou precisar de uma informante e você é a melhor opção.

— Talvez seja melhor que você conte com Dorothy...

— De jeito nenhum. Ela ainda está se recuperando dos excessos, Layla. Ela não pode ficar tanto tempo aqui embaixo. Isso acaba com a energia dela. Aliás, preciso rever minhas estratégias. Qualquer dia eles esgotam os *enits* por falta de cuidados, aí é que eu estou enrascada mesmo... — Elizabeth estava decidida. — Agora vamos entrar e resolver isso, afinal, você não fez nada de errado.

— Elizabeth... — Layla deu um passo para trás instintivamente, mas foi puxada pela mão para dentro da casa.

Emily já estava cumprimentando Hudson e lhe oferecendo um café quando as duas mulheres entraram. Ao contrário do que os que estavam ali poderiam pensar, após dar um beijo seco na mãe, a sra. Ross amistosamente ofereceu a mão à visitante.

— Bom dia, Layla — disse ela, suavemente. — Sente-se, estou passando um café fresco.

Jasper estranhou a polidez da esposa, e a própria Layla apertou as mãos da anfitriã sem acreditar muito naquela cordialidade.

— Emily, eu... — disse Layla, sem jeito —, eu vim me despedir de Elizabeth. Desculpe chegar assim de manhã e...

— Claro. Ela é sua amiga, está tudo bem. As questões pequenas devem ficar nos seus devidos lugares, Layla. Eu é que tenho que pedir desculpas pela minha cena patética ontem à noite. Você é bem-vinda aqui.

— Filha, que bom que seu juízo voltou — Elizabeth ergueu os braços, entusiasmada. — Layla é uma ótima pessoa, pode te ajudar enquanto eu não estiver.

— Mãe, com você eu não quero conversa. O seu lugar agora é na Herald House. E eu vou ficar aliviada de não ter que me preocupar por um tempo. Doris vai cuidar de você.

— O quê? — a expressão de Elizabeth, quase sempre iluminada, cerrou-se em uma careta de desgosto. — Mas eu nunca dei trabalho! Pelo contrário, só te ajudei! Você está me saindo uma bela de uma mal-agradecida.

Emily estava segura de estar agindo da melhor forma naquele momento. Queria que a mãe pensasse que ela também estava furiosa com o roubo da pulseira e com toda a tragédia que se transformara a reunião com Arianna. Era a única maneira de enganar Jasper e até mesmo Isabella. Não poderia correr riscos. Depois de ler a carta e entender o perigo em que sua família estava metida, todo o resto parecia insignificante. Agora precisava defender Benjamin acima de tudo e ter uma aliada que pudesse enviar recados ou mesmo ajudá-la com qualquer outra atividade. O mais difícil é que teria de esconder tudo isso da própria mãe. Hudson, sempre solícito, mais uma vez tomou a frente.

— Elizabeth, Emily deve estar nervosa, só isso. Vamos nos acalmar e tomar esse café, pode ser? — o homem voltou os olhos para a escada, levando todos a fazer o mesmo. — Vejam só! E não é que o nosso rapazinho já está descendo?

— Diga olá ao tio Hudson, Benjamin — Emily foi até o filho e o incentivou nos últimos degraus. — E também à Layla, amiga da vovó.

Benjamin atravessou a sala timidamente, indo direto se sentar bem ao lado de Elizabeth no sofá. Trocaram olhares cúmplices e ela piscou, passando a mensagem de que, aparentemente, o plano havia sido bem-sucedido: nem Emily nem Jasper haviam desconfiado da escapada que tinham dado naquela manhã.

— Ele está com olheiras... — a avó comentou como novidade o que já havia percebido no passeio secreto no começo da manhã.

— Não tem conseguido pregar o olho à noite. E voltou a dormir sempre depois do almoço, como só fazia até os quatro anos — esclareceu Emily, ainda burocrática.

— Imagine, isso é coisa de criança. Ele está ótimo. — Jasper não conseguia mais disfarçar a vontade de abreviar as coisas. — Ontem no fim da tarde ele foi comigo e Isabella à praça e estava muito bem-disposto.

— Eles ficaram muito tempo juntos? — Elizabeth ficou preocupada e olhou para Layla.

— Elizabeth, suas perguntas não são bem-vindas. Isso não é da sua conta — ele quis cortar o assunto. — O que mais você quer de nós? Quer separar ainda mais os primos?

— Jasper tem razão, mãe. Melhor não dar mais palpites — Emily manteve o discurso firme, sem encarar Elizabeth.

— Mas já faz tempo que ele está debilitado. Eu tenho notado — a avó passava os dedos no cabelo de Benjamin, separando as mechas castanhas.

— Se a senhora não ficasse levando ele para passeios de madrugada, talvez não se cansasse tanto — enquanto falava, Emily recolhia as xícaras e as amontoava na bandeja.

O som de uma buzina dispersou a reação enfurecida de Jasper ao que tinha acabado de ouvir, sobre mais um dos truques de sua sogra. Estava explicado o aquecimento da moto. Ela o tinha feito de idiota mais uma vez, bem debaixo de seu nariz, e isso o deixava ainda mais furioso.

Elizabeth foi até a janela para se certificar da chegada de Doris, sua amiga de anos e, naquele momento, também sua pior algoz.

---

O que sucedeu no final daquela manhã ensolarada no pacato bairro de Longchamps poderia servir de inspiração tanto a uma novela, pelas copiosas lágrimas derramadas por Benjamin e Elizabeth, como a um filme dramático, pela insensibilidade de Jasper e a secura de Emily, que se postaram, de braços dados, em frente à lareira. Hudson e Layla eram as testemunhas daquele triste espetáculo que, com certeza, ficaria para a história da família.

Ninguém desconfiava que, há anos-luz dali, naquele mesmo instante, acontecia uma breve reunião na Colônia.

– Você jura, Gonçalo?

– Foi exatamente assim.

– Pobre Benjamin... – lamentou-se Gregor.

– E Elizabeth não notou sua presença?

– Nada disso, Dorothy, ela nem pode desconfiar que eu consumi mais alguns *enits* nesta visita prévia.

– O encontro de hoje à noite continua de pé?

– Claro, Gregor, nada mudou com esse relato do Gonça. Estaremos às dez horas na Herald House, impreterivelmente – concluiu Dorothy.

# Capítulo 18

As roupas pareciam borbulhar das malas abertas, e por toda parte havia frascos de cosméticos, porta-retratos com fotos de Emily e Benjamin, bolsinhas de tecidos florais, óculos, caixas com conteúdos diversos. Os móveis do quarto – a arara, a poltrona ao lado da cama e a penteadeira – estavam absolutamente tomados. Apenas o armário, destino final de todo aquele aparato, não tinha sido sequer aberto.

– Minha santa Adelaide! Ainda bem que aqui não temos matéria. A densidade deste quarto está em seu limite máximo!

– Boa noite para você também, Gonçalo! – Elizabeth foi pega de surpresa no meio do rebuliço. – Você não perde essa sua mania de se adiantar e me pregar peças!

– Minha mãe lusitana que me perdoe, mas em matéria de pontualidade puxei meu *very British father*! Mas não se preocupe, do jeito que os dois estão ansiosos, vão chegar em alguns segundos.

Gonçalo se acomodou sobre uma pilha formada por um lençol de rosas azuis, um travesseiro disforme e um cobertor xadrez.

– Não disse? Olhe quem vem aí...

– Macacos me mordam! – Gregor levou as mãos à cabeça ao passar pela porta. – Isso é um quarto ou estamos nos fundos da lavanderia?

– Gregor, modos, por favor! – disse Dorothy, direcionando um sorrisinho amigável à líder. – Elizabeth acabou de chegar, ela está se ajeitando. Boa noite, querida.

– Ufa, um pouco de delicadeza estava fazendo falta... Sejam todos muito bem-vindos!

Os Aliados se acomodaram como podiam no cubículo para darem início à reunião.

– O espaço pode estar desorganizado, mas é aqui que as coisas precisam estar em ordem – ela apontou a própria cabeça com o indicador. – Posso lhes garantir que o esquema para os próximos passos está irretocável! – No exato momento em que terminou a frase, ela afastou com o quadril as almofadas, que empurraram a maleta de cosméticos, fazendo cair em seu colo a raposa empalhada.

– Sim, temos certeza da perfeição do seu plano – a ironia de Gregor não havia cessado mais desde a reunião em que conhecera Layla, e Elizabeth estava cansada daquele comportamento.

– Não aguento mais o seu sarcasmo! Olhe ao seu redor! Isto aqui é um hospício! HOS-PÍ-CIO! – ela pegou a raposa e a balançou a cada sílaba pronunciada. – Acha que me sacrificaria assim se não estivesse comprometida com algo muito maior, muito mais importante? Acha que estou aqui para alguma brincadeira, Gregor? Não é só pelo meu neto que estou lutando, é por todos os netos que virão e por todos os nossos ancestrais. É pelos vivos e pelos mortos também! E por tudo que há de nascer! E, se não quer mais participar da Aliança pela Profecia, "a porta da rua é a serventia da casa"! Ou melhor, o teto, as paredes, o chão, a rede de esgoto! Pode sair por onde quiser!

Todos ficaram em silêncio. Definitivamente ninguém esperava por aquela reação intempestiva da líder, logo no início da reunião. Seu rosto estava vermelho, e os lábios endurecidos. "Estaria mesmo enlouquecendo?", passou pela cabeça de cada um.

– Rede de esgoto foi muito forte... desnecessário.

– Não temos tempo a perder, Gregor! – prosseguiu Elizabeth, agora parecendo um pouco abalada pelo próprio comportamento e pela total quebra das regras tão diligentemente passadas por Ursula. – Preciso de soldados, não de polêmicas – ela pegou a raposa e a colocou de volta em seu local de origem.

Gregor postou-se de pé ao lado dela, deixando Dorothy e Gonçalo apreensivos. Não queriam que ele fosse embora e também não tinham a intenção de contradizer Elizabeth. Em vez de tentar qualquer argumento, Dorothy lançou pelo olhar a mensagem que queria passar ao amigo de tantos anos.

– Eu fico – disse ele a contragosto, mas absolutamente rendido ao poder e à confiança de Dorothy. – E não vou polemizar mais. Só que há alguns detalhes que ainda preciso saber, peças que não se encaixam... Tenho dúvidas com relação à Profecia, mas vou esperar o momento certo para esclarecê-las.

O tom de Gregor era polido e sincero. A ironia tinha desaparecido por completo.

– Assim, sim. Então vamos ao trabalho, não quero perder mais nenhum minuto – Elizabeth pegou um caderno de couro antigo que estava no fundo de uma maleta e abriu na página marcada. A pomposa capa vermelha encobriu praticamente todo seu rosto, como se ela mergulhasse nos novos planos.

– Deveremos focar em três pilares: treinamento, aprimoramento, e defesa e proteção – a abordagem estratégica agradou Dorothy. – O embate com Arianna serviu para mostrar de que forma devemos nos planejar, sem deixar lacunas.

– Elizabeth, explique melhor essa ideia, estou gostando disso.

– Então vamos lá: o pilar número um, treinamento.

– Que tipo de treinamento? – Gonçalo se antecipou.

– Benjamin precisará estar preparado para o confronto. E a função dele exigirá muita pontaria, deve treinar arremesso.

– E como faremos isso? – perguntou Gonçalo, pensativo, como se já tentasse alcançar a resposta. – Como vamos treinar o menino? Você presa aqui... nós, invisíveis para ele... sem contar que é uma criança. Vamos fazer o quê? Alistá-lo no exército aos cinco anos?

– Tudo tem que ser lúdico, parecer uma brincadeira...

– Sinceramente, essa não ajudou muita coisa – a voz era séria e veio de cima da cômoda. Gregor fazia uma careta, inclinando os lábios para baixo.

– Essa tarefa não caberá somente a vocês, meus queridos. O treinamento dele será com *baseball*.

— Gostei, gostei! — elogiou Gonçalo.

— Hudson é americano, tenho certeza de que vai adorar treinar meu neto no seu esporte predileto — continuou a líder. — Basta você dar uma passadinha lá na casa dele e plantar a ideia na cabeça do amigo do meu genro, Gregor. Para dar continuidade aos incentivos, vou contar com Layla ou Grensold.

— Acha que é uma boa ideia? — perguntou Gregor. — Quero dizer, nenhuma das duas me parece confiável...

— Claro que é uma boa ideia. Além de vocês, tenho que ter aliados de carne e osso. Só não quero que Grensold saiba da Profecia. Ela está perto demais da minha família. Aliás... alguém prometeu há poucos minutos que não ia polemizar, certo?

— Desculpe, Elizabeth, passe para o próximo item.

Depois de passear seu olhar observador pelos Aliados, Elizabeth conferiu o caderno que estava em suas mãos e continuou:

— O segundo pilar do plano envolve aprimoramento.

— E o que deve ser aprimorado? — Dorothy sentia um enorme impulso de dobrar as camisetas amarfanhadas, mas preferiu não gastar seus valiosos *enits*. — Você quer aperfeiçoar alguma técnica, algum ritual?

— Não, Dorothy, são vocês. Vocês é que precisam melhorar ainda mais. Por exemplo, minha querida, é capaz de mover aquele galho de árvore? — Elizabeth apontou para uma árvore seca e sem folhas do lado de fora do quarto.

— Negativo — respondeu prontamente Dorothy, balançando a cabeça. — Você sabe que eu preciso ter o objeto ao alcance das mãos.

— Percebe como você ainda precisa de aperfeiçoamento? Se você mesma não é feita de matéria, por que acha que apenas o toque é capaz de gerar movimento? Tenho certeza de que sua energia, se devidamente aplicada, é capaz de coisas inimagináveis!

— Você diz...

— ...mover objetos a distância — mais uma vez Gregor interveio.

— O quê? — Dorothy se espantou. — Isso é muito difícil, até para uma Movedora aplicada como eu. Nós não fomos treinados para usar esse tipo de técnica. É muito complexa.

— Complexa nada! Tenho plena confiança em você, Dorothy, e sei do que é capaz. E você, Gregor, já que sabe tanto, qual seria o seu aprimoramento? — questionou Elizabeth, fixando seu olhar nos olhos do Aliado.

— Conseguir mudar cabeças-duras?

— Não, isso você já faz muito bem — respondeu Elizabeth, sorrindo. — Até o Ross você conseguiu influenciar...

— Não foi uma tarefa difícil. Emily era linda e muito cativante.

— E ele estava bem carente também... — Gonçalo não conseguiu resistir ao comentário.

— Bem, não se trata de nada disso — Elizabeth balançou a mão, mostrando sua impaciência. — Você precisa influenciar aqueles que têm um caminho certo, um instinto, uma vida traçada...

— As crianças? — arriscou Gonçalo.

— Não. Já sei — Dorothy pôs fim às elucubrações. — Os animais. Elizabeth está falando dos animais. Quem consegue influenciar um ser irracional consegue tudo.

— Exatamente — confirmou Elizabeth, e Dorothy ajeitou os cabelos, orgulhosa.

— Irracional? — Gregor chegou perto da raposa empalhada. — Tem certeza? Pelo que me consta, eles não empalham humanos...

— Lá vem ele com as polêmicas de novo — Gonçalo demorou um décimo de segundo para se deslocar da poltrona e sentar ao lado de Elizabeth. — Não ligue para ele, viu?

— Nesse caso ele tem razão. Só guardo a raposa porque é a única coisa que... — Elizabeth suspirou e baixou os olhos, mas logo se refez. — Vamos ao que interessa. Você está ou não disposto a fazer esse treinamento, Gregor? Você quer dominar essa técnica? Não estou aqui para obrigar ninguém, mas sei que precisaremos disso. Estamos rodeados por um bosque cheio de animais e talvez precisemos deles...

— Você sabe bem que estou sempre querendo me aperfeiçoar — assim como a líder havia previsto, os brios do Influenciador foram atingidos. — Sim, eu vou me dedicar a isso. Sei das dificuldades, mas é... um tema que me interessa.

— Ótimo — Elizabeth prosseguiu, sem dar tempo para qualquer mudança de ideia. — Então vamos partir para o próximo item.

— Defesa e proteção — recapitulou Dorothy. — O que exatamente você quer dizer com isso?

— Bem, já sabemos que Isabella, sugando a energia de Benjamin, enfraquece-o, mas jamais poderá matá-lo. Já sabemos também que vocês têm abusado da reserva de *enits*... Passam muito tempo aqui. Não sinto vocês tão fortes como antes. E vocês precisam gastar a energia no treinamento. Melhor ficarem mais tempo na Colônia...

— Se fizermos isso, temos que ter muito cuidado. Ninguém na Colônia pode nos ver treinando para fortalecer os poderes.

— Espere — retomou Gregor, coçando o queixo —, deixar Benjamin sem a nossa proteção é muito arriscado... Ele anda bem fraco e, bem ou mal, temos conseguido equilibrar sua energia. Durante a nossa ronda, ele se mostra mais bem-disposto.

— Eu entendi muito bem o que Arianna disse na conversa que escutei, Gregor, está tudo bem, e ele não corre riscos, isso está garantido. Por mais absurdo que possa soar, Benjamin é tão importante para elas quanto para nós. Claro que aquela fraqueza toda também me preocupa, mas prefiro que vocês estejam bem carregados de *enits* quando formos agir.

— Ainda assim acho perigoso... Aquelas olheiras... a fraqueza...

— Gregor tem vindo várias vezes sem nos avisar, Elizabeth — dedurou Gonçalo.

— Entenda uma coisa, Gregor: esta será a última reunião entre nós até que eu consiga voltar para casa. Até lá, vocês devem manter um nível de reserva de energia suficiente para quando for necessário, não se esqueça que acabamos de completar o Ciclo 990. Sendo assim, vocês não devem fugir à programação oficial sob nenhum pretexto.

— Está bem, Elizabeth, mas você sabe o quanto estamos envolvidos e muitas vezes... — Gregor tentava se justificar, mesmo que altivamente.

– Gregor, eu tenho recursos para fortalecer Benjamin, não se preocupe. Pode confiar em mim, acredite.

– O bosque de Esparewood... um bosque repleto de nascentes. Isso ajuda no controle de energia – Gonçalo recodava os lugares ionizados que tanto apreciava, por lembrarem a terra de seus ancestrais. – Mas querem saber de uma coisa? Não estou feliz com os rumos desta conversa.

– Por quê? – Dorothy se antecipou ao que todos queriam perguntar. – Acha que há um perigo real?

– Elizabeth não me passou um plano de aperfeiçoamento...

– Elizabeth sorriu em direção ao aliado, que retribuiu com um movimento afirmativo de cabeça. Ela sabia que podia confiar no empenho de Gonçalo.

– Gonça, é claro que tenho um plano para você e vou dizê-lo agora: quero que treine velocidade como nunca; que no seu arranque você consiga levantar partículas no ar. Temos uma batalha pela frente!

– Eu não gosto quando você fala "batalha", "confronto"... me deixa ansiosa...

– Mas é o que vai ser, querida Dorothy. É exatamente o que vai acontecer. Por enquanto, Arianna está isolada, graças à pulseira, ou melhor, graças à falta dela. Sabemos que sem aquele talismã das Sombras ela está impossibilitada de controlar suas energias, e assim só lhe restará ficar recolhida.

Gregor estava temeroso de deixar Elizabeth isolada na Herald House, e não conseguia disfarçar a ansiedade nas palavras.

– Tudo me parece muito vago... e perigoso.

– Podem confiar. E agora, por favor, sigam o seu rumo. Quando for o momento, vamos nos reencontrar, e em grande estilo! Tenho certeza disso.

Todos se preparavam para deixar o quarto caótico da líder da Aliança, quando ela chamou:

– Ah, Gregor – retomou ela, antes da partida –, desculpe pela colocação infeliz. Por favor, releve... estou reelaborando tudo, é um processo difícil – Elizabeth juntou as mãos em agradecimento e fez uma pequena reverência aos amigos. – Você... Todos vocês só merecem entradas e saídas de honra, em todos os lugares.

---

Um bolo de carne, batatas assadas, um recipiente com amoras, uma garrafa térmica com chá preto concentrado. Após encaixar os itens em uma sacola como um jogo de blocos, ela respirou fundo e se preparou para pegar o caminho até a região do lago. No banco plastificado do ônibus, tentando achar posição, olhava a paisagem correr pela janela e fazia cálculos de como ganhar tempo. A plantação estava na época do rodízio e era possível cortar caminho pela imensa área vazia de terra que ficava logo no começo do trajeto. Sim, parecia boa ideia.

Quando desceu na parada bem em frente à primeira entrada do bosque, na divisa com a área de plantio, sentiu a segurança de estar fazendo a coisa certa, mesmo com o receio de falhar nas duras tarefas que lhe tinham sido impostas. A verdade é que estava cansada de algumas loucuras de Elizabeth e não aguentava mais se fingir de amiga perante as atitudes nem sempre sensatas dela. Porém, desde o momento em que passou a integrar o grupo, vislumbrou recompensas palpáveis para seu objetivo maior.

Ainda era cedo, oito da manhã, mas a mudança do clima foi tão repentina que a luz mudou completamente em questão de minutos. O vento levantou a poeira, nuvens espessas pareciam surgir como se tivessem sido colocadas por algum gigante mandão e o sol, antes brilhante, virou uma bola baça. Ela amarrou na cabeça o lenço que trouxera na bolsa e passou a andar de cabeça baixa pelo caminho de terra batida ao lado da cerca. Teria encarado bem o desconforto, não fosse um detalhe: a nítida sensação de que estava sendo seguida. Não foi nem uma, nem duas vezes que teve de olhar para trás para se certificar de que estava realmente sozinha, o que só encheu seus olhos de pó.

Usou mais tempo do que o necessário para chegar a Saphir, o que acabou complicando todo seu dia. Quando saiu daquela planície, divisa com a plantação, e penetrou no bosque, o vento foi abrandado pelas árvores frondosas, e a escuridão aumentou na mesma proporção de sua certeza de que alguém estava em seu encalço. Quando abriu a porteira desmantelada, percebeu a tensão de seus próprios músculos adquirida na caminhada. Ainda assim, seguiu resoluta pelas pedras destacadas no meio do lodo, subiu os degraus da varanda e entrou na casa pela porta da frente.

Não demorou para que o cheiro rançoso, o mesmo das folhas da floresta em estado de decomposição, atingisse suas narinas. Prendeu a respiração e apoiou a sacola, já amassada pelo caminho, sobre a mesa de madeira maciça, que ficava bem no meio do aposento esvaziado de móveis e de vivacidade. A sala não era grande, e, além da mesa, havia também um espelho com a moldura enferrujada pendurado em uma das paredes de madeira.

Os alimentos trazidos pela mulher ainda estavam intactos. O colorido das maçãs e amoras e a textura do pão recém-assado não combinavam com aquele ambiente onde tudo parecia insalubre. Na sala havia três portas. Aquela pela qual tinha passado, a que conduzia à cozinha, do lado esquerdo, e a que ficava na mesma direção da janela, bem de frente para quem entrava.

Após passar a mão pelo vestido, se recompondo, andou mais três passos e virou o rosto para o lado direito, ficando de frente para o espelho. O objeto estava fincado diagonalmente na parede, como se a cortasse, o que dava uma perspectiva interessante ao reflexo. Enfim avançou em direção à terceira porta, a mesma de onde vinham os gemidos. A dona da casa estava bem no centro de uma cama de madeira sólida, coberta com um dossel de gaze perfurado, provavelmente pelas traças que se multiplicavam naquele ambiente úmido. Usava uma camisola vermelha que perecia um vestido e um lenço estampado, separando o cabelo negro da pele alvíssima.

— Sempre atrasada, não é?

— Arianna... você está tão magra...

— Jura? Obrigada por me avisar — o tom de voz era irônico, porém muito fraco. — Claro que estou. Não tenho forças. E quem eu tenho para me ajudar chega atrasada.

— Eu fiz o melhor que pude... — a recém-chegada voltou rapidamente até a mesa, colocou as amoras sobre um prato pequeno e as ofereceu a ela.

— "Melhor que pude..." Sabia que essa é a frase típica dos perdedores? E estamos do outro lado, o lado dos vencedores. Por isso não posso mais ficar sem a pulseira; por isso precisamos agir.

— Passe as instruções.

— Ah, agora melhorou... Melhorou muito como Recrutadora... Uma coisa é querer o cargo, outra coisa é estar pronta para ele. Não há espaço para os que "tentam", e sim para os que "conseguem".

O olhar de Arianna era tão cortante como a lâmina de uma navalha, mas o que ela havia dito agradou aos ouvidos da mulher, que respondeu imediatamente:

— Então você vai me ajudar? — os olhos da visitante pareceram brilhar. — Vai me ajudar a ser uma Recrutadora?

A risada gelada de Arianna esfriou ainda mais o ar denso da cabana.

— Ajudar? Não sou eu que posso dar cargo nenhum. Não é assim que funciona. E agora estou tão fraca que dependo de você até para comer — Arianna enfiou uma amora na boca e deu uma mordida débil, que fez escorrer um fio escuro de sumo pelo canto dos lábios perfeitamente desenhados.

— Você vai ter tudo de volta, Arianna — a voz que pareceu surgir do lado da porta como uma assombração fez que ambas as mulheres se assustassem.

— Morloch? — Arianna sempre se surpreendia com a aparência dele, cada vez mais distante daquele pastor que ela mesma assassinara na noite em que fora recrutada em Liemington.

— Em carne e osso... – e soltou sua risada de escárnio. – Quero dar as boas-vindas à nova participante do nosso grupo – o Conselheiro piscou lentamente, como se estivesse embriagado, e sorriu para a visitante. – Sou eu que posso pensar no seu caso. Se alguém pode lhe dar o cargo que tanto deseja, esse alguém sou eu.

A mulher baixou o olhar e ele continuou a falar.

— Por que não foi ontem à noite, Arianna? Não gosto disso – por mais que o ar fosse de severidade, o sorriso que mais parecia uma fenda mantinha-se emplastrado no rosto do homem.

— Estou cada dia mais cansada, não consigo andar direito.

Apesar de tensa, Arianna estava impassível na cama. Precisava de um tempo para se acostumar com a figura indescritível a sua frente. A pele de tom cinzento e sua textura escamosa lembravam as imagens de lagartos das antigas enciclopédias. A roupa, uma espécie de manto esfarrapado, tinha um formato indefinido e parecia ter folhas secas grudadas por toda parte.

— Imaginei... Mas, pelo visto, ela está cuidando de você – ele se virou novamente para o lado e mediu de cima a baixo a figura aterrorizada a sua frente. – Calma, criatura, não precisa se assustar tanto... Como falei, posso pensar no seu caso. É sempre uma boa notícia saber que nosso exército das Sombras está aumentando.

— Morloch, ela que precisa me ajudar, isso sim.

— Calma, Arianna, não precisa ficar com ciúmes. Vou explicar para a sua amiga que não é um processo simples. Tudo leva tempo... Mas, com o atual cenário, talvez ela tenha que ficar no seu lugar, temporariamente... Nossas missões não podem parar só porque a sempre bela Arianna está debilitada. Além do mais, nossa nova cúmplice sabe andar na floresta com agilidade. Eu a acompanhei até aqui.

Os olhos da visitante, irritados com a poeira do campo, agora se arregalavam. Então estava explicada a sensação de ter sido seguida o tempo todo.

— Ela tem me trazido notícias de Isabella... – a mulher esparramada na cama tomou a palavra, se dirigindo a Morloch.

– Que bom. Nosso tesouro tem que estar bem guardado.

– Tudo bem, mas além de Isabella você também precisa pensar em mim, Conselheiro. Será que eu não poderia...

– Ter um pouco do ectoplasma, seu "creminho de beleza"? Sinto muito, Arianna. Nem uma gota. Precisamos de tudo para a forja. Ou você não terá de volta o que perdeu.

– Senhor... – a voz veio do outro lado da cama. Era modulada e buscava não demonstrar o medo que sentia.

– Morloch. Me chame de Morloch – o homem deliberadamente fingia simpatia em relação à novata, o que irritava ainda mais Arianna.

– Sr. Morloch, além de monitorar Isabella, eu tenho conseguido estar bem perto de Emily também. Ela gosta mais de mim agora.

– Ótimo. Tudo correndo bem. Agora precisamos direcionar os esforços para a forja. O metal já está maturado, faz meses que está recebendo as energias telúricas.

– Não aguento mais tanta espera...

Arianna comia todas as frutas do prato enquanto assistia à conversa entre o Conselheiro e sua nova cúmplice. Sentia-se na mão deles, e não estava gostando da situação. Precisava ter logo sua pulseira, voltar a usar o ectoplasma e finalmente retomar o controle de sua energia.

– Morloch – prosseguiu Arianna, com a boca cheia de amoras –, diga a ela o que está faltando para dar início à forja.

– Esse é o próximo tópico. A senhorita precisará nos trazer a matéria-prima. A principal matéria-prima da pulseira.

– Mas não era o metal?

As risadas de Morloch e de Arianna evidenciaram que ela estava errada. E, pior, que se tratava de algo muito mais difícil de conseguir.

– Não, o metal já está pronto – a expressão horripilante do Conselheiro Morloch fazia do suspense uma cena de terror. – Agora que está energizado, tem seu valor, mas quando o compramos foi por algumas libras, de um negociante barato do Chipre.

– O que necessitamos para a forja da pulseira é... – Arianna já ia explicar o que sabia à nova integrante da equipe quando foi bruscamente interrompida pelo morto-vivo.

– Ela não precisa saber de tudo agora, Arianna. Só precisa ter em mãos a "arma" para conseguir o material de que necessitamos. E aqui está ela.

As mãos macilentas do homem realçavam o contraste com aquela esfera platinada que à primeira vista parecia um simples peso de papel.

– Esse Orbe tem uma grande vantagem: não precisa de grande interferência de vocês, Recrutadores – o homem brincava com o objeto metálico, fazendo com que ele deslizasse de uma mão para a outra, com ares de prestidigitador.

Parou o jogo, como se tivesse enjoado dele, e virou-se para a novata. Ela tremeu, mas ainda assim manteve a postura firme. Estava acostumada às grandes jornadas, aos grandes desafios, e já fazia muitos anos que estava em um mesmo lugar, sentindo-se presa e impotente. Se assumisse o cargo de Recrutadora Itinerante, poderia conquistar mais benefícios do que os de uma mulher comum, ainda mais na Inglaterra.

– É muito simples – Morloch mais uma vez revelou o objeto no centro de sua mão. – É uma pena que não tenha aqui um adolescente para demonstrar... Mas vou pegar... – olhou ao redor em busca de um exemplo – aquele triste pássaro engaiolado.

Arianna a princípio hesitou em permitir o experimento com seu pássaro preto. Como viu que não tinha como confrontar a vontade do Conselheiro, concedeu-lhe a ave raquítica, e por fim se convenceu de que os pios famintos do animal, nos últimos tempos, definitivamente a incomodavam. E assim também sobraria mais alimento para ela.

O Conselheiro, com a mesma expressão glacial de sempre, colocou a esfera próximo da gaiola. Em alguns segundos o pássaro ficou paralisado. Não caiu do pequeno poleiro de madeira, nem fechou os olhos, mas parecia que atendia a um controle que partia da esfera.

— E então, entendeu como funciona? Agora é só fazer o mesmo com três adolescentes. É o suficiente para hipnotizá-los e trazê-los até aqui.

A mulher deu um passo para a frente e viu o pássaro dando pequenos pulos em direção à mão de Morloch.

— Vocês estão dizendo que eu preciso... raptar pessoas?

— Pessoas, não, minha cara, só adolescentes — Arianna terminara de se lambuzar com o resto das amoras. — Precisamos de adolescentes.

— Isso mesmo — assentiu o Conselheiro das Sombras. — É essa a energia que falta. Tenho certeza de que será um ótimo "estágio" para quem quer recrutar.

Foi a última frase dele. Depois, só se ouviu o som de pequenos ossos se quebrando. Finalmente, o pássaro preto estava livre de sua gaiola.

## Capítulo 19

Com cinco anos, adiantado por conta da data de aniversário, Benjamin concluiu o jardim da infância e foi matriculado no colégio Edgard II, o mesmo por onde passara Isabella. Sob determinação de Arianna, a filha não frequentaria mais as aulas, mas sua presença ainda era lembrada na escola: muitas crianças, e até professores, abordavam Benjamin com perguntas inconvenientes sobre a *monstrina*. O boato que se alastrara por Esparewood ainda preenchia as rodas de conversas dos alunos, cujos murmúrios pareciam fantasmas seguindo o menino pelos corredores. Desde a partida da avó, havia cerca de dois meses, ele tinha ficado com hábitos mais introspectivos, era evasivo e torcia para chegar em cima da hora para a aula, evitando encontrar-se com os colegas.

Por mais que a escolha de privar Isabella, então com oito anos, de frequentar as aulas fosse algo fora dos padrões, o colégio não ofereceu muita resistência à decisão de Jasper. A diretora, embora não admitisse, não queria Isabella nos estudos até o final do semestre. O que seria da imagem do tradicional Edgard II se as atitudes bárbaras da garota tivessem piores consequências? Mas Isabella sentia-se frustrada com o distanciamento precoce do ambiente escolar. Com certeza, ficar trancafiada no quarto desenhando ou lendo era incomparavelmente mais aborrecido do que fazer experimentos com seus colegas. Além disso, em alguns meses completaria nove anos, e então tudo mudaria. Até lá precisaria encontrar um novo passatempo. A pulseira domou seus instintos, mas não suas maquinações para se divertir em casa de modo nada convencional.

Benjamin permanecia em sua inocência. Assim que chegava da escola e cumprimentava sua mãe com um "beijo voador", iniciava a ronda. A porta sempre fechada do quarto do fundo do corredor, com a melhor vista, guardava uma criança pouca coisa mais velha que ele. Esta era a meta de Benjamin: aproximar-se de Isabella e, apesar das advertências da avó, brincar com ela. Já havia confessado a Elizabeth que não se sentia intimidado com as histórias que contavam sobre a prima. As provocações apenas o instigavam ainda mais. O único problema era sua própria consciência, por estar desobedecendo sua avó. Elizabeth tinha sido clara, durante a conversa que haviam tido no bosque algum tempo atrás, a respeito dos riscos dessa aproximação.

As estratégias criadas para conseguir invadir o quarto de Isabella já faziam parte da diversão. Benjamin tentava usar a escada para alcançar a janela, mas só conseguia amassar os girassóis de Emily, que se enfurecia pelo risco que ele corria, mas também pelas suas flores, um dos poucos motivos de orgulho que ainda tinha na vida. Outras vezes, o menino se escondia no banheiro ao lado para conseguir entrar no "quarto proibido" junto com a menina assim que ela voltasse dos passeios noturnos. Depois de muitas tentativas, Benjamin acabava sendo dissuadido pelo cansaço: cansaço moral, pois sequer chegava perto de atingir seus objetivos, e cansaço físico, uma vez que sentia como se sua bateria estivesse sempre prestes a acabar.

Um dia, porém, deparou com uma rara oportunidade. Em uma ação incomum em seu comportamento, Isabella tinha resolvido descer, pois queria que a tia cortasse e lixasse suas unhas. Emily, com sua habilidade natural, terminou rápido o que a sobrinha havia pedido, deixando as unhas perfeitas e logo voltando à cozinha para adiantar o jantar. Foi quando Benjamin, descendo as escadas, mal pôde acreditar no que via. Isabella ali, sem qualquer atividade, o momento perfeito para brincarem. Jasper passou ao lado do filho, subindo em direção ao quarto, mas não disse nenhuma palavra. Benjamin pensou que era melhor assim. Ultimamente o pai só o abordava para dar alguma bronca.

Isabella estava de costas, no sofá, e o topo de sua cabeça, com o cabelo muito negro, contrastava com o tecido bege. Benjamin manteve seus olhos fixos nesse ponto enquanto se aproximava. Embora tivesse dito à avó que não tinha medo, seus movimentos indicavam o contrário. Seguia pé ante pé até a menina, segurando a respiração e sentindo nos ombros algo como um peso. Quando chegou perto das costas do sofá, abaixou-se e ficou por um tempo agachado, até tomar coragem. Era o momento ideal para mostrar a ela suas bolinhas de borracha, sem adultos na sala gritando para que parassem. Quando apoiou a mão no chão para se levantar, seu olhar foi capturado por dois olhos negros. Isabella estava apoiada no encosto bege, quase de cabeça para baixo, e seu cabelo agora pendia como duas asas negras ladeando o rosto.

– Oi.

– Oi, Isabella. Tenho duas – disse Benjamin, estendendo a palma da mão.

– Duas o quê? – perguntou Isabella, sem nem olhar o que o primo tentava mostrar.

– Duas bolinhas. Elas pulam muito. É só tomar cuidado com o vaso e o abajur.

– Coisa mais idiota – Isabella se portava de forma dúbia: ao mesmo tempo em que se sentia fortalecida ao lado do primo, divertindo-se também, tinha uma vontade imensa de afastá-lo, de lhe tirar do rosto aquele sorriso inocente.

Benjamin fez a bolinha que tinha nas mãos quicar em três lugares e voltar até ele.

– Não é idiota, é divertido.

– Deixa eu ver, me dá... – Isabella pegou das mãos dele as duas bolinhas para, na sequência, escolher a sua e jogá-la no chão. – Pula mesmo. Só não sei pra que isso pode servir.

– Para se divertir. Isso já é bom – Benjamin terminou a frase pegando a outra bola de borracha que a prima tinha largado no sofá e lançando-a com força. A bola quicou uma vez na parede, uma no chão, outra no teto e, finalmente, na janela. A bola derrubou a base da persiana e os últimos raios de sol do dia incidiram diretamente no rosto de Isabella.

– Imbecil! Você é um imbecil! – Isabella saiu correndo em direção às escadas e Benjamin seguiu atrás dela.

– Isabella, vamos brincar, eu fecho a janela...

– Me deixe em paz! Não venha atrás de mim!

Mas foi como se ela tivesse dito "venha atrás de mim". O menino cruzou a sala e foi subindo até encontrá-la parada no topo dos degraus, com os olhos quase sumindo nas bochechas, pela primeira vez saudáveis e rosadas. Vista de baixo, Isabella parecia enorme.

– Está bem. Vamos brincar, Benjamin – o sorriso era infantil e conciliador. Como o de uma criança qualquer.

– Sério? De bolinha?

– Não. Vamos brincar aqui no meu quarto.

– Eu não quero desenhar...

– Não, é de outra coisa.

Benjamin entrou no quarto e, no meio da bagunça e da escuridão, percebeu que estar ali não era tão bom quanto tinha imaginado. Sentiu um sufocamento que não sabia explicar. Talvez alergia a tanto pó.

– A noite está chegando e os pássaros vão dormir nas árvores. Se quiser, você pode fingir que é um pássaro e voar até aquela árvore ali na frente – Isabella abria as cortinas enquanto falava. Bem em frente, o Bosque das Clareiras se revelava como uma pintura renascentista.

– É claro que não dá para voar até lá, Isabella.

– Não? Eu faço isso toda noite...

– O quê? Como?

– É só subir no parapeito e se concentrar.

– Ah, Isabella, isso não é possível...

– Quer ver? – a menina se apoiou na base da janela e, sem qualquer temor, colocou metade do corpo para fora.

– Não, Isabella! – Benjamin tentou segurar as pernas compridas da prima. – É perigoso!

— Não é, Benjamin. Vem aqui que eu te mostro. Claro que a gente não vai voar de verdade, é só para ter a sensação! É gostoso.

Benjamin, acostumado com as brincadeiras de faz de conta de Elizabeth, achou que tinha entendido a proposta. E fez como ela, deixando seu corpo magro ficar como um pêndulo na janela.

Ele imitava com a boca o barulho do vento e abria os bracinhos como se estivesse voando. Na posição que estava, bastava um pequeno empurrão para que caísse. Isabella se aproximou e colocou as duas mãos espalmadas na base da coluna de Benjamin. Ao sentir a estrutura frágil, quase sem músculos, deu um sorriso irreconhecível, sádico.

— Isabella, seria legal se a gente pudesse voar de verdade — disse ele, aumentando o tom da voz. — Já imaginou ver o bosque lá de cima? Se fosse pra escolher alguém, eu queria voar com você.

No momento em que ouviu isso, a menina afrouxou os dedos e retraiu a mão.

— Comigo?

— É. Ia ser bacana ver você voando lá em cima. Acho que meninas se divertem mais voando do que os meninos, os cabelos voam... o vestido voa...

— Como você sabe, se nunca voou? Que menino tolo! — a voz estava trêmula.

— Ah, sei lá, acho que sim — Benjamin, sem perceber, teve "as asas" puxadas pela prima de volta para o quarto.

— Ué... acabou?

— Acabou. Vamos descer. Seu pai já deve estar pronto para me levar.

— Posso ir junto?

— Não, é claro que não. A gente já brincou o suficiente.

Isabella, retomando sua atitude altiva de sempre, saiu do quarto e desceu as escadas sem olhar para trás. Encontrou a mão do tio no andar de baixo e cruzou a porta rumo ao bosque.

Os passeios noturnos persistiam, pois faziam muito bem a ela.

A vida em Esparewood seguia sem grandes novidades. Na rua Byron, a rotina não era das mais animadoras, e Emily continuava intrigada. Benjamin ficava cada vez mais fraco; Isabella, mais reclusa; e Jasper, mais distante. Nas poucas vezes em que se dirigia ao filho, o assunto era relativo à escola ou às obrigações do dia. Nos últimos meses, afundar-se na poltrona ao lado da lareira e devorar os jornais havia se tornado um hábito nocivo, que contribuía para que ignorasse a existência do filho ou da esposa, mas não da mal-agradecida da sobrinha.

Benjamin já havia captado o cenário e não se importava com mais nada. Bastava se concentrar e conseguia se refugiar em suas lembranças, a maioria dos bons momentos divididos com a avó. Mesmo que Elizabeth não tivesse aparecido nos últimos meses e seu nome não fosse sequer mencionado, aquela presença luminosa continuava firme nas memórias do menino, que adormecia e acordava com os olhos na janela. Esperava o barulho de pedrinhas, a voz sussurrada, o sorriso fácil chamando para alguma aventura.

Mesmo com o calor do verão ainda resistindo, Emily antecipava a coleta de lenha para a lareira e congelava sopas para a próxima estação. O menino acordou com a sensação boa de um sonho em que catava pinhões e corria pelo bosque com um garoto que não conhecia. Tomou coragem para contar à mãe sobre o que estava acontecendo na escola, mas, por prudência, esperou o pai sair da mesa do café da manhã.

— Não se preocupe, Benjamin — Emily tentava consolar o filho —, em breve eles se acostumam com a sua presença e ninguém vai perguntar mais nada.

— Não vá abrir o bico para falar da sua prima na escola! O que acontece aqui não é da conta de ninguém, garoto! — Jasper, que já estava na escrivaninha onde diligentemente organizava as contas do mês, irritou-se com aquela conversa e logo voltou à mesa. — Aliás, por falar em Isabella — ele se voltou para a esposa —, você já retirou o prato dela? Ainda não, certo? Deixe que eu vou subir para ver isso...

Em outras circunstâncias, Emily teria se indignado com a reação do marido, tanto por sua repreensão desmedida a Benjamin, quanto por seu cuidado excessivo com Isabella. Mas, depois de ter lido a carta de Arianna, estava mais condescendente com a irascibilidade de Jasper, embora não perdoasse o fardo que fora compulsoriamente empurrado para sua família. Além disso, havia outro assunto que era muito mais preocupante do que as indelicadezas de Jasper ou as malvadezas na escola. A saúde de Benjamin. Ele nunca ficava doente, mas sempre apresentava olheiras ou cansaço. Os exames não indicavam anemia, nem alterações no pulmão ou qualquer outro órgão, mas Benjamin tinha a pele muito branca, não conseguia encorpar e, mesmo quando dormia bem, o que era raro, não perdia as olheiras.

— Emily, abra a porta! Já tocaram duas vezes — Jasper gritou do topo da escada.

— É o Hudson. Está confiante que hoje vai tirar você de casa. Não lembra? Ele avisou que viria.

— Esse homem não sossega, não sei por que insiste tanto nisso.

— Eu também não sei. Tudo o que você faz é repudiá-lo. Ele é um santo, isso sim!

Hudson foi convidado a entrar e passou meia hora tentando convencer Ross a caminhar com ele, até que conseguiu seu intento.

— Emily, você precisa ir nos fazer uma visita — disse o grandalhão, enquanto conduzia o amigo pelo ombro. — Lá quem manda são as mulheres! Você ia ver como a vida é mais fácil.

— Adoraria, Hudson, mas mal consigo terminar as tarefas do dia. Estou exausta... parece que vou fazer cem anos.

— Bem, vou fazer a minha parte, te dar um sossego levando embora os dois homens da casa.

— O grande está com a perna péssima e não para de reclamar, o pequeno está sem energia nenhuma... — Emily levantou os ombros, desanimada. — Só posso te desejar boa sorte.

— Tudo bem, eu tenho paciência. Um pouco de sol vai fazer bem a eles. Além disso, trouxe um equipamento que o

Benjamin vai adorar! E eu também. Há quantos anos que não treino *baseball*...

A saída dos três trouxe um alívio para aquela mulher que já não enxergava no espelho a pessoa que fora antes. Sem saber, Hudson proporcionou a ela a oportunidade perfeita para falar a sós com a mãe, de quem sentia muita falta.

– Emily? – a voz do outro lado da linha era alegre, vibrante.
– Finalmente! Pensei que você tivesse se esquecido de mim aqui neste lugar. Quando vem me buscar?

– Infelizmente ainda não é a hora, mãe. E já falei com a Doris, ela disse que você está praticamente em uma colônia de férias.

– É verdade. Nós jogamos cartas, conversamos o dia todo e às vezes eu leio histórias para os pacientes.

– Histórias? Não são aqueles seus livros de...

– Não, imagine! Eu leio as histórias do Tintim e também dos contos de fada ingleses. Eles adoram. Também estou fazendo um pomar aqui.

– Ótimo – Emily lembrou-se de que, pelo menos por mais um tempo, ainda tinha de parecer brava com a mãe. – Mas na verdade a ligação é porque estou preocupada com Benjamin...

– Benjamin? – a alegria desapareceu, dando lugar ao susto.
– O que aconteceu com ele?

– Não se preocupe, é aquela fraqueza dele, você sabe, nenhum médico encontra solução, e pensei que, talvez, você, com seus estudos, tivesse alguma ideia...

– Meus estudos? Pensei que você considerasse tudo uma bobagem...

– Não mudei minha opinião, mas... estou testando de tudo, sabe como age uma mãe quando precisa encontrar alguma resposta. Os métodos convencionais não estão surtindo nenhum efeito. Então pensei que de repente...

– Filha, eu não acredito em mais nada disso. Assim que voltar para casa, vou queimar aqueles livros e transformar o balcão de experimentos em uma grande mesa de jantar. O que acha?

— Eu tinha esperança de que você fosse me dar uma luz...

— Filha, fale com Layla — Elizabeth se animou, quem sabe aquela seria uma oportunidade para estreitar ainda mais a relação entre Layla e Emily —, ela é uma ótima pessoa e conhece muitas ervas e remédios, além de ter sido casada com um médico. Ela pode ajudar.

— Mas o marido dela morava no Peru. E já morreu!

— Sim, mas ela aprendeu muito com ele, era enfermeira também... Fale com Layla. Confie nela.

— Certo, vou fazer isso. Continue se cuidando, então — Emily tentava parecer o mais dura que podia. — Ou, pelo jeito, continue se divertindo. Acho que eu gostaria de estar no seu lugar.

— Não diga isso nem de brincadeira! — Elizabeth assumiu um tom melancólico. — Não há nada mais valioso do que a liberdade.

Emily sentiu o peso da culpa por um instante.

— Emily, só mais uma coisa...

— Diga, mãe.

— Fale para o Benjamin que penso nele todos os dias.

— Pode deixar...

Mas Emily jamais mencionou essa conversa com o filho. Tinha medo de que, em sua inocência, o menino deixasse Jasper saber da ligação e as coisas se complicassem. Em vez disso, telefonou para Layla e marcou uma conversa pessoal com ela. Afinal, a ex-enfermeira espevitada já havia, com sucesso, cuidado de um Ross.

---

Doris e Elizabeth estavam gargalhando em volta da pequena mesa coberta por um feltro verde, acompanhadas de mais duas funcionárias da Herald House. Da janela, podiam-se ver as trepadeiras no muro e, mais acima, as copas das árvores do bosque. O carteado com as funcionárias era apenas uma das atividades de que a mais nova interna participava quase diariamente, mostrando que não precisava de vigilância, muito menos de tratamento convencional.

O único tema para o qual Doris se mostrava irredutível era quanto às visitas. Por mais que Elizabeth insistisse em receber Emily, Layla e Benjamin, a diretora da instituição dava respostas evasivas. Não se sabia se por conta do protocolo de observação de uma paciente, ou se pela vontade de ter a agradável amiga só para si. Elizabeth estava quase perdendo as esperanças até, finalmente, ser surpreendida.

– Doris, é a terceira partida que ganhamos! – Elizabeth, com os lábios sobrepostos, devolvia as cartas ao monte. – Creio que elas não vão pedir a revanche.

– Claro que não. Aliás, nós estamos perdendo só para não correr o risco de sermos despedidas – em tom de brincadeira, Sarah, uma senhora rechonchuda e sorridente, escreveu no bloquinho os pontos de cada dupla. – Um dia a gente vai jogar a sério, não é, Georgette?

– Como? Imagine, Sarah, eu joguei a sério. Só não tinha uma mão boa e... – a colega de enfermaria não captou a ironia e começou a se justificar.

– Ai, meu Deus, Georgette – Sarah balançou a cabeça e revirou os olhos. – Tudo bem, deixe pra lá, vamos andando que daqui a pouco começa o nosso turno da noite. Boa noite, d. Doris, boa noite, sra. Tate.

As duas saíram pelo corredor, mas, em menos de cinco minutos, Sarah voltava acompanhada de uma visita para Elizabeth. O sorriso que apontou na porta pareceu iluminar o ambiente.

– Layla! Finalmente você veio! – ela se levantou eufórica.

– Elizabeth! Pelo visto, a vida é boa aqui na Herald House, hein? – a mulher pousou a bolsa sobre uma cadeira e foi até a amiga.

– Layla, minha querida, a gente tem que ser leve. Uma horta, um joguinho de cartas, uma tevezinha, um chá com uma amiga. A alegria está nas pequenas coisas da vida.

– Ah, claro!

– Tem a rapaziada também. Estou convencendo Doris a me deixar organizar alguns grupos de jovens. Você precisa conhecer o Frank.

— Frank? — a recém-chegada estava estranhando o comportamento da amiga.

— Sim, sim, o Frank é um garoto espetacular — o desânimo de Layla contrastava com o entusiasmo de Elizabeth, que parecia uma criança contente em uma festa de aniversário. — Tudo bem que ele... bem... ele saiu da escola... e desapareceu com remédios tarja preta da farmácia, mas isso não faz dele um mau garoto, não é? Agora venha, Layla, vamos para o meu quarto que vou te mostrar o meu tricô. Estou fazendo um pulôver para o Benjamin.

Elizabeth seguiu em um passo que mais parecia de dança. Layla ia atrás dela, preocupada com o que estava vendo. "Estou começando a achar que Elizabeth está louca mesmo...O que terão dado a ela?"

— Veja, este é o meu quarto! — anunciou Elizabeth, apontando a porta. — Gostou da plaquinha?

— Ah, gostei sim... — ao ver um enfeite de porta com o nome "Elizabeth" circundado por flores e joaninhas, Layla não pôde deixar de lembrar da intrincada mandala celta que a amiga tinha na porta de sua casa, nos arredores de Esparewood. Elizabeth realmente estava mudada.

— Fiz junto com as pacientes, na aula de artesanato. Vamos entrar!

O barulho da tranca pelo lado de dentro foi o suficiente para que Elizabeth sentasse na cama e relaxasse.

— E então, Layla, como estão as coisas? — o tom de voz havia se transformado, era mais grave agora, mais sério. — Minha filha já te ligou, certo?

— Já... ela quer que...

— Que você veja Benjamin.

— Como você está sabendo?

— Fui eu que insisti para que você tratasse do meu neto. Você foi casada com o dr. Tramell, trabalhou vários anos como enfermeira. Além disso, minha querida, é uma ótima oportunidade para você se aproximar de Emily.

— Elizabeth, o que você quer que eu faça exatamente?

– Cuide de Benjamin e também de minha "netinha postiça".
– Como? Do que você está falando? Endoideceu de vez aqui neste lugar? – Layla olhava ao redor, aparentemente perdendo o controle. – Eles estão te dando algum remédio?

Nesse momento a paciente mais bem-cuidada da Herald House começou a gargalhar, divertindo-se com a própria capacidade de atuação.

– Layla, Layla! Aqui é a mesma Elizabeth de sempre – a hóspede do quarto decorado como uma casinha de bonecas abriu uma gaveta repleta de pulôveres coloridos. – Olhe só que maravilha! Estava louca para te mostrar.

– Já sei, seus tricôs... – seu desespero deu lugar ao desalento.

– Exato, os tricôs que... escondem este pequeno tesouro!

As mãos ágeis de Elizabeth fizeram com que os casacos se insurgissem como uma flor multicolorida para fora da gaveta, revelando no fundo falso vários livros de capa dura e alguns instrumentos alquímicos.

– Você sabe que vícios não se vão assim, tão facilmente. E chega a ser uma ofensa você achar que eu tivesse desistido dos meus propósitos!

Layla estava incrédula. Não apenas pelo talento daquela respeitável senhora para dissimular, como por entender a genialidade de suas ações. Parecendo uma senhorinha inofensiva, seu raio de ação era muito maior.

– Para o meu neto – prosseguiu Elizabeth –, você fará os remédios que os índios te ensinaram e resolverá o problema da falta de energia pela sabedoria xamânica.

– Claro, essa é a minha escola e a minha missão.

– Quanto a Isabella...

– Quanto a Isabella? – Layla encontrou o olhar fixo, que em nada parecia com o da frívola mulher do carteado de alguns minutos atrás.

– Ora... Você não se lembra do que Dorothy nos revelou? Isabella completa nove anos em dois meses, e Arianna confirmou naquela... reunião que a menina tomará a decisão precocemente. Eu ouvi tudo com o copo na parede. Arianna pretende recrutá-la aos nove anos! Nosso prazo acabou, querida, e precisamos impedir que Isabella se torne uma eterna desalmada.

— Impedir? — a voz de Layla saiu trêmula. — O que você quer dizer com isso?

— Exatamente o que você está pensando...

— Mas não devemos conduzi-la para a Luz? A escolha ainda não está definida.

— Você não viu o que eu vi. Não ouviu o que eu ouvi. Ali, as chances de purificação são quase inexistentes.

— Quase...

— São totalmente inexistentes, Layla. Temos que eliminá-la. E vocês vão me ajudar para que nada saia dos trilhos.

— Vocês? — foi a única palavra que saiu da boca de Layla, incrédula com o que ouvia.

— Sim, você e meu neto. Benjamin já foi bem instruído, embora nem desconfie.

Nessa tarde Layla ficou incumbida de cuidar de uma criança e de preparar o caminho para o assassinato de outra. Foi instruída também de que, como única ponte entre os dois endereços, a Herald House e a rua Byron, ela teria de roubar uma carta: a que Arianna deixara no cesto de Isabella, na soleira da porta dos Ross, quase nove anos antes.

"Então, a Profecia seria motivo suficiente para sucederem tantos crimes e delitos? Não parecia muito diferente do caminho das Sombras."

# Capítulo 20

Quando Layla entrou na sala mal iluminada da casa dos Ross conduzida por Emily, vestia uma blusa de gola alta azul-marinho, que camuflava o colar de penas de aves sagradas que havia trazido do Peru. Na mão direita, carregava um vidro com um líquido que ela dizia ser um remédio fortificante desenvolvido por especialistas em saúde infantil. Omitiu os detalhes de como era preparada a poção (na verdade, era nos fundos de sua casa, no povoado vizinho a Esparewood).

O que diria Emily se visse aquela edícula repleta de plantas, raízes e lenha para alimentar o fogo dos rituais? E o sisudo Ross, o que faria se soubesse que os "especialistas" eram espíritos de índios centenários consultados por Layla? Provavelmente não a deixariam mais entrar em sua casa para cuidar de seu filho.

– O que acha que pode ser essa fraqueza dele, Layla? – indagou Emily a caminho do quarto de Benjamin. – Ele tem se alimentado. E o médico reforçou que não se trata de anemia.

– Vocês têm avaliado os sinais vitais dele diariamente?

– A pulsação, não, mas ele vem reclamando muito de sentir frio, mesmo sem estar com febre. E não anda com vontade de se levantar para fazer muita coisa.

Layla percebeu que na penumbra daquele quarto a luz provinha não só dos cantos da cortina, que se levantava com o vento, mas do pequeno volume no centro da cama. Sim, por mais que o menino estivesse debilitado, ele ainda emanava luz. Uma luz tênue, mas constante.

— Querido, tudo bem? – perguntou Layla, com sua voz suave. – Você lembra de mim, não é?

— Sim, você é amiga da vovó! – os olhos apagados se iluminaram por um instante. – Você sabe onde ela está?

Benjamin esfregava docemente os olhos, e a impressão era de que sua alma jovem e brincalhona estava presa dentro do corpo exaurido.

— Ela está ótima. E tenho certeza de que vai gostar de te ver bem, não é? – o menino fez um gesto afirmativo com a cabeça. – Então eu queria que você tomasse esse remedinho. Posso acender a luz?

— Você é uma "durida"?

— Como?

— Uma "durida", que faz poções mágicas...

— Ah... uma druida? Não, não, querido, não sou, mas isto – Layla levantou o frasco –, tenho a impressão de que isto é realmente uma poção mágica.

— Sério? – Benjamin sorriu e, com esforço, conseguiu sentar-se na cama. – Mas parece ter um gosto ruim.

— Ah, às vezes a gente precisa engolir algo amargo primeiro para depois receber a recompensa.

— Como aquelas coisas que fazem bem para a saúde? Tipo... agrião?

— É, digamos que agrião é até bem gostoso perto de algumas coisas que a vida nos faz engolir, não é, Emily? – Layla piscou para a recém-conquistada aliada. – Quando você for maior, vai entender...

— Mãe, quer dizer que esse remédio é pior do que agrião? – perguntou Benjamin, assustado.

— Não, meu filho, fique tranquilo, você nem vai sentir o gosto.

Emily sorriu com a espontaneidade do filho e lançou um olhar de cumplicidade para Layla. Seria mesmo aquela mulher, por quem já tinha sentido emoções contraditórias, a responsável pela possível cura de seu filho? A resposta veio aos poucos, ao longo da semana, quando percebeu que Benjamin demonstrava uma sensível melhora a partir das doses diárias do remédio de cor verde que, afinal, não tinha o gosto tão ruim assim. Tudo parecia bem e as visitas de Layla ficaram definidas para todas as terças e sextas-feiras.

– Mãe? – Emily cochichou no telefone enquanto Jasper estava no banho. – Está dando certo! O tal remédio da sua amiga está ajudando Benjamin.

– Eu te disse, eu sabia! E, a propósito, quando você vem me buscar?

– Mãe, uma coisa não tem nada a ver com a outra – Emily endureceu. – Você está em tratamento e não está liberada ainda.

– Mas eu estou ótima! Doris falou que tudo vai bem e que meu estresse "já é passado". Se quiser, posso ficar uns dias com vocês e te ajudar com o Benjamin. Quem sabe convidamos Hudson e as meninas para um carteado? Porque sei que o chato do Ross não vai topar...

– Está vendo? Está vendo por que não dá certo? Você tem que aceitar o jeito do Jasper. Ele é o meu marido. E, olha, ele já vai sair do banho. Tenho que desligar.

– Emily?

– Não, mãe, não adianta insistir. Você não vai sair daí agora.

– Eu só ia falar para você deixar Layla mais tempo com Benjamin na próxima visita. Eu mandei uma mensagem para o meu neto, e quero que ela leia para ele. Pode ser?

– Tudo bem... tudo bem... Tenho que desligar.

– Ela vai cantar a música também, tudo bem?

– Ai, a tal música de novo? Bem, que cante, que cante. Preciso ir. Bom dia, mãe.

– Bom dia, Emily.

Elizabeth tinha entregado a Layla um envelope contendo duas folhas dobradas onde descrevia assuntos triviais e fazia brincadeiras para animar o neto. Mas na verdade era em outra carta que ela estava realmente interessada. Dali a três dias, sexta-feira, Layla faria a visita de rotina na casa, já instruída sobre como chegar ao quarto do casal e onde procurar a mensagem em poder de Jasper, a mesma que selara o destino dos Ross.

---

Desde a internação de Elizabeth, Jasper tomara para si todas as tarefas concernentes à sobrinha, o que, por um lado, liberou a esposa de encargos que tanto a incomodavam; por outro, o deixou ainda mais sério e tenso. Às cinco da manhã, trocava a bandeja do jantar da noite anterior pela do café da manhã e diariamente arrumava o quarto dela com capricho, como exigira sua cunhada antes de sair na malfadada noite. As dores na perna haviam aumentado, mas não o impediam de subir e descer com determinação aquelas escadas dia após dia, e de cumprir com a mesma obstinação sua palavra.

Hudson passava às seis e meia para treinar *baseball* no parque com Benjamin, e estava bastante feliz com os avanços do menino. A pontaria como arremessador melhorava a olhos vistos, tanto que conseguia até mesmo acertar o alvo desenhado em um poste. Hudson passava cedo, ia até o parque e antes das oito devolvia seu pequeno pupilo em casa. Às oito e meia da manhã, Benjamin já estava vestido com o uniforme, pronto para ir ao Edgard II. Enquanto aguardava o ônibus, ainda tinha tempo de usufruir um pouco mais da companhia do homem que chamava de "tio". O homem que conversava com ele, contava coisas engraçadas e o ensinava a fazer aviõezinhos de papel. Quando era seu pai quem estava na sala mergulhado nas leituras, apenas o silêncio imperava.

Mas naquele dia a rotina foi um pouco diferente. À noite, quando Layla chegou para o tratamento de Benjamin, viu os equipamentos de *baseball* apoiados ao lado do sofá. E, não muito tempo depois, o elegante americano e o menino, suado e com a camiseta suja.

— Hudson, comigo ele descansa, e com você... ele se cansa! — disse Layla, em tom de brincadeira, mas aproveitando para passar sua mensagem. — Assim o meu tratamento não vai dar certo.

– Que nada, olhe só o rosto dele – respondeu o homem usando o jeito carismático a seu favor. – Acho que alguém está com ciúmes...

– Imagine, que bobagem! Ciúmes do tratamento de Benjamin?

– Ah, você com esse jeitinho de sabe-tudo, já viu, né? Aposto que quer tratar dele sozinha. Não me quer como assistente.

– Aliás, não era segunda de manhã que vocês jogavam?

– Sim, mas hoje trocamos o horário, o chato do Jasper finalmente deixou ele ir comigo ver o campo que estão construindo, e eles só permitiam visitas depois do expediente.

– Pelo que eu soube, é um campo de futebol, não de *baseball*.

– Ah, a gente vai dar uma adaptada...

Layla fez uma careta que terminou em sorriso. As provocações de Hudson a agradavam mais do que irritavam. Além disso, era prazeroso ver seu paciente com ótimo aspecto, brincando na sala com as almofadas.

– Querido, hoje tenho uma surpresa para você – ela balançava um envelope cor de rosa, que logo chamou a atenção do menino.

– Essa cor é a preferida da vovó! – ele deu um pulo.

– Acertou. Mas só vou ler para você depois que a gente tomar o remédio e eu preencher a minha fichinha com o seu acompanhamento, certo? – Layla olhou para a mãe do menino, buscando aprovação.

– Isso mesmo – enfatizou Emily, acariciando a cabeça de Benjamin. – Pode subir, porque já está na hora de criança estar na cama. Banho e cama. Daqui a pouco a Layla sobe.

– Ah, é verdade – completou Hudson –, também preciso ir pra cama. Estou me sentindo leve como uma criança hoje. Devem ser as boas companhias... – o homem olhou para o menino nas escadas, mas principalmente para Layla.

Após as despedidas, o visitante foi conduzido à porta e a enfermeira subiu para o quarto de Benjamin, enquanto Jasper fazia o caminho inverso, descendo para marcar seu ponto em frente da TV após ter encerrado os cuidados com Isabella.

Layla colocou a bolsa em cima da cômoda e pegou de dentro dela o vidrinho de líquido verde e também a pasta com as fichas nas quais anotava as evoluções de seu paciente. A moça se aproximou da cama, administrou o remédio e fez suas anotações, mas algo em seu olhar de repente ficou nebuloso, mais sério do que de costume. Benjamin percebeu, mas em sua inocência pensou que poderia ser algo que ele tivesse feito.

– Tia Layla, você está brava comigo?

– Imagine, Benjamin, como eu poderia ficar brava com você? Você é muito querido.

O menino sorriu e acomodou-se entre os lençóis.

– Então leia a carta pra mim?

– Vou ler como se fosse uma história, tá? – Layla acomodou-se na poltrona ao lado da cama e abriu a bolsa mais uma vez, para pegar a carta, um cilindro não identificado e, sem deixá-lo perceber, um gravadorzinho, que deixou a seu lado, no assento. – E, para ficar mais bacana, vamos fazer assim: você fecha os olhos, eu apago a luz e leio a carta com esta lanterna aqui – ela acendeu o facho, que de tão forte deixou o menino com as luzes piscando nos olhos por um tempo. – Aí você dorme com a mensagem da sua avó querida.

– Eu gosto de dormir no escuro. Sou corajoso! – ele voltou a se virar na cama. – Ainda mais com a carta da vovó.

– Eu sei. Elizabeth me contou que você sempre gostou de dormir no escuro – Layla tinha a impressão de que tudo estava dando certo. E que, conforme Elizabeth havia dito, se ela seguisse o plano, nada a impediria de, até o final da noite, ter nas mãos a carta deixada por Arianna.

Layla levantou-se e apagou a luz. Acendeu a lanterna e começou a ler a carta. Mesmo pela penumbra, percebeu que os olhos verdes de Benjamin estavam bem abertos em sua direção, como dois faróis.

*Benja, Benjamin, cara de pinguim.*

O menino colocou um sorriso no rosto e Layla prosseguiu.

*Eu estou aqui em uma casa muito engraçada. As janelas têm grades para ninguém fugir nem entrar, imagine! No jardim tem tudo o que você gosta: minhocas, sapinhos, e até pinhões. Poxa, como estou com saudades de você, Benjamin-cara-de-pudim!*

O menino mais uma vez sorriu, mas quase não conseguiu sustentar a expressão.
– A vovó é tão... enganchada... esganada... engraçada... – a fala dele era molenga e lenta.

Layla continuou lendo, mas não demorou muito tempo para notar que ele não esboçava mais nenhuma reação. As dez gotinhas de *Melissa officinalis* concentrada adicionada ao remédio daquele dia, de acordo com a orientação de sua amiga, cumpriram sua função a contento: Benjamin caíra em sono profundo.

– Muito bem, querido, agora vou apagar a lanterna e cantar a canção que sua avó me ensinou, o.k.?

Ele não respondeu. Dormira no tempo previsto. Layla apagou a lanterna e pegou o pequeno gravador. Em poucos segundos, a melodia começou a ser ouvida.

*Já dorme o pássaro no ninho,*
*Não encontro meu caminho.*
*No bosque, faia e pinha*
*A escuridão se avizinha.*

Benjamin não percebeu quando Layla deixou o quarto. O corredor, com o lustre ainda quebrado, também estava escuro, então ela deu os cinco passos até a próxima porta, a do quarto do casal, e só quando estava lá dentro acendeu uma lanterna portátil, bem mais fraca do que a anterior. Evitou as gavetas e o armário, já vistoriados por Elizabeth anteriormente, e dirigiu-se ao criado-mudo de Ross. Mas não havia nada lá.

*Eia-ô, eia-ô.*
*O rio corre valente*
*Não duvida do destino*
*Memória da nascente*
*não estou sozinho.*

Restavam a penteadeira e o criado-mudo de Emily. O coração da ex-enfermeira estava apertado e seu maior medo era ser flagrada e, mais uma vez, arrasar com a confiança da dona da casa, que levara tempo para conquistar. Um barulho pareceu vir de fora e Layla prendeu a respiração. Pensou que o melhor era ser rápida e foi para o criado-mudo do outro lado da cama. Dentro havia apenas um caderno, um lápis e um protetor de olhos para dormir. Chacoalhou o caderno para ver se havia algo lá, mas tudo o que conseguiu foi quase deixá-lo cair, o que poderia chamar a atenção de alguém.

*Eia-ô.*
*Tenho a luz, o luar sou eu*
*No escuro sou visto*
*E vejo também*
*O que se escondeu.*

A música continuava no quarto ao lado e se confundia com a respiração ofegante de Layla.

*Eia-ô.*
*Meu coração se aquece*
*na coragem da guerra*
*Meu temor se derrete,*
*como neve degela.*

Layla foi até a penteadeira, mas estava certa de que nunca uma mulher misturaria documentos importantes com cosméticos, maquiagens e bijuterias. Percebeu que ali havia tudo, menos os itens que ela imaginava. No lugar da vaidade, itens dispersos de uma mulher que parecia se importar pouco com cuidados pessoais: em vez de nécessaires com perfumes e lápis, caixas de costura; em vez de escovas e fivelas, cadernos de receitas misturadas com poemas inacabados entre antigos porta-retratos.

– Nada de carta! – ela mesma se assustou ao pensar alto.

Já estava aflita e inconformada por não ter atingido o objetivo da missão. Foi indo em direção à porta pensando que a canção gravada por ela em Herald House em breve terminaria. Não havia muito tempo. Foi então que hesitou por um momento, olhou de novo e foi como se um facho de luz tivesse iluminado sua mente: percebeu que passara reto pela caixa de joias sobre a madeira laqueada da penteadeira. O medo havia bloqueado sua intuição.

"Se na penteadeira não há pentes, no porta-joias não há joias!"

Layla abriu-o e viu dentro um envelope amarelado com o nome de Jasper. Num átimo, enfiou a carta no bolso da calça e saiu.

Por sorte, apagara a lanterna antes de abrir a porta, pois avistou de cara uma figura de costas, com um camisolão branco, segurando uma vela e de orelha colada na porta do quarto de Benjamin. Layla voltou-se com uma cautela felina para trás. A música entrava em seu último refrão.

Isabella era a última pessoa que ela queria encontrar naquele momento. Layla estava entocada no quarto do casal.

*Eia-ô.*
*O anjo que guarda,*
*seguro e forte*
*A luz que dissolve*
*a sombra da morte.*

Ao ouvir a última estrofe da música, Isabella se afastou retesada, indo para seu quarto e deixando a escuridão atrás de si pelo corredor. Os olhos de Layla novamente tiveram de se acostumar com o negrume para, em seguida, ter como guia a fraca luminosidade do basculante da escada.

Trêmula, Layla girou a maçaneta e conseguiu entrar no quarto de Benjamin. Enquanto recolhia a bolsa e o gravador, refletia que, por melhores que fossem, ainda assim os planos precisavam de sorte. Apertou a corrente pendurada em seu pescoço para se sentir protegida.

O importante é que a missão estava concluída: tinha a carta com ela. E desceu, despreocupada, já chamando o nome de Emily dos últimos degraus da escada.

# Capítulo 21

Na semana seguinte, Emily riu sozinha no café da manhã ao colocar o bolo amanhecido no forno e servi-lo "como se fosse fresquinho". As lembranças da mãe, aquela que sempre estivera a seu lado e jamais deixara de cuidar dela, traziam uma sensação de conforto e também uma pontada de culpa. Mesmo estando nas cuidadosas mãos de Doris, a Herald House não era o lugar ideal para uma mulher como Elizabeth.

Emily então se vestiu com esmero, como há muito não fazia, e disse a Jasper que naquele dia ela mesma levaria Benjamin ao jogo de futebol na escola e depois aproveitaria para fazer compras e resolver alguns outros assuntos na rua. Para não ter de enfrentar a cara feia do marido, mencionou que desde julho a amoreira havia parado de dar frutos, e ela teria de ir buscá-los no mercado para garantir o lanche de Isabella.

O caminho a pé era reconfortante para quem mal saía de casa, e Emily estava feliz com o sol ameno sobre sua pele. "O sol do fim do verão não aquece, mas ilumina." Logo depois de deixar Benjamin aos cuidados de Harry, o porteiro da escola, pegou o caminho mais longo, pela rua arborizada, até chegar à pequena rodoviária. O ônibus para Herald House partia às 13h45 e, se fosse rápida, antes das cinco e meia já estaria em casa.

---

Com sua boa lábia e uma dose irresistível de candura, que sabia usar perfeitamente, Elizabeth tinha conseguido quase tudo que quisera na Herald House. Primeiro, as visitas, depois, os encontros semanais com os jovens, por fim, sessões individuais de conversa com os que necessitassem de maior atenção e privacidade. A única coisa que ainda não havia obtido de Doris era, também, a mais desejada de todas: sua liberdade.

    O almoço era servido cedo e por um curto período, do meio-dia até uma da tarde. Logo após, iniciavam-se as atividades com os jovens. Mas era a partir das três, na sessão individual com Frank, que Elizabeth relaxava sua máscara de "boa senhora" e podia ser apenas ela mesma. Frank era um menino complexo, que não aceitava regras e se vestia de forma atípica, não largando sua jaqueta de couro e seu gorro listrado de lã mesmo nos dias mais quentes. Orgulhava-se de ter vinte e três tatuagens, todas de animais mitológicos. Doris tentava dissuadi-lo a cada vez que ele revelava qual seria o próximo desenho.

    – Não haverá mais lugar livre na pele do seu corpo, Frank – a diretora falava com um tom sério enquanto o acompanhava até a porta da sala onde Elizabeth o esperava.

    – Não vai dar tempo de cobrir tudo – respondeu o rapaz. – Não se preocupe, Doris.

    Elizabeth deu um profundo suspiro e estendeu suas mãos para recebê-lo. Quando ouvia suas frases repletas de duplo sentido, receava que ele concretizasse algo contra si mesmo. Preocupava-se sinceramente com ele. Para Doris e todos os funcionários, Frank era um estorvo, mas, para Elizabeth, era apenas um garoto inteligentíssimo que só tinha duas questões: sua extrema sensibilidade e sua incapacidade de se adequar aos padrões, se não visse um sentido naquilo.

    – Eu entendo você, Frank – disse Elizabeth durante a sessão, enquanto fazia algumas anotações que mais pareciam desenhos em seu caderninho de capa de couro. – Fui expulsa de casa cedo, também nunca me adequei aos padrões.

    – Você? A Elizabeth dos rendados? Dos artesanatos? Do carteado? Não me faça rir...

— Pois hoje, Frank, para comemorar a nossa quarta sessão, vou te apresentar outra Elizabeth. A Elizabeth das poções, da alquimia, da comunicação com outras dimensões.

— Como?

— Ficou com medo? Cadê o rebelde de alguns minutos atrás?

— Não... não estou com medo, mas... do que você está falando?

— Já ouviu falar do Fogo Grego?

— O fogo de Prometeu?

— Prometeu? — ela gargalhou. — Não seja ridículo! Isso está até nos fascículos da banca de jornais, Frank. Quero te mostrar algo que só consta em um livro em todo o mundo. Um livro tão raro que existe apenas um exemplar dele. O meu.

— Eu quero saber, Elizabeth, eu quero — os olhos do jovem, geralmente apáticos durante as atividades, recendiam sua curiosidade.

— Posso até te mostrar, mas com uma condição...

— Qual condição? Não adianta me falar em voltar para o colégio...

— Frank, Frank, você ainda não entendeu... Nós estamos selando um pacto. Isso não é para amadores. Se você contar algo, nossa irmandade será quebrada. Se você contar para alguém que eu não sou "a senhorinha prendada das receitas de cookies..." — Frank olhou para ela com um misto de temor e admiração —, você estará bem encrencado...

Elizabeth exagerou deliberadamente na inflexão. Sabia que doçura não era uma boa estratégia para lidar com ele. Era preciso mistério, um tom de proibido que fizesse com que o jovem voltasse a ter algum interesse pela vida.

Também havia outra questão. Não sabia exatamente por quê, mas, desde que tinha colocado os olhos sobre Frank, tinha a certeza de que podia confiar nele. E mais ainda, que aquele incompreendido garoto teria um papel fundamental na arquitetura de seu novo plano.

— Elizabeth?

— Diga, Frank, já estamos no final...

— Você quer conhecer Lucille?

— Claro que quero. Você sempre deixa para falar dela nos últimos cinco minutos da sessão...

— Você é arte-terapeuta e finge ser psicóloga ou é o contrário? Eles vivem tentando me enganar...

— Eu finjo que sou psicóloga, finjo que sou arte-terapeuta, finjo que sou pacata... eu finjo tudo, Frank. Agora vá. E, na sessão que vem, haverá grandes revelações. Ah, traga a Lucille para eu conhecer.

Enquanto Elizabeth terminava seu trabalho voluntário, Doris foi receber pessoalmente Emily no portão. Como sempre fazia com os raros visitantes, mostrou a ela primeiro os jardins floridos da propriedade, o bosque com simpáticos bancos de madeira, o bangalô externo de descanso para os dias de calor. Depois partiu para as três construções da instituição. Na casa à esquerda, em piores condições que as outras, ficavam os doentes em estado grave, onde as visitas não eram permitidas, por questões de segurança. Na casa à frente, recém-pintada, estavam os pacientes que, apesar de comprometidos para a convivência em sociedade, tinham uma vida razoavelmente comum, podendo receber visitas e ter atividades em conjunto, como dança, artes, exibição de filmes e festas em datas comemorativas. Na casa da direita, com as paredes de reboco grosso, ficavam os aposentos de Doris e também seu consultório.

A decoração da sala de atendimento era a réplica perfeita de uma biblioteca inglesa decadente. Os tecidos puídos, os quadros e livros empoeirados, tudo ao redor mostrava que a instituição não reinvestia as polpudas mensalidades dos pacientes na manutenção da propriedade. A Herald House era antiga e superada não só na decoração, mas nas reprimendas e advertências utilizadas por Doris em seus tratamentos, que não ajudavam em nada jovens repletos de angústias e dúvidas relacionadas ao mundo moderno.

A diretora sabia que a maioria dos rapazes e moças vinha até ela por imposição dos pais, que, por não saberem lidar com a rebeldia, achavam que eles tinham algum distúrbio. O quarto de Elizabeth era nessa mesma casa, e muitas vezes, após os atendimentos, Doris dividia com a amiga as preocupações com "seus meninos".

– O Frank diz que há uma menina que é "destinada" a ele. Que nada pode separar os dois, pois há uma razão mitológica, ou espiritual, sei lá. Pode imaginar? – Doris era cética com relação a assuntos que fugissem do âmbito da ciência. – Como posso lidar com essa bobagem toda?

– Que ideia mais estapafúrdia! – Elizabeth assentia com a cabeça, mas em seu íntimo o que mais queria era continuar orientando o rapaz para tranquilizá-lo. – Esses jovens têm cada uma. Imagine! Mas deve ser coisa da idade, daqui a pouco passa...

– Ele fala que a tal garota tem um "espírito de luz".

– Que absurdo! Só falta ele tatuar no peito "Minha namorada é iluminada".

---

Elizabeth odiava ter de fingir, fazer piadas com o que era mais importante para ela e omitir o que de fato pensava, mas ao mesmo tempo tinha um objetivo maior e precisava se controlar. Doris deveria ser a principal testemunha de sua "transformação".

Emily cruzou os jardins floridos e ficou ainda mais encantada ao entrar na casa onde estava sua mãe. Ao bater na porta, viu o quadrinho onde se lia "Elizabeth" e se espantou.

– Filhota! Que bom, que bom ver você! Veio me buscar?

– Não... não, mãe, eu vim só para uma visita – disse Emily, assertiva, entrando no quarto. – Aliás, teremos que ser rápidas. Jasper não está sabendo de nada.

– Claro, claro. Tudo bem. Tudo tem sua hora, eu entendo – Elizabeth tirou o casaco da filha e o pendurou na arara. – Veja: fiz biscoitos para você. Quando Doris me disse que você viria, corri para a cozinha!

– Mãe... Benjamin está melhor, e eu estou muito contente que o tratamento esteja dando certo. Você tinha razão sobre a

Layla – Emily buscava um lugar para se sentar, ainda agarrada à bolsa. Sentia-se tímida com o comportamento efusivo da mãe, especialmente depois de tudo pelo que tinha passado.

– Sente-se, sente-se. Conte-me tudo. Benjamin é um menino tão inteligente. Como vão as notas? Isso é muito importante.

– Como?

– Claro. Esse menino tem futuro. Ser médico, engenheiro...

– Mãe... e os seus planos de que ele viajasse? Fosse conhecer países distantes?

– Ah, Emily, posso te falar uma coisa? Tudo mudou. Eu realmente andava muito estressada, sabe? Eu precisava de uns tempos sendo cuidada, paparicada...

– Desculpe por isso, mãe, acho que lhe sobrecarregamos, de alguma forma – Emily baixou o olhar.

– Imagine! Não estou reclamando de nada, não me interprete mal. Só estou dizendo que agora estou centrada, com os dois pés bem no chão. Quero fazer as pazes com Ross e me desculpar com Isabella. Ela foi abandonada pela mãe, é órfã de pai, claro que teria um comportamento estranho. Onde eu estava com a cabeça de achar que ela representava algum mal...

Emily pensou na carta e teve uma vontade incontrolável de contar toda a verdade para a mãe. Com Jasper isolado o tempo todo, Emily estava cada vez mais sozinha, assumindo responsabilidades e comprometendo-se de um jeito que jamais pensara ser capaz de aguentar. E agora, de frente para a mulher que a vida inteira a apoiara e protegera, precisava esconder a dura realidade das ameaças daquela parente sombria.

– Ela fará nove anos no mês que vem – Emily falou com certa resignação e voltou a olhar para baixo, agora apertando os lábios. - Parece que foi ontem que chegou no cesto...

– Nove anos? – Elizabeth também não conseguiu disfarçar a angústia na voz. – O tempo passou tão rápido que fico até emocionada. Dá até vontade de chorar.

— Eu sinto o mesmo... vontade de chorar... — Emily deu um suspiro.

— Espere! Nove anos? — seus olhos pareciam ter vislumbrado uma saída. — É preciso fazer uma festa! Uma grande comemoração!

— Uma festa, mãe? Imagine! Seus remédios devem estar comprometendo sua memória. Isabella odeia gente, e vice-versa. E o que serviríamos, se a dieta dela não permite nem um docinho? Esqueça!

— A gente inventa umas coisas gostosas, você é muito criativa para isso. Nem só de doces vive um aniversário — disse Elizabeth, com alegria. Depois colocou no rosto a expressão mais séria e confiável que conseguiu para persuadir a filha. — Eu te garanto, Emily, as crianças e os jovens sofrem muito com traumas na infância, e por isso se tornam irascíveis. Há vários casos como o de Isabella por aqui, e outros bem piores, mas as transformações que essas crianças experimentam depois de serem acolhidas por suas famílias é uma coisa indescritível. Eu vi com meus próprios olhos.

— Mãe, deixe disso, estou falando sério, você acha que uma festa pode ajudar como? Ainda mais ela sendo do jeito que é...

— Pergunte a Doris! Ela tem muitos casos de sucesso! Amor, minha filha, eles só precisam de amor.

Emily se surpreendeu ao sentir o sorriso que brotava em seus próprios lábios. Quem sabe a mãe não tinha mesmo razão? "Apesar da loucura de Arianna, Isabella ainda pode ser preservada de sua má influência", pensou Emily. "Ela só tem nove anos, e crianças são mais fáceis de se adaptar, são mais resilientes que nós, adultos. A vida seria tão melhor. Benjamin teria alguém para brincar. A fama de *monstrina* já não faria mais sentido."

— Emily? Emily? Você está me ouvindo? — Elizabeth percebeu a expressão absorta da filha.

— Acha mesmo que pode dar certo, mãe? Acha que ela aceitaria? — o tom era de apelo, mas também de esperança.

— Acho, não. Tenho certeza! — a obstinação inabalável de Elizabeth contagiava qualquer um que estivesse em sua frente. — Fale com seu marido e com ela ainda hoje. E, se tudo der certo, não seja má comigo: venha me buscar para a festa. Eu quero muito fazer as pazes com Isabella, e seu aniversário é a oportunidade ideal.

— Está bem, mãe. Se der certo, eu venho te buscar, você tem a minha palavra. Mas já vou avisando: não crie grandes expectativas, não vai ser fácil fazer o Jasper aprovar essa ideia...

— Expectativas? — Elizabeth franziu o cenho enquanto o sorriso da vitória esticava seus lábios vermelhos. — Até parece que não conhece o poder da minha energ... — Elizabeth limpou a garganta, desviando o olhar — do meu pensamento positivo, ora essa. Vou rezar para que tudo dê certo e, inclusive, estou pensando em fazer um tricô para Isabella. Aprendi umas tramas incríveis nas revistas...

— Tri-cô? Você está fazendo tricô?

— Claro... não é maravilhoso? Agulhas tão pontudas e perigosas sendo usadas apenas para o bem?

Emily, de imediato, não entendeu muito bem a última frase da mãe. Mas voltou para casa com a certeza de que ela estava completamente transformada. Ou pelo menos era nisso que ela queria acreditar.

---

Herald House tinha horários rígidos, e a rotina de trabalho permanecia na mesma cadência havia décadas. Apenas o programa de suporte psicológico para os jovens desenvolvido por Doris era uma inovação, implantada logo após a morte de Martin Davis, o fundador. Mas ninguém, a não ser Frank Raymond, sabia a real razão pela qual a herdeira fazia o atendimento gratuito aos jovens da região: uma razão bem menos nobre do que a que constava no folheto do projeto Herald Helps. A descoberta aconteceu acidentalmente, quando o jovem invadira a sala de administração para roubar a pasta com seu histórico. Já havia faltado três vezes, o que, segundo as regras, automaticamente o excluiria do projeto. Se eliminasse as provas, teria uma chance de permanecer em Herald e continuar aproveitando as três coisas de que mais gostava ali:

os encontros com Lucille, os almoços caseiros que nunca havia comido antes e as sessões com Elizabeth.

O escritório de Doris era vizinho à sala onde os jovens do Herald Helps eram recebidos e entrevistados por duas psicólogas assistentes, que os direcionavam para atividades específicas. Havia uma janela de vidro com persianas que facilitava a observação da sala ao lado pela diretora quando ela bem quisesse. Mas naquele dia, foi Frank que se manteve atento ao que acontecia. Viu Doris fechando a persiana e, segundos depois, saindo pela porta do escritório. Ela não entrou na sala do Helps como de costume e seguiu batendo os saltos pelo corredor.

Então foi a vez de Frank olhar pela janela que dava para o jardim e perceber que o carro dela seguia pela fileira paralela de pedras em direção ao portão. Seriam mais dez minutos até o fim da reunião inicial, e ele precisava ser rápido.

Pediu licença para ir ao banheiro e entrou na sala vizinha. Buscou nos arquivos de pacientes pela letra R, de Raymond, e rapidamente encontrou a pasta com seu sobrenome. Abriu e retirou as duas folhas grampeadas. Passou pela escrivaninha em direção à porta e, antes de avançar, viu um envelope em cima da mesa que chamou sua atenção. Na parte de fora se podia ler: "Herald Helps – arquivo 2".

Ao ver o gordo volume, Frank teve a esperança de encontrar ali algo a mais sobre seu caso. Tinha mesmo achado que duas folhas grampeadas era pouco material para seu relatório. Deveria haver outras informações nos documentos diários que Doris mantinha em cima da mesa.

Ele abriu o envelope e encontrou uma pasta cinza onde, em letras góticas, constava a palavra "Testamento". Alarme falso. Não era nada relativo a ele, suas faltas ou indisciplinas. Começou a guardar o grosso calhamaço para deixá-lo conforme encontrara, mas uma folha branca que estava na capa da pasta, presa com um clipe, ficou para fora do envelope. Era um bilhete escrito à mão, com duas caligrafias bem diferentes, uma para a pergunta e outra para a resposta.

*Dr. Upwards, tem certeza de que preciso atender à cláusula 7 do Testamento? Por favor, me responda até 12/07.*

*Sim, Doris, é a terceira vez que você me pergunta isso. Você deve implementar o 'Programa Herald Helps' imediatamente ou tudo será doado para caridade. Esse era o desejo de seu pai. Por favor, assine o compromisso até amanhã, 13/07.*

Então, para que a srta. Davis recebesse do pai todos os bens, deveria cumprir as indicações e criar o programa do qual ele participava duas vezes por semana?

Frank jamais revelou isso a ninguém, nem mesmo a Elizabeth, uma mulher diferente de todos os adultos que tinha conhecido em sua vida, mas todos os dias fazia uma espécie de cumprimento a Martin Davis, apontando o dedo para cima. Graças a ele, estava tendo os melhores dias de sua vida. Graças a ele, conhecera a bela e misteriosa Lucille Ray, sua colega no programa. Graças a ele, podia comer um delicioso ensopado, em vez das terríveis misturas servidas no abrigo da prefeitura.

No dia do furto da documentação, apenas uma coisa o intrigou. A pasta de Lucille Ray também deveria constar na letra R, mas não estava lá.

# Capítulo 22

Jasper já ia levando o café da manhã da sobrinha quando Emily o interceptou, perguntando se podia ir com ele ao quarto de Isabella. O homem se surpreendeu com a iniciativa da esposa e ficou boquiaberto quando ela fez o convite da festa para a menina. Mas o que realmente o chocou foi a resposta.

— Sim.

— Sim?

— O que te assusta tanto, tia? É óbvio que quero a festa. É meu aniversário.

A garota mostrou um comportamento que jamais tinha sido visto naquela casa. Ross, também incrédulo, chegou a pensar que estava sonhando.

— Só não convidem minha mãe — prosseguiu Isabella, enquanto prendia o laço no cabelo. — Estou muito chateada com ela.

— Isabella, por que você está chateada com Arianna? — perguntou o tio, usando o máximo de tato que conseguia.

— Ela nunca mais veio me visitar... — a voz da menina saiu quase inaudível e Emily suspirou, comovida, lembrando-se das palavras de Elizabeth na Herald House. "É, faz sentido. Talvez Isabella só precise de mais amor e compreensão."

— Isabella... eu... estou me esforçando para que você se sinta bem, segura aqui em casa... — Jasper tinha apostado com Emily que a menina mal a receberia no quarto — ... e não quero que faça nada que não tenha vontade.

— Eu sei, tio. Obrigada. Eu gostei da ideia da festa. Mesmo sem convidados da minha idade, tem o Benjamin e também os adultos. Eu vou gostar de conversar com vocês, e até com a Elizabeth, se ela puder vir... Não estou mais com raiva dela – a sombra no olhar de Isabella parecia ter desaparecido.

"Então, era simples assim? Os anos de sofrimento eram apenas a falta de tato minha e de Jasper em lidar com as mágoas de uma criança abandonada?"

O casal saiu do quarto, fechou a porta e Emily olhou para o marido com uma expressão aliviada. Ele retribuiu com um sorriso, algo também raro nos últimos anos.

– Ela tem jeito. Só precisamos ter paciência – Emily colocou sua mão sobre a do marido. – A culpa é toda de Arianna, e é melhor que ela esteja bem longe daqui.

– Por um instante pensei o mesmo. E espero que você esteja certa. Quanto à festa...

– Eu vou preparar tudo. E contar com nossos poucos amigos. Vai dar tudo certo. Sinto que vai ser o começo de uma nova fase aqui nesta casa, uma fase de alegrias.

– Se você está dizendo...

– Jasper?

– Sim?

– Tenho um pedido para lhe fazer.

– Qual pedido?

– Minha mãe... eu queria... Até Isabella comentou que...

– Não é hora de falarmos sobre sua mãe. Já temos muita coisa em que pensar agora – o homem virou-se para a porta entreaberta ao lado. – Olhe lá, Benjamin está chamando por você no quarto. Depois a gente conversa.

---

Após a confirmação de Emily, pelo telefone, de que a festa iria mesmo acontecer, tudo o que Elizabeth mais queria era se trancar no quarto para planejar todos os passos para o aniversário. A única questão é que tinha prometido a Frank que ainda naquele fim de tarde conheceria Lucille, e não poderia faltar com a palavra. Doris não gostava que os jovens do programa Herald Helps ficassem na propriedade depois das cinco da tarde, hora em que terminavam as atividades, mas Elizabeth marcou com os dois no gazebo, perto do portão, o que evitaria problemas.

Quando chegou à simpática construção de madeira, ladeada de heras e com bancos formando o mesmo octógono que havia nas vigas do teto, Frank já estava lá. Sentado na murada, atento à leitura de uma revista de rock.

— Ansioso, hein, rapaz? E eu pensava que ia ser a primeira a chegar.

— Eu já terminei minhas atividades. Sem contar que... gosto daqui. É melhor do que lá dentro.

— Também gosto muito daqui. Bem... e a moça? Onde ela está?

— Disse que encontraria conosco aqui. E que tinha "uma coisa" para me dar.

— Que romântico...

— Elizabeth...

— Diga, Frank.

— Você acha que eu sou louco?

— Imagine, moleque, só porque você tem o corpo parecendo um tapete persa? Acho que é inveja dessa gente... eles têm uns braços sem graça... só pintas e marcas de nascença.

— Sério. Estou falando sério. Você acha mesmo que eu sou... um *outsider*? Porque às vezes acho que não pertenço a este mundo. Nem sempre quero estar aqui.

— Frank, todas as pessoas consideradas "estranhas" foram as que transformaram o mundo, sabia? Ou você acha que o Gandhi era normalzinho? O Martin Luther King?

— Eles eram heróis. Eu sou só um cara...

— Um cara que tem muita coisa boa para fazer, muito potencial, basta se descobrir. Aliás, comece arrumando esse cabelo, porque tem uma moça vindo ali.

O sorriso dado pelo rapaz que se achava diferente o igualou a todos os jovens apaixonados do planeta. Ele deu um salto até a grama, chegando mais perto do caminho de pedras por onde Lucille se aproximava.

– Oi...

– Você deve ser Lucille.

– Sou. E você, Elizabeth.

– O Frank fala muito de você! – as duas disseram ao mesmo tempo, o que as fez rir, cada uma a seu modo: Elizabeth gargalhou e bateu nas costas do adolescente, enquanto a moça apenas esboçou um movimento com os lábios.

Lucille era bem magra e seu cabelo curto emoldurava o rosto pueril. Vestia-se no mesmo estilo que seu amigo: uma calça preta meio desbotada, camiseta branca amarfanhada e um colete surrado, onde dois *bottoms*, Velvet Underground e David Bowie, revelavam o mesmo gosto musical de Frank. O que a diferenciava de um menino eram os cílios compridos e negros, que contrastavam com os olhos de um azul profundo, fazendo parecer que ela usava maquiagem. O cabelo, contra a luz do sol poente, adquiria uma cor dourada, e o sorriso, embora tímido, tinha personalidade.

– Eu estava curiosa para te conhecer, menina, e vejo que... que você só poderia mesmo ser amiga do Frank!

– É? Por quê? – o rapaz se antecipou, temendo que Elizabeth desse algum fora.

– Ah, vocês têm o mesmo estilo... o mesmo jeitinho... – Frank ficou sem graça e Lucille enrubesceu, o que reforçou ainda mais a "maquiagem".

– Então você também frequenta a Herald House, menina? Mas eu nunca te vi na terapia.

– Ela só vai aos encontros de grupo, né, Lucille? E ainda assim falta muito.

– É..., me sinto mais à vontade – a moça buscou algo para onde pudesse olhar.

— E sobre o que você fala na Roda de Conversa?

— Ela não fala muito... prefere observar... Né, Lucille?

— Frank, pelo amor de Deus, deixe a menina falar. Ela tem boca!

— Eu... – a garota era realmente tímida. – Eu não sou muito de me expor. Não sinto segurança no grupo ainda...

— Ah, se quiser, pode marcar só comigo. O Frank tem gostado das nossas sessões, não é?

— Tenho. Você é... diferente... Aquelas histórias mirabolantes, os experimentos...

— Shhh!

— Ah, é mesmo, você falou para eu jamais contar dos experimentos para ninguém... Mas tudo bem, como você mesma viu, Lucille é muito discreta.

A conversa fluiu por mais alguns minutos, até a chegada do momento mais esperado, pelo menos, mais esperado para o rapaz.

— Eu... trouxe isso pra você – a moça tirou algo brilhante do bolso da frente da calça.

— O que é?

— Uma pedra, topázio. Ganhei da minha mãe. Ela dizia que era da cor dos meus olhos... Eu quero te dar, Frank.

— Imagine! Não posso ficar com isso! – Frank olhou para Elizabeth, buscando seu apoio. – É uma joia valiosa, presente da sua mãe!

— Eu prefiro que fique com você do que... com outras pessoas...

— Outras pessoas, Lucille? – Elizabeth interferiu.

— É... minha madrasta... Eu acabo de sair da casa dela. Quer dizer... da casa do meu pai... – Lucille começava a se agitar, estava visivelmente preocupada. – Eles querem vender a casa, e eu não posso deixar!

— Mas você não mora com eles?

— Moro, mas é que não gosto muito de ficar lá... não me faz muito bem...

Elizabeth, acostumada com adolescentes revoltados com o comportamento dos pais, muitas vezes com razão, não avançou no assunto. Frank, por sua vez, perguntou o que parecia óbvio.

– Por que você mesma não guarda?

– Frank, por favor, aceite, só faça isso. Não me decepcione. Deu trabalho achar essa pedra. Eu... eu simplesmente não posso ficar com ela.

O garoto não sabia como agir. Buscava algum apoio em Elizabeth, mas ela apenas media Lucille, por fora e por dentro, estreitando os olhos, buscando um indício do que já começava a desconfiar.

– Ei, não acham que já estão exagerando no horário? – a voz grossa vinha do portão.

Os três se entreolharam e viraram em direção ao porteiro da noite, que, embora flexível, não podia facilitar nas liberdades, com o risco de levar uma advertência de Doris.

– É melhor irmos, meninos – sugeriu Elizabeth, já se levantando. – Não quero problemas...

– Eu já vou. Só vou até o banheiro antes... – Lucille dava a impressão de que não queria sair junto com o amigo. – Vá indo antes, Frank. Depois de amanhã nos encontramos no grupo.

Mesmo aturdido com tudo que acabara de acontecer, e descontente com a forma sempre evasiva de Lucille, Frank, ainda que a contragosto, concordou e passou pelo pesado portão, apertando a pedra nas mãos. Logo depois, Elizabeth também se despediu da moça, mas, após vê-la seguir em direção ao pavilhão, estrategicamente se posicionou a fim de confirmar suas suspeitas.

Lucille, a menina dos olhos pintados naturalmente, não tomou o caminho do banheiro, na entrada da construção. Só queria ganhar tempo para se dirigir ao bosque e ali desaparecer. Ao mirá-la de costas, viu um enorme clarão vindo de sua nuca. Durante o encontro com Frank, a luz estava disfarçada com o lenço estampado que complementava o visual de garota moderna de Londres. "Se Frank não se acha deste mundo, imagine quando souber que a namoradinha não é mesmo daqui." A mulher loira, misto de terapeuta e cupido, pensou na melhor amiga e continuou falando sozinha. – Quem diria, Dorothy, Frank é um Legítimo, e Lucille é uma das suas, uma Movedora...

Como sempre fazia quando voltava do gazebo, Elizabeth ia contemplando o conjunto de árvores que contornava um dos lados de Herald House antes de voltar para seu pavilhão. Passou no refeitório, comeu a sopa antes de a equipe chegar para o jantar e voltou para o quarto. Queria resgatar o final de seu estudo sobre o ritual que prepararia muito em breve. Retirou um livro grosso de capa preta de um fundo falso que havia feito no armário e mergulhou na leitura por horas. A lua do outro lado da vidraça tinha um halo, o que geralmente indicava chuva. Melhor ainda. Uma das mais simples e maravilhosas alquimias da natureza.

Com muita calma e um misterioso sorriso colado no rosto, Elizabeth vestiu sua camisola de linho, colocou o penhoar de plumas, um tanto quanto *old-fashioned*, cruzou as pernas, pousou as mãos nos joelhos e meditou por alguns minutos até ouvir as gotas caindo nas folhas lá fora. Então se deitou, apagou a luz e pensou no quão produtivo havia sido aquele dia. O aniversário de Isabella seria agendado, e a ponte entre Frank e Lucille agora estava em suas mãos. Tudo muito útil para seus planos e para as ações que, embora reprováveis perante a sociedade, seriam fundamentais para o desenho maior do Universo.

---

A festa de Isabella estava próxima, e Benjamin era o mais exultante de todos. Seu aspecto tinha melhorado bastante nos últimos dias, especialmente por conta do tratamento de Layla, e ele já se sentia mais à vontade na escola. Mesmo com a rotina seguindo igual, mesmo com os hábitos estranhos da prima, o ritmo da casa parecia menos soturno e os dias ensolarados de verão completavam um período que podia ser chamado de harmônico.

— Mãe, você estava certa. Ninguém mais fala da *"monstrina"*.

— Shhhh, não fale esse termo aqui em casa — Emily colocou o dedo nos lábios. — Isabella pode ficar chateada.

— Tá... era só para contar que ninguém mais vem perguntar dela pra mim. Agora me chamam pra brincar, jogar futebol! E hoje fui o melhor da minha turma: fiz dois gols!

— Que ótimo, meu filho!

— Mas, mamãe, a Isabella continua não me deixando entrar no quarto. Quando cheguei, eu bati na porta dela, mas fiquei de fora de novo.

Benjamin, sentado no banco alto do balcão da cozinha, dava de ombros, como se estivesse se conformando. Mas de repente mudou de postura.

— Ah, não, você não vai acreditar! — um sorriso genuíno se estampou no rostinho do garoto. — Teve um dia que brincamos juntos, com as bolinhas de borracha, e depois subimos pro quarto dela e ela me colocou...

Benjamin brecou as palavras sem que a mãe percebesse sua omissão, pois sabia que ela ficaria furiosa se soubesse que ele se pendurara para fora da janela fingindo que estava voando.

— Fico feliz que vocês estejam se entendendo, filho. Só tenha um pouquinho de paciência com sua prima, certo?

— Eu tenho, mãe — o garoto brincava com os legumes na bancada. — Só que às vezes eu não entendo ela. Ontem eu estava na sala lendo o livrinho que a vovó me deu, e ela ficou da escada, parada, me olhando estranho, assim — o menino arregalou os olhos e mirou fixamente o rosto da mãe.

— Ela tem seus motivos, Benja querido. Pense como deve ser difícil não ter os pais por perto...

— Mas você também é mãe dela, não é?

— Sou... De certa forma sou... — Emily se espantou com aquela frase, dita à queima-roupa. Sentiu ainda mais a responsabilidade que tinha sobre aquela criança.

— Quanto tempo falta?

— Para quê?

— Para a festa! Acho que na festa ela vai brincar comigo — Benjamin tinha puxado a avó e não desistia fácil dos seus objetivos. — Quem sabe ensino para ela umas jogadas de *baseball* que aprendi com o tio Hudson.

— Falta pouco, querido. Falta bem pouco — Emily passou a mão na cabeça do filho e puxou-o para perto de si. — Você vai me ajudar a encher balões mais tarde?

— Vou! Eba!

Emily abraçou forte o filho. Quem sabe sua vida tomaria um novo rumo dali para frente.

---

— Tem certeza disso, Gregor?

— Tenho, Gonça, absoluta. Eu fui pessoalmente e ela estava lá, sentada ao lado da mulher do hospício...

— Hospício é muito forte! — Dorothy replicou, um tanto chocada.

— Tá, tá... na Herald. Enfim, Elizabeth estava do lado da tal da Doris, fazendo tricô e falando mal dos espíritos. Disse até que quem acreditava nessas coisas tinha que ser internado! Ou até preso!

— Não pode ser, ela não falaria isso... — Dorothy não acreditou no que ouvia.

— Será que estava sob efeito de remédios? — sugeriu Gonçalo.

— Ou sendo coagida...

— Maltratada? — Gregor e sua indefectível ironia não perdoaram o comentário de Dorothy. — Só se for pela decoração horrível do quarto dela... que por sinal é bem confortável. Sem contar que ela passou da TV para o carteado, do carteado para a aula de artes, da aula de artes para o refeitório... e olha que tinha cozido à espanhola! Ela ficou feliz da vida... cantarolando a trilha sonora da novela.

— Humm... que saudades de um cozido... — Gonçalo virou os olhos. — Mas o da minha mãe não era à espanhola, era à portuguesa.

— Precisamos de provas. De fatos. Elizabeth não pode ter mudado em tão pouco tempo. Você por acaso leu os pensamentos dela?

— Querida Dorothy, já te falei que ler pensamentos não é tão simples quanto mover uma pedrinha...

— Para quem nunca tentou mover uma pedrinha, é fácil dizer...

— Você sabe que não dá para ler a mente de Elizabeth — Gregor se sentia um tanto frustrado com isso —, mas podemos ir pelas evidências. Deixe eu te contar a cereja do bolo...

— Que cereja?

— Ela está preparando geleias açucaradas de amora para a festa de Isabella. E embalando uma a uma com papel transparente, com todo o carinho.

— Não pode ser! — Dorothy enfim arregalou os olhos.

— É, minha cara, acredite em mim. Na Terra, as pessoas são muito volúveis... Você não se lembrava disso?

— E essa festa não está me soando nada bem — disse Gonçalo, que, diferente de Dorothy, continuava a procurar por respostas. — Isabella não gosta de festas de família, de amenidades... Aliás, Isabella não gosta de nada. Deve ter alguma coisa errada acontecendo. Alguém está tramando, só não sei se é Elizabeth ou se é Isabella.

— Ou as duas... — continuou Gregor, passando seus olhos de Gonçalo para Dorothy. Ela logo percebeu a preocupação na voz do Aliado, o que servia como um alarme.

— Bem — retomou Dorothy após breve silêncio —, acho que pela primeira vez seremos penetras numa festa.

— Fale por você — Gregor sorriu. — Eu me sinto superconvidado.

# Capítulo 23

No antigo rádio da sala dos Ross, Frank Sinatra cantava "Witchcraft" com aquela voz de quem parece estar sempre sorrindo. Jasper timidamente marcava o ritmo com o pé da perna boa, acompanhando a música.

– Quem nós vamos convidar para a festa? Alguma criança do Edgard? – Jasper, aliviado com a melhora no humor da sobrinha, finalmente pôde endossar a ideia da comemoração.

– Não, melhor não mexermos nesse vespeiro. Lembra daquela mulher horrível? Do *EspareNews*? Já pensou se ela descobre que vamos dar uma festa? – Emily terminava de tirar as xícaras do café da manhã.

– Não quero nem pensar! Você está certa.

– Então vamos ver... Layla, eu já convidei. Hudson e as três meninas, também... – Emily escrevia tudo em um bloquinho de papel.

– Que idade elas têm?

– Jasper, o amigo é seu, mas sou eu quem sabe das coisas? Devia se envergonhar... As mais velhas têm quinze e dezessete anos...

– Então não vão se interessar por Benjamin ou Isabella... já são moças...

– A mais nova tem oito e parece bem sociável!

– Ah, que bom. E quem mais?

– Doris e... minha mãe.

– Emily, já falamos sobre isso! – toda vez que Jasper se sentia contrariado, pegava na própria perna, como se dissesse: "Ei, além de tudo que passo, você ainda vai me trazer mais problemas?".

– Não, não falamos sobre isso, sr. Ross. Você disse que íamos conversar, e a hora é esta, não adianta mais protelarmos – Emily, que estava no sofá, pegou o banquinho onde ele costumava apoiar os jornais e sentou bem de frente para o marido, quase aprisionando-o na poltrona. – Jasper, deixe eu te contar o que está acontecendo na Herald House. Ontem, Doris me ligou e...

– Ah, não me venha dizer que a sua mãe fugiu?

– Não, pelo contrário, me deixe falar. Ela está totalmente recuperada, e ainda ajuda Doris promovendo atividades para os outros pacientes e... Está sentado?

– Claro que estou sentado. Você está impedindo que eu me levante!

– Pois então... ela fez mais de cem balas de geleia de amora só para o aniversário da sua sobrinha!

– Não pode ser. Ela deve estar fingindo...

– Estou te falando, minha mãe está mudada – Emily sorria, aliviada por poder dar aquela notícia. – Lembrou dos hábitos de Isabella, e fez um doce que ela poderia comer.

– Como ela ficou sabendo da festa?

– Layla que contou.

– Eu não estou acreditando...

– Ligue já para a Doris. Mamãe agora está fazendo crochê, um lindo pulôver pro nosso Benjamin, jogando bridge, cartas e até...

– Não, não me importa o que ela está fazendo, mas o que passa por aquela cabeça de ideias mirabolantes... Preciso ter certeza de que ela não está com nenhuma ideia maluca.

– Jasper, Doris é a pessoa mais cética que eu conheço. Se ela está dizendo que minha mãe está curada, além de ser uma excelente companhia, tenho certeza de que ela não está mais envolvida em nenhuma daquelas... coisas...

– Eu não confio na sua mãe. Não adianta... Depois de tudo o que aprontou...

Ross lembrava-se do Fogo Grego como se estivesse impresso em sua memória, e não no chão de seu quarto. Não engolia a destruição da misteriosa pulseira, nem a agressão contra a sobrinha e a cunhada.

— Sabe, Jasper? Layla me contou que a mamãe quer fazer as pazes com Isabella, por isso está fazendo os doces — Emily modulou o tom de voz e olhou bem para os olhos fugidios do marido. — E pense: se ela vier e voltar com Doris, que problema teremos? É apenas uma noite! A festa vai começar às seis e antes das dez elas já estarão a caminho da Herald House.

— Que garantia eu tenho? Ela vai querer se enfiar aqui. No porão... vai usar Benjamin como desculpa... — Jasper passou a arremedar a voz da sogra. — "Ele estava com tanta saudade de mim... deixe eu ficar até amanhã para brincar mais com meu netinho..."

— Não, Jasper, você sabe bem que o porão está inabitável, apinhado de tranqueiras, nem ela vai querer... Com Doris, minha mãe tem tudo do que precisa agora...

— Tudo bem, tudo bem, vamos recebê-la. Mas já fique sabendo que, se ela der trabalho...

— Vai dar tudo certo, Jasper! — disse Emily empolgada. — Aliás, preciso comprar um CD do Sinatra para a festa.

— Não sei, não... essas musiquinhas água com açúcar deixam você otimista demais!

Os dias transcorreram agitados na casa dos Ross. Emily passava muito tempo na cozinha, enquanto o marido consertava as pequenas coisas quebradas na casa, como as lascas no rodapé, o rangido da porta e o lustre do corredor do andar de cima, que passou a ter de ser ajustado quase toda semana. Emily de vez em quando deixava os afazeres do almoço para ver se o marido precisava de qualquer coisa, para poupá-lo de se deslocar muito. Afinal, Jasper fora de sua poltrona naquela casa era um evento, e Emily não podia deixar de mostrar sua aprovação.

A partir da antevéspera da festa, Benjamin passou a encher balões, um pouco a cada dia, antes de ir para a escola. Para que não atrapalhassem a movimentação na casa, Emily os empilhou no porão, dando sem querer um pouco de cor e diversão àquele cômodo soturno. Isabella também contribuía para que tudo transcorresse bem. Tirou um vestido cor de vinho do fundo do armário para a comemoração e, com antecedência e educadamente, avisou que só desceria depois das sete e meia, pois ainda era verão, e o dia estaria muito claro antes disso.

A algumas milhas dali, Elizabeth lavou e passou seu vestido azul-marinho com pala de renda, cortou o cabelo com a moça que ia à Herald House para ajudar no asseio dos pacientes e ainda pediu emprestado a Doris uns belos brincos de pérola. Seus vestidos floridos, a adorada jardineira jeans, as batas confortáveis e os xales longos ficariam guardados no armário. Assim como seu passado.

Era o último dia do verão, uma sexta-feira, aniversário de Isabella. Na rua Byron já estava tudo organizado desde a véspera. Elizabeth, ainda na Herald House, esperava ansiosa, no banco da frente do conversível de Doris, enquanto ela dava algumas orientações aos funcionários durante sua ausência. Com as pernas cruzadas, sacudia o pé sem parar, pensando no tempo que levariam até chegar lá naquele carro de, no mínimo, trinta anos.

Doris entrou e pediu que Elizabeth afivelasse o cinto. Ligou o carro e, com sua destreza ao volante, impressionou a passageira ao lado. Foi uma veloz e agradável travessia, com o teto aberto para o céu azul da tarde. Ao chegarem, foram recebidas não por Emily ou por Ross, mas por um homem alto, forte e bem-humorado vestindo uma camiseta suja e calças largas que já estava na porta e lhes deu as boas-vindas.

– Chegaram cedo, as mocinhas! Mais precisamente, duas horas de antecedência!

– Hudson! Você já está aqui? – Elizabeth ia abraçá-lo, mas notou a roupa cheia de graxa do homem e se deteve, encostando afetuosamente a mão em seu ombro.

– Eu vim ajudar o Ross a cortar a grama do jardim lá atrás. Mas no final tive que arrumar a máquina também. Estava horrível. Vou passar em casa, tomar um banho e daqui a pouco estou de volta, com minhas mulheres.

Doris achou Hudson simplório demais para seus padrões aristocráticos. Reprovou de imediato a intimidade do americano com os Ross.

— Belo conversível, esse, hein? Morgan Plus, ano 68... espetáculo! — Hudson, cheio de admiração, passou os dedos pela lataria, observando os detalhes.

— Herdei de papai... gosto de dirigi-lo — Doris respondeu, burocrática.

— Então esse deve ter sido um homem de muito bom gosto! Tenho certeza! Imenso prazer em conhecê-la senhorita...

— ... Doris — o elogio a seu saudoso pai desarmou a mulher, que se permitiu um leve sorriso. Era impossível resistir à simpatia de Hudson.

Emily saiu à porta e, desta vez, não se conteve. Não aguentou mais fingir indiferença e abraçou a mãe carinhosamente, tentando agradecer, mesmo sem usar palavras, as mudanças que ela tinha provocado na casa. Depois, deu dois beijos em Doris e as convidou a entrar.

— Bem, eu vou indo. Me aguardem logo mais! — Hudson se voltou para a rua e parou. Doris o acompanhava com o olhar. Ele fez um rápido alongamento de pernas e braços, se preparando para correr o percurso da rua Byron até sua casa.

— Hudson, marcamos às seis horas. Nada de atrasos, hein? Quero ter bastante tempo para conversar com as meninas antes do jantar — ele fez um sinal de positivo para o apelo de Emily, que foi levantando a voz conforme ele se distanciava. Doris teve ímpetos de acenar, mas se conteve.

Elizabeth entrou timidamente. Sabia que seu primeiro desafio estaria ali mesmo, na sala, sentado no sofá. Encheu os pulmões de ar e prosseguiu.

— Ross, boa tarde! — ela estendeu a mão e dirigiu-lhe um olhar carinhoso. — Muito obrigada por abrir sua casa para mim.

— Boa tarde, Elizabeth. Olá, Doris. Sejam bem-vindas ao aniversário da minha sobrinha, Isabella — Ross escolheu as palavras sem qualquer hostilidade, mas também com o propósito de deixar claro de quem era aquela festa e qual a razão de estarem todos novamente reunidos.

– Mal vejo a hora de encontrar a menina. Acho que devo desculpas a ela... – Elizabeth olhou para baixo, humildemente.

– Isabella sabe que você vem. E não se importou – Ross respondeu altivo. – Ela tem se transformado nos últimos tempos.

– Que bom. Excelente, excelente!

– Elizabeth também está transformada, sr. Ross – foi Doris quem tomou a palavra. – Vocês a internaram por "comportamento agressivo e atos impensados", mas tudo o que tenho lá é uma doçura de pessoa, que me ajuda muito e faz tudo com todo o cuidado.

– Obrigada, Doris – respondeu Emily, que estava ouvindo a conversa. – Tenho certeza de que os seus cuidados contribuíram para isso.

– Benjamin! Meu querido! – a troca de elogios terminou quando Elizabeth, ao ver o neto descendo pelas escadas, deu um grito de alegria.

Ela largou a bolsa no sofá, correu até ele e o levantou nos braços, mesmo sem ter forças para segurá-lo por muito tempo.

– Você está enorme! Como crescem rápido essas coisinhas, gente!

O menino mal se conteve. Agarrou a avó com tanta força que quase a derrubou com o impacto do abraço. Elizabeth se emocionou, e não se largaram por um bom tempo. Então sua filha a convocou para ajudar com os últimos detalhes da festa. Enquanto Doris arrumava em duas travessas as geleias de amora embaladas, Emily pediu que Elizabeth experimentasse o tempero do ensopado que estava no fogão. Benjamin, grudado na avó, a acompanhava por onde ela fosse.

– Vamos brincar um pouco lá fora? – Benjamin puxava a mão de Elizabeth, sentindo aquele calor que só trazia boas memórias.

— Vá com ele, mamãe, já está tudo pronto — Emily queria aproveitar o momento para que Doris, relatando melhor a evolução de sua mãe na clínica, convencesse seu marido a aceitar sua alta em breve.

Elizabeth achou ótima a ideia, e muito providencial, já que queria mesmo ficar um pouco a sós com seu neto.

— Benjamin, você não sabe — disse ela, animada, enquanto caminhavam a esmo pelo jardim —, tenho uma novidade para você!

— O quê, vovó?

— Conversei com sua mãe e, hoje... adivinhe?

— O que é? O que pode ter de mais legal que a festa hoje?

— Bem... brincar com a aniversariante?

— É sério? — o brilho de Benjamin parecia mais intenso.

— Sim, querido. Ela não está mais tão emburrada, seu pai me disse. Isabella quer se aproximar de você, e..., meu querido, me desculpe por ter falado tão mal dela, estou arrependida, envergonhada... Fui muito egoísta, sabe?

— Egoísta? Não, não... você é... é... — Benjamin não conseguia se expressar, mas um abraço apertado explicou o que ele queria dizer. — Eu estava com muita saudade de você, vó!

— Ah, meu querido, eu também, eu também. E hoje o dia vai ser muito bom. Nós vamos brincar com Isabella, a festa vai ser gostosa e todo mundo vai ficar muito feliz! — Elizabeth olhou nos olhos dele, que irradiavam alegria. — Vamos nos divertir a valer, confie em mim!

— E então, eu estava mentindo? — Gregor sussurrava para Dorothy e Gonçalo, atrás de um largo tronco de árvore, próximo de onde Elizabeth e Benjamin conversavam.

— Meu Deus! — Dorothy e Gonçalo exclamaram quase ao mesmo tempo.

— Pois é... eu digo que vocês não acreditam em mim...

— Deve estar havendo algum engano, não é possível — Gonçalo trouxe naquele momento o velho hábito de quando estava vivo, de esfregar os olhos.

— Ouvimos a conversa, vimos as imagens... qual pode ser o engano? — a voz de Gregor era impassível.

— Talvez haja algo que ainda não sabemos... — o anglo-português tentava desesperadamente encontrar uma explicação, sem sucesso.

— Se há, temos que descobrir! Que Elizabeth nos esconde algo, isso eu já desconfiava. Mas o que pode ser? Acho que devemos ir ao quarto da menina! — Dorothy assumiu a liderança do grupo.

— Para quê? Sabe quanto vamos gastar de energia com isso? O quarto é um poço de densidade! — Gregor negou-se veementemente.

Vamos nos separar, então — Dorothy sempre odiou quando a sensação de raiva superava sua racionalidade, mas não estava conseguindo se controlar. Estava furiosa. Menos com Gregor e mais com Elizabeth.

Ela bateu no tronco da árvore, bem em uma parte da casca que estava podre, e lascas partiram para todos os lados. Quando alterada energeticamente, a capacidade de mover objetos de Dorothy trazia uma indesejada sensibilidade tátil ao seu corpo etérico. A pancada na árvore machucou sua mão e ela soltou um grito.

— Benjamin, você escutou isso? — Elizabeth olhou para cima e virou a cabeça.

— O quê, vovó?

— Nada, não, deve ser sua mãe nos chamando. Vamos entrar... — Elizabeth colocou a mão nas costas de Benjamin, conduzindo-o, desconfiada, à porta dos fundos.

— Que bela espiã você está me saindo, hein, Dorothy? — o Influenciador, embora sussurrasse, estava especialmente irritado com tudo aquilo. Sua agressividade se transformava em ironia.

— Sabe? Não aguento mais esses seus comentários. Não ajudam em nada, sabia? — Dorothy parecia realmente ter perdido sua preciosa paciência. — Venha comigo, Gonçalo, que eu sozinha não aguento a densidade daquele quarto. Gregor, nos espere aqui.

— Nem precisava falar... — ele não deu o braço a torcer, mas via-se em seu olhar um traço de arrependimento.

O Aliado conteve seu impulso de velocidade, o que às vezes gastava mais *enits* do que utilizá-la, e ambos chegaram ao quarto de Isabella no tempo de Dorothy. Aflitos com tudo o que estavam presenciando, os semblantes eram de pura preocupação. Então Elizabeth tinha mudado de ideia sem nem ao menos avisá-los? Então tudo o que havia sido feito e planejado em conjunto tinha sido em vão?

— Gonçalo — Dorothy estava atônita —, você está vendo o que eu estou vendo?

— Estou. Quem diria! Isabella abraçando o porta-retratos com a foto da família...

— Eu não acredito... Eu não sei de mais nada... O que aconteceu? — Dorothy estava incrédula. — Será que fomos enganados esse tempo todo?

— Elizabeth não faria isso — Gonçalo balançava a cabeça negativamente. — Talvez apenas tenha descoberto que estava errada...

— Veja, Isabella é apenas uma menina. E se Elizabeth realmente estiver louca? Você lembra quanto demorou para acreditarmos na Profecia?

— É, mas ela nos convenceu. Ela mostrou o livro!

— Elizabeth consegue convencer até o papa com aquela retórica dela. E quem realmente leu os tais escritos, Gonçalo, me diga? A única pessoa que ela citava era a tia, e eu acreditei porque sabia dos poderes de Ursula. Eu a conheci. Eram reais! Mas ainda assim ela nunca planejou matar ninguém. Ainda mais da própria família. E tem mais, Isabella sequer ameaçou se aproximar do menino em nenhum dos nossos turnos de proteção ao Benjamin. Ela nunca mostrou que é mesmo má!

— Você também está duvidando? Está concordando com Gregor? Acha que estamos sendo conduzidos por...

— ... por uma louca? Pois é o que parece. Veja a menina. Ela está olhando para a pulseira, ela está com saudades da mãe... É aniversário dela... E agora está abraçando de novo o porta-retratos!

— Sim... a própria Emily também falou dela com carinho ali embaixo, você notou?

— Acho que estamos em uma grande enrascada, Gonçalo... Talvez Isabella tenha mesmo se tornado uma Purificada.

— Sim, afinal de contas ela também tem a luz do pai. E se ela ainda estiver pendendo para Richard, então Arianna não é uma Recrutadora tão terrível assim. Ou pelo menos não tem tanto poder como pensávamos. Talvez tenhamos força para detê-la.

— Temos que falar com Elizabeth... dizer que sabemos a verdade.

— Sim, mas quando? Ela não nos quer mais aqui...

Nesse mesmo instante, Gregor interveio:

— Claro, ela não queria que víssemos nada disso. E veio com a desculpa que tínhamos de guardar *enits* para proteger Benjamin... Eu bem que disse que não deveríamos confiar nela.

— Olá, Gregor, a crise de orgulho passou? Resolveu lembrar do espírito de equipe? — Dorothy estava irritadiça. — Eu precisava ver com meus próprios olhos, e tudo o que vejo é uma criança solitária. Temos que ter cuidado para não cometermos injustiças.

— Você consegue ler os pensamentos dela? — Gonçalo perguntou para o Influenciador.

— Não. E você sabe que eu sou quem mais gasta energia quando se trata de usar nossas habilidades. Não consigo ler nada.

— Tem a ver com a possibilidade dela ser das Sombras? — Gonçalo ainda queria, no seu íntimo, dar alguma razão a Elizabeth.

— Nesse caso tem a ver com ela ser criança. É muito difícil ler o pensamento delas, quase impossível.

— Elizabeth queria que você aprimorasse isso... — a Aliada deu um suspiro de desolação.

— Quem sabe ela que tenha que aprimorar suas intenções... Estamos diante de uma menina que foi tachada de demônio, mas não é o que estamos vendo.

— Será que não tem outro plano? — o sotaque português estava forte como nunca e mal se entendia o que ele falava. — Nós nunca sabemos o que Elizabeth pensa, nem Gregor consegue saber o que tem naquela cabeça, embaixo daqueles cabelos loiros.

— Mas embaixo dos cachos de Layla eu consigo, e eu vi que ela está envolvida nisso até o pescoço. E se Elizabeth mudou alguma ideia foi a de que não machucaríamos ninguém. A morte de Isabella está marcada para hoje.

Dorothy não parava de olhar para a figura da criança, que agora lhe parecia mais frágil do que nunca. Sua cabeça não conseguia planejar nada e sentiu alívio quando uma questão prática a obrigou a algum movimento.

— Vamos! — o anglo-português chamou o grupo à realidade dos fatos. — Já começou o formigamento, isso é sintoma de baixa de *enits*.

— Vão indo — disse Dorothy, firme. — Eu preciso fazer algo antes...

— O que você tem em mente, Dorothy? Não me diga que quer...

— Sim, vou falar com Elizabeth. Isso está errado. Isabella não pode ser assassinada — mesmo fraca com a baixa de *enits*, a mulher estava focada em sua resolução, e o seu cabelo ruivo parecia em chamas.

Os três foram até o jardim e viram avó e neto juntos. Gregor e Gonçalo negaram-se a deixar a amiga sozinha, e, embora não apoiassem a resolução, apenas observaram quando ela pegou uma pedra e a jogou, com a pouca força que ainda lhe restava, bem ao lado de Elizabeth.

— Vovó, caiu uma pedrinha bem ali.

— Não é nada, foi um pedacinho dessa mesa de cimento, ela está caindo aos pedaços, como tudo neste jardim...

Na verdade ela já tinha visto a origem do lançamento, e não estava gostando da abordagem dos membros da Aliança. Quando Dorothy se aproximou, ficou ainda mais tensa.

— Elizabeth, ainda há tempo de desistir.

— O que você está fazendo aqui? Você perdeu seu tempo, eu não desisto do que é certo.

— Mas o que é certo, vó? — perguntou Benjamin. — Eu fiz alguma coisa errada?

— Imagine, eu estou falando sozinha. É que gosto muito das coisas corretas... Veja aquele vaso e a caixa de madeira. Por que você não vai lá colocá-los em ordem?

— Ah... — o menino obedeceu, embora sem qualquer ímpeto.

— Veja, ele é apenas uma criança — continuou Dorothy, com as pálpebras baixas e a expressão murcha —, assim como Isabella.

— Jamais faça esse tipo de comparação. Ela não é igual a ele. Isabella é um Ser das Sombras — Elizabeth levantou a voz e foi ouvida novamente pelo neto.

— É para tirar a caixa da sombra?

— Isso, querido. Pode tirar. As plantinhas querem sol...

— Elizabeth...

— Chega, Dorothy. Não quero mais falar nisso. Já está decidido. É o melhor para nós.

— Não é qualquer coisa. É um assassinato. De alguém que pode ser inocente. Isabella pode ser uma Purificada!

— Inocente? O que aconteceu com você? — Elizabeth tentava sussurrar, mas sua indignação não deixava as palavras saírem mais baixo. — Você não está entendendo o plano geral das coisas? O mal é insidioso. O mal tem muitas faces. Vocês precisam me deixar fazer o que está programado, como combinamos, e, quando Isabella for classificada como uma Górgone, vão me dar razão.

Ainda cuidando dos vasos maltratados do jardim, Benjamin olhou a avó de longe, gesticulando e falando sozinha. Notou também que ela pegara um tijolo de uma pilha que há anos permanecia cheia de musgo no jardim e começou a raspá-lo com as unhas. Às vezes se assustava com as reações dela. Será que o que seu pai dizia — "Elizabeth é louca, Benjamin, sua vó é completamente maluca" — podia ser de alguma forma verdade?

# Capítulo 24

Fazia tempo que não se via um clima de harmonia na casa. Tudo estava bem-arrumado e, desta vez, além de girassóis, várias outras flores se espalhavam nos vasinhos de porcelana, alegrando o ambiente. O sol, tímido entre as nuvens, entrava junto à brisa pelas janelas abertas. Elizabeth e Emily não conversavam muito em meio aos doces e salgadinhos dispostos na mesa, mas demonstravam naturalmente a alegria do reencontro.

– Filha, eu queria dar uma passada no porão, posso? Ainda é cedo, e tenho saudade do meu antigo cômodo. Quem sabe, podemos fazer um quarto de costura lá?

– Mãe, o porão está uma bagunça... esqueça aquela imagem de quartinho arrumado e... nossa! Esquecemos os balões! Temos que pendurar os balões! Eles estão lá embaixo. Será que murcharam?

– Deixe comigo, eu vejo isso! – Elizabeth foi direto para o porta-chaves, onde um chaveiro com a letra "E" reforçava as memórias do passado.

– Como fomos esquecer os balões? – Emily, mexendo a panela, bateu com a mão livre na testa.

– Porque fazia muito tempo que vocês não davam uma festa. Só isso! – Elizabeth abraçou a filha. – Fique tranquila que eu resolvo.

– Obrigada, mãe. Pegue um barbante na gaveta do bufê para amarrá-los, por favor.

Assim que saiu, Elizabeth tirou do bolso do vestido um papel dobrado em quatro. Pisava com cuidado nas pedras que cruzavam a grama até a porta do porão, enquanto olhava para baixo e para o alto, como se a casa fosse em camadas.

– Porão... sala de estar... quarto do casal...

Em vez de descer as escadas que levavam ao subsolo, Elizabeth dirigiu-se para o banheirinho externo, o mesmo usado por ela na época em que morara ali. O local estava do mesmo jeito que havia deixado, apenas com um pouco mais de terra, folhas e vidros embaçados. Os moradores pouco se importavam com aquele canto.

Escancarou a porta rangente do pequeno móvel embaixo da pia e abriu a última gaveta, perto do chão. Envolto em um saco de tecido fino, bem no fundo, o material continuava ali, intacto. Eram substâncias químicas que podiam oferecer risco em ambientes fechados, e era ali do lado de fora que ela as guardava nos tempos em que morou na rua Byron. Depois, caminhou pelo jardim e reuniu várias pedras pequenas, que colocou em um balde. Tomou cuidado para não ficar visível da janela da cozinha, para que Emily não notasse o que estava fazendo.

Quando finalmente desceu as escadas e entrou no porão, foi surpreendida pela leveza dos balões, dançando pela corrente de ar recém-criada, colorindo o chão empoeirado. Estavam um pouco murchos, mais ainda flutuavam. Rapidamente, Elizabeth abriu espaço para amarrar os balões em feixes e juntá-los no canto. Em seguida, pegou a vassoura de piaçava, também sem uso há muito tempo, e varreu o chão cinzento com afinco. "Qualquer ritual é sagrado. Até mesmo o seu, garota... Vou deixar este chão brilhando."

Depois de juntar o montinho de pó escuro dentro de um balde que usou como lixo, a mulher começou a distribuir as pedras no chão, uma a uma, formando um pentagrama. Abriu o saco que havia deixado em um canto e pôs sete velas em locais específicos. Bem no meio da estrela formada pelas pedras, colocou um pedaço grande de metal polido.

O som de passos no jardim paralisou Elizabeth por um instante. Logo em seguida, ela deu um pulo e, com as duas mãos, pegou os feixes de balões e os posicionou em suas costas, com a vã esperança de que pudesse encobrir a visão do intruso, escondendo o que preparava ali.

– O que é isso, Elizabeth? – ao reconhecer a voz, a tensão de Elizabeth diminuiu.

– Layla, querida, que susto você me deu – Elizabeth estava perturbada, mas visivelmente aliviada que fosse ela. – Isto é a razão da festa de hoje. E você precisa me ajudar.

Ela largou os balões e indicou com as duas mãos a estrela perfeita formada no chão.

– Elizabeth, eu... confesso que estou um pouco confusa... A sua família ali em cima está em paz. Tudo parece ter caminhado... Tem certeza de que é a melhor opção?

– Layla, a menina vai fazer nove anos! E Arianna garantiu que seria a idade da escolha, a escolha pelas Sombras. Não é possível que tenho que ficar explicando isso um milhão de vezes. Não vai me dizer que...

– Ainda não estou segura – completou Layla. – Mesmo porque despertaremos a fúria de Arianna.

Elizabeth pegou o gancho para relembrar a maldade da inimiga. E de quanto isso estava relacionado com Isabella.

– Dorothy também deu para ficar indecisa bem hoje, no pior dia possível. Por acaso você leu a carta que pegou para mim?

– Não. Claro que não! Eu a entreguei exatamente como a encontrei – a moça ficou levemente ofendida.

– Pois deveria ter lido. A marca do mal só é percebida quando vista de perto.

– Eu compreendo, mas...

– A carta confirmou o que eu já suspeitava há anos. Arianna matou o pai de Isabella.

– Como?

– Sim, matou o marido, o pai da filha dela. Sem misericórdia. E minha filha também está jurada de morte.

– Emily?

— Quem seria? Agora, trate de me ajudar! De que lado você está, afinal?

Um arrepio percorreu o corpo de Layla de forma visível, como se uma corrente a espichasse do pé até a cabeça. E, quando sua boca abriu, foi para emitir estranhas palavras, em uma voz rachada.

— *Wasipaq, wasipaq...*
— Layla? Você está bem?

Elizabeth estranhou os olhos revirados da amiga e sua postura, completamente curvada para trás.

— *Wasiraq...*

Assim como chegou, o tremor de seu corpo foi embora e, então, a moça abriu os olhos e recuperou sua posição ereta e relaxada.

— Sim, Elizabeth, eu vou te ajudar. Está escrito. Vou fazer o que você disser.

— Certo. Não sei o quê, ou quem, passou por aí — Elizabeth apontou para o corpo esbelto a sua frente —, mas com certeza é alguém que sabe das coisas.

— Vamos manter o plano?

— Vamos. Assim que Ross levar o chá das sete, eu coloco a erva, a *Melissa officinalis*, na xícara. Aí eu subo e dou um jeito de conduzir Isabella para o quarto do casal. Ela não me parece pesada. O resto você já sabe.

Layla olhava para Elizabeth tentando disfarçar a desconfiança. Ela mesma não tinha sido cem por cento fiel em seus atos, mas agora era diferente. Estavam envolvidas em um infanticídio!

— Layla, me dê o pó de melissa agora. Tenho que tê-lo nas mãos quando a hora chegar.

— Eu... ah... está na minha bolsa... lá em cima.

— Mas por que não trouxe aqui? Era o melhor lugar para não despertar suspeitas!

O pó em questão estava ali mesmo, dentro do sutiã de Layla, mas, de alguma forma, ela estava tentando ganhar tempo. Queria estar mais certa sobre o que estava prestes a fazer.

— Você vai conseguir sem ser notada, Elizabeth? Carregá-la? Sem contar que a menina é um gênio. Tenho medo de que ela perceba algo antes.

— Não há outro jeito. É o único lugar no segundo pavimento que fica perfeitamente na linha da estrela. Mas, só de pensar em entrar naquele quarto de novo, já me dá arrepios...

— Certo. Estarei no suporte, e já ajustei o meu relógio com o da sala.

— Bom, espero que desta vez dê certo. Da última vez, não tivemos muita sorte com o relógio.

— Agora creio que vamos conseguir.

— Claro que vamos. É só cumprirmos o planejado. Vamos, vamos subir com os balões.

As duas alcançaram a porta que conduzia às escadas, mas não subiram antes de olhar para a estrela perfeitamente formada no chão, ladeada com compridas velas, já acesas.

— Layla...?

— Sim?

— O que significavam aquelas palavras?

— Eram em quíchua. Diziam: "Para a casa, para a casa". "Primeiro, a casa".

Foi a última vez que Elizabeth entrou naquele porão naquele dia. A partir daquele momento, nada mais importava, nem mesmo sua própria vida. Cada movimento, cada respiração, estaria a serviço de uma missão maior: a Profecia.

---

Hudson chegou às seis em ponto com as três filhas, Rosalyn, Daisy e Florence. Eram meninas atléticas e inteligentes, cada uma com sua personalidade. Segundo o pai, Rosalyn era elegante e fleumática como a mãe, a falecida Madeleine. Daisy era curiosa e sorridente, mas de poucas palavras. Era Florence, a caçula, que tinha puxado a personalidade do pai e logo fez brincadeiras com os convidados e também com Benjamin.

A pele cor de chocolate e os olhos de um castanho dourado chamavam a atenção.

Layla, conhecendo bem a casa, ajudava os anfitriões, arrumando as flores que os visitantes haviam trazido para Isabella, indicando lugares para eles se sentarem e oferecendo copos com ponche de frutas.

Elizabeth acompanhava tudo e aproveitou que o neto se encantara com as palhaçadas de Florence para puxar Layla pelo braço.

– Layla, que bom que você está aqui! Lindas flores, não é? – Elizabeth olhou fixamente para os olhos dela, revelando a expectativa. Ainda estava faltando algo, a *Melissa officinalis*, e Layla sabia muito bem.

– Sim, um perfume e tanto!

Elizabeth começava a se irritar com a demora de sua ajudante para lhe entregar o pó que faltava para a concretização do plano. Usou como último expediente a técnica do "olho falho", ou seja, a antiga prática de deixar a superfície do olho inteiramente branca, escondendo a íris atrás da pálpebra. Era uma forma de comunicação entre as bruxas ancestrais da Lituânia, só usada em situações de risco.

– Olhe, quase havia me esquecido, trouxe algo para você – Layla notou a respiração de alívio da amiga.

– Verdade? Que bom que lembrou!

– Sim, aquele remédio para reumatismo que você me pediu, lembra? Está dentro deste saquinho.

– O amigo do dr. Tramell que me enviou? Que maravilha! Como é mesmo o nome dele? Dr. Switch? Smith? Ah, não importa.

Ross observava as maneiras da sogra, e não havia como negar que ela estava bastante mudada. Antes, para qualquer sintoma físico, ela costumava buscar alguma receita maluca naqueles livros empoeirados, além de usar vidros e lamparinas para fazer misturas fedorentas. Agora, tinha até pedido um remédio para um médico e passara a se vestir como uma senhora de sua idade. E ainda estava sendo agradável com todos, até mesmo com ele e Isabella.

Layla voltou a perambular pela casa e a arrumar as coisas exatamente como fazia nos tempos em que cuidava de Ross, ou seja, com a cabeça sempre pensando em outra coisa. No caso, sua mente parecia aprisionada no segundo andar, no quarto de Isabella. O plano de Elizabeth ia entrar em ação dali a poucos instantes.

Quando acionou o CD de Frank Sinatra, a pedido de Emily, Layla, sem perceber, passou a andar de uma forma levemente "dançada" até o bufê, onde se impôs a tarefa de arrumar os talheres com cuidado. Depois, voltou para a sala e, em um relance, percebeu o rosto bem esculpido de Hudson. Viu que ele cantarolava a estrofe da música olhando fixamente para ela.

*"I've got you under my skin..."*

Layla tentou segurar o sorriso de canto de boca, mas foi impossível, então desviou o olhar e buscou algo mais que pudesse fazer e, assim, disfarçar o constrangimento. Muitas das experiências vividas no Peru a ajudaram a construir e fortalecer sua personalidade. Por outro lado, as mesmas vivências também contribuíram para destruir seu romantismo. Durante o casamento com o enérgico dr. Tramell, ela passara a achar tudo o que era romântico extremamente desnecessário, e até de mau gosto.

Para continuar escapando do olhar direto de Hudson, resolveu arrumar os girassóis na mesa embaixo do espelho. E o fez com tanto afã que quase derrubou o vaso no chão.

– Continua a mesma, hein, Layla? – por azar, justo Ross estava passando por ali naquele momento. – E de pensar que deixava você limpar a cristaleira da minha mãe...

Ela desconsiderou a brincadeira e esticou a coluna, agora com brios de mulher madura. Nem de longe era a mocinha desajeitada do passado. Para aquela noite tinha escolhido um vestido floral básico e brincos de uma pedra rosada sul-americana. Deparou-se com sua imagem no espelho e gostou do que viu. Talvez por isso encorajou-se a lançar mais um olhar para o sofá, mais especificamente para o lugar onde Hudson estava, e notou que, mais uma vez, o homem cantava a música de Sinatra para ela.

*"And I like you under my skin..."*

Quando Emily entrou na sala, Layla viu nela o porto seguro que procurava, e foi até a anfitriã perguntar em que mais poderia ajudar. Não imaginava que, nem de longe, seria a melhor forma de escapar da situação.

– Layla, então por favor sirva este ponche para o Hudson e a Doris. Eles me pediram há um bom tempo e ainda não consegui levar.

A instabilidade da mão ao entregar o copo era visível, e, quanto mais ela tentava disfarçar, mais a cena ficava engraçada. Doris, com sua habitual sinceridade, foi implacável.

– O que é isso, menina? Viu um fantasma? Você está pálida! Parece até que está suando frio.

– Isso é normal, ela deve ter pressão baixa – interviu Hudson. – A minha Daisy também ficava assim quando passava muito tempo sem comer. Quer que eu pegue um amendoim para você, Layla? Vi que não parou desde que entrou aqui.

– Não, imagine, Hudson. Estou bem. Só não almocei direito. Você tem razão: já, já, vou comer e isso passa.

A música seguinte também não facilitou. Era tão melosa quanto o que Hudson disse a seguir:

– Se o Frank estivesse aqui, cantaria essas coisas pra você...

– Frank?

– O Sinatra. Eu não sou tão bonito quanto ele, eu sei...

– Ele não faz o meu tipo... – Layla se perguntou por que estava dizendo aquilo.

– Muito branquelo, não é? – Hudson deu uma piscada, o que incomodou a circunspecta Doris.

— Se me dão licença, vou me sentar um pouco. Já não aguento ficar tanto tempo de pé — a herdeira da Herald House gostava de discrição acima de tudo.

— Sabe, Layla — Hudson sentiu-se seguro para mais um passo —, você surpreende com seu jeito espontâneo, natural, e isso é realmente para poucas.

Layla não esperava o elogio. Mas, antes de se deixar afetar, respirou fundo e mostrou que realmente não era mais a menina indefesa de quase dez anos atrás.

— Hudson, eu agradeço suas palavras, mas você está me deixando sem jeito. Talvez pudéssemos conversar melhor em outra ocasião. Hoje só o que me interessa são os Ross, a data, o aniversário da menina — o peso de tais declarações pareceu, aos ouvidos de Hudson, um pouco exagerado, mas em breve compreenderia que suas palavras tinham um fundo de verdade.

— Claro... — o sorriso imenso do homem foi coberto por uma súbita timidez que cerrou seus lábios —, não faltarão oportunidades... — o único aliado que encontrou para o momento estava na caixa de som: um outro americano, o cantor, cuja voz preencheu novamente a sala e dissipou o mal-estar.

Elizabeth, que observava tudo de longe, respirou aliviada quando notou a fidelidade de Layla. Parecia óbvio que romance e assassinato não combinavam. Mas, ao mesmo tempo, sabia que a amiga já estava enfeitiçada pelos olhos de felino de Hudson.

A festa continuou pelo dia estendido de verão como se não houvesse nenhuma segunda intenção do desenrolar dos acontecimentos. De um lado, Hudson, Doris, Ross e Layla conversavam sobre a época da guerra, louvando as conquistas e criticando a falta de sentido daquela batalha. Do outro, as três filhas de Hudson, especialmente a menor, divertiam-se ao entreter Benjamin, que, com seus imensos olhos verdes, conquistara a simpatia delas.

Elizabeth e a filha ficaram na cozinha a maior parte do tempo. Emily, sob o pretexto de repor os copos e organizar o jantar, estava, na verdade, aproveitando para colocar a conversa em dia e matar as saudades da mãe. A presença de Layla já não era mais considerada uma ameaça, especialmente depois da melhora de Benjamin e das inúmeras provas de amizade e comprometimento da ex-enfermeira.

Elizabeth, por sua vez, tinha outro objetivo, e já mirava atentamente a água da chaleira. Aquela era a chance que teria para preparar o chá com ervas que faria Isabella adormecer profundamente.

– Vou preparar o chá da menina – disse Elizabeth, amigável.
– É chá preto que ela toma, né?
– É, mas deixe que eu faço isso, mãe.
– Não, imagine. Será que não sou capaz de fazer um chá?

Elizabeth pegou a xícara de porcelana e colocou as folhinhas escuras dentro de um recipiente metálico próprio para a infusão. Tirou do bolso o saquinho de *Melissa officinalis* em pó e despejou a erva no recipiente.

– Emily, posso colocar a água?
– Pode, já está na hora. Se eu conheço Jasper, daqui a dois minutos ele vem buscar o chá.

Nesse momento, Daisy entrou na cozinha para buscar água para Rosalyn, sua irmã mais velha. Estava acostumada a obedecer aos caprichos da irmã.

– Por favor, Emily, posso pegar um copo d'água? – Ela viu a xícara já preparada e arriscou: – Olha... tem chá preto... Gosto muito...

– Verdade, Daisy? Então tome uma xícara, tem bastante água quente.

– Ora – disse Elizabeth, em um tom alto que beirou o indelicado, bloqueando a mão da menina antes que ela alcançasse a xícara –, que bom que você gosta de chá preto, faz bem. Mas este aqui é de Isabella.

Elizabeth deliberadamente cobria com o braço a louça que estava sobre o aparador.

– Imagine, mãe, esse já está pronto, e Jasper nem veio ainda – Emily afastou a mãe e pegou a xícara em cima da mesa. Encheu de água quente e ofereceu a Daisy. A menina tomou um gole e demonstrou seu prazer.

– Ainda muito quente, mas está uma delícia. Nossa, nunca experimentei um chá tão bom.

A senhora loira fingia um sorriso amigável, mas suas ideias pulsavam histericamente. E agora? O que fazer?

– Daisy, espere esfriar bem, viu? Chá muito quente faz um mal danado para o estômago – Elizabeth sabia que tinha de ganhar tempo e dar um jeito de retirar aquela xícara das mãos da menina. – Por que não coloca aqui na mesa e espera um pouquinho?

– Ah, com licença. Vou voltar para a sala. Minhas irmãs e Benjamin estão me esperando para brincar – a menina saiu com a xícara fumegante em uma mão e um copo d'água na outra. Sem ter a mínima ideia, deixava na cozinha um terrível rastro de incertezas.

Emily pegou outra xícara no armário, colocou sobre a bancada e preparou o infusor. Foi buscar a água no fogão no mesmo momento em que Elizabeth se aproximou para colocar o resto do pó que ainda havia sobrado. Mas não deu tempo, Emily estava muito perto para não ver a operação. O relógio apontava vinte minutos para as sete horas, e na sala duas cenas se sucederam: Jasper recebendo a xícara com chá preto apenas e subindo em direção ao quarto de Isabella, e Elizabeth entrando no meio da brincadeira das filhas de Hudson para dar um jeito de resgatar a xícara pega por Daisy.

– Vocês conhecem *As Três Graças*?

– Não... – responderam Rosalyn e Daisy quase ao mesmo tempo.

– Eu conheço! Fazem parte do quadro *A Primavera*, de Botticelli – disse Florence, surpreendendo a todos.

– Isso mesmo! E parecem vocês três. Lindas, leves e elegantes. Hudson e Madeleine capricharam.

As duas mais velhas agradeceram com a cabeça, enquanto Florence fez uma reverência, seguida por Benjamin, que a imitou.

— Só tem uma coisa, elas eram brancas, brancas — a menina soltou a frase assim que levantou a cabeça. — Não sei por que os artistas não faziam quadros com "graças" da nossa cor.

— Pois é, Florence, tem um ponto aí. E agora, se vocês me dão licença, vou roubar meu neto um pouquinho. Tem outra criança querendo brincar com ele.

Ela esbarrou de propósito na mesinha onde estava o chá com a intenção de derramá-lo, mas Benjamin, com um reflexo incrível, empurrou a xícara, que se manteve quase no mesmo lugar, apenas circundada por um pouco do líquido que transbordou.

— Obrigada, Benjamin — Daisy pegou a xícara e deu um gole generoso.

Benjamin novamente pegou a mão da avó, puxando-a para a escada com força. Mas Elizabeth notou Ross descendo e achou melhor não encontrar com ele. Olhou o relógio, a xícara de Daisy, e cada segundo parecia passar mais devagar do que o anterior. "E agora, e agora? Pense, Elizabeth, pense..."

— Querido, não é melhor levarmos uma flor para ela? Veja, sua mãe colocou outras flores nos vasos também, além dos girassóis.

— Foi em minha homenagem! — disse Florence alegremente.

— Com certeza, flores para Florence! — Elizabeth estava encantada com a moça, da mesma forma que simpatizava com Hudson.

— Elizabeth? — Ross aproximou-se da sogra, que estremeceu só ao pensar que ele poderia lhe trazer mais contratempos naquela noite.

— Isabella pediu para você subir — ele tinha o cenho franzido, revelando sua desconfiança. — Disse que vocês precisam acertar algumas coisas antes da festa começar oficialmente.

— Nossa! Essa menina está muito mudada! Que bom! Que bom!

— E você? Também está mudada? — o olhar severo de Ross perscrutava a face rosada da sogra, buscando suas verdadeiras intenções. — Sabe que temos um histórico aqui, não é?

Ele não podia falhar novamente nos cuidados com a sobrinha. Toda a atenção era pouca. Mas Elizabeth optou por simplesmente desconsiderar o olhar ameaçador do genro e comemorar internamente o tempo que estava recuperando. Agora ela não precisaria mais arranjar nenhuma desculpa. Daria um jeito de, no quarto, colocar o pó de *Melissa officinalis* no chá e tudo voltaria a se encaixar.

— Obrigada pela consideração, Ross. Vou subir.

A expressão de ameaça no rosto do homem não surtiu nenhum efeito. Ela não tinha mais tempo a perder, só precisava dar uma volta na sala para dar um recado importante.

— Benjamin, volte a brincar com as meninas. Daqui a pouco você sobe. A Isabella quer falar comigo a sós. Precisamos fazer as pazes, entende? — Benjamin concordou, um tanto contrariado.

— Vai demorar? — perguntou ele.

— Não, é rapidinho. Depois, Layla vai com você lá em cima, não é, Layla? Ela também adora brincar.

Layla entendeu o recado e assentiu com a cabeça.

— *Qanchis, qanchis...* — Elizabeth, olhando para o relógio, falou baixinho para Layla a palavra "sete" em quíchua.

A próxima parada seria o quarto de Isabella.

# Capítulo 25

Elizabeth inspirou fundo e subiu a escada da casa da filha. Quantas histórias não tiveram como cenário aqueles degraus de madeira maciça, ladeados pelo corrimão de ferro e quatro sólidas pilastras em suas extremidades? Desde os tempos de Anthony e Samantha Ross, que morreram antes que seus filhos chegassem à adolescência, passando pelos desafios de Richard e Jasper no exército, até os difíceis anos em que a sombra de uma menina aconteceu de ocupar o segundo andar, a escada foi testemunha dos eventos da casa.

Para Elizabeth, naquele momento, o desafio era seguir os passos planejados. Nada poderia tirar seu foco nem sua coragem. Pelo bem de Benjamin. Pelo bem da Profecia.

O quarto de Isabella era separado da escada por um comprido pedaço de corredor. Do último degrau não era possível ver a porta, mas o restinho de luz que ainda entrava pelas vidraças foi o suficiente para mostrar a figura delineada ao fundo. Sim, a menina já estava do lado de fora, demonstrando que o encontro era esperado por ambas.

– E então, Isabella? Quanto tempo, não é? – a mulher queria testar todas as possibilidades e foi o mais amigável que conseguiu.

– Elizabeth! Então o meu aniversário fez a gente se encontrar novamente. Nossa última experiência não foi das mais positivas, não é mesmo?

A sensação de estar falando com uma mulher adulta dentro do corpo de uma inocente criança era aflitiva. E persistia naquele momento.

— Pois é... Nada que não possamos consertar, melhorar...
— Elizabeth se aproximou e já podia ver o rosto branco e perfeito, com os negros cabelos cuidadosamente arrumados. O vestido cor de vinho bordado parecia valorizar ainda mais a beleza da menina.

— Meu tio arrumou meu quarto, está ótimo para receber visitas — Isabella estendeu o braço, convidando-a para entrar.

— Ele cuida muito bem de você, o Jasper.

Elizabeth passou pelo batente e completou:

— Nossa, está bem arrumado mesmo!

— Você acha que as pessoas gostam de mim agora? — Isabella se postou no centro do quarto e justapôs as mãos sobre o ventre com uma timidez quase carente. — Ou será que os convidados vão me chamar de *monstrina*?

— Imagine, Isabella... — como um perdigueiro farejador, Elizabeth buscava com o olhar onde estaria a xícara. Era a segunda vez que entrava naquele quarto em busca de um objeto, mas a presença densa de Isabella não permitia que Elizabeth se sentisse mais preparada. — Todos sabem que agora você é uma boa menina. Você é uma boa menina, não é?

— O que você acha? Acha que eu seria capaz de fazer o bem? De regar as plantas, de arrumar a mesa, de dar de comer aos passarinhos? — o sorriso revelava os dentes alinhados.

Seriam as palavras da criança cheias de ironia? Ou ela, a mulher adulta, é quem estava equivocada, com a visão distorcida pelo peso e por suas próprias crenças? Não havia ninguém, além das duas, para levantar tal questão naquele momento. "Os mistérios só são revelados depois que acontecem."

— Acho que você está indo bem... — Elizabeth deu três passos e conseguiu ficar ao lado da xícara de chá, que ainda parecia estar quente. — Todos estão convencidos de que você mudou muito e pode, sim, fazer muitas coisas boas.

— Até cuidar do meu primo Benjamin? Acha que sou capaz? Ele é praticamente meu irmãozinho, não é?

Elizabeth retraiu os músculos do corpo e reuniu toda a energia possível para responder.

– Sim, acho que sim. Desde que você entenda que ele é apenas um menino pequeno... Às vezes os primos mais velhos se esquecem disso...

– Claro que eu me lembro. Por ele ser uma criança que... me ajuda tanto... – Isabella falava com um tom indefinido, que demonstrava ao mesmo tempo gratidão e poder.

– Ele te ajuda? – Elizabeth mantinha o sorriso, mas a vontade era pegar a menina pelos ombros e obrigá-la a dizer suas verdadeiras intenções. – Pensei que você mal o deixasse entrar no seu quarto.

– Ah, Elizabeth, essas crianças tão puras... tão inocentes... Você não sabe como elas ajudam pessoas como eu... elas gostam de agradar. Fazem tudo por uma boa brincadeira.

– Ouvi dizer que você está brava com sua mãe. Que não quis que ela viesse na festa... – Elizabeth usou o assunto como um trunfo. Precisava enfraquecer sua oponente. Colocou a mão no bolso e sentiu o saquinho de pó lá dentro. Assim que Isabella desse uma brecha, ela despejaria o conteúdo na xícara.

– Sim. Ela vai ficar no lago hoje. Está bem lá. Mesmo porque acho que já sou grandinha para me cuidar, não é? E a partir de hoje vou estar ainda mais pronta.

– Pronta? Por quê? – Elizabeth achava que sabia a resposta, mas queria ouvir a versão de Isabella. Queria mais forças para o que estava prestes a fazer.

– Porque tenho nove anos, oras! Aliás, meus desenhos melhoraram muito desde a última vez. Você ainda quer vê-los?

– Você quer me mostrar? – notando que os papéis estavam sobre a mesa ao lado da estante de livros, ela calculou que a menina tivesse de fazer o trajeto até lá virando as costas para ela. Seria o momento ideal. – Claro, quero ver sim. Você vai pegar para mim?

– Vou, mas sem truques desta vez, hein, Elizabeth? Eu ia ficar muito chateada com você... Da outra vez você me enganou...

O rosto da menina por um instante fez a mulher sentir um misto de culpa e arrependimento. Mas só por um instante. Logo ela retornou a seus propósitos.

– Não, nós estamos aqui para fazer as pazes, não é? Você sabe que todos se espantam com seu talento, e eu também quero ver seus últimos trabalhos.

– Claro. Você agora será praticamente a minha avó... – Isabella foi andando até a mesa e Elizabeth despejou o pó rapidamente no chá.

– Veja, esse eu fiz pensando na sequência de Fibonacci, conhece? – Elizabeth tentou não mostrar espanto e fingiu não conhecer o cientista italiano que fizera uma das mais engenhosas sequências matemáticas de todos os tempos. Sentou-se na cama e pegou a folha branca.

– Nossa, que lindo... veja essas linhas, esses ângulos e semicírculos perfeitos! Parabéns.... E, escute... por que não toma um pouco de chá? Ainda está quentinho. Daqui a pouco já vai ser a hora de descer, não é? Já está quase completamente escuro...

Isabella abriu um sorriso infantil e pegou a xícara nas mãos. Levou o chá até a boca, mas interrompeu o movimento.

– Sabe, Elizabeth, quando eu falei que queria ver você como a minha avó? Eu estava sendo muito sincera.

– Isabella, eu... – a frase inesperada desconcertou a mulher e ela quase deixou cair o papel.

– Sabe por quê? – continuou a menina, piscando inocentemente.

– Talvez porque veja como eu cuido de Benjamin e...

– É... também, mas também porque gostaria de conhecer minha avó... a de Liemington... Tenho curiosidade.

– Ah, sim... Você chegou a perguntar para a sua mãe sobre ela?

– Não, ainda não tive oportunidade.

– Tudo bem. Posso ser a sua avó por enquanto. Por isso quero que você tome o seu chá...

– Claro... – a menina pegou a xícara e a aproximou dos lábios, mas novamente a devolveu ao pires sem tomar a bebida, o que aumentou a aflição de Elizabeth. – Ah, e por falar em avó... se aquela pulseira que você destruiu era uma joia de família, talvez não seja tão difícil encontrar outra, não é?

– Poxa, a pulseira... – a mulher colocou no rosto uma expressão de pesar. – Como me arrependo. Eu pensei que era algo maléfico para você, imagine...

– Ah, tudo bem... Como eu falei, minha mãe vai arrumar outra para ela e poderemos sair juntas, não é? Por Esparewood, pela Inglaterra. Quem sabe, pelo mundo...

– O mundo? – o sorriso forçado tinha se plasmado na face de Elizabeth. – Nossa... você gosta de planos ambiciosos, não é? Nisso puxou a sua mãe.

– Como, vovó Elizabeth? – Isabella fez a cara mais cândida que poderia. – Você falou que não ia mais me menosprezar ou ser irônica comigo.

Lágrimas pareceram se apontar no canto de cada um daqueles olhos negros.

– Não, não chore! – Elizabeth pensava no efeito que uma criança em pranto poderia causar nos convidados. – Eu estou ao seu lado. E olhe, não é errado ser ambiciosa. Eu mesma tenho grandes ambições... até de mudar o planeta, imagine só!

Eram sete horas em ponto e Elizabeth ouviu Layla e Benjamin subindo as escadas. Isabella ainda não havia tomado o chá.

– Você vai brincar também, Layla? – perguntou Benjamin.

– *Acho que não, querido, a sua avó está com saudades e quer você só para ela. Mas vou avisar que nós chegamos... Elizabeth?*

Layla pensava que a amiga já estaria na porta do quarto de casal, com Isabella lá dentro, desmaiada. Mas a voz veio do lado oposto, com um tom estranho.

– Estou aqui, Layla...

Isabella antecipou-se e abriu a porta. Mostrou seu melhor sorriso.

– Benjamin, meu primo querido! Venha, entre aqui. Sua avó está aqui. Acabamos de ficar de bem, não é, Elizabeth?

– Foi, querido...

– Então podemos brincar. Vamos brincar de quê? Você disse que íamos fazer isso hoje...

Layla queria entender o que estava acontecendo, mas tudo o que via era a tensão no rosto de Elizabeth e uma menina extremamente carinhosa a sua frente.

– Layla, que bom que veio à minha festa. Você também vai jogar conosco?

– Eu... eu... tinha que descer e... – Layla queria continuar o plano. Mas, até onde podia perceber, não havia mais plano algum.

– Não, você fica sim, Layla – Elizabeth arregalou os olhos para a amiga. – Vai brincar conosco, não é?

Para Elizabeth, a presença de Layla seria uma segurança a mais. Tentava buscar uma solução, mas tudo o que conseguia era olhar para o relógio no criado-mudo. Eram sete e cinco e faltavam apenas trinta e cinco minutos para a maioridade precoce de Isabella. Aquela que, ao que tudo indicava, autorizaria a menina a exercer toda a força do mal.

Uma voz vinda de baixo que já parecia presente há alguns segundos tornou-se mais forte e audível.

– Isabella? Elizabeth? Está na hora! Já escureceu e parece que a festa é aí em cima! – Ross berrava apoiado no corrimão.

Como os lados de um cubo mágico nas mãos de um expert, as ideias pareceram se encaixar na cabeça de Elizabeth em um instante. Enfim, a solução perfeita.

– Ross – a mulher passou por todos e respondeu ao chamado na cabeceira da escada –, estamos descendo! – Depois, virou-se para Benjamin e falou mirando seus olhos com bastante segurança: A brincadeira vai ser lá embaixo, o.k.? Vamos brincar de druida, certo?

– De "durida"? Ah... – o menino se lembrava que a brincadeira era difícil e não tão divertida. – E se a gente jogasse outra coisa?

— Druida? Até que me pareceu interessante – a fala de Isabella soou genuína, e Elizabeth pegou o gancho imediatamente.

— Está vendo, Benjamin? A Isabella vai gostar! Vamos – Elizabeth puxou a menina pelas mãos –, hoje é seu dia! Vamos descer todos juntos.

Os dois passaram na frente e, quando Elizabeth olhou para a menina, soltou imediatamente sua mão da dela. Os olhos pareciam duas covas profundas, e a boca estava inchada, duas vezes maior do que o normal. A ponta do nariz parecia fendida, com uma carne vermelha e esponjosa apontando para fora. Uma alucinação, fruto de seus temores mais profundos, ou uma mostra do que viria pela frente? Elizabeth virou o rosto e, quando se voltou para checar o que tinha visto, deparou-se com o rosto perfeito de Isabella.

— Algum problema, vovó?

— Não, nenhum, querida...

— Parece assustada...

— Estou apenas ansiosa, só isso.

— Ah, eu também estou! Daqui a pouco eu farei nove anos. Como é bom fazer aniversário! – Benjamin e Layla ouviram a frase e se viraram para trás ao mesmo tempo. O menino ficou feliz com o entusiasmo da prima.

Ross, na base da escada, viu a cena dos quatro descendo e se animou.

— Pessoal, não sei se todos conhecem Isabella, mas essa é a minha sobrinha. Minha bela e superinteligente sobrinha – Ross estava sendo sincero e as palavras saíam naturalmente.

Todos cumprimentaram a menina, deram presentes e sorrisos. As filhas de Hudson se espantaram com a beleza dela, e Emily sentiu-se relaxada com a felicidade do marido. Jasper Ross sentia-se genuinamente orgulhoso, mas jamais pleno. Queria que Richard estivesse ali vendo a filha descer os degraus e ser recebida por sorrisos e abraços. A memória que o atormentava era sempre mais forte: Charlotte, com a saia tingida pelo sangue, caminhando sozinha, para longe de Richard e da vida feliz que poderiam ter construído juntos.

— Nós íamos começar uma brincadeira lá no quarto. Quem sabe fazemos aqui embaixo? — Elizabeth tinha calculado tudo para o segundo andar, mas a sala de estar também estava na linha do porão. A mudança agora seria providencial. Se Isabella queria conquistar a todos, não poderia mostrar suas garras.

— Uma brincadeira? — Florence foi a primeira a se animar. Vamos brincar do quê?

— De "durida"! — foi a vez de Benjamin se pronunciar.

— Do quê?

— De druida, Florence — Elizabeth se antecipou. — É uma brincadeira muito bacana. Nós podemos ser os druidas, e, como é aniversário de Isabella, ela deve ser a princesa!

Florence, Benjamin e Layla concordaram. Daisy estava dormindo profundamente no sofá e apenas abriu o olho com o barulho dos gritos e das conversas. Quis ver o que eles estavam fazendo, mas logo caiu no sono novamente.

— E como é essa brincadeira, Elizabeth? Explique para nós — Layla já havia entendido que seu papel era incentivar as atitudes da amiga, não importava quais fossem.

— Princesa Isabella, ou melhor, Princesa do Sul, precisamos encontrar um trono para você — Elizabeth sorria desafiadora, enquanto Isabella olhava para o relógio, como uma ameaça.

— Eu arranjo isso! — Hudson, que passava por ali tentando encontrar seus óculos, pegou a poltrona e a arrastou alguns metros em direção a eles.

— Não, não, Hudson! — Elizabeth interveio. — O trono de uma princesa deve ser de ouro. Ou, pelo menos, de metal!

Benjamin, empolgado com a brincadeira, preferiu não perguntar nada à avó, mesmo lembrando que na floresta o trono era feito de madeira.

— Ah, certo, claro — Hudson olhou ao redor para ver o que poderia servir. Viu o revisteiro dourado do lado do sofá, virou-o de ponta-cabeça e colocou uma almofada de veludo sobre ele. – Pronto, aqui está o trono de ouro!

– Perfeito! – Benjamin e Florence batiam palmas enquanto Rosalyn se aproximava. Ela achava que já era tempo de ficar entre as mulheres adultas, mas a verdade é que os assuntos de Emily e Doris eram um pouco aborrecidos. Ver seu próprio pai entrando na brincadeira foi o incentivo para se juntar ao grupo.

– Ó, Princesa do Sul, você foi envenenada? – Elizabeth imitou a voz de um velho druida e fez uma pose engraçada, o que levou todos a gargalhar.

– Como? – Isabella estava se esforçando herculeamente para levar adiante aquela brincadeira infantil.

– Envenenada... a princesa foi envenenada pelos inimigos dos reinos longínquos... – foi a vez de Layla explicar à menina como funcionava o jogo.

– Ah, sim, claro... envenenada! – Isabella fingiu que caía, só fazendo menção de um desmaio, mas permanecendo de pé.

– Cai no trono, princesa. Olha o trono aí – a espontânea Florence contribuía para o desenrolar do plano, mesmo sem saber. Seus olhos brilhavam, talvez por lembrar de sua falecida avó, mãe de Hudson, que tinha a mesma disposição para jogos e encenações.

– Princesa, vou fazer o ritual... – Benjamin foi andando até Isabella. Mas de repente parou e olhou para a avó, com um desespero infantil. – Vovó, e os pinhões?

– Ó, druida infante... use outra matéria orgânica de igual valor... como.... como essas margaridas do vaso.

– As margaridas que nós demos? – Rosalyn não conseguiu disfarçar o desapontamento.

– Líder das fadas da floresta, suas flores têm um grande poder. Agradecemos pelo presente.

– Ah... certo, certo, druida-chefe – Florence, aproveitando o teatro, fez um gesto para que a irmã mais velha se calasse e ela mesma pegou o vaso e colocou-o na frente de Benjamin. – Pronto, druida infante, aqui estão as flores.

Benjamin então passou a colocar, uma a uma, as margaridas em círculo em volta de Isabella, sendo observado por todos. Ou por quase todos. Fingindo ter os olhos fechados, a menina no centro do círculo acompanhava cada mínimo movimento de Elizabeth. Contava cada segundo para aquilo tudo acabar. Faltavam apenas quinze minutos para o horário de seu nascimento. E queria celebrar em grande estilo a única festa que teve em toda a sua vida. Não via a hora de ver o ponteiro do relógio chegar ao destino final.

Elizabeth também checava o relógio, desejando que fosse mais lento. Ao buscar o cuco perto da cortina, viu atrás dela, do lado de fora da casa, seis olhos acusadores. Eram os Aliados Dorothy, Gregor e Gonçalo, com um semblante de profunda desaprovação. Havia também um coro de latidos, despertados pelos Aliados, que passaram rente à cerca da casa vizinha. Os cães podiam sentir a presença e a aflição de espíritos e parecia que também queriam impedir aquela morte, mas não conseguiam fazer nada. Com o baixo nível de *enits*, os Aliados haviam perdido a capacidade de atravessar a matéria, ainda mais a parede grossa de pedras da casa dos Ross. Já deveriam estar à caminho da Colônia, mas ficaram ali, paralisados por um tempo, sem reação.

— Pronto, vovó? Ou melhor, pronto, velho druida? Nós a salvamos? — Benjamin captou o olhar da avó e ela se prendeu a isso para prosseguir.

— Entrego a você, Princesa do Sul, este amuleto para neutralizar o veneno dos inimigos — Elizabeth abriu os dedos finos da menina. Mesmo sentindo resistência, como se fossem garras, conseguiu depositar na palma de Isabella um pedaço de metal.

— E agora... — Elizabeth se empertigou como se fosse falar algo muito importante. As meninas de Hudson, Layla e Benjamin a imitaram na postura, mas só até ela quebrar o clímax ao se abaixar para falar maternalmente com o neto. — Falta uma coisinha, querido. Mas acredita que eu esqueci? Você se lembra da frase? Ajude a vovó... eu ando muito esquecida...

– A frase, vovó? Eu... espera...

Elizabeth olhou para Layla e o ar tornou-se pesado. As meninas também compartilhavam da expectativa.

– Não é difícil, druida infante. Você se lembra? Nós falamos na floresta... – Elizabeth falava para o neto, mas notava que Isabella se impacientava e já quebrava as regras, abrindo os olhos de vez em quando.

Elizabeth suspirou. Benjamin mantinha-se em silêncio, atenção fixa no metal na mão da prima, como se procurasse se lembrar. As meninas começavam a perder o interesse, o que não seria nada bom para o plano. O relógio apontava sete horas e trinta e seis minutos.

– A minha inocência... – Benjamin deu um passo à frente. Sua voz parecia firme e clara. – A minha inocência me salva, te salva, salva o mundo, o universo e ainda além – a sentença veio sem um erro sequer. Benjamin trazia no rosto uma expressão irreconhecível e, quando ficou bem de frente para a luz do abajur, Elizabeth se assustou. Por um instante ela pareceu ver um jovem, um adolescente quase da idade de Frank, executando diligentemente sua missão.

– Querido? Está tudo bem?

Antes da resposta, um som espocado irrompeu. Isabella estremeceu de forma apavorante, seu corpo chacoalhava como se ela estivesse tendo uma convulsão, e a maioria das luzes da casa se apagou. Benjamin pulou para trás, assim como os outros participantes do jogo. Florence gritou e se enlaçou no braço da irmã. Elizabeth voltou-se para a menina na cadeira e pôde ver o lábio inferior dela levemente disforme. Os olhos bem abertos, escuros, virados em sua direção, porém, vitrificados.

– Vovó, será que fiz alguma coisa errada? – Benjamin abraçou-a por trás e voltou a ser a mesma criança de sempre. Elizabeth torcia em silêncio para que ele não tivesse visto nada. Aquele rosto. Aquele horror.

– Fiz? Fiz algo errado, vó?

– Não, meu bem, você fez tudo certo. Lembra? As princesas enganam os inimigos dos reinos longínquos – Elizabeth notou que agora os olhos na vidraça haviam sumido. Mas não é sua culpa.

– Ah, é. Eu entendo, viu, Isabella? Foi engraçado... Isabella... Isabella!

Benjamin encostou em seu ombro e a menina caiu petrificada, junto com seu banco improvisado, para desespero do primo e de todos que estavam ali naquela noite.

O relógio apontava um minuto para as sete e quarenta da noite, hora exata do nascimento de Isabella. Mas, pela imobilidade do vulto caído no chão, com o cabelo negro esparramado e os olhos de pedra, não havia mais um aniversário a comemorar. Era o fim. O fim de uma era que só traria consequências dali a muitos anos.

# Capítulo 26

Quando Jasper e Emily perceberam a gravidade da situação, uniram forças como há muito não se via naquela casa. Trouxeram Layla para os primeiros-socorros, mas, depois de checar os sinais vitais, o olhar de enfermeira confirmou que os cuidados não surtiriam nenhum efeito. Emily, então, mudou o rumo das coisas e rapidamente conduziu as crianças até o jardim. Buscou acalmar Benjamin e Florence dizendo que Isabella era muito alérgica e que devia ter comido algo que lhe fizera mal. Elizabeth, sem explicações, subiu para o quarto de Benjamin e ninguém foi atrás dela. Hudson estava ao telefone, ligando para a ambulância, mas foi interrompido por Jasper.

– Desligue isso, homem. Não tem mais jeito.

– Como não? É preciso chamar um médico... – até mesmo o inquebrantável soldado da alegria, Hudson Scott, estava abalado.

– É outro o telefonema que temos que fazer – sentenciou Ross.

Doris estava em estado de choque, estatelada no sofá, dividindo espaço com Daisy, em total inércia. Uma sentada de olhos abertos, a outra no inexplicável sono que a poupou de ver uma morte.

O peso da tragédia tem um tempo próprio, e os minutos passavam penosamente. Não havia o que dizer e, por outro lado, aspectos práticos precisavam ser resolvidos. O dia quente funcionou como aliado, pois permitiu que a comida fosse servida do lado de fora para as crianças. Quanto aos adultos, estes perderam completamente o apetite. Hudson e Ross fizeram uma espécie de cabana improvisada para esconder o local onde tudo acontecera.

O chão chamuscado, o "trono de ouro", tudo continuava em volta de um corpo magro caído lateralmente.

Pegaram as duas escadas que estavam encostadas na parede externa, e até pouco tempo antes haviam sido usadas para pendurar balões, e as cobriram com um lençol, fazendo um anteparo. Posicionaram o sofá e a poltrona em ângulo para contribuir com o isolamento da área.

Layla e Emily andavam atarantadas como baratas tontas, enquanto Rosalyn parecia ter amadurecido de uma hora para a outra. Estava lidando com tudo de forma adulta, inclusive confortando o choro convulsivo de Emily.

Quanto a Elizabeth, já eram quase nove horas quando ela desceu os degraus como alguma diva de cinema antigo, penteada, com a bolsa arrumada, pronta para qualquer desafio. Deparou-se com Ross e Hudson e perguntou polidamente ao genro sobre Benjamin.

– Está lá fora. Ainda tem coragem de encará-lo, Elizabeth? – a raiva na voz de Ross era carregada. Com os olhos pela metade, o rosto abatido e o corpo acorcundado, não se conformava com a situação. Aquela mulher não havia apenas enganado a ele, mas também a Emily, sua própria filha. – É bom que tenha descansado, antes de encarar a prisão.

– Não se preocupe comigo, Ross – respondeu ela, firme. – Seus pensamentos e julgamentos não me interessam.

– Quem fará isso será a justiça de Esparewood. A justiça da Inglaterra.

– São apenas instituições. Tenho coisa mais importante para pensar – perante as palavras de Elizabeth, Hudson se mostrou atônito.

– Vá se despedir do seu neto – agora, em vez de agressivo, Ross parecia em estado de choque, menos pelas atitudes da sogra que pelo fato de jamais poder ver Isabella de novo.

Ela seguiu a ordem do genro cruzando a porta da cozinha. As três crianças já haviam terminado o jantar, mas ninguém se atrevia a comer as balas açucaradas de amora preparadas pela "avó". Antes de chegar à mesa de madeira, Elizabeth trocou olhares com Layla e sentiu uma inquietação desvelada em seu olhar, mas não deu atenção. Estava segura de ter feito a coisa certa, e continuaria com seu plano até o fim. Com passos suaves, dirigiu-se ao neto e sussurrou em seu ouvido:

– Agora ela está dançando.

– Dançando? – perguntou Benjamin, franzindo o cenho.

– Sua prima...

– A Isabella está dançando? Pois eu acho que ela está morta. Estão todos tristes.

– Lembre o que aconteceu com a Princesa do Sul...

– Ela foi para o bosque, não é? Mas isso é só nas histórias.

– Quem disse? Enquanto a Princesa do Sul está no bosque encantado, eu, que sou a Princesa do Norte, vou ter que ir para um outro lugar e...

– Sra. Tate? – uma figura masculina de quase dois metros de altura se aproximou enquanto uma policial com a metade do tamanho do colega, com o uniforme preenchido por um corpo rechonchudo, começava a algemar Elizabeth.

– Não é preciso, senhorita. Eu acompanho vocês – Elizabeth conduziu o olhar da mulher para as crianças, apelando para o bom senso. – Vamos continuar essa conversa lá dentro.

Antes de entrar, Elizabeth enlaçou o corpo do neto com a intensidade de uma despedida e deu a ele uma das balas que havia feito para Isabella. Só se separaram com o som dos sapatos dos demais membros da equipe policial, que subiam do porão depois de algum tempo de investigação, perguntas e análises.

– Vó?

– Benjamin, precisamos dizer adeus. A vovó vai ficar um tempo... um tempo fora da cidade.

– De novo você vai embora? Pra onde? Onde você vai agora? – Elizabeth percebia a respiração entrecortada do neto.

Quem respondeu, no entanto, foi a indesejada visitante com cara de bolacha.

— Para Hogsteel, querido. É pertinho daqui — a policial deu um abraço burocrático no menino, que, em um raro acesso de fúria, se desvencilhou dela.

— Eu não quero que ninguém leve a minha vó.

— Não, não, cara de pinguim — Elizabeth se interpôs entre a mulher e o menino. — Eu é que quero brincar um pouco de polícia e ladrão com meus amigos aqui. Em breve eu volto para a gente fazer outro jogo. Combinado?

Até mesmo os dois assimétricos policiais se espantaram com a calma e o humor da sexagenária. Ela mantinha a expressão plácida e um grau de colaboração que não era muito comum em uma prisão preventiva. Especialmente quando se tratava de uma acusação de assassinato.

---

Após Elizabeth ter sido levada no carro de polícia, a equipe de peritos continuou no local concluindo os procedimentos. Naquele momento já estava tudo "limpo", sem a incômoda presença de um cadáver na sala, mas cerca de duas horas antes, a situação era bem diferente.

— Bem se vê que o senhor é americano. No interior da Inglaterra as pessoas jamais se lembrariam de deixar a cena do crime intocada até a chegada da polícia — a mulher, vestida em um terninho preto e com o cabelo plasmado em um coque à altura da nuca, sorria exageradamente para Hudson, enquanto Layla, após mais uma vez tentar acordar Daisy, aproximava-se dos dois.

— Então a senhora é investigadora? — a mulher de cabelos castanhos queria lembrar à policial que ela estava em serviço e estabelecer um ar institucional naquela conversa "amigável".

— Senhora? Não, por favor, me chame de oficial Black — a mulher lançou um olhar altivo e sedutor.

Layla se incomodou e se preparou para sair, mas sentiu o braço forte de Hudson envolver sua cintura e puxá-la um pouco mais para perto dele.

— Muito obrigado pelo seu suporte. Eu queria mesmo te agradecer...

— Imagine... — ela não esperava aquela atitude e gaguejou. — Os Ross devem dizer o mesmo para você. É bom ter um amigo assim...

— Você salvou Ross depois da guerra, você praticamente curou Benjamin... Você é uma aliada de Emily mesmo depois de... bem... É muito bom ter alguém assim por perto. Especialmente em um dia tão difícil...

— Hudson, eu...

A oficial, percebendo que sua presença estava a mais ali, desmanchou o sorriso e foi para fora da casa. Encontrou com os colegas e ficou surpresa com a engenhosidade do que eles haviam descoberto no porão. As provas que culminaram na prisão de Elizabeth, alguns minutos antes.

Quando a comitiva de gente uniformizada fez menção de deixar a casa, Layla entregou a cada um deles uma bala de amora açucarada que estava no pote menor, em cima da geladeira, separado das demais. Todos os policiais imediatamente começaram a comer a geleia, menos a investigadora com jeito de modelo.

— Obrigada, não como doces.

— Eu entendo, policial. Na verdade, eu mesma só comi alguns porque nem quero jogá-los fora, nem quero deixar que a família conviva com essa lembrança da festa da menina. É quase uma boa ação...

A mulher suspirou e, levemente comovida, acabou por abrir o papel celofane e comer a geleia.

Depois de passar pela porta e conduzi-los até a cerca, Layla falou mais uma frase emocionante que quase levou a equipe às lágrimas. Mas dentro de casa, ninguém a escutou.

Florence e Rosalyn continuavam no jardim, e a única coisa que faziam era trocar a posição das pernas no comprido banco de madeira. Apenas Benjamin batia sua bolinha de borracha na mesa, de forma contida, enquanto analisava as movimentações e tentava entender o que realmente acontecia naquela casa. Em silêncio, cada um absorvia como podia as informações daquele evento insólito. Queriam fazer perguntas, mas logo desistiam. Todos, principalmente os adultos, estavam confusos.

– Benjamin! – chamou Emily. – Suba para tomar seu remedinho e descansar. Florence, se quiser fazer companhia a ele, será ótimo.

O verdadeiro objetivo da ordem era afastar as crianças da conversa que teria com os presentes, naquele exato momento. Emily faria um sério apelo aos que estavam ali para que a história que presenciaram não se tornasse pública e, consequentemente, presa fácil para pessoas mal-intencionadas como Graça Miller. Bastaria uma fagulha para que a notícia se alastrasse como fogo e chegasse aos ouvidos de Arianna.

Emily então acomodou todos na mesa da cozinha, serviu um chá e se sentou. Expôs os acontecimentos dos últimos tempos, incluindo a rotina e a dieta incomuns da sobrinha desde que chegara àquela casa. Mostrou ainda a edição do *EspareNews* em que ela e sua família foram desmoralizadas, para que entendessem a importância da discrição de cada um deles com relação aos fatos daquela noite.

– Emily, você acredita que a morte de Isabella pode ter a ver com os hábitos estranhos dela? Com sua alergia a certos alimentos? – Hudson tentava entender o panorama completo.

– Não, não acho que tenha sido isso. Tomamos cuidado em só oferecer o que ela podia comer, como amoras e batatas... Eu achava que... – Emily segurou as lágrimas e Layla apoiou a mão sobre seus braços cruzados. – Eu achava que ia dar tudo certo hoje...

Ross, meio catatônico, apenas anuía com a cabeça enquanto sorvia seu chá. Sabia que tanto ele como a esposa estavam omitindo as ameaças feitas por Arianna caso não cuidassem de sua filha. Sabia também que não poderiam fazer de outra forma.

– E a mãe dessa menina? – Doris tentava racionalizar, já preparando uma explicação. – Onde ela está?

– Esse é o ponto – Emily limpou uma lágrima e ficou séria. – Ela não deve saber de nada disso de jeito nenhum!

— Mas que absurdo! — Doris continuava em seu papel de defensora da ordem e das boas práticas. — É seu dever avisá-la! A criança estava sob a custódia de vocês!

— Doris, você não tem mesmo como entender o que Emily está dizendo... — um apático Ross se pronunciou. — Mas Arianna é muito perigosa.

— Pense no Pavilhão C da Herald House, Doris — Emily lembrou das cercas altas que circundavam a construção destinada aos mais graves pacientes da instituição. — Ali era o lugar onde ela deveria estar.

Doris refletiu, passando na memória o filme das situações inusitadas que tinha visto no dia a dia de seu trabalho.

— Certo. Mas vocês sabem que, em uma cidade pequena como Esparewood, é prováv...

Ross a interrompeu.

— Nós sabemos, Doris. Mais cedo ou mais tarde Arianna ficará sabendo... Mas precisamos ganhar um tempo, estender ao máximo possível... os policiais disseram que a morte não poderá ser divulgada até o fim das investigações.

— O.k., seremos discretos — a cada segundo, Doris parecia compreender melhor a gravidade da situação que presenciava. — Mas acho que é meu direito saber: o que exatamente aconteceu na sala? Por que a menina faleceu?

— Vamos deixar a polícia esclarecer — o americano se pronunciou. — Mas, pelo que eu entendi, houve... houve um choque. Uma estrutura foi montada para a condução de corrente elétrica. Eles sabem o que aconteceu, só não sabem bem explicar como...

— Hudson, como você mesmo disse, vamos deixar a polícia esclarecer — a voz de Layla, que não havia sido ouvida até então, fez o homem se calar, tanto pela sensatez do que fora dito, como pela total empatia que tinha em relação a sua dona.

— Quanto maior a eficiência da polícia, pior será para nós... mais rápido o assassinato de Isabella virá à tona — Ross estava abatido e desesperançoso.

– Eu não me preocuparia com isso... – Layla modulou o tom de voz a fim de que só Ross e Emily escutassem o que dizia.

– Como não?

– Confiem em mim. Elizabeth deixou vocês em uma grande confusão, mas tomou providências importantes.

– Que providências? – Emily pareceu ganhar alguns centímetros quando se esticou para mais perto de Layla.

– O esquecimento. Em breve explico melhor, mas lembrem-se que ela desapareceu por quase uma hora.

– Ela não estava no quarto?

– Algo me diz que ela estava preparando algumas ervas... talvez poções...

– Layla, você está envolvida nisso? – Emily estava chocada.

– Eu sabia que ela não tinha largado as bruxarias – Ross estava furioso.

Os olhares se direcionaram para ele, e Layla tomou a frente.

– Ross, Emily, acho que as pessoas precisam ir embora... vamos liberá-los.

Todos estavam exaustos e encerraram a reunião com palavras de apoio. Doris, ainda consternada, propôs uma carona para as três meninas Scott, enquanto Hudson e Layla permaneceriam na casa para dar suporte ao casal. A polícia ligaria a qualquer momento, liberando o corpo após a autópsia. Não haveria velório. Levariam os restos mortais ao crematório público em um horário pouco convencional e espalhariam as cinzas no Bosque das Clareiras. A herdeira de Herald e a família Scott agora tinham um segredo que os ligava aos Ross. E, nas semanas seguintes, quanto mais estranhavam o fato de nenhuma notícia sair sobre o crime e nenhuma investigação ter continuidade, mais se sentiam gratos por não terem de pensar sobre o assunto.

---

A estrada que conduzia para fora de Esparewood passava obrigatoriamente pela única borracharia local, mas, quando o Dodge

Sprinter branco levantou poeira em frente à porta do estabelecimento, era muito cedo, e o borracheiro Tony Tire ainda não tinha aberto as portas. Não viu nada. Nem Bob, o leiteiro, geralmente nas ruas às quatro e meia, nem mesmo ele tinham começado suas entregas.

Na lataria do veículo não constava nenhum nome, nenhum símbolo, e os vidros traseiros eram baços como os das salas de cirurgia. Às sextas-feiras o trânsito na estrada vicinal podia até ser um pouco mais intenso, mas não àquela hora, e o único veículo que exigiu ultrapassagem foi um trator que estava entrando em uma pequena área de plantação, a menos de duas milhas do destino final.

Depois de sair da via principal, pegar a estrada de terra e desviar dos buracos, a motorista chegou ao portão de madeira, que estava sem o cadeado. Pensou que estaria aberto, e que a anfitriã, ansiosa pela encomenda, a esperasse na varanda. Mas não foi o que aconteceu.

A mulher estacionou o carro e se preparou para entrar na casa, ainda na penumbra da madrugada. A respiração forte e os barulhos da floresta se confundiam, assim como os passos no chão pegajoso conversavam com o crocitar de um ou outro corvo. A visitante ouviu também vozes vindas de dentro da sala.

*"O que devo fazer então, Arianna?"*

*"Você já sabe, Bernie: o susto tem que ser tão grande que ela não dará um passo fora da linha. Emily com certeza vai contar ao marido o que aconteceu. E ele vai se incumbir de colocar nela bastante medo. Você sabe... o medo faz as pessoas ficarem muito obedientes."*

*"Mas eu preciso... machucá-la?"*

*"Faça como achar melhor, só não a mate. Isso pode levantar suspeitas. Seja discreto e, principalmente, eficiente. Ou você não quer ver cumprido seu desejo de ser um Recrutado?"*

*"Sim, você vai se orgulhar de mim."*

*"Só mais uma coisa: não comente nada com Morloch."*

"*Mas ele pode ler minha mente.*"

"*Sim, mas com certeza não está ocupado com você. Neste momento, ele tem outras prioridades*".

Aquela informação baqueou a mulher. Bernie havia sido um de seus primeiros Recrutados. E agora estava ali, sob o comando de Arianna. Ter ouvido a conversa poderia ser um trunfo, mas também uma advertência: quanto antes pudesse escapar da tirania daquela mulher, melhor. Além disso, flashes do homem repugnante e dúvidas levantadas pelo desmazelo cada vez pior daquele lugar circundavam sua cabeça.

A intrusa precisava cumprir os passos para ganhar o mundo como Recrutadora Itinerante, com toda a liberdade que seu ex-marido nunca lhe dera.

Desceu devagar as escadas da varanda e se colocou na penumbra enquanto via o homem de corpo sólido sair pelo caminho de terra batida. Ele montou em uma motocicleta que parecia ser de entregas e sumiu na escuridão. Ela achou prudente esperar um pouco antes de voltar a subir as escadas.

– Você está aí? – abriu a porta destrancada. Os passos eram hesitantes. O cheiro forte de resina rescendia pelas paredes da sala. Não havia nenhuma luz, a não ser a de um lampião de onde escapava uma fumaça negra que sugeria o espectro de um gênio da lâmpada macabro.

– Trouxe o que pedimos? – a voz era fraca e vinha do quarto.

– Sim, está no carro.

– Então traga logo. O que está esperando?

– Por que tanta pressa? É apenas um deles. Vocês não precisam de todos juntos para que a forja aconteça...

– Cale-se, mulher! Você não precisa entender o processo todo. Apenas cumpra as ordens.

A visitante entrou e, nesse exato instante, a luz do quarto se acendeu. Era uma lâmpada pendurada por um fio que balançava como um pêndulo, mesmo em uma madrugada abafada e sem vento como aquela. Agora se via bem a dona da casa, deitada na cama, e sua imagem deteriorada. Nunca antes tinha visto em Arianna uma pele ressecada, uma olheira profunda e arroxeada como um hematoma, nem uma magreza além dos limites. Mas agora ela parecia reunir todas essas características.

– Rápido! O que está fazendo aí parada? – apesar de estar quase desfalecendo, a Recrutadora não perdia a altivez.

– Arianna, desculpe, mas o seu estado físico...

– Exagerei nessa semana. Fui em busca de outro recrutamento para que Morloch desista da ideia de me substituir – olhou a mulher de cima a baixo. – Sabe que tem gente querendo o meu lugar, não é?

– Arianna, não seja maluca! Ainda tem tempo para eu me tornar Recrutadora de verdade, não vou tomar o seu lugar. Você está se arriscando à toa!

– Chega de conversa. Vá buscar o maldito moleque! – uma fagulha da poderosa Arianna do passado, transmutada em um monstro das Sombras, se mostrou.

– É uma menina. Tem dezesseis anos.

– Uma menina?

– Está amarrada no furgão.

A herdeira de Saphir apertou os olhos e parecia não estar mais vendo o que estava a sua frente, mas uma cena antiga, misturada às memórias.

– Por que uma menina? Por que mais uma menina amarrada? – a frase não fazia muito sentido, ainda mais vindo de Arianna.

– Foi o que achei na idade certa e...

– Cale-se... não quero ouvir suas explicações, mesmo porque não temos tempo. Há ainda muito o que fazer!

Ante a fúria de sua anfitriã, a recém-chegada não se demorou mais. Foi até o veículo e voltou o mais rápido que pôde. Uma adolescente encapuzada, ainda sob o efeito do campo magnético do Orbe, andava a sua frente. Era magra mas encorpada, e só teve seu rosto revelado quando o capuz negro foi retirado com a delicadeza de uma artesã. Arianna olhou a face jovem, notou o cabelo ondulado, castanho, as bochechas salientes e rosadas, e se irritou ainda mais.

— Ela é... bonita!

— Isso é um problema?

— É claro que isso é um problema...

— Acho que Morloch vai aprová-la. Aliás, tenho certeza disso.

— Você não acha que, para uma mera ajudante, está se intrometendo demais nos nossos planos? Você não tem que achar nada!

— Claro, claro. É que estive pensando... se Isabella consegue força vital ficando ao lado de Benjamin, talvez você também possa sugar a energia dessa menina para se fortalecer. Há outras formas também...

— Não diga bobagens. Já falei que esses assuntos não são da sua conta. Agora, leve-a ao antigo matadouro. Lá há algumas correntes para as mãos. O Orbe está com você, certo?

— Fiz tudo conforme Morloch me instruiu... Estou controlando a moça por ele.

— Ótimo. Então é só deixá-la no galpão. E aperte o passo. Quando chegar lá, espero não te encontrar mais, porque você me irrita profundamente!

— Muito gentil da sua parte... Só me diga: onde eu devo deixar o furgão?

— Na estrada de terra, antes de chegar na borracharia. Ali será recolhido. Usaremos sempre esse procedimento daqui para a frente. Agora, saia!

A visitante ansiou pelo oxigênio de fora e tomou o rumo da porta, mas foi breçada.

— Antes me diga... como está Benjamin?

— Cada dia melhor. Inclusive, nem me querem mais lá. A mãe disse que agora se sente muito "disposta a cuidar de tudo". Está animada com a recuperação do menino.

— Perfeito. Ele faz bem para minha filha...

A visitante não permaneceu em Saphir nem mais um minuto. Entrou no carro, cruzou o portão e tomou o rumo da estrada.

# Capítulo 27

Hogsteel era a única prisão feminina de toda a região, situada em um imenso terreno em frente ao bosque, na estrada vicinal que servia ao menos cinco cidades. As criminosas de todas elas, inclusive Esparewood, eram encaminhadas até lá, e a instituição se tornara famosa na época da fuga fantástica de Betty Nemar, que aos sessenta e três anos entrara para o mundo do crime e aos setenta e três conseguira escapar cavando um túnel em sua cela com uma pá de jardim. Até mesmo as redes televisivas de Londres foram até a região para entrevistar os carcereiros e a diretora. Por conta de Betty, as presas perderam muitos direitos, e os trabalhos de jardinagem e costura, que eram vendidos para o fundo social do presídio, foram suspensos.

Elizabeth ainda aguardava seu julgamento por roubo, uma vez que, sob a influência da poção "modificadora de memórias" injetada nas balas, os policiais se convenceram da história contada por ela durante o caminho até Hogsteel.

Layla só pôde comentar o fato em sua primeira visita, a mesma em que entregou uma colcha de matelassê à amiga.

– Espere, mas isso não faz sentido. Por que você disse que era uma ladra se poderia ter dito que era inocente e ter escapado dessa? – Layla sussurrava, ciente do conteúdo extremamente comprometedor da conversa.

– Digamos que essa estada – Elizabeth olhou em volta – faz parte do desenho maior das coisas.

– Claro – disse Layla, sorrindo –, a incrível tia Ursula!

— Exatamente. E também porque eu precisava de um lugar seguro, longe da minha família, para continuar o meu plano.

— Eu caprichei na frase...

— Qual memória você construiu?

— Foi algo assim: "Obrigada por virem nos ajudar com o corpo da afilhada dos Ross, caros policiais. Morrer tão cedo... e do coração! Que triste para uma menininha! Coitada, sempre foi muito doente" — Layla se esforçava para se lembrar do que tinha falado.

— Assim fica mais fácil, não é? Você nunca me falou sobre essa habilidade. Podemos usar para ajudar o...

— Layla, a poção modificadora de memórias tem um custo alto para quem a faz.

— Como assim?

— Você já sabe. Sempre que mudamos a ordem natural das coisas...

— As coisas naturais se voltam contra nós...

— Isso mesmo. Daqui a sete anos uma das memórias que vivem em meu inconsciente me trairá. Será modificada sem que eu perceba, para compensar o que eu fiz agora.

— Você não tem medo?

— Não. Perdi o medo desde que soube da magnitude da minha missão.

— Não tem medo de nada?

— Bem, talvez eu esteja com um pouco de medo de conhecer a Thammy...

— Quem?

Thammy, the Tank, a presa que dividiria com Elizabeth a mesma cela, tinha sido encaminhada à solitária por um mês devido ao mau comportamento, então a recém-chegada ainda não havia tido o "prazer" de conhecê-la, o que a deixava aliviada por duas razões: teria fôlego para organizar uma reunião extraordinária com os Aliados e sossego para estudar a parte mais importante de seu plano.

— Mas o plano não acabou? — Layla falava pelo grosso vidro e sua voz parecia estar dentro da água. — O importante não era

Benjamin estar fora da área de influência de Isabella para seguir o seu caminho e alcançar a idade prevista para a Profecia?

— Não, quer dizer, sim, mas é agora que tudo começa. Eliminamos apenas um obstáculo. Arianna ainda está à solta e, pior, entocada. Não sabemos o que ela está fazendo, se está se preparando, se está recrutando mais seres para as Sombras... Além disso, há uma ameaça muito clara: ela disse que acabaria com a vida da minha filha se Isabella morresse. Quero que você marque uma reunião extraordinária com os Aliados. Agora o cenário é completamente outro.

— A Mensagem? — Layla não esperava que esse dia chegasse tão cedo.

— Sim, a Mensagem de Vento. Eu já te ensinei.

— Não sei se consigo, é muito difícil.

— Difícil? Difícil é socializar com presas de alta periculosidade, minha querida. Vamos, Layla, você consegue, sim. É só se concentrar. Aqui não tem o "vento" que a gente precisa, se é que me entende...

— Elizabeth... — Layla desviou o olhar para a mesa de madeira na qual apoiava os cotovelos.

— Diga.

— Tenho uma novidade.

— Já sei, você está namorando o Hudson — o tom seco e pouco entusiasmado de Elizabeth foi como um banho de água fria. Ao mesmo tempo, Layla percebeu que para aquela prisioneira o único assunto alegre era a segurança do neto. Ou talvez estar fora dali.

— Como você sabe? Não acredito! Que sem graça!

— Eu me pergunto quem ainda não sabe. Com aquele chamego todo: "Ai, Hudson, obrigada pelo chá", "Layla, você é tão sábia", "Hudson, que meninas inteligentes", "Layla, você é tão gentil"...

— Pare com isso, Elizabeth. Ainda é segredo, sim. Só estou contando para você.

– Já saíram juntos?

– Já. Fomos comer no Moody Woody.

– Que horror! Hambúrgueres? Onde está o romantismo desse namoro?

– Ele é americano, eu queria impressionar. Fui eu que sugeri...

– Deve ter realmente impressionado! Layla, Layla... uma mulher que já comeu coisas tão exóticas... *Anticuchos, ceviche, olluquito*... Tudo bem, tudo bem, o amor é lindo, mas agora preciso saber mais sobre Esparewood. Como está Benjamin?

Elizabeth se aproximou ainda mais do vidro.

– Triste, claro.

– E Emily?

– Triste...

– Isso eu já sei, Layla – Elizabeth se irritou. – Óbvio que todos estão tristes. Uma morte no meio da sala, uma mãe presa, uma avó condenada. Só o Ross deve estar feliz de eu estar aqui.

– Você se engana, Elizabeth. Ross está muito esquisito. Quase não fala, se fechou como uma concha. Ele parece...

– ...tomado?

– É como se a escuridão estivesse pairando sobre ele.

– A influência de Isabella ainda deve estar presente...

– E, Elizabeth, andei consultando os xamãs. Eles me mandaram usar isso no bolso – Layla mostrou algo que parecia ser um embrulho feito com palha de milho, uma espécie de relicário. – Assim posso circular por Esparewood em segurança. Protege dos vivos e dos mortos também. Há várias sementes aqui dentro.

– Que horror! Parece uma miniatura de espantalho.

O rosto de Layla ficou sério. O desrespeito aos xamãs era um sacrilégio para ela. O arrependimento da prisioneira foi imediato.

– Desculpe, Layla, sei que os seus xamãs são infalíveis. Presto minha homenagem a eles.

– É melhor, mesmo. Até porque na semana passada esse talismã me protegeu de um Recrutado.

Elizabeth arregalou os olhos, e Layla continuou:

— Você está certa, Elizabeth. Arianna está recrutando. Eu já tinha sido avisada, mas agora tenho certeza.

— Layla! — Elizabeth levantou bruscamente da cadeira. — O que você está me dizendo é muito grave!

— Eu sei! Vim até aqui principalmente para lhe dizer isso.

— Então agora só reforço a teoria da corrida contra o tempo. Por favor, te peço dedicação total à Mensagem de Vento, o.k.? Thammy, the Tank, volta em breve, e tenho a impressão de que ela não vai gostar de me ver falando sozinha na reunião dos Aliados. E, mais do que isso, preciso que você estude alguma forma de protegermos a casa da minha filha. Lembre-se da carta de Arianna. Driblamos os policiais, mas e Doris... e o americano?

Elizabeth virou-se para o tempo indicado no cronômetro. Só teria mais dois minutos de conversa. Layla se aproximou das pequenas aberturas no vidro para falar.

— Arianna não sabe.

— Não? — Elizabeth estreitou as sobrancelhas. — Como pode ter tanta certeza?

— Você deve se orgulhar de Emily. Ela conduziu as coisas brilhantemente. Apesar do sofrimento daquele dia, fez um pacto com os convidados. Todos prometeram discrição. Ninguém na cidade está sabendo de nada.

— Minha Emily! — Layla percebeu os olhos de Elizabeth brilharem através do vidro que a impedia de abraçar a amiga. — Eu sabia que a força dela ia se manifestar mais cedo ou mais tarde. Será que virá me visitar?

— Eu não contaria com isso. Ela está furiosa, e o que é pior, decepcionada...

— Estava no script — Elizabeth fechou os lábios e engoliu em seco. — Pelo menos agora temos mais tempo para preparar as coisas....

— Vai dar tudo certo. Um dia Emily vai entender tudo, não é? Agora tenho que ir. A luz já acendeu e a guarda já está nos encarando... parece um buldogue.

— Ah, querida...
— Sim?
— Parabéns pelo Hudson. Adoro o ímpeto daquele homem, uma verdadeira pantera negra! — Elizabeth piscou, e a indômita mulher das florestas a sua frente ficou vermelhíssima.

---

Hudson chegou para uma visita surpresa na casa de Layla. Havia cinco dias que ela não aparecia na praça onde se encontravam com frequência, e sequer respondera a seus incansáveis telefonemas. Ele jamais poderia imaginar as atividades paralelas da moça, muito menos a Mensagem de Vento, que estava lhe dando muito trabalho e ainda não tinha sido enviada aos Aliados.

Sua concentração tinha de ser absoluta, para poder captar a vibração magnética que permitia codificar as ondas sonoras, associando cada som a uma letra. Além disso, antes de tudo, tinha de se conectar com os três receptores etéricos, pensando ininterruptamente nas imagens dimensionais de Dorothy, Gonçalo e Gregor. De olhos fechados, esforçava-se para fazer a conexão com a mesma fluidez de Elizabeth. Mas era difícil encontrar a sintonia perfeita.

— Ou eu consigo hoje, ou desisto! — Layla, com o cabelo todo desgrenhado e vestindo uma bata peruana despojada, estava rodeada de velas.

Mas um ínfimo barulho fora o suficiente para tirá-la da concentração. Levou um grande susto ao ver na janela o rosto quadrado de Hudson ladeado por um buquê de flores.

— Hudson! O que você está fazendo aqui?
— Vim capturar a foragida, ué...
— Ai, meus deuses... — Layla não sabia o que fazia primeiro, se apagava as velas, arrumava o cabelo ou abria a porta.
— Você vai me deixar aqui fora?
— Não, não... espere um pouco, já estou indo.

Hudson confessou que estava há alguns minutos observando-a de pernas cruzadas sobre a almofada, de olhos fechados, iluminada por uma luz bruxuleante. Disse ainda que ficou bastante curioso sobre qual o propósito daquilo. Depois de algumas explicações sem sentido, Layla resolveu responder aos questionamentos com a verdade. Ou, pelo menos, com parte dela. Disse que estava meditando, e que tanto o ambiente como aquela posição diziam respeito à prática.

Hudson, pragmático e racional, não gostou do que viu, muito menos do que ouviu.

– É por isso que você é amiga de Elizabeth, não é? – era a primeira vez que Hudson mostrava uma expressão endurecida no rosto e um olhar penetrante, como se tentasse acessar o interior de Layla. – Está explicado! Adora as mesmas maluquices que ela.

– Como assim?

– O Ross me contou.

– Olhe aqui, Hudson, em primeiro lugar não são maluquices. E depois... eu gosto de você e estamos começando um relacionamento, mas é bom saber que eu tenho a minha vida, os meus interesses.

Ele se incomodou com o que ela disse e continuou com o tom ríspido.

– Tem mais alguma coisa que eu precise saber? O que mais você faz no dia a dia? Com o que trabalha, afinal?

– Meu querido, se for para dar "informações" a meu respeito, o meu "currículo", tem que ser em uma entrevista de trabalho e não para um namorado que eu conheci ontem... Sinto muito, Hudson, mas se for assim, melhor nem começar nada!

– Eu sou um cara prático. Eu não quero encrenca.

– E por acaso você pode me dizer como eu poderia te "encrencar"?

– Tenho três filhas... A pessoa com quem eu me envolver também estará em contato com elas e...

– E...?

— E não posso dar maus exemplos.

— Talvez você apenas ainda não saiba o que são maus exemplos — ela estava visivelmente incomodada por conhecer o lado cético de Hudson. O mesmo que se aproximava do comportamento de Jasper Ross em seus eternos julgamentos.

— Layla, me desculpe, com todo o respeito, mas estamos na era contemporânea, não há mais espaço para superstições... Sem contar que veja o que aconteceu. Foi muito grave o que Elizabeth fez com a criança.

— Foi um acidente...

— Não foi o que pareceu.

— O nascimento de Isabella foi um acidente...

— Que coisa horrível de se dizer!

A fúria contida de Layla parecia arrepiar ainda mais seus longos fios castanhos. Ainda assim, não se alterou. Pegou com suavidade a enorme mão do homem e o conduziu até a edícula, no fundo.

— Quero que veja algo. Quero que saiba quem eu sou.

— Layla, para onde você está me levando? Talvez, agora que vamos ficar juntos, você encontre outros interesses... — o homem ia sendo puxado sem oferecer resistência.

— Aqui está. Veja qual é o meu mundo. E se ele não pode ser bom o suficiente para as suas filhas, então eu não posso ser boa o suficiente para você.

Ela abriu a porta de madeira com força e o empurrou para dentro. Por toda parte havia ervas secas, sementes, penas e cipós que não pertenciam à região temperada da Grã-Bretanha. Potes de barro se amontoavam sobre mantas coloridas, e instrumentos ancestrais preenchiam prateleiras de bambu. No centro da sala, estava um pequeno caldeirão de metal onde se podiam ver restos de carvão e cinzas.

— Então você é uma espécie de... bruxa? — o homem arregalou os olhos. — É isso que está tentando me dizer?

A frase foi demais para Layla. Ela respirou fundo, endireitou as costas e, retomando o controle, puxou todo o cabelo para um dos lados.

— Peço, por favor, para que você saia — disse em tom baixo, fechando os olhos. — Agora...

— Layla, você não entende... Sou pai... eu preciso de segurança...

— Hudson, quero dizer adeus de forma educada. Não estou acostumada com esse tipo de comportamento nem pretendo me acostumar. Durante toda a minha infância e boa parte da adolescência tive que criar um personagem para poder sobreviver. Escondi quem eu realmente sou para poder me relacionar com as pessoas que amava. E agora eu só quero ser eu mesma. Será que isso é pedir muito? — a mulher falava de um jeito impassível, mas quase era possível sentir o calor que lhe subia pelas faces. — Pensei que você pudesse ser diferente dos demais, diferente de Ross. Mas talvez eu estivesse enganada. Só espero que fique claro que jamais estarei pronta para fazer o papel de Emily. *Ajillapuy*, Hudson.

— Ajill... o quê?

— É uma frase em quíchua. Significa "você escolhe".

O homem pousou o buquê sobre a mesa de madeira e se preparou para sair. Mas antes de ir queria olhar melhor o ambiente, talvez para guardar uma última lembrança de Layla. Na verdade, as plantas secas, as penas e os potes formavam uma atmosfera familiar. Algo que ele preferia esquecer.

---

Depois de muito empenho, dedicação e da perda de um namorado, Layla conseguiu finalmente enviar a Mensagem de Vento à Colônia, agendando a reunião dos Aliados. Ironicamente, a única que não estaria presente era ela. Do encontro em Hogsteel só poderia participar quem estivesse atrás das grades. Ou quem fosse capaz de atravessá-las.

— Pois é — disse Gonçalo enquanto entrava na cela —, quando se sente falta do quarto caótico da Herald House, é porque a coisa está ficando feia...

– Realmente, desta vez ela se superou – Gregor, que entrava com Dorothy logo atrás do anglo-lusitano, não perdeu a oportunidade de ecoar a ironia do amigo.

– Não acredito que estou ouvindo risadinhas! – a detenta estendeu o braço e girou o corpo pelos poucos metros quadrados, apresentando o lugar deplorável. – Olhem ao redor e me digam o que pode ser minimamente engraçado...

Duas camas de alvenaria cobertas com um colchão de dois centímetros de altura, um vaso sanitário, uma pia e um edredom de matelassê. Esses eram os componentes da cela. A única janela, a uns dois metros do chão, não tinha parapeito. Era pequena e com barras de ferro carcomidas.

– Elizabeth, você deve agradecer à Layla – Dorothy, com o semblante sério e evitando encarar sua interlocutora, agia como porta-voz. – Viemos por ela. Os últimos acontecimentos balançaram a Aliança.

– O que há com vocês? Deveriam estar exultantes. Apesar de estarmos em uma cela de prisão, estamos executando os planos. Eliminamos um grande obstáculo. Estamos avançando na defesa da Profecia... – a expressão de Elizabeth começava a se transformar, beirando a indignação. – E de pensar que vocês queriam impedir o sacrifício...

– Eu não me arrependo disso, Elizabeth – Dorothy parecia firme em suas palavras. – Não estamos mais tão seguros de que precisamos defender a Profecia. Nem mesmo se ela existe... E, sim, ainda estamos desconfiados com relação à morte de Isabella. Você nunca nos falou que já tinha um plano. Um plano de assassinato prestes a ser executado em uma menina purificada.

– Espere... eu estou ouvindo bem? Dorothy, você conhece de perto a Profecia, você sempre soube que...

Os passos duros vindos do corredor interromperam a conversa.

– Tate, o que houve? Está falando sozinha, por acaso? – a carcereira rechonchuda da noite tinha péssimo humor.

– Não. Estou cantando, só isso...

– Melhor cantar baixo, isso aqui não é uma colônia de férias.
– Sim, Andrews, entendido...
– Que amor de pessoa, hein? – Gregor buscou algum lugar para se acomodar, mas no final se sentou no chão.
– Você não viu nada, Gregor, até que estava boazinha hoje...
– Pelo menos ela mostra quem é...
Elizabeth fechou a cara.
– Pelo visto há uma insinuação aqui...
– Não, não é insinuação. É uma comparação.
– Bem, Gregor, se vamos antagonizar de novo, queria que você soubesse que não estou interessada. Só o que me importa é a Profecia.
– É isso que está incomodando, Elizabeth... – a voz era de Dorothy, e sua opinião parecia estar de acordo com a do colega de missão, e não a favor da amiga, como sempre fazia. – Estamos achando que você está...
– Obcecada. Essa é a palavra – o mais jovem da reunião continuava com o mesmo tom desafiador.
– O quê? Mas... mas... isso é... absurdo!
– Tate! De novo? Você está querendo ir para a solitária?
Andrews já tinha voltado da ronda até o fim do corredor.
– Eu não consigo dormir... – respondeu Elizabeth, modulando o tom de voz. – Talvez você pudesse me dar um daqueles jornais velhos. Assim eu passo o tempo.
– E o que eu ganho com isso?
– Você sabe. Posso te arrumar mais um cristal.
– Tate, você e seus truques. Não sei onde consegue os malditos cristais, mas eu vou descobrir. Ah, se vou.
– Quer um cristal ou não? Pode ser rosa...
– Rosa?
– Rosa... mais bonito ainda do que o outro...
– Eu... eu quero a porcaria do cristal rosa! Vou lá buscar o jornal.
Andrews voltou por onde tinha vindo e entrou na porta do meio do corredor. Em breve voltaria, era preciso avançar com a discussão.

– Onde estávamos? – Elizabeth retomou o tom sério.

– Elizabeth, na verdade, nós estamos em um momento de redirecionamento – Gonçalo tomou a palavra, com sua habitual polidez. Dentre os três Aliados, era sempre ele o mais preocupado em poupar Elizabeth. – Você foi para o manicômio, está na prisão... você matou uma menina aparentemente recuperada, alguém que poderia escolher pela Luz... Não queremos mais essa linha de conduta.

– Em primeiro lugar, eu não matei ninguém. Eu fiz o que deveria ser feito. E depois, que outra "conduta" poderia haver? Tenho o livro. Vocês têm as informações. Estou seguindo os passos previstos por tia Ursula. Isabella provou o mal que corre em suas veias. Os Rebeldes na Zona Neutra estão confirmando as nossas suspeitas...

– Isso é você que está concluindo. O que falamos é que os Rebeldes estão nos passando informações. O problema é que você tira conclusões precipitadas, muito precipitadas – Gregor se posicionava com cada vez mais ênfase e antipatia. – E, aliás, dê uma única prova de que Isabella era mesmo das Sombras. No que você fundamenta essa certeza? São acusações seríssimas.

– Gregor, só me diga uma coisa: por que você está contra mim? O que aconteceu, afinal?

O silêncio predominou por um bom tempo, de maneira que os passos da carcereira foram identificados a muitos metros de distância.

– Tate, consegui o jornal de sexta passada. Dê-se por satisfeita. Anda, me dá o cristal – Andrews enfiou a mão pela grade, sem perceber que havia atravessado o estômago de Gonçalo.

Elizabeth levantou o colchão e tirou dali um cristal rosa. Havia alguns outros, de outras cores, mas ela não deixou que a policial os visse. Fez a troca pegando o jornal com displicência. Depois que a carcereira seguiu adiante para o lado oposto do corredor, levando sua preciosidade, o calhamaço foi jogado no chão.

– Agora a Andrews não vai mais interromper. Vai ficar olhando para a pedra que nem uma bestalhona.

— Como conseguiu? Como está fazendo os cristais? — Gonçalo admirava profundamente as habilidades daquela que se parecia com qualquer coisa, menos com uma presidiária.

— Pasta de dentes, fósforos e um pouco de pó de sílica da minha maquiagem. Eu tanto insisti que eles deixaram que eu mantivesse meu estojo na cela. Só tiraram todos os espelhos das caixinhas. Ah, e todas as pinças também.

— Essa mancha preta na pia explica alguma coisa? — o homem aproximou seu longo nariz da porcelana chamuscada.

— Sim, Gonça, alquimia também se faz no cárcere. É impossível prender um espírito livre — os olhos sexagenários pareciam ter quinze anos.

Gonçalo sorriu. Dorothy também não resistiu e lançou um olhar de cumplicidade à amiga. Ela sempre se espantava com a criatividade de Elizabeth e, apesar das circunstâncias, das incertezas, não podia apagar todos os anos de amizade e aprendizado ao lado daquela experiente alquimista. Mas Gregor encarou de uma forma repressora a colega de óculos, que logo baixou o olhar. Só não esperava dar com tão inusitada notícia estampada no jornal que a carcereira levara a Elizabeth.

— Espere, o que é isso? — usando sua habilidade especial de Movedora, Dorothy ergueu o *EspareNews* do piso frio, mesmo sabendo que gastaria menos *enits* se simplesmente tivesse se abaixado para lê-lo.

— "Jovem estudante do Edgard II desaparece. As investigações estão em andamento" — ela leu a manchete em voz alta e Elizabeth deu um salto.

— É a escola do meu neto! O que mais diz aí?

— Que a menina tinha dezesseis anos. E que era uma das mais queridas e colaborativas entre os colegas. A comoção é geral no colégio, e as aulas foram suspensas.

— Algo me diz que isso tem a ver com Arianna.

— Elizabeth, sequestro é um crime comum. Acontece em todas as cidades do planeta. Jovens desaparecem sem grandes explicações. Especialmente as meninas...

– Olhe quem fala, justo o humanista Gregor!

– Eu só não quero que você pense em tudo como se tivesse relação com as nossas questões. Como se tudo fosse uma grande conspiração. Às vezes não ajuda.

– Veremos... Veremos quem tem razão – Elizabeth lia e relia o texto como se quisesse penetrar na notícia. – Acho que, infelizmente, vocês não entenderam a dimensão das coisas.

– Talvez não estejamos mais aqui quando você descobrir quem tem razão.

– Como assim, Gregor?

– Elizabeth, temos missões, missões reais. Não podemos nos dispersar...

– Mas esse é o discurso do Conselho – rugiu Elizabeth –, e não dos Rebeldes! Os Rebeldes querem saber exatamente quem está do "outro lado". Eles sabem que tem algo errado. É por isso que eu também já me precavi. Tenho mais dois Aliados, Frank e Lucille.

– Quem são esses? – Dorothy fez a pergunta com outro tom de voz, como se aquela revelação a deixasse mais ciumenta do que aliviada com os reforços.

– É um menino da Herald House e sua namorada. Dorothy, você não sabe, ela também é uma Movedora.

– Elizabeth, você me dá pena – a frieza de Gregor deixou as barras de ferro ainda mais intransponíveis. – Agora vejo que o hospício e a prisão revelam muito de você...

– Gregor... – a frase foi contundente demais para Elizabeth, que finalmente ficou abalada. – Eu não estou reconhecendo vocês. Meus amigos, meus Aliados...

Todos se sensibilizaram, mas, em um olhar triangulado de cumplicidade, reuniram forças para continuarem intransigentes com a questão.

– Elizabeth, nós sabemos o que fazer. E a partir de agora os seus planos não estão totalmente alinhados com os nossos – mesmo hesitante, Dorothy revelou a vontade do grupo.

— É isso, não temos mais tempo para as suas loucuras... — Gregor queria tomar a dianteira, mas foi interrompido.

— Estamos cansados. E preocupados... — Gonçalo contemporizava.

— Vocês dizem que precisam de tempo, e não compreendem que tempo é justamente o que nos falta agora.

— Desculpe-me, Elizabeth — interrompeu-a Gregor, levando a mão ao queixo em um sinal claro de provocação. — Mas por que você, uma senhora da pacata Esparewood, no interior da Inglaterra, seria a responsável pelos caminhos do universo? Não parece que há algo de megalomaníaco nisso?

— Desculpe-me, Gregor, mas pelo que me consta estou falando com três seres que não estão mais presentes nesta dimensão. Logo, acredito sim que não há limites, a não ser aqueles que nós próprios nos impomos. Façamos o seguinte... — a líder se aproximou dos Aliados. — Ainda precisamos digerir tudo o que está acontecendo. Voltamos a nos encontrar no momento preciso em que...

Enquanto ela falava, os três se entreolharam e levantaram para sair.

— Dorothy, Gonçalo, posso apenas perguntar uma coisa antes de irem?

— Diga, Elizabeth, sabe que, desde que não envolva a Profecia, podemos ser amigas.

— Vocês estão evoluindo nos treinamentos que estabelecemos?

Dessa vez foi Gregor quem falou.

— Está vendo como não podemos confiar nela, Dorothy? — ele revirou os olhos. — Está obcecada.

Gonçalo interveio mais uma vez.

— Elizabeth, vamos dar tempo ao tempo, sim? As coisas mudam... não sabemos de tudo...

— Depois de hoje, tenho certeza de que não sabemos é de nada — a fisionomia dura que se esculpiu no rosto de Elizabeth era inédita. — Agora, se me dão licença... é hora de dormir em Hogsteel. O toque de recolher já foi dado há muito tempo. Em breve, terei uma nova amiga. O nome dela é Thammy, the Tank.

# Capítulo 28

Quando menino, Hudson adorava o litoral da Louisiana, especialmente a parte menos urbanizada, onde bandos de pelicanos faziam revoadas sobre sua cabeça. Os modestos recursos da família e a entrada prematura na escola do exército não o impediam de escapadas diárias até sua pedra favorita para observar o mar e sua fauna surpreendente. Ficou inconsolável quando Daisy contou o que leu em um livro atualizado de história natural: as incríveis aves papudas estavam listadas como praticamente extintas no sul dos Estados Unidos, mais especificamente no golfo do México, onde Hudson havia sido criado.

O americano, que guardava um orgulho contido das histórias de sua região e as de sua família, especialmente as de seu bisavô, uma das últimas vítimas da escravidão nos Estados Unidos, era muito ligado à natureza. Na pequena cidade da Inglaterra onde construíra sua vida, o mar não estava presente, mas ele se contentava em correr pelo bosque até o limite de Esparewood durante os fins de semana.

Naquela manhã, o atlético homem optou por um desses treinamentos. Foi de carro até a propriedade de Tony Tire, onde deixou o veículo, e correu por cerca de duas milhas. Quem o conhecia talvez notasse que ele estava longe de apresentar seu habitual bom humor, ainda mais depois de perceber que Tire não era mais o mesmo borracheiro bonachão de outros tempos e até fizera uma careta ao ver da janela a caminhonete estacionada. A atividade física, em vez de fonte de prazer, estava sendo mais um subterfúgio que lhe fazia esquecer dos problemas. Sendo que, o mais incômodo deles, atendia pelo nome de Layla.

Havia dois pontos por onde era possível entrar no bosque. Um deles, a primeira fenda a aparecer na muralha verde-escura feita de mato fechado, era um caminho de cerca de dois metros de largura que conduzia até um mata-burro. O outro, onde havia uma obra com tratores e caminhões, era mais largo e costumava ter bolos de barro impressos com marcas de pneus e trabalhadores nem sempre dispostos a deparar com um esportista.

A escolha do americano era óbvia, tanto pela tranquilidade, como pela beleza do caminho. Ele entrou por entre as árvores e firmou os pés entre as raízes salientes.

Quando chegou ao Old Oak, o carvalho que funcionava como indicativo para ele seguir pelo caminho certo, percebeu que haveria uma pequena mudança de planos. Com as chuvas fortes do fim de semana anterior, duas enormes árvores antigas haviam caído, bloqueando a passagem. Ainda usando o carvalho como guia, o americano traçou um caminho relativamente paralelo para que, no mínimo, chegasse bem próximo do lago Saphir.

Hudson só não esperava que, sem as orientações com que estava acostumado, ele se perderia pelo caminho.

Surpreendeu-se com o crescimento da vegetação desde a última vez que estivera ali, antes do período mais chuvoso do ano. As aves soltavam ruídos nada acolhedores, e mais de uma vez pensou ouvir um som rastejante entre as folhas do chão. Seriam cobras? Pareciam andar em círculos, e o céu, uma versão em preto e branco de um quadro impressionista, impedia que ele se orientasse pelo sol.

Quando pensou que tinha finalmente encontrado a rota de volta, em um local onde as árvores centenárias faziam o dia parecer noite, algo inédito se apresentou a seus olhos. Não foi preciso chegar muito perto para ver uma construção de pedra repleta de musgos que parecia ter saído de um conto medieval. Um moinho na região? Seria pouco provável.

O amigo de Ross se aproximou devagar e viu que a porta de madeira não estava destruída, aliás, tinha sido recentemente instalada. Nunca havia chegado até aquele lugar, e, embora sua razão estivesse gritando para que arrumasse um jeito de dar o fora dali, uma imensa curiosidade, seu ponto fraco, o fazia querer descobrir mais sobre o insólito achado.

Hudson deu alguns passos e, se esticando todo, da cintura até a ponta dos dedos, abaixou a tramela grossa de madeira e fez um gancho com o indicador para tentar puxar a porta. Não havia maçaneta nem fresta para facilitar a alavanca. Insistiu algumas vezes e, quando finalmente conseguiu, deu um pulo para trás que quase o fez cair nas raízes aparentes de um carvalho. Nada saiu pela abertura, a não ser um cheiro forte, vegetal, que nunca havia sentido antes. A escuridão ocultava o que estava dentro da construção de pedra, mas também funcionava como um convite a Hudson, ansioso por respostas. Teve de se abaixar para entrar e, assim que acendeu seu isqueiro, percebeu que havia cometido um grande erro. A cena era tão horripilante que o homem quis sair correndo, mas parecia hipnotizado pelo trono feito de pedra encostado na parede oposta à porta. Especialmente porque havia um corpo imóvel sentado ali.

A figura era de uma múmia. Não como nos filmes dos faraós, e sim como a de um museu de cera mal-acabado. Hudson não queria chegar perto, mas seus pés caminhavam por si sós, bem devagar. Chegou a esticar a mão para tocar a aberração, mas assim que encostou nela sentiu a mesma viscosidade de uma graxa e, com um esgar de horror, se virou de costas buscando a saída. Pela força da adrenalina, conseguiu acionar toda a potência de suas pernas, dessa vez na direção certa.

Quando atingiu a estrada, sentou no acostamento e, ofegante, raspou várias vezes seu dedo no asfalto. Não queria que aquela substância ficasse impregnada em seu corpo.

No caminho de volta, formulava meios de abordar a única pessoa que, ao terminar de escutar o relato sobre o homem embalsamado, não o julgaria louco. Talvez até o ajudasse a compreender sobre a inesperada e mórbida cena com que deparou em sua caminhada no bosque.

Hudson teria de contar tudo a Layla.

---

– Mãe...

– Diga, Benjamin... O que está fazendo aí fora? – limpando as mãos no avental, Emily passou pela porta telada e foi até a mesa de madeira no jardim.

– Queria que você me fizesse um favor – ele mexeu com o pé em algumas pedrinhas que estavam no chão, buscando um motivo para olhar para baixo.

– Um favor? Já não acha que eu faço bastante coisa por você? – Emily se aproximou do filho e o abraçou. – O bolo que está no forno, por exemplo?

– É que escrevi uma carta...

– Uma carta? – Emily afrouxou os braços e retesou o corpo. Já sabia quem era o destinatário. Ou melhor, a destinatária.

– Sim. Tenho muita saudade dela.

– Benjamin, meu filho, eu entendo você, sei o que está sentindo... Mas o que a vovó fez foi uma coisa muito feia.

– Ela está na prisão como os bandidos? O que ela fez para estar lá? Por que ninguém me conta?

– Ela está presa, sim... Mas pode ter certeza, querido, eu não a deixaria lá se houvesse uma alternativa.

Os sentimentos de Emily continuavam dúbios. Ao mesmo tempo que se via traída pela mãe, que a fizera ser cúmplice da morte de sua sobrinha, também notava em si mesma um grande alívio ao não ter mais de lidar com Isabella em casa. Era algo inconfessável, que não queria admitir nem para si mesma.

– Eu quero falar com a vovó.

– Já falei mil vezes que isso não é possível, Benjamin, por favor...

— Eu sei, mas e a carta? Por favor, mande pra ela... Eu estou pedindo — os olhos verdes eram límpidos como só os de uma criança podem ser.

— Você precisa se dedicar é aos estudos, isso sim. Já está na hora de ter responsabilidades.

Emily se envergonhou. Então havia se esquecido de que seu filho era apenas uma vítima? Que até ir à escola era algo difícil depois de ser drasticamente separado da avó e, o pior, sem entender exatamente o que estava acontecendo? Benjamin não era culpado de nada e tinha direito de expressar seu afeto, mesmo que fosse por Elizabeth, aquela que colocou a família inteira em uma grande enrascada. Além disso, Emily estava bastante aflita com a notícia sobre o sequestro do menino do Edgard II. Ficou pensando que a mesma tragédia poderia acontecer com seu filho.

— Me dê aqui. Vou ver o que posso fazer... — Emily estava tentada a realmente enviar a carta, embora com uma condição: ela queria saber o conteúdo.

Em sua cabeça, já estava estudando uma maneira de tirar a cola do envelope. Apertou-o e percebeu que ali dentro havia pelo menos duas folhas escritas e dobradas. Como seu filho, recém-alfabetizado, poderia fazer tamanha proeza?

— Mãe?

— Oi, Benja...

— Eu sonhei com aquele menino de novo. Ele sempre aparece.

— E o que ele disse?

— Não posso dizer. Ele falou para eu só contar para a vovó. Por isso escrevi a carta.

Mais do que nunca Emily queria ler o conteúdo do envelope. Sentia-se a cada momento mais dividida.

— Vamos entrar, meu filho.

Benjamin saiu correndo para tomar banho antes do jantar. Enquanto a mãe orgulhava-se da obediência do filho, ele se sentia um pouco culpado por enganá-la. Na verdade, abria o chuveiro, ia até o quarto de Isabella e ficava ali, com a toalha amarrada na cintura, por alguns minutos. Tudo no ambiente continuava igual. A estante repleta de livros, o abajur, a cortina semitransparente nas janelas. Observava tudo e sentia falta dela, mesmo tendo sido o contato entre ambos só um recorte de lembranças nem sempre agradáveis. Depois, quando achava que já estava se demorando demais no quarto da prima, corria para uma ducha-relâmpago em que nem sempre dava tempo de lavar as orelhas.

Mas ele não era o único na casa a pensar na falecida.

– Jasper, o que você está fazendo?

– Lendo o jornal...

– Você me respondeu isso de manhã, na hora do almoço e agora de novo – Emily não conseguia mais se conter. – É horrível a sensação de ter um zumbi aqui dentro. Desde que a Isabella morreu você não se interessa por mais nada. Fica o tempo todo se escondendo atrás desses jornais. Seu filho continua tendo mais contato com Hudson do que com você.

– É melhor para ele. Depois que Arianna souber de tudo, não sabemos o que vai acontecer. Comigo... com você... Quem sabe Hudson pode cuidar de Benjamin...

– Pelo amor de Deus, homem, cale essa boca. Não vai nos acontecer nada! Arianna desapareceu, talvez nunca mais volte!

– Arianna vai voltar. Isso é tão certo como o nome desta cidade é Esparewood. Não se engane, Emily – Jasper falava tudo em um tom monocórdico de voz. – Se ela não acabar conosco com as próprias mãos, certamente irá à polícia. Quem sabe meu destino não seja a cadeira elétrica...

– Jasper, não existe mais pena de morte na Inglaterra.

– Existe, sim. Tivemos uma cadeira de metal que executou uma menina. Nesta mesma sala.

O olhar ao longe, como a escuridão assustadora de uma noite sem lua, pousou sobre o rosto da mulher. Jasper se perdeu um tempo naquela miração, até que se pronunciou:

– Jovens morrendo enquanto nós não podemos fazer nada... foi assim com Isabella... foi assim com Sally, e agora com o Ruivo...

— Do que você está falando? — a mulher temia que o marido, ainda vestindo o mesmo pijama com que acordara de manhã, tivesse enlouquecido.

— Soube de Sid "Ruivo" Condatto. Filho do dono da... Mais um jovem que desapareceu. Ele tinha só quinze anos.

Havia uma certa desimportância sobre o fato, dada por aquela voz cansada. Mas Emily não compartilhou tamanha indiferença.

— É realmente terrível...

— Eu preciso descobrir... descobrir mais. Preciso saber por que sua mãe fez aquilo com minha sobrinha... comigo... — a expressão apática permanecia.

— Jasper, precisamos enterrar esse passado...

— Não! — um gesto rápido, ainda que agressivo, caiu melhor do que aquela catatonia. — Vou até a casa de sua mãe saber o que mais ela esconde!

— Pare com isso! — Emily parecia não acreditar nas palavras do marido. — Agora temos que nos dedicar a Benjamin! E, para isso, você precisa sair desse estado lamentável.

— Grensold ainda está lá?

— Claro que sim, minha mãe um dia sairá da prisão. As provas contra ela não são determinantes. Nós mesmos não entendemos direito o que aconteceu. O advogado falou que há chances...

— Pois para mim não há chance nenhuma. A casa dela agora é Hogsteel. E será para sempre.

---

Thammy, the Tank, era uma montanha em forma de mulher. Alta, volumosa, com músculos bem definidos e um cabelo com milhares de ondas do qual muito se orgulhava. Quando chegou da solitária e foi conduzida por Andrews até a cela de Elizabeth, não se ouvia um pio nos corredores. Todas as detentas estavam ansiosas para a primeira conversa, ou embate, entre as duas. Mas nem uma coisa nem outra aconteceu. Thammy simplesmente pegou seu travesseiro, que estava na cama de Elizabeth, escovou os dentes na piazinha emitindo um grunhido quando viu a mancha negra na porcelana e deitou-se no colchão empoeirado, virando-se para a parede.

Elizabeth, que ocupava a cama de baixo do beliche, ficou encarando as barras de ferro e refletindo sobre qual seria seu destino ali. Ouvira muitas histórias de presas tão ou mais violentas do que os homens e que utilizavam requintes de crueldade, especialmente quando eram líderes no presídio. Parecia ser o caso de Tank. No refeitório, ouvira também a história sobre seu apelido, que surgiu quando ela servia o exército.

No dia seguinte, Elizabeth não presenciou a colega acordar. A visita de Layla era cedo pela manhã, e ela convenceu Andrews a deixá-la sair da cela antes do toque para o café.

Os assuntos trocados pelas aberturas do grosso vidro foram os de sempre. O rompimento com Hudson, os cuidados com Benjamin, as dificuldades de Emily e a depressão de Ross.

— Ross vai se recuperar. Às vezes uma tragédia traz mudanças. Talvez ele precise disso. Assim como talvez eu também precisasse da traição dos Aliados para evoluir...

— Do que você está falando?

Elizabeth contou sobre seu último encontro.

— Eu não acredito que eles falaram essas coisas para você!

— Exatamente, minha querida, e no final ainda pediram um tempo!

— O problema é que tempo é justamente o que não temos — Layla demonstrou certo desconforto. — Eu tenho usado meu talismã para me defender dos Recrutados, e isso me dá segurança. Mesmo quando apenas sinto a energia sem saber bem de onde ou de qual pessoa provém, sei que o talismã me protege.

— Layla, você é minha única aliada agora. Conto com todo o seu poder. E, depois do que me disse sobre o crescimento do exército de Arianna... Isso é muito grave! Você tem que convocar os Aliados!

Layla soltou um suspiro que veio do fundo. Olhou em volta, percebeu os olhares endurecidos, dos presos e dos visitantes, a mesa fria e o vidro com quase um palmo de espessura.

– Eu quero te ajudar. Por mais que às vezes também me sinta com dúvidas, eu quero continuar confiando em você – a mulher ouviu a sirene do fim da visita tocar, mas não se levantou.

– Acho que essa é a sua deixa. Hora de se livrar de Hogsteel.

– Não, ainda tenho algo para você. Algo que vai mudar o seu dia.

– O que seria? Um doce de ovos com nozes da pracinha de Esparewood?

– Muito melhor...

– Não me diga que... tem a ver com o meu Benjamin? – Elizabeth arriscou, mas logo teve medo de não ser nada relacionado a seu querido neto.

– Sim. – Diante do olhar exultante da amiga, Layla tirou a carta da bolsa e a mostrou para a policial, que veio até onde a visitante estava, rasgou o envelope sem qualquer cuidado e retirou as duas folhas dobradas. Então, como se estivesse tirando o excesso de água de um tecido robusto, a mulher chacoalhou os papéis, virou-os por mais de duas vezes amassando as bordas e, finalmente, voltou a dobrá-los ao meio para que passassem pela pequena fenda no vidro.

Ambas se admiraram pela falta de critério da brutamontes. "Claro, ela tinha que checar se havia uma arma dentro do envelope!", pensou Elizabeth. "Sim, com certeza eu ia chamá-la se tivesse trazido algo ilegal!", ironizou mentalmente Layla, embora seu semblante continuasse plácido.

O papel singrou o vidro grosso e chegou às mãos do outro lado.

– Ai, que maravilha, Layla! Mas você foi sádica, hein? Deixou para o último minuto!

– Você já teve a alegria da minha visita. Essa é para continuar ao longo do dia.

– Convencida! – Elizabeth mostrava a língua pelo vidro para a amiga quando a policial puxou-a pelo braço.

Despediram-se com um breve aceno. Uma voltava para o cárcere, a outra, para Esparewood. As duas ainda tinham muito trabalho pela frente.

Da sala de visitas, Elizabeth foi direto para o banho de sol. Mas, desta vez, o que aquecia seu coração e seu rosto não era o astro-rei, mas a carta que, como um tesouro, portava nas mãos.

Foram duas leituras. A primeira, rápida, atropelada, só para sentir a proximidade do menino que tanto amava. A segunda foi com atenção a cada frase, a cada episódio narrado por meio da letra ainda hesitante de quem não tem familiaridade com as palavras.

Ao contar na carta para sua avó os sonhos que tinha, Benjamin não sabia que estava criando condições para uma comunicação peculiar. Ela captou a mensagem daquele que, em breve, chegaria à casa da rua Byron. Nas histórias oníricas do neto, em que sempre havia um garotinho de grandes olhos claros falando coisas incompreensíveis, estavam códigos que Elizabeth conseguia ler e entender. Seu neto não estaria mais sozinho.

Mais tarde, no refeitório, a avó feliz viu a silhueta sólida da sua nova *roommate*. Thammy estava rodeada de detentas, duas delas enrolando seus cachos para que ficassem perfeitos.

"Preciso me preparar para ficar invulnerável aqui dentro. O cerco está fechando. O exército das Sombras está aumentando, e esta prisão nem de longe se parece com o spa cinco estrelas de Doris..."

---

O alvo era feito com giz, em círculos concêntricos desenhados cuidadosamente por Hudson em um poste de luz. A leve bruma matinal envolvia as áreas verdes da praça como se fosse uma gaze. Apesar de ter de acordar tão cedo, Benjamin sempre se sentia bem ali, como se o treino de *baseball* fosse uma continuidade de algum sonho bom. A bola não era a oficial, mas sim uma bem mais leve, recheada de espuma, sob medida para fortalecer o arremesso e a vontade do jovem aprendiz.

– No meu país, todos dizem que precisamos ter foco. Mas não acredito nisso. Eu acho que o importante é ter um objetivo bem claro. O foco vai vir pela motivação de chegar até ele.

– Tio Hudson, eu não sei o que é foco nem qual é o meu objetivo...

– O que você quer? Atingir esse alvo com o seu arremesso ou ser um ótimo jogador de *baseball*?

O menino parecia estar confuso, com um grande ponto de interrogação sobrevoando sua cabeça. Mas conseguiu recorrer a sua sabedoria infantil.

– Eu prefiro ser um ótimo jogador.

– Perfeito! Esse é o meu garoto. O objetivo é esse! Acertar o alvo é apenas um meio para consegui-lo. E é nisso que devemos nos concentrar, esse é o foco.

Foram vários arremessos até os círculos de giz virarem pó. As aves sobrevoavam o jogo como se, pouco a pouco, estivessem descortinando o céu azul. No final, não importava mais o desenho, pois o menino já tinha entendido o que fazer com o braço, com o olhar e até com a respiração. O americano era um generoso professor, que não deixava escapar nenhum detalhe. Fosse ele técnico ou psicológico.

– A limitação está na sua cabeça, Benjamin. Quando arremessar a bola, não pense em nada a não ser "eu vou acertar". Eu tive vários momentos da minha vida em que me disseram que eu era um fracasso, que eu pouco valia, que não ia importar o quanto me esforçasse, jamais alcançaria meus objetivos. Mas eu nunca desisti daquilo que eu queria.

– Por que as pessoas disseram isso pra você?

– Boa pergunta. Eu não sei por quê. Mas sei que elas não queriam que eu acertasse.

Geralmente eles caminhavam em silêncio de volta para a casa de Benjamin, contentes com o treinamento e pingando de suor mesmo nos dias mais frios. Na saída de casa, o menino quase não conseguia se movimentar, pela quantidade de casacos que a mãe punha sobre seu corpo magro. Na volta da praça, geralmente levava bronca por chegar em casa vestindo apenas a camiseta.

– Tio Hudson, como era o seu pai? – Benjamin perguntou enquanto cruzavam a rua Byron e já podiam avistar a murada de sua casa. Surpreso com a pergunta inesperada, o homem demorou um pouco para responder.

– Meu pai? Era um homem simples. Fazia móveis.

– E ele conversava com você?

– Não era de muitas palavras, não, Benja. Era quietão, sempre concentrado no trabalho dele, indo para frente e para trás com a plaina.

– O que é isso?

– Um instrumento para deixar a madeira retinha.

– Então ele também era chato?

– Não, de jeito nenhum! Ele só tinha uma outra forma de conversar. Me ensinou a tocar trompete. E aí, nossa, que ótimos momentos! Uma vez até fomos a New Orleans para tocar em um bar. Por horas e horas, só eu e o sr. Scott dividindo a vibração do jazz.

O garoto sentiu um calor pelo corpo e uma lágrima apontando no cantinho do olho. Levantou a cabeça e viu que o rosto de Hudson parecia distante, como se não quisesse retornar de suas memórias.

– Será que meu pai sabe tocar trompete?

Hudson, percebendo a lógica da criança e a queixa que estava escondida naquela pergunta, deu um novo rumo à conversa.

– Olhe, Benja, sabe o que diferencia uma coisa boa de uma coisa má?

– Não – respondeu, tentando simular indiferença.

– Pois eu vou te contar: é o jeito que a gente olha pra ela.

– Como assim?

– Tem gente que reclama dos pais, mas esquece que tem um monte de gente que nem sequer tem um pai ou uma mãe.

Tem gente que reclama da torta de legumes, mas esquece que um monte de gente mal tem o que comer. E, veja só, você tem sua mãe, seu pai e, todo dia, você tem comida na mesa do jantar.

— Como assim? — as duas bolinhas verdes embaixo da franja pareciam aumentadas. — Tem gente que não tem o que comer?

— Pois é... na minha terra, entre os meus antepassados, muitos morreram de fome. Não tinham nem comida, nem a liberdade.

— Tio Hudson, que coisa triste...

— Pois é, Benja, mas... Quer saber? Mesmo assim, eles faziam música, dançavam, encontravam alguma coisa boa para continuar tocando a vida, e sendo felizes da melhor maneira que podiam, entendeu? Eles tinham orgulho de estar vivos.

Hudson, que se encantava por estar tendo aquela conversa com Benjamin, o filho que ele nunca teve, se abaixou até ficar olho com olho com o menino. Estava com um largo sorriso e os olhos brilhando.

— A vida pode ser excelente, Benja, mesmo que as coisas chatas aconteçam.

Embora não tivesse entendido inteiramente o conteúdo, Benjamin Ross acabara de ter sua primeira conversa filosófica. Ele sentiu uma sensação boa de segurança. Lembrou-se dos encontros com a avó, em que ela também falava muitas coisas incompreensíveis, e de um jeito tão acolhedor quanto aquele.

---

Num dia da semana seguinte, tiveram de transferir o treino para o fim da tarde, pois Florence ficara doente, e o pai precisou cuidar dela. Ao deixar Benjamin em sua casa, um pouco antes do pôr do sol, Hudson percebeu pela vidraça que Layla estava lá dentro. Agora as cortinas da casa podiam ficar abertas.

Hesitou, pensando que não teria o que dizer a ela depois de tudo o que acontecera no dia da tal "meditação". Ao mesmo tempo, queria dividir o assunto do bosque com a única pessoa que seria capaz de entendê-lo. Reuniu coragem, respirou fundo e entrou, seguindo o pequeno que ia a sua frente.

– Boa tarde – a voz do homem, geralmente forte e clara, naquele momento parecia um arremedo desafinado.

– Boa tarde, Hudson. Pensávamos que vocês não iam mais chegar – Emily checou a camiseta do filho, inteiramente molhada. – Vá já para o banho, Benjamin. Chamei a Layla para te ver, já estava na hora dela voltar para fazer o controle. Mas ela não vai querer tratar de um menino todo melado de suor, não é verdade?

– O primeiro exame eu já fiz só de olhar para Benjamin, e ele parece ótimo! – a mulher de cabelos encaracolados sentia-se aliviada e feliz com os resultados de seu trabalho. O menino estava realmente transformado.

– Eu te falei – disse Emily, orgulhosa. – Só queria que você visse com seus próprios olhos. Quero ter a certeza de que ele está "de alta".

– Eu estava pensando que vocês não iam nunca mais me requisitar! Já estava com saudades desse mocinho.

Hudson permanecia ali como o poste da praça. Mas sem um alvo de giz para chamar a atenção de alguém. Emily saiu da sala para ver o jantar na cozinha e Layla deu a entender que a seguiria, mas parou antes da porta e voltou-se para ele.

– Como estão as meninas? – perguntou. – Espero que bem.

– Estão bem, Layla. Diferentemente do pai delas.

– O que há de errado?

– Fiquei péssimo com tudo que aconteceu na sua casa.

O desconforto se instalou definitivamente. Layla indicava com o corpo que, em breve, ela se deslocaria para o andar de cima da casa. Seu objetivo ali era ver o menino e ela precisava se ater a isso.

– Espere... Eu não queria tocar nesse assunto. Na verdade, há outra coisa que preciso falar com você.

– E o que poderia ser?

– Algo sobrenatural...

Layla sorriu com ar de escárnio.

— Não acredito que você vai usar esse tipo de truque para se reaproximar. Isso é patético, Hudson!

— Eu estou falando sério, Layla. Preciso da sua ajuda. Eu não quero me reaproximar. Quer dizer... eu quero, mas... ai, caramba, você está me confundindo. O fato é que só você pode me ajudar a esclarecer um mistério. Um mistério dos grandes no Bosque das Clareiras.

Layla não queria admitir que aquela conversa estava despertando sua curiosidade. Sempre que havia algo oculto a ser descoberto, seus instintos se aguçavam. Mas seu orgulho era ainda maior.

— Hudson, seja lá o que você viu, ouviu ou sentiu, infelizmente não me diz respeito neste momento. Eu sinto muito. Vim aqui para ver o Benjamin e é isso que vou fazer. Agora, se me dá licença...

A moça, desta vez usando um vestido de um verde profundo que fazia um par perfeito com seus cabelos castanhos, subiu as escadas e disse, em alto volume, em direção à cozinha:

— Emily, vou esperar seu filho lá no quarto dele, o.k.?

Hudson saiu sem se despedir nem de Emily nem de Jasper, inusitadamente fora de sua poltrona perpétua. Tudo o que queria era chegar em casa e abraçar as três filhas. Mais cedo naquele dia, Daisy e Rosalyn tinham dito para que ele não desistisse do treino com Benjamin, garantindo que elas mesmas cuidariam de Florence. Quanto orgulho de suas meninas. Sempre recarregavam suas baterias, por pior que fosse o baque.

Assim que a porta da rua bateu, Ross apareceu na sala vindo dos fundos. Ele também estava evitando o amigo Hudson, sua ex-enfermeira Layla, ou qualquer outra pessoa. Até mesmo com Emily ou Benjamin não queria muito contato. Durante o dia se arrastava pela sala e não tinha vontade sequer de ligar a tv. À noite, tinha virado uma alma penada, devido à insônia, e perambulava pela sala, pelo jardim ou pela varanda, onde, um dia, um cesto fora abandonado no meio da noite.

— Não aguento mais ver você nesse estado, Jasper! — Emily queria apoiar o marido, mas também se irritava com frequência.

Ele parecia não ouvir as reclamações da esposa ou qualquer outro apelo. A impressão era a de alguém que carregava um grande peso sobre os ombros durante todo o tempo.

— Amanhã vou sair logo cedo. Tenho que ir à Central de Apoio ao Reservista. Dê graças a Deus: você vai ficar um tempo livre de mim...

Mas os planos do homem eram outros. Nem que fosse a última coisa que fizesse, iria investigar a morte de sua sobrinha. Tinha certeza de que desvendaria tudo o que estava por trás das maquinações de sua sogra. Em breve Arianna saberia de tudo, e talvez ele não conseguisse salvar sua família, mas pelo menos poderia reverter as intenções de vingança da ex-cunhada. Em vez de Emily, o alvo deveria ser Elizabeth.

— Emily — chamou ele, com a voz soturna e abatida.

— O que você quer, Jasper?

— Chame a Grensold para arrumar a sala quando eu estiver fora. Aquilo está uma bagunça. Vou sair às oito em ponto.

— Você, chamando Grensold? Pensei que não gostasse dela.

— Não tem nada a ver uma coisa com a outra. Não achei boa ideia incluí-la no tal do pacto de silêncio, mas você insistiu e agora já está feito.

— Você concordou que tínhamos que contar da morte de Isabella para ela. Não poderíamos esconder um quarto vazio para alguém que limpa a casa.

— Certo. Então estamos falando a mesma coisa. Que ela venha para a faxina no dia que eu não estiver aqui. É melhor para todos.

Os sons do corredor no andar de cima indicavam que Layla tinha terminado sua visita. Jasper, como um animal que vive enfiado em uma toca, passou rápido pela cozinha e foi de novo se esconder no jardim, até a moça ir embora. Emily fez uma careta de desagrado, mas logo em seguida sentiu pena. Seu marido não estava sabendo lidar com os últimos acontecimentos. Talvez precisasse de ajuda.

— O Benja está bem mesmo — a visitante descia as escadas com um largo sorriso. — Estou muito feliz por isso.

— Só tenho a agradecer, Layla. Você fez um ótimo trabalho.

— Emily, fora isso, eu queria perguntar... Você não vai ver a sua mãe?

— Eu preferia que não tocássemos nesse assunto, o.k.? Você é bem-vinda aqui, mas digamos que falar sobre minha mãe virou tabu nesta casa.

A seriedade com que as palavras foram ditas não deu margem a qualquer insistência. Layla assentiu com a cabeça, deu um beijo em Emily, pegou sua bolsa e cruzou a porta em direção à rua.

Ao que tudo indicava, todos ali acreditavam que ela tinha boas intenções. O que seria perfeito para os próximos passos do plano.

# Capítulo 29

O exercício matinal começou com uma caminhada pelas ruas de Esparewood. Hudson anotava mentalmente a lista de afazeres, entre eles, o supermercado, os relatórios de sua empresa de contabilidade, a arrumação da casa e sua mais nova atribuição: o treinamento de Florence. Riu quando se lembrou do diálogo da noite anterior e do jeito mandão da filha, mesmo com trinta e oito graus de febre.

– Se você treina o Benjamin, vai me treinar também. Vou ser rebatedora.

– Sim, senhora. Vou te levar para a praça amanhã de manhã. Acho que ele vai gostar de ter alguém para quem lançar. Está meio enjoado mesmo do poste.

Logo após aquela memória agradável e fugaz, as preocupações o alcançaram, como se também estivessem praticando corrida. Pensou em Layla, em Ross e na cena que vira na floresta. Então começou a acelerar o passo. As ruas estavam vazias. Nem mesmo Bob circulava em sua moto com os engradados de leite. Com a respiração forte, acelerada pelo exercício, Hudson não ouvia muito bem o barulho dos pássaros, nem do vento sobre as árvores. Mas parecia ouvir, bem de leve, uma outra respiração. Parou por alguns instantes para olhar ao redor. Não havia nada. Continuou seu trajeto em direção ao bosque, mas as esquinas pelas quais passava começaram a lhe parecer ameaçadoras. Talvez alguém surgisse ali, de repente, revelando a origem das inspirações e expirações ofegantes, que não coincidiam com as suas.

O vento começou a soprar a partir da baixada, enregelando suas costas suadas. Ele aumentou o ritmo dos passos contra o asfalto e atingiu o máximo de sua velocidade. Então, não ouviu mais nada. Se alguém o estivesse perseguindo, certamente era num passo bem mais lento.

Hudson passou pela rua das Faias e entrou na diminuta alameda Startalk, onde havia um dos últimos terrenos à venda daquele bairro. Fazia tempo que ele namorava aquele pequeno pedaço de terra, o lugar ideal para construir uma nova casa. Diminuiu o ritmo e parou bem de frente para o portão de ripas de madeira, que cercava uma área com mato já alto e árvores nativas. Entre elas, uma amoreira que deveria ter no mínimo uns cinquenta anos.

Aproximou-se da portinhola de madeira antiga para ver melhor se a árvore ainda dava frutos, mas, além de seus passos sobre as folhas no chão, tornou a ouvir a respiração de minutos antes, ainda mais forte e presente.

Virou-se rápido e deu um salto para trás, raspando seu cotovelo no cimento do muro.

— Você se assustou?

— Claro que sim!

— Não pega bem para alguém do seu tamanho...

— Por que você está me seguindo?

— Porque não consigo ficar longe o suficiente de um mistério sem tentar solucioná-lo. Eu quero saber mais sobre o que você me disse ontem.

— Layla, você está aqui por conta da sua curiosidade, é isso? — Hudson não escondia a frustração.

— Exatamente — a postura altiva caía bem naquela figura.

— Só isso? — ele continuou provocando, e lançou um de seus sorrisos como última arma.

— Para uma pessoa como eu, a curiosidade nunca é algo banal. Sou uma pesquisadora.

Hudson checou o cotovelo e viu que o farelo de tinta seca do muro fizera uma marca em seu casaco de nylon. Fora isso, não tinha sofrido nada com o impacto.

– Certo. Entendi. Então você está pronta para ver algo realmente insólito?

– Não só pronta, como ansiando por esse momento!

Aos olhos de Hudson, Layla estava diabolicamente sedutora, mesmo vestindo jeans, tênis e uma camiseta de manga com florzinhas diminutas. Mas não daria o braço a torcer e adotou uma postura neutra em todas as suas atitudes.

– Pode ser agora?

– Não só pode, como deve. Ainda é cedo. Podemos voltar antes mesmo dos cidadãos de Esparewood tomarem seu café da manhã.

– Eu e minhas filhas tomamos café antes da maioria dos cidadãos de Esparewood, eu te garanto. Elas entram no colégio às sete.

– No Holy Cross, certo?

– Exato. No Holy Cross.

– Você não tem vergonha de ser tão ufanista? É o único colégio americano da região.

– Não sou ufanista, só quero que elas saibam mais de suas origens... que se orgulhem delas.

Layla não queria achar aquele raciocínio bonito, nem honorável, nem apaixonante. Comandava seus sentimentos como se o soldado ali fosse ela.

Os dois foram andando até a casa de Hudson, para ele trocar rapidamente a camiseta suada. Layla preferiu esperar do lado de fora. Quando o americano a viu perto do carro, notou os cachos de seu cabelo encaracolando ao vento. "Layla com vento é ainda mais bonita que Layla sem vento", pensou.

– Quer que eu pegue um casaco das meninas para você? Rosalyn não se importaria – disse, já de volta e ainda fechando o zíper do casaco.

– Não, tenho um casaco extra na bolsa. Vamos logo, faz tempo que não vou àquele bosque.

– Nem sabia que você tinha ido lá alguma vez – Hudson estranhou tanto o entusiasmo quanto a declaração de Layla.

– Trabalho com ervas, esqueceu? O Bosque das Clareiras é meu "fornecedor" – esfregando as mãos, ela desviou o assunto. – Vamos? Está esfriando aqui!

Ele abriu a porta para ela, que abaixava as mechas para não se embaraçarem com a ventania.

– Esse vento veio sem aviso, ainda bem que pegou seu casaco.

– O mesmo dos tempos do exército...

– Só espero que não esteja armado – ela falou displicentemente, enquanto fazia um rabo de cavalo.

– Claro que não, Layla – ele parecia levemente ofendido. – Sou pai de família e reservista. E contra armas de fogo em casa. Além do mais, pelo jeito, o que eu vi não estava vivo.

Layla não teve nenhuma reação, o que intrigou Hudson. Então ela era tão estranha que não se assustava com um morto-vivo estar nas redondezas? Que tipo de mulher era aquela? Ao mesmo tempo, sabia que só ela concordaria em participar daquela missão: acompanhá-lo em uma manhã de outono até um lugar escondido na floresta apenas pela vontade de encarar o desconhecido. Embora nunca tivesse certeza das intenções daquela mulher, ele tinha certeza de que eram almas gêmeas em termos de coragem e de curiosidade.

A opção foi estacionar a caminhonete na segunda entrada, aquela da qual sabia exatamente o caminho até Old Oak. De lá, torcendo para as duas árvores caídas ainda estarem na mesma posição, tentaria lembrar o caminho até a velha construção de pedra.

O terreno aberto pelos tratores estava cada vez maior, o que mostrava que a obra ali realizada avançava. Hudson não gostava daquilo. Sempre que via a natureza selvagem dando lugar às construções, pensava nos pelicanos de sua terra. Estacionou em um bolsão formado pela divisa com a vegetação que ainda resistia e ambos entraram na mata pela picada que costumava servir para a corrida matinal do ex-soldado.

Os sons da mata e a respiração de ambos se cadenciavam e nenhum dos dois emitia nenhuma palavra. Pelo menos não até Hudson encontrar as duas árvores e ter a certeza de que acharia o caminho até o destino final.

– Layla, tem certeza que quer ir? A cena é bastante impressionante...

– Vamos, homem, não se preocupe comigo. Pelo jeito, quem tem medo é você.

– Tenho medo mesmo. Um homem que já passou por uma guerra é um estúpido se não tiver.

Layla se arrependeu de sua rispidez. Suavizou a expressão e assentiu com a cabeça, como um pedido de desculpas. O homem, por sua vez, indicou com os olhos o caminho e seguiu por ele afastando os galhos finos que se intrometiam em sua frente.

Os passos dos dois foram aos poucos se ajustando, de forma que pareciam um mesmo animal de quatro patas se esgueirando pelo bosque. Viram o que parecia ser uma toca de texugo, demarcada por um monte de terra que o animal teria cavado para abrigar seus filhotes.

O relógio marcava apenas nove e meia da manhã e o sombreado das árvores centenárias começou a despontar. Primeiro como uma teia esgarçada, depois como uma tela de construção e, finalmente, como o teto de uma cabana feita de troncos e folhas.

Quando o líder da expedição avistou ao longe a construção de pedra, parou de repente. Layla não teve tempo de frear e trombou seu corpo com o de Hudson. Ela deu um pulo para trás e torceu o pé, caindo sobre um montinho de terra.

– Você está bem? Se machucou? – ele estendeu a mão, mas a orgulhosa mulher preferiu apoiar-se no chão para se levantar.

– Estou bem. Tudo bem.

– Mas o que são essas... Layla, você está cheia de formigas! – instintivamente ela começou a passar a mão pelo corpo, enquanto dezenas, talvez centenas, de microesferas avermelhadas escalavam suas pernas e braços.

– Hudson, me ajude!
– Mas...
– Vai!!!
Hudson passou rapidamente a ponta dos dedos para espantar os insetos, mas ficou um pouco embaraçado.
– Hudson, passe logo essas mãos nas minhas costas – ela jogou longe o casaco acolchoado, revelando a camiseta de flores. – As malditas estão me comendo!
Ele então fez uma varredura nas espáduas e no dorso de Layla, enquanto ela tirava os insetos hostis dos braços, quadris e pernas.
Os dois foram se afastando do formigueiro, fazendo uma dança engraçada para se livrarem das formigas, que também invadiam o casaco de Hudson. Ao término da operação, não fosse o prejuízo para a camiseta de Layla, que acabou parecendo um número maior, e para seu cabelo, que virou um amarfanhado de caracóis castanhos, ela saiu quase ilesa. Depois de tudo, sorriu com o canto da boca, percebendo a situação patética em que se encontrava. Hudson tentou segurar o riso, mas, ao perceber que ela estava encarando a situação com bom humor, não resistiu.
Porém a descontração não durou muito tempo. Um barulho na mata, que ora parecia vir da copa das árvores movimentadas pelo vento, ora do chão, como passos, fez os dois estremecerem e voltarem a se aprumar na picada que levava até a casa de pedra.
– Como eu falei, a cena não é nada bonita de se ver... – o alerta era para sua parceira de aventura, mas também uma preparação para si próprio.
– Sou das tribos, da floresta. Já vi e vivi muita coisa.
– Tenho certeza de que nada parecido com isso – Hudson começou a andar novamente, mas não com o mesmo ímpeto do começo do percurso. Como já havia admitido, estava com medo.
Layla ficou parada por uns instantes observando a vegetação ao redor. Refletia consigo mesma sobre a utilidade daquela construção antiga. Talvez fosse mesmo um moinho, mas quem faria farinha em um lugar tão desabitado? Ainda mais em um passado

longínquo? Lembrou-se de que as antigas civilizações peruanas tiveram muitas de suas construções preservadas. Mas eram parte de um grande império, ao contrário do que se via ali, uma casinha de no máximo trinta metros esquecida no meio do bosque de Esparewood.

Quando viu que Hudson já estava bem próximo da entrada, apertou o passo. Na porta, colocou-se ao lado dele, mas o acesso era muito estreito para passarem juntos. Hudson ia repetir a mesma ação que fizera da primeira vez, buscando a tramela, mas Layla se antecipou.

– Seja cavalheiro, Hudson – sugeriu, passando à frente dele. – As damas primeiro.

– Bom, se você quer ser a primeira a ver isso, faça por sua conta e risco. Aliás, eu quero mesmo que você veja com seus próprios olhos.

Ela empurrou com dificuldade a tramela e, acostumando aos poucos os olhos à escuridão, pôde divisar exatamente o que havia ali dentro.

– Muito bem, sr. Hudson – disse ela, cruzando os braços. – Qual é a brincadeira aqui? Só espero que não tenha sido um truque!

Hudson, confuso, entrou e, depois de se habituar à escuridão, olhou e não se conformou. O homem morto que ele havia visto sentado no trono de pedra não estava mais ali.

# Capítulo 30

Jasper se aproximou do jardim da casa de Elizabeth e, teve de admitir, muito do viço daquele lugar tinha acabado. Por pior que fosse sua sogra, seu jeito com plantas chegava a ser irritante. Parecia fazer florescer até a mais seca jardineira, o mais desesperançoso arbusto de hortênsias. Mas, naquele momento, o que se via era apenas um jardim burocrático, provavelmente cuidado por Grensold.

Na estufa, não se aventurou a entrar, mas um rápido olhar através da tela revelou que tudo se mantinha organizado, embora sem qualquer novo broto de roseira, dália ou astromélia. Havia um cheiro difuso de vegetal no ar.

Nos tempos em que namorava Emily, Ross recebera uma chave daquela casa das próprias mãos de Elizabeth. "*Seja bem-vindo a qualquer hora! É tão difícil a minha Emily gostar de alguém que eu quero as portas sempre abertas para você.*" Ao se lembrar dessa cena, parou por um instante no caminho até a casa. Ele era uma pessoa melhor naquela época. Não só ele, como também a esposa e a mãe dela. Teriam o tempo e as tragédias dos Ross destruído o lado bom de todos eles?

O rosto de Isabella também lhe veio à memória, pálido, belo, o cabelo sedoso... Foi um incentivo para ele continuar caminhando pelas pedras com o mesmo cuidado que cruzava campos minados no tempo da guerra.

Ainda não tinha plena certeza do que estava fazendo. Não por Elizabeth, que certamente merecia a invasão, mas por Emily, sua querida Emily, a quem há tanto tempo só vinha sobrecarregando de trabalho, de responsabilidades e de culpas.

Até o momento de girar a chave, o que se via era um homem atormentado, como se as granadas fossem explodir dentro de sua mente. Mas já estava ali e não iria desistir. Por ele, por Richard, por Isabella. Após a passagem pela porta, não teria mais dúvidas, nem se arrependeria de nada.

Notou o vestíbulo pequeno de entrada e o corredor que levava diretamente à sala de jantar. Depois, a sala de estar imensa, quadrada, com a gigantesca estante de livros, e a bancada que deveria servir para as bruxarias que tanto o incomodavam.

Quando o relacionamento com Emily começou, eram apenas compotas que ficavam espalhadas naquela mesa comprida, o que o enganou perfeitamente.

De pé, sobre um tapete de desenho intrincado, sozinho no ambiente, refletiu sobre seu ato. O que exatamente estava procurando? Por onde começar? Percorreu as estantes com os dedos e viu títulos incompreensíveis para ele. *O mistério do jade rosa, Alquimia multidimensional, A origem dos povos estonianos, Ervas sagradas do Hindustão e suas funcionalidades.* Nada daquilo parecia fazer o menor sentido.

Ele foi à cozinha e tudo estava impecável. Os potes arrumados, a pia limpíssima, as cadeiras da mesa de fórmica alinhadas. Apenas estranhou o bolo em cima da mesa, com metade já comida, e a louça no escorredor. Grensold não tinha sua própria casa, sua própria cozinha?

Voltou à sala e passou pela porta que levava aos quartos. Testou a maçaneta do antigo quarto de Emily e, ao entrar, viu que havia se tornado um depósito. Vidros de todos os tamanhos, caixas com fórmulas escritas em etiquetas já prestes a descolar, sacos de tule amarrados com sisal que pareciam conter alguma substância porosa. E cristais. Muitos cristais de várias cores. Havia também alguns pertences de Emily, como seu retrato de quinze anos, o toca-discos de que tanto se orgulhava e os inúmeros elepês empilhados sobre uma mesinha de madeira. O pôster de Frank Sinatra na parede estava já bastante prejudicado pelo mofo, o que caiu bem aos olhos de Jasper. Ele odiava admitir, mas sentia ciúme daquele americano almofadinha.

O marido de Emily pareceu ouvir algo se arrastando no chão e, mais uma vez, um cheiro forte, talvez do mofo, atingiu suas narinas. A porta entreaberta rangeu, e ele achou que já era hora de sair do quarto. Tinha certeza de que estava sozinho, mas, como bom soldado, não custava nada averiguar. *"Double-check"*, como diria seu superior no exército.

O invasor passou pelo batente e, conforme previsto, só o corredor vazio o esperava. Tomou o rumo do quarto da dona da casa. Nunca, em nenhuma época, havia entrado ali. Na porta havia um desenho geométrico colorido, provavelmente mais uma das maluquices da sogra, enquanto, do lado de dentro, o ambiente já parecia bem normal, com acolchoados floridos e uma penteadeira de três gavetas repleta de frascos que guardavam misturas de diversas colorações. A cortina, dividida em duas partes, mais parecia uma dupla de noivas guardando a janela.

Ross viu então um armário de madeira escura e o elegeu como o primeiro local a ser vasculhado. Mas ali só havia roupas e algumas caixas com objetos que ele também não fazia a menor ideia para que serviam. Um feixe de varetas, uma presa de algum animal, uma bola que parecia feita de fios de vidro brilhante. Havia também os guardados de uma avó comum, como álbuns com fotos de Emily e de Benjamin, e estojos com utensílios de costura. Na penteadeira, a experiência foi muito semelhante e Jasper se sentiu ridículo. O que estava fazendo ali, afinal? Sem qualquer informação concreta, nem objetivo, buscando respostas no quarto de uma pessoa que não costumava ter critérios para nada.

Como último recurso, foi até o criado-mudo, ao lado da cama, e, entre itens sem aparente funcionalidade, encontrou uma capa de couro preta amarrada por um fio, também de couro, que lhe chamou a atenção. Desamarrou o nó e viu que se tratava de um caderno que tinha dois bolsos laterais. Um pequeno, onde havia uma chave, e um maior, onde estavam guardados muitos envelopes. A princípio se deteve. Não podia jogar para o alto seus escrúpulos e simplesmente violar a correspondência de sua sogra.

Segurou firme o pacote das cartas nas mãos e se sentou na colcha de patchwork. De fato, eram todas endereçadas a Elizabeth, e a maioria vinha do Peru. No remetente, apenas um carimbo com a imagem de uma lhama. Naquele momento, lembrou-se do estado calamitoso em que sua vida se encontrava e a raiva foi o combustível para que ele não se intimidasse mais com o que era "ético". Abriu o primeiro envelope com ímpeto e se espantou: a carta estava escrita em uma língua que jamais vira em outro lugar. Não era castelhano, nem outra língua latina. Foi seguindo linha a linha, tentando decifrar, até topar com um bloco de sentenças em inglês.

*... sendo assim, minha amiga, como você bem sabe não tive grandes problemas quando me apresentei como uma funcionária do exército. É normal nesse tipo de conflito uma ação maior das autoridades. Mas nunca, em nenhum momento, consegui ultrapassar o temperamento difícil de Jasper Ross. Como eu era ingênua! E como estava tomada por uma paixão juvenil. Só agora, com o Tramell, percebo que o amor de verdade tem muito de afinidade, quem sabe até de atração, mas principalmente de construção. Quero te pedir novamente desculpas. As coisas nem sempre saem como o planejado e sei que aquela bobagem poderia ter colocado todo o plano em risco. Hoje tenho consciência de tudo.*

*De qualquer forma, me conforta saber que tive um papel crucial para que Ross pudesse sarar de algumas de suas feridas, pelo menos das que estavam evidentes em seu corpo.*

*Enfim, Elizabeth, espero suas indicações, e fico aqui torcendo para que tudo tenha corrido bem. Sei que nos reencontraremos e terei a oportunidade de redimir todas as minhas falhas. Você sabe o quanto eu te admiro e sou grata a você.*

*Um grande abraço,*

*Layla*

Aquelas palavras o atingiram em cheio. Primeiro porque indicavam verdades que, intimamente, ele já desconfiava desde os tempos do exército. Era muito estranho um soldado ter uma enfermeira particular a seu dispor. Mas além das inacreditáveis revelações, um pequeno trecho da carta foi o que mais ficou impregnado em seus pensamentos. Despertou uma reflexão que parecia oprimir seus pulmões, a ponto de lhe tirar o ar. "*O amor de verdade tem muito de afinidade, quem sabe até de atração, mas principalmente... de construção...*"

Pensou mais uma vez em Emily, que conhecera há tanto tempo e com quem tivera tão bons momentos. Como ela se sentiria agora diante da sequência de tragédias? Também Benjamin lhe veio à mente. Estaria o menino mais ligado a Hudson do que a ele, seu pai de verdade? Lembrou-se de Charlotte, de Richard e do filho que eles nunca puderam criar juntos, embora esse fosse o grande sonho de seu irmão. Finalmente... Isabella. O que afinal ele tinha construído com a sobrinha? Uma relação de escravo e pequena senhora? Seria isso saudável?

Um lado de Ross queria saber mais, queria mergulhar naquela correspondência e descobrir os outros fingimentos que pareciam se multiplicar a seu redor. Mas sua personalidade não era como a de Hudson ou a de seu falecido irmão. Em vez de desbravar, tudo o que queria era ir embora dali. Devolveu as cartas no lugar, mas por algum motivo pegou a chave que estava na outra bolsinha de couro. Juntaria ao molho que tinha recebido. Passou pela sala e fez mais uma busca entre os livros e as gavetas da biblioteca. Talvez ali houvesse alguma pista sobre a morte de Isabella.

Além dos títulos fantasiosos, que o irritavam levemente, não viu nada comprometedor. A única coisa que chamou sua atenção foi a porta no final da estante, ao lado da janela. Nunca havia reparado naquilo antes. Teria sido algum cômodo construído depois? Ou sempre estivera ali e, nas poucas vezes que fora àquela casa, não havia reparado? Para onde conduzia aquela porta, se atrás da biblioteca estava justamente o quarto de Elizabeth?

Ross foi até ela, testou a maçaneta, mas a porta estava mesmo trancada. Teve a impressão de que se tratava de um armário ou de um depósito. Nada importante. Voltou-se de novo em direção ao centro da sala onde o imenso móvel começava, para checar mais algumas gavetas, quando parou de repente. Colocou a mão no bolso onde estava a chave que havia encontrado há alguns minutos e a testou na fechadura sem qualquer expectativa de que fosse abri-la. Mas estava enganado, o clique da chave foi acompanhado do ranger da porta se movimentando. De dentro, saía um cheiro de coisa guardada misturado com mofo. Ao entrar, notou que era um quarto minúsculo, incomum na configuração em formato de "L" e revestido por um papel de parede verde-musgo que o fazia parecer ainda menor. Ali, espremiam-se uma escrivaninha de madeira, alguns livros organizados em duas prateleiras e, posicionado em uma mesinha, um suntuoso gramofone. O objeto lembrava a figura de uma flor que ainda não havia desabrochado e, ao refletir a fraca luz do sol, que entrava da janelinha basculante, dava a impressão de estar envolto em uma aura.

Um ar de mistério preenchia o pequeno ambiente e, por mais que Ross só pensasse em ir embora, era como se uma força o conduzisse a desvendar mais. Aproximou-se da antiguidade e viu o cilindro de zinco posicionado ali. Ainda que seu racional o alertasse de que não era o melhor a fazer, decidiu girar a manivela do gramofone e movimentou a agulha até começar a ouvir os chiados.

— *10 de dezembro de 1959 – disse uma voz familiar.*
— *Sobre o que será a aula de hoje, querida?*
— *Controle e proteção da mente.*
— *Pois é, seria. Mas hoje teremos uma aula diferente – a mulher tinha um tom de voz solene e passava confiança em cada palavra. – Quero lhe dar um presente, uma recompensa pelos seus esforços no último semestre.*
— *Está falando sério?*

— E por acaso eu brinco em serviço, Elizabeth? Você está apresentando ótimos resultados no treinamento. Ande, o presente espera por você naquela caixa.

Ao ouvir o nome da sogra, os olhos de Jasper se arregalaram involuntariamente. A voz de Elizabeth parecia mais jovem e talvez por isso ele não tenha conseguido reconhecê-la de imediato. A gravação tinha sequência com o barulho de uma cadeira se arrastando e o som de alguns passos. Depois, um grito animado:

— Um gatinho!
— É o seu animal favorito, não é?
— Tia Ursula, não sei como posso agradecer!
— Salvando o mundo, oras — a mulher sorriu, mas a impressão era que ela não estava brincando. — Não precisa me agradecer agora. Quando eliminarmos as Sombras, comemoraremos juntas a grande vitória da Luz.
— Não vejo a hora desse dia chegar.
— Se fosse você, não teria tanta pressa assim. Mesmo com poucos meses de treinamento, você já deve ter percebido que o caminho até lá será bastante tortuoso.
— Você fala sobre a mulher de cabelos negros?
— Sim. Mas haverá gente da sua família também. Não serão seus pais os únicos membros da família que se colocarão contra você.
— Tia, você consegue ver à frente. Até os nomes você canaliza. Por favor, me diga quem serão essas pessoas.
— Não, não vou tirar de você a beleza de conhecer a vida em sua plenitude. Nada de antecipar o que virá. Mas posso te dar alguns sinais. E, se estiver atenta, de uma forma ou de outra você vai identificar aqueles que serão importantes para que o seu destino se cumpra. Como te falei, um de seus antagonistas estará na sua família. E dará maus passos.
— Maus passos? Será um criminoso, um viciado?
— Não. Maus passos literalmente. Um homem com um problema na perna... Bem, chega por hoje. Sonny, pode parar a gravação. Nos ve-

mos amanhã, no mesmo horário. Essa menina precisará estudar várias vezes essas aulas.

— Espere, tia Ursula, então o pior virá pelas pessoas mais próximas?

— Ah, não, querida. São as escolhas. Essas, sim, lhe darão trabalho. Perto delas, as pessoas serão fichinha. Você terá que estar muito bem preparada para tomar as decisões corretas.

— Não sei do que a senhora está falando.

— É um tema complexo, que ainda vai nos render muitas aulas. Mas eu disse que hoje seria um dia diferente. Nada de estudos e experimentos. A senhorita está liberada da aula para cuidar da sua nova companheira.

A respiração de Jasper Ross se acelerou, e seus olhos estavam vidrados, como se fossem deixar as órbitas. Lembrava-se de ter ouvido Elizabeth mencionando a data daquela conversa. Ele era apenas uma criança nessa época. Seria ele esse homem de "maus passos"? Seria Arianna a "mulher de cabelos negros"? O ex-soldado estava em choque. Ainda assim, sua mão não resistiu e ele começou a girar a manivela novamente. Era como um pesadelo do qual não conseguia sair.

— 14 de março de 1962.

— Já sabe sobre o que será a aula de hoje, certo? — a voz de Ursula estava mais séria.

Elizabeth não respondeu de imediato. Era possível ouvir apenas o movimento de folhas ao fundo. Parecia que a menina estava procurando a resposta em um livro ou, talvez, em um caderno.

— Emoções — disse ela, confiante.

— Exatamente. Talvez a nossa aula mais importante. Como vimos ontem, as emoções controlam tudo e, portanto, para que o nosso plano seja bem-sucedido, preciso que você aprenda a controlar as suas.

— Certo. E como faremos isso?

Jasper notou que a voz de Elizabeth estava cansada, talvez por uma exaustão física com tanta disciplina exigida com os ensinamentos. Um miado também se fazia presente na gravação e, de tempos em tempos, parecia mais próximo, como se um gato estivesse passando ao lado do gravador.

— Bem, faremos um experimento muito interessante e eficiente.
— A senhora não tinha mencionado nenhum experimento... Não trouxe o jaleco.
— Fique tranquila, querida, o jaleco não será necessário hoje. O experimento é simples e precisaremos apenas da sua gatinha.
— Cecilia? — Elizabeth estava ressabiada, mas sua confiança na tia parecia inabalável. — Certo. O que faremos com ela?
— Calma. Antes preciso que você apoie seu queixo neste suporte aqui. Perceba que há um béquer bem abaixo do seu rosto. E nele há uma solução roxa, está vendo?
— Estou, sim.
— Muito bem. Chama-se Solução do Privilégio e nós, alquimistas, costumamos prepará-la quando queremos dar um destaque a algum ingrediente.

Alguns anos de experiência permitiram a Jasper perceber na voz de tia Ursula, nesse momento, um toque sutil de malícia, algo que não tinha notado antes.

— E que ingrediente é esse? — perguntou Elizabeth.
— A lágrima, querida.
— Como?
— Minerva, agora.
— Não! — Elizabeth gritou.

Os gritos de terror de Cecilia abafaram o desespero de sua dona. Ross ouviu horrorizado a aflição do indefeso animal, que parecia ter sido atacado por um impiedoso predador. O gato agonizou por alguns segundos até se calar. Os macabros chiados da gravação novamente tomaram conta do pequeno cômodo onde o genro de Elizabeth sentia os pelos do corpo se eriçarem da mesma forma que os de Cecilia antes de morrer.

— Elizabeth — tia Ursula prosseguiu —, segure as lágrimas, está bem?
— Porque você fez isso? — a voz da aprendiz estava embargada.
— Para o seu bem. Para o bem de todos. Desfrutar do amor é fácil e prazeroso, mas são poucas as pessoas que conseguem administrar o inevitável término de um ciclo. O amor se torna apego, "a doença da alma".
— Eu não tinha apego algum! Cecilia era apenas um ser inocente!
— Tudo acaba, Elizabeth. Ou melhor, tudo se transforma. E, por isso, não devemos nos apegar. A nada. A ninguém. Você, uma jovem com um dom raro, ainda será muito incompreendida e, por isso, terá que enfrentar muitas perdas. Eu devo te ensinar a administrá-las. E não há outro método: a compreensão só vem pela experiência — Ursula fez uma pausa antes de encerrar. — Portanto, a lição de hoje é simples, porém poderosa: quanto mais o amor é real, mais impalpável ele se torna. Quanto mais a perda é fatal, mais forte é o seu renascimento.

O homem, que já havia enfrentado duras batalhas em sua vida, sentiu todos os músculos anestesiados diante do antigo aparelho de som. Nunca havia sentido aquilo, uma mistura de medo e impotência. O diálogo novamente foi interrompido por chiados e ele teria retirado definitivamente a agulha se não tivesse ouvido a próxima frase.

— Benjamin — disse tia Ursula. — Se você queria um nome, o nome é esse: Benjamin. Toda a nossa estratégia depende dele. A chave do nosso plano. A chave da Profecia.
— Quem é ele? O que eu devo fazer? — naquela aula a voz de Elizabeth soava diferente, neutra e madura.

Ross prendeu a respiração ao perceber que falavam de seu filho como se ele fosse a peça de um jogo de xadrez.

— Você deve protegê-lo. Deve amá-lo e, principalmente, ter a certeza de que ele a ame também.

— Mas... — Elizabeth foi interrompida.

— Anote uma frase em seu caderno.

— Mais um enigma?

— O mais importante deles: "O metal e o adolescente se fundem formando o guerreiro além das estrelas". O significado você terá que descobrir sozinha.

O som do grafite singrando o papel se fazia ouvir e era agonizante esperar pela próxima fala.

— Tia Ursula, você disse para eu proteger Benjamin. Mas devo protegê-lo do quê exatamente?

— Das Sombras, é claro. Do que mais poderia ser? Haverá um momento em que o mal estará muito perto da sua família. E infelizmente... — houve uma longa pausa e Ross pôde sentir seu coração palpitar na altura do pescoço — alguém que habita a casa será levado para o lado das Sombras. E somente a morte o libertará.

Não havia mais nada a fazer. O melhor era deixar aquela casa de uma vez por todas. Com os passos lentos, Jasper Ross foi fechando as portas atrás de si, até finalmente chegar à caminhonete. Sua mente, muito mais ágil de que seu corpo, criava inúmeras conjecturas. Levar as cartas, encontrar outros vinis onde mais gravações poderiam estar. Mas para quê? De que serviria aquilo? Sua sogra estava na cadeia e Isabella não voltaria. Conforme fora dito, ela havia "se fundido no metal". Era muita informação, muita coisa estranha, para sua mente cartesiana.

Havia ido até ali com o único ímpeto de destruir Elizabeth. Mas agora só o que tinha era vontade de entender o caos em que todos eles estavam metidos. Quem era sua sogra, afinal? Quem era tia Ursula? Ela e suas visões representariam um perigo para sua família?

Questionamentos demais para um homem cansado. Era preciso organizar os pensamentos e decidir o que fazer. Queria chegar em casa, tomar um analgésico mata leão para sua perna e dormir por várias horas seguidas. Tinha muitas dúvidas, mas também uma certeza: não dividiria tudo aquilo com Emily, nem com ninguém. Ele era um soldado, tinha de combater sozinho as ameaças a sua família. Não conseguira proteger Isabella. Não cometeria o mesmo erro com Emily e Benjamin.

Enquanto Ross entrava no carro e dava a partida rumo à estrada, a figura usando uma longa capa puída, encostada no telhado da estufa, observava tudo. Aquilo que parecia um sorriso, na verdade era um ranger de dentes, após ter lido o pensamento daquele homem.

*Então Isabella está morta?* Esse inútil não serve para nada, nem para ser um maldito Recrutado. Tantas culpas e, ainda assim, um homem fiel.

Morloch já sabia das dúvidas de Ross quanto a sua sogra e a uma tal de Ursula, coisas que vinham dos pensamentos do homem, mas não sabia nada do conteúdo do que ouvira. Não foi à toa que a ancestral de Elizabeth havia escolhido um gramofone manual para suas gravações. O único que registrava e reproduzia os sons que espíritos e outros seres não matéricos não conseguiam ouvir.

---

Hudson havia preparado Layla para encarar uma cena de terror. Mas, apesar do aspecto mórbido do local, o único susto real foi aquele impresso na cara do homem a seu lado.

– Não entendi... – a voz era da mulher, que já começava a observar de perto a cadeira de pedra no centro da parede. – Fora o ambiente de trem fantasma, não estou vendo nada de mais por aqui.

A voz de Hudson não saiu de primeira. Ele olhava para todos os lados, como se aquele pequeno vestíbulo sem portas nem compartimentos pudesse esconder alguma coisa.

— Eu... eu juro! Estava aqui! Ele estava sentado bem aí naquele dia... — o braço estendido apontava para o trono de pedra, onde Layla estava.

— Você quer dizer que tinha alguém sentado aqui?

— É... uma pessoa... parada...

— Você tem certeza? — Layla fez uma cara de desconfiança. Hudson, por sua vez, continuou a balbuciar palavras desconexas, confirmando consigo mesmo suas lembranças.

— Uma pessoa... como se estivesse dentro de um casulo recém-começado... um bicho-da-seda... gosmento... horripilante... Não se movia, nem parecia respirar...

Layla seguiu investigando o ambiente. Pedras muito antigas cobertas de musgo abrigavam lacraias que corriam pelas frestas úmidas. As mariposas rajadas se incomodaram com a luz que entrou pela porta, e o bater de suas asas fazia cócegas quando passava pelo rosto dos intrusos.

— Você não está sentindo um cheiro estranho aqui? De planta, ou melhor, de resina de árvore... — a moça seguia fungando pelos cantos, como um animal da floresta.

— Eu não quero que você me ache maluco... eu... eu não estou louco. Lembro perfeitamente de ter visto um velho homem, parado como um cadáver, sentado nesse banco de pedra. Eu... eu me assustei. Eu saí correndo daqui, porque sabia que havia algo muito errado.

— Por que não chamou a polícia? Era isso que deveria ter feito.

— Layla, eu sei como a polícia age — pela gravidade na voz, parecia que Hudson estava se referindo a algo de seu passado. — Eles não entendem certas coisas... especialmente as mais... como posso dizer...

— ... as mais misteriosas? — Layla deu de ombros e voltou até perto do trono.

— Sim, pode ser isso. Só sei que agora, em vez de um, somos dois sem respostas. Peço desculpas por gastar o seu tempo.

Mas a mulher não comentou o que Hudson disse. Estava agachada perto da parede, de costas para ele, e parecia concentrada em realizar uma operação cuidadosa com as duas mãos.

— O que é isso? — o ex-soldado se aproximou e viu Layla segurando um pote de barro. Olhou para o muro e notou, pousada no chão, uma tábua de madeira que servia de cobertura para um fundo falso. Havia um pequeno compartimento na parede de pedra em que o pote cabia perfeitamente.

— Vamos descobrir agora — ela apoiou o objeto sobre os restos de uma parede desabada, tirou do bocal uma rolha com o triplo de diâmetro das usadas nas garrafas de vinho e fez um gesto afirmativo com a cabeça. — Eu sabia, o cheiro de resina vem daqui.

— Quando eu coloquei o dedo no... no sujeito... um cheiro como esse ficou impregnado na minha mão por alguns dias.

— É uma resina parecida com a goma arábica, mas tem um cheiro mais pronunciado.

— E para que serve essa goma?

— Hoje, para muitas coisas... de chiclete de hortelã a cera de calçado. Mas antigamente servia para embalsamar os mortos... as múmias...

— Era exatamente o que o homem parecia!

— Serve para facilitar o trânsito também.

— Que trânsito?

— Entre os vivos e os mortos. Entre os que vivem de matéria e os que vivem além da matéria.

— O que eu vi estava meio vivo, meio morto.

— Essa goma arábica é poderosa, mas só para dar acabamento — Layla continuou com o ar professoral. — Eram os sais e outras substâncias que derretiam a parte de dentro do cadáver e garantiam a mumificação. No Peru, os maias...

— Layla, ouviu isso? — ao comando de Hudson, ambos paralisaram. Um barulho vindo de fora, que parecia de galhos quebrando, indicava que algo ou alguma coisa se aproximava.

— Não deve ser nada... talvez os tratores derrubando árvores — a moça tentava se mostrar impassível.

— Estamos bem longe da obra. E esses troncos centenários não são tão fáceis de ser derrubados. Não são galhos, Layla.

— Deve ser então a... maldição da múmia — Layla riu por uns segundos, mas logo se arrependeu, pois mais uma vez ouviu o barulho craquelado vindo de fora. Hudson pegou um pedaço de pau que estava no chão e se colocou como um espadachim. Layla balançou a cabeça.

— Acho que isso não vai adiantar de nada... ainda mais se for realmente o nosso morto-vivo — a moça tentava parecer calma, mas sua musculatura tensa e o corpo pendendo para trás demonstravam o contrário. Também estava aflita.

— Vamos ter que sair. Se for um perigo real, pelo menos temos chance de escapar. Vamos ficar juntos! — Hudson se aproximou da ex-namorada, mas ela se desvencilhou.

— Isso funciona na guerra, mas não na floresta, homem! — Layla estava como que tomando impulso, prestes a irromper pela porta. — Se for preciso, nos separamos e nos encontramos no carro. Um, dois e...

— Agora! — os dois falaram juntos e saíram quase ao mesmo tempo. Mas em vez de correr, como era de se esperar, viram-se paralisados com o que os aguardava do lado de fora.

— Uma vara de javalis! — Layla sentiu seu corpo se eriçar, assim como o de um lobo diante do perigo.

— Meu são Patrick! E agora eles estão formando uma trincheira.

O homem estava vidrado nos animais. Nunca tinha visto tantos juntos, então não pôde notar de imediato o que acontecia bem a seu lado. O poder da natureza, o mesmo que assustava algumas pessoas, tinha outro efeito sobre índios, nativos, xamãs. E sobre Layla. Diante do perigo, a coragem se solidificava.

— *Atipax, Quapax...* — a mulher pronunciava essas palavras de forma cadenciada, repetida. Seus olhos pareciam brilhar, o corpo fazia uma espécie de dança com movimentos vibratórios e a voz estava mais grave.

Hudson, duplamente apavorado, mas não sabendo como agir, esperava os próximos passos da companheira de empreitada. As presas, curvadas e afiadas, projetavam-se como lanças para fora da boca dos animais, e Hudson tinha dificuldade para diferenciar se estavam furiosos ou enfeitiçados por Layla.

— Saiam! Saiam! *Lluxsipuy*!! *Kunanpacha*!! Agora mesmo!

Para grande surpresa do homem, à medida que ela ia repetindo as palavras, os javalis, um a um, foram se escondendo na floresta. A vara parecia estar sendo controlada por Layla. Quando o último, um filhote, passou pelo arbusto que ladeava o caminho até a casa de pedra para se juntar a seu bando, ela começou a se recompor do transe e, depois de um longo suspiro, sorriu.

— Adoro isso...

— Layla, me desculpe... mas agora não sei de mais nada. O que significa isso?

— Meu Animal de Poder. Ele sempre aparece quando estou em situações de emergência. Eu empresto dele algumas energias, mas continuo a Layla de sempre, não se preocupe.

— Mas o que é isso? O que é um Animal de Poder? Isso não faz sentido!

— Bem, os javalis se foram, certo? Eles costumam correr dos lobos. E é melhor irmos também. Vai demorar pouco tempo até que se fortaleçam novamente dentro da mata.

— Quanto tempo?

— Quer um conselho? Melhor começarmos a correr!

Os dois se entreolharam e saíram em disparada em direção ao caminho que os havia conduzido até ali.

Apenas quando já estavam dentro da cabine, com os vidros fechados, ofegantes e com uma expressão de interrogação, se deram conta de um fato: o pote com o bálsamo ficara sobre o muro desmoronado de pedra, e não no compartimento secreto onde fora encontrado.

— O pote! Vão descobrir que estivemos lá!

— Ande, Hudson, continue dirigindo. Depois voltamos para descobrir mais...

— Não acredito que você ainda quer voltar lá.

— Claro que sim! Com certeza! Ainda há mistérios a ser resolvidos. E, se há uma múmia, não podemos deixá-la à solta — o tom irônico de Layla parecia esconder alguma coisa ou destilar uma pequena vingança contra o americano.

— Você por acaso está duvidando do que eu vi? — Hudson nunca sabia ao certo como agir diante dela.

Os dois já estavam contornando a praça Cívica e entrando na rotatória que conduzia até a casa de Layla quando um vulto retilíneo cruzou a faixa de pedestres.

— Veja — desconversou ela —, não é Grensold?

Apesar de irritado, Hudson não conseguia passar por cima de sua educação, e baixou o vidro da caminhonete.

— Sra. Grensold, precisa de carona?

— Não, coronel Hudson, obrigada, vou pegar o ônibus. Estava ajudando a d. Emily, mas já estou indo de volta para a casa de Elizabeth — ele já havia corrigido a mulher por mais de uma vez dizendo que jamais fora coronel na vida, mas ela insistia em usar aquele tratamento. — Boa tarde, coronel. Boa tarde, Layla.

— Nossa, você está vindo de onde? — foi a vez de Layla se abaixar um pouco para olhar diretamente a mulher.

— Dos Ross, passei a manhã inteira lá. E agora já é quase meio-dia, estou atrasada. Até logo.

— Mulher esquisita, essa Grensold... Outro dia me pediu mudas de ervas para replantar. Disse que algumas das plantas de Elizabeth estavam secando e ela queria repor.

— Pronto! Mais uma para se juntar ao time das bruxas...

Layla sentiu o sangue esquentar nas faces e depois nas mãos. Mas respondeu com a voz modulada, enquanto arrumava o casaco e checava as coisas na bolsa.

— Desculpe, mas pelo que me consta não sou eu que chamo os outros para ver múmias na floresta. Aliás, pode parar o carro que também vou pegar o ônibus para minha casa. Tenho bastante coisa para fazer ainda hoje.

— Não, Layla, se eu te levei nessa roubada, o mínimo que posso fazer é deixá-la em casa. Você pode me chamar do que quiser, menos de mal-educado — Hudson não queria admitir, mas, se antes já sentia uma forte atração por aquela mulher, depois do que vira na floresta, sua demonstração de conhecimento e coragem indômita, agora se sentia absolutamente hipnotizado por ela.

— Não. Vou descer aqui mesmo, obrigada.

— E se o ônibus demorar? Você está ocupada e...

— Estamos na Inglaterra, esqueceu? Os ônibus chegam na hora por aqui.

— Layla... — Hudson tentou detê-la com a voz.

— Sim? — ela já estava com a mão na maçaneta e olhando para fora.

— O Animal de Poder... todos têm um?

— Só aqueles que tentam encontrá-lo antes de fazer perguntas.

Ela abriu a porta e desceu sem nem virar para trás. Hudson a acompanhou com o olhar, tomando fôlego para tornar a ligar o carro.

Só estranhou uma coisa: quando estacionou o carro atrás de uma casa para refletir, notou que, em vez de Layla tomar o mesmo caminho de Grensold e dobrar à esquerda para o ponto das linhas centro-leste, ela foi em direção à rua Carver, onde passavam as linhas em direção à vicinal sul. A mesma estrada que percorreram durante aquela manhã e da qual tinham acabado de voltar.

## Capítulo 31

O sol havia acabado de se pôr. Uma linha fina e vermelha no céu dividia as possibilidades do dia e os mistérios da noite. Dentro da casa, fincada no terreno pantanoso do lago Saphir, o barulho rastejado das pantufas era audível em qualquer parte, enquanto o som do vento e dos pássaros era bloqueado pelas centenárias janelas de madeira, devidamente fechadas e vedadas. O calendário marcava oficialmente o início do outono e, assim como nos anos anteriores, ela esperaria com paciência as primeiras gotas resinadas brotarem das paredes de sua sala.

Tudo começava com um brilho, como se a madeira tivesse sido levemente encerada, depois, ainda sem qualquer explicação, pequenas esferas viscosas passavam a porejar com mais intensidade, até que começavam a escorrer, como a cera de velas queimando. Era o que estava acontecendo naquele momento. Arianna soltou o cabelo, não tão sedoso como já tinha sido um dia, e, conforme as regras do ritual, despiu-se da capa preta que cobria seu corpo. A diferença é que não o fez mais diante do espelho, com orgulho e satisfação. Desta vez, escolheu o local mais quente e confortável do aposento, em cima do tapete repleto de poeira e migalhas, e ali se deitou em etapas, sentindo dores e uma exaustão que parecia ser a de mil gerações.

Segundo as indicações, só quando quase toda a superfície interna das paredes estivesse coberta é que os braços cansados poderiam começar a trabalhar. Ela teria de retirar o unguento com uma espátula e encher os dois grandes potes de cerâmica. Depois, cumprindo a penosa promessa que não poderia ser quebrada, entregaria os recipientes prontamente a Morloch.

Naquela ocasião, no entanto, havia um grande consolo: seria a última vez que ficaria sem sua preciosidade. O tempo para o ritual da forja havia finalmente chegado, e no outono seguinte ela voltaria a ter sua quantidade anual de bálsamo. Pelo menos, era o que o homem mumificado lhe dizia.

Mesmo alquebrada, achacada por olheiras, excesso de magreza e muitas manchas roxas das batidas que dava nos móveis velhos pela falta de firmeza nos membros, ainda se via a beleza de Arianna. Uma beleza cadavérica, como a de um fantasma sedutor em um filme de suspense, mas que, ainda assim, resistia.

A retirada do material, fluindo pelos vãos das tábuas verticais, era a cada ano mais difícil, mas só de tocar naquela substância e juntá-la nos potes ela já sentia a pele de suas mãos mais firme e as células de seu corpo um pouco mais jovens. Nem de perto se assemelhava ao poder oferecido pela pulseira de metal que entregara à filha, mas aquela mínima quantidade de unguento penetrando em seus poros já funcionava como um paliativo. Era a dose de renovação de que precisava para aguentar as ventanias do outono e o frio glacial do inverno.

Terminado todo o processo, depois de verificar os recipientes cheios e fechados, ela se vestiu com um pouco mais de ânimo. Atravessou a varanda, desta vez sem ter de se apoiar nas cordas podres das cadeiras de balanço, e desceu as escadas em perfeito equilíbrio. Os degraus quase não rangeram. O objetivo era chegar ao galpão onde, desde a madrugada, Morloch se dedicava aos preparativos para a forja.

Embora o matadouro tivesse funcionado como acantonamento compulsório de três jovens, os mesmos que durante os últimos meses haviam chegado em Saphir no furgão branco aprisionados pelo Orbe e dados como desaparecidos por famílias esparewoodianas, agora abrigava todos os materiais e instrumentos que permitiriam o feitio da nova pulseira.

Quanto aos adolescentes, tinham sido transferidos para o pequeno casebre que já havia servido como vestiário e depósito de materiais de pesca. Nos tempos em que o lago era limpo, muito antes de Richard começar a se rebelar contra o "maldito assoreamento", os dois irmãos também usavam a casinha de madeira para brincar e dormir nos dias de extremo calor. Mas eram dois guris pequenos, e não três adolescentes altos e desengonçados que mal conseguiam se mexer trancados lá dentro. As cordas e as mordaças que mantinham Sid "Ruivo" Condatto, Sally Fischerman e Bob Blythe Jr. calados eram eficientes para evitar qualquer ato de rebeldia, mas não para conter em cada um deles o movimento do corpo, que lhes doía quando buscavam uma nova posição.

Ao se dirigir para a construção, Arianna percebeu que as pedras dispostas no solo úmido, recobertas de limo, já não eram mais o caminho ideal até o matadouro. Por seus ossos estarem completamente descalcificados, tornara-se mais seguro pisar nos poucos tufos secos de grama, para reduzir os riscos no caso de uma possível queda. As plantas avançavam de forma selvagem sobre qualquer vão que encontrassem. As trepadeiras tomavam muros, cercas e pedaços de madeira esquecidos. As flores deselegantes das ervas daninhas avançavam sobre as poucas margaridas, as que restavam daquilo que um dia fora um belo jardim, orgulho da sra. Ross, mãe de Richard e Jasper.

Acostumada com os arbustos agrestes que arranhavam as pernas e os braços, a mulher envolvida em sua capa ia abrindo o mato com uma mão e com a outra segurava firme um dos potes. Quando chegou ao matadouro e seus dedos apontaram para o antigo ferrolho, foi bruscamente surpreendida. O lado direito da porta de largas tábuas apodrecidas se abriu e, com um movimento parecido com o das lagartixas quando buscam a luz, por ela saiu seu repugnante interlocutor.

– Ora, ora... eis que venho ao portal do palácio recepcionar Arianna King Ross! – Morloch fez um patético e exagerado gesto de cumprimento e as vestes puídas se movimentaram como se se desfizessem no ar.

Sempre que deparava com ele, a herdeira da casa do lago não conseguia evitar o susto. Era impossível se acostumar, especialmente porque o rosto do homem, da mesma forma que o dos cadáveres, a cada dia tinha um formato diferente. O cheiro vegetal também se acentuava, rescendendo por todo o espaço como as flores murchas de um velório. A luz fraca que iluminava a área do jardim incidia sobre aquela pele reptícia, completando o quadro de horror.

Para Arianna, tudo parecia ainda mais absurdo porque vira o pastor Roundrup algumas vezes quando era vivo. Um senhor bem-apessoado, de pele lisa e ótimos dentes. Se seu corpo não houvesse sido roubado, teria ele – com o peso dos anos, das décadas – se tornado tão pavoroso quanto Morloch?

Ela não proferiu nenhuma palavra, apenas esticou os dois braços, estendendo o material para o homem a sua frente.

– Muito bem, cara discípula. A última das seis partes de unguento necessárias para a forja – fechando a passagem com o corpo decrépito e a cortina formada por suas vestes, ele dava mostras de que não queria que Arianna entrasse no galpão. – E a minha porção, onde está?

– Na minha casa. Não pude trazer os dois recipientes. Você pode pegá-lo antes de voltar à casa de pedra.

– Não, você irá comigo até lá. Depois de terminar a forja, tenho negócios para resolver no Conselho e preciso que você me embalsame novamente. Não será trabalhoso, vejo que está muito bem-disposta! – o morto-vivo se aproximou do corpo esguio da mulher e sua respiração fétida quase a fez desmaiar.

– Conselheiro, por favor, me dê um pouco mais do unguento. Eu preciso!

– Nem uma gota a mais, Arianna. O círculo de fogo precisa de muitos litros. E o meu corpo também precisará ser inteiramente coberto.

– E a sua reserva?

– Encontrei o frasco espatifado no chão, ao lado da murada. Houve uma invasão no casebre.

– Não havia sobras nos cacos? – a privação de Arianna era tão grande que ela não conseguia pensar em outra coisa.

– O seu contato de hoje com a substância já foi o suficiente. Quanto ao unguento derramado, os insetos da floresta deram conta. Devem estar lindos e resplandecentes voando por aí... Agora, com licença, que tenho um trabalho a ser feito aqui.

O sarcasmo de Morloch era irritante e suas sentenças não permitiam contra-argumento.

– Eu vou participar da forja! Eu tenho direito! Estamos na minha terra – Arianna projetou o corpo em direção ao lado da porta, que estava entreaberta, mas foi novamente interceptada.

– Arianna, Arianna... Se há algo que você não perde é sua arrogância, não é? Tudo bem, gosto disso na minha equipe – a voz artificialmente suave do homem dava indícios de simpatia, mas logo foi substituída por um grito de comando. – Agora chega! Você está me atrapalhando. Saia daqui!

– Então sou expulsa da minha própria casa?

– Esta casa não é e nunca foi sua. Você sabe muito bem. E, além disso, sinto lhe informar, mas uma Recrutadora não tem lar nem endereço fixo. Deve vagar pelas estradas em busca do nosso exército.

Arianna se virou bufando e, já sem o pote, fluiu com mais agilidade pelo caminho coberto de folhas. Porém, em vez de pegar novamente o caminho de volta para casa, tomou um atalho por uma nesga do bosque que dava atrás do galpão. Poderia não participar do evento, mas não admitia ficar sem ver com seus próprios olhos o que o Conselheiro das Sombras estava preparando. Não era justo que só ele soubesse os segredos de tanto poder. O par de olhos negros se posicionou nos dois buracos escavados na parede, os mesmos que usava para, há muitos anos, subornar os empregados que roubavam seus leitões. Exigia, em troca de silêncio, que eles também não contassem nada a Richard sobre suas saídas noturnas (em seu secreto intuito de recrutar pessoas).

O tom avermelhado do fogo se refletiu na íris da mulher. Eram dois círculos concêntricos que foram acesos não por uma faísca qualquer, como um fósforo ou isqueiro, mas com uma chama que pareceu sair bem do meio das mãos de Morloch. O unguento, agora ela podia ver bem, servia como combustível e era colocado, parcimoniosamente, no início da linha desenhada no chão. A cada gota, o círculo parecia se intensificar, e a chama, assumir uma cor diferente. Vermelha, roxa, púrpura.

O cartilaginoso Morloch saiu do campo de visão de Arianna por alguns minutos, o que a fez virar o rosto na diagonal, para que pudesse avistar mais do espaço interno. Foi o suficiente para ver três corpos esquálidos e maltratados atravessando o recinto. Eram os cativos do morto-vivo.

Embora tivessem chegado em dias diferentes, os dias de prisão os haviam igualado em abatimento e magreza. Ainda assim, tinham um poder imensurável, aquilo que Arianna mais invejava e pelo que ansiava desesperadamente: a juventude. Com a ajuda do bálsamo e com o bracelete cunhado em sua pele a partir do próximo ano, dedicaria todos os seus dias a cultuar sua juventude novamente. Ao lado de sua filha, pensava ela, nada, nem mesmo aquele ser horroroso, a impediria de conquistar toda a riqueza que estivesse a seu alcance. Afinal, fora esse o acordo que fizeram em Liemington. Munidas com seus braceletes e com a beleza dos King, teriam poder e força. Seriam indestrutíveis.

Uma chama avermelhada subiu quase à altura de um metro, o que devolveu a atenção da mulher ao processo da forja. No meio do duplo círculo de fogo estavam os adolescentes. Ela sabia que eles desempenhariam um papel fundamental naquele ritual, mas não tinha ideia de como seria o sacrifício. Um lampejo de memória a fez lembrar do quanto gostava de assistir aos rios de sangue dos porcos sendo drenados pelas canaletas.

A voz metálica de Morloch começou a vibrar, primeiro de forma imperceptível e depois cada vez mais alta, a ponto de ser ouvida perfeitamente por Arianna: "Eis os elos. Os símbolos vivos da transformação, aqueles que são anjos e demônios".

Quando recebia as "encomendas" feitas por sua indesejável cúmplice do furgão branco, Arianna se perguntava o porquê das idades requisitadas. Bob tinha catorze, Sid, quinze, e Sally, dezesseis anos. Mas Morloch não parecia disposto a revelar nenhuma informação esclarecedora sobre a forja. Tudo o que ela estava descobrindo ali, à luz das chamas multicoloridas da roda de fogo, eram novidades que a qualquer momento poderiam servir de trunfos. Mal via a hora de não depender mais daquele homem repugnante que agora parecia tomado por uma força vulcânica, com suas palavras preenchendo todo o ambiente do matadouro.

*"Quarenta e cinco elos movem a corrente que se move."*

Arianna prestava atenção em cada detalhe, como se os anotasse em uma tela mental.

*"Cada elo é um ano de vivência não solidificada."*
*"A criança vira jovem. A inocência se esvai."*

Com uma lâmina nas mãos, Morloch entrou no círculo, como se ele mesmo também fosse feito de aço, e, portanto, imune às labaredas de fogo. Aproximou-se dos três adolescentes, agora desacordados e com a pele avermelhada pelo calor, e olhou para cada um como se visse cordeiros em um ritual sacrificatório. A lâmina refletia o tom das chamas, e foi usada para fazer um corte diagonal em seus braços esquerdos, amolecidos no chão. Como um cirurgião sádico, o homem, atentamente observado por Arianna, sorria enquanto retirava o sangue deles em um diminuto vaso de prata.

*"Quarenta e cinco elos movem a corrente que se move."*

O Conselheiro escreveu com o sangue a idade de cada um dos jovens, bem embaixo de seus respectivos pés. E foi então que o rosto de Arianna se iluminou. Orgulhou-se de ter ligado os pontos e entendido a charada. Catorze, quinze, dezesseis... a soma dos três números dava quarenta e cinco. Os quarenta e cinco elos da corrente. Então não seria preciso tirar a vida deles e sim um pouco de seu sangue? Ou seriam deixados ali até arderem com as chamas, quem sabe virando cinzas? A verdade é que Arianna ainda não estava entendendo todo o processo e escaneava o espaço físico para saber mais sobre os segredos da forja.

Um ruído inesperado, de metal rangendo, fez com que a mulher tirasse os olhos da parede. Não havia luz na parte de trás do galpão, e a noite tinha acabado de desabar sobre sua cabeça. Estava certa de que o barulho havia vindo da porta da frente da propriedade e foi até lá sorrateiramente para ver do que se tratava.

Uma porção de luz fraca iluminava a frente da casa, mas não se percebia sua origem. Então foi até a escada deixada na mureta, para ver se avistava algo na porteira. Viu um vulto longilíneo, feminino, lutando contra as dobradiças emperradas do portão. Quando a criatura conseguiu adentrar a propriedade, Arianna desmontou. "Não acredito que essa idiota está aqui a esta hora da noite!"

Arianna, investida de uma força que até poucas horas antes não possuía, tomou a direção da porteira pelo caminho de terra batida. Andava com passos firmes e um porte altivo que, em um lampejo, lembrava a imponente pessoa que fora no passado.

— Já não lhe falei que temos material suficiente? O que está fazendo aqui? — na condição de espiã, ela não queria mais ninguém por perto, especialmente no dia da forja, e ainda mais com a presença de Morloch.

— Não, desta vez não vim no furgão, nem trouxe nada. Vim por conta própria. Estou sabendo de coisas que podem lhe interessar... — a visitante, pousando as mãos sobre a cintura fina, se revestiu de um certo ar desafiador que sua interlocutora não conhecia.

— Nada me interessa a não ser a minha recuperação. Aliás, nada me interessa mais do que ter paz em minha própria casa!

— Eu sei que ele está aí.

— Ele quem? Do que está falando? — seu tom de voz não convencia nem a si própria.

— Arianna, por favor... vamos economizar o nosso tempo.

— Eu sei muito bem o que você quer. Não consigo confiar em você — desde que Morloch havia dado tarefas àquela mulher, Arianna tinha certeza de que ela queria roubar seu posto.

— Acalme-se. Se estou dizendo que vim justamente fazer revelações importantes para você, qual é o seu medo? Quer prova maior de confiança?

— Se você não falar nos próximos trinta segundos, vou chamar o Conselheiro e aí... bem, e aí você sabe... Nada poderá lhe proteger.

— Isabella está morta. Essa é a primeira notícia. Chegou a hora de falar a verdade.

Arianna perdeu o resto de cor que tinha acabado de recuperar.

— Como assim, está morta? — sua expressão estava transtornada.

— Eu sinto muito, Arianna. Ofereço os meus pêsames... — a visitante, ao baixar o rosto e juntar as mãos em sinal de respeito, a irritou ainda mais.

— Não é possível! Isso não é possível! — a mulher estava transtornada. Seu rosto parecia uma folha de papel em branco.

— Posso lhe mostrar o documento. Se quiser, posso pegá-lo a qualquer momento. Tenho livre acesso à casa dos Ross.

— Desde quando sabe disso? Que documento? — Arianna não conseguia mais controlar seu tom de voz.

— Eu sei... eu sei, faz pouco tempo...

— Você está mentindo! Eu não quero ouvir mais nada!

— É melhor ouvir, Arianna. E tem mais. Eu vim avisá-la que você precisa fugir. Nós precisamos. E imediatamente! Morloch também já sabe sobre Isabella.

— Pare com esse absurdo! O que você está querendo, o meu lugar?

— Já falei que estou do seu lado! E você precisa acreditar em mim. Isabella está morta e Morloch vai se vingar.

— Como? Ele esteve aqui o tempo inteiro!

— Arianna, ele sabe! Eu estive na cabana.

— E quem a autorizou a fazer isso?

— Foram... contingências... mas pude ver o momento em que o Conselheiro, enfurecido, quebrou um pote dentro do casebre. Eu tentei me esconder, mas ele me viu. Perguntou com todas as letras se eu estava pronta para ser treinada. Se eu podia ser a nova Recrutadora. Ele disse que era impossível confiar em alguém...

— Em alguém?

— Em alguém que não sabia nem mesmo garantir que a filha permanecesse viva.

Em vez de esmorecer, Arianna estufou ainda mais o peito, como se a raiva preenchesse cada uma de suas células. Tinha certeza de que estava sendo traída. Só não sabia ao certo por quem.

— Quero que você saia já daqui!

— Estou avisando. Vamos fugir agora ou você está liquidada. Morloch está fingindo, só está esperando o melhor momento para agir...

— Você quer que eu deixe o caminho livre para você, não é? — Arianna estava quase furando o rosto da intrusa com seu dedo em riste. — Vou agora mesmo falar com Ross! E vou exigir um encontro com Isabella!

— Vamos ser práticas, antes que seja tarde? — a mulher puxou a dona da casa para bem junto de si. — Eu sei do que estou falando. E, se ainda duvida, veja isto — ela estendeu a fita de camurça que Isabella costumava usar no cabelo. — Aliás, eu posso te contar muito mais coisas, mas no momento oportuno. Agora já temos problemas demais, como sair daqui sem sermos vistas por Morloch.

— Você disse que havia um documento... — Arianna odiava estar sendo conduzida.

– É uma certidão de óbito assinada pela polícia e pela funerária de Esparewood. Não houve velório e o corpo foi cremado.

Ao ouvir aquelas palavras, Arianna teve uma visão de sua filha morta. E se assustou com o que imaginou. Parecia que os ossos passavam a se desmontar dentro de seu próprio corpo. Tomou a direção da varanda e se sentou em uma das cadeiras de vime apodrecidas. Como esperava, foi seguida pela persistente interlocutora.

– Morloch traiu você ao me convidar para o Recrutamento. Por que então não admite que eu estou certa?

– Como posso saber que não é você que está mentindo?

– Porque eu quero te ajudar. E prometo que a partir de agora estarei ao seu lado contra Elizabeth. Foi ela a responsável pela morte da sua filha. Sempre é ela a responsável. E você sabe: tenho muitos trunfos para desmascará-la.

– Elizabeth, aquela velha idiota! Tenho que acabar com ela.

– Vamos, Arianna! Não temos mais tempo. Você sabe o que acontece quando Morloch é contrariado. E a morte de Isabella o contrariou demais.

A solitária proprietária de Saphir percebeu que havia chances de aquela mulher estar certa. O Conselheiro das Sombras ainda não havia tomado nenhuma atitude porque estava privilegiando a forja. Ele precisava do matadouro, dos instrumentos, do unguento. Precisava dela. Mas e depois? Talvez o bracelete que estivesse sendo produzido não fosse para seu pulso e sim para o de algum novo Recrutado... Talvez a exigência para que ela fosse junto com ele até a cabana para embalsamá-lo com o unguento remanescente fosse só um pretexto para acabar com ela definitivamente...

– Arianna, estou avisando, é hora de partir! Você vai ou fica?

Ambas ouviram o barulho de um trovão, o que parecia materializar a urgência de uma decisão.

# Capítulo 32

Arianna ainda tinha dúvidas, mas o que acabara de ouvir levantava dois pontos importantes. O primeiro era o reforço da sensação de que para Morloch só a sobrevivência de Isabella era realmente importante. O segundo, a recusa do morto-vivo de que ela participasse da forja. Ele nunca havia mencionado qualquer impedimento antes. Ao contrário. Desde o começo dizia que precisava de um braço direito para várias atividades do processo.

– Ao diabo! Vamos sair daqui! – decidiu-se Arianna. – Mas, se isso for um blefe, pode ter certeza: você está liquidada!

– Onde está a caminhonete?

– Caminhonete? Você está brincando? Há meses que não tenho mais. Por que acha que eu dependia de você para tudo?

– Tudo bem, vamos a pé, mas não teremos chance se Morloch perceber e resolver nos perseguir.

No exato momento em que falou isso, as duas escutaram a porta do matadouro bater forte.

– É ele! – a herdeira de Richard Ross arregalou os olhos. – Em breve vai me chamar. Disse que ainda precisaria de mim.

– Então... temos que ir pelo bosque. Não esperava ter que fazer novamente esse caminho a pé, mas vai ter que ser. E agora!

Em vez de irem para a porteira, as duas foram pé ante pé em direção à cerca de arame, de onde saía um atalho para o Bosque das Clareiras. Uma tempestade começava a se armar.

Enquanto isso, dentro do barracão, o círculo de fogo ardia e o fio viscoso de resina ia se agregando a ele como um afluente.

O senhor de roupas carcomidas pelas lacraias havia terminado a primeira parte do ritual. Irritou-se com a porta que bateu, mas não o suficiente para tirar os olhos dos jovens. Não estavam mortos, não era necessário, mas precisavam dormir. Dormir embalados pelo fogo.

– Senhor – o Conselheiro ergueu o olhar quando ouviu a voz a suas costas –, elas saíram. Achei melhor vir avisá-lo.

– James, seu idiota, como ousa me interromper? – o homem embalsamado olhava para o jovem magro, de pele morena, invejando seu porte mediterrâneo.

Depois de tantos anos sem poder voltar à Colônia pelo gasto inadequado de *enits*, James tinha perdido os valores de nobreza e respeito que sempre tivera em vida e também por grande parte de sua morte. Agora, como sobrevivente, seu único objetivo era conseguir negociar sua volta com o Conselheiro.

– Eu acabei de ver as duas saindo pelo portão da frente. Estão fugindo!

– Você jamais deveria estar aqui!

– Desculpe, senhor. Só quero voltar para lá. E só posso conseguir isso com a sua ajuda, então quero contribuir.

– Você acha que vou confiar em alguém tão inepto que conseguiu acabar com a própria cota de *enits*?

– Verdade... foi o maior erro que eu poderia ter cometido! Este lugar é uma prisão. Só descobri quando morri. Pelo menos nisso posso agradecer a Arianna. Ela me tirou dessa vida sem sentido – James baixou o olhar para o pequeno apito que pendia em seu pescoço. – Trabalhar neste matadouro sem nenhuma razão...

– Você é patético! Eu vou sair agora por aquela porta. Se o que você diz é verdade, vou ser justo e providenciar a sua volta. Mas, se estiver mentindo, vou confiscar a sua segunda chance para sempre, que é o pior que pode acontecer para alguém na sua situação.

– Obrigado, sr. Conselheiro, obrigado! – a voz imaterial quase não podia ser ouvida, por conta dos grandes volumes de ar que passavam pelas frestas, formando uma sinfonia de vento. Emergia uma tempestade como há muito não se via na região dos bosques.

Ambas as mulheres conheciam bem aquela estrada feita de árvores, sombras e lodo. Mas, antes de pegarem a picada, no meio do caminho entre a casa e o galpão, elas pararam quase ao mesmo tempo, mas não pelo mesmo motivo. Arianna ainda se mostrava um tanto indecisa. Já a parceira compulsória queria que Arianna tomasse a frente, com receio do que ela poderia lhe aprontar pelas costas.

Foi um erro! Os segundos em que ficaram ali paradas foram os mesmos que Morloch levou para sair da construção de madeira. O barulho fez com que se embrenhassem na mata, mas uma delas, ao se voltar para trás, cruzou seu olhar com o do inimigo.

O cansaço era grande e a escuridão, intensa, mas ainda assim elas correram como nunca antes em suas vidas. Não pararam até sentir o afunilamento da estrada, agora coberta por arbustos, deixando o trajeto ainda mais aflitivo.

Depois de pouco mais de meia milha percorrida, Arianna percebeu quanto o esforço maltratara suas pernas. Exausta, sentou-se em uma pedra alta e ali, ofegante, viu a companheira de trajeto ir se misturando com a escuridão. Então, as folhagens se mexeram, e, mesmo com as dores que sentia nos pés, ela se levantou.

– Está ouvindo? Não estamos sós... – Arianna apontou para o lado de onde vinha o ruído.

– Eu não estou ouvindo nada! – respondeu a outra mulher, um tanto ríspida.

– Como não? E esses barulhos de passos?

As duas prenderam a respiração e, com os dois pares de olhos arregalados, passaram a investigar o negrume da mata, em todas as direções. Aproximaram-se, como se algo as fizesse entender, de forma instintiva, que não poderiam ser rivais. Pelo menos não até atingirem a estrada em segurança. Na floresta, os que fazem inimigos e aqueles que sobrevivem não costumam estar no mesmo grupo.

– Não são passos, são raposas. É a hora em que saem da toca – Arianna abaixou-se e testou três opções até encontrar um galho que mais se assemelhava a um bastão –, mas tudo bem, isso é fácil de resolver.

– Venha, vamos cortar caminho por aqui.

– Mas aí é ainda mais estreito! – a mulher de cabelos negros, apesar da mesma arrogância de sempre nas palavras, dava sinais de abatimento. – Não vou me enfiar mais na mata.

– Escute. Agora não são raposas. Tenho certeza que são passos de gente, e só podem ser de Morloch. Quem mais estaria na floresta no meio da noite?

– Ele não pode ter sido tão rápido. Não naquele corpo decrépito. Deve ser um maldito texugo.

– Vamos por aqui, Arianna. Estou avisando...

– Eu ainda prefiro espantar os bichos com isso e seguir pelo caminho que conhecemos – ela levantou o galho e projetou o corpo para frente.

– Ah, é? – a mulher falou em um tom sussurrado, quase inaudível. – Então, olhe para a sua direita!

Do meio das folhagens, mesmo com a luz quase inexistente, elas puderam ver o vulto aparecendo a menos de duzentos metros. A capa longa varria a matéria orgânica no chão.

– Não é possível! – Arianna estava em choque. – Como ele pôde estar tão perto em tão pouco tempo?

– Venha! – o braço branquíssimo de Arianna foi puxado e ambas se embrenharam por outro atalho, que as fez ganhar dezenas de metros.

– Está ficando totalmente escuro. Precisamos de luz.

– Eu tenho uma lanterna no bolso. Mas ele vai nos ver. Melhor não acendê-la – o sussurro era acobertado pelo vento, que parecia se impactar contra o bosque de forma ainda mais intensa. – Vamos, Arianna, precisamos correr!

O desespero delas contribuiu para ganharem distância. O atalho era cheio de madeiras caídas e galhos finos, que arranhavam as pernas, mas o medo parecia calcular o momento certo de pularem ou se desviarem.

Foi então que Arianna notou um estranho padrão de comportamento. A mulher a sua frente parecia escolher caminhos intrincados e difíceis, como se, em vez de seguir adiante, estivesse dando voltas.

Enfurecida com a possibilidade de traição, ela agarrou a mulher pelos ombros e a virou de uma só vez. Foi então que teve a revelação. Algo que não havia pensado até perceber que estavam andando em círculos.

– Você está... sendo influenciada! – de frente dava para ver o olhar turbado da mulher, como se, de fato, não estivesse no comando de seu corpo. Como se olhasse para um espaço vazio, ela não parecia concordar nem discordar.

– Não estamos próximo da estrada? – perguntou a mulher, ressabiada.

– Não, veja ali o milharal. Nós caminhamos em círculos até chegar do lado oposto da estrada.

– Como isso aconteceu? Eu conheço esse caminho, eu jamais pegaria a trilha errada.

– Ainda não percebeu que você está sendo comandada? Você foi presa fácil para Morloch. Só não sei como ele conseguiu colocar os olhos dele nos seus para exercer influência.

Já consciente, mas ferida em seus brios, a mulher não comentou que seu olhar cruzara com o do morto-vivo antes de entrarem na mata. Em vez disso, se armou para o contra-ataque.

– Pois saiba que agora quem está no comando sou eu. E não te ajudarei mais. Não sou muleta de ninguém! – nem bem terminou a frase, já tinha cruzado a fronteira entre a mata e o milharal, seguida de perto por Arianna.

A trilha feita pelos tratores no campo facilitaria o deslocamento. Ao mesmo tempo, precisavam pensar no que fariam quando alcançassem a estrada: como conseguiriam chegar a algum lugar seguro àquela hora? Os ônibus certamente não passariam por lá. As ideias vinham, mas logo eram dispersas pelo vento, que agora se fazia sentir não mais de cima para baixo, mas na altura da cabeça.

De repente, o escuro foi riscado por um raio, enquanto ambas as mulheres assistiam à intensidade com que uma árvore era carbonizada. A visão mais assustadora, no entanto, veio com o segundo clarão, que revelou o vulto com a capa aparecendo a poucos metros delas.

A chuva, até então em estado de iminência, desabou com gotas gordas e esparsas que acertavam em cheio as cabeças e os pensamentos das duas. Já se podia ouvir a respiração ofegante do homem que estava no encalço delas.

— Arianna, eu tenho um facão, para entrarmos no meio do milho – o movimento que fez com o objeto cortante assustou a mulher, que cruzou os braços por baixo da capa negra, enquanto pensava: "Até agora ela não me traiu, mas ainda assim devo ficar atenta".

— Como posso saber que você não está sob influência dele novamente?

— Porque ela teve fim no momento em que você me alertou. Você sabe que é assim que funciona.

— Bom, não importa. Vamos!

As duas se embrenharam pela plantação, tomando mais um caminho estreito. Espigas e folhagens se chocavam contra o rosto, o peito e as pernas delas. Mas, com a corrida, pareciam ter se acostumado tanto que nem sentiam as esfoladas e os arranhões pelo caminho.

Chegaram até uma clareira ovalada onde um trator parecia estar ligado e prestes a acelerar. Ou seria apenas a força do vento que lhes dava essa impressão? Pensaram juntas em ligar o veículo para escapar dali, mas não tiveram tempo de comunicar a ideia uma à outra. Os faróis foram acesos antes, cegando-as com sua potência.

— Então, estão mesmo pensando em fugir?

— Morloch?

– Quem mais você esperava para devolvê-la ao seu caminho, Arianna? O anjo Gabriel?

– Conselheiro... sobre Isabella... eu...

– Eu já sei de tudo. Já sabia há algum tempo.

– Eu pensei que...

– Que eu mataria alguém que é incapaz de manter a filha viva? Não, não. Devemos ter paciência com os incompetentes. Atrapalhou meus planos, claro, mas há outros caminhos...

– Eu não sabia. Eu não queria! – o cabelo desgrenhado transformava a figura de Arianna em algo que lembrava um espantalho na plantação.

– Não aja como uma interiorana estúpida – o homem desceu do trator arrastando a capa desmantelada. – Eu precisava de Isabella aqui. Mas ela continua na ordem das coisas. Ela continua forte. Não subestime o Comando das Sombras!

– O que você quer dizer? Não me mate, eu juro que...

– Você e sua amiga subversiva não deveriam tentar me enganar. Ninguém pode me enganar!

– Ela é apenas minha... ajudante.

A "ajudante" se incomodou e sentiu o sangue esquentar as faces enregeladas pela chuva e pelo vento. A arrogância de Arianna era enervante.

– Acho que ambas precisam de um... corretivo.

– Morloch, por favor... nós estamos exaustas. Precisamos voltar.

– Com certeza, Arianna. Há três adolescentes desacordados no centro de uma roda de fogo. Cada um dos seus anos vividos está fortalecendo os elos do seu novo bracelete. Não podemos ficar fora por tanto tempo. A forja ainda está em curso, eles não podem morrer antes da hora.

Morloch não articulou mais nenhuma palavra. Apenas foi voltando, em passos lentos, até o trator. Os raios continuavam frequentes, mas as gotas agora estavam menores, em diagonal. O vento era intenso e, ainda assim, o odor forte do Conselheiro se fazia presente. As duas, instintivamente, davam passos para trás.

– O que é isso? Ele está indo embora? – Arianna dirigiu-se à mulher a seu lado, mesmo sabendo que não obteria resposta.

O caminho mais rápido até a estrada era pela trilha que cortava o milharal. Ambas respiraram fundo ao mesmo tempo e, aproveitando que não viam mais o Conselheiro, pensaram em tomar aquele caminho, mas pararam ao ver a luz do trator vir na direção delas.

Arianna apertava os olhos e tentava encontrar o motorista, mas não via ninguém. Era como se o veículo se movesse sozinho. Já a mulher a seu lado enxergava perfeitamente o rapaz que dirigia o trator, e até conseguia ver a expressão de escárnio dele, que pilotava a máquina como se tudo fosse uma brincadeira. O poder da influência sobre ela já havia se dissipado, e a clareza voltava a sua mente.

– Ele está vindo. Vamos, temos que correr!

– Não há ninguém nessa geringonça! – Arianna estava duplamente furiosa.

Então tudo se explicou. O rapaz não era um ser de carne e osso, e só uma das duas mulheres, uma Legítima, poderia vê-lo. Mas, vendo ou não o motorista, elas tinham de desviar da enorme massa de metal que se aproximava.

No entanto, os planos do Conselheiro das Sombras só previam uma morte. No caso, a segunda e definitiva morte de um espírito que vagava entre os dois mundos, o mesmo que dirigia o trator e acreditava, inocentemente, que teria o perdão de Morloch e poderia voltar para a Colônia.

Após o "corretivo" sobre as duas, o homem vestido em andrajos queria resolver o problema do ex-funcionário de Saphir. Ele não o queria na Colônia, muito menos em Esparewood, fazendo contato com Legítimos e contando coisas que deveriam permanecer ocultas, como o ritual do Bracelete de Tonåring... Resolveria tudo naquela mesma noite.

A figura repugnante surgiu do meio do milharal, bem perto do trator, e fez contato com os olhos do rapaz, de forma a poder influenciá-lo. As duas, paralisadas, acompanharam o movimento do veículo, que se dirigiu até elas e parou a meio palmo de distância. Na cabine, o rapaz, que havia desligado os faróis, pegou uma placa de metal que servia como recipiente para as sementes e desceu em direção às poucas árvores que havia nos bolsões do milharal. Então, subiu pelos galhos de uma e segurou a placa de metal no topo de sua cabeça. O céu estava riscado de luzes, e naquela posição a placa funcionava como um para-raios. Não demorou até chegar o facho luminoso que iria transformar seu campo magnético em vazio. O raio desceu em frações de segundos e atingiu o retângulo reluzente. O reservatório vazio de *enits* daquele homem foi dissipado para sempre. A vida do ex-funcionário do matadouro que um dia alimentara os porcos de Richard foi mais uma vez roubada. Primeiro por Arianna, agora por Morloch.

— Viram o que acontece a quem tenta escapar do meu domínio? — os olhos das duas mulheres se abriam devagar tanto pela cegueira momentânea provocada pela luz do raio, como pela falta de coragem de olhar para a figura que se aproximava.

— Morloch... — a voz de Arianna era assustadoramente fraca. Pensou que a ameaça do Conselheiro tivesse a ver com o raio, e que seu poder de fazer fogo com as mãos também o habilitava a controlar as forças da natureza. — Apenas diga-me o que preciso fazer. Não foi ideia minha fugir. Fui convencida, aliciada...

Sua companheira de jornada preferiu ficar calada e esperar o desenrolar dos acontecimentos. Saberia o morto-vivo que ela era uma Legítima? E que entenderá o panorama completo daquele episódio?

— Você falou da forja. Quanto tempo ainda falta para ficar pronta? — Arianna dirigia-se ao Conselheiro com a mesma avidez com que sempre tratara os assuntos de seu interesse.

— Então a forja do bracelete é mais importante do que a morte de sua filha? Bem vi que você não estava apta a cuidar dela...

— A culpa é dos idiotas da família Ross. Eu fiz tudo que podia! Até dei meu bracelete para defender minha filha — ao pronunciar a frase, a mulher abriu mais os olhos, como se tivesse tido uma ideia. – Aliás, acho que agora posso ter a minha pulseira de volta, certo? Minha querida filha, mesmo morta, poderia ajudar na minha libertação...

A Legítima ao lado de Arianna não acreditou no que ouviu. Percebeu, naquele momento e para sempre, até onde ia a maldade de uma mulher que não era capaz de pensar em ninguém além de si própria. Quanto a Morloch, parecia vibrar com a mesma constatação.

– Que mãe zelosa... – a gargalhada dele competiu com os sons da tempestade –, cuidando dos bens da filha! – ele se aproximou a ponto de quase se encostar na mulher esguia. – Pena que a pulseira se dissipe quando não há mais a quem servir. O metal derrete em contato com sangue dos mortos. Por que você acha que ele é forjado com sangue dos vivos?

Arianna ficou estática. Nos percursos obscuros de sua mente, flashes de acontecimentos passados se materializavam. Ela também havia sido filha. Ela também tivera uma mãe de cabelos lisos e espessos que dizia o que ela deveria fazer.

– Lembrando da infância, não é? Que dias difíceis...

– Você está lendo a minha mente, mas não vai conseguir ir adiante. Eu já sei como me livrar desses pensamentos. A minha raiva apaga tudo. É quase instantâneo – a mulher reuniu forças para fazer um movimento brusco com as mãos e o corpo. Tentava desviar a atenção dele. Mesmo porque não queria que ele descobrisse sobre o ataque em Esparewood que encomendara a Bernie, outro assunto que rondava sua mente nos últimos tempos.

– Muito bem, Arianna. Muito bem. A raiva é uma ótima ferramenta para os nossos planos de conquista – o Conselheiro das Sombras assumia uma voz ao mesmo tempo sombria e paternal.

– Vamos ao que interessa, Morloch. Você vai continuar o processo da forja, certo?

– Claro que sim, minha bela Recrutadora! À meia-noite, enquanto vocês brincavam de escoteiras nos bosques, a segunda fase já estava finalizada. Foi o momento em que toda a força das Sombras foi invocada e adicionada ao metal do bracelete.

– Então está pronto? Poderei ter a minha pulseira de volta? – o preto profundo dos olhos de Arianna pareceu ganhar um verniz brilhante.

Mais uma gargalhada surgiu no meio dos trovões.

– São anos, Arianna. Segundo os cálculos geodésicos, são sete anos enterrada até que ela fique pronta. Mas não se preocupe. Há bastante trabalho pela frente com os seus próximos Recrutados. Nosso exército precisa crescer. E, quanto ao seu pote de bálsamo, ele estará garantido a partir do próximo outono.

A decepção se confrontava com o alívio. Não teria a força e o poder de se transformar em um fenômeno das Sombras, como já havia feito duas vezes em sua vida. Por outro lado, teria seu grande trunfo de volta: a beleza exemplar.

– E agora vocês devem se separar imediatamente. Arianna precisa evitar a morte de três adolescentes. Quem diria... justo ela – a ironia nunca cessava naquela voz pastosa. – Mas tratem de entender que vão trabalhar sempre juntas! Não quero mais discussões estúpidas entre os que estão sob o meu comando. Arianna, te espero na casa de pedra. Preciso ser embalsamado.

Morloch nem bem terminara de falar e sua figura apocalíptica já estava a metros de distância, embrenhando-se novamente na mata, como que empurrado por uma força propulsora.

"Humanos... O que pensam se torna o que falam. O que falam se torna o que são. Será que ainda não perceberam algo tão simples? Nascem inocentes, morrem imbecis", o Conselheiro das Sombras filosofou.

Estagnadas na clareira da plantação, as duas mal se encaravam. No entanto, parecia que, depois de tantas experiências, depois de um trajeto absurdo que as levara a lugar nenhum, uma despedida se fazia necessária.

– Eu sinto muito por Isabella...
– Cale a boca! Você não sente nada!

— Bem, eu espero que você fique bem, depois de tudo...

— Já que você está tão preocupada comigo, então saiba que meus únicos sentimentos daqui pra frente serão a perseverança e o ódio. A perseverança, para voltar a ter minha aparência e minha força de volta, e o meu ódio, o mais profundo ódio, devotado àquela velha destruidora de planos. Aquela idiota que acha que pode contra mim. Contra nós! — mais uma vez Arianna parecia renascer das cinzas como uma fênix raivosa.

— E o que você pretende fazer, Arianna?

— Agora tenho um compromisso no meio da floresta. Depois voltarei para Saphir e esperarei o tempo que for necessário. Mas terei de novo o bracelete e o controle total e absoluto da ordem das coisas, para recomeçar de onde parei. E, se Morloch disse, então posso ter certeza: Isabella estará ao meu lado. Acharei um canal de comunicação com ela. O que importa é que de agora em diante a minha principal inimiga se chama Elizabeth Tate. E eu mal posso esperar para acabar com ela.

Após tanto cansaço e sofrimento, nada havia dado certo até ali. Ao mesmo tempo, não restavam mais dúvidas em relação ao futuro. A partir daquela chuva de raios, estava definido tudo o que seria construído – e destruído – nos anos seguintes.

## Capítulo 33

Layla acordou com o alarme do despertador. Os olhos se abriram com esforço, e seu corpo inteiro parecia anestesiado. Ela se sentou na cama e só então percebeu que havia dormido de roupa, exausta pelos esforços do dia anterior. Alguns flashes vinham a sua memória, mas ela preferia espantá-los feito moscas.

Ante os novos acontecimentos, sabia que sua responsabilidade só aumentara, e agora parecia apitar como uma bomba prestes a explodir. Sendo ela a única ponte entre Elizabeth e a família Ross, era preciso administrar os danos. Com a Aliança aparentemente dissolvida, e Arianna livre para comandar os Recrutados, as Sombras se espalhavam por Esparewood. Quais seriam as decisões acertadas para o momento? Aquelas que serviriam melhor a seus interesses futuros?

Os diversos livros e papéis espalhados por todos os cantos da casa, inclusive no chão ao lado de sua cama, explicavam a tentativa de, mesmo longe de Elizabeth, estudar o material deixado pela amiga e encontrar formas de proteção para si própria e para os moradores da rua Byron.

O Pó de Tijolo era uma fórmula conhecida por vários Iniciados, mas ela sabia que, quando colocado em volta da casa, também evitava a entrada dos espíritos de Luz, o que enterraria de vez a já frágil Aliança. Teria de recorrer a sua última alternativa: ir ela mesma à casa de Emily para tentar convencê-la a usar seu infalível amuleto, que já tinha se mostrado bastante eficiente tanto na floresta como na pequena Esparewood.

Naquele mesmo dia, programara uma visita a Elizabeth para contar sobre a segurança dos Ross e também sobre o livro da Profecia, agora guardado em um fundo falso na parede, na sala de rituais de Layla. Ao passar a informação adiante, mesmo se algo acontecesse com ela, a relíquia estaria a salvo.

Mas, antes de tudo, era preciso chegar às nove horas na casa de Emily, conforme o combinado. Hudson havia convencido Ross a sair para um passeio, e seria o melhor momento para as duas mulheres conversarem sem serem observadas. Vestiu-se e, automaticamente, foi buscar seu colar de penas de aves sagradas na gaveta, mas não o encontrou, o que a deixou pensativa por alguns minutos. Ter perdido aquele colar era como se tivesse ficado sem uma parte de sua história. Mas o desapego também fazia parte de seus testes e, em vez de se render à tristeza, concentrou-se em chegar pontualmente à casa da rua Byron, junto com as nove batidas do cuco.

— Olá, Layla — a recepção da dona da casa foi desanimada. — Entre, por favor.

— Está acontecendo alguma coisa?

— O que sempre acontece sem acontecer... Essa é a vida nesta casa.

— Sobre o que você está falando? Sobre Ross?

— Preciso que você me responda uma coisa com sinceridade — ela se aproximou e segurou a mão de Layla. Com o contato, a ex-enfermeira percebeu que a mulher estava ainda mais fria que a casa. — Você acha que alguém de fora já sabe da morte de Isabella? Acha que Arianna já descobriu?

— Não, não. Fique calma, ninguém sabe de nada... — Layla apertou a mão de Emily, sem conseguir olhá-la de frente.

— Eu sinto que estão me vigiando, que o perigo está próximo. Jasper está um pouco melhor, graças aos esforços de Hudson, e não quero falar nada com ele sobre isso.

Layla levantou-se e caminhou pela sala um tempo. Queria entrar no assunto da proteção, mas sem assustar Emily ainda mais.

— Acho que eu posso ajudá-la. Conheço alguns segredos para que você se sinta mais forte... mais protegida.

— Layla, quando você fala assim, me lembro das maluquices da minha mãe e fico mais aflita ainda!

A visitante percebeu que não havia a menor chance de ser sutil naquele momento. Muito pelo contrário, era hora de clarear os assuntos delicados e ocultos, trazer a verdade à tona, para facilitar o trabalho de todos.

— Eu tenho que concordar que os métodos de sua mãe não são nada convencionais, mas a verdade, por mais difícil que seja acreditar, é que absolutamente tudo o que Elizabeth fez foi para o bem da sua família, o que inclui seu marido.

Estranhando o tom de voz sério de Layla, Emily tentou esboçar uma evasiva, mas foi atropelada pela determinação da mulher.

— Acho que passou da hora de você saber de tudo o que aconteceu, desde o princípio, quando fui auxiliar seu marido no pós-guerra, seguindo ordens de Elizabeth.

— O quê?

Emily esperava algum discurso amalucado em favor das ciências ocultas que sua mãe e Layla estudavam, mas jamais pensou que o passado, a única fase de sua vida que achava que conhecia bem, lhe traria surpresas.

— É isso que você ouviu. Se não fosse por Elizabeth, Ross não teria sobrevivido aos ferimentos da batalha de St. Régis.

Layla aproveitou a letargia em que Emily mergulhou para relatar quase todos os episódios estranhos que atormentavam a memória da família: desde a guerra na fronteira e a misteriosa bala nunca encontrada no corpo de Richard até o ritual que levou à morte de Isabella. Teve coragem até mesmo para explicar sobre o remédio de cor verde, receita indígena que curou Benjamin em seus dias sem energia. Resolveu nomear com todas as letras as palavras que eram proibidas naquela casa, como espíritos, energias, luz, sombras, força. Era preciso aproveitar que a anfitriã parecia disposta e, mais ainda, ansiosa para absorver o relato. Ainda assim, de tempos em tempos, Layla fazia pausas estratégicas, tanto para modular o tom certo e não assustá-la, como também para checar se ela estava entendendo cada uma das passagens.

Mas talvez não tivesse levado em consideração, em sua tática, a gravidade de tudo o que aconteceu.

– Então você sabia que o plano dela era matar Isabella? – perguntou Emily, desconcertada. – Você sempre soube o objetivo daquela festa macabra?

– Talvez isso seja a única coisa de que eu não soubesse – mentiu Layla, cuidando para não se trair pelas palavras. – Elizabeth escondeu isso de mim, como fez com todos vocês. Mas arranquei as informações dela na prisão. E, como sei do plano geral das coisas, consigo... relativizar a culpa dela – ao dizer isso, a mulher estufou o peito e colocou no rosto um olhar de orgulho. – Sua mãe é uma grande mulher, e tudo o que faz tem um sentido maior. Ela segue os propósitos que favorecem a todos, mesmo que para isso tenha que se sujeitar à própria internação em uma casa de repouso, ou até à prisão em Hogsteel.

– Ela não fez o melhor para Isabella. Disso eu tenho certeza.

– Quando eu digo a todos, digo à própria Humanidade, Emily. Estamos falando de algo muito grande aqui.

– Eu não consigo entender.

– O que eu posso dizer é que a morte de Isabella foi apenas o começo – prosseguiu Layla com seu tom de voz mais grave. – O mal continua à solta. E está avançando. É por isso que estou aqui.

– O quê? Você me disse que Arianna não sabia de nada!

– Acredito que Arianna realmente não saiba sobre a morte da filha, mas esse não é o único problema. Arianna está formando um exército, recrutando pessoas e transformando-as em Seres das Sombras.

– Você fala de histórias fantasiosas e quer que eu acredite?

– Emily, você leu a carta de Arianna, você conviveu com sua mãe quando era criança. Não finja ser ingênua sobre as questões do Bem e do Mal.

Emily fechou os olhos. Queria fugir para algum lugar onde a verdade não a incomodasse mais. Tudo o que desejava era ter uma vida normal, mas sua mãe jamais permitira que isso acontecesse.

– Esse exército – Layla continuou o discurso – é formado de Decaídos, pessoas que já aderiram às Sombras. Um deles tentou me atacar há alguns dias, mas isto aqui o impediu.

Ela levantou, à altura dos olhos, um pacotinho envolto por algo que parecia uma fita de palha.

– Você está brincando? Isso parece uma espiga... ou melhor, isso é uma maldita espiga de milho! – Emily parecia perturbada, não era o que esperava de uma proteção verdadeira.

Layla mais uma vez se incomodou com o usual desrespeito a seu talismã, que de fato parecia apenas uma folha ressecada dobrada no formato de um saquinho. Ainda assim, manteve-se focada em seus objetivos:

– Certo. Não preciso que acredite, apenas que faça o que eu estou falando, e confie em mim. Leve isso em sua bolsa sempre que sair desta casa. E esse outro é para a mochila de Benjamin.

– Layla, eu... – Emily tentou falar enquanto aceitava os amuletos, mas foi novamente interrompida.

– Não fale nada, por favor. É muita informação para ser digerida em minutos. Você precisa de alguns dias para refletir sobre tudo isso, principalmente sobre sua mãe. Não se esqueça que, em um momento obscuro como este, o melhor é optar pela união. Com vocês aqui e Elizabeth em Hogsteel, todos nós estaremos vulneráveis.

Layla se levantou e caminhou em direção à porta.

– Espere!

– Sua família deve estar protegida – a mulher já estava com a mão na maçaneta. – É apenas isso que te peço.

– E Jasper?

– Por favor, não comente nada com ele.

– Mas... Ele também não precisa de um... – Emily voltou a analisar os embrulhos estranhos em sua mão – desse "talismã"?

– Precisa. Mas o dele é feito de outros ingredientes, mais raros, que ainda preciso conseguir. Aqueles que não têm esperança no coração sempre nos dão mais trabalho...

---

Apesar do bom tempo, a praça Cívica ainda estava vazia. Os ponteiros acobreados do relógio da matriz apontavam seis da tarde e, em breve, dezenas de esparewoodianos estariam subindo a escadaria de madeira, rumo ao culto de domingo. O sol alaranjado atrás da torre do relógio derramava seus últimos raios sobre a grama.

O nariz adunco de Gonçalo foi o primeiro a se projetar de trás da igreja onde os Aliados combinaram de se encontrar. Depois de dar uma boa espiada, o anglo-lusitano girou a cabeça quase totalmente branca para trás e anunciou com certo alívio:

– A praça está assustadoramente vazia.

– E isso é bom ou ruim? – a pergunta de Gregor foi autêntica, mas ele sempre acabava parecendo irônico.

– É muito bom. Assim não tem perigo de alguém nos ver.

– O quê? – o instinto desafiador de Gregor sempre falava mais alto. – Se tem alguma vantagem de sermos espíritos é que poucas pessoas podem nos ver.

– Exatamente – respondeu Gonçalo, que pela primeira vez falava com a confiança de quem lidera uma operação. – Poucas pessoas. Mas os Legítimos existem, e você sabe que eles podem atrapalhar nossos planos.

– Pensando por esse lado, devemos tomar cuidado com as casas também – o cabelo ruivo brilhante de Dorothy apareceu embaixo do queixo de Gonçalo. Era seu papel ponderar sobre todas as possibilidades que poderiam colocar a operação em risco. – Há várias janelas abertas em volta da praça, não sabemos quem pode nos ver através delas.

— Tem razão. Por isso, vamos tomar aquele caminho ali.

A indicação era para uma trilha ladeada de árvores com troncos robustos o suficiente para esconder os três Aliados rumo à casa do lago. Se Gonçalo estivesse sozinho, tudo seria mais simples. Sendo um Speedy, poderia chegar à casa de Arianna em menos de um segundo, mas dois motivos o levaram a optar pela companhia de Gregor, o prático Influenciador, e de Dorothy, a experiente Movedora. O primeiro, pelo costume de arquitetar os planos em conjunto, o que lhe trazia uma sensação de verdadeiro acolhimento familiar. O segundo motivo fundamentava toda a operação. Gonçalo daria sua cartada final para tentar salvar a Aliança, que, depois do assassinato de Isabella, estava a um fio de se dissolver.

— Temos que nos apressar se quisermos fazer nosso trabalho de espiões decentemente — Gonçalo parecia eufórico. — A casa do lago ainda está longe.

— Eu não queria espionar nada — Gregor se apoiou na parede rebocada da igreja. — Para mim, isso já era caso encerrado. Não tenho vontade de entrar em confusão, ainda mais se ela atende pelo nome de Arianna King.

— Precisamos descobrir a verdade, Gregor! Se depois de hoje acharem que vale realmente a pena largar a Aliança, eu apoio vocês.

— Certo — disse Dorothy. — Então você deve ir na frente. É o único que sabe o caminho.

— O problema é que a casa de Arianna é longe, e, se formos a pé, vocês vão gastar muitos *enits*.

— E o que você sugere? — perguntou Gregor. — Que a gente pegue um ônibus? São trinta vezes mais chances de encontrar um Legítimo!

— Ônibus não, mas uma moto já ajudaria...

Em um piscar de olhos, Gonçalo se deslocou até uma amoreira carregada. Estava a cinquenta metros de Gregor e Dorothy. A intenção era aumentar seu campo de visão e assim conseguir enxergar o outro lado da praça, oculto pelas altas paredes da igreja matriz. O anglo-lusitano esticou o pescoço de um lado para o outro, espiou todos os cantos, e então acenou para que os Aliados pudessem avançar. Eles correram até ele.

— Onde está nos levando? — Dorothy ainda arfava.

— Se precisamos de uma moto, sabemos onde há uma.

— Pelo que me lembre, a casa de Elizabeth não fica perto daqui — constatou Gregor. — Gastaríamos *enits* da mesma forma...

— Pois é — disse Gonçalo, quase sorrindo —, mas o que você não está se lembrando é que Elizabeth deixou a moto na casa dos Ross antes de ir para a Herald House.

— Só não sei por que ela escolheu aquela cor. Uma motoneta cor de rosa! — tanto viva como morta, Dorothy prezava a discrição.

— Coisas de Elizabeth, minha cara... pequenas loucuras — Gonçalo exprimia um tom saudosista.

— Se fossem só essas pequenas loucuras, estaria tudo bem, mas...

— ...mas o problema é que ela nunca tem limites! — Gregor completou o pensamento da colega sem pestanejar.

— Vamos, meus amigos, rumo ao lago Saphir — Gonçalo encerrou aquela conversa e, literalmente, acelerou o passo —, com uma pequena escala na rua Byron.

Com o devido cuidado para não serem vistos, os Aliados desceram as quatro quadras até a casa em que a motoneta estava guardada. Da cozinha se ouvia que alguém lavava a louça, mas os latidos dos cães da vizinhança, que sempre os pressentiam antes mesmo de qualquer Legítimo, se sobressaíram.

— Esses cachorros me deixam maluco.

— Deixe pra lá, Gregor, o barulho deles vai ser útil quando subirmos a motoneta pelas escadas — disse Dorothy. — Ou melhor, quando eu subir. Haja força!

— E Ross? Será que vai desconfiar de algo?

— Pelo jeito, ele vive confinado em sua poltrona. Fica o dia todo lá, nem ouve nem vê ninguém passar, e quase não vai até os fundos da casa, onde está nosso brinquedinho.

Em pouco tempo os três estavam em volta da lataria rosa no porão. Dorothy a conduziu com razoável destreza ao jardim da casa, de onde saíram juntos até um terreno baldio cercado, próximo dali. Quando ela ia se sentando no selim e Gregor na garupa, Gonçalo os interrompeu.

– Esperem! Há um pequeno problema...
– O que é? Esqueceu-se do caminho? – Gregor se pronunciou. – Você disse que sabia chegar a Saphir tranquilamente...
– Não se trata disso. A questão é que motos não andam sozinhas.

Os Aliados se entreolharam e, concordando com o amigo, desceram da moto.

– É verdade – a Movedora se sentiu um pouco constrangida por não ter considerado aquele fato tão óbvio. – Só Legítimos poderão nos ver, os outros vão chamar a polícia.
– Ou o pastor!
– Considerando que 96,85% das pessoas não são Legítimos...
– De onde você tirou esse número, Dorothy?
– Na verdade, eu sei que 3,1415% das pessoas da Terra são Legítimos. Isso já está documentado na Colônia.
– Gente, muito obrigado pelas elucidações matemáticas e tal, mas acho que nosso problema não vai ser resolvido com cálculos – Gonçalo andava de um lado para outro.
– É muito mais simples! Vamos resolvê-lo com uma indumentária nova – Gregor apontou com o olhar os fundos de uma casa onde havia roupas no varal. – Escolhemos um vestido para Dorothy e um lenço para a cabeça.
– Precisaremos de sapatos e óculos também... – Gonçalo interveio. – E para isso teremos que... roubar!
– Vamos considerar um empréstimo. Depois devolvemos tudo – sugeriu Dorothy, aderindo à ideia.

Se houvesse algum Legítimo por perto, veriam uma cena de comédia. Enquanto Gonçalo dava uma "panorâmica" nos quintais dos arredores em busca de um vestido e de um lenço para a amiga, Gregor encontrava uns óculos vintage e botinas do tamanho de seu pé. Mas eles não conseguiam pegar nada, então apenas indicavam o lugar exato para que Dorothy recolhesse tudo sem perder mais tempo.

— É a primeira vez que vou vestir uma roupa sobre o meu vestido de flores. Aliás... não sei se gostei da estampa, não é muito meu estilo... Acho que vou voltar lá...

— Não estamos em um desfile, Dorothy! Vá com esse mesmo — adiantou-se Gregor.

A imagem realmente não ficou harmoniosa. O vestido de flores azuis não combinava com a botina, um pouco masculina, além de ser largo demais. Os óculos escuros e o belo lenço de seda salvaram o figurino, dando-lhe um ar de atriz hollywoodiana.

Dos três, dois saíram na moto e um foi correndo, pelas estradas, em direção ao lago Saphir. Mas, ao tentar alcançar Gonçalo, sempre algumas milhas adiante, Dorothy se deu mal. Notando o excesso de velocidade, um carro de polícia ligou a sirene e pediu para que encostassem.

— Ele não pode ver a placa — disse a motorista —, ou os Ross terão mais problemas!

— Na verdade ele não pode ver uma pessoa sem rosto, isso sim! — disse Gonçalo, que voltara num átimo, ao notar o atraso dos dois. — Temos que fazer algo!

— Acho que ainda tenho *enits* de reserva — Gregor tomou a dianteira. — Vou tentar usar da Influência quando ele se aproximar.

Os três se prepararam para o confronto com o guarda, que andou até eles todo empertigado. Gregor estava pronto para lançar mão da Influência sobre o policial, mas ele usava óculos tão escuros que o jovem Influenciador desistiu: não conseguiria fazer contato com os olhos dele.

Gonçalo, aflito, usou uma técnica que aprendera num velho filme de faroeste que vira quando ainda era vivo: começou a se movimentar muito rápido. Com isso, seu campo energético levantou a terra do chão, até que aquela nuvem de poeira estorvou a ação do guarda. No filme, era um cavalo que fazia isso, mas ele sabia que era ainda mais rápido que o belo corcel negro.

Os Aliados, parcialmente escondidos pelo pó, que demorava a decantar, ainda não tinham definido o que fariam em seguida. O policial se aproximava e, como não estava ventando, olhava em volta procurando a fonte daquele fenômeno.

– Vamos tirar as roupas, rápido!

– Não dá tempo, Dorothy, ele está a dez passos daqui!

– Vou tentar mover aqueles galhos para que atrapalhem o caminho dele – enquanto falava, a mulher já se concentrava na pilha de galhos secos perto do acostamento. Mas o máximo que conseguiu foi um leve tremor.

– Você já tinha conseguido coisa melhor com o treinamento, Dorothy. O que está acontecendo?

– Estou muito nervosa, Gregor, não está dando certo...

– Ele está chegando! – Gonçalo, que já tinha percorrido as mesmas duas milhas mais de mil vezes, estava exausto. – O que faremos?

Tudo parecia perdido quando ouviram um ruído seco, como se um saco de farinha tivesse caído no chão.

– Dorothy?

A mulher pegou o capacete guardado na caixinha atrás da garupa e golpeou a cabeça do policial.

– Uau! Isso, sim, é uma Movedora. O resto é fichinha! – Gonçalo batia palmas como um menino.

– Ele está vivo? – Dorothy estava aflita e já havia largado o capacete no chão.

– Está respirando normalmente.

– Então vamos sair daqui, rápido! – aliviada, ela não queria perder mais nem um minuto.

– Antes tenho que fazer algo! Venham comigo.

Gregor foi até o corpanzil do homem estendido no meio-fio. Então o influenciou para esquecer aquelas últimas cenas.

– Ele não pode lembrar o que aconteceu aqui. Só Elizabeth tem uma motoneta rosa, e o comando policial logo chegaria até os Ross. Aí nós estaríamos bem encrencados...

– Bem pensado, Gregor. Mas agora vamos. É um longo caminho até Saphir.

– Certo, Gonçalo. Mas trate de não ultrapassar o limite de velocidade, para que eu possa acompanhá-lo. Não é porque você é um espírito que não precisa respeitar a lei!

# Capítulo 34

Deparar com as paredes cinza de Hogsteel era sempre desconfortável. Layla sentia arrepios toda vez que passava pelos portões pesados da prisão. Ainda na estrada, de costas para o bosque, pressentiu que havia almas penadas ali, gente que tinha vivido ou morrido na carceragem e estava se escondendo para não ser vista por Legítimos como ela.

Quando se sentou diante do vidro grosso e esperou o sinal sonoro que indicava a entrada dos presos, respirou fundo. Tinha medo de que Elizabeth nunca mais saísse de Hogsteel. Apesar dos erros, ela não merecia um lugar daquele.

Seus temores se dissiparam quando o facho de luz vindo da porta recém-aberta literalmente lançou para dentro da sala uma senhora radiante, bem penteada, usando o macacão cinza como se estivesse em um vestido de passeio. Ela correu para junto do vidro e, colando seus braços na superfície fria, simulou um abraço com a amiga.

– Layla! Que bom que veio! – diante de tanto entusiasmo, duas policiais a tiraram dali e a puseram sentada atrás da mesa de fórmica.

– Elizabeth, você está ainda melhor do que da última vez.

– Eu me cuido bem no Hotel Hogsteel. Quando não vou para a solitária, os banhos de sol são diários! A comida racionada também é ótima para emagrecer.

– Como assim, solitária?

– É brincadeira, Layla. Na verdade, nunca fui para lá. Só ouvi falar pela minha nova amiga, Thammy.

– Thammy?

– Sim, Thammy, the Tank, uma mulher extraordinária... Que história de vida ela tem! Me contou tudo com detalhes.

– Com esse nome, já imagino as histórias... Talvez seja melhor você não se envolver tanto.

– Que nada! Falei muitas coisas para ela também, inclusive sobre os Aliados.

– Não acredito! Como você foi imprudente!

Elizabeth se rearranjou na cadeira.

– Muito prazer, Elizabeth – disse sorrindo, mas a resposta de Layla foi uma careta de desaprovação. – Vamos, agora me conte: como está Benjamin, como estão caminhando as coisas? E você e Hudson, se acertaram?

Layla se aproximou do bocal com aberturas.

– Eu queria mesmo falar com você sobre o Hudson. Melhor sermos discretas. Se um dia formos descobertas, não quero comprometê-lo de jeito nenhum. Cuidar de três filhas não deve ser brincadeira...

– Verdade. Mas não seremos descobertas, certo? – Elizabeth percebeu uma certa desesperança no tom de Layla. – Vamos acabar com Arianna muito antes disso.

– Eu não teria tanta certeza assim, Elizabeth. Precisamos dar um jeito de você sair desta prisão.

– Ainda bem que alguém se lembra disso. Que eu preciso sair daqui.

– Emily também está preocupada com você. Estive com ela hoje.

– Ela vai vir?

– Não, acho que não, mas pelo menos aceitou a proteção que eu fiz para ela. E a de Benjamin também.

– O talismã? Então os Decaídos estão cada vez mais perto...

– Não só Decaídos, mas corpos possuídos também – veio-lhe a imagem da casinha de pedra no bosque, mas decidiu não falar nada à amiga.

– Corpos possuídos? A última coisa que ouvi a respeito, minha tia que me contou. Há muitas décadas. Você chegou a ver algo de concreto?

– Não, mas encontrei ectoplasma.

– Layla, o que você está me dizendo? Isso é muito sério! Onde, onde você encontrou?

– No bosque, em um local escondido. Mas agora preciso falar de algo mais importante ainda. Quero que você saiba onde está o livro, o *Livro da Profecia*, caso aconteça algo comigo.

– Você está me assustando. De novo essa história? Está sabendo de algo que eu não sei? Está me escondendo alguma coisa?

A mente da visitante trabalhava rápido. Ela queria a medida exata entre evitar o desespero de Elizabeth e, ao mesmo tempo, deixá-la a par de que corriam riscos.

– Não é hora para ter medo. Você sabe o quanto isso atrapalha nossos passos, não é?

– Sei melhor do que ninguém. Por isso ainda confio na nossa Aliança, mesmo não tendo recebido mais a visita dos três... E não se preocupe, continuo mexendo meus pauzinhos aqui de Hogsteel...

– E eu prometo a você que vou ser a guardiã dos Ross. E ficar atenta para que nada aconteça a eles.

Nos últimos dez minutos que tinham, as duas conversaram sobre formas de fortalecer novamente o Pacto de Energia. Se realmente havia Decaídos por toda parte, e, o que seria pior, um ou mais Possuídos na cidade, toda a atenção era pouca.

– Minha tia dizia que só alguém de grande poder era capaz de possuir um corpo sem vida... Isso me dá arrepios.

– Eu vou trazer as informações na hora certa. Confie em mim, Elizabeth.

Na sala blindada da segurança, uma policial se preparava para encerrar as conversas entre presidiárias e visitantes. Era um de seus pequenos e indispensáveis prazeres no inferno chamado Hogsteel.

A chegada a Saphir foi silenciosa. Dorothy desligou a moto bem antes da cerca de madeira que separava a propriedade da trilha de terra batida na mata. Gonçalo, por sua vez, já os esperava lá dentro.

– Onde deixaram a motoneta?

– No bosque, escondida – Dorothy, com seu olhar de lince, já escaneava o local buscando informações.

– Bem, isso até onde é possível se esconder uma lataria rosa – Gregor também se aproximou das escadas da varanda e fez menção de subir.

– Vamos?

– Vão indo vocês dois, vou dar uma olhada em volta da casa – já sem o desconforto do segundo vestido e das botas, a ruiva seguiu pelos jardins malcuidados em direção ao galpão.

Os dois homens entraram na sala, mas não viram nenhum sinal de Arianna. Buscaram pistas por toda parte, mas só encontraram uma casa desarrumada e pouco asseada. Quando iam sair pela porta da cozinha, Gregor notou algo: havia uma panela na pia, além de três cumbucas sujas, cada uma com uma colher. Ele achou o fato curioso para quem morava sozinha, mas, atendendo ao chamado de Gonçalo, foi continuar a busca pelo estreito quintal.

Nada foi descoberto. Eles estavam circundando a construção quando viram o aceno desesperado de Dorothy. Gonçalo chegou até ela em menos de um segundo.

– O que aconteceu?

– Ela... ela está dentro do galpão... está... com alguém... uma mulher.

Gregor por fim chegou ao local e os três entraram na construção de madeira. Arianna estava de pé, com as mãos viradas para cima como se segurasse uma bandeja. Na sua frente, uma mulher roliça estava ajoelhada. Ainda cautelosos, os três se esconderam atrás de um pilar onde se apoiavam diversas caixas. Mas Dorothy fez sinal de sair do anteparo para chegar mais perto.

– Não faça isso! – Gregor sussurrava, levemente irritado.

– Daqui não podemos ouvir direito o que dizem.

– E se essa outra mulher for um Legítimo?

– Vamos ser cuidadosos – Dorothy buscava um local seguro e mais próximo das duas. – O que não dá é para ficar sem ouvir nada. Afinal, para que viemos até aqui?

– Tem razão, eu irei primeiro. Não tenho ninguém vivo da minha família. Não serei punido se ela puder me enxergar.

Gregor passou perto das mulheres, mas elas não fizeram nenhum movimento. Nem mesmo um olhar. Nenhuma delas tinha o dom de ver espíritos.

– Acho que tivemos a prova de que precisávamos – Gonçalo estava impaciente. – Vamos chegar perto e entender logo o que está acontecendo.

Os três se sentiam revigorados depois de muito tempo se recarregando na energia do bosque, e estavam ali com o firme propósito de obter alguma informação. Não tardariam em alcançar seu objetivo.

O ritual teve início.

– Você tem certeza de que pode abandonar qualquer pensamento e ação conectados à Luz para seguir definitivamente pelo caminho das Sombras? – a voz de Arianna, em tom grave, parecia envolver o corpo volumoso da mulher.

– Sim.

– A partir de agora, nega a chance de ser uma Purificada para sempre?

– Sim.

– Há algo ou alguém que poderia transformar esse desejo? Se houver qualquer traição, seremos informados. Há gente nossa infiltrada na cidade inteira. Os que parecem mais inofensivos são os mais eficientes.

– Não há ninguém que me demova de meus objetivos. Eu sou dona da minha vontade.

– Muito bem. Então, que seja selado o destino de Graça Miller, quarenta e cinco anos, nascida em Esparewood, Inglaterra, pelas fendas da escuridão.

Arianna pegou no bolso uma navalha e fez um pequeno corte no braço da mulher, que quase não se moveu, ao contrário, sorriu como se ali se iniciasse uma nova etapa em sua vida. Com o sangue entre os dedos, a débil mulher fez um círculo entre os olhos da novata, onde as sobrancelhas se encontravam.

— Eu, Arianna Ross, Recrutadora das Sombras, com o consentimento do Conselheiro Górgone Morloch, entrego a você o manto dos Decaídos. A partir de agora, você está a nosso serviço. Conforme a Lei das Contrapartidas, instituída segundo o Código de Honra Górgone, se você cumprir a meta de tarefas, terá seu maior desejo atendido. Repita-o três vezes e mantenha-se paciente. Tudo ocorrerá no tempo certo.

A mulher, ainda de joelhos, e com um sorriso assustador, repetiu a frase curta em voz alta por três vezes.

— Ir para Londres e ser a mais influente jornalista do *Famous Mirror*.

Seguindo as indicações da Recrutadora, Graça Miller se levantou e pegou das mãos dela aquilo que antes parecia uma bandeja, mas agora se revelava um manto negro. Vestiu-o com circunspecção e levantou o queixo com ar triunfal.

— Que assim seja, Graça Miller — disse Arianna. — A partir de agora, você faz parte de nosso exército. Bem-vinda ao poder infinito das Sombras.

Para espanto dos Aliados, após a entrega do manto, Arianna pegou uma espécie de cajado encostado no antigo comedouro. Embora sempre altiva, ela parecia frágil fisicamente.

— Por que ela está com aquela bengala? — como em todas as situações em que Gonçalo se via sob o impacto das emoções, seu sotaque saiu carregado.

— O bracelete. Ela não tem mais sua fonte de poder. Estudei exatamente isso antes de vir da Colônia. Seu corpo está fraco.

— O que adianta, se ela continua recrutando? — Gregor trouxe um dado de realidade que pareceu sensato. — E mais: aquele círculo no chão certamente não é um jogo de criança...

— Não mesmo! Veja aquela marca escura no chão. É sangue! Nos livros que consultei não havia imagens, mas descrevia algo parecido para a forja do bracelete.

— Será que estão fazendo outra pulseira para Arianna, Dorothy?

— É bem possível... Mas sei que isso é assunto para outra hora. Um Bracelete de Tonåring exige uma forja bastante complexa, além de demorar muito para ficar pronto.

Se os Aliados fossem até o casebre localizado a poucos metros do matadouro, encontrariam os adolescentes responsáveis por alimentar a forja lutando pela sobrevivência. Mas não foi o que fizeram.

Não foi preciso mais do que dez segundos para que os Aliados se pusessem em marcha pela estrada de terra até a motoneta. Percorreram o caminho entre as folhas e, antes mesmo de chegarem perto do asfalto, o anglo-lusitano se adiantou.

— Vocês voltam para Esparewood, mas eu vou até Hogsteel para falar com Elizabeth. Dizer que a Aliança está restabelecida.

— Como? — Gregor demonstrou indignação, enquanto Dorothy pisou no freio. — Não estou lembrado de termos decidido isso.

— Gonçalo tem razão — apoiou a Movedora. — O que vimos é o suficiente para nos unirmos de novo. Não pela Profecia, mas pela segurança dos Ross e de toda a Esparewood. Somos ou não Áuricos, Rebeldes da Luz? — Dorothy olhou firme para Gregor e depois para Speedy, que assentiu com a cabeça.

Foram alguns segundos de impasse, mas os argumentos eram fortes demais para qualquer contraponto.

— Está bem... tenho que concordar que faz sentido. Vá até lá, Gonçalo — a mudança de Gregor parecia sincera, mas ainda tinha um porém. — Só peço uma coisa: vamos esperar um pouco mais para falar com Layla.

— Por quê?

— Porque na entrada do bosque, quando descemos da moto para entrar na estrada de terra, encontrei algo.

— O quê?

– Eu não queria explicar nada naquele momento. Achei que tínhamos outras prioridades. Mas agora posso mostrar a vocês, não está muito longe daqui, há uma árvore grande que marca o local.

Pelas indicações de Gregor, os três chegaram até um imenso carvalho, aquele que, sem eles saberem, Hudson apelidara de Old Oak. Gonçalo e Dorothy imediatamente reconheceram o objeto apontado no chão pelo Influenciador.

– O colar de Layla! – Dorothy olhou para cima, como se buscasse uma resposta plausível. – Mas o que ela teria vindo fazer aqui? – a joia rústica utilizada embaixo da gola de certos vestidos esvoaçantes parecia entrelaçada com as folhas e o húmus da floresta.

– Talvez, assim como nós, tenha vindo fazer uma investigação ou, quem sabe... tenha vindo encontrar com Arianna – a voz de Gregor trouxe uma desconfiança preocupante. – Vocês ouviram o que aquela criatura do mal disse: "Os que parecem mais inofensivos são os mais eficientes".

– Não é possível!

– Dorothy, infelizmente o mal existe. E ele tem muitas faces.

– Acho que temos que conversar com Layla – a mulher não conseguia esconder seu nervosismo.

– Pode ser, mas não agora – ponderou Gregor. – Agora temos que voltar a cuidar de Benjamin, da família Ross e de todos que correm perigo. Essa é a minha única motivação para voltar à Aliança.

– Se tudo for um mal-entendido, Layla também corre perigo, Gregor!

– Eu sei, Dorothy. Estaremos preparados para isso também. Apenas sugiro que aguardemos a hora certa.

Se haviam chegado sem um planejamento na antiga propriedade do lago, saíam de lá com uma agenda bem clara. Gonçalo retomaria a Aliança com Elizabeth e os três se comprometiam com uma rede de proteção ainda mais atenta em volta dos Ross, sem mencionar nada a Layla.

Dorothy, a única que poderia pegar o colar do chão, se absteve. Se aquilo pertencia ao mal, era melhor que se neutralizasse pelas forças da natureza.

---

A senhora mais loira e simpática de Hogsteel voltou feliz à cela. O reencontro com Layla renovara suas forças para continuar sua missão. Thammy percebeu e não resistiu à piada.

— Pensei que você só se alegrava com os mortos! Tô gostando de ver a animação.

— Thammy, alguns vivos ainda valem a pena. Aliás, costumo gostar dos mais malucos, como você! – as duas riram, mas logo Elizabeth foi surpreendida pela entrada súbita de Gonçalo, o que mudou sua expressão –Thammy, foi falar neles...

— É, pela sua cara, chegou alguém. Não vou me meter, mas me empresta um daqueles jornais que você negocia com a Andrews. Odeio ficar sobrando na conversa dos outros.

Elizabeth levantou o colchão e entregou o mais novo exemplar para a companheira de cela e, em seguida, se sentou na cama.

— Meu amigo, pensei que não voltaria mais – disse ela a Gonçalo, sem conseguir esconder seu contentamento. – Eu já estava preocupada. Temos que recuperar nossos passos em direção à Profecia.

— Elizabeth, escute... não vamos mais falar desse assunto. Isso já está decidido entre nós e você precisa se conformar. Mas trago boas notícias. Saí bastante incomodado da nossa última reunião e... bem, vamos retomar a Aliança.

— Precisamos mesmo retomar a Aliança! – Elizabeth não parecia surpresa com a revelação.

— Todos em Esparewood estão em perigo. Nós acabamos de presenciar um recrutamento feito por Arianna. Ela está agindo entre os Rumados. E, o que é pior: o exército que ela está formando é capaz de fazer qualquer coisa pelos seus objetivos.

– Eu tinha certeza de que mais cedo ou mais tarde isso iria acontecer.

Elizabeth se levantou e passou a andar de um lado para outro sob o olhar intrigado de Thammy.

– Preocupo-me com Benjamin, com Emily e... com Layla! – disse Gonçalo.

– Layla sabe se virar bem. Ela tem as ferramentas.

– Elizabeth... há suspeitas sobre ela, de que talvez não esteja tão do nosso lado como parece. Suspeitas em que eu não quero acreditar.

– Pois não acredite. Layla é a única que vem me visitar. Aliás, ela acabou de sair daqui. Eu confio nela e não vejo razões para ser diferente. E tem mais, Gonçalo. Temos um Pacto de Energia. Não acha que seríamos capazes de notar se algo estivesse tão fora da ordem entre nós? Traições costumam ser densas...

– É o que eu acho também.

– Certo, amigo, então agora vá se encontrar com os outros. Reforcem a segurança sobre a família da minha filha. E, pelo menos você, sobre Layla e Hudson também.

– Farei isso.

Gonçalo já estava na estrada quando, em menos de um segundo, voltou.

– Ah, Elizabeth, preciso lhe dizer uma coisa. Pegamos algo seu emprestado. Espero que não fique brava.

– Imagine... Qualquer coisa, desde que não seja minha motoneta. Tenho muito ciúme dela!

– Claro, qualquer coisa menos a motoneta. Foi só um... um lenço seu que estava no porão.

Gonçalo deu um aceno rápido e foi ao encontro dos demais Aliados. Era a segunda vez naquele dia que eles lhe omitiam informações.

---

No fim da tarde, quando Emily recolhia as folhas espalhadas no jardim, os Aliados aproximaram-se da casa. Ao contrário de seu plano inicial, de deixar a motoneta em algum lugar seguro no bosque para poderem usá-la quando necessário, eles resolveram devolvê-la logo após a primeira missão. Gonçalo é que convenceu os outros dois de que a lataria rosa chamava muito a atenção e poderia comprometer os planos, deixando de lado a verdadeira razão para essa mudança de opinião. Dorothy, que não gostara mesmo de usar aquele traje *démodé* por cima de seu elegante vestido de flores, além de achar um desperdício de *enits* gastos com a moto, concordou imediatamente. Mas havia um problema.

– Acho que devolver a motoneta agora vai ser ainda mais arriscado do que quando levamos: Emily está no portão da casa, Benjamin, na cozinha, se fartando de bolachas, e o sentinela está no sofá, óbvio – Gonçalo circundou a casa numa fração de segundos. – Como vamos deixá-la naquele porão sem sermos notados?

– Veja, ela enfiou as folhas na lixeira – apontou Dorothy. – Vai para dentro.

– Podemos aproveitar agora para entrar pela porta lateral e...

– Não, ela voltou! Está com a bolsa na mão, e colocando um casaco em Benjamin. Vou entrar pelo portãozinho lateral enquanto Gregor me dá cobertura.

– Certo – disse Gonçalo. – Enquanto vocês devolvem a moto, eu vou seguir os dois. Já está quase escurecendo.

A mercearia ficava a uma quadra da igreja, e Emily gostava de ir lá aos domingos após a missa das seis, quando vendiam pães doces deliciosos feitos pelas religiosas. Benjamin adorava o pão e o movimento animado das pessoas ao redor e sempre a convencia de levá-lo junto. Gonçalo seguiu os dois bem de perto, mas desviou a atenção por um instante quando um homem o encarou por um tempo. Talvez fosse um Legítimo, pensou. Nesse ínterim, porém, perdeu-os de vista.

Começou a procurá-los por todos os lados, mesmo sabendo que estava se arriscando a ser visto no espaço público. Entrou na mercearia e eles não estavam mais lá. Quando foi em direção à igreja, de onde não parava de sair gente, constatou que sua intuição estava certa. De longe, observou a conversa que tomava forma:

— Emily Ross? — o homem se aproximou dela.

— Olá, Bernie, já acertei lá a minha conta da carne, viu? — ele era o açougueiro. — Benjamin, diga bom dia ao Bernie.

O menino obedeceu, mas sem grande entusiasmo. O açougue não o atraía nem um pouco; pelo contrário, o cheiro da carne, do sangue, aquilo tudo o repugnava. Mesmo quando Bernie fazia a entrega do produto em sua casa, as roupas dele vinham impregnadas com o mesmo ranço, dando-lhe náuseas.

— Ele é tímido, né? Bem, a sua conta está em dia, sim. Mas talvez eu precise de outra coisa... — o homem se aproximou subitamente de Emily, interpondo-se entre ela e o filho.

— Bernie, eu estou com um pouco de pressa e...

— Não se preocupe, não vamos nos demorar muito — a proximidade já estava além de qualquer limite, e Emily fez menção de se afastar.

Assim que tentou se desvencilhar dele para dar a mão a Benjamin, a mulher sentiu uma pressão pontiaguda em sua costela.

— O que é isso? — Emily estava petrificada e, quando abaixou os olhos, viu o brilho da lâmina de um canivete.

— Calma, não vamos assustar o menino, não é? — disse o açougueiro quase sussurrando, voltando-se em seguida para Benjamin. — Sabe, garoto, o pastor Stewart quer dar uma palavrinha com sua mãe. Fique brincando na praça que já voltamos, certo?

— O pastor Stewart? Mas minha mãe nem gosta dele...

— Benjamin, por favor! — a mulher estava desesperada. — Fique aqui neste banco mesmo, está bem? E, se eu demorar muito, vá para casa e me espere por lá, o.k.?

O menino estranhou aquele comportamento, o dela e o dele, mas obedeceu a ordem da mãe.

Enquanto isso, Gonçalo já tinha ido até a casa e chamado os Aliados, que correram com todas as suas forças até a praça. Gregor conseguiu chegar ao lado de Emily com agilidade, mas Dorothy se intimidou com uma mulher vestida com um uniforme de loja de departamentos que a olhava com espanto. Ela tentou correr, mas a tal funcionária a perseguiu e gritou:

– Onde é a sua casa? O que está procurando por aqui?

Dorothy não respondeu e correu na direção contrária. Tinha sido vista por uma Legítima. Foi direto até o mais compreensivo dos Aliados.

– Gonçalo, por favor, eu fui vista e certamente serei punida. Por favor, corra até a casa de meus netos, veja se está tudo bem com eles – Dorothy temia o pior...

– Mas e Benjamin? Ele também precisa da nossa proteção.

– Tenho certeza de que consegue cuidar de todos. Por favor, Gonçalo!

Gregor se aproximou do banco com certa dificuldade. Seus *enits* estavam fracos, mas ainda assim mirou firmemente os olhos de Benjamin, que se levantou e foi para casa com a forte sensação de que precisava se proteger.

A uns dez metros dali, Bernie percebeu o menino indo embora e se desconcentrou. Foi o suficiente para Emily se desviar da faca e, mesmo sofrendo um pequeno corte, sair correndo já com a ajuda do lusco-fusco. Mas o homem era mais rápido e a recuperou em poucos segundos, dessa vez juntando os pulsos da mulher com uma mão só e, com a outra, tapando sua boca. Andava por trás dela, como se a fizesse de escudo, dificultando para Gregor o encontro de olhares que poderia dar fim à situação. Dorothy, nervosa pelo fato de ter sido descoberta por uma Legítima, teve sua ultrarracional mente desafiada e, com suas emoções fora de controle, ansiava pela chegada de Gonçalo. O que não demorou a acontecer.

– Pelo amor de Deus, Gonça, como estão meus meninos? – ela se encontrava completamente descompensada.

– Ótimos, Dorothy. Acalme-se! E Benjamin também está bem. Ele foi para casa. Agora precisamos agir, e rápido, porque quem está em perigo é Emily.

— Você jura que nada aconteceu a eles?

— Tiveram uma dorzinha de barriga meio chata, o excesso de energia combinado com o tanto de doces que eles comem deu nisso... Está tudo bem com eles, Dorothy. Nosso problema agora se chama Bernie.

— Ai, foram punidos pela minha irresponsabilidade...

— Por favor, Dorothy! Um dia seremos livres para circular como e onde quisermos, mas agora só temos que pensar em agir depressa! Esqueça... Olhe aquilo! — Gonçalo acabara de ver Bernie, na escadaria da igreja, segurando Emily com força.

— Deixe comigo!

Nessa hora o treinamento de Dorothy mostrou a que viera. Ao contrário do que acontecera na estrada, ela usou o máximo de suas habilidades. Por frações de segundos olhou suas mãos e sentiu nelas uma força intensa, alimentada pela urgência. Seus dedos longos se movimentaram como se fizessem uma onda e se direcionaram para um bebedouro em manutenção, de onde saiu um cano de metal. Mais um gesto, dessa vez com as mãos totalmente alongadas e tesas, e ela conseguiu que o cano se desprendesse e voasse com precisão por trás do agressor, acertando a base de sua cabeça.

Por reflexo, o homem soltou as mãos de Emily, que aproveitou a oportunidade e escapou, deixando cano e escadaria para trás. Ela nunca imaginou que conseguiria correr tanto. Movida pelo instinto de encontrar seu filho, saiu em disparada e se misturou à multidão, partindo em direção à rua Byron. O açougueiro até esboçou correr atrás dela, mas foi interceptado pelo olhar que até aquele momento não o havia encontrado.

O objetivo de Gregor era mantê-lo paralisado até que a mãe de Benjamin estivesse novamente em casa, segura, guiada por seu parceiro Gonçalo. Mas não foi exatamente isso que aconteceu e uma cena bem mais dramática se deu sob a escuridão que já acobertava casas, árvores e pessoas.

Depois de estar com as mãos livres, o homem, de maneira lenta e precisa, fez um movimento antinatural, virando a lâmina em sua direção. Sob o olhar atônito de Dorothy, o açougueiro se sentou na escadaria, pousou mansamente a mão armada em seu próprio pescoço e esticou a cabeça. Bastou uma estocada, e o corpo caiu estático no próprio sangue esguichado pela jugular.

— Gregor! Por que fez isso? — Dorothy receou que seus *enits* já estivessem chegando ao fim e o repreendeu firmemente. — Você mandou que ele se matasse! Você quebrou o código!

— Não, Dorothy, não foi nada disso!

— Como não foi? Eu vi!

— Eu apenas o influenciei com uma frase mental: "Elimine o mal que existe na sua vida".

— Isso não o faria se matar...

— Ele já devia ter esse instinto. E quem está influenciado nem pensa, você sabe, apenas faz o que seu subconsciente entende da mensagem. Não foi culpa minha! Agora faça com que essa morte tenha mesmo a aparência de um suicídio. Não queremos problemas com a polícia. Eles não lidam bem com coisas que não podem explicar.

Dorothy, ainda em choque, ajeitou a faca na mão inerte do homem e pousou-a sobre o pescoço ensanguentado, procurando dar a impressão de que o "pobre coitado" havia feito o serviço ali mesmo. Algumas pessoas que saíam da sacristia repararam em algo estranho e foram se aproximando do corpo no mesmo momento que os Aliados estavam deixando o lugar.

— Vamos, Dorothy! Precisamos correr para a casa dos Ross!

Emily tinha conseguido alcançar o filho no portão da casa. Gonçalo estava com eles. Os Aliados ficaram aliviados.

— Mãe, o que aconteceu? O que o pastor queria com você? E os pãezinhos? — o menino não entendia por que Emily o abraçava com tanta força.

— Nada, meu filho. Está tudo bem — enquanto acalmava o filho, a única coisa em que pensava é que daria ouvidos a Layla e usaria a porcaria do talismã. Chamar a polícia seria o pior caminho, pois poderia desenterrar o assunto que ninguém queria ver exposto: a morte de Isabella.

Gregor leu esse pensamento e o reforçou.

"*Isso mesmo, Emily. A partir de agora você e Benjamin só saem de casa com o talismã. Mas é só disso que você vai lembrar. Todo o resto se apagará. Não é producente ficar vivendo com ainda mais medo do que já sente. E você está certa: em casos assim, a polícia não pode ajudar.*"

Dorothy e Gonçalo estavam orgulhosos por Gregor finalmente ter conseguido colocar em prática a técnica desafiadora conhecida como Supressão de Memória, e ouviram cada palavra dita por ele, compreendendo a preocupação do Aliado. Nunca, em toda a história dos crimes, em nenhum lugar do mundo, as instituições acreditaram em histórias que iam além do Boletim de Ocorrência e das evidências materiais. Daquela vez não seria diferente.

Quando voltava do transe de sua ação sobre o inconsciente de Emily, Gregor deu um pulo para trás, assustado.

– O que houve? – Dorothy quase pulou ao mesmo tempo.

– Acho que de fato tomei a decisão certa. Não é hora para medo e angústia.

– Do que você está falando? – Gonçalo, exausto, não aguentava mais surpresas.

– Emily está grávida. Acabo de descobrir – Dorothy e Gonçalo se abriram num sorriso só.

Enquanto Emily e Benjamin entravam em casa, sem conseguir explicar direito por que não haviam voltado com os pães, três espíritos davam-se as mãos na frente da casa de pedra e madeira. Uma mulher trajando um vestido de flores vintage tomava a palavra.

– Temos mais um motivo para a Aliança estar mais forte do que nunca. A partir de agora, devemos garantir a proteção desta casa e de todas as pessoas que vivem e que passarão a viver dentro dela.

# Parte III

# Capítulo 35

O plano de Arianna era manter Emily sob seu controle pelo medo de ser atacada, mas quem ganhou foi a habilidade de Gregor, que apagou da memória dela a violência sofrida na praça Cívica. Além disso, um assunto muito mais leve e interessante passara a ocupar a mente e o coração da esposa de Jasper Ross.

Segundo o médico, a data de chegada do bebê seria em, no máximo, duas semanas, mas se dependesse da ansiedade de Benjamin, o irmão que ele tanto queria já estaria ali, sendo amamentado pela mãe ou dormindo no berço branco que ele mesmo ajudara a montar ao lado de sua cama.

Desde os trágicos episódios ocorridos com os Ross, a casa deles se transformara em um casulo a ser resguardado a sete chaves. A cena do rosto de Elizabeth se afastando no jardim com os policiais ficou gravada na memória de Benjamin. Emily, por sua vez, não se esquecia do momento em que Ross e Hudson a chamaram para ver a estrela no porão e o chamuscado do teto, provando o crime premeditado. Ela podia não entender nada de física e química como o perito que foi ao local, mas sabia que aquele símbolo fazia parte do repertório de Elizabeth. Da verdadeira Elizabeth, e não daquela senhora bonachona por quem a mãe tentou se passar desde seu primeiro dia na Herald House. Era incrível a capacidade dela de assumir vários personagens. Às vezes, encarnava uma feiticeira cheia de ervas e símbolos alquímicos, outras, uma avó carinhosa, e outras, sobretudo, uma estrategista perigosa. Quem seria ela realmente?

Muito tempo se passara desde a morte de Isabella, e a rotina austera dos três moradores da casa só era interrompida pelas visitas esporádicas de Layla e Hudson, que, após enfrentarem os javalis e o sumiço de um morto-vivo na floresta, voltaram a namorar, e desta vez, firme. O jeito misterioso e acolhedor de Layla e a sociabilidade espontânea do americano conseguiam arrancar alguns sorrisos dos Ross quando iam visitá-los.

Benjamin também proporcionava momentos de alegria à família. Ia muito bem na escola e, além dos arremessos cada vez mais fortes e precisos no *baseball*, que continuava praticando com afinco com Hudson e Florence, destacava-se nos esportes coletivos, geralmente como capitão do time. O boletim costumava vir com ótimas notas e elogios à inteligência e às habilidades físicas do menino. Mas eram comemorações pontuais, e nada parecia entusiasmar de verdade aquela família. Pelo menos, não até Emily vir com a boa notícia.

A gravidez não planejada surtiu um impacto diferente em cada um. A mãe, assustada porém feliz, voltou a sorrir; Jasper tornou-se ainda mais preocupado do que já era, especialmente com as finanças; e Benjamin estava exultante, como se alguém lá em cima tivesse ouvido seus desejos mais secretos, que não cessavam desde que a prima partiu. Pedia a presença de mais alguém naquela casa e, embora pudesse bem ser uma menina como Florence, cheia de vida e ideias malucas, no fundo ele queria muito que fosse um menino. Ou melhor, um menino específico: o mesmo que aparecia várias vezes em seus sonhos com um sorriso parecido com o dele e olhos luminosos e expressivos. Seria muito bom ter um irmão com quem pudesse jogar, criar aventuras no bosque junto com a avó e, principalmente, alguém com quem pudesse dar gargalhadas. Sem quartos escuros, sem vinganças, sem estranhamentos.

Algumas vezes comentava tais assuntos com Layla e Hudson, de quem ficava a cada dia mais íntimo, mas era ela quem mais o entendia e parecia se interessar bastante pelo garoto dos sonhos. Ao mesmo tempo, ela sabiamente evitava dar opiniões ou mesmo estimular aquela conversa quando estavam sob o olhar de Jasper Ross.

Além do dono da casa, uma outra presença brecava a espontaneidade de Layla. A daquela mulher que, entre uma varrida e outra, entre a arrumação de um sofá e o ajuste dos móveis na sala, sempre olhava em sua direção com um olhar desconfiado. Era Helga Grensold, herança de Elizabeth. Em um dos dias em que Layla havia combinado com Hudson de se encontrarem na casa dos Ross, chegara um pouco antes do previsto. E quando se aproximou da mureta escutou, atrás do portão lateral, uma conversa que não a agradou nada.

– Grensold, coloque água nessas ervas. Layla garantiu que elas ajudam a espantar lagartas.

– D. Emily, eu não sou de me meter, mas... a senhora confia mesmo nessa Layla? – a funcionária catava folhas secas no jardim da casa enquanto Emily colocava água em seus girassóis.

– Por que não confiaria? Foi ela que tratou de Benjamin. É namorada do nosso melhor amigo! – a voz das duas atravessava o portão de madeira.

– Eu não sei, não. Tenho minhas dúvidas de que lado ela está – ela deu um tom solene à declaração antes de pegar o regador das mãos de Emily e o encher na torneira.

– Lado? Não sabia que tínhamos mais de um lado aqui, Grensold. Do que você está falando?

– Eu acho que ela pode ter sido má influência para sua mãe. D. Elizabeth piorou muito desde que Layla chegou da Colômbia.

– Do Peru, Grensold, era lá que Layla vivia.

– Que seja... algum lugar com más ideias para gente do bem – ela despejou com cuidado a água na jardineira, evitando molhar de novo as ervas de Layla.

– Olhe, Gren, você cuida da casa da minha mãe, você nos ajuda... Sou muito grata, mas já temos muita coisa aqui para pensar, certo? Agora acho melhor entrarmos para adiantar o almoço.

Emily, envolvida com os preparativos para a chegada de seu segundo filho, preferiu não dar ouvidos àquela conversa. Colocou a cesta de cebolas à frente de Grensold e pediu que as picasse em pedacinhos bem pequenos, "para sumirem dentro do ensopado". Sentiu-se aliviada quando ouviu a campainha tocar. Imaginou ser Hudson trazendo Benjamin do treino de *baseball*.

– Layla? – Emily ficou sem graça ao abrir a porta para a moça de quem a maledicente Grensold falara poucos instantes antes.

– Emily, bom dia. Importa-se se eu esperar o Hudson aqui?

– Imagine, entre, fiquei à vontade. Vou fazer um café.

– Não se preocupe, estamos quase na hora do almoço. Aliás, precisa de ajuda na cozinha?

– Não, não, de jeito nenhum!

O tom da negativa teria surpreendido Layla, se ela não soubesse a razão: Grensold estava lá, e Emily queria evitar constrangimentos. Era melhor ficar atenta. Trataria desse assunto com Elizabeth na próxima visita, para entender a razão da animosidade da caseira contra a amiga.

Não demorou até a voz forte de Hudson e as risadas de Benjamin e Florence despontarem pela porta da sala. Estavam suados, e, como costumava acontecer nos dias de jogo, as camisetas brancas mostravam manchas de terra e vestígios da grama do parque Sullivan, o único de Esparewood com espaço plano suficiente para montar as bases.

O menino se despediu rapidamente dos parceiros de *baseball* e correu para o banho. Layla agradeceu à dona da casa e saiu com Hudson e Florence para irem à costureira provar o vestido que Florence usaria em sua apresentação de saxofone no colégio.

Antes do almoço, Emily se permitiu sentar por uns instantes na sala. Jasper tinha ido ao mecânico verificar um "barulho irritante na suspensão do carro", e ela se espalhou no espaço geralmente ocupado por ele. Esticou as pernas no pufe de couro em frente à poltrona e ficou imaginando como seria ter mais uma criança na família. Longe em seus pensamentos, não notou o menino dos expressivos olhos verdes que se aproximava. Quando percebeu o filho se sentar no braço da poltrona a seu lado, puxou-o para junto de si e o abraçou forte.

Benjamin, surpreso por aquele raro momento de repouso de sua mãe, tomou coragem e pousou as mãos sobre a barriga dela. Em sua mente, já conversava com o irmão sobre os mais diversos assuntos. Sentindo o bebê tão perto, falou para a barriga como se fosse para uma pessoa:

— Vem logo, irmão! Tá demorando muito....

— Pare com isso, Benjamin, você nem sabe ainda se é menino ou menina — a mãe tentou ser séria, mas se divertia com aquela certeza do filho, externada desde o começo da gravidez.

— Sei, sim, e preciso contar para ele que ganhei uma medalha no basquete — disse olhando para a mãe e, em seguida, para o ventre, coberto pelo tecido rústico do único vestido que ainda servia nela.

— Bem, se ele estiver ouvindo, acho que vai gostar... — Emily, envolvida naquele doce momento, nem percebeu o barulho do trinco na porta.

— Ele está ouvindo, sim — a confiança inocente do menino umedeceu os olhos da mãe. — Pietro, vou te ensinar a jogar quando você vier. Então, chega logo!

— Pietro? De onde você tirou esse nome, Benjamin? — Jasper, que entrava na sala naquele instante, fez a pergunta num tom severo.

— Eu vi em um filme. Achei bonito. Será que posso escolher o nome do meu irmão? — disse o garoto, mirando diretamente o rosto do pai.

— Benjamin, já falamos sobre esse assunto — Emily interveio, mais para evitar qualquer irritação do marido do que para repreender o filho. — Pode ser menino, mas também pode ser uma menina, e dizem que não é bom ficar especulando o sexo do bebê antes da hora. Vamos deixar para pensar nisso daqui a duas semanas.

— Hum, essa criança nem veio ao mundo e já está criando encrenca — disse Jasper, seco como sempre.

Ele estava enganado. Daí a exatamente duas semanas, segundo o médico de Emily, havia tempo que um parto não transcorria tão bem. Nas palavras da própria mãe, "nosso bebê escorregou do meu ventre", sem sofrimento, sem adiantamento, sem atraso. Emily tinha preferido fazer o parto no hospital, em vez de na sua casa, como fora o de Benjamin. Afinal, não poderiam receber muitas visitas, por causa do segredo de Isabella. E até o pai, sempre tão resistente e resmungão, acreditou que seu núcleo familiar seria ainda mais forte, com todas as responsabilidades e alegrias que esse termo poderia trazer.

E, como Benjamin havia previsto, era, sim, um menino.

---

Bob, o leiteiro mais conhecido de Esparewood, deu os parabéns com sinceridade a Ross pelo nascimento de Pietro, mas qualquer um poderia ver que lapsos de alegria se perdiam rapidamente nos vincos daquele rosto abatido. Apesar do pesadelo de ter seu filho desaparecido, ele jamais faltara com as entregas, nem deixara que sua tragédia afetasse o cuidado com os clientes.

Até a dureza de Ross caía por terra quando recebia o homem em sua porta. Pegava o engradado de leite na moto e sempre oferecia um aperto de mão ou um tapa nas costas, sua forma de dizer que sentia muito pelo que o homem estava passando.

– Bob, você sabe que pode contar conosco para tudo, não é?

– Eu sei, eu sei. Mas também sei que vocês já têm problemas demais. E a sua sobrinha, sempre doente, que nunca pode sair de casa...

– Quem falou isso?

– Ah, o seu Hudson. Ele me explicou... coitadinha dela. Pena que não possa tomar nem um pouquinho de leite, eu traria para ela de presente, se pudesse...

– Muito generoso da sua parte, Bob, muito obrigado – Ross tentava parecer natural, mas dois sentimentos o afligiam: a angústia de uma mentira há tanto tempo escondida e a culpa de ter perdido a sobrinha.

– Imagine, seu Ross. É uma pena que meu filho não esteja aqui. Eles poderiam ser bons amigos – os olhos úmidos do homem cortavam o coração de Jasper Ross.

Mal sabia Bob Blythe que, a algumas milhas dali, seu filho era o que se encontrava em melhor situação entre os adolescentes raptados. A menina Sally Fischerman, que sofria de asma, estava exangue e padecia de uma contínua asfixia, presa naquele casebre úmido. Por sua vez, Sid, o "Ruivo", lutava ferozmente sempre que Morloch se aproximava para roubar seu sangue, dificultando a operação.

O Conselheiro das Sombras já estava furioso com isso, e havia pedido a Arianna que substituísse o adolescente. Mas ela sabia que outro rapto na cidade chamaria novamente a atenção das autoridades e da população, que em duas ocasiões se organizara em passeatas, tomando as ruas com cartazes que traziam as fotos dos jovens desaparecidos, e a pergunta "ONDE ESTÃO?". Claro que não precisava mais se preocupar com o *EspareNews*. Graça Miller já era uma Recrutada.

No cativeiro, os mecanismos da forja eram conhecidos e compulsoriamente cumpridos pelos reféns. No começo, era necessário o Orbe para conduzir os adolescentes. Depois de um tempo, já estavam fracos o suficiente para se renderem à sangria.

Quando foi destacada para a função, a sequestradora teve em mente apenas as idades certas para pegar as "encomendas", e precisou argumentar para que Morloch não devolvesse um deles, ao notar que tinha uma deficiência.

– Ele pode até parecer frágil, mas garanto que é o mais resistente dos três – disse ela ao Conselheiro.

Assim como muitos habitantes da cidade, a raptora de menores tinha conversas de porta com Bob, o leiteiro que servia Esparewood e redondezas. Dessa forma soube não só dos hábitos de Bob Jr., o que facilitou a captura, mas também das características do garoto e de todas as dificuldades pelas quais ele costumava passar. Além de ter nascido sem as duas orelhas, Bob Jr. também era surdo e, portanto, tinha dificuldade para articular as palavras. Todos na cidade sabiam que o pai jamais poupara esforços pelo filho, inclusive aprendendo a língua de sinais e o treinando na leitura labial. Era comum presenciar as cenas dos dois passeando pelo parque, conversando animadamente em sua linguagem própria, indo às feiras no verão e fazendo bonecos de neve no inverno. Uma vez, Bob chegou a confidenciar que o filho aprendeu a lidar com os desafios graças aos cuidados que tinha em casa. E que o menino agradecia todos os dias por tamanho amor, pois aprendera a vencer os obstáculos. Na conversa, sem saber das intenções de sua interlocutora, o leiteiro fez uma revelação indevida. Comentou das aulas gratuitas de percepção musical que Bob Jr. frequentava na sede da prefeitura e contou que o garoto fazia o percurso a pé para casa. Foi assim que ela vislumbrou a oportunidade ideal para o sequestro. Informou-se sobre os horários do tal curso, calculou os horários da volta e, no caminho, se aproximou sorrateiramente de sua presa. Conseguiu chegar bem perto de Bob Jr. antes de acionar o Orbe, pois o refém não podia escutar a movimentação dela a suas costas. Quando foi envolvido pelo campo magnético, seus membros amoleceram e, mesmo que se esforçasse, não conseguiria pedir socorro.

Como prisioneiro, seu estado causava pena nos outros jovens, mas não em si mesmo. Ele observava cada detalhe e cada movimento.

– Ei, acordem! – chamou Sid.

– Eu não estava dormindo – respondeu Sally, com uma voz tão fraca que parecia um sussurro.

Bob Jr. também levantou a mão, confirmando que estava acordado.

Quase todos os dias Sid fazia algum plano ou descoberta para que saíssem dali. Todos frustrados pela realidade dos fatos. Era difícil lidar com as cordas, as mordaças retiradas apenas durante a noite e com a comida racionada, suficiente para sobreviver mas não para lutar.

Naquela noite, o filete de luz prateada lançado pela lua atravessava as frestas de madeira, revelando a lateral do rosto de Bob Jr. Mesmo depois de tanto tempo, Sally não se acostumava e sentia pena ao ver o buraquinho enrugado de pele no lugar da orelha.

– Vocês já notaram por que estamos aqui, certo? – sabendo que apenas a menina o escutava, Sid falava de frente para Bob, para que ele pudesse fazer a leitura labial.

– Eles precisam do nosso sangue – Sally, sentindo todo o corpo dolorido, levantou um pouco os braços, mostrando os círculos roxos que manchavam sua pele clara. Mesmo no estado deplorável em que se encontrava, Sally continuava sendo uma menina bonita.

– Exatamente. Então pensei: e se, por acaso, um de nós estivesse muito fraco? Tão fraco que o sangue não teria mais serventia para a forja?

– Já entendi seu plano, Sid – respondeu Sally com um tom ao mesmo tempo desanimado e agressivo. – É exatamente o que está acontecendo. Estamos fracos e nem por isso aqueles demônios pararam de nos enfiar as malditas agulhas. Não vai adiantar.

– Você não entendeu. Alguém precisa parecer... – era como se ele se sentisse culpado por dizer aquilo – morto.

– Como? – o corpo de Sally tremeu com a imagem que lhe veio à mente.

– Calma, a pessoa não vai estar morta. Apenas parecer prestes a morrer.

– Certo... – disse Sally, irônica. – E você pensou no destino desse corpo? Acha que vão soltar as cordas, dar um tchauzinho, falar "parabéns, semimorto, você está livre!"?

– O que sei é que temos que fazer algo. E Bob precisa ser o primeiro a sair.

Mas Bob Jr. não concordava com o colega. A deficiência auditiva o ensinara a se refugiar dentro da própria mente, em suas memórias, onde podia ouvir a doce melodia da voz de seu pai o incentivando a levantar da cama todos os dias. Graças a isso, sempre pôde apreciar com mais intensidade as cores de uma flor e sentir o cheiro de um bolo assando no forno antes de todo mundo. O garoto, tão novo quanto experiente em perceber as sutilezas pouco notadas pelas pessoas comuns, sabia que quietude e silêncio não tinham o mesmo significado. Um remetia à agradável sensação de paz, o outro, ao sofrimento. Era em seu silêncio que encontrava as forças para suportar, para lutar. Seus protestos eram mudos e sorrateiros. Com sua observação aguçada, Bob Jr. era o único que sabia o que deveria ser feito para que alguém escapasse dali.

O telefone da residência do lago Saphir já fora cortado havia muito tempo. A possibilidade de contato com aquela propriedade escondida no bosque já era um risco a mais para os planos de Morloch, e portanto suas ordens tinham sido automaticamente acatadas. A única forma de comunicação era pelas "visitas" semanais da Recrutadora iniciante, que em breve receberia uma nova encomenda por parte do Conselheiro.

O que Arianna mais queria era poder fazer a tarefa por si mesma. Odiava depender de uma mulher que era cada vez mais elogiada pelo Conselheiro das Sombras e, por isso mesmo, sua principal rival no cargo de Recrutadora. Mas ela sabia que não tinha saída. Estava exausta de sua vida na casa do lago, e, até que a forja do bracelete ficasse pronta, ela teria de ter muita paciência. Sua única alegria era pensar no primeiro dia de cada outono, e o daquele ano já estava próximo.

Não demorou para que chegasse o dia da visita da comparsa. Ela estava elegante, com um vestido discreto e o cabelo preso num coque alinhado. Aliás, mostrava-se arrumada demais para ter vindo pela floresta, o que irritou ainda mais Arianna.

– Você está querendo levantar suspeitas, é isso? Quer colocar tudo em risco? – a mulher levantou o tom de voz até onde sua força física permitiu.

– Não se preocupe. Vim de ônibus, mas tive o cuidado de passar antes no novo matadouro. Todos em Esparewood vão até lá para comprar carne boa e barata. É o meu álibi. Veja, tenho carne fresca de porco para você – o sorriso era dúbio, o que sempre levava Arianna a ficar desconfiada.

– É hora de alugar novamente o furgão. Fale com o amigo do Tony Tire.

– Você quer dizer que...

– Exatamente. Temos que trazer outra "presa" – Arianna revirou os olhos. – Um deles já não está servindo.

– Qual deles?

– O "Ruivo", o mais rebelde. Precisamos substituí-lo.

– Substituí-lo? E o que faremos com ele?

O olhar impassível da herdeira de Saphir indicava o teor da resposta. Havia ali uma frieza e um sadismo espantosos. Até mesmo a comparsa, tão acostumada ao fingimento diário, se espantou. Uma coisa eram os estratagemas, as mentiras sobre seu passado. Outra coisa era ter de matar um adolescente.

– Eu não vou sujar minhas mãos. Eu não farei isso! – a mulher respondeu antes mesmo de a tarefa ser sugerida.

– Deixe isso comigo – disse Arianna. – Sei que você tem fraquezas... Se fizer o trabalho bem-feito de trazer outro da mesma idade, já é o suficiente.

Aliviada, a mulher se preparava para voltar para a estrada quando teve uma ideia melhor.

– Arianna, vou preparar a carne de porco para você. Vi no jardim umas ervas que combinam muito bem...

A cativa de Saphir, que só vinha se alimentando de comida enlatada nos últimos tempos, desconfiou de tanta delicadeza. Mas ainda assim resolveu aceitar.

– E o que você quer em troca?

– Eu quero que você me treine melhor. Estou recrutando, mas ainda são muito poucos.

– E, pelo que eu soube, Bernie, uma de suas únicas conquistas, já não está mais entre nós. Muito ruim para o seu currículo...

— Ele se colocou em risco. E não sei bem por quê — ela sabia perfeitamente, mas continuava com sua personagem. — Preciso encontrar mais oportunidades de recrutar. Me ajude!

— Você não foi aos lugares certos. Já tentou a prefeitura? A polícia? A imprensa?

— O *EspareNews*?

— De Graça Miller, eu já dei conta. Uma das mais fáceis da minha carreira. Mas o que não falta no mundo é gente corruptível. É só procurar.

As dicas dela faziam sentido. Teria de se esforçar para conquistar o título de Recrutadora Itinerante. Ganharia mobilidade e conheceria toda a Inglaterra, todo o mundo. Mas, por ora, continuava se fingindo de submissa, como ao preparar a refeição da tirana naquele momento.

Arianna mantinha um sorriso discreto, revelando dentes perfeitos. Não porque estivesse sentindo o aroma do prato sendo preparado, nem porque tão logo teria a perfeição de sua beleza intacta novamente, mas porque pensava em seu futuro. Assim que estivesse com o bracelete, ela dizimaria toda a cidade, todo o seu passado, todos aqueles que poderiam impedir sua trajetória de poder. Começando, é claro, pela família Ross.

# Capítulo 36

Florence era dois anos mais velha do que Benjamin, mas diferentemente das duas irmãs, que tinham puxado Hudson, tinha estatura mais baixa, o que deixava os dois exatamente da mesma altura. A amizade se fortalecia com os anos, e o jeito despojado da menina unia os dois no esporte e nas aventuras do dia a dia. Não conversavam muito, mas viviam pendurados nas árvores, correndo pelo parque ou escolhendo experiências nos livros didáticos de ciências que pegavam na biblioteca. Inventavam brincadeiras, criavam ferramentas esquisitas e sempre que podiam escapavam para o bosque, apesar das repetidas recomendações de Emily.

Benjamin só ficou bravo com a amiga no dia em que ela colocou nas bochechas do Encrenca (que era como chamavam seu irmão) três listras feitas com pasta de avelã.

– Ué, mas nós não estávamos brincando de índio?

– Sim, mas ele é muito pequeno, você não pode fazer isso! Ele ainda não sabe direito das coisas, Florence!

– Ai, Benjamin, você é muito chato!

– Nem sei se as crianças índias se pintam. Isso foi uma invenção sua.

– Claro que se pintam! Pergunta pra Layla!

Quando algo assim acontecia, a menina ia embora batendo o pé, mas sempre ligava no dia seguinte para confirmar o jogo de *baseball* ou para continuar as aulas de xadrez. Se Hudson por algum motivo não pudesse fazer o treinamento no parque Sullivan e os dois ficassem mais de uma semana sem se falar, ela sempre dava um jeito de se verem. Dizia que precisava mostrar uma música que tinha aprendido no sax.

Das três filhas, Florence era a que mais gostava de Layla. Curiosa com as atividades, sempre pedia para ir à casa dela. Hudson, que tinha se tornado mais flexível com as questões "misteriosas" da namorada, ainda tinha uma resistência a que as meninas convivessem com ervas e caldeirões. Ficou combinado que Layla passaria mais tempo na casa de Hudson do que o contrário.

No entanto, justo num domingo em que Hudson emprestou a caminhonete para a namorada, Florence e Benjamin resolveram brincar de se esconder embaixo da lona da carroceria. E decidiram não aparecer depois que ela ligou o carro. Ficaram bem quietos até ela estacionar. Sem que soubessem, foram parar na casa de Layla, que desceu rápido para ir até a cabana, a fim de fazer sua meditação.

Os meninos desceram com cuidado e foram em direção à mata, notando que a vegetação era bem mais fechada e difícil de trilhar do que a parte do Bosque das Clareiras que conheciam. Ficaram meio receosos e, pela primeira vez, pensaram que talvez alguém estivesse sentindo a falta deles.

– Vamos voltar e pegar alguma coisa na cozinha? – a ideia foi de Florence.

– Não sei. Meu pai não ia gostar de saber que andamos roubando comida...

– Isso não é roubo! Layla certamente faria sanduíches para nós se soubesse que estamos aqui.

– Mas a verdade é que agora ela está na meditação!

– Benjamin, então vamos tentar achar alguma maçã nas árvores.

– Maçãs? Não seja boba. Nunca vi uma macieira neste bosque.

– O que vamos comer, então? – ela cruzou os braços.

– Pinhões. Vamos assar pinhões.

– Como é que é?

– Deixa comigo – Benjamin, ao falar isso, pareceu se transportar para outro tempo. – Eu sei como fazer o fogo e sei como assá-los sem que torrem demais.

— É bom mesmo, porque minha barriga já está roncando.

— Aprendi com minha avó — a memória vinha à tona, mais viva do que nunca, e os sentimentos se misturavam.

— Você gosta dela, não é? — Florence evitava olhar nos olhos do amigo. — Mesmo depois de... depois de tudo.

— O que aconteceu no aniversário da Isabella foi estranho. Eu sei. Mas como esquecer as coisas incríveis que ela me ensinou? Tudo o que ela sempre fez por mim? Fora a alegria... a diversão — ele mudou o tom, ficando mais arredio. — Aposto que falaram mal dela para você, não é?

— Calma. Eu não sei de nada — ela percebeu que o amigo estava irritado e tentou amenizar. — É que o normal seria você ser mais próximo dos seus pais, não acha? Aliás, normalmente os meninos grudam no pai. Gostam das mesmas coisas, falam dos mesmos assuntos.

— Você não entende — a voz de Benjamin ficou embargada. — Elizabeth não é uma avó comum, ela sabe...

— Sabe o quê?

— Ela sabe tudo! E meu pai só briga comigo. E não gostamos dos mesmos assuntos, não.

— Entendo...

— Não, você não entende, Florence. Você tem o Hudson, é muito diferente.

— Tá, tudo bem, então não entendo! — a última coisa que a menina queria era ver Benjamin triste, então mudou de assunto. — Vamos atrás dos pinhões. Acho que é melhor do que ficar nessa conversa sem fim.

— Bem melhor. Vamos logo.

Os dois amigos pegaram o caminho dos ciprestes para juntar gravetos e os pinhões para assar. Quando juntaram o suficiente, e já nem tinham mais braços para levá-los, acharam um tronco onde se sentar e fazer a fogueira. Benjamin tentou a técnica aprendida com o livrinho de Elizabeth. Não deu certo. Apelou para os exemplos que viu nos livros de ciências. Também não funcionaram. Tudo o que conseguiu foi ficar com as mãos feridas.

Só quando perceberam que a noite já se aproximava, resolveram que a melhor coisa a fazer era se autodenunciar e pedir comida para a dona da casa. Pegaram o caminho de volta e andaram com mais velocidade e em silêncio. Na encruzilhada, deveriam ir pela trilha da direita, mas Benjamin parou de repente como se não quisesse seguir por ali.

– O que houve? Vamos logo! Já não tínhamos decidido falar com a Layla? – Florence perguntou e seguiu andando pela direção escolhida.

– Não, espere!

– Benjamin, pare com isso. Temos que resolver logo isso, meu pai deve estar preocupado.

– Vamos por aqui. Deve ser um pouco mais longe, mas é por onde devemos ir.

– Benjamin, você é meu amigo mais estranho...

– E o melhor também! – Benjamin deu uma piscada para a amiga.

Do alto da árvore, sentado em um galho de carvalho antiquíssimo e se lembrando das histórias de Robin Hood que adorava quando criança, Gregor conseguiu influenciar a tempo. Havia dois ninhos de víboras no caminho da direita, e o pôr do sol era o horário exato em que as cobras adultas saíam para caçar. Um passo em falso, e uma picada poderia fazer um estrago considerável. Talvez até fatal.

O gasto de *enits* foi irrisório perto do alívio que sentiu. O treinamento que Elizabeth tanto recomendara já começava a apresentar resultados. Além de conseguir influenciar uma criança, o que sempre era difícil, também fizera com que um pequeno coelho, naquele mesmo bosque, fizesse uma toca em um lugar bem mais seguro do que aquele onde ele começara a escavar. Dorothy e Gonçalo não estavam ali naquele dia, mas Gregor pensou que eles também somavam avanços. Ela tinha movido a distância uma bola que quase atingiu o olho de Benjamin em um treino de *baseball*, enquanto o anglo-lusitano conseguira percorrer o Bosque das Clareiras em toda a sua extensão, o que poderia ser considerado um recorde.

Em breve estariam com Elizabeth para contar as novidades e torciam para que ela tivesse interrompido seus delírios megalomaníacos de Profecia e, como eles, voltasse a se dedicar simplesmente à manutenção dos Seres de Luz e ao combate dos Seres das Sombras. Mas por enquanto Gregor só queria continuar exercendo sua função mais prazerosa: cuidar do menino.

Benjamin e Florence se apresentaram timidamente a Layla, e ela, em um primeiro momento irritada com os meninos, logo percebeu que o melhor a fazer seria tomar atitudes. Primeiro, ofereceu a sopa que estava sobre o fogão e logo depois fez dois telefonemas. Em pouco tempo já estava na caminhonete, levando os "criminosos" de volta a Esparewood. Já era tarde e provavelmente ficaria para dormir na casa do namorado. Ao chegar na rua Byron, encontrou Emily preocupada, e Hudson, uma fera. Layla tentou explicar o que havia acontecido, mas, curiosamente, sentia como se ambos a estivessem censurando. Se as crianças tinham tido a ideia infeliz, por que estavam desconfiados dela?

— Benjamin, suba agora para tomar banho! — Emily foi ríspida com seu primogênito e aquela ordem o fez corar, envergonhado por fazer o papel de criança na frente de Florence.

Em breve, Layla descobriria que tinham sido manipulados por um certo alguém. Grensold, vindo da cozinha com chá e biscoitos, estava dando "suporte" aos pais desesperados. Estaria aquela mulher desconfiando de seus planos?

Layla pensou que, depois de tudo esclarecido na casa de Emily, iria para a de Hudson, onde assistiriam a um filme, ririam da situação e iriam dormir, do mesmo jeito que tinham feito tantas vezes. Mas ele nem ao menos a convidou. Ao contrário, o homem se manteve em sua atitude distante, como se tudo tivesse sido realmente culpa dela. Indignada, o sangue da mulher de cabelos ondulados esquentou e ela não hesitou em se posicionar.

— Hudson, vou embora para minha casa...

— Vá com a caminhonete, eu vou a pé. Só espero que não tenha assustado as crianças com suas alquimias... Florence é sempre muito influenciável.

— Ora, Hudson! Só se você estiver falando da minha sopa de legumes...

— E estava deliciosa, pai! — Florence, assistindo a toda a discussão, defendeu sua benfeitora.

Mas o americano estava irredutível. A segurança de suas filhas vinha sempre em primeiro lugar.

---

— Elizabeth, eu não sei se consigo continuar o relacionamento com aquele americano teimoso...

— De novo essa história? De tempos em tempos você volta aqui com o mesmo discurso. O que houve? Ele reclamou da sua cabana de novo? — Elizabeth olhava para cima, com certa impaciência. — Layla, você não acha que tenho problemas demais aqui? Você fica um tempo sem vir e quando vem é para essa ladainha?

— Desculpe... você tem razão — a mulher se envergonhou e olhou em volta, percebendo que nada poderia ser mais dramático do que aquele ambiente.

— Os Aliados desistiram da Profecia. Sou impedida de falar com meu neto. Minha filha me esqueceu. E Thammy, the Tank, voltou para a solitária.

— O quê? Mas isso não era para deixar você feliz? Pelo que sei, ela é uma presa perigosa.

— Aí é que você se engana, Layla. As pessoas têm muitos preconceitos umas sobre as outras. Malditos estereótipos. Como nos atrapalham!

Naquele dia, Elizabeth tinha direito a uma hora de visita, e gastou uma boa fatia do tempo contando a história de Thamires Liotta.

– Ela era uma moça de família abastada, vivia em uma cidade a cerca de cem milhas para o sul e passou por várias aventuras antes de virar a famigerada Thammy, the Tank, de Hogsteel.

"Thamires foi uma menina com grandes habilidades intelectuais e desde cedo frequentou o melhor colégio de sua região. Participava das atividades do clube de campo e também da maior instituição de trabalho voluntário da cidade. Mesmo após a morte do pai, quando ela tinha apenas treze anos, continuou sendo uma menina dedicada, sensível à dor dos outros e nunca sobrepunha a sua à de ninguém.

"Quando completou quinze anos, sua mãe se casou de novo. O segundo marido dela não era um homem que parecesse confiável ou bondoso, mas a filha aguentava, por respeito à mãe. No entanto, a partir do segundo ano daquele casamento, muita coisa começou a mudar.

"Antes, o padrasto era conhecido por ser um pouco preguiçoso e tender a reunir na casa amigos de caráter duvidoso, mas isso na verdade nunca as afetava. Mas, na primavera de 1977, a personalidade do homem se transformou completamente. Passou a ser mais violento, a abusar moral e financeiramente de sua mãe e a tomar atitudes drásticas com alguns funcionários. Especialmente com aqueles que alertavam a patroa sobre as visitas periódicas que ele recebia de uma certa moça de cabelos escuros e beleza singular.

"Tudo ia caminhando em uma espiral descendente até a gota d'água: ele invadiu o quarto de Thamires com as piores intenções..."

– Elizabeth, que história é essa? Por que está me contando tudo isso?

– Espere... Se você ainda não entendeu, tem mais: a moça não se calou e foi contar à mãe o que havia se passado, mas o padrasto usou de muito cinismo e atuação para convencer a esposa de que tudo fora pura e simplesmente um mal-entendido.

"A partir daí, a vida na casa virou um inferno para ela, e tudo o que queria era fugir. Matriculou-se na escola do exército e saiu de casa precocemente, sob as ameaças da mãe de que nunca mais seria aceita novamente. Ainda assim, manteve sua decisão. Foi uma das poucas mulheres da sua cidade a se tornar soldado e a única na guerra de St. Régis. Lutou bravamente e chegou a ganhar uma medalha de honra por sua atuação. Parecia que toda a sua raiva tinha se transformado em força.

"O seu padrasto, porém, não aceitava nada daquilo. Além de deixar a esposa na miséria, passou a perseguir Thammy no quartel e a plantar ali histórias falsas a respeito dela, até a oficial ser totalmente desmoralizada. O último ataque dele foi no dia em que Thammy tinha decidido tirar a mãe daquela vida condenada naquele palacete em ruínas. O padrasto as perseguiu, as ameaçou e chegou ao embate físico. Thammy não teve outra saída senão usar seu revólver para matá-lo."

– Triste...
– Muito triste. Mas nada lhe chamou a atenção, Layla?
– Muitas coisas. Isso tudo me dá uma raiva danada.
– Estou falando das visitas. A mulher de beleza estonteante... a transformação de um homem "meio mau" em um "totalmente mau"...
– Espere. Você está querendo dizer que...
– Nós sabemos que os Rumados de fato existem, e que podem ser recrutados para as Sombras. A novidade é que isso não vem de hoje. É o que estou estudando há quase dois anos e foi confirmado pelos Aliados.
– Os Aliados têm vindo aqui? Eles reataram com você?
– Gonçalo. Sempre ele. Se não fosse meu amigo anglo-lusitano, o que seria desta maluca que vos fala? Mas ele não tem aparecido com frequência. E, quando vem, omite informações de mim, como se eu fosse criança. Aliás, você também deve fazer isso, não é?

A amiga permaneceu em silêncio, menos pela acusação que acabara de ouvir, de fato procedente, e mais pela história da presidiária...

Elizabeth prosseguiu.

— Já não temos dúvidas de que Arianna é uma Recrutadora. Mas agora também tenho certeza de que foi ela quem recrutou o padrasto de Thammy.

— Elizabeth, não está confiando demais em conjecturas?

— Layla, estou lhe falando. Thammy é minha amiga, não poupou nenhum detalhe da história, ao contrário de outros... Ela soube pelos antigos funcionários da casa que "aquela beldade" ia sempre com uma caminhonete Ranger visitar seu padrasto. Ouviu? Uma caminhonete Ranger! Quantas pessoas em Esparewood tiveram uma?

— Arianna, claro... Mas ainda acho coincidência demais!

— Não existem coincidências, amiga. Tudo faz parte do desenho maior.

Layla acreditava no mesmo e falaria por horas sobre o assunto, mas já estava tendo comichões para lhe contar algo ainda mais surpreendente que a história de Thammy.

— Elizabeth, mudando de assunto, e antes que nosso tempo acabe, recebi a sua encomenda...

— "Aquela" encomenda? — os olhos da presidiária se iluminaram.

— Exato. A que chegaria dos Estados Unidos...

*Layla se lembrava perfeitamente do momento: nem bem o caminhão do correio fora embora, ela passou a circundar a caixa como um animal em volta da presa. Ou talvez como uma loba que pressente alguma novidade se embrenhando na floresta. Já sabia o que havia no interior do pacote, mas, embora a destinatária não fosse ela, era impossível não ver de perto, pegar nas mãos, sentir o poder de uma das mais conhecidas preciosidades do Reino Vegetal.*

*— Vamos, belezura, vamos ter alguns minutinhos de conversa. Elizabeth não vai se importar.*

*Ela abrira as fitas adesivas da caixa parda como se estivesse desempacotando um vaso de fino cristal e não um robusto feixe de folhas. Não havia perigo de "quebra", pois a planta tinha sido adequadamente acondicionada por um cuidadoso botânico americano.*

*Quando primeiro pôde ver o verde-oliva das folhas, quase se emocionou, um dos mais sagrados conhecimentos dos índios Cheyenne, a Erva dos Mil Olhos estava ali na sua frente.*

*Só não contava com um detalhe. Além do feixe principal, o botânico ofereceu a Elizabeth um ramo extra de planta, que estava solto e, com a movimentação, foi ao solo.*

*Layla interrompeu o devaneio e começou a contar a história para a amiga.*

— A Erva dos Mil Olhos estava ali na minha frente e não resisti a abrir a caixa, Elizabeth. Eu sei que você vai me perdoar por isso!

— Claro! Eu faria o mesmo. É uma raridade.

— Mas o que aconteceu é que um raminho caiu e quando fui pegá-lo uma de suas sementes tocou no meu antebraço, aí... — Elizabeth ficou pálida. — Aí eu já não era mais eu.

— Layla, você poderia não estar aqui agora, sabia? Um toque na erva-de-são-cristóvão sem o devido preparo...

— Eu percebi. Achei que ia morrer. Um túnel se abriu na minha frente, mergulhei nele e não sabia bem como consegui sair dali... Mas cheguei do outro lado...

— E como foi lá? — Elizabeth mal conseguia respirar.

— Tinha uma gaiola, uma gaiola pequena. E um animal ali, preso... Fiquei angustiada com aquilo. Não demorou muito e me dei conta: era eu mesma que estava presa ali. Eu era a observada e a observadora. Eu tinha me duplicado! Você pode entender isso?

— Você vivenciou o Fenômeno do Espelhamento...

— Eu sei que meu eu da jaula rangia os dentes e se debatia como uma fera capturada. Ainda que tudo fossem imagens formadas em minha mente, eu não tinha esse discernimento na hora, e tudo o que queria era fugir. Meu outro eu, totalmente livre, sentia o vento e os cabelos voando. Foi então que tentei abrir a trava da gaiola, mas não consegui nem chegar perto, como se algo estivesse detendo o meu duplo. Fiquei de frente com meu maior medo na vida, Elizabeth...

— A morte?

— Não, claro que não. Você sabe que para mim a morte é apenas mais uma etapa da vida. O meu terror era a própria jaula, a prisão... meu pior pesadelo! Mas ainda não acabou: a minha voz na jaula saía gutural, e a da Layla livre pronunciava algo incompreensível, parecia algum dialeto do Norte, sei lá, mas saíam suaves essas palavras. Foi alucinante demais, você não pode imaginar! E o tempo?! Parecia que eu estava naquele duelo há séculos...

— Não devem ter passado nem dez minutos, pois pelo que entendi foi uma única semente que a tocou.

— A gaiola ia diminuindo o espaço, e eu, comprimida por dentro, desesperada por fora, não conseguia nem mais gritar, como se estivesse afônica. A última imagem de que me lembro foi a de meus olhos, que estavam esbugalhados pelo terror, irem diminuindo de diâmetro, ficando pequenos, até virarem uma das sementes, como aquela que detonou todo o processo...

Elizabeth não piscou durante a narração de Layla.

— E então...?

— E então acabou. Em um instante, voltei à minha sala.

— Fico imaginando se você pegasse todas as sementes com as mãos.

— Seria possível algo ainda mais profundo? Porque estive cara a cara com o inferno. Mas consegui me libertar ao voltar para meu corpo.

— Esse é o maior desafio. Lutar por se libertar. Sei bem o que sentiu...

— Essa erva me fez lembrar daquela época. Aquela época terrível! Elizabeth, você tem sido minha protetora desde os tempos que eu era uma menina assustada com meus próprios dons.

— Só fiz o que eu deveria ter feito. Nem mais, nem menos.

— Não, você me salvou. Da melhor forma que alguém pode salvar outro ser humano. Você me ajudou demais.

— Eu só comprovei que você estava disposta a se ajudar.

— Não que não tenha me colocado em apuros também. Mas sei que isso me trouxe experiência. E força. Agora vejo o quanto do caminho percorri. Ainda bem que estava preparada para a Erva de Mil Olhos. É muito intenso.

— Sim, uma ponte para as verdades mais terríveis. Não é para qualquer um.

— Mais do que nunca, quero tirar você daqui. É a minha vez de salvá-la. É o fim das prisões...

A conversa das duas, que transcorria num tom mais baixo que as das outras na sala, foi bruscamente interrompida pela guarda:

— O seu tempo acabou, pode se retirar.

— Espere, por favor! Elizabeth tem direito a uma hora, e ainda nos restam vinte minutos — Layla desafiou a mulher, mas tentou ao máximo medir as palavras.

— Ah, é? Engraçado... Acho que hoje meu relógio está andando mais rápido. Não é verdade que o tempo aqui dentro é mais rápido, Johnson? — ela olhou para a outra colega, e gargalharam juntas. — Imagine, tem gente que cumpre trinta anos e acha que só se passaram dez!

— Isso não tem graça nenhuma. São pessoas que vivem aqui! E muitas delas são inocentes, não tiveram direito a um julgamento justo e imparcial. As senhoras não deveriam fazer piada com isso!

— O quê? Você por acaso é advogada? E ainda vem aqui querendo me dizer do que eu devo ou não rir? Johnson, a visitante aqui está querendo mandar na gente. Você acha que pode?

A outra policial, constrangida com as atitudes da colega, apenas fez uma tímida negativa com a cabeça.

— Está vendo? Não pode isso, não! Aqui nós somos a lei, ouviu? Ninguém mexe com a gente! E vá tirando a bunda dessa cadeira já! — a carcereira mostrava que justiça, paciência e educação não faziam parte de seu repertório.

– Vocês não são a lei, são apenas guardas! E, pelo que estou vendo, você precisa conhecer melhor a nossa Constituição. Fique certa de que farei queixa da senhora imediatamente, assim que "tirar minha bunda desta cadeira", como a senhora mesma disse.

– Layla, pare com isso, ela vai complicar a sua vida – Elizabeth tentava acalmar a amiga, que também já estava perdendo os brios.

– Elizabeth, me desculpe, mas não aguento injustiça – Layla se levantou e empertigou o peito em direção à policial. – Eu preciso falar com a sua superior! Agora!

– Pois é, bonitinha, mas você acaba de dançar... – ela se virou mais uma vez, rindo para a colega. – Johnson, você não acha que ela acaba de dançar? A questão é que... eu sou a superior! Acabo de ser promovida – a mulher deu uma gargalhada estridente, que ecoou pelas quatro paredes.

– Eu não vou aceitar isso! – Layla estava definitivamente inconformada, olhando em volta em busca de algum apoio. Mas era inútil.

– Layla, por favor, eu preciso de você! – Elizabeth, impotente atrás do vidro, tentava impedir o prosseguimento da briga.

– Isso não pode ficar assim, entende, Elizabeth? São direitos seus! Vou reclamar à administração. E agora mesmo! – o rosto de Layla parecia estar em brasa, enquanto seu cabelo revolto se assemelhava a centelhas desorientadas.

– Reclamar? – a guarda se aproximou ainda mais, agora imprimindo uma falsa calma na voz. – Sabe que você me deu uma boa ideia? Vou encaminhar hoje mesmo uma Nota de Periculosidade.

– O que é isso, do que está falando? – Layla ainda tentava mostrar que queria fazer as coisas da forma certa.

Com a Nota de Periculosidade, um visitante era impedido de entrar em Hogsteel no mínimo por cinco anos. E foi isso o que Layla conseguiu naquele dia. Antes de ser retirada à força pelas duas guardas, e colocada do portão de ferro para fora, leu nos lábios de Elizabeth a frase bloqueada pelo vidro grosso:

– Não esqueça da Mensagem de Vento! A Mensagem de Vento! É urgente! Sem você, eu vou precisar de reforços!

Mas Layla estava furiosa demais para pensar na Mensagem de Vento. Naquele instante, só experimentava a sensação de uma fêmea de lobo do mato mordendo e estraçalhando o perigoso inimigo.

# Capítulo 37

Já fazia três anos que os adolescentes de Esparewood tinham adotado o parque Sullivan como novo ponto de encontro. Haviam abandonado a praça Cívica, considerada "careta demais", e criaram uma espécie de quartel-general teen nas estruturas de madeira e corda que antigamente serviam para o treinamento dos militares. Os casais de braço dado, as crianças gritando no playground e o desafinado coral da igreja em suas irritantes apresentações na praça central da cidade eram demais para suas mentes inquietas.

Os pais, preocupados com o rapto de três jovens naquela mesma época, não aprovavam a mudança e davam ordens para que eles não fossem mais ao Sullivan, quase no limite da área norte do Bosque das Clareiras. Fingindo obediência, nos fins de semana os jovens tomavam o caminho do Centro, mas em pouco tempo de caminhada pegavam a rua Van Hellss, que contornava toda a cidade.

Assim foi naquele sábado em que a fila formada por meninas e meninos vestidos com suas camisas xadrez, seus moletons surrados, seus jeans e camisetas de rock'n'roll ia engordando nas curvas da avenida, até chegar a seu destino. No final do gramado imenso, a poucos metros dos tufos da mata fechada, que se misturava com as fronteiras do bosque, os jovens se aboletaram nos troncos de madeira, na grama e nas cordas penduradas nas traves. Como de costume, começaram conversas intermináveis, que iam até o pôr do sol. Não tinham a mínima ideia de que estavam sendo observados há semanas.

A única via que dava acesso àquela parte do parque era de terra e corria paralela ao bosque. Se se quisesse ir até lá de carro sem ser percebido, era melhor que fosse em um dia não muito seco, para evitar que a poeira vermelha subisse quase até a altura das árvores. Mas os meninos foram a pé, e chegaram por volta das quatro da tarde, quando o clima ainda nem prenunciava a inversão térmica. Uma chuvinha fina começou por volta das cinco e meia, mais ou menos o mesmo horário em que um furgão branco, camuflado pela linha de pinheiros que ladeava a estrada, se aproximou do bolsão de retorno.

Três jovens, mais prevenidos, tiraram seus guarda-chuvas compactos das respectivas mochilas e abraçaram dois colegas cada um, para também protegê-los da chuva. Uma das moças tinha uma capa de chuva imensa, que dividiu com a melhor amiga. Outras duas subiram na guarita onde os militares ficavam de sentinela. Era tão estreita que mal as abrigava lá dentro. Os outros, no entanto, passaram a se cansar do incômodo da chuva impertinente e se despediram dos colegas, voltando à entrada principal do parque pelo gramado, agora mais escorregadio.

Entre esses estava Zack Stieffer, irmão mais velho de Julia e estudante do Edgard II. Em seus quinze anos, ele havia passado um bom bocado de sofrimento, especialmente pelo comportamento da irmã, que, sendo vítima de uma colega de escola, acabou desenvolvendo um comportamento persecutório. Sempre achava que estava sendo seguida e mal saía de casa. Seu único caminho, de ida e de volta, era até a escola. Zack foi incumbido de cuidar dela muito cedo, o que o tornou um rapaz sempre atento e bastante tenso. Seus músculos bem desenvolvidos demonstravam força, mas quem o conhecia de verdade sabia que tudo o que ele queria era esconder a própria fragilidade em uma fachada de *bad boy*.

Naquele dia, desafiado pelos colegas a correr, Zack estranhamente ficou para trás. Era um dos mais rápidos do colégio Edgard II, e talvez até mesmo de toda a Esparewood, mas parecia que uma força segurava suas pernas, obrigando-o a diminuir o ritmo dos passos. Quando percebeu que os colegas tinham disparado na sua frente e que já os tinha até perdido de vista, ficou desesperado. Caiu na grama e de lá não pôde mais se levantar. Inexplicavelmente, ficou grudado no gramado, como se a força da gravidade fosse intensificada em seu corpo à enésima potência. Também não conseguia emitir nenhum som, nenhum pedido de socorro. Só sua audição ainda funcionava, e pôde escutar ao longe uma porta de carro batendo. Olhou para o lado e viu um vulto caminhando em sua direção. Pelo andar, notou que era uma mulher e que seu rosto estava coberto com um lenço.

Foi então que Zack sentiu como se seus braços e pernas estivessem envolvidos por uma bolha viscosa, que não o deixava se movimentar de forma natural. Quando tentou com todas as forças fugir da figura que se aproximava, viu-se controlado como um zumbi e conduzido em direção a um furgão, onde foi colocado por braços ao mesmo tempo finos e fortes.

Já a postos na direção, ela deu a partida. Ainda de lenço, só os olhos se estampavam no retrovisor para observar a estrada vazia. Os homens dos tratores haviam retornado a suas casas. O lusco-fusco já escondia os contornos da estrada, mas ainda não revelava plenamente as faixas luminosas do asfalto.

---

Quando recebeu a tarefa, algumas semanas antes, a ordem era para que a "encomenda" fosse depositada diretamente no galpão. Mas nem bem o carro passou pela cerca lateral, ela recebeu as indicações da anfitriã para que o menino fosse colocado junto com os outros, no pequeno casebre à beira do lago. No matadouro estava sendo preparada a canaleta que, em breve, seria preenchida com o unguento para garantir a continuidade da forja. Ainda não era hora de levá-los.

Os cílios longos de Zack eram sua marca registrada. Faziam seus olhos escuros ficarem ainda mais expressivos. As meninas do colégio viviam em torno dele como um cardume de peixes que vê cair no oceano um pedaço de pão. Mas era tão concentrado, tão preocupado com os problemas de sua família, que mal dava atenção a elas. Parecia que estava sempre atrasado para sua própria vida. Depois que sua cortina de cílios se abriu revelando íris escuras e turbadas, ele demorou alguns instantes para perceber que estava em um local soturno, mas ainda assim quente, não por conta de algum sistema de calefação, mas pela proximidade entre os corpos.

A seu lado, encaixados no espaço reduzidíssimo, uma menina e dois rapazes pareciam dormir profundamente. Mas na verdade, naquela noite, Bob Jr. não conseguiu nem um minuto de sono. Não podendo sonhar de fato, ficou de olhos fechados, lembrando cada detalhe de uma noite importante em sua vida. A noite do sonho.

*Ele estava em uma arena onde pessoas gritavam e aplaudiam na arquibancada, e o calor do sol a pino esquentava a areia sob seus pés descalços. A sua frente, um imenso javali o encarava, com os chifres em riste, bufando pelas narinas. Em breve, o animal seria liberado dos arreios que o aprisionavam e avançaria para destroçar o oponente, que, munido apenas com uma faca, não tinha a mínima chance. Foi então que uma voz se fez presente.*

*– Viu as consequências de mentir? Agora deve enfrentar esse animal. Se perder, cumprirá sua pena. Se ganhar, é sinal que seu coração é puro e vai restaurar sua honra pela via da transformação. Então o Grande Javali será seu protetor.*

*Mas, antes que o duelo pudesse ocorrer, tudo se dissolveu como fumaça ao redor de Bob e se materializou na forma de um quarto de hospital. Ele estava deitado na cama, a luz suave da alvorada penetrava pela persiana e, quando olhou para sua mão em busca da faca, encontrou apenas parte das escoriações da surra que levara no colégio.*

*– Bob?*

*– Oi, pai. Que bom que veio – respondeu ele na linguagem de sinais.*

— Você mentiu para mim. Disse que caiu no colégio, mas sei o que os meninos fizeram com você. Eles vão se ver comigo.

— Não! — as duas mãos espalmadas se abrindo do centro para as laterais se mostraram como um apelo.

— Meu filho...

— Não se preocupe, pai, eu vou vencer — os signos ficaram mais intensos e suas mãos estavam com tônus e segurança. — Tenho um aliado agora.

Nem o insone, nem os outros três prisioneiros faziam ideia de que, a alguns metros dali, numa casa de madeira e pedra repleta de histórias imprecisas e suspeitas, um trio conversava sobre o destino de um deles.

— Muito bem, muito bem... a mesma idade, o mesmo porte... pena que não tem a potência do ruivo — Morloch tinha vontade de esfregar as mãos, mas se continha, pois o tique fazia sua pele descamar.

— Ora, mas pensei que justamente a rebeldia do moleque o irritasse! — a raptora, sentada ao lado de Arianna no sofá, não se conformou com a crítica velada.

— Não me interprete mal. Uma coisa é a pessoa ter talento, outra é servir aos meus propósitos. E o recém-chegado Zack se enquadra no segundo caso. Quanto ao Sid "Ruivo" Condatto, tenho certeza de que será mais bem aproveitado do outro lado. Nos meus domínios.

— Você quer dizer que...

— Quero dizer que ele será muito útil morto. Apesar de não estar lá para recebê-lo, chegarei a tempo para treiná-lo. Preciso de hordas de homens estúpidos nas linhas de frente, mas para o coração de meu exército preciso de gente inteligente e com muita energia!

A raptora ainda tinha esperança de que a troca de adolescentes não resultaria na eliminação do ruivo. Mas as palavras de Morloch não deixavam espaço para dúvida.

— Que momento emocionante! — Arianna interveio na conversa, ela, sim, esfregando as mãos. — Ele se lembrará de mim por toda a sua vida, ou melhor... por toda a sua morte... Não será o primeiro a receber minha ajuda para ir para um lugar muito mais interessante que isto...

A viúva de Richard, que já vinha cuidando de sua aparência com o bálsamo por três anos, estava deslumbrante. Voltara a vestir as roupas bem cortadas no lugar do roupão largo e dos casacos de lã que se amontoavam sobre seu corpo nos últimos invernos. Retomara até a prática de usar salto alto dentro da casa com chão de madeira, fazendo com os pés um barulho ritmado.

— Sinto muito decepcioná-la, Arianna, mas esse serviço não será seu. Você não pode estar envolvida em nenhum acontecimento nas redondezas. Uma coisa é uma mulher e um adolescente serem vistos na região. Outra coisa é você chamar a atenção para si. E lembre-se: você ainda não tem o poder de Tonåring em seu braço.

— Morloch, quantas vezes não fui até aquele moinho imundo para encontrá-lo? Você nunca se preocupou!

— Você sozinha é uma coisa, mas desfilando com aquele que em breve vai virar um cadáver, é bem diferente. As poucas famílias que vivem na região de Saphir a conhecem bem. Conhecem seu histórico. Não é à toa que se afastam desta pocilga o máximo que podem.

— Então, quem fará isso? Você não tem nem mesmo um corpo inteiro, e ela... — Arianna lançou um olhar de cima a baixo na mulher a seu lado —, ela não está preparada.

— Isso é o que você pensa. Quem consegue trazer quatro adolescentes, enganar tanta gente e ainda continuar com essa feição de inocente merece um voto de confiança.

— Desculpem, mas eu... eu não quero fazer o serviço. Se Arianna se julga competente... eu...

— Cale a boca, mulher! — o Conselheiro impostou a voz, e o hálito que saiu de sua boca esverdeava exalou podridão. — Você quer ou não ser uma Recrutadora? Quer ou não ganhar o mundo como uma Itinerante, transformando Rumados em Decaídos? Você precisa me dar provas de que é capaz.

— É muito difícil... eu nunca fiz isso...

— Sempre tem uma primeira vez para tudo... Ainda mais você, que tem tanto conhecimento, tantas artimanhas. Você sabe muito bem o que fez antes de bater à porta de Elizabeth, não é?

O rosto da mulher ficou lívido. O sangue pareceu abandonar as veias e ir direto para o coração, pronto a implodir. Como ele poderia saber de seu passado?

— Eu... eu... eu trouxe comida para eles. Vou até lá. Depois podemos conversar mais...

— Ainda bem. Todos os dias é para mim que sobra a alimentação dos animaizinhos — Arianna passou pelo espelho apoiado em diagonal na parede sem esconder o prazer que novamente sentia ao admirar seu próprio reflexo.

— Vá! — autorizou o ser que habitava o corpo do pastor de Liemington. — Mas não se demore! Temos que resolver tudo ainda nesta madrugada.

As mãos ágeis preparavam os pratos na bandeja. Agora seriam quatro porções. Tinha trazido de casa uma sopa com ingredientes nutritivos e bem temperada. Ela sabia que sua desagradável comparsa das Sombras nem de longe tinha o mesmo cuidado. Esperou a sopa ferver, sentiu o cheiro das abóboras e batatas frescas e distribuiu com a concha o líquido quente, imaginando que aquela seria a última refeição para um deles.

A menos que tivesse alguma ideia, ou que inventasse algum bom argumento, não conseguiria que aquele homem feito de matéria morta e espírito negro desistisse de prosseguir com o assassinato. Pensou em mencionar as investigações policiais. Daí lembrou que isso poderia até funcionar em filmes americanos, mas jamais nas cidades esquecidas que se espalhavam no cinturão formado pelo Bosque das Clareiras.

Depois de atravessar o lamacento caminho que já começava a conhecer de cor e chegar até o píer, ela depositou a sopa por baixo do vão do casebre. O mesmo por onde passava um vento lancinante nos dias mais frios.

A hora da refeição era aquela em que eles se reconheciam, sentiam-se novamente humanos. Não por bondade, mas por necessidade de mantê-los vivos, a salamandra era acesa quando o sol se punha. A pequena caixa de metal não substituía o calor de uma lareira, mas era melhor do que nada.

O recém-chegado Zack não pensava, não julgava, não avaliava. Apenas comia e registrava assustado as feições dos jovens exaustos e abatidos a sua frente. Então o mesmo tinha acontecido com os que chegaram antes dele? Aqueles companheiros de infortúnio pareciam conformados, talvez pelas péssimas condições físicas. Mas havia uma exceção.

– Vocês não vão falar nada? Em breve seremos amordaçados de novo! – o rapaz ruivo era o único que incitava os outros a reagir perante o desconforto da situação. – Por que não aproveitamos o novato, que ainda está forte, e quebramos essa porta?

– Porque nossos pés estão amarrados e nossas mãos não alcançam a porta. Não é tão difícil chegar a essa conclusão – Sally, extremamente fraca, mostrou sua irritação. – Basta de planos imbecis, Sid!

Bob, o terceiro cativo, permanecia quieto como sempre. Já tinha notado, antes dos outros, que as badaladas do sino, o aviso para que fizessem suas necessidades diárias, já iam começar. Ele não ouvia, mas tinha uma noção exata do tempo, justamente por ter todas as outras percepções aguçadas.

De fato o som metálico começou, e eles se prepararam para o breve momento em que eram desamarrados e podiam seguir em direção ao banheiro externo. Um homem forte e mal encarado conduzia os trabalhos. Enquanto estavam na fila, Bob observou, na varanda, duas mulheres conversando. Uma esguia e morena, a outra com os cabelos revoltos. Era possível ver os lábios delas se movimentando. E, apesar da distância, dava para perceber um pouco do que falavam. Foram no máximo duas ou três frases trocadas e o fato das duas olharem para frente, sem qualquer proximidade, indicava que não eram propriamente amigas. Bob Jr. tinha muita sensibilidade para detalhes que as outras pessoas nem sempre percebiam. Independente do que eram uma para a outra, o que leu ali foi desolador. Então o adolescente descartado não seria o mais fraco fisicamente, mas o mais rebelde? Então era Sid quem morreria?

— Ei, o que está olhando para lá? Vire já essa cabeça sem orelhas pra frente. Ou vai ficar sem o nariz também!

Bob percebeu que aquele era o momento. Depois dos sonhos recorrentes que nunca mais o abandonaram, ele sabia de duas coisas: que estava protegido e que tinha de abrir mão dessa proteção. A voz, que continuava acompanhando seus sonhos, foi clara: "Sua missão é escutar as necessidades dos outros".

Ele levou a afirmação até as últimas consequências. Quando Sid entrou na pequena casinha que servia de banheiro, Bob entrou junto e soprou em seu ouvido três vezes, além de dizer uma única palavra. O nome de um animal.

— Bob, o que é isso? Está maluco? — o adolescente assustou-se tanto com a invasão como com a ousadia do mais discreto entre os prisioneiros.

Não houve tempo para respostas. Depois dos sopros, o filho do leiteiro voltou, impassível, para perto do capanga que os conduziria ao cativeiro. O mais importante era que já havia transferido para o garoto ruivo seu segredo mais bem guardado. Até porque sabia que não restava muito tempo para ele.

Sid foi amordaçado quarenta e cinco minutos depois. Foi o tempo de Morloch dar as indicações de como o jovem do cabelo vermelho deveria ser assassinado. Arianna ainda não se conformava de não ser ela a escolhida para executar a ação. Retirou-se toda empertigada para seu quarto e não proferiu mais uma palavra, até acordar, no dia seguinte, já sem nenhuma alma viva, ou morta, em sua casa.

---

A milhas de distância dali, uma mulher virava-se de um lado para outro na cama. Sempre acordava cedo, mas daquela vez levantou antes mesmo de o sol nascer. Seu marido notou o desconforto, mas não falou nada. Apenas manteve os olhos abertos na escuridão.

– Jasper?

– Emily, no que você está pensando? – ele não a abraçou, mas buscou a mão da esposa e a apertou com carinho.

– Nos adolescentes. Estou preocupada... não consigo parar de pensar na notícia do rádio.

– Imagino como ficou Bob ao saber que mais um jovem foi capturado.

– Depois de três anos! E da mesma forma misteriosa. Por que será que não saiu nada no *EspareNews*?

– O menino também estudava na Edgard, não é?

– É. Só consigo pensar em Benjamin. E se fosse com ele? – ela acendeu o pequeno abajur e pegou um comprimido para dor de cabeça no criado-mudo.

– Não vai acontecer nada com nosso menino. Eu sou um soldado. E ele é um guerreiro.

De repente, Jasper parou e pensou na imagem que não saía de sua cabeça há tantos anos. O gramofone de Elizabeth. Lembrou-se da frase que soou naquele estranho instrumento e martelava em sua cabeça por ser associada a seu filho. Levou um susto quando utilizou o mesmo termo: guerreiro. "O metal e o adolescente se fundem, formando o guerreiro além das estrelas". Antes de mais uma vez remoer o que aquilo poderia significar, pensou na esposa. Era preciso tranquilizá-la e não trazer qualquer outra preocupação a ela. Lembrou-se também do que havia de mais assustador por trás de tudo aquilo: uma Profecia. O que poderia representar? Se aquela mulher, Ursula, sabia com tanta antecedência tudo sobre sua família, o que estaria reservado para o futuro? E como saber ao certo o que se passaria com cada um dos Ross? Se existia de fato uma Profecia, então tudo o que fora profetizado aconteceria de forma inexorável?

A mente de Jasper não conseguia abarcar aquela realidade. Era demais para ele. Parecia que seus miolos fritavam quando tentava imaginar um cenário possível onde coubessem as histórias absurdas daquelas mulheres de hábitos estranhos e sua vida de soldado aposentado. Rechaçava tudo o que era sobrenatural, e os únicos fantasmas que existiam para ele eram os que carregava nas costas. Uma mulher fugitiva, um feto que não veio ao mundo e uma imensurável culpa.

— Você me promete, Jasper — Emily interrompeu os devaneios do marido em tom de súplica —, que não vai deixar nada acontecer com nosso menino?

— Nenhuma outra criança vai ser machucada nesta casa. Eu juro pelo meu nome, pela honra do meu irmão, pela memória dos meus pais.

Emily sabia que Jasper não poderia decidir o destino de ninguém, tanto que a culpa por Isabella ter morrido ainda o consumia por dentro. Mas, como há muito tempo não acontecia, ela sentiu naquele homem um discurso de força e poder.

Depois que viu pela janela os primeiros indícios de luz no céu e sentiu os braços do marido a envolvendo, o incômodo de Emily se dissolveu em um breve momento de aconchego. Ela dormiu por mais uma hora, depois desceu as escadas e buscou no jornal alguma novidade. Mas, assim como no dia anterior, nenhuma notícia sobre o sequestro havia saído no *EspareNews*.

---

A retirada do adolescente de dentro do casebre foi rápida. A mulher não teve dificuldade em amarrar os tecidos nos olhos e na boca do jovem, conduzi-lo pelo cotovelo para fora e, depois, pelas pedras deslizantes e pelos galhos atrevidos de Saphir. Também não houve reação quando o levou para uma parte dividida da cerca por onde era possível transpor a propriedade e penetrar no bosque. Iam pelo lado norte, aquele em que nenhum dos dois nunca tinha pisado. Mas toda essa facilidade não era mérito dela, e sim do Influenciador, Morloch, que olhou diretamente para os olhos de Sid "Ruivo" Condatto.

Segundo as indicações, a clareira seria avistada depois de uma milha e meia de caminhada pela trilha diminuta, repleta de troncos e folhagens. O único instrumento que a mulher tinha era uma lanterna, mas estava com dificuldade de conduzir ao mesmo tempo o facho e o adolescente, que parecia mais resistente do que suas primeiras vítimas. Como em todas as outras vezes, ela havia sido obrigada a devolver o Orbe para Morloch logo após o sequestro e só dispunha do poder da Influência sobre o menino.

Durante o caminho, a mulher contava os próprios passos para fazer os cálculos da distância e não se perder. Tinha aprendido com gente acostumada a andar pelas matas fechadas a melhor forma de medir um terreno.

Agora que reconhecia melhor o ambiente noturno do bosque, sabia quando parar, de qual tipo de tronco se esgueirar para não ficar com urticária, qual som representava perigo. Tinha até discernimento sobre o tipo de buraco de onde poderia emergir uma raposa faminta, uma cobra venenosa ou simplesmente um diligente castor saindo para a tarefa noturna de alimentar os filhotes.

Pelos seus cálculos, já havia percorrido dois terços do caminho. Agora, em vez de apenas conduzir o jovem esquelético como em uma dança mórbida, ela tinha de puxá-lo. Ninguém lhe contara que as árvores minimizavam a Influência, mas ela percebia que, quanto mais fechada a mata, mais ele se agitava. Começou até a demonstrar pequenos sinais de rebeldia. Ela achou por bem atar as mãos do jovem com a corda, que havia levado por precaução. Fez uma amarração bem forte e prosseguiu.

Logo adiante, avistou um lugar que nunca esperaria encontrar ali, mas muito propício. O facho vacilante da lanterna revelara uma espécie de ermida. Uma pequena gruta de pedra, coberta de musgos e folhagens, que muito provavelmente servira à realização de rituais em tempos remotos. Quem sabe algum antepassado anglo-saxão havia usado aquele lugar para passar a noite ou para se esconder em tempos remotos.

    Ela foi até lá com sua presa, colocou-se embaixo do teto de pedra e duas coisas aconteceram de forma quase instantânea: sentiu que a tarefa de matar uma pessoa parecia ainda mais inaceitável e a rebeldia do "Ruivo" havia aumentado. Ele já se debatia e perguntava, ainda que com uma voz débil, onde estava. A mulher teve de amarrar também as pernas compridas do rapaz, dessa vez usando sua força e sem atingir a perfeição do outro nó.

    Protegido pela pedra, parecia que a influência sobre ele realmente diminuía. O jovem fortalecia sua vontade própria. Era preciso agir. E rápido.

    A faca que fora dada a ela estava guardada em Saphir desde os tempos do matadouro. A lâmina nunca perdera o fio, e tudo o que ela tinha de fazer era utilizá-la da mesma forma que se fazia com os animais. Não haveria sofrimento, não haveria dor física. Apenas um corte rápido na jugular.

    Aproximou-se do rapaz, que se mexia desvairadamente, e pousou a lanterna em uma pedra. A fraqueza dele favorecia o golpe, e o sangue jorrando livre poderia redimir os inúmeros tubos de sangue retirados à força daquelas veias juvenis. Tudo tão aparentemente providencial e, no entanto, absolutamente inconcebível.

    A mulher chegou tão perto dele que quase podia antecipar os movimentos de sua respiração. Os pensamentos dela já não seguiam uma lógica ponderável, então inspirou o ar puro da floresta e expirou lentamente, esperando uma iluminação. Deixou os olhos fechados por alguns instantes até que notou um movimento entre as folhagens. Sid "Ruivo" também percebeu e ficou repentinamente estático.

    Foi então que um terceiro elemento entrou no ambiente acolhedor da ermida e, em frações de segundos, a responsável pela missão não teve mais dúvidas. Agora era por sua própria vida.

Agiu com rapidez e usou o instrumento que tinha nas mãos para, com um corte certeiro, matar aquele ser vivo presente no lugar errado, na hora errada.

Ou na hora certa para Sid "Ruivo" Condatto.

O coração do javali é do mesmo tamanho do coração de um ser humano. E, quando jovem, essa semelhança é ainda maior.

Pois foi com esse órgão que a mulher, não sem um certo pavor de ser descoberta, preencheu a bolsa de plástico que seria entregue por ela a Morloch. A prova do crime.

Envolvida por pensamentos e sentimentos confusos, ela refletia que deixar aquele menino ali, desamparado, seria o mesmo que matá-lo com as próprias mãos. Mas era preciso agir e ouvir os comandos internos. "Eu tenho um coração na bolsa de plástico. Eu fiz a tarefa, agora devo voltar."

Ela agarrou a lanterna e se preparou para adentrar o mato. Mas lembrou que precisaria se livrar da carcaça do animal, evitando que descobrissem o que de fato acontecera. Pegou-a com as mãos, sujando ainda mais a roupa de sangue, e a atirou no meio de um conjunto de arbustos. Os animais e os insetos desprezados pelos humanos, justamente por terem a carniça como alimentação, se incumbiriam de fazer a limpeza necessária.

Toda a operação durou menos de dez minutos e quando a mulher entrou correndo no mato, sem ao menos imaginar que havia sido vista, "Ruivo" sentiu um grande alívio, seguido de um certo desespero. Ainda mais ao se perceber tão imobilizado pelas cordas.

Assim que saiu da cobertura de pedra, Sid não tinha mais nenhuma lembrança de tudo o que havia se passado antes da morte do javali. Só uma imagem ficou fortemente gravada em sua memória: o rosto de uma mulher que salvou sua vida usando força e bravura.

Agora teria de enfrentar a solidão de uma inóspita e desafiadora floresta.

# Capítulo 38

A casa de Layla ficava a uma distância de dez milhas de Esparewood e, embora Hudson tivesse insistido várias vezes para que a namorada fosse morar com ele e suas meninas, a voluntariosa ex-enfermeira jamais concordou. Ela queria continuar a ter suas práticas ritualísticas, suas leituras e meditações, tudo o que ele não aprovava. Até mesmo a construção de pedra no bosque havia se tornado um assunto tabu. Hudson se irritava de forma desproporcional quando ela sugeria que talvez tivessem de investigar mais sobre aquele mistério. As brigas dos dois, e eram muitas ao longo do mês, sempre aconteciam por causa das ideias pouco ortodoxas de Layla.

Em seus quase três anos distante de Elizabeth, impedida de ir a Hogsteel graças a uma policial autoritária, ela tinha de se esforçar muito para conseguir que suas cartas chegassem às mãos da amiga. Só eram permitidas no Dia das Mães e no Natal. Ainda assim, sabia-se na prisão, todas seriam abertas e lidas antes de serem entregues a suas destinatárias. As respostas também eram proibidas, e Layla não se conformava ser muito mais fácil conseguir se comunicar com sucesso com os mortos do que com os vivos. Como o caso do encontro com os Aliados, que aconteceria ainda naquela tarde em sua casa.

– Dorothy, acha que mesmo depois do que vimos no bosque devemos fazer essa visita?

– E o que vimos no bosque? Não estou lembrada...

– Como assim? O colar, o que encontramos perto da casa de Arianna!

— Gregor, por favor, aquilo já faz anos. Não acredito que Layla seja culpada de algo. Ela é uma herbóloga, poderia muito bem estar no bosque. Além disso, está no nosso Pacto de Energia, lembra?

— Não acham muita coincidência o colar estar tão perto de Saphir?

— Concordo com Dorothy — o sotaque lusitano se fez notar. — Ela está conosco e não contra nós.

— Gonçalo, você não é isento. Vive se derretendo pela figura de Layla. Fique fora dessa.

— Está percebendo como você é espírito de porco, Gregor?

— Sou o espírito de um homem morto graças à insensatez e ao excesso de confiança. Por isso mesmo agora sou prevenido — a seriedade da frase fez com que Gonçalo assentisse com a cabeça, enquanto Gregor continuava a falar com Dorothy. — Vocês não acham estranho elas serem tão próximas?

— Elas?

— Layla e Elizabeth. Nunca vi Layla ficar contra Elizabeth, mesmo que estivesse em desacordo com as atitudes dela. Como no dia da morte da sobrinha dos Ross. Eu li a mente dela e vi que não estava nem um pouco convencida daquele assassinato. Mesmo assim, agiu de acordo com as ordens de Beth, a Louca.

— Esse assunto ficou pra trás! E não acho que isso seja problema.

— Ela ser louca?

— Não! Elas serem próximas — ponderou Dorothy, que, apesar das diversas dúvidas que se apresentavam, sabia que a união ainda parecia ser a melhor escolha. — Layla a conheceu ainda muito nova, e talvez a admire e acredite que Elizabeth esteja realmente fazendo a coisa certa.

— Isso quer dizer que não vai fazer nada? — perguntou Gregor. — Não vai perguntar por que aquele colar de penas estava no chão do bosque?

— Calma. Vamos usar a cabeça e não as emoções, certo? — apesar de condescendente, a mulher estava firme. — Há uma suspeita, e não podemos negá-la. Ao mesmo tempo não temos provas de nada. Por isso mesmo precisamos observar e investigar para tirar conclusões.

Foi assim que os Aliados decidiram que apenas Dorothy entraria pela porta de cedro. Ela adorava se misturar ao perfume que ainda existia na matéria sutil daquela madeira. Quando Layla sentiu a presença dela, ficou feliz porque teria novidades. Nos últimos tempos era a única forma de ter notícias de Hogsteel.

– Layla, estaremos lá hoje à noite, na cela de Elizabeth.

– Reunião da Aliança? – ela não disfarçava a decepção por não poder participar. – Há uma pauta?

– Sim, ela finalmente vai se comunicar com o menino.

– Já não era sem tempo. Mas me parece que Gonçalo já esteve lá, certo?

– Mas já viu ele contar algo que possa preocupar Elizabeth? Jamais. É muito paternalista – Dorothy fazia movimentos de negação com a cabeça.

– Até parece que você não a protege também. Só Gregor é sempre o calcanhar de aquiles dela.

– Nada. Ele também a admira, apenas tem aquele gênio difícil. Ela vai ficar feliz que o treinamento está avançando. Que eu já consigo mover alguns objetos a distância. Mesmo que seja para atacar... – o rosto da mulher ganhou uma expressão pesada, uma melancolia que não combinava com seu estilo.

– Dorothy, não se culpe por Bernie... foi necessário.

– Eu não queria que o nosso grupo fosse responsável por mortes.

– Entendo bem o que você diz. Eu também não posso imaginar tirar a vida de alguém – instintivamente Layla olhou para as mãos, sem notar que estava sendo observada. Logo em seguida, mudou o tom. – Mas, pense: segundo Gregor, foi o próprio Bernie que escolheu a morte. Vocês não são responsáveis.

– Tem razão. Vamos mudar de assunto.

– Exato, me diga: como está o treinamento? – Layla começou a arrumar a mesa, onde colocou duas xícaras de chá.

— Agradeço — disse Dorothy, colocando as mãos na porcelana e sentindo o vapor que saía dali. Jamais poderia beber o líquido e sentir seu gosto ou seu calor, mas se contentava com os pequenos prazeres que ainda lhe eram permitidos. — Quanto ao treinamento, Gregor está avançando devagar. Ele afirma que os animais são bem mais evoluídos que os humanos, por isso são mais difíceis de influenciar.

— Às vezes concordo com ele... E Gonçalo, também está se aperfeiçoando?

— Está, especialmente na técnica da "cortina de fumaça". E já comprovamos que é de grande ajuda.

— Elizabeth vai ficar orgulhosa — a mulher juntou as mãos e revelou uma expressão otimista. Mas o sorriso logo deu lugar a uma testa franzida. — Diga que sinto a falta dela e também que estou de novo brigada com Hudson — a mulher torcia os longos cabelos castanhos de um só lado do pescoço.

— Bem, digamos que ela não vai se surpreender muito...

— Dorothy, até você!

— Desculpe — a Movedora ajeitava seu vestido de flores e, para disfarçar o constrangimento, continuava olhando pela janela. — Mas é que parece que as discussões entre vocês...

— Eu sei, são frequentes! O que eu posso fazer se ele é tão cabeça-dura! Se não aceita nada que eu faço ou penso?

Dorothy notava que, por trás do aparente controle, se desvelava uma raiva incontida. Duas faces de uma mesma mulher.

— Layla, você já pensou que talvez não seja só uma resistência infantil? Que ele possa ter passado por algo que o traumatizou?

— Eu só posso saber se ele me contar alguma coisa, oras! E o que eu posso fazer se o homem é capaz de cumprimentar toda a Esparewood pelo nome, mas não consegue falar nem uma frase sobre o que aconteceu no seu passado? Eu é que não vou ficar com um saca-rolhas tentando tirar informações — Layla mostrava seu incômodo com a conversa, mas, no fundo, o que a estava incomodando era outra coisa: as saudades de Hudson.

Mais tarde, quando os Aliados chegaram à cela de Elizabeth, viram que ela não estava lá. Gonçalo rapidamente percorreu o espaço e matou a charada. Tinha ido à câmera de visitas e a sua frente havia um jovem muito pálido, de profundos olhos claros, vestido com uma jaqueta de couro que parecia ter dezenas de anos.

Gonçalo deu um jeito de ficar atrás do adolescente para quem Elizabeth passou a olhar.

– Há alguém atrás de mim? – o sensível Frank percebeu algo, mas não se virou.

– Sim, mas, por favor, não olhe.

– É alguém de fora?

– É – ela passou a cochichar. – Alguém de fora deste mundo. Como Lucille. Por isso é bom que você não o veja.

– Eu sei. Luci me contou tudo. Disse que ao ser vista por mim ela cumpria o seu plano de castigar o pai.

– Como assim, Frank, o que está me dizendo?

– A cada visita dela a Herald House, ele tinha uma baixa na saúde. Uma infecção, uma virose. Por isso só vinha me ver duas vezes por semana. Era a forma de dar a ele uma lição sem propriamente gerar algo mais grave. Ela acreditava que indiretamente o pai era o responsável pelo suicídio da mãe.

– Mas não era só por isso que ela queria ser vista por você, não é?

– Não. Ela confessou que me amava. Mas quando viu o pai naquele estado...

– O que houve?

– O sistema imunológico dele se comprometeu. Sua doença passou a ser crônica. Ele agora está à beira da morte. E Lucille não aguentou a culpa. Por isso nunca mais voltou.

– Ah, como eu quero acabar com esses limites entre os planos terrestre e energético, Frank. Como eu gostaria de acabar com todo o mal. Se ao menos eu pudesse controlar as armas... se ao menos eu destruísse os Orbes, o Bracelete de Tonåring, todas as porcarias das Sombras...

— Adoro a Tonåring.

— Como? — Elizabeth ficou paralisada. — Você sabe algo sobre isso?

— É uma banda. Da Suécia. Às vezes eu ouço, quando estou muito nervoso. Tonåring significa adolescente em sueco.

— Uma banda?

— É... rock da pesada, qualquer dia eu trago uma fita e...

— Frank, não acredito. Você acaba de me dar um *insight*! — Elizabeth se ajustou na cadeira e espichou o corpo enquanto fazia gestos discretos para que Gonçalo a esperasse na cela, em vez de ficar parado ali.

— Um *insight*? — apesar de acostumado com o jeito de Elizabeth, Frank estava perdido. — Por causa da banda?

— Por causa do significado! Se Tonåring é adolescente, então há uma conexão.... Ou pode haver...

— Ainda não entendi.

— Não reparou que adolescentes estão desaparecendo em Esparewood?

— Já ouvi falar.

— Essa pode ser a chave da charada — o olhar da senhora loira foi para o alto, como se recordasse de algo ainda mais antigo — "O metal e o adolescente se fundem, formando o guerreiro além das estrelas".

— Elizabeth, você está bem?

— Deixe pra lá, amigo. É só mais uma das mensagens veladas que minha tia deixou pra mim. O importante é que você veio me visitar. Ou melhor, que sempre vem me visitar. Eu sou muito grata por isso! Agora eu preciso ir porque tenho uma reunião na cela.

— Com as presas?

— Não. Digamos que é um pessoal que entende muito bem o seu relacionamento com Lucille. Eles também precisam saber dessa.... banda!

O menino não fez mais perguntas. Botou a mão no grosso vidro e Elizabeth fez o mesmo. Seu pacto de lealdade com aquela estranha senhora de cabelos loiros o ajudou a descobrir a verdade sobre sua amada e a encontrar alguma razão para viver. Não seria agora, que ela estava na pior, que a abandonaria.

---

A presença constante de Encrenca, já com seis anos de idade, muitas vezes animava Benjamin, agora com treze, a deixar de lado os amigos do colégio e sem pudores se entregar aos jogos, às corridas e a bons momentos nos bosques perto de casa. Marlon Brando, o golden retriever dado por Hudson para o caçula, ia junto nos passeios.

Os dois irmãos e o cachorro rolavam nas folhas secas de outono, se enfiavam em grutas e voltavam para casa já preparados para a bronca de Emily. Também adoravam jogos de tabuleiro, outros de estratégia e, nas brincadeiras ao ar livre, quando o irmão fingia ser um investigador de polícia, caçando ladrões por entre as árvores, Benjamin morria de rir.

De vez em quando, porém, o primogênito dos Ross ficava mais sério e vivia intensamente seus assuntos de adolescente, a fase em que, como dizia Hudson, "a vida começa a ficar complicada". As mudanças aconteciam na voz, na pele, na estatura, e as meninas, que até há pouco tempo eram seres de outro planeta, passavam a ocupar as conversas e o tempo livre.

Era preciso começar a fazer escolhas. O irmão menor sempre o chamava para alguma atividade, algumas bem divertidas, mas quando Margareth, da nona série C, aquela que Florence chamava de "sem graça", queria a companhia de Benjamin para a lanchonete, era difícil dizer não. Em alguns momentos, especialmente quando os amigos estavam por perto, ele não era tão brincalhão, e Pietro estranhava seu comportamento. Na verdade, o caçula morria de ciúmes quando era trocado por alguma bendita festa com baile na garagem, em pleno sábado, e ficava emburrado o dia todo. Benjamin notava e, para compensar, saía com Encrenca bem cedo no domingo.

– Não acredito! Você soltou a coleira do Marlon Brando! Assim ele vai se esfregar na poça de lama de novo! – Benjamin gritava para o irmão mais novo, colocando as mãos na testa.

– Ele estava muito pesado, eu não conseguia segurar a coleira!

– Entendeu por que seu apelido é Encrenca, né?

– Ué, Encrenca não é meu nome? Pietro Encrenca? – o menino falou isso com tanta naturalidade que Benjamin só pôde rir.

– É mais ou menos. Vamos dizer que até na barriga da mamãe você já era chamado assim.

– E por que na escola eu tenho que escrever só Pietro?

– Porque é seu nome de verdade, cabeção. Mas tudo bem, a gente continua te chamando de Encrenca. Aliás, eu que dei o nome e o apelido também. Eu ouvia o papai falando "encrenca, encrenca"... Eu era criança... Mas agora vamos logo enfiar esse cachorro dentro do lago. Se ele chegar em casa nesse estado, todo enlameado, vai ter bronca na certa.

Quando falava a palavra "bronca", ele visualizava o pai e não Emily. Mesmo sendo a mãe a responsável pelos sermões e pelos castigos, era o olhar enviesado de Jasper que mais feria seu orgulho e seus sentimentos. Tinha a impressão de que sempre estava fazendo algo de errado ou incomodando. Era raro o dia em que conversavam ou davam uma risada juntos. Uma vez Benjamin ouviu um diálogo na sala que jamais esqueceria. Hudson estava comentando com Layla que, "com a morte de Isabella, Jasper tornou-se ainda mais taciturno". Ele se assustou com a lembrança do que acontecera com a prima, uma memória vaga e nebulosa, e também ficou curioso com aquela palavra, taciturno. Foi então até o dicionário para procurar e concluiu que a descrição que estava lá combinava mesmo com seu pai.

Nem o nascimento do sempre sorridente caçula contribuiu para tirar o fardo que oprimia o chefe daquela família. A verdade é que Jasper sentia-se eternamente culpado pela morte da sobrinha e não havia um só dia que ele não pensasse na menina sentada no banco de metal, caindo por etapas no chão, já sem vida.

Por outro lado, Emily havia se transformado desde que Encrenca chegara para aumentar a família Ross. Mesmo com mais responsabilidades como mãe, ela passou a perceber a própria voz mais doce e seu comportamento mais animado. Foi como se uma era de sombras houvesse se acabado para dar lugar a uma fase de contentamento. Mas o último obstáculo a ser superado parecia também o mais difícil. Quando conseguiria reverter a eterna angústia de seu marido?

Achou que tinha de começar por algum lugar para harmonizar a casa e, assim, revitalizar sua família. E ser uma aliada para seus filhos era o caminho certo para lhes dar segurança e paciência com o pai. Muitas vezes concordava com ideias não tão bem-vistas por Jasper e os ajudava. O cachorro foi uma delas.

— Hudson, o que você trouxe aí dentro? — já intuindo o que havia na caixa escura que se mexia levemente, Emily falava com um tom de reprovação.

— Uma surpresa para o moleque. E para a família toda. Aposto que vai ser impossível não adorar.

— Deixe eu ver, não vá me dizer que você trouxe...

— Olha que fofo! — Florence, que estava com o pai, não resistiu e tirou a bolinha de pelos de cor dourada de dentro da caixa. A cara inocente e o jeito estabanado do filhote eram irresistíveis. Mesmo Emily se rendeu.

— Você quer dar ainda mais trabalho pra mim, homem?

— Os meninos vão ajudar, Emily. E Ross vai ficar menos mal-humorado.

— Tenho dúvidas quanto às duas coisas... mas olhe só: acho que você tem razão!

O cachorrinho se direcionou para a poltrona cativa da sala e a mulher viu um sorriso estampado no rosto do marido como há muito não acontecia.

Além de Marlon Brando, nome dado por Ross e condição para o bichinho ficar na casa, outras permissões eram dadas para os meninos por Emily, nem sempre com o conhecimento de Jasper.

Como andar de bicicleta até as vilas vizinhas ou mesmo ir até a feira anual de aeromodelismo, no subúrbio de Esparewood. Ela os acompanhava nos passeios ou então deixava que fossem sozinhos. No íntimo sabia que se tornara mais leve sem a presença de Isabella em casa, mas jamais comentava essa sensação nem deixava seu marido perceber que estava mais aliviada do que triste.

Quanto ao ataque que sofrera, a Influência de Gregor fora perfeita e ela não se lembrava de nada. Nem do corte da mão que deixou uma cicatriz e ela jurava que tinha sido na cozinha, cortando cebolas. A única memória que restava daquele dia na praça era a de que ela e Benjamin tinham de andar com seu talismã no bolso para se proteger.

Outra novidade era que Emily passara a ter mais amigas. Além de Layla, que sempre fazia visitas, sozinha ou com Hudson, para ver como estavam os meninos, ela passou a ter a companhia de Sylvia, uma nova vizinha que chegara à rua Byron muito depois dos nefastos acontecimentos ocorridos naquela casa. A moça era solteira, não tinha filhos e nutria uma verdadeira paixão por música, tanto que muitas vezes trazia novidades para tocar no aparelho de som, durante suas agradáveis visitas.

Naquela tarde, quando chegou, com uma sacola de discos, Sylvia tinha uma ideia fixa na cabeça. Contaria ou não a sua mais nova amiga sobre o que tinha visto às cinco da manhã quando, lutando contra uma terrível insônia, fora tomar um ar na janela de seu quarto?

Novata na cidade e no bairro, não queria problemas, especialmente porque o homem que vira em uma atitude insólita naquela madrugada era um notório amigo daquela casa e frequentava os Ross quase diariamente.

Emily havia saído da sala para pegar chá e biscoitos para a amiga, e Benjamin e Encrenca entraram, vindos de fora. Viram Sylvia, a cumprimentaram com beijos e se acomodaram no sofá, em frente à televisão. Benjamin sabia que a mãe odiava que ligassem o aparelho quando havia visita, então resolveu esperar. Encrenca, menos paciente, subiu até seu quarto em busca do álbum de figurinhas. Ambos gostavam da vizinha. Era simpática e alegrava a mãe deles.

– Benjamin, a tarde está sensacional, não é? Vocês estavam no bosque? – a mulher, como sempre, puxou papo.

– Estávamos, d. Sylvia.

– Dona? Pelo amor de Deus, menino, me chame de Sylvia! Ave-maria, pelo jeito todo mundo nesta casa é sério! Só o menorzinho que não...

– O Encrenca.

– É, só o Encrenca está sempre sorrindo. Eu trouxe várias músicas bacanas pra gente ouvir e... deixe eu ver aqui... tem um ritmo havaiano, a hula, sabe? Trouxe também o Dave Maclean... Olhe só, ele está descendo e... Nossa, o álbum! Esqueci as figurinhas que eu comprei pra ele. As balas são pra você, Benjamin, que já está grande.

– Mas eu também quero balas! – o caçula se pronunciou.

– Claro! Comprei para os dois! Um minutinho e eu vou buscar lá em casa. Avisem a Emily que eu já volto.

A mulher saiu e os irmãos se olharam, trocando entre si um sorriso de satisfação.

– Eu gosto dela! – disse Encrenca

Mas quando Sylvia voltou, com o pacote de figurinhas e um saco de balas, parecia outra pessoa. Estava com um olhar distante e os movimentos mecânicos, tanto que nem fechou direito a porta ao entrar. Benjamin se levantou para ir trancá-la e, ao voltar para seu lugar, percebeu que a vizinha mexia nos discos freneticamente, como se buscasse entre eles algum em especial. Só parou quando, em uma das capas, viu um homem de olhos azuis, sorridente.

– D. Sylvia, o aparelho de som está fora da tomada. Deixa que eu coloco.

– Benja, você chamou ela de dona...

Mas dessa vez, a mulher não pareceu se importar. Colocou o disco no aparelho e o som preencheu toda a sala. A voz grossa do homem trazia uma melodia que evocava um passado distante. Na cabeça de Benjamin, alguns pensamentos começavam a se formar, cada vez mais sólidos: "Minha prima... minha vó... a polícia...".

Enquanto a vizinha se balançava de um lado para outro, ele sentia um desconforto. Uma angústia. E, mais do que no desaparecimento de Isabella, pensava no abraço de Elizabeth, nos beijos de Elizabeth, nas brincadeiras e histórias que o faziam tão feliz.

Lembrava também da cadeira dourada e do dia interminável que passara no jardim olhando para um vidro cheio de geleias de amora. E lembrava da música. Aquela música que envolvia a cara assustada dos adultos e que ninguém tirava do aparelho de som.

*"I've got you... under my skin..."*

Foram mais alguns segundos até que eles ouvissem os passos de Emily voltando da cozinha, mas para Benjamin pareceram uma eternidade. Era como se aqueles sons vindos da caixa trouxessem memórias que, se antes estavam desenhadas com uma linha fraca em sua cabeça, agora pareciam mais e mais vivas...

– Veja só, veja só, demorei demais com esse chá, não é? Mas em compensação encontrei os últimos biscoitos de laranja! Esses escaparam dos meninos. E ainda estão frescos. Ei, espere, que música é essa? – Emily colocou a bandeja bruscamente na mesa e por sorte não derramou o chá.

– Nossa, Emily, o que aconteceu? – perguntou Sylvia, que pareceu ter acordado com o barulho da louça.

– Essa música...

– Que música?

– Essa música que você colocou!

– Ah, nossa... até esqueci que eu coloquei uma música. É o Sinatra. Adoro ele!

*Momentos antes, na casa de Sylvia, Gregor também estava mergulhado em memórias. Aconchegava-se em uma poltrona que em muito lembrava a da sua casa de origem, quando ainda era um menino. Até a fotos na parede pareciam as de sua família.* Distraiu-se ali por horas no andar de cima a ponto de não perceber que Sylvia já tinha saído havia algum tempo. Mas, quando a viu voltar pela porta, ficou aliviado e não demorou a exercer sua principal habilidade. Os pensamentos e ações da mulher agora estariam sob seu comando e ela faria as escolhas certas na continuação de sua visita.

– Essa música me dá uma tristeza... não gosto... – ao tentar buscar na memória, Emily se envolvia cada vez mais com as notas melódicas, sem notar que o filho mais velho também estava com uma expressão diferente.

– Tocou no dia da festa – disse Benjamin, ainda sério, talvez um pouco preocupado. – Eu me lembro disso muito bem... – completou ele.

Emily mudou de postura. Alinhou a coluna, fixou o olhar na bandeja e passou a servir o chá com seriedade. O tema proibido não tinha mais espaço naquela casa. O silêncio se impôs até o momento que Encrenca voltou a descer as escadas, com o álbum na mão.

– Eu lembro tanto da vovó... dos experimentos... das histórias... dos passeios... – nos últimos anos, Benjamin fora treinado para nem ao menos mencionar Elizabeth, mas ainda assim não conseguia se desapegar das boas lembranças.

– Sim, os experimentos. Os experimentos que deram no que deram. É melhor que se esqueça disso, Benjamin.

Benjamin continuava pensativo e resolveu passar por cima da seriedade de Emily.

– Mãe? Acha que posso conversar com ela? Pelo telefone? Fazer uma visita?

– O quê? – Emily procurava conter o nervosismo. – Sua avó está... muito longe daqui, Benjamin. Está em outra cidade. Na verdade, quase em outro estado.

Atento à última frase da mãe, Encrenca se dirigiu a Benjamin com sua natural curiosidade.

– Você tem uma vó? – perguntou com um tom engraçado, que fez Sylvia se livrar do constrangimento de toda aquela cena e sorrir. Até mesmo a expressão de Emily se suavizou.

– Nós temos uma avó. Ela é sua também! – afirmou Benjamin, professoral.

– Acho que é legal ter vó. Meus colegas na escola têm até duas! Onde está a minha vó, então? – perguntou o menino.

Emily levantou-se bruscamente, desligou a música e trocou por um rock'n'roll dos anos 60. Pegou a mochila de colégio de Benjamin, que estava no canto da chapeleira, e, esticando os dois braços, entregou a ele.

– Não está na sua hora de estudar? É o seu irmão que tem seis anos, não você! Vá para o seu quarto fazer seus deveres imediatamente. O Encrenca fica na varanda com Marlon Brando. Já vi que Sylvia trouxe figurinhas para ele se distrair.

Benjamin subiu as escadas arrastando a mala, seu jeito de deixar claro que estava sendo vítima de uma injustiça. Não tinha feito nada de errado e ainda por cima agora tinha de lidar com aqueles sentimentos confusos em relação a Elizabeth. Em sua cabeça, a avó não era nada além de uma senhora loira e rechonchuda, com um sorriso acolhedor e histórias incríveis para contar. Ao mesmo tempo, perante os outros membros de sua família, era uma mulher perigosa, com as piores referências. Dentre elas, o fato de ter abandonado aquela casa em um carro de polícia.

*Enquanto isso, Gregor pensava se o ideal seria ir até a casa dos Ross para, da forma mais natura possível, checar se tinha conseguido ativar a memória do primogênito. Mas percebendo que as emoções de suas lembranças haviam consumido muitos enits, achou melhor ir até o bosque para uma providencial recarga. Outras tarefas o esperavam ainda naquele dia.*

– Emily... – a voz de Sylvia surgiu timidamente. – Eu estava na dúvida, mas preciso te contar algo.

– Sobre os meninos? Eles aprontaram alguma coisa no seu jardim?

– Não, não, nada disso...

– Sei que o Encrenca não para quieto!

– Não, eles não fizeram nada, não. O que eu quero dizer é outra coisa... eu queria saber... você confia no Hudson?

– Claro que sim! – Emily se enrijeceu na cadeira. – É amigo da família. Tem sido um segundo pai para o Benjamin.

– É que nesta manhã, bem cedo, eu o vi em frente da sua casa – a vizinha estava hesitando nas palavras e ia avançando o corpo sobre a mesa, em direção à amiga. – Na verdade... ele estava despejando alguma coisa no chão!

– Como assim?

– Exatamente, eram cinco e meia da manhã. Achei muito estranho... Ele circulava a casa despejando alguma coisa que não consegui ver o que era.

– Bom, o horário faz parte do dia a dia dele. Hudson acorda muito cedo. Mas não entendo por que ele colocaria algo aqui em frente.

– Acho melhor você perguntar para ele, certo? E também... pensar em um cão de guarda. Porque pelo jeito o Marlon Brando adora recepcionar bem quem se aproxima. Não ouvi um latido sequer.

– Ah, o Marlon Brando ama o Hudson, que é seu padrinho. Não pode vê-lo que já deita de barriga para cima para ganhar carinho.

– Bom, não comente nada que fui eu que falei. Sou nova por aqui e não quero me envolver em nenhuma confusão. Mas acho melhor você conversar com ele.

– Claro, vou sim. Isso não faz o menor sentido – Emily não disfarçou a preocupação na voz e pensava se deveria ou não comentar aquela história com Jasper.

– Querida, posso te perguntar mais uma coisa?

– Pode.

– É verdade que vocês mantêm uma menina em casa? E que ela está proibida de sair?

Emily deu um salto da cadeira.

– É... é minha sobrinha... E ela... ela não está proibida de nada. Apenas é doente... não pode pegar a luz do sol. Às vezes passeamos com ela à noite – estava cada vez mais difícil sustentar a mentira sobre Isabella.

– Ah, quem sabe um dia venho no fim de tarde, para conhecê-la.

– Claro... é uma boa ideia... – Emily tentava se controlar, mas sentia o rosto fervendo.

Felizmente, como sempre quando havia visitas, o marido estava no andar de cima, trancafiado no quarto, e não ouviu aquela conversa. Para nunca mais ter de passar por aquela situação outra vez, Emily evitaria qualquer visita de Sylvia a partir daquele dia.

Além disso, com o instinto de proteção elevado à potência máxima, quando a visita deixou a casa, Emily a acompanhou até o jardim e pediu para que apontasse onde Hudson estivera, no que foi prontamente atendida. E não pôde deixar de pensar: "Estaria ele tramando alguma coisa? Seria capaz de quebrar o compromisso de silêncio que haviam feito há tantos anos?".

Emily não viu nada de diferente ali. Só notou que na soleira havia um pouco a mais de terra, talvez pelas ventanias de outono, talvez levada pelos próprios sapatos de Sylvia quando chegou. Para acabar com o mistério, era melhor conversar com alguém que poderia trazer alguma explicação.

Pegou o telefone e ligou para Layla.

# Capítulo 39

Elizabeth e Thammy tinham um acordo feito havia alguns anos. Enquanto a detenta alquimista lhe entregava mais e mais cristais cor de rosa para que ela conquistasse a confiança das presas e os favores de algumas guardas, Tank aceitava de bom grado as reuniões dos Aliados na cela. Aquilo não a incomodava: ela não via nada, apenas ouvia a voz sussurrada de sua companheira falando coisas incompreensíveis. Ainda assim, era discreta e, desde que viu naquela mulher uma confidente, a única que acreditava integralmente em sua história, Thamires se declarou sua fiel protetora. Mesmo que Elizabeth fosse doida, era uma boa amiga, sempre disposta a escutá-la e compreendê-la. "Melhor uma maluca do bem do que gente que se diz normal pronta pra te ferrar."

Mal sabia ela que já fazia um tempo que Elizabeth não a via mais apenas como uma companheira de cela e, sim, como uma parte de sua história prevista décadas atrás por tia Ursula.

– Quando as barras de ferro se tornarem serpentes, uma mulher será sua proteção. Você pode confiar nela.

Os indícios dados pela tia vidente pareciam se confirmar. Quando a policial Andrews se aproximava durante as reuniões com os Aliados, certa de que tinha ouvido algum barulho suspeito, Thammy fingia um acesso de tosse ou simulava um ronco, enquanto Elizabeth colocava o livro diante do rosto, como se estivesse altamente concentrada. Depois, para se distrair, Tank, estirada na cama de cima do beliche, ficava tentando entender a conversa unilateral da amiga.

– Dorothy, que maravilha! Então vocês três têm conquistado avanços?

– ...

– Não acredito! A "capacetada" no guarda foi o melhor! Vocês estão se superando! Vamos precisar de soldados bem treinados assim. Quanto ao Bernie, lamento muito – ela conteve sua empolgação ao se deparar com o remorso de Dorothy. – Mas não podemos esmorecer, não temos mais dúvidas de que Arianna está recrutando e está mesmo produzindo o novo Bracelete de Tonåring. E tenho indícios que o caso dos adolescentes desaparecidos tem a ver com isso.

– ...

– Pois é, amiga, indícios não muito concretos, vindos de Frank, só que, aliados à minha intuição, acho que trazem uma chave. Mas agora vamos ao que interessa. Aqui está a carta. E você terá que levá-la.

– ...

– Layla não pode pisar aqui, você sabe. Não temos outra solução! Teremos que encontrar uma forma desse envelope chegar até meu neto. Vocês são invisíveis, mas a carta, não.

– ...

– Não, Gregor, não devemos influenciar Benjamin, como você fez com Sylvia. Não seria natural. Neste caso, a decisão tem que partir dele. Da mesma forma como tia Ursula agiu comigo. Um teste reforça a nossa vontade, e o nosso destino.

– ...

– Já pensei nisso também. Você, Dorothy, segura a carta, Gregor influencia os policiais e Gonçalo a carrega no colo, correndo como uma flecha. Assim vocês passarão pelas portas.

– ...

– Não tem graça, Gonçalo. Ela não é nada pesada. Aliás, nem massa ela tem!

Thammy achava tudo divertido e não resistiu a uma pequena interferência.

– Elizabeth, seja lá o que você está tramando, não é mais fácil eu subornar a Andrews com os cristais?

– Claro que não, Thammy, eu não posso correr nenhum risco! Nem você.

– ...

– ...

– Calma, gente! Ela está conosco. Não se preocupem. Bem, agora é só fazer como eu disse. Benjamin e eu já fomos separados por muito tempo. É hora de nos reaproximarmos. Pelos meus cálculos, a idade certa é essa, treze anos. Temos que colocar o plano em prática.

– ...

– Ele vai entender. Eu tenho certeza. Dediquei muito tempo para escrever esta carta. Cada linha... cada detalhe...

– ...

– Onde está? Aqui, no meu esconderijo predileto! Só um momentinho.

Elizabeth abriu um de seus pesados livros, mas, ao contrário dos últimos minutos, quando havia conseguido um tom de voz baixo e controlado, não segurou o grito de horror.

– Onde está? – a mulher virava e escarafunchava as folhas do livro quando sua colega deu um pulo do andar de cima do beliche. – A carta sumiu, Thammy!

– ...

– ...

– Parem! Parem! Thammy não faria isso! – ela continuava procurando nos outros livros, sem sucesso.

– ...

– ...

– ...

– Não sei! Não sei quem mais poderia ser, mas não foi ela!

– Olha aqui, Elizabeth... – Thammy entendeu as entrelinhas e se posicionou –, se esses seus amigos vaporizados estão desconfiando de mim, diga que vou arrumar um aspirador de pó para acabar

com eles. Ou um maldito ventilador! – a mulher estava alterada.
– Você por acaso comentou quem foi que arrumou o envelope, o papel e a caneta para você escrever essa porcaria de carta?
– Calma, Thammy, eu sei que não foi você que pegou!
– ...
– ...
– Eu sei que ela é a única que sabe da carta. Mas estamos em Hogsteel, aqui as paredes... ou melhor, as celas têm ouvidos!
– Eu estou ficando muito brava! – Thammy começou a socar o ar, como se pudesse imaginar onde estavam seus oponentes. – Na verdade, estou furiosa!
No calor das reações de Thammy, ninguém havia notado os passos de Andrews.
– Furiosa com o quê, moça? – a policial enfiou a cara entre as grades como um animal farejador. – Quer voltar para a solitária, é isso? Está tentando espancar a velhota?
– É. Ela está tentando me espancar! – Elizabeth tomou a palavra com segurança, para espanto da colega de cela. – Acha que eu roubei um envelope dela.
Thammy não estava acreditando no que ouvia.
– E você roubou?
– Não! Mas ela encasquetou com essa ideia! Andrews, pelo amor de Deus, minha vida vai virar um inferno aqui. Ela pode até me matar! – nesse momento, Elizabeth deu um giro estratégico para chegar mais perto da policial e, simultaneamente, deu uma piscada para Thammy. – Já pensou, Andrews? Você lembra o que aconteceu da última vez que teve um crime aqui?
– Claro que lembro. Um maldito motim. Eu tive que fazer plantão por cinco malditos dias!
– Pois é... sem contar que será no seu corredor de novo. Já pensou como ficará a sua reputação? Já pensou no seu emprego, Andrews?
– Cala essa boca, mulher! – a policial se exaltou. – Fui eu que peguei o maldito envelope. Na revisão de cela. Estava em um

desses livros. Abri e pensei que era uma carta. Mas era um papel em branco! Pensei que ia ter algum trunfo nas mãos, mas era só uma porcaria de um papel!

Thammy percebeu a jogada de Elizabeth e se antecipou:

— Ufa, ainda bem! Ainda bem que está com você, Andrews!

— O que pode ter de tão valioso em um papel? Nenhuma carta vai sair daqui mesmo...

— Eu sei — disse Thammy, cabisbaixa — mas é que eu quero deixar a minha carta de despedida...

— Pra quê?

— Eu não vou sair daqui, você esqueceu? Prisão perpétua! Quero deixar minha carta para a posteridade e foi o único envelope que consegui, depois de muito tempo. Depois de morta, a minha carta vai poder sair, certo?

A gargalhada de Andrews foi cruel. Ela não estava disposta a nenhuma negociação.

— Cala essa sua matraca, Tank! Vou te mandar para a solitária de novo. E quem sabe a velhota fica na cela vizinha lá da torre!

— Andrews, não esqueça que sei bem os seus segredos... Posso espalhar por todas as presas. Elas ainda fazem tudo por mim, lembra-se? E tenho um ou dois contatos na direção de Hogsteel também...

De repente a carcereira parou. Durante três ou quatro segundos. Apertou os olhos com uma mão e com a outra segurou a barra de ferro a sua frente.

— Bem, Tank... eu posso, sim, te mandar para a solitária agora... Mas sabe o quê? Eu não quero. Estou com preguiça de ir para a outra ala. É muito longe, tem que preencher os formulários... Sorte sua, sorte sua!

— E o meu envelope?

— Bem, quanto a isso...

— Eu preciso dele, Andrews. Já falei que uma condenada só pode deixar uma coisa: sua história. E por falar em histórias...

— Tá, tá, eu vou buscar. Agora cala essa sua boca!

— Caramba, Thammy — Elizabeth viu a guarda ir em direção ao fim do corredor. — Isso, sim, é poder.

— Isso, sim, é usar trunfos, cara amiga. Isso eu aprendi bem nesta prisão.

— Gregor está dizendo que está orgulhoso de você.

— Gregor? É um dos "arejados" do pedaço?

— Exatamente! E ele está dizendo que você é muito esperta. Que pega as coisas rápido.

Andrews voltou com a carta e foi Elizabeth que, sem conseguir se conter, praticamente a agarrou por entre as grades. Depois a policial retornou com seu passo duro para sua sala, onde ajustou o despertador para a próxima ronda, dali a duas horas.

— Caramba! Depois disso eu vou é dormir. Agora vê se se livra dessa carta logo! Não quero mais problemas por aqui!

Thammy colocou os tapa-ouvidos e os tapa-olhos, preciosidades conseguidas a duras penas nos contrabandos de Hogsteel, e se preparou para dormir.

— Boa noite, Nuts, boa noite, turma dos ares. Chega de doideira por hoje.

— Ela te chama de quê? — Dorothy estava com os olhos arregalados, não esperava tantas emoções.

— De Nuts. É carinhoso...

— Mas Nuts significa... doida! — foi Gregor quem deu voz ao pensamento de todos.

— Tá, mas é carinhoso, já falei. Vocês não sabem nada sobre o... *lifestyle* aqui de Hogsteel. Agora vamos ao que interessa. Vocês entenderam como fazer a carta chegar até Benjamin?

— Entendi — antecipou-se Gonçalo. — Dorothy pega a carta, eu pego a Dorothy, o Gregor cuida das guardas.

— Isso. E tudo deve ser feito...

— ... em frações de segundos, quando as portas forem abertas — falou com confiança o mais rápido dos Aliados.

— Ainda bem que aqui na Terra podemos nos encostar. Imagine esse plano na Colônia?

– Teríamos nossa segunda morte em segundos.

– É assim na Colônia? – Elizabeth nunca perguntava sobre a morada de seus amigos. – Não podem se tocar? Mas então, como vocês... – ela fez um gesto indefinido com as mãos – esquece... Ia fazer uma pergunta constrangedora, pra variar. Mas um dia quero saber mais sobre como é lá. Será muito útil em um breve futuro.

– Por quê? Está pensando em ir logo pra lá? – Gregor não perdia uma oportunidade.

– Engraçadinho. Melhor irmos dormir.

– Espere, ficaremos aqui dentro?

– Exato. Hoje vocês serão hóspedes em Hogsteel! – a mulher afofou o travesseiro, enquanto o Influenciador olhava em volta, pouco animado. – E, na hora do café da manhã, executaremos o plano.

Algumas horas depois, quando Andrews passou em ronda, não poderia imaginar que naquela cela, além das duas detentas, havia três criaturas que a espiavam.

– Ei, Elizabeth! – Dorothy deu um susto na amiga.

– Shh, Dorothy! Qualquer barulho aqui faz o barulho de um trovão! Especialmente a esta hora.

– Eles não podem me ouvir.

– Como você sabe? Há centenas de presas neste andar. Não sabemos se há Legítimas...

– Bem, preciso te contar algo muito importante. Na verdade, urgente!

– E por que não contou durante a reunião?

– Eles acharam melhor não. Gregor especialmente... Não queria que você se preocupasse. Ainda mais agora, que vai retomar o contato com Benjamin. Gonçalo concordou com ele. Mas minha intuição me diz que preciso falar. E tem que ser agora!

– Ande, Dorothy, está me deixando aflita! – ela controlava a voz ao máximo.

– É sobre Isabella.

– O que aconteceu?

– Nós não a encontramos.
– Como assim? Como é possível? Quem a recebeu? Alguma Colônia deve ter recebido!
– Ninguém. Ninguém viu. Ninguém sabe – respondeu Dorothy. – Eu já enviei Mensagens de Vento a outras colônias, já vasculhei todos os cantos, inclusive os interditados. Nada de Isabella. Nem sequer um sinal.
– Isso já aconteceu antes?
– Que eu saiba, não.
– É grave?
– Acho que não nos afetará. São muitas Colônias, talvez algum erro de registro... Agora que você vai manter contato com seu neto, quem sabe as coisas avancem mais rápido. Isabella já não afeta Benjamin. Nem a nós.
– Talvez, mas não gosto nada disso...

---

O processo de voltar ao corpo do reverendo era cansativo e doloroso, além de gastar doses de *enits* inimagináveis para outros que não tivessem sua força e poder. Só os que ocupavam os mais altos postos do Comando das Sombras tinham acesso à técnica de encarne em matéria morta e, no caso de Morloch, sem qualquer sequela pós-corporal. Ainda assim, ele cumpria sua agenda. Embora sua aparência fosse horripilante entre os vivos, tinha conquistado a perfeição estética como ser não matérico, e utilizava isso a seu favor na Colônia. O que estava preparando era grandioso, e contar com seres facilmente corruptíveis, como Arianna e os Recrutados, até o divertia.

Mas algo o tirava do sério: perder o controle sobre a situação. A Mensagem de Vento interceptada em uma das mil e duzentas colônias do setor bretão era clara: Isabella ainda não constava nos registros pós-morte. Sua joia negra, há tanto tempo cultivada, continuava fora de seu alcance. Se não a tinha mais para a primeira fase de sua estratégia, situada na Terra, fazia questão de manter controle sobre o poder escuro que ela emanava, para as ações secretas na Colônia.

Era hora de tomar providências, e só havia uma forma de saber onde ela estava: um contato por meio de alguém que amasse verdadeiramente a menina do cabelo negro. O amor de Arianna ainda era egoísta e obscuro. O de Jasper era o mesmo que de um soldado por seu general. Nenhum dos dois servia aos propósitos da Comunicação. Era necessário o tal do "amor puro", conceito que tanto o irritava, por ser o único capaz de o subjugar de alguma forma.

Benjamin. Ali estava a resposta. E, para que o menino descobrisse o que era necessário fazer e assim tomasse os passos necessários para a Comunicação, só poderia ser convencido por uma pessoa: Elizabeth. Detestava ter de se deslocar tanto, ainda mais para o ambiente nada nobre de uma prisão. Mas não havia outra forma. Era preciso entrar em Hogsteel.

Elizabeth podia não ser afetada por Influenciadores comuns. Mas nenhum mortal jamais conseguira resistir ao poder de um Conselheiro das Sombras.

---

Andrews tinha trocado o turno com sua colega Stews, uma mulher alta, loira, que tinha a fleuma britânica em cada movimento. Não se envolvia com as questões das presas, mas também não cometia nenhum ato de crueldade contra elas. Apenas executava fielmente seu trabalho.

Quando Stews abriu as grades para Elizabeth entrar na fila de presas a caminho do café da manhã, Gonçalo já estava bem ao lado da policial, com a colega de Aliança pendurada em suas costas. Ela estendeu os braços para grudar a carta ao teto, evitando que um papel voador chamasse a atenção. Assim que a fila chegasse até o segundo portão e este fosse aberto, o Speedy voaria até lá em frações de segundos. Tão rápido, que, mais uma vez, ninguém enxergaria o envelope. Então passariam pelo segundo portão e seguiriam até a porta de metal que conduzia ao refeitório. Assim fariam em cada um dos obstáculos, até chegarem à saída.

Tudo ia bem, até que o ruído estridente do alarme soou. Stews, sempre eficiente, comunicou-se pelo rádio e, em segundos, outras três guardas apareceram para reconduzir as presas de volta às celas.

– O que aconteceu? – Elizabeth perguntou em tom baixo, tomando o máximo cuidado para não irritar a carcereira.

– Não é da sua conta, Tate. Fique quieta! O café vai ser servido nas celas.

– Mas deve haver algum motivo... Nunca houve nada igual, desde que estou aqui.

– Ordens superiores. Segundo eles, são motivos de segurança.

Elizabeth pensou quanto aquilo atrapalharia o plano e torceu para que a determinação não se estendesse até as outras refeições do dia. Depois de quase quarenta minutos, quando as presas já batiam suas canecas nas celas pedindo o café, as pesadas portas gritaram seus rangidos metálicos.

Um arrepio percorreu a espinha da presa número 8799, registrada apenas como Tate naquele pavilhão. Era como se um vento frio, algo impossível naquela parte do prédio, houvesse penetrado no ambiente e traçasse seu caminho, congelando corpos e pensamentos.

No começo do corredor, surgiu alguém empurrando um carrinho que parecia mais adequado a um serviço de hotel que a um presídio. Tinha uma cortina engomada na parte de baixo e uma bandeja de metal na parte de cima, onde estavam as garrafas térmicas de café e as pilhas de bolachas murchas que serviam de desjejum. Era um funcionário que o empurrava, o que causou uma algazarra. Jamais antes havia existido um homem trabalhando em Hogsteel. As presas faziam piadas e comentários, desafiando as reprimendas de Stews.

– Que novidade é essa? Agora vamos ter serviço VIP, é? – dava para reconhecer a voz de Ronda, que ocupava a terceira cela à direita.

— Quieta, Ronda! Já estou com problemas demais hoje. Ou quer ficar sem café?

— Qual é, Stews? Não quer dividir o bonitão com a gente?

As presas riram e bateram as canecas com mais intensidade nas barras de aço.

Quando o homem e a policial estavam próximos da cela, Elizabeth pareceu reconhecer o rosto do inusitado novo funcionário. Mas o uniforme e o quepe preto-azulados não combinavam com as memórias que tinha dele. Tentava se lembrar e não chegava a nenhuma conclusão.

Foi então que sentiu um estremecimento e também um cheiro estranho, que lembrava aquele que sentia na estufa de plantas. Pegou o café e sua cota de bolachas, e novamente olhou o rosto do homem que fazia o serviço, na esperança de ter uma luz. Ele abaixou o quepe e se virou enquanto Stews parecia anormalmente absorta, sem prestar atenção em nada.

Um movimento estranho na cortina ondulada embaixo do carrinho chamou a atenção de Elizabeth. Ela olhou para baixo e, na escuridão do tecido, pareceu ver impressos dois brilhos, como aqueles dos olhos dos gatos. Voltou a mirar o guarda e, dessa vez, reconheceu o semblante por baixo do quepe.

— Ei espere, eu sei quem é você... Na estrada de...

O homem e Stews pararam, já de costas para ela. Mas foi apenas por um segundo. Nem chegaram a se virar e Elizabeth teve mais um lampejo de esquecimento. Mal sabia o que ia falar, nem o que estava fazendo em sua cela quando já deveria estar no banho de sol. Conformou-se. Duas figuras marciais prosseguiram pelo corredor. Ela ficou em um estado letárgico por alguns minutos e só voltou a falar alguma coisa quando mais uma vez a sirene soou.

— Dorothy, acorde!

— Dormir aqui é horrível, não recuperei um *enit* sequer...

— Preciso reescrever a carta.

— Como? Não vamos sair agora com ela?

— Isabella. Eu preciso saber onde a menina está.

— Calma, mulher! — a Movedora se espantou com o rosto transtornado da amiga. — Eu te contei porque estava preocupada, mas não é o caso de pânico. O que deu em você?

— Ela é muito importante. Muito importante.

— Se vai começar outra vez a falar da bendita Profecia, Elizabeth, saiba que não voltamos por conta disso. Estamos aqui para combater os Recrutados. E impedir que as Sombras avancem. Esse é o plano de ação dos Rebeldes. Pensei que tinha esquecido esse assunto.

— Eu quero encontrar Isabella. É só o que me move agora!

— Será que tudo com você tem que ser difícil? — a mulher de vestido florido parecia cansada. — São anos com essas suas histórias malucas, Elizabeth!

— Dorothy, me escute — Elizabeth olhou fixamente os olhos da colega. — É muito importante encontrarmos a filha de Arianna. Ela é crucial para os planos. O fato de não ter sido cadastrada em nenhuma Colônia é algo muito grave! — Elizabeth se sentou na cama com os pés descalços no piso frio e a cabeça abaixada, escorada nas duas mãos. Depois de um breve silêncio, Dorothy ia falar, mas foi interrompida por Gonçalo.

— Elizabeth, o que é grave? Fizemos algo de errado?

— Eu contei a ela, Gonçalo. Disse que não encontramos a menina. Que o espírito de Isabella continua desaparecido...

— Bem, eu nunca fui contra a gente contar... — era possível ver o perfil marcante do homem contra a parede. — Foi o Gregor que...

— Foi o Gregor que resolveu cuidar de todos vocês! — os três se espantaram quando o próprio se defendeu, aparecendo no meio deles. — Vocês não sabem contra quem estamos lidando. As forças das Sombras são muito poderosas. E eles estão infiltrados por toda parte. Eu sei que estão. Eu tenho protegido o menino por muitas vezes. Ele só tem treze anos!

— Gregor... — a voz de Elizabeth estava tão grave e séria que foi impossível não lhe dar atenção — ... acredite em mim quando digo que não há um minuto a perder. Tenho uma forma de encontrar Isabella. E para isso usaremos Benjamin.

— "Usaremos Benjamin", Elizabeth? Você está obcecada! – o Influenciador do grupo não se conformava.

— Tudo o que você faz é me julgar. Você precisa confiar em mim. Agora, se me dá licença, tenho que reescrever a carta. Imediatamente. Ele terá que fazer o Conjurium.

— Mas esse jogo é muito perigoso! – Gonçalo se aproximou e sentou entre a líder e Dorothy.

— É mesmo um grande risco. Mas não há alternativa, Gonça. Ele... eu preciso saber onde Isabella está ou nada vai acontecer da forma que queremos! O jogo tem a função de estabelecer a Comunicação.

— Mas por que você mesma não joga? Podemos dar um jeito de pegar o Conjurium em sua casa e trazê-lo até você. Você jogou com sua tia, lembra?

— Esse jogo só funciona entre seres com real conexão. Eu jamais me conectei com Isabella. Naquela casa só Benjamin a amava verdadeiramente. Até mesmo Jasper era apenas um servo.

— Espere, mas como ele vai falar com a menina? Ele não é capaz de vê-la.

— Eu tenho a solução, vou me encarregar disso na carta.

— Viu como é, Elizabeth? Na hora de nos contar os detalhes, você sempre sai com evasivas. Como quer que confiemos em você? – Gregor se esforçava para não ser agressivo. – E vai demorar para reescrever a carta. Você pode ser pega pelas policiais.

— Nem na segunda vida vocês conseguiram entender o óbvio, não é? As crianças têm mais força que os adolescentes, os adolescentes têm mais força que os adultos.

— E os adultos, pelo jeito, têm mais força que os idosos, pois na minha frente vejo uma sexagenária falar coisas sem sentido! – dessa vez foi a Movedora que se pronunciou. Estava furiosa, sem acreditar que Elizabeth iria colocar o próprio neto em risco.

— Você também seguirá os passos de Gregor, Dorothy? Agora, se me dão licença, tenho uma carta para reescrever.

E não se preocupe, só vou apagar uma parte. O começo vai continuar igual. Vai ser muito rápido.

Elizabeth pegou uma lanterna e um par de luvas nas coisas de Thammy. Abriu o ralo e tirou lá de dentro dois pequenos vidros. Um de amoníaco, contrabandeado do pessoal da limpeza, e um com tocos de lápis trazidos do almoxarifado, também graças ao encanto dos cristais cor de rosa. Eram os instrumentos para produzir a tinta invisível, a mesma que estava impressa naquela e em tantas outras cartas que trocava com Benjamin quando eles brincavam de Cientistas Malucos.

— Preciso apagar tudo o que está escrito. Era apenas um plano para que ele viesse me visitar. Agora vai ser tudo diferente.

— Mas o papel não estava em branco? — Gonçalo coçava a cabeça.

Em vez de responder, Elizabeth foi até a cama e enfiou a mão dentro de um furo no travesseiro. De lá tirou uma vela e uma cartela amarfanhada com fósforos, ambos bem guardados na espuma, dentro do travesseiro. Acendeu a vela e, com a fumaça, revelou uma página inteiramente escrita.

— Espero que dê certo — Elizabeth desenhou um símbolo no topo da folha e soprou um pouco do aroma de amoníaco sobre ela. Em poucos segundos, os escritos desapareceram. Só o desenho permaneceu.

— Incrível! — Gonçalo adorava as experiências da líder.

— Nada demais. Até uma criança sabe fazer isso.

Elizabeth ia começar a escrever quando ouviu a voz de Gregor.

— E se a carta for confiscada? Não por Andrews, mas pela nossa "amiga", a chefe de segurança.

— Não há perigo. Vou passar o "invisibilizante" de novo. Como a anterior, só haverá dois pequenos símbolos na carta. Um no topo e outro no final.

— Ah, que ótimo! E como Benjamin vai ler? — por mais que tentasse, Gregor não perdia seu jeito irônico.

— Já falei que até uma criança sabe como fazer isso. Pelo menos o neto de uma Tate sabe. Brincamos muitas vezes de lápis invisível, meu querido. Eu tenho certeza de que Benjamin vai colocar a fumaça da vela e ler o que estou enviando.

– E se ele não lembrar dessa brincadeira? – Dorothy, sempre tão sensata, sentia que viver com sua amiga de carne e osso era uma sucessão de aventuras.

– Ele vai lembrar. Ao contrário de vocês, eu sempre prefiro ser confiante.

Com movimentos firmes, ela pegou um livro, apoiou a folha e escreveu uma longa carta sob os olhares atentos dos três Aliados. Os dois lados da folha foram inteiramente preenchidos. Depois, desenhou o símbolo, soprou novamente o amoníaco e, dessa vez, pronunciou três palavras:

– *Konata elekti nevidebla*!

– Quem sabe escolhe o invisível – Dorothy foi traduzindo baixinho, para si mesma. Mas logo viu que Elizabeth colocou o dedo nos lábios, pedindo silêncio. Certos segredos precisavam ser protegidos.

Depois de o envelope ser fechado, todos se mantiveram calados e alertas. A saída para o almoço seria em breve e deveriam estar prontos para colocar o plano em ação.

– Só não se esqueçam: a carta precisa ser lida no máximo em onze horas corridas, senão a tinta se apaga definitivamente! Vamos calcular aqui... Gonçalo, por favor vá ver as horas no relógio de Stews.

– Onze horas – foram frações de segundos entre o pedido e a resposta.

– Certo. Então até as dez da noite esta carta precisa ter sido lida.

Por volta da uma hora, já com muito atraso, o sinal soou, e a tensão e a impaciência estavam impregnadas em todo o pavilhão.

– Fila para o almoço! – a ordem de Stews foi a deixa para o primeiro movimento do plano.

A partir do clique da enorme maçaneta de aço, os Aliados começaram a seguir todos os passos do planejamento com perfeição, passando pelas portas com agilidade. Só quando precisavam esperar por alguma abertura é cuidavam para que a carta flutuante não fosse vista. Escondiam-se atrás de alguma coluna, ou então de uma lixeira, tendo de se agachar. O concreto das paredes, o tom metálico das grades e portas, a luz fria que deixava tudo e todos com sombras fantasmagóricas não os assustavam. Ao contrário, ajudavam a direcionar a atenção para o sucesso da fuga.

Tudo correu relativamente bem em todas as etapas e parecia que, em pouco tempo, estariam do lado de fora sem grandes dificuldades. Só não contavam com um contratempo no final. Na guarita de concreto e vidro, no último hall de segurança antes da saída, uma das guardas tinha o mesmo dom de Elizabeth e de Layla. Quando abriu o portão para algumas colegas baterem o ponto de saída, ela viu a cena insólita: o homem robusto com uma mulher nas costas e uma carta nas mãos. Instintivamente, levantou-se e pousou a mão sobre o revólver em sua cintura. Estava pronta para gritar, soar o alarme, chamar a atenção de Hogsteel para a tentativa de fuga. Dirigiu-se até o botão de emergência e, antes de apertá-lo, deu uma breve olhada nas câmeras.

Nas telinhas cinzentas, não havia nada, apenas um pequeno retângulo branco, que parecia flutuar no ar. Ela mirou por diversas vezes a filmagem e o pátio, notando que a cena que suas retinas haviam presenciado não era a mesma captada pelas câmeras.

Foi então que a guarda baixou os olhos e respirou profundamente, desistindo de dar o alerta. Lembrou-se de quantas vezes fora chamada de doida na escola, em casa, nas festas familiares. Foram muitas frustrações, broncas e até surras por não ter como explicar o inexplicável. Não cairia na mesma armadilha. E não arriscaria mandar seu emprego pelos ares... Além do mais, seu turno terminaria dali a duas horas, e aquele definitivamente não seria um problema dela.

Quanto aos Aliados, não sabiam que tinham sido vistos e, em breve, seriam punidos. Os netos de Dorothy, órfãos de pais, provavelmente continuariam pensando que os doces em excesso faziam mal ao estômago. A sobrinha de Gonçalo mais uma vez culparia o chefe por sua tristeza inexplicável. Apenas os parentes de Gregor, que pensava ser o único sobrevivente de sua família, jamais dariam notícias de qualquer sofrimento.

# Capítulo 40

A ideia inicial era que Dorothy passasse a carta a Layla para que ela a entregasse a seu destinatário final: Benjamin. Mas, por força das circunstâncias, as coisas tomaram outros rumos.

Depois de uma hora caminhando e mais várias pegando carona em carros com o banco de trás vazios, os Aliados finalmente chegaram na casa da ex-enfermeira. Estavam exaustos e com o índice de *enits* visivelmente comprometido. Dorothy pediu que os dois esperassem no bosque para se recomporem. Ela entraria, deixaria a carta e explicaria o plano a Layla. Provavelmente teria de tirá-la de uma de suas meditações.

Porém, quando tentou passar pelo jardim, sentiu que algo a impedia. Foi impossível continuar pelo caminho de pedras. Era como se estivesse presa em uma teia invisível. Tentou de todas as maneiras, inclusive tomando impulsos para atravessar aqueles estranhos limites.

– Que diabos está acontecendo? Faz muito tempo que ela está lá. Por que ainda não voltou? – Gonçalo estava irrequieto.

A resposta não tardou. Dorothy tentou até onde pôde, mas, quando percebeu que estava comprometendo demais seu estoque de *enits*, voltou até o cercado que separava a propriedade e chamou os colegas, que também tentaram chegar perto da porta, sem nenhum sucesso. Começaram a berrar com toda a força, até porque depois de tantos anos sabiam que não havia muitos vizinhos, e muito menos Legítimos, naquela área. Apenas a moradora da casa poderia captar seus chamados.

Do lado de dentro, Layla estava com seus fones de ouvido plugados no walkman, repetindo o som dos cantos primais das tribos e fazendo as invocações programadas para as sextas-feiras. Sentada de pernas cruzadas em seu pequeno santuário, ela não podia ver nem ouvir nada. Sua mente estava há milhas de distância dali, conectada às florestas virgens do Peru.

– O que está acontecendo é muito simples. Alguém colocou pó de tijolo aqui – Gregor apontou para uma tênue linha marrom-avermelhada que formava um desenho imperceptível sobre a grama.

– Mas quem? Layla não faria isso. Ela está cansada de saber que isso nos impede de passar – Dorothy olhava para o chão, incrédula.

– Alguém que não nos quer aqui. Alguém que nos descobriu – Gregor parecia farejar o ar em busca de alguma resposta.

– Seria Arianna? Algum Rumado? – o sotaque de Gonçalo deu destaque àquelas possibilidades.

– E agora? – a pergunta feita por Dorothy traduziu o pensamento de todos.

– E agora temos que fazer alguma coisa. Pela posição do sol, já são mais de cinco da tarde. O tempo está correndo e não podemos deixar o conteúdo da carta desaparecer!

– Vamos deixar do lado de Benjamin. No criado-mudo dele – a ideia foi dada por um homem inquieto, que dava passos ultrarrápidos de um canto a outro do terreno, deixando todos ainda mais nervosos.

– Já conversamos sobre isso. É muito arriscado. E se Emily ou, pior ainda, e se Jasper pegar o envelope?

– Dorothy, não temos escolha. Já estamos há muito tempo aqui embaixo. E tem mais: se eles pegarem, não vão ver nada. É uma carta invisível, lembra-se? A carga de *enits* está baixando muito rápido. Para chegar lá só vamos levar mais um tempinho...

– Para você, alguns segundos. Para nós, pelo menos uma hora, se tivermos uma boa carona.

– Certo, então vamos logo para a estrada – o senso prático de Gregor ficava mais evidente em situações de tensão.

— Bem, vou tentar um último trunfo — a mulher começou a pegar pedras e atirá-las ao longe, em direção à janela. Além disso, estendeu as mãos e conseguiu mover alguns galhos para também se chocarem contra as venezianas de madeira.

Não adiantava. Layla não estava na casa e, sim, em seu pequeno galpão localizado no jardim dos fundos. O único resultado estava sendo o gasto excessivo de *enits*. Dorothy, exausta, se rendeu ao inevitável.

— Vamos! Do jeito que estamos, já estou achando que chegaremos lá em duas horas!

— Eu poderia tentar carregar vocês dois. Chegaríamos muito mais rápido!

— Gonçalo, você sabe o que acontece se sua carga de *enits* zerar, certo? Imagine ter a sua segunda morte aqui embaixo. Além de uma falta de cuidado, será uma desonra para a sua Colônia!

— Está certo, Dorothy, vamos fazer como as caravanas. Um passo de cada vez.

— Rápido. Não temos mais tempo a perder — enquanto a analítica Dorothy contribuía com a equipe, em várias situações, com sua sensatez e inteligência, era Gregor que assumia a liderança quando a situação exigia atitudes imediatas.

Os incensários já estavam vazios. Layla tirou os fones de ouvido e, depois de várias horas em estado meditativo, começou a sentir fome e sede. O relógio marcava seis horas e quarenta minutos e não havia mais vestígios avermelhados do sol quando o telefone tocou.

— Layla? — a voz grave estava hesitante, pedindo aprovação.

— Quem gostaria de falar com ela? — o tom de ironia gerou uma pequena pausa do outro lado da linha.

— Pare com isso, Lobita.

— Não me chame de Lobita!

— Você gostava antes...

— Antes era antes... — Layla não entendia as próprias reações.

O que mais queria era falar com Hudson, mas sempre que o americano se aproximava ela acabava se irritando com alguma coisa que ele fizera em algum outro momento.

– Eu fiz uma surpresa para você!

– Uma surpresa? – a mulher, orgulhosa, não queria admitir para si mesma que seu coração estava batendo acelerado.

– Eu estudei um livro... *Técnicas Tradicionais de Proteções Fenomenológicas*.

– Hã?

– É muito interessante, de um estudioso inglês do século passado. Ele lidava com as energias da natureza e, também, com espíritos!

– Ai, Hudson... Do que você está falando?

– Eu estudei o livro. E sabe que tem coisas interessantes? Então eu fiz uma proteção nas casas.

– Que casas?

– As casas das pessoas de quem eu gosto: a minha, a de Benjamin e também a sua!

– A minha? Você veio aqui?

– Fui. Coloquei o pó de tijolo em tudo e...

– Pó de tijolo?

– É, eu...

– PÓ DE TIJOLO?

– Layla, calma, você está berrando.

– Você não podia ter feito isso!

– Por quê? É para proteger você de maus espíritos. Eu fiz para te agradar.

– Hudson, pó de tijolo deixa a casa intransponível para TODOS os espíritos!

– Ué, e não é bom? Achei ótima essa parte. Não que eu acredite muito, mas eu tinha certeza de que você ia gostar! Eu queria fazer alguma coisa ritualística para você! Uma proteção!

– ...

– Layla? Você está me ouvindo? – o homem se desesperava com o silêncio do outro lado da linha, que já durava vários segundos.

— Hudson... você não está entendendo — a voz dela não tinha qualquer agressividade, ao contrário, parecia que ela estava ciente da grande confusão daquele homem e não queria massacrá-lo ainda mais. — Não é nada disso que eu quero. Não é com atitudes tresloucadas como essa, totalmente fora de contexto, que você vai me entender.

— Eu quis entrar no seu mundo. Eu estudei, eu li e reli todos os capítulos. Eu queria entender você melhor, fiquei curioso e acabei...

— Hudson, você não entende. Isso que você fez só atrapalhou a minha vida. Isso é que dá só ver uma parte do desenho completo...

— Layla... não é justo — a frustração estava impressa em cada palavra. — Eu desisto. Eu não entendo mesmo...

— Hudson, não seja dramático. Apenas não tente me agradar com o que você acha que me agrada.

— Não se trata disso...

— Agora eu preciso desligar. Eu sinto muito...

— Layla...

O telefone foi desligado sem pressa, sem raiva, sem críticas. Mas Layla se sentiu terrivelmente frustrada com a dificuldade de comunicação com seu temporariamente ex-namorado. Depois de tantos anos lidando com o irreal, o sutil, o impalpável e aprendendo linguagens que iam muito além das palavras em diversas tribos e sociedades, ela mal conseguia dialogar com ele.

Agora entendia o telefonema estranho de Emily e suas perguntas: "Acha que o Hudson despejaria algo perigoso no nosso jardim?". Tudo fazia sentido. No dia seguinte bem cedo daria um jeito de tirar todo o pó de tijolo da área externa de sua casa. Afinal, e se os Aliados quisessem falar sobre algo urgente com ela?

---

Naquela noite, Encrenca e Benjamin subiram para o quarto logo depois do jantar, mas antes o caçula pediu à mãe para que o cachorro pudesse entrar, pois o outono já trazia ventos fortes. Teve sua ideia negada veementemente.

– Não é à toa que ele tem aquela montanha de pelos. É justamente para não passar frio. E, a última vez que esse cachorro entrou, quem passou a tarde inteira no aspirador fui eu!

Sentados nas camas dispostas de forma paralela na parede oposta à porta, os dois irmãos mantinham o abajur aceso. Benjamin tentava ler um livro sem conseguir se concentrar, e Encrenca colava as figurinhas que faltavam em seu álbum. Mais tarde, como de costume, o caçula pediu ao mais velho que lhe contasse uma história para ajudá-lo a pegar no sono. Eram nove da noite, o que significava que eles tinham direito a mais meia hora com as luzes acesas.

Às vezes, Benjamin pensava que Encrenca poderia dormir no quarto de Isabella. Não porque se irritasse com ele, apenas porque gostava de ficar alguns momentos sozinho.

– Você pode contar a história da vovó? – disse o pequeno, enquanto se enfiava embaixo do lençol.

– Da vovó? Eu não me lembro de muita coisa, Encrenca. Já faz muito tempo. Eu tinha a sua idade quando a vi pela última vez. Além disso, papai e mamãe não querem que falemos dela – nos últimos dias, Benjamin parecia se incomodar cada vez mais com a forte lembrança da avó.

– Mas ela era legal?

– Era... – Benjamin suavizou a voz. – Eu me divertia. A gente pegava pinhões, fazia cama de almofadas na sala. E ela me contava tantas histórias e fazia experiências que você nem pode imaginar, ou melhor, acreditar...

Novamente o menino interrompeu o fluxo da conversa. Tornou-se mais sério, preocupado. Era como se alguma lembrança o tivesse assustado. A lembrança de palavras sussurradas e de uma brincadeira feita na sala que teve consequências que ele ainda não conseguia entender.

– O que ela te mostrava? – Encrenca trouxe Benjamin de volta dos devaneios.

– Coisas... – um frio percorria a espinha do menino.

– Que coisas?

– Objetos, tubos de ensaio, ervas, desenhos... Ela também via... via...

– Via o quê? Fala logo, Benja. Conta, ela era minha avó também.

– Ela via... espíritos – o menino mantinha os olhos fixos, lembrando-se dos diálogos com a avó.

– Como assim? Aquelas pessoas transparentes? – Encrenca levantou o torso e quase se debruçou sobre o irmão, na cama ao lado.

– Fantasmas...

– Fantasmas? – o menino voltou para sua cama e puxou o lençol até o pescoço.

– É, mas eram do bem. Quer dizer... eu acho. Não consigo me lembrar direito...

– Mas os fantasmas não são do bem – o menino subiu mais o lençol, quase cobrindo a cabeça.

– Não se preocupe, Encrenca. Não tem mais perigo. Como eu falei, já faz muito tempo que a vovó via eles andando pela sala.

– NA SALA? – o irmão caçula embrulhou-se totalmente com o lençol. – Eles entravam aqui em casa?

– Eu quis dizer na sala da casa dela. Mas agora vamos, chega, anda, já está tarde. Amanhã conversamos mais.

– Não, não quero mais dormir – a voz de Encrenca saía abafada lá de baixo das cobertas.

– Calma, cara de batata... está tudo bem.

Do lado de fora da casa, os Aliados também conversavam sobre visitas de espíritos, mas de uma forma muito mais técnica. Tentavam descobrir como poderiam passar pela linha feita de pó de tijolo que circundava toda a casa, incluindo a parte de trás.

– O que é isso? – Gregor levantava as mãos para o alto. – Um complô? Não acredito que essa porcaria está aqui também!

Faziam cálculos, pensavam em como a Movedora do grupo poderia retirar os grãos, mas logo desistiam. Tanto ela como Gregor estavam bastante debilitados.

– Vou arrumar alguma madeira ou cartolina e fazer um vento para que o pó de tijolo se disperse – a Movedora olhava para os lados em busca de algum material.

– Nesse estado, você mal vai conseguir segurar a madeira – Gregor estava realmente preocupado com ela.

– A carta ainda está inteira? – Gonçalo fez a pergunta a Dorothy, mas seu colega se antecipou. Não com uma resposta, mas com outra pergunta ainda mais preocupante.

– A carta ainda está legível? Acho que é com isso que temos que nos preocupar.

– Não gastamos todas as horas. Isso eu tenho certeza.

– Mas quanto tempo temos exatamente?

– Não tem relógio aqui para sabermos... – antes de a Aliada terminar a frase, Gonçalo, em frações de segundos, foi até a praça Cívica, onde havia o relógio público, e voltou com a informação. – Se é saber as horas o que precisavam, já resolvi. São nove e vinte e sete.

– Você tem certeza que tinha que fazer isso? Gastou ainda mais *enits*!

– Eu estou bem, Dorothy, economizamos energia vindo de ônibus. E precisávamos calcular o tempo. Deve ser a dieta portuguesa de quando eu era vivo. Tenho uma saúde de ferro. Ou, pelo menos, a energia atômica do ferro!

– Temos mais meia hora. É muito pouco! – Gregor estava bastante aflito, irritado com a calma do companheiro.

– Não pode ser tão demorado para um miúdo ler uma carta!

– Você não entende, Gonçalo, ainda não sabemos como a carta vai chegar até ele.

– Tenho uma ideia! – Dorothy interrompeu a discussão dos marmanjos. Eu movo a quantidade de grãos de tijolo que conseguir, enquanto Gregor influencia as formigas a levar mais alguns, aí abrimos uma pequena fresta e passamos.

– Isso pode demorar muito.

– Se não tentarmos, Gregor, não vamos saber.

Ambos passaram a fazer o que a Aliada sugeriu, mas era muito difícil separar o que era pó de tijolo e o que era terra. Enquanto isso, Gonçalo apenas observava e, de tempos em tempos, ia até a praça para checar o horário.

– São nove e trinta e sete. Quanto da substância vocês já conseguiram tirar?

– Muito pouco. Precisamos de pelo menos trinta centímetros para passar. Não tiramos nem um ainda! – Dorothy não conseguia mais raciocinar. – Faltam vinte e três minutos e ele ainda precisa ler a carta!

– Sem falar de ter que se lembrar do truque para os escritos aparecerem! Não vai dar certo. Estamos perdidos. Teremos que fazer toda uma operação novamente. E isso pode demorar semanas...

– Certo, mas só um momento. Vamos voltar à sanidade aqui. – Gregor interrompeu o fluxo do amigo. – Por que exatamente estamos fazendo isso?

– Ora, para entregar a carta!

– Não, Gonçalo, estamos fazendo isso por ela. Por Elizabeth. Não temos certeza do que está escrito aí. E, na verdade, nem sabemos se é bom que o menino jogue o Conjurium.

– Não vamos começar tudo de novo. Vamos seguir o combinado, Gregor.

– Vejam! – Dorothy, já sentada na grama, deu o alerta. – O cão! Passou pela abertura na cerca.

Todos tinham visto Marlon Brando quando ainda era filhote. Brincavam com ele e conquistaram a simpatia do cachorro, que sentia a presença do trio de Aliados como algo benéfico para seus donos. Nos inúmeros anos de convivência, só havia um detalhe que muitas vezes se tornava bastante... incômodo.

– Vou contar até três – disse Gregor, *blasé* como sempre.

– Para quê?

– Para o Marlon Brando começar a latir! Ele sempre faz isso quando vê a gente. Atenção... Um, dois e... começou!

– Nossa, e não é que foi no três mesmo?

– Já me acostumei...

– Ah, que ótimo, agora teremos que lidar com o Jasper vindo pegar o cão para complicar ainda mais – irrequieto, o português não parava de andar.

– Gregor, influencie Marlon Brando a parar de latir. Rápido! – Dorothy estava aflita. Ela sabia que o tempo estava contra eles.

– Eu ainda não consegui com um animal tão grande. Nem as formigas estão me obedecendo. Estou com a energia muito fraca.

– Você consegue, eu tenho certeza! – as palavras de Dorothy eram encorajadoras, mas o resultado ia na direção contrária. O cão começara a latir ainda mais alto, abanando o rabo de felicidade.

Gregor estava com o semblante abatido e sentindo o formigamento típico do último estágio de privação.

Dorothy, sempre atenta, observava tudo ao redor. E finalmente encontrou o que precisava. Respirou profundamente, concentrou-se e moveu, não na velocidade ideal, mas com constância, o objeto que poderia salvá-los.

– Dorothy, você é um gênio! Ele se acalmou com a bolinha de borracha! – nesse meio-tempo, Gonçalo já tinha ido até a praça e voltado mais uma vez. Sem tempo de comemorar a ideia da colega, informou que eles só tinham mais dez minutos.

– Veja, já temos dois centímetros de espaço aberto. A minha mão já pode passar por ali.

– Certo, Dorothy, mas quem vai levar a carta até Benjamin? – Gregor reunia forças para cada palavra, mas, ainda assim, deu a cartada final. Deitou-se quase em cima da linha avermelhada no chão e mirou os olhos do cachorro, que, com a boca preenchida com a bolinha de borracha, parecia ainda mais amigável.

– Você! Você vai fazer exatamente o que eu mandar! – Marlon Brando correspondeu o olhar e, por alguns segundos, ficou parado como uma esfinge egípcia. Não parecia pronto a colaborar.

– Anda, anda, Marlon. Senão, nunca mais você vai nos ver. Vamos nos afastar de Benjamin também – como se tivesse entendido o recado, o parceiro canino dos Aliados se aproximou da abertura de dois centímetros, largou a bola no chão e abriu levemente a boca, como se esperasse um biscoito.

– Bingo! – o mais jovem em aparência e o mais antigo no mundo das Colônias finalmente sorriu. – Dê a carta a ele, Dorothy! Rápido!

Em frações de segundos, Marlon Brando cheirou a carta, prendeu-a com cuidado entre os dentes e saiu correndo com seu corpanzil desajeitado em direção à cerca.

– Minha Nossa Sra. de Fátima, deu certo! – o senhor com o nariz pronunciado e a ingenuidade dos que acreditam em milagres dava pulos de alegria.

– Assim esperamos, Gonçalo, assim esperamos... – Dorothy finalmente se largou ao lado de Gregor na grama, absolutamente exausta. Nunca os *enits* dos Aliados haviam chegado a um nível tão baixo, e eles precisavam se recuperar na natureza. Deveriam ir até o bosque imediatamente.

---

Quando Benjamin pegava algo para ler antes de dormir, geralmente levava um susto com o livro caindo na sua cara após um cochilo. Mas o peso que recaiu sobre ele naquela noite foi bem maior do que o de um volume de Júlio Verne. Na verdade, foi de um cachorro de quase trinta quilos. Para desespero de Emily, Marlon Brando ainda conseguia passar pela portinhola destinada a ele apenas quando era pequeno, para que não tivesse frio à noite. Mas o inteligente golden retriever já tinha entendido que, se passasse primeiro a cabeça e depois o resto do corpo, sempre conseguia entrar. E mais: sabia abrir a porta do quarto ficando de pé, apoiado nas patas traseiras. Foi assim que, quando Benjamin já começava a se render ao sono, o bafo quente do cão e a montanha de pelos que o recobria o despertaram.

– Marlon! O que é isso? – quase que por instinto, o garoto pegou imediatamente a carta e a abriu, não sem um certo nojo da baba em volta do envelope.

Além do pequeno sinal geométrico no topo e da estrela de cinco pontas na base, não havia nada escrito no papel. Antes que pudesse ver as costas da carta, Benjamin passou por mais um susto. Dessa vez, causado pelo irmão menor, que se jogou em sua cama para brincar com Marlon.

— O que é isso, Benja?

— Acabei de fazer essa pergunta. E confesso que só vejo um papel em branco aqui.

— Uma carta invisível? — Encrenca tinha uma forma de falar que dava a impressão de que estava sempre sorrindo, mesmo quando bravo, assustado ou prestes a chorar. Mas naquele momento o que sentia era uma sensação de estranhamento.

— Invisível... Nossa, Encrenca, espera que acho que você me fez lembrar de uma coisa... Mas será possível?

A emoção de puxar da memória a brincadeira com sua avó, de quando era ainda menor do que Encrenca, lhe deu um arrepio da cabeça aos pés. Com uma segurança fora do comum, o menino correu até o móvel que ficava no corredor e abriu a gaveta. Ali estavam as velas e o fósforo estrategicamente posicionados para os dias em que a luz acabava. Então Benja voltou para o quarto e colocou a fumaça da chama sobre a carta. Quase caiu para trás quando reconheceu as vogais redondas e as consoantes cheias de arabescos da avó.

*Amado Benjamin,*

> *Começo te dando os parabéns! Como é bom ter um irmão, não é? Sei muito bem que o Pietro, ou melhor, o Encrenca – nossa, como amei esse apelido! –, foi o tema de suas orações e noites maldormidas por anos. Sei também que provavelmente eu seja uma lembrança meio apagada na sua memória. Mas não se preocupe, a gente vai ficar muito perto de novo. Em breve, estaremos juntos, sentindo o aroma das ervas do bosque e dos pinhões assando na lenha.*
> 
> *Tanta coisa para te contar!*

*Mas agora preciso que você preste muita atenção, mais atenção do que prestava quando ouvia as minhas histórias no colchão de almofadas, certo? Esta carta tem indicações que você deve seguir à risca para que o nosso próximo plano dê certo. Em primeiro lugar, meu querido, não acredite em tudo o que ouve a meu respeito. Nem de sua mãe, nem de seu pai "não-deixa-nada". Quando a gente se encontrar, vou explicar tudo direitinho e você vai entender os meus motivos.*

Nesse momento, Benjamin sentia seu sangue ferver em suas veias. Na testa, bolhinhas brilhantes de suor se formavam. Os mistérios de sua avó estavam prestes a ser revelados. E pensar que poderia estar com ela de novo trazia uma sensação incrivelmente acolhedora. Encrenca, olhando para o irmão e para o papel, tentava entender o que estava acontecendo e estranhou quando os olhos verdes que liam a carta se espremeram com a mudança brusca no tom da mensagem.

*Benjamin, preste atenção: você deve fazer uma visita à minha casa. Mesmo que seja difícil, dê um jeito. Você já tem 13 anos e está na hora de se virar para conseguir o que quer. E o que eu quero. E não esqueça de levar o Encrenca. Ele vai ser fundamental para o plano.*

*Chegando lá, vocês devem ir direto para a biblioteca. Procure nas estantes pelo livro mais grosso e antigo, chamado "Comunicação Além-vida". Se a sra. Grensold não andou mexendo onde não devia, ele estará lá, bem à vista.*

*Quando abrir esse livro na página marcada, você vai notar que estão escritas as regras e os procedimentos para a realização de um jogo de nome Conjurium. O tabuleiro também estará lá em casa, no armário, bem embaixo do local onde está o livro. É um jogo muito interessante e tenho certeza de que o seu irmão vai querer jogar com você. Não esqueça também de memorizar TUDO que escutar ou vir.*

*Ah, tudo precisa ser feito em uma semana, contada a partir de hoje.*

*Sei que é muita responsabilidade, mas sei também que... você consegue! Não tema e faça o que eu indiquei. Confio em você.*

*Sua avó*

Benjamin estava tão concentrado que nem notou que as lágrimas escorriam como rios por suas bochechas. Principalmente quando releu o início da carta. Queria falar ao irmão que em breve ele conheceria Elizabeth e, mais ainda, que ambos visitariam a casa dela em menos de uma semana. Entretanto, apenas ficou calado. Precisava de um tempo para organizar as ideias.

– Por que você tá chorando? – o olhar infantil de Encrenca sempre o fazia sorrir.

– Não sei direito... Só sei que em breve você vai conhecer a minha avó. Ou melhor, a nossa avó.

– Eu quero muito. A carta é dela? Me mostra!

Mas quando Benjamin estendeu a carta para mostrar um trecho para o irmão, o caçula começou a rir.

– Virou carta invisível de novo!

Benjamin voltou com o papel para perto dos olhos e percebeu que estava totalmente em branco. Nem os símbolos que selavam sua leitura secreta haviam se salvado. Passou a vela novamente, mas dessa vez só viu um chamuscado de cor cinza.

– Não acredito. Será que vou lembrar o nome do livro?

Ele tinha menos de uma semana para descobrir. Afinal, a contagem do tempo já tinha começado.

# Capítulo 41

O sol do domingo apareceu com certo entusiasmo e Emily teve a ideia de levar os meninos para a Feira de Outono, na praça Cívica. Era quando todos na cidade compravam conservas, chocolates e mantas para receber o inverno. Barracas de tiro ao alvo, bancas de doces e o inesquecível "enrolado holandês", um salgadinho típico da região, tinham público cativo entre os esparewoodianos. Não foi por acaso que Emily Ross escolheu o programa. Era uma forma de distrair os filhos e também de dissipar insistentes pensamentos do mais velho sobre Elizabeth.

O sr. Van Dick, responsável pela iguaria de massa folhada, também tinha uma enorme caixa em que apresentava um teatro de fantoches. A história era sobre uma menina que se transformava em tulipa por uma maldição e precisava ser colhida por um marinheiro. O caçula achava as aventuras incríveis, especialmente porque eram contadas por aquele senhor e com aqueles bonecos tão bem-feitos por ele.

Benjamin, por sua vez, estava mais e mais pensativo e retraído. O prazo descrito na carta era claro. E curto também. Seria preciso encontrar uma saída milagrosa para que ele pudesse seguir as indicações sem levantar suspeitas. Estava em semana de provas e nenhuma desculpa para sair de casa seria boa, quanto mais à noite e acompanhado de Encrenca. Ele e o irmão tinham de estar na cama antes das nove e meia da noite.

Passando pela recreação infantil, Benjamin reduziu os passos e observou as inúmeras caixas onde palitos compridos e plaquinhas retangulares indicavam a variedade dos vegetais na horta coletiva. A mãe e o irmão seguiram adiante de mãos dadas sem notar que ele ficava para trás. Foi o tempo ideal para que a ideia surgisse em sua cabeça. Uma ideia que, pelo menos à primeira vista, pareceu-lhe genial. Não falaria nada naquele dia, pois antes teria de consultar Layla, ver se ela estava disposta a colaborar com seu plano.

– Mãe, a Layla também vem para a feira, né? – perguntou Benjamin ao alcançar Emily.

– Vem. Combinei com ela de nos encontrarmos na praça, na marquise lateral da igreja. Mas pelo jeito ela está atrasada. Aliás... ela costuma chegar atrasada quando faz as pazes com Hudson... então, quem sabe os dois venham juntos.

– E a Florence? Espero que ela venha também.

Benjamin tinha tanta afinidade com a caçula do americano que sempre a queria por perto. Mas Encrenca, preferindo o irmão inteiramente para si, não demonstrava a mesma alegria quando a menina de olhos curiosos e cabelo cacheado chegava, cheia de ideias e de boas jogadas no *baseball*.

– Eu acho que estou vendo a Layla – foi justamente Encrenca que se manifestou –, mas não está com o tio Hudson, não. Nem com a Florence! – um sorriso despontou naquele rostinho.

Benjamin acompanhou o olhar do menor e de fato viu, ao longe, o cabelo ondulado balançando no ar. Encrenca puxava sua camiseta, o jeito que arrumou para que o irmão o levasse à barraca de bolinhos doces.

– Vamos, Benjamin! Tá sentindo o cheirinho de chocolate?

– Espera, Encrenca, eu preciso falar com a Layla.

Emily olhava para o relógio de pulso e buscava um banco onde pudessem se sentar quando a amiga chegou. Estava com um rosto tenso, talvez nervosa com alguma coisa.

– Oi, Layla! Está tudo bem com você?

– Está, só tive alguns probleminhas para resolver – a voz estava um pouco alterada, mas ela se esforçava para sorrir.

– Com Hudson?

— Hudson... Hudson é um problemão, isso sim. Mas tudo bem. Hoje combinamos de conversar. Vamos conseguir nos entender. Eu acho...

— Layla – interrompeu Benjamim –, eu precisava falar com você.

— Benjamin! Isso são modos?

— Deixa ele, Emily, está tudo bem.

Nesse momento era a blusa da mãe que Encrenca puxava, ainda insistindo nos bolinhos. Mas ela tomou outra resolução.

— Vou te levar para outro lugar, isso sim. Senão depois é aquele deus nos acuda. Layla, eu já volto, o.k.? Vou levar esse mocinho no banheiro. Essa ansiedade toda só pode ser vontade de fazer xixi.

Layla e Benjamin se sentaram no banco e Benjamin começou a falar, com a voz bem baixa.

— Layla, eu gosto muito de você. E também do tio Hudson. E da Florence...

— Nossa, quando a conversa começa assim é porque lá vem algum pedido. O que você está querendo, Benja?

Benjamin se espantou com a antecipação da mulher e deu um sorriso.

— É, eu preciso da sua ajuda.

— Por que você está sussurrando? É grave?

— Não... quer dizer... bem, é um segredo. E o favor que vou pedir é por mim, mas por sua amiga também...

— Que amiga? Desembuche.

— Sua amiga Elizabeth – a voz do menino adquiriu uma vibração diferente quando falou esse nome. Talvez porque nunca tivesse chamado a avó dessa forma.

Layla quase caiu para trás ao ouvir aquela revelação. Não esperava aquela novidade vinda de Benjamin. Então Elizabeth tinha conseguido o contato? Ela queria saber mais e deu uma olhada para checar se Emily não estava voltando. Mas, em vez de avistar o cabelo loiro avermelhado da amiga, deparou-se com uma figura familiar pouco agradável.

— Bom dia, Benjamin — a recém-chegada estendeu as mãos como se fosse apertar as bochechas do menino, mas o autodeclarado adolescente não estava mais preparado para esses cumprimentos infantis e conseguiu escapar, levantando-se e fazendo um rápido meneio com a cabeça.

— Bom dia, Layla — a saudação foi com um tom de voz bem menos amigável.

— Grensold... Que surpresa!

— Hoje é sábado... Também tenho meus dias de folga, Layla.

— Claro que tem, como todos na cidade e nos arredores. Só não sabia que você gostava desta feira.

— Ah, esta é tradicional. Imperdível. Podemos observar melhor nossos concidadãos

— *Con* o quê? — perguntou Benjamin, espontaneamente.

— Concidadãos, Benjamin. São as pessoas que moram na mesma cidade. Acho que temos que conversar mais quando eu for na sua casa. As pessoas não estão contribuindo muito para o seu vocabulário, não é? — ela olhou para Layla, que entendeu a indireta e contra-atacou.

— Você já comeu o salgado do Van Dick, Grensold?

— Ainda não, mas ninguém que venha à Feira de Outono vai embora sem comer um enroladinho feito por ele...

— Pois é, acabei de passar por lá e saiu uma fornada quentinha. Sugiro que vá antes que acabe...

Grensold se aprumou, fazendo sua postura ficar menos curvada e, com o rosto endurecido, se despediu.

— Vou, sim, Layla. Ah, veja, a d. Emily ali. Vou encontrá-la, porque não poderei ir na próxima quarta à casa deles. Tenho um compromisso...

— Compromisso? Não sabia que você trabalhava em outros lugares — Layla provocou a caseira.

— Imagine! De jeito nenhum! Ou trabalho para um Tate ou para um Ross. Sou praticamente a guarda-costas dessa família. Jamais me perdoaria se algo de mal acontecesse a qualquer um deles...

Para alívio do menino, Grensold foi se distanciando. Quando criança, Benjamin gostava daquela presença solícita na casa da avó, sempre trazendo algo gostoso para comer. Mas nos últimos tempos ele tinha outra impressão. Realmente sentia nela a função de um cão de guarda.

– Layla, rápido, preciso falar. Minha mãe está chegando.

– Você esteve com ela? Esteve com Elizabeth? – Layla também se distanciara por um segundo, mas em pensamentos.

– Claro que não, como eu iria para Hogsteel sozinho? Presta atenção no que eu vou dizer...

---

O almoço, apesar de ter saído tarde, contou com o reforço de deliciosas tortas de frutas compradas na feira, o que amainou a irritação de Jasper Ross. Ele havia esperado demais pela volta da família. Benjamin ajudou a mãe a guardar a louça nas prateleiras e, ao descer da cadeira que utilizou para os andares mais altos, achou que era o momento certo de abordá-la. Com o olhar cabisbaixo e uma voz fraca, confessou a Emily que não tinha feito o trabalho de biologia, o que deveria entregar no dia seguinte. Disse que estava arrependido, que tinha sido irresponsável, mas que precisava de ajuda.

– Benjamin! Mas você nunca fez isso na vida!

– Eu... eu não dormi direito... Estou cheio de coisas na cabeça...

– Se eu soubesse, não teríamos ido ao passeio.

– Mãe, me desculpe, eu queria muito ir àquela feira, por isso não contei... Você precisa me ajudar.

Emily procurava manter a expressão séria, mas se compadeceu do filho. Lembrou que, mesmo ele tendo espichado e começado a assumir mais responsabilidades dentro da casa, ainda era um menino. A lembrança da avó podia ter lhe trazido confusão e ansiedade.

– Como vou poder ajudar? Eu não entendo nada dessa matéria. Ainda se fosse inglês... E se falarmos para seu pai... – Emily parou sem terminar a frase.

— Não, mãe, eu não quero que você me ajude no trabalho. Quero que você me deixe ir ao bosque para fazer o trabalho.

— Como é que é? — Emily estava confusa.

— O professor pediu o seguinte: no mínimo quarenta páginas em branco com uma folha de uma planta diferente em cada uma delas. Tenho que colar uma por uma, pra depois escrever os nomes e identificar as espécies!

— Então pegue no jardim, ora essa!

— Eu já peguei todas do jardim: só consegui dezessete espécies. Lá tem muito mais, mãe! Posso ir com o Encrenca? Ele pode me ajudar e se divertir ao mesmo tempo.

— Mas já são três horas. Por que em vez de ficar gazeteando você não fez o que tinha que fazer? Agora até o seu irmão pequeno vai pagar o pato?

— Mãe, por favor... quanto mais discutirmos, mais tarde vai ficando... Vamos de bicicleta.

— Benjamin, você sabe muito bem que há histórias por aí... Os jovens de Esparewood já viraram até lenda. Você já está com treze anos, e eu não gosto de ver você e seu irmão andando sozinhos.

— Mãe, esquece esse negócio de rapto. Não vai acontecer nada. Eu juro!

— Como você pode jurar algo que não depende só de você?

— Bom, eu não posso jurar... mas você conhece o meu pai, e sabe que vou ter problemas se vier com anotações no meu boletim... — Benjamin baixou a cabeça, fazendo uma óbvia chantagem. — Se você não se importar de ver seu filho sendo castigado, então...

— Ai, ai, ai... tudo nas minhas costas. Anda, então, vai logo, mas nunca mais me apronte uma dessas, ouviu bem?

— Tá. Pode deixar. Eu entendi, eu entendi... — o menino falou já de costas para Emily e subiu a escada correndo para buscar o irmão. Nem bem mencionou baixinho que eles iam passear de bicicleta e Encrenca, sem perguntar nada, foi colocando o tênis.

— Benjamin! — Emily gritou da cozinha quando viu que eles já estavam escapulindo pela porta.

— Diz, mãe.

— Não se esqueça. Não dê conversa para estranhos e nunca, jamais, mencione o nome da sua prima Isabella, entendeu?

— Nossa mãe, quantas vezes você já me disse isso?

— Sempre é tempo de dizer. Melhor não falar com ninguém. Mas, se precisar falar, nem um pio sobre nada do que acontece aqui em casa. Estamos entendidos?

— Pensei que meu pai é que era do exército... — disse Benjamin em volume mais baixo

— Shhhh, moleque! — gritou Emily — Quieto, antes que eu mude de ideia!

Em poucos minutos eles já estavam montados na bicicleta, rumo ao bosque. Ou, pelo menos, naquela direção.

A primeira parada foi em um lugar estratégico, na saída da cidade. Era ali que Tony Tire, o TT, consertava os pneus dos carros e costumava encher de bom grado os pneus das bicicletas da molecada. Mas esse não parecia ser o humor daquele dia.

— O que querem aqui?

— Um pouco de graxa.

— Vocês têm algum dinheiro?

— Alguns pence...

— Certo, então me deem. Vou ver o que consigo pra vocês.

— Mas você nunca me pediu dinheiro antes, TT.

— As coisas mudam, moleque. Agora pega essa graxa e chispa daqui.

O clima estava pesado e Benjamin agilizou a manutenção das correntes.

— Essa cola preta vai ficar na minha mão pra sempre? — Encrenca estava mal-humorado por ter de besuntar os rolamentos.

— Acho que sim... E na sua cara também — disse Benjamin espalhando um pouco de graxa no rosto do irmão e saindo correndo, dando risada. No fundo, Benjamin se sentia nervoso, mais nervoso do que se estivesse em um jogo importante de basquete ou na prova final de matemática. As brincadeiras com o irmão eram uma forma de mascarar a responsabilidade em seus ombros.

Seriam no mínimo oito milhas pedalando e era melhor que as bicicletas estivessem em ordem. Especialmente porque Benjamin sabia muito bem que não voltariam para casa naquela noite...

O trabalho de biologia estava pronto em sua mochila havia pelo menos uma semana, e a mãe jamais saberia que tudo aquilo tinha sido uma invenção para que ele pudesse cumprir as ordens dadas pela avó. Assim que chegasse à casa de Elizabeth, telefonaria para a mãe, diria que o pneu da bicicleta de Encrenca havia furado e que teriam de passar a noite lá, sob os cuidados de Grensold. Tudo estava perfeito.

A tarde continuava sem uma nuvem, mas a luz já não era como no verão. Benjamin sentia que era preciso acelerar as pedaladas para que pudessem chegar ao destino ainda de dia, sem assustar a caseira. Encrenca, por sua vez, cansava-se facilmente. Além disso, tinha muitas coisas interessantes para ver na estrada e não conseguia acompanhar o irmão.

– Vamos parar um pouco, Benja?

Benjamin lembrou-se de uma pequena mercearia que também servia como bar e depósito de lenha para as poucas pessoas que moravam naquela estrada vicinal que ligava Esparewood à área rural e à cidade vizinha. Ficava bem no meio do caminho e era um bom lugar para que descansassem um pouco.

– Aguenta mais um pouco e compro uma soda para você.

Já eram mais de cinco da tarde quando encontraram a construção de tijolos aparentes e madeira. No chão batido, algumas galinhas magras e três jovens de rosto marcado, que pareciam estar escrevendo com tinta preta na mureta da mercearia. Benjamin não queria correr nenhum risco, mas, ao mesmo tempo, precisava da pausa. Encrenca mal conseguia respirar de tão cansado, e os dois decidiram encostar ao pé de uma enorme castanheira do outro lado da rua de terra. Benjamin desembrulhou algumas rosquinhas, o único alimento que trouxera, e tinha começado a separá-las sobre o guardanapo quando ouviu a vozinha ainda ofegante a seu lado:

– Benja, tem gente vindo...

Benjamin viu que um dos jovens, de aproximadamente quinze anos, vinha mesmo na direção deles, enquanto os outros dois permaneciam sentados e não paravam de falar entre si, como se estivessem confabulando. O que se aproximava era alto e vestia uma camisa de botões de manga curta que não combinava com a calça esverdeada. As linhas do rosto eram fortes, e os olhos, cobertos por uma enorme e desorganizada sobrancelha, estavam fixos no castanheiro. Mas ele não parou. Apenas passou pelos dois meninos e levantou o lábio superior formando um estranho sorriso. Os irmãos se entreolharam, e a rosquinha na mão de Encrenca permaneceu suspensa e intocada. Nenhum dos dois teve coragem de se virar para acompanhar os passos que amassavam folhas secas.

– Encrenca, coloca a rosquinha no bolso e vai levantando devagar. Vamos dar o fora.

– Mas e a soda?

– Fica para outro dia... eu não estou vendo mais ninguém na mercearia e não estou entendendo o que esses caras estão fazendo aqui.

Os dois garotos começaram a levantar como se movimentos lentos pudessem torná-los invisíveis. Mas logo foram surpreendidos. O rapaz deu a volta e se agachou ao lado das bicicletas, com as costas apoiadas no tronco do castanheiro. De longe, os dois companheiros observavam tudo, com expressões nada amigáveis. Um era ruivo e forte, o outro tinha o cabelo preto, quase azulado, e era muito magro.

– Tarde boa, não é? – a voz do jovem era arrastada. – Não dá vontade de fazer nada. Só de descansar embaixo da árvore.

Os meninos estranharam a abordagem e acharam por bem ficar quietos.

— Mas às vezes a gente está fazendo alguma coisa e chega alguém para atrapalhar... — ele abriu um canivete com rapidez. — É muito desagradável isso.

Benjamin e Encrenca instintivamente ficaram mais próximos, enquanto o rapaz, ainda na mesma posição, passou a usar o canivete para limpar suas unhas. Para irem embora, eles precisavam das bicicletas, que estavam bem próximas do corpanzil agachado.

— A gente já estava de saída — Benjamin resolveu interromper a paralisia que tomava suas pernas e, puxando Encrenca pelas mãos, se aproximou do jovem.

— Mas já? A gente ainda nem conversou. Posso contar algumas histórias da floresta para vocês — ele espetou o canivete na terra e esfregou as mãos.

— Vocês são lenhadores? — Encrenca, em sua ingenuidade, lembrou-se dos contos de fada.

— Encrenca, precisamos ir, não é? Suba no selim e vamos embora.

— Dá licença? — Encrenca falou isso olhando para a bicicleta, enquanto o rapaz agachado no chão começou a rir.

— Olha só que menino educado! — ele levantou e se espreguiçou, parecendo ainda maior. — Claro. Fiquem à vontade para me deixarem falando sozinho. Agora que eu simpatizei com vocês...

— Você tem um amigo, não vai ficar sozinho... — Encrenca tinha a capacidade de irritar Benjamin quando sua bondade o fazia perder a noção do perigo.

— Com licença, senhor, mas a gente precisa ir — Encrenca foi subindo na bike.

— Senhor? — o rapaz começou a rir novamente. — Tudo bem, temos tempo, não é? Logo, logo, a gente se encontra de novo. Se o mundo é pequeno, imagina esse cantinho esquecido da Inglaterra... é um ovo! — ele puxou o canivete do chão e, antes que os dois saíssem, segurou bem no centro do guidão de Benjamin.

— Os mais velhos sempre ficam com a responsabilidade, não é? — enquanto falava, os outros jovens vinham caminhando na direção da árvore. Estavam com ar de poucos amigos.

— Vamos, Encrenca! Agora! — Benjamin virou o guidão com toda a força e fez um sinal para o irmão passar na frente. Enquanto isso as risadas dos recém-chegados juntaram-se às do rapaz do canivete e foram ficando para trás, como os ruídos de aves de rapina.

O medo costuma fortalecer as pernas e a vontade. Em menos de meia hora, os meninos atingiram a última parte da estrada que os conduzia à casa de Elizabeth. Não pronunciaram nenhuma palavra. Como em uma corrida, olhavam para trás de tempos em tempos. O céu já era uma mistura de vermelho, azul e cinza. Provavelmente, em Esparewood, Emily já havia começado a colocar os quatro pratos na mesa antes de preparar o jantar.

Era hora de furar o pneu de Encrenca e dar sequência ao plano. Benjamin sugeriu uma parada.

— Encrenca, vamos sentar ali. Eu trouxe um pouco d'água.

Os dois desmontaram e o caçula bebeu mais da metade do cantil. Buscou a bolacha no bolso, mas agora ela era apenas um montinho de farelos presos no fundo. Benjamin notou sua frustração e ofereceu ao irmão o pacote de bolachas que tinha na mochila.

— Que medo daquela turma... — Encrenca pegou as bolachas e enfiou na boca uma atrás da outra.

— E o canivete então? Aquilo, sim, me deu medo. É covardia. Ainda bem que conseguimos sair de lá.

— O único bonzinho é o que estava na minha bicicleta. Eu pedi licença e ele saiu. E ainda me deu um sorriso.

— Do que você está falando, moleque?

Encrenca rememorou a cena com a maior naturalidade:

— Mas não era um sorriso esquisito que nem o do outro. Era um sorriso de verdade.

— Como assim? — Benjamin mirava o irmão com espanto, mas também puxou pela própria memória remota. — Não estou te entendendo. O único que estava lá era o agachado no chão, com o canivete. O ruivo e o magrinho estavam longe.

— Não. Eu estou falando do outro. O que estava sentado no banco.

— Na sua bicicleta?

— Esse. Era parecido com o do canivete, só que mais novo. E mais legal também. A pele era tão branca... parecia até que... brilhava...

Benjamin já sabia exatamente o que estava acontecendo e se espantou com a própria calma. Não era a primeira vez que presenciava as habilidades de um Legítimo, mesmo sem conhecer esse nome. Ao contrário, já tinha vivido a mesma situação inúmeras vezes, há muitos anos, e só não imaginava que Encrenca teria o mesmo problema, ou, melhor dizendo, o mesmo dom que a avó. Talvez ela também tivesse começado a ter as visões cedo, sem alguém para explicar o fenômeno. Pelo menos Encrenca teria orientação e não passaria por tantas aflições. Ao mesmo tempo Benjamin sabia que era necessário saber mais sobre o que tinha acontecido, então abraçou o caçula e falou com o máximo de jeito que conseguiu:

— Encrenca, você sabe que só tinha três garotos ali... o do canivete e seus dois colegas. Não tinha ninguém na sua bicicleta...

— Tinha sim, tinha um mais novo. Devia ser irmão do outro.

— Olha, eu tenho que fazer uma pergunta. E você precisa se concentrar para me responder, é muito importante — Benjamin media as palavras e usava o tom de voz mais calmo possível. — Quando você se sentou no banco, ele estava quente?

— Não lembro...

— Tente lembrar...

— Na verdade... o short... é... acho que eu senti um geladinho do couro...

— E o brilho... os outros também tinham esse brilho?

— Não, Benja! Já disse: não tinham.

— Então, Encrenca, acho que esse moço... ele... não estava realmente lá, sabe?

— Não? Como assim?

— Estava lá, mas não estava lá. Ele não é como a gente, de carne e osso...

– Você quer dizer que... – o caçula, aos poucos, ia entendendo o que Benjamin dizia. – Nossa! Agora eu estou com medo de verdade.

– Não tem do que ter medo. Ele tinha uma luz, certo?

– Tinha... Uma luz... uma luz branca, que passava pela cara, pelas mãos dele... – Encrenca gesticulava e tremia sem parar.

Benjamin respirou aliviado e abraçou forte o irmão.

– Então fica tranquilo. Está tudo bem. A gente não precisa ter medo de nada.

– Como não? Ele não existe! Ele é um... fantasma!

– "Um fantasma" é muito pesado... fale "um espírito de luz", que fica melhor. Acho que a gente realmente tem que ir na casa da vovó. Vem, Encrenca, daqui a pouco a gente chega lá.

– Ele é nosso amigo? – perguntou o menino depois de um tempo calado, abraçado às próprias pernas.

– Tenho certeza de que é nosso amigo – respondeu Benjamin, confiante.

Encrenca se convenceu. Estendeu um pouco as pernas, pegou a última bolacha que o irmão tinha guardado para ele e comeu sem perceber, pensando nos fantasmas. Enquanto isso, Benjamin tirava a tesoura da lateral da mochila e enfiava o lado mais fino e pontudo no pneu da bicicleta menor. Não tão ingênuo como o irmão, mas sem condições de ver tudo o que acontecia na mata ao redor, ele não percebeu um pequeno detalhe.

Estavam sendo seguidos.

---

Helga Grensold estava colhendo ervas no caminho que ladeava a estufa. Eram aquelas plantas do tipo selvagem, que não se adaptavam bem no ambiente fechado e precisavam do sol para viver. A mais rara entre elas era a *Artemisia tridentata*. Ao ouvir o som de conversas do lado de fora, a caseira atravessou o jardim até o cercado que separava a propriedade da estrada de terra batida. De longe, percebeu que eram alguns garotos, talvez arruaceiros. No entanto, com um olhar mais atento, notou que se locomoviam de forma rápida e belicosa. Dois deles estavam com os capuzes do moletom puxados em volta da cabeça.

Ela achou por bem abordá-los. Até porque, além de jardineira, mantenedora e supridora da propriedade, também assumira a função de vigia.

Ao caminhar rente à cerca, notou que eram quatro ao todo. Chegou bem perto e não se conteve: já foi enxotando todos eles.

– Vão embora daqui. Não é lugar para vocês.

– Olha só, a tia parece brava! – o líder se aproximou e os outros vieram atrás.

Ela sentiu o sangue subir e até tirou o lenço fino que trazia amarrado na cabeça. Odiava ter de responder a gente desqualificada. Mas algo de muito estranho aconteceu. Um dos rapazes, ao ver as feições de Grensold sem a proteção do tecido que cobria em parte seu rosto, ficou pálido, e seu cabelo vermelho ficou espetado, como chamas. O rapaz foi tomado por um pânico e se escafedeu.

– Ei, volte aqui, Fogueira! – o líder chamava o colega, mas pouco esperançoso de que ele voltasse. – Esse cara é muito estranho. Não tem passado, não tem história. De repente, surta do nada...

– Eu não quero saber de nada disso. Quero é que vocês sumam daqui, como fez o amigo de vocês. Ou vou chamar a polícia do condado. São ótimos para sumir com delinquentes como vocês!

– Delinquentes? Eu, se fosse a senhora, chamaria de guarda-costas. Viemos escoltando os dois moleques pouco espertos até aqui.

– Do que você está falando, menino? – a resposta à pergunta se materializou na cerca da propriedade. Benjamin e Encrenca haviam acabado de chegar e, não encontrando a campainha, batiam palmas para se anunciar.

O grupo voltou a agir como bando e caíram na gargalhada, como haviam feito na mercearia.

– Eu quero que sumam daqui, e rápido! Mas podem voltar amanhã, que terei uma surpresa. Uma especialidade minha na cozinha. Faço questão que venham buscar, em agradecimento por terem escoltado meus meninos. Não vão se arrepender...

## Capítulo 42

Assim que os adolescentes saíram pela cerca lateral, embrenhando-se no mato alto que separava a propriedade, Grensold foi receber os meninos Ross na cerca frontal e, para espanto de Benjamin, agiu como se fosse a proprietária da casa. Conduziu os dois para dentro e acendeu a lenha que estava pousada na lareira. O sobrado estava claramente habitado. Embora aquilo fosse absolutamente normal para Encrenca, em sua inocência, Benjamin sentia-se incomodado com a situação. Afinal, sua avó estava presa, não morta. A casa ainda era dela. Pensou também que não havia tempo a perder, pois tinha de seguir as indicações de Elizabeth ainda naquela noite. Mal entrou na sala, pediu para ir direto à biblioteca.

– Nossa, isso que é um menino interessado. Livros antes mesmo de um chá? Ou de esquentar as mãos na lareira? – Grensold tentava descobrir a real intenção daquela visita inusitada.

O menino ficou aliviado quando viu que as estantes forradas de livros estavam do mesmo jeito que as memórias da infância tinham guardado. Passou as mãos por vários exemplares e logo vislumbrou aquele que parecia o mais grosso e o mais velho de todos. Puxou-o de leve e leu o título *Comunicação Além-vida*. Nem bem terminou de enfiá-lo de novo na prateleira, a caseira já estava ali a seu lado.

– Benjamin, você cresce a cada dia! O Pietro, então, nem se fala. Ele nunca tinha vindo aqui, não é? – a presença de Grensold continuava lembrando a de um cão de guarda. Ao mesmo tempo que dava segurança, impedia qualquer movimento mais espontâneo.

— Eu adorei a casa da minha avó — disse Encrenca, com alegria no tom da voz. — Aliás, adorei saber que eu tenho uma avó... Quando será que ela volta?

O menino olhava para os quadros e objetos espalhados por todo canto, diferentes de qualquer outra casa em que já tivesse entrado.

— A mãe de vocês sabe dessa visita? — a pergunta foi provocativa.

— Por que quer saber? Vai nos dedurar? — o menino espantou-se com a própria coragem e com sua posição desafiadora.

— Não, imagine. Segredos bons são aqueles bem guardados, não é?

— Não, não, Gren, vou agora mesmo ligar para a minha mãe. O pneu da bicicleta do meu irmão furou. Estávamos no bosque e andar até aqui era mais perto do que voltar para casa — Benja foi ao telefone e discou o número de sua casa.

— Mãe, temos um probleminha...

Benjamin conseguiu contar a história à mãe sem titubear, mesmo que, a cada palavra, sentisse uma pontada de culpa por estar mentindo. No telefonema, depois de ouvir as esperadas broncas, disse que já tinha pedido para Layla levá-los direto ao colégio no dia seguinte de manhã, o que a tranquilizou. Emily pediu para falar com a caseira, que também a acalmou, dizendo que serviria a eles uma boa sopa e fatias grossas de pão caseiro.

— Que bom, está tudo bem — ao desligar o telefone, a mulher parecia orgulhosa de ter contribuído para o que chamou de "bom desenlace do conflito". — Benjamin, engraçado, não ouvi você falando com a Layla...

— Eu consegui ligar do telefone público da mercearia.

— Nossa, aquele telefone está há tanto tempo quebrado... Sem contar que, se você quiser, eu mesma posso levar vocês. Não precisamos da Layla.

— Grensold, eu já combinei com ela. Está tudo bem, ela está com o carro do Hudson. Mas, na verdade, eu queria saber uma coisa: você está morando aqui na casa da minha avó?

— Benjamin, você conhece minha casinha? Não tem calefação lá. Sua própria avó me acolhia aqui na casa quando o outono chegava. Sem contar que não mexo em nada do que é dela.

— Nem nos livros? — o menino falou sem nem ao menos pestanejar.

— Muito menos nos livros! Só passo um pano e olhe lá. Sei quanto Elizabeth é doida por essa biblioteca. E quando ela voltar, se voltar — Benjamin franziu a testa —, prometo que retornarei à minha pequena casa. Ela não é tão fria na primavera — Grensold disse o que queria dizer e foi para a cozinha.

Durante a conversa, nenhum dos dois percebeu que a expressão de Encrenca estava tensa. Em pé, encostado na prateleira de livros, ele olhava fixamente para a janela lateral. Não contou a ninguém que viu ali um senhor com cerca de setenta anos que vestia roupas antigas e sorria para ele. Apenas agarrou a mão do irmão e aguardou respostas, apavorado.

— Não se preocupe, Encrenca, falaremos sobre isso mais tarde — Benjamin já sabia que o irmão tinha visto mais alguma coisa, e de novo procurou tratar o assunto com naturalidade. — Vamos escolher os livros.

— Mas... o que eu faço... com ele? O vovozinho não para de sorrir pra mim.

— Não faça nada. Tenho certeza de que está tudo bem. Ele tem o mesmo... brilho do nosso amigo da estrada, certo?

— Tem... é brilhante, mas só pela metade. A outra parte é um pouco escura...

— Ah é? — o primogênito estranhou, mas não deu tanta atenção.

— Tenho vontade de perguntar o nome dele, Benja.

— Deixa isso pra lá, não arruma encrenca, Encrenca — disse o irmão, tentando desfazer a gravidade do fato.

Havia em Benjamin uma vaga lembrança daquela poltrona verde posicionada bem em frente à estante de livros. Tinha a sensação de que, quando era pequeno, Elizabeth apresentara a ele alguém que se sentava ali. O nome não lhe vinha à cabeça, mas o imaginava inteiramente brilhante.

Por outro lado, Sonny, o espírito fadado a vagar pela cidade onde nasceu por ter cometido o erro de esgotar sua reserva de *enits*, lembrava perfeitamente de Benjamin, enquanto os observava, agora do lado de fora da casa. Ainda assim, não tentou nenhuma espécie de contato.

– Encrenca, vá tomar sua sopa e diga que já estou indo – ordenou Benjamin. – A sra. Grensold vai te servir.

– Claro, claro. Venha, pequeno, venha se esquentar – Grensold estava solícita com a criança, e também parecia sincera com Benjamin. – Pode ficar à vontade. Sei que está interessado nos livros. Mas não demore, estamos esperando você para jantar, não é Pietro?

– Vou em um minuto – Benjamin voltou para onde estava o volume citado por Elizabeth e o colocou na mochila. Também pegou um livro fino de alquimia e um sobre armas antigas. Se sua avó gostava desses assuntos, ele também poderia se interessar.

Percorreu com os olhos os quatro cantos da sala em busca de mais lembranças. Elas vieram quando avistou a raposa empalhada, responsável por vários de seus sustos e por tantas outras alegrias. Estar ali era como fazer uma estranha viagem no tempo.

Identificou na mesma hora a gaveta onde a avó guardava potinhos de vidro cheios de substâncias coloridas, mas que ele não podia pegar por serem "muito perigosos". Foi até ela, no bufê que ficava ao lado da estante, e a abriu. Não havia mais nada lá, além de uma fita elástica preta bordada em branco que parecia ser uma tiara de menina. Ele sentiu um arrepio.

– Benjamin, venha que a sopa vai esfriar! – a voz anasalada vinha da sala.

O menino foi seguindo o cheiro dos temperos até a sala. E percebeu o tamanho de sua fome quando viu a concha verter aquele caldo fumegante em seu prato.

O lustre tinha apenas uma das suas doze lâmpadas acesas, então a mulher colocou uma fila de velas no candelabro e, enquanto as acendia, uma a uma, formou-se em seu queixo uma sombra que parecia uma barba.

– Sente-se, rapaz. Vou pegar uma fatia de pão para você.
– Pode deixar que eu pego, Gren.
– Ah, esqueço que você cresceu. Quantas vezes cuidei da sua comida quando você vinha aqui, ainda muito pequeno...
– Lembro tanto da minha avó aqui nesta casa...
– Claro. Você era louco por ela. Adorava vir aqui – Grensold olhou para cima, como se estivesse imaginando a cena. – A propósito... tem falado com ela?
– Não.
– Nem por telefone?
– Não.
– Talvez alguma carta? – a mulher, sentada ao lado direito do rapaz, aproximou-se mais para ver bem de perto a expressão do rosto dele.
– Nada – Benjamin respondia a tudo de um jeito rápido, seco, apenas por obrigação. Não estava gostando do jeito bisbilhoteiro da caseira.
– Deve estar com saudades dela, não é?
O silêncio encheu o recinto por um tempo constrangedor, até se afinar ao som surdo da colher de metal de Encrenca raspando o fundo do prato de ágata.
– Com licença, Grensold, está tarde e amanhã Layla vai passar muito cedo...
O relógio da sala já apontava oito da noite. Era preciso concluir tudo rápido e acordar cedo no dia seguinte para encontrar Layla na porteira perto da estrada. Então ele recolheu suas coisas e puxou o irmão, enquanto Grensold já cruzava a sala com as roupas de cama e toalhas para arrumar o quarto onde dormiriam. Não os colocaria no quarto de Elizabeth por ser ela mesma a ocupante.
– Arrumei as camas no quarto de costura. É o mais divertido da casa, e o mais amplo também, vocês vão ver.
Com a barriga forrada, Benjamin sentia-se pronto para o desafio de não apenas entender o jogo, superficialmente descrito por sua avó, como também de pô-lo em prática.

– Vamos, Encrenca, é hora de dormir – Benjamin pegou o menino pela mão e se assustou como estava alto em relação ao irmão.

– Eu quero ir pra sala. Quero conversar com o...

– Pietro! Não é hora de conversa nenhuma.

Ao usar o nome e não o apelido do caçula, Benjamin deixou claro que não estava brincando. Depois de tudo o que acontecera naquele dia, sabia que Encrenca teria de se acostumar com o dom que herdara da avó. Como irmão mais velho, tinha a responsabilidade de cuidar do menor.

A cabana de lençóis velhos que construíram segundo as indicações do livro parecia pequena demais para que Benjamin e Encrenca pudessem se acomodar decentemente ali dentro. Mas a proximidade não era de todo má; parecia trazer mais segurança para o jogo que iriam iniciar em poucos instantes. O mais alto tinha de se curvar para não encostar a cabeça no pano. Já o caçula conseguia se sentar com as pernas cruzadas e a coluna reta, porém com os ombros tensos de medo. Dois cabos de vassoura cheios de buracos de cupim sustentavam o remendado lençol verde em dois pontos estratégicos, enquanto uma lanterna pequena fornecia a única fonte de luz na cabana circundada pelo negro silêncio do quarto de costura.

– A regra diz que eles só aparecem se estiver escuro... – sussurrou Benjamin, não encontrando os olhos do irmão, que se encolhia e escondia parte do rosto com suas pequenas e rechonchudas mãos.

– Mas e a lanterna? – perguntou Encrenca entre os dedos, retribuindo o olhar por uma pequena fresta.

– Temos que enxergar o tabuleiro... daqui a pouco a gente apaga.

Entre os irmãos havia um tabuleiro marrom, em péssimo estado, que pousava meio torto sobre as irregularidades do colchão onde a cabana fora construída. Ao contrário dos jogos com que brincavam, esse não possuía casas ou peões, e, sim, as vinte e sete letras do alfabeto gravadas em relevo e dispostas em um círculo perfeito. Na parte superior do tabuleiro, antes que a letra Z encontrasse a letra A, estava escrita a palavra "SIM". Na parte de baixo, onde estavam as letras medianas do alfabeto, a palavra "NÃO" separava o L e o M.

— Fixe o lápis deitado no prego do centro do círculo, de forma que ele possa girar livremente — Benjamin reproduzia em voz alta as instruções do manual de folhas amareladas, esquecido há milênios na biblioteca de Elizabeth. Fazia a operação com muito cuidado, para não danificar mais aquela relíquia. — Ótimo. Acho que agora podemos começar...

— Benja... você tem certeza que quer jogar? — a voz do irmão caçula saía fraca e carregada de medo. — Pode ser de mentira, esse jogo...

— Cara de batata, você tem que ser mais corajoso. O que pode acontecer de tão ruim? E você, mais do que eu, sabe que as chances do jogo dar certo são grandes. Você mesmo já quase conversou com "eles".

Encrenca concordou com a cabeça, até porque estava subentendido que seu irmão não voltaria atrás. Enquanto Benjamin checava pela última vez as regras, ele olhava para o tabuleiro, para ir se acostumando com a ideia. Nesse momento percebeu que algo estava faltando.

— Esse lugar aqui fica vazio? — indicou a parte superior do tabuleiro, onde havia um recipiente côncavo em forma de meia-lua.

Benjamin folheou novamente em busca da resposta, até parar em uma página.

— Diz aqui que "encher com sal..." — o garoto acompanhava a leitura com o dedo indicador — "é o modo de impedir a aproximação de algum espírito mali...". Bem, não vem ao caso, não é importante... — e fechou o manual em seguida, ajeitando-se no colchão.

O jogo finalmente podia começar. Os olhares se cruzaram dentro da cabana e Benjamin percebeu o temor exposto no rostinho do irmão.

— Encrenca, acredite em mim. Só isso...

O menino balançou a cabeça positivamente, mas na verdade se arrependia de ter ido tão longe. Àquela altura, não tinha mais como desistir.

– O manual diz que o jogo começa quando chamamos o espírito. Temos que dar as mãos, encostá-las no tabuleiro e assobiar três vezes. Ah, e o lápis tem que estar apontado para a palavra "não" – concluiu ele, movimentando o lápis.

As mãos de Encrenca não paravam quietas e foram ao encontro das do irmão mais velho. Os dedos ficaram entrelaçados, atados no ar por algum tempo, enquanto os meninos se entreolhavam e repensavam. Mas Benjamin tomou a iniciativa e conduziu a mão do irmão em direção ao tabuleiro, até que ambas pousaram na superfície marrom.

– Agora os assobios – relembrou Benjamin.

Os primeiros assobios de Encrenca não saíram. Sua respiração ofegante dificultava a emissão do som.

– Você tem que ficar calmo.

– Não consigo, Benja...

Passaram-se alguns minutos até Encrenca relaxar e conseguir a sequência de assobios. Benjamin o acompanhou e os silvos ecoaram entre os lençóis da cabana, as mãos pousadas sobre o tabuleiro. Eles estavam tensos, com a respiração curta, esperando algum indício de sucesso. O peito de Benjamin martelava rapidamente, mas o lápis no centro do tabuleiro não se movia.

– Por que não está funcionando? – Benjamin pensou em voz alta, decepcionado.

– Eu disse que era melhor a gente desistir...

– Mas vai funcionar, tem que funcionar! – Benjamin elevou o tom da voz e desatou as mãos. Depois, ficou em silêncio até arriscar uma explicação: – Talvez seja a luz...

– Já desligamos as luzes do quarto...

– A lanterna, Encrenca – Benjamin estava impaciente.

– Mas vai ficar escuro demais...

– Precisamos tentar... Talvez seja o único jeito.

Benjamin não queria que o irmão sofresse. Se fosse possível realizar o jogo sozinho, com certeza não o teria incluído. Mas simplesmente desligou a lanterna, para serem em seguida engolidos pela escuridão.

– Agora devemos tentar de novo – a voz de Benjamin se propagava no breu. O som, no entanto, se tornara mais inconsistente.

Encrenca obedeceu e o procedimento foi realizado pela segunda vez. As mãos ataram-se, pousaram no tabuleiro e os irmãos assobiaram três vezes novamente. Cada segundo de espera parecia uma eternidade, mas nenhum espírito parecia ter sido evocado. Depois de esperar mais um pouco, desentrelaçaram as mãos. Benjamin, incomodado por não ter alcançado seu objetivo, começou a tatear o colchão em busca da lanterna. Antes que o fizesse, a vozinha de Encrenca soou mais fraca e tremida que das outras vezes.

– Benjamin....

– Não deu certo, Encrenca. É seu dia de sorte, meu irmão... Não conseguimos. Vamos desmontar essa cab...

– Alguém está chamando do lado de fora da cabana – Encrenca sussurrava.

As mãos de Benjamin congelaram, pois o insucesso também não deixaria de ser um alívio.

– O quê? – perguntou, também sussurrando.

– Tem alguém... eu ouvi... parece a voz de uma menina...

– Eu não ouvi nada.

– Vai ver que só eu consigo ouvir, Benja...

– Então vamos saber quem é...

– Não! – a voz de Encrenca era baixa, não queria que quem estivesse fora da cabana o ouvisse. – Por favor, como que desliga o jogo?

– Não podemos mais. Temos que falar com o espírito, para que ele possa ir embora – Benjamin inventava as regras para obrigar o irmão a continuar.

– Eu não vou olhar. Não vou conseguir.

— Só você pode fazer isso, Encrenca. E você vai conseguir, sim. Eu vou levantar o lençol e apontar a lanterna e aí você me diz o que está vendo, certo?

— Não, por favor... — Encrenca começou a chorar nessa hora.

— Vou levantar agora, o.k.?

Sem esperar pela permissão do irmão, Benjamin levantou o lençol, ligou a lanterna e apontou para o quarto. Encrenca havia levado as mãos aos olhos e se recusava a olhar.

— Você tem que olhar, Encrenca, para que a gente possa terminar o jogo.

Quase sem força, Encrenca escorregou suas mãos, bem devagar, até que seus olhos ficassem livres, e então pôde vislumbrar o que havia do lado de fora da cabana.

— E aí, o que você está vendo?

— É uma menina, Benja... Uma adolescente, na verdade — o menino parecia em transe.

— Mas como ela é exatamente? — Benjamin ficou ensandecido.

— Está olhando pra gente, com a cabeça um pouco abaixada, assim — Encrenca tentou imitar.

— Mas e as características físicas?

— Cabelo comprido... preto... é muito branca... está com um colar no pescoço e....

— E...

— Ela é diferente do menino da estrada. E do senhor sentado no sofá...

— Diferente? Diferente como?

— Ela é mais apagada... não vejo nenhuma luz saindo dela...

— Apagada?

Benjamin deixou cair o lençol sobre o irmão, cobrindo-o involuntariamente, e começou a movimentar a lanterna de um lado para outro da cabana. Estava desesperado e tentava se lembrar das palavras da avó sobre espíritos sem luz. O manual *Comunicação além-vida* tinha desparecido na minúscula cabana. A luz da lanterna piscava de vez em quando, indicando bateria baixa.

Benjamin balançava para ver se ela pegava "no tranco". Mas foi pelo tato que localizou o volume entre o lençol e a perna do irmão. Folheou-o quase rasgando as páginas, tamanha sua urgência. Os capítulos tinham nomes interessantes: "Como conversar com familiares mortos", "Espíritos em visita", "Como chamar um espírito específico" e, finalmente, "Como suspender o jogo". Esse último era o mais adequado para aquele momento.

– Não, não – dizia Benjamin enquanto chacoalhava mais a lanterna, desejando que fosse apenas mau contato.

Mas não era. A lanterna de fato tinha se apagado e a cabana voltou a afundar na escuridão. A diferença era que os dois não estavam mais sozinhos.

– E agora? – perguntou Encrenca, em pânico.

– Consegui ler alguma coisa no manual... te-te-mos... que – Benjamin gaguejava, sua voz falhava, e estava aparentemente mais medroso que o irmão – es-escre-ver no tabu-buleiro... as letras... o lápis tem que apontar para as letras... precisamos escrever a palavra "fim" e depois... depois assobiar três vezes de novo... acho...

Encrenca queria que o jogo terminasse o mais rápido possível, inclusive para dar fim àquele pavor que via seu irmão sentir. Obedeceu-o então automaticamente.

– Benjamin, ela está chamando a gente! Na verdade, chamou você!

– Impossível, Encrenca, precisamos escrever a palavra, rápido!

– Não dá pra enxergar.

– Eu sei, você terá que sentir as letras! É a única opção... Eu procuro o "F" e o "I" aqui em cima, você o "M". Agora!

Os dois começaram a tatear o tabuleiro de forma frenética, como dois cegos apavorados. Os dedos se esbarravam com frequência, e, embora se esforçasse, Encrenca se distraía com a voz da garota e não conseguia se concentrar.

– Benjamin, ela chamou de novo. A voz é estranha... dá medo... acho que ela está mais perto agora.

Benjamin ignorou e continuou procurando as letras. Encontrou o F e fez força com a ponta do dedo para que sua mão não escorregasse dali.

– Eu não acho a minha! – informou Encrenca.

Quando Benjamin já estava encontrando o "M", a lanterna milagrosamente voltou a funcionar, revelando o rosto marejado de lágrimas de Encrenca. O neto mais velho de Elizabeth passou a iluminar os cantos novamente, como se segurasse um escudo.

– Você está bem? – perguntou a Encrenca.

– *Tô* – o menino encarava o tabuleiro. – Mas o lápis...

Benjamin olhou na mesma direção.

– O que tem?

– Mudou de lugar... quando começou o jogo estava no "NÃO", e agora...

– Está na letra "I" – completou Benjamin, encarando o irmão. Encrenca confirmou com o olhar.

– Talvez o espírito queira dizer alguma coisa... o jogo serve para isso...

– Mas eu não quero saber! Quero sair daqui, Benja!

– Vamos deixar ela escrever...

Benjamin tinha medo. Lembrou-se das histórias de Elizabeth, e o fato de um espírito não ter luz não era bom sinal. Mas seu fascínio conseguia superar qualquer outro sentimento. Não esperou pela opinião de Encrenca e desligou a lanterna novamente.

– Não, Benja! – pediu Encrenca.

– Shhh...

Esperaram na escuridão. O coração martelando mais forte a cada segundo. Até o piar das corujas, que antes vinha do jardim, tinha silenciado. Tudo era breu e silêncio.

– Ela parou de falar – sussurrou Encrenca depois de certo tempo. – Acho que foi embora...

Benjamin acendeu a lanterna novamente e direcionou o facho para as letras do tabuleiro. O lápis encontrava-se no mesmo lugar, ainda apontado para a letra "I".

— Talvez ela tenha ido — concluiu Benjamin, aliviado. — Vou levantar o lençol e você olha.

— Nã...

— Encrenca, vamos. O pior já foi, precisamos sair desta tenda agora. O jogo acabou... e perdemos....

Benjamin levantou o lençol verde e iluminou o lugar. Encrenca estava tenso. Viu o quarto de costura limpo, a sombra dos guarda-trecos e nada mais. Mas seu medo se antecipava à realidade.

— E então... — Benjamin estava impaciente. — Ela ainda está aí?

— Não — respondeu Encrenca, voltando-se para Benjamin, que estranhou seu rostinho petrificado.

— Ótimo! Então vamos...

— Ela está aqui dentro da cabana! — a voz de Encrenca mal saía.

— Não é possível! — Benjamin, aterrorizado, segurava a lanterna, que piscava catatônica, mas só Encrenca via o rosto pálido da menina sorrindo sadicamente ao lado do irmão.

— Ela está falando de novo...

— Não escuta!

— Não dá!

— Tampa o ouvido, Encrenca.

— Estou tampando! Ela quer que eu te dê um recado...

— Não fala nada — ele tentava fazer a lanterna funcionar.

— Foi sua culpa, Benjamin...

— O quê?

— Ela está dizendo que a culpa foi sua. E que ela está esperando você em breve.

Benjamin fez menção de pegar o tabuleiro para encerrar o jogo, mas Encrenca o impediu.

— O lápis! Está se mexendo de novo... É ela...

O objeto movimentava-se rapidamente e parava por alguns segundos em uma letra do tabuleiro antes de continuar. Depois do "I" rodou para o "S" e, em seguida, para o "A".

— Ela quer que você fale oi. — repetia Encrenca, chorando. — Para de falar comigo! — gritou, tampando os ouvidos.

— Não ouça nada, não faça nada.

— Quem é ela, Benja, quem é ela? Eu não consigo mais respirar... tem alguma coisa na minha garganta.

— Aguenta firme, eu vou acender a luz, vou chamar ajuda.

O lápis rodopiava no centro do tabuleiro. A próxima letra foi "B", depois "E", depois "L", "L", "A". Benjamin conseguiu acompanhar a sequência, a ponto de concluir com um grito de terror. O nome que havia se formado no tabuleiro era ISABELLA.

Benjamin, com os olhos secos de tanto os arregalar, se lembrou do capítulo "COMO CHAMAR UM ESPÍRITO ESPECÍFICO" e voltou até a página para ver o subtítulo, que dizia: "Basta ter um artigo pessoal do defunto na casa".

— A tiara negra com os bordados brancos! Agora lembrei! Era de Isabella!

Ele disse isso virando-se para o irmão, enquanto dirigia na mesma direção a pouca luz que restava, suficiente para ver o rostinho levemente retorcido do caçula.

— Eu não aguento, não tem ar... — a voz de Encrenca saía esganiçada, como se nada passasse por sua garganta. — Acho que vou...

— Não vai nada! Não vai nada. Aguenta aí! — Benjamin não sabia se corria para acender a luz ou cuidava do irmão, que parecia estar desmaiando, ou coisa pior...

Nesse exato momento, alguém que o tempo todo estava ouvindo e vendo o que precisava pela porta entreaberta entrou no quarto, acendeu a luz e puxou o lençol. Pegou Encrenca do chão e o levou para a janela. Abriu-a rapidamente e o ar fresco penetrou no quarto, ajudando o menino a respirar melhor.

— Não é sempre que estou acordada a esta hora da noite. Vocês poderiam ter se machucado! Quem deu autorização para fazerem essa tenda?

Benjamin só queria ficar perto do irmão, que se recuperava aos poucos. Ele mesmo precisava de tempo para absorver o choque. Sua prima morta estava ali. Isabella estava ali.

– Você me salvou, Grenso, obrigado. – A voz fraquíssima era de Encrenca, e Grensold estufou o peito ao perceber que terminaria aquele dia como heroína.

– Fique calmo, Encrenca.

– Você a viu também?

– Viu quem?

– *A* fantasma!

A mulher deu um sorriso enigmático enquanto dobrava o lençol que servia como tenda. Mas não falou nada.

– Ah, agora entendi! – ela se abaixou e pegou um grosso volume no chão. – O livro! Não me diga que acredita que esse jogo traz os espíritos, não é? – ela se aproximou da caixa e, como se estivesse fazendo uma faxina habitual, começou a guardar as partes integrantes do jogo. – Isso é bobagem da sua avó.

– Traz sim, eu vi!

Benjamin se aproximou e percebeu que o chão de tacos de madeira passara a ter uma fina camada clara. Parecia areia, mas ao andar ele notou, pelas marcas de seus sapatos no chão, que a substância era muito mais fina. Mais branca. Não entendeu como aquele sal fora parar ali.

– Vamos acabar com essa brincadeira – ordenou Grensold. – Isso não é para criança! É hora de voltar para a cama!

---

Logo pela manhã, ao ouvirem as buzinas, Benjamin e Encrenca abandonaram correndo a mesa de café da manhã e saíram pelo jardim. A passagem da caminhonete levantou a terra avermelhada da estradinha que conduzia até a rodovia. Nenhum dos dois comentava sobre os acontecimentos. Na direção do veículo, Layla, pressentindo algum segredo, também não falava nada. Não queria se complicar com Emily. Quanto menos cúmplice, melhor.

Os cabelos do menino que chegou sozinho à casa de Elizabeth, poucos minutos depois, também eram avermelhados. E se a confusão em sua cabeça foi forte a ponto de ele sair correndo no fim da tarde anterior, com um misto de espanto e medo que a dona daquela casa o associasse com marginais, era um outro sentimento que o movia até ali naquele momento.

Gratidão.

Aproximou-se sorrateiramente da porta e deixou na soleira um objeto, com todo o cuidado para que não fizesse barulho. Depois, saiu pé ante pé, atravessou o gramado e, mais uma vez, sumiu por entre as árvores do bosque para reencontrar aqueles que, por piores que fossem, tinham se tornado uma espécie de família.

Foi só depois do almoço, ao levar o lixo até a parte externa da casa, que Grensold notou, em cima do tapete de sisal, a placa de madeira, do tipo artesanal, muito usada para indicar os números das propriedades e também os nomes dos bares e dos pequenos comércios da região. Mas ali não havia nenhuma indicação de estabelecimento, nem qualquer número, e, sim, a palavra "Obrigado", milimetricamente esculpida com o pirógrafo.

Abaixo, podia-se ver também um desenho de uma cabeça de animal.

Um javali.

A pirogravura feita em placas era apenas uma das habilidades de Sid "Ruivo" Condatto, que, desde que perdera a memória, era chamado de Fogueira por seus novos amigos de bando.

De sua vida pregressa, ele só se lembrava de duas coisas: ter sido aprisionado em um local horrível e de ter sido salvo por uma mulher na floresta.

Finalmente "Ruivo" havia descoberto sua benfeitora. E encontrou uma maneira de agradecê-la.

# Capítulo 43

Arianna King estava com ótima aparência desde que passara a ter sua cota de bálsamo anual. Mas ainda se sentia fraca e continuava proibida de sair de casa até que a pulseira estivesse pronta. Sua comida ainda era levada pela mesma pessoa que preparava a alimentação dos três reféns que ocupavam o galpão, antigo matadouro de Saphir. Odiava admitir, mas a sopa de Helga Grensold era sempre a melhor refeição que fazia.

Para a dona da casa, aproximava-se o dia da libertação, o dia em que o objeto de metal, enterrado no local exato e regado com a quantidade certa de sangue dos adolescentes, a capacitaria a controlar os impulsos de transformação de um Ser das Sombras.

As visitas de Morloch vinham sendo mais esporádicas, e ele se concentrava mais na forja, nessas ocasiões. Naquele dia, porém, tinha um assunto de suma importância para tratar com suas duas seguidoras ou, mais especificamente, com Helga, a mulher que tão diligentemente o ajudara a concluir com sucesso a missão, raptando os adolescentes.

Era bem verdade que um dos rapazes, Bob Jr., já estava no "fim da linha" e deveria ser substituído. Morloch guardava uma pequena superstição desde os tempos em que era vivo e trabalhava como forjador de espadas. Uma verdadeira lâmina jamais poderia entrar em contato com o sangue dos fracos.

— Mas o menino ajudou a forjar a pulseira. Ele não é fraco. Apenas está em condições pouco adequadas para se recuperar das retiradas semanais de sangue — a mulher pousava as mãos na cintura, mas sua postura levemente curvada não deixava que seu questionamento soasse arrogante.

– Você está se saindo muito bem – a cada movimento de Morloch em sua direção, ela dava mais um passo para trás. O bafo de vegetais apodrecidos era muito forte. – Mas não deveria se preocupar tanto com o menino e, sim, com o que temos aqui, que é muito maior. Falta pouco para a forja completa da pulseira.

– Claro, Morloch. Você deve ver que tenho me esforçado o máximo que posso. Mas espero que desta vez Arianna se encarregue de... bem... você sabe – a mulher abriu os braços e se virou para o fundo da sala. – Aliás, Esparewood já se esqueceu dela, eu lhe garanto. Arianna pode muito bem fazer essa parte do trabalho.

– Não sei, vou pensar no caso. Mas você já pode trazer a outra encomenda. Agora o tempo é curto. Não podemos arriscar. Você tem até o fim desta semana.

– Como assim? Isso é muito pouco! Eu preciso me planejar.

– Seja prática, Grensold. Você só tem que pegar alguém de catorze anos e vir para cá o mais rápido possível. Só isso – quando Morloch sorria, sua boca ficava parecendo com a de um lagarto. – Quem sabe você pode pegar alguém que já está à mão?

Arianna, estendida no divã de couro puído encostado na parede do fundo, soltou uma gargalhada pavorosa.

---

O pijama que Encrenca havia ganhado de Hudson era dois números maior, mas ele não se importava. Achou a estampa de pelicanos a coisa mais incrível do planeta e o vestia quase todas as noites, mesmo que arrastando a calça pelo corredor e molhando as mangas na pia.

No dia em que soube a novidade e precisou subir as escadas correndo, quase tropeçou por duas vezes na barra da calça de flanela.

– Benjamin, Benjamin, acorda! – Encrenca chacoalhava o irmão, envolvido em um sono profundo. – Você precisa acordar!

O caçula dos Ross subiu no aparador para abrir as janelas (um dos motivos pelos quais Emily tinha adotado as grades protetoras), mas o céu ainda estava escuro, e o irmão continuava imóvel, como uma lagarta dentro do casulo. Seu último trunfo seria usar a mesma técnica que via nos desenhos animados: levantamento de pálpebras.

Fosse pelo incômodo de ter alguém com o dedo em seu olho, fosse pelo contato desagradável de uma manga de pijama úmida encostando em sua bochecha, o dorminhoco soltou um gemido abafado e se moveu várias vezes no colchão. Mas, em vez de acordar, apenas se cobriu até a cabeça, virando para o outro lado e agarrando o travesseiro.

– Benjamin, é sério! Anda, acorda logo. Ela está vindo. Ela vai chegar no Natal.

– Me deixa, cara de batata!

– Você não entende! A vovó vem vindo!

Benjamin mergulhou um pouco mais fundo nas cobertas, mas de repente, com um movimento brusco, sentou-se na cama tenso como uma estátua.

– O que você disse, Pietro?

– Vovó! A vovó! Ela vai vir para o Natal. Acabei de ouvir a mamãe e o papai conversando! Eu estava escondido.

Na mesma hora Benjamin se esqueceu da noite maldormida e pulou da cama. Começou a se vestir atabalhoadamente, pegando logo o que via jogado pela frente. Quando se sentou para respirar, viu que tinha trocado os pés dos tênis. Encrenca segurou o riso. Benjamin soltou um longo suspiro.

– Você tá triste? Pensei que ia ficar animado... – Encrenca se espantou com a reação do irmão.

Apesar de tudo, se havia algo que Benjamin jamais perdia, mesmo nos momentos mais difíceis, era sua inocência. O menino cresceu, mas permaneceu com uma espécie de leveza que jamais transformava os desafios em raiva, ressentimento ou indignação. Não que não tivesse suas pequenas insubordinações, como mentir para os pais ou ser preguiçoso para catar o mato do jardim. Mas era incapaz de fazer uma maldade com algum colega ou de não se envolver em sofrimentos alheios. Especialmente quando podia ajudar.

Naquele momento, porém, era ele quem precisava de ajuda. Sua avó estava voltando, logo depois de ter exposto os dois netos a um jogo bem perigoso. Sua prima morta não saía de sua cabeça. Seu pai, depois da noite fora de casa dos filhos, estava ainda mais furioso. Havia criado o *Manual de condutas no lar* e exigia o cumprimento de cada um dos itens com rigor. Para piorar, o inverno, um dos piores da década em Esparewood, chegara com tudo.

Seria seu irmão capaz de entender aquilo tudo?

MANUAL DE CONDUTAS NO LAR

*Para os membros da família Ross e eventuais agregados, que cumpram com rigor cada solicitação abaixo:*

1. *Não será permitida qualquer tipo de bagunça dentro e fora de casa.*
2. *Ao acordar, lavar o rosto, colocar a roupa e pentear o cabelo. Nada de pijama ou remelas na sala.*
3. *Animais (no caso, Marlon Brando) não poderão entrar na residência.*
4. *A saída para a escola deve ser feita pontualmente às quinze para as oito.*
5. *Após a chegada da escola, é obrigatório fazer o dever, tomar banho e estar na mesa para jantar pontualmente às dezoito horas. Uma hora de brincadeira será permitida, desde que sem barulho excessivo.*
6. *Questões que tratem do passado da família, sejam pessoas ou acontecimentos, não serão abordadas.*
7. *Programas durante a semana, ou no fim de semana, serão previamente autorizados, ou desautorizados, pelo chefe da família (no caso, eu).*
8. *Qualquer tipo de experiência, paranormalidade, ritual ou qualquer outra dessas bobagens estão definitivamente banidas de casa.*
9. *É necessário ajudar a mãe (no caso, Emily) com as tarefas. Entre elas, cuidado com o jardim, lavagem de louça e organização das roupas.*

Os dois irmãos desceram para o café da manhã e Benjamin só pensava em perguntar sobre a novidade do Natal. Mas no caminho estava ele, o pai, sentado na sala, com o cocuruto ligeiramente calvo aparecendo por trás das costas da poltrona xadrez.

Qualquer pessoa que passasse uma semana na casa da rua Byron poderia descrever o ritual diário de Jasper Ross. Só eventos extraordinários o tiravam da rotina, como naquele dia, em que invadiu secretamente a casa de sua sogra e descobriu coisas que se esforçava para esquecer. Era um homem sempre sério, com a expressão endurecida. Mesmo seu amigo mais próximo, Hudson, tinha dificuldade em extrair alguma informação pessoal dele. Seus pensamentos eram raramente expressos e, quando acontecia, era sobre generalidades:

— Esses impostos vão acabar nos matando!

No tempo em que Isabella ainda vivia com a família, Jasper era um homem em constante estado de alerta. O compromisso com a sobrinha, ou talvez com o irmão morto, o fazia subir e descer as escadas quantas vezes fosse necessário, mesmo com as dores latejantes na perna, herança de St. Régis. Mas, depois da morte da menina, toda essa prontidão se voltou para as regras que impunha à família, e sobretudo às crianças. Assim como o *Manual de condutas*, criava novas regras a cada semana. Entre os últimos decretos estava a interdição do porão com uma placa de madeira pintada de branco que tinha as palavras de ordem bem na porta: PROIBIDA A ENTRADA. Desde então, Encrenca, que nunca havia se interessado muito por aquela parte da casa, não pensava em outra coisa senão em como invadi-la. Com seus olhinhos curiosos e espírito inquieto, precisava ver o que havia de tão importante por lá.

No café da manhã de sábado, podiam ficar na mesa até as nove, momento em que o chefe da família se levantava e subia para escovar os dentes, lavar seus óculos de leitura e fazer as únicas tarefas que assumia na casa: arrumar a cama do casal e inspecionar se os meninos tinham arrumado as suas corretamente.

Esse ritual meticuloso durava precisamente uma hora e quinze minutos. Era o momento ideal para Benjamin entabular a conversa com Emily sobre o Natal, que já se aproximava...

Seguido passo a passo pelo irmão, Benjamin ajudou Emily a tirar a mesa. Encrenca ficou encarregado de sacudir a toalha e trocar a água de Marlon. Depois, sem que a mãe pedisse, o mais velho enxugou os copos. Quando Emily começou a cortar as cenouras para o ensopado, Encrenca pediu licença para brincar, mas Benjamin foi logo pegando outra faca para descascar as batatas.

– Nossa, estou vendo que levaram à risca as instruções do manual elaborado pelo papai!

– Nada disso, mãe, estou só ajudando você...

– Sei... Sem eu pedir? – Emily ficou desconfiada de tanta solidariedade. – Pode ir, Encrenca, e continue assim, estou gostando! Vamos preparando o almoço e colocando a conversa em dia por aqui, não é, Benja? – Emily conferiu a primeira batata despelada e viu que estava quase perfeita. – Você, também, continue assim...

– Ora, não tenho nada de especial para falar, é só que lembramos do Natal que vem chegando e...

– Continue assim que Papai Noel vai lhe dar um presentão...

– Mãe, estou falando sério, sobre a ceia, a festa, quem vem... O tio Hudson e a Layla com certeza, não é?

Emily começou a cortar as rodelas da cenoura com mais força. Respirou fundo e, em vez de responder, pousou a faca e encheu a panela de água. Enquanto isso, Benjamin ficou parado, com uma batata na mão e a faca na outra, esperando a resposta.

– Você não ia cortar as batatas? – Emily indicou o tubérculo com os olhos.

– E você não vai me dizer nada? Eu gosto tanto do Natal, e o Encrenca também... Ele quer muito saber se vamos mesmo fazer uma festa.

A mulher mais uma vez suspirou, abaixou o fogo da água e limpou as mãos no avental. Depois sentou na mesinha da cozinha e Benjamin entendeu que era para sentar a sua frente.

– Filho, você já é grande, já compreende as coisas, e precisa me ajudar. Inclusive me ajudar com seu irmão e com seu pai.

– Claro, mãe, mas por que isso agora?

– Eu recebi um comunicado. De Hogsteel, onde sua avó está. O governo baixou um decreto que praticamente obriga os presos que têm família a sair para o Natal. O que significa...

– Que a vovó vai vir...

– Não sei ainda. Podemos fazer uma carta requisitando o não cumprimento do decreto. Há uma brecha, e seu pai... Bem, seu pai está pensando em fazer isso.

– Mas, mãe! Coitada da vovó! – os olhos verdes ficaram vermelhos e úmidos quase que instantaneamente.

Emily levantou e caminhou pela cozinha, perdida. Abriu a tampa da chaleira, que a água ainda não tinha fervido, e checou as cenouras cortadas.

– Benjamin – de repente ela se encheu de autoridade –, o que sua avó fez foi algo terrível! E não há perdão... Tê-la aqui conosco vai reacender assuntos que demoramos para enterrar...

– Isabella? – ele a cortou.

– É, Isabella. Quando você era pequeno podia até acreditar que ela tinha ido mesmo para reinos distantes, mas você sabe muito bem que ela morreu, não é? – Emily foi um tanto seca para quem abordava o assunto pela primeira vez com o filho, ainda que ele já estivesse com seus treze anos.

– Mas o que a vovó tem a ver com isso?

– Muita coisa. Tudo, talvez.

Quando ouviu isso, ele sentiu na hora uma queimação na altura do estômago. Tinha de mudar o rumo daquela conversa antes que Encrenca descesse e ainda desse com a língua nos dentes.

– Mas ela tem o direito de conhecer o Encrenca! E eu... eu também quero ver a vovó de novo. Tenho muita saudade dela!

Papai não pode deixar ela passar o Natal sozinha! – ele também ficou de pé, bem diante da mãe.

– Não me desafie! Não sei o que deu em você, Benjamin! Você nunca agiu dessa maneira... E você sabe que é seu pai quem dá a última palavra no caso da sua avó.

– Mas é você que é filha dela, mãe! – nesse instante, Encrenca entrou seguido de Marlon Brando, que colocou a cabeça no meio da porta, impedindo que o caçula o deixasse do lado de fora.

Emily largou-se na cadeira de madeira. Desta vez, porque não sabia mais o que fazer. Ia pedir para que colocassem o cachorro para fora, mas o próprio Benjamin se encarregou disso, sob os protestos do irmão. Foi o tempo que precisou para refletir sobre a última frase dita pelo filho. Afinal, apesar de tudo, sua mãe já estava pagando pelo que fizera. E, se mesmo as mais terríveis presas de Hogsteel mereciam estar com a família, por que não Elizabeth? Seriam apenas vinte e quatro horas. Tudo o que ela teria de fazer era dar um jeito no quarto do porão. Havia quase um mês para isso, e poderia contar com os filhos para ajudá-la. Só um grande problema teria de ser resolvido. O maior deles.

– Posso saber como vamos convencer seu pai? – a frase veio em tom baixo, ao mesmo tempo em que Benjamin voltava para a cozinha.

– O quê?

– Eu posso saber como vamos fazer para convencer seu pai? De não mandar a carta para as autoridades? E de receber sua avó aqui?

Benjamin sentou em seu colo e os dois se abraçaram em silêncio.

– *Tão* falando da vovó? – Encrenca interveio e o seu jeito inocente fez os dois rirem.

– Você está ouvindo nossa conversa, mocinho?

– Não, mas preciso dizer uma coisa. Fala para o papai que... os presos que não são aceitos pela família ficam sem comida... – o menino parecia estar repetindo as palavras de alguém. – Acontece isso porque a maioria dos funcionários sai para o Natal – mais uma vez parou, como se esperasse o texto de alguém. – Sem contar as tentativas de fuga... lidedadas, não, lideradas pelos presidiários mais perigosos.

Tanto Emily quanto Benjamin ficaram chocados com o que o caçula falara. Não só pelo que ele dizia, mas como dizia, daquele jeito entrecortado, como se fizesse uma tradução simultânea da fala de outro alguém que não se ouvia. A conversa acabou ali, mas Emily não parou mais de pensar em cada frase daquele discurso de seu caçula. Pediu para que subissem ou ela iria acabar se atrapalhando com o ensopado. Foi para o quintal e ligou para Hogsteel.

– Pois não, eu aguardo... Bom dia. Eu gostaria de saber se festejam o Natal. Como a senhora deve saber, sou parente de uma delas, então queria saber se há alguma tradição para a ceia, amigo-oculto, essas coisas... não poderemos estar juntas...

– Bom dia, senhora, calma. Talvez tenha ligado errado, aqui é do presídio de Hogsteel, desculpe...

– Não, não, eu liguei certo, não há engano algum...

– Mas do que a senhora está falando? Natal em Hogsteel? Ceia? Amigo-oculto? Talvez inimigo-oculto caísse melhor aqui dentro, quando ficam os piores elementos, os sem-família... obrigados a engolir a salsicha com pão de toda noite... Em que planeta a senhora vive? Me desculpe, mas se nunca ouviu falar dos levantes nos natais daqui, quando quase não temos funcionários...

Emily desligou o telefone na hora. Tremia.

Enquanto isso, Benjamin e Encrenca, cada um em sua cama, conversavam no quarto.

– Encrenca, o que foi aquilo que você falou? De onde tirou aquilo?

– Uma moça de macacão cinza que estava lá fora que me disse. Ela disse até que já morou em Hogsteel. E que precisava dar esse recado...

— Essa moça tinha aquela luz branca?
— Tinha, sim. Era muito bonita também... gostei dela. Fora que já estou ficando craque nessa coisa de com luz e sem luz.

Naquele dia, duas resoluções foram tomadas. Emily e Benjamin jamais abririam a boca com Jasper sobre o que acontecera com Encrenca na cozinha aquela manhã. A segunda era sobre a vinda de Elizabeth, acertada com o "senhor da última palavra", uma vez que ele receava uma fuga em massa, na qual inevitavelmente Elizabeth estaria envolvida. Emily conseguira convencê-lo.

Naquela noite, a muitas milhas dali, Elizabeth conversava animadamente com Sindy Clarkson. Ela era uma presença constante em Hogsteel havia muitos anos. Vestia o uniforme número 1376, embora só aparecesse o 1, já que suas longas e irretocáveis madeixas louras cobriam a centena. Tinha sido presa injustamente em 1956 e dividia a cela com uma das mais temíveis internas. Um dia, entrou em uma briga no refeitório para defendê-la e acabou sendo ela mesma assassinada.

---

O clima em Esparewood era diferente do de qualquer outra região da Inglaterra. O Bosque das Clareiras, que rodeava toda a cidade, formava uma espécie de filtro para os ventos mais violentos, vindos do oeste. Ao mesmo tempo, quando a neve vinha, era branca e compacta, formando as mais lindas figuras sobre as casas e as árvores.

Mesmo assim, o inverno foi rigoroso naquele ano. E Benjamin, um tanto debilitado pelas sucessivas emoções que vivenciara nos últimos dias, pegou uma gripe preocupante. O estopim foi na escola, quando tirou o casaco para jogar futebol e não voltou a colocá-lo até o final do intervalo. No dia seguinte, apesar de um pouco abatido, foi para a aula. A professora assustou-se quando viu o menino branco como uma cera, suando frio, e o levou à enfermaria, confirmando uma temperatura de quase quarenta graus. Ligaram para sua casa, para que fossem buscá-lo com urgência, mas Emily havia saído para a costureira e Jasper Ross, inusitadamente, fora ao quartel bem naquele dia para renovar seu código de reservista. Outra pessoa atendeu o telefone.

— Vou buscar o menino imediatamente!

Helga Grensold chegou à escola em menos de quinze minutos.

— Que sorte! Me pegaram no dia da faxina... Mas, meu Deus, vamos cuidar dessa febre!

A empregada agradeceu e se despediu do coordenador, garantindo que cuidaria bem de Benjamin Ross. Chamou um táxi e deitou-o em seu colo no banco de trás. Ele suava. Ela olhava a paisagem. A praça com policiamento ostensivo a assustava. E um prazo a pressionava. O prazo dado por Morloch. Mas as autoridades haviam reforçado a segurança, dificultando seu trabalho. Naquele momento, pensando em como capturar um adolescente vulnerável e livre da vigilância dos pais, sua cabeça começou a fervilhar. Estaria a solução bem a sua frente? Seria uma boa ideia? Ele ainda tinha treze anos e não catorze, como devia ser a encomenda, mas ela poderia omitir esse fato. Ninguém saberia a idade exata. O mais importante era outra questão: como construir um álibi para não ser responsabilizada pelo súbito desaparecimento? A frase de Morloch continuava martelando em sua cabeça: "Você só tem que buscar alguém de catorze anos e vir para cá o mais rápido possível. Só isso. Quem sabe, pegando alguém que já está à mão?".

Benjamin, enfraquecido e com febre alta, sem dúvida estava "à mão". Ainda mais com a ajuda do Orbe, que a mulher não tirava da bolsa por nada.

Calculou mentalmente quanto sairia uma corrida até a borracharia de Tony Tire, onde, com alguma esperança, o furgão estaria escondido. Contou com nervosismo todo o dinheiro que tinha na carteira e viu que dava. Tomaria o caminho para o lago Saphir.

— O senhor pode seguir em direção ao norte, por favor?

— Mas a senhora não disse que era por aqui?

— Eu mudei de ideia. A febre do menino está aumentando. Vou levá-lo direto ao médico. O consultório dele fica perto da radial norte.

— Está certo. Com esse frio, as crianças caem doentes, mesmo. É bom passar por uma consulta.

Ao mesmo tempo, um pensamento afligiu Helga Grensold: como se livrar do taxista sem levantar suspeitas? A única forma seria lançando mão do Orbe, que já a salvara de várias dificuldades outras vezes... Quando abriu a bolsa para pegar a esfera protetora, ouviu Benjamin delirando, balbuciando coisas a princípio ininteligíveis, mas que logo se tornaram reveladoras.

— Minha vó.... ela vai vir... O Natal está chegando... minha vó... os pinhões... o Natal... Elizab... venha logo...

Grensold ficou em absoluto silêncio para ouvir melhor e, então, mudou seus planos.

— Senhor, eu lhe peço desculpas, mas agora que lembrei que preciso pegar os remédios dele. Tem hora certa para tomar esses antibióticos... Vamos direto para a Byron, o.k.?

— Rua Byron?

— Sim, número 78.

A mulher aproximou-se da cabeça do garoto para ouvir melhor o que ele dizia. E se certificou do que já suspeitava: Elizabeth viria para o Natal.

Quando chegou na casa dos Ross, colocou Benjamin na cama e o medicou com um antitérmico e uma infusão feita com ervas colhidas no jardim de Elizabeth. Assim, ela conseguiu fazer a febre baixar e, o que achou ótimo, levá-lo a cair em um sono profundo.

Então, revirou os papéis de Emily e de Jasper com suas mãos finas e ágeis, e finalmente encontrou o que procurava: a carta de Hogsteel com a autorização para a saída de Elizabeth durante as festas.

Com a confirmação de que os delírios de Benjamin eram reais, ela precisava ir até Saphir imediatamente. Chegaria sem o adolescente, mas, em compensação, teria a informação que Arianna já aguardava há muito tempo.

## Capítulo 44

Emily foi a primeira a chegar em casa. Após saber o que tinha acontecido com o filho, ficou imensamente agradecida a Grensold. Cada vez mais confiava naquela mulher magra, de poucas palavras, constatando que a presença dela na casa sempre contribuía de alguma forma. Apesar das desconfianças de Layla e da leve irritação de Jasper, Elizabeth tinha lhe prestado um grande favor ao apresentar os serviços da caseira. Como sinal de gratidão, Emily a dispensou mais cedo e, assim que Jasper chegou, pediu para que ele buscasse o caçula no colégio, pois Encrenca costumava voltar com Benjamin e iria se assustar quando não o encontrasse.

Nem vinte minutos depois, Helga Grensold já estava no ponto de ônibus, o mesmo que a levaria até a estrada radial. Era lá que começava o caminho de terra que a conduziria até o lago Saphir. No mínimo uma hora de caminhada em que as dúvidas certamente a rondariam. Morloch entenderia que era impossível ter a próxima vítima em mãos em menos de dois dias?

Quando, já sentindo a lama pegajosa próxima do lago, passou pelo portão enferrujado, viu a figura esguia na varanda. Os cabelos lisos confundiam-se com a capa negra, a mesma que Arianna usava para suas saídas noturnas quando ainda contava com a proteção e o poder do bracelete.

– Onde está o furgão? E a encomenda? – Grensold aliviou-se que tal pergunta estivesse sendo feita pela dona da casa e não por Morloch, mas ainda assim sentiu um arrepio gélido, que percorreu toda a sua coluna. Tentou desviar-se do assunto.

— Tenho boas notícias para você, Arianna. Creio que vai gostar de saber.

— Não temos tempo para conversas, Helga. Morloch nos quer na casa de pedra ainda hoje. Já fez a transfusão dos meninos e agora está partindo.

— Para a Colônia?

— Sim, mas isso não é assunto seu. Ele não gosta de dar satisfações. Ainda mais para uma novata.

— Foi só uma pergunta...

— Aliás, já aviso que ele está bem descontente com a qualidade de Bob e está contando com a substituição dele até depois de amanhã. E, pelo que me consta, você não trouxe ninguém.

— Eu tenho boas razões.

— É bom que sejam — Arianna desceu da varanda de madeira com o porte indefectível. Nos pés, em vez de saltos, calçava galochas de borracha, que despontavam pela capa comprida.

— Vamos? Não podemos irritá-lo — Grensold procurou na bolsa sua lanterna e olhou em direção ao caminho por onde entrariam, mas antes mirou o galpão. — Você já os alimentou? Não consegui trazer nada. Tive um dia atribulado.

— Hoje não. Mas tudo bem, amanhã dou algo pela manhã. Morloch não gosta quando não dou comida para esse bando de mortos de fome...

— Depois da casa de pedra, vou passar a noite aqui. Eu mesma cuido disso.

— Eu não entendo você — Arianna lançou os olhos negros sobre o rosto pálido a sua frente. — Nunca vi um Recrutador que gosta de suas vítimas.

— Nem todos os Seres das Sombras precisam ser como você, Arianna.

— Eu sei que não são. Sou uma Górgone, a mais alta casta dos Seres das Sombras. É realmente para poucos.

— Sou mais prática — Grensold mantinha sempre o tom de voz controlado e as palavras pareciam muitas vezes calculadas. — Penso no que pode ser útil, não nas minhas vaidades.

— Espero que isso seja um elogio... Bem, mas então, o que vai me contar?

— Então agora quer saber? Melhor não falarmos. Sabe que não podemos chamar atenção.

— Ninguém mais vive por aqui, Helga. Os únicos que frequentam a região são os trabalhadores da obra. Isso aqui em breve vai virar um clube de férias, sabia? Ainda bem que estarei bem longe quando as crianças remelentas e as mães platinadas começarem a chegar com sua malas abarrotadas de roupas caríssimas e deselegantes.

— Elizabeth virá para o Natal.

— O quê? — Arianna agarrou os braços de Grensold por trás e a virou em sua direção.

— É isso mesmo. Ela vai ser dispensada da prisão no Natal. Os Ross vão hospedá-la. Essa é a notícia.

— Então chegou a hora de acabar com essa mulher? De finalmente vingar a minha filha?

— Eu não esperava outra reação de você, Arianna...

— Aquela velha assassina! Vai provar do seu veneno. Literalmente!

— E eu posso ajudar. Desde que me ajude também...

— Claro, eu sabia que nada sairia de graça.

— Você precisa convencer Morloch sobre o meu prazo. Preciso de pelo menos mais uma semana para conseguir o outro adolescente.

— Ele não é tão flexível. E não sei se algo que eu disser vai...

— Você vai ou não me ajudar? Lembre-se que, sem a pulseira e fraca do jeito que está, você não poderá fazer nada contra Elizabeth.

— Tenho pessoas que podem resolver isso para mim. Não preciso de você.

— Mas essas pessoas não têm livre acesso aos Ross...

O argumento era imbatível, mas Arianna não queria se dar por vencida.

— Ainda acho que, se recrutei aqueles brutamontes, foi para que resolvessem as coisas com eficiência.

— Eles são fortes, mas falta cérebro. E isso pode mais complicar do que ajudar. Como eu falei, não seja teimosa. Eu tenho livre acesso aos Ross e posso dar informações valiosas.

A mulher pareceu acompanhar apenas a última frase, e se agarrou como um caminho viável.

— Temos um trato, então. Mas nem tente me trair. Você sabe do que sou capaz.

— Sim, isso eu sei muito bem. Agora é melhor seguirmos em frente. Ainda temos chão até chegar àquele moinho.

Morloch já estava sentado como uma antiga estátua babilônica, pronto para a estranha viagem que fazia a seu lugar de origem. Tanto Arianna quanto Grensold queriam entender por que ele continuava usando o corpo do reverendo de Liemington depois de todos aqueles anos. Por que não usar o corpo de um jovem recém-morto? Ou talvez de uma bela mulher? Havia tantos cadáveres por ano. Nenhuma das duas tinha coragem de perguntar. Estavam arquitetando suas próprias fugas para um dia se livrarem da presença daquele ser. Arianna, com o bracelete em mãos, jamais voltaria àquela terra e estaria pronta para ter o controle total de suas transformações, dominando tudo o que quisesse, enquanto Helga só desejava o posto permanente de Recrutadora Itinerante Global.

Mas, apesar de todo o esforço, ambas pareciam aos olhos de seu líder como pessoas nada eficientes. O exército das Sombras não reunia nem trinta pessoas.

— Sabe por que eu não lhe tiro definitivamente da minha equipe, Arianna? — Morloch gostava de fazer essa pergunta quando achava que a arrogância da viúva de Richard Ross tinha passado do limite.

— Sei perfeitamente. Primeiro porque o sangue de Isabella é metade meu. E isso é importante para você. Depois, porque eu atingi o mais alto índice de Sombras possível, o que me coloca como uma espécie de fenômeno!

Diante de respostas como essa, Morloch apenas gargalhava com sua boca reptílica. Ele admitia que, em ambos os itens, ela tinha absoluta razão. No fundo se orgulhava da única entre seus seguidores que alcançava a transformação do corpo.

Naquela noite, no entanto, quem precisava protagonizar o encontro era Grensold. Teria de explicar a falta do adolescente encomendado.

— Eis que a srta. Helga me aparece em Saphir sem a prenda combinada — Morloch já havia lido a expressão da mulher, visto o medo em sua face e percebido a respiração acelerada.

— Como soube? — foi Arianna que perguntou, com os olhos arregalados.

— Digamos que tenho muitos, mas muitos, anos de prática.

— Morloch, eu...

— Cale-se! Eu coordeno as conversas da noite. Mesmo porque elas devem ser breves. Como você sabe, Helga, Arianna teve um índice de Recrutamento pífio. Não sei se teremos a meta mínima. Ou seja, de qualquer jeito, eu precisarei de você.

A orgulhosa mulher de cabelos negros não se conteve e interveio na conversa.

— O que eu posso fazer se as pacatas cidades do interior são tão repletas de "gente do bem"? Tão pouco interesse pelas Sombras? Deve ser melhor em Londres, Nova York, Roma, São Paulo!

— Cale-se você também, Arianna! Helga poderá, sim, ser Recrutadora Itinerante. Um dia... Antes terá que provar que consegue mais Recrutados em Esparewood. Além, é claro, de me trazer o último adolescente para a forja da pulseira, até a semana que vem. Era esse o prazo que queria, certo?

O sorriso era raro na face cinzenta daquela mulher maltratada pelo tempo. Mas naquele momento parecia que todos os seus dentes desalinhados estavam à mostra. Sua postura, normalmente curvada, pareceu se endireitar. Arianna, por sua vez, sentia-se em segundo plano e ansiando cada vez mais por ter seu objeto de poder nas mãos. Estaria Morloch pensando em algum outro plano para o bracelete? Ou tramando algo contra ela?

– Agora tratem de me embalsamar. Preciso sair daqui logo, já não tenho *enits* suficientes para gastar com vocês. E Arianna... tire essa cara de vítima. Pelo menos entre os seus Recrutados temos uma joia.

– Uma joia?

– Graça Miller.

Arianna não se conteve e soltou uma gargalhada.

– O quê? Aquele ser ridículo? A mais facilmente convencível a ir para o lado das Sombras? Não acredito que aquele metro e meio de mulher está entre os trunfos do meu currículo.

– Quem você acha que está há anos abafando toda e qualquer notícia sobre os adolescentes? A própria Miller, em pessoa. E agora ela domina o jornal e a rádio de Esparewood – com um gesto em direção ao pote de bálsamo, Morloch indicou que elas poderiam começar o trabalho. – O poder nem sempre está no que dizemos, Arianna, mas naquilo que deixamos de dizer. Agora façam logo o serviço. Na próxima semana estarei aqui para checar a qualidade do novo material. E esse é o meu último prazo, entendido, Helga?

---

A partir do dia em que Benjamin ficou seriamente doente na escola, passou a ter uma opinião diferente sobre Helga. Pela primeira vez achou que ela era verdadeiramente leal. Chegou a lembrar das cenas na casa da avó, quando a "tia Grensold" preparava os lanches deliciosos com chocolate quente e biscoitos de baunilha.

A prova final de que aquela mulher curvada, de rugas profundas e volumosos cabelos castanhos invadidos pelos fios brancos era confiável veio no dia em que Benjamin precisou fazer o resgate de um refém. No caso, o de seu irmão, Encrenca, que havia ferido as regras pétreas do *Manual de condutas no lar* e estava preso no quarto. Mais uma vez, tinha levado Marlon Brando para dormir com ele na cama. O primogênito dos Ross achava que o irmão já fora punido e por isso havia insistido com o pai mais de três vezes para soltá-lo. Mas, conforme o esperado, seu esforço não dera em nada.

— Pelo que estou entendendo, você está querendo ir fazer companhia para o seu irmão no castigo, certo? — Benjamin já conhecia o tom de voz do pai e achou melhor sair de perto e pensar em um plano melhor.

Grensold, varrendo a sala, observou a cena e permaneceu em silêncio, mas, depois de algum tempo, abriu a boca.

— Sr. Ross, se me dá licença... Vi que seus filhos estão dando um pouco de trabalho... Se me permite a sugestão — a mulher se aproximou da poltrona e assumiu um ar misterioso –, acho que eles precisam gastar mais energia. No jardim, nas tarefas.

— Isso já está previsto no meu *Manual de condutas no lar*.

— Sim, mas estou precisando muito de ajuda no porão. Tenho medo que não dê tempo de... — ela olhou o semblante já alterado do patrão e mudou o discurso antes de falar o nome proibido — arrumar tudo do jeito que o senhor gosta.

O homem, que raramente se levantava, saltou da poltrona.

— Eu não quero saber dos meninos no porão! Aquilo não é para eles.

— Sr. Ross, não há mais nada lá, a não ser coisas velhas e muito pó. Se está pensando nas coisas de Elizabeth, já foram há muito tempo removidas.

— Não foram removidas da minha cabeça!

— Eu entendo, eu entendo bem, sr. Ross. Conheço Elizabeth de perto. Sei que ela tem comportamentos... incompreensíveis. E posso ajudá-lo a tirar as ilusões das crianças. Lá no porão, posso conversar com elas. Gosto muito de Elizabeth, mas afinal de contas ela é uma presidiária. Os meninos não devem ter expectativas.

— Expectativas... É só o que vejo, até mesmo no Encrenca, que nunca a conheceu — o homem tinha a testa franzida pela preocupação. — Você faria mesmo isso, Grensold? Você mostraria a eles o outro lado da história?

— Sou fiel como amiga e caseira, mas isso não me obriga a concordar com tudo o que ela faz. Também me preocupo com os meninos. Posso tirar o Encrenca do quarto?

— Tem a minha autorização. Mas faça com que trabalhem. Quero que sintam que faz parte do castigo.

Benjamin não chegou a perguntar como Grensold havia conseguido aquele feito histórico: convencer o mais cabeça-dura entre os pais esparewoodianos a mudar de ideia. Apenas ficou feliz com o resultado.

— Vamos, meninos! Consegui tirar o Encrenca do castigo, mas agora vocês dois vão ter que trabalhar. Vão me ajudar a limpar o porão.

— Mas eu nem de castigo estava! — Benjamin reagiu por impulso, mas depois lembrou do quanto o irmão queria conhecer o lugar em que Elizabeth vivera. — Tudo bem, vou ajudar vocês.

Encrenca, por sua vez, apenas gritou um "oba" e começou a puxar a mulher pelo braço para descerem. A escada para o porão esperava por eles.

Quando entraram no ambiente escuro, acenderam a luz e viram o quanto de bagunça teriam pela frente, o entusiasmo inicial sofreu um baque. Mesmo a mulher, acostumada com faxinas vigorosas, ficou com medo de não conseguir transformar aquele amontoado de coisas velhas, tranqueiras desnecessárias e poeira acumulada em um quarto habitável. Nenhum deles, no entanto, viu algo que complementava a paisagem desoladora daquele ambiente. Por trás de uma prateleira de montar, coberta por um plástico que um dia fora transparente, havia uma cadeira com o encosto quebrado. Nela estava Sonny, antigo amigo de Elizabeth, mas que agora estava muito mais próximo de Helga Grensold, a nova moradora da casa nos arredores de Esparewood.

No andar de cima, a campainha tocou, o que sempre incomodava o chefe da família. Grensold viu Emily abrir a porta e os rostos familiares entrarem sem cerimônia.

— Por aqui, Hudson, pode colocar aqui — o americano carregava um grande pinheiro sem qualquer dificuldade, enquanto a dona da casa indicava o pequeno vão formado entre o final da escada e o relógio cuco.

Layla acompanhava cada movimento com olhares de desaprovação.

— Um pinheiro de verdade, Hudson — Emily bateu palmas e parecia satisfeita.

— Pois é, de verdade — declarou Layla, em um tom bem menos animado. — Eu quase morri quando o vi tirando o pinheiro! E o pior, no meu próprio terreno!

— Layla, mas é Natal — o autor da frase foi Jasper, que parecia querer se livrar de qualquer desentendimento de casal ali em sua sala.

— Por isso mesmo! Natal é dia de celebrar, não de perturbar as árvores. E agora, melhor irmos embora, ainda tenho que fazer as entregas das plantas medicinais.

— Mas já? Vocês nem entraram e já vão sair?

— Emily, hoje está corrido. Mas posso só regar o pinheiro antes de ir? Vai ajudá-lo com a secura da calefação.

— Claro, o regador está logo atrás da porta da cozinha.

Layla foi até lá e, sem encontrar o que queria de imediato, invadiu um pouco mais o território do jardim. Foi então que viu uma cena perturbadora. Grensold e Benjamin, um de cada lado de um enorme saco, tiravam o entulho do porão. Todos sorriam como grandes amigos. Eles não a viram e Layla preferiu assim. Entraria em casa silenciosamente, já com o regador nas mãos e não tocaria no assunto. Mas tomaria suas providências o mais rápido possível. Não confiava naquela mulher.

— Venha, Benjamin — disse Grensold, apressando o menino amigavelmente. — Vamos terminar de bater o pó do tapete e de empurrar os móveis.

— A mesa pode ficar aqui, Helga. Vai ser onde eu vou deixar a surpresa da minha vó — Benjamin, feliz com os resultados da faxina, esqueceu qualquer resistência que pudesse ter.

— Surpresa? — ela estreitou os olhos e colocou um amigável sorriso no rosto. — Que lindo! Me conte mais!

— Ah, depois da ceia, na hora do café, vou chamar minha avó aqui para ver o presente que eu comprei pra ela.

— Não esqueça que sua avó está sob vigilância, hein? Ela não pode ficar circulando sem autorização.

— Ah, vai ser rápido. É que não queria falar para os meus pais sobre o presente. Eles estão irritados com ela.

— Certo... faz sentido. Eu achei uma ótima ideia. E prometo não dizer nada a ninguém. Agora... cadê seu irmão? Ele está bem preguiçoso, hein? Pietro, venha nos ajudar!

— Não posso agora.

— Como não pode? Eu avisei que só ia te tirar do castigo se me ajudasse.

— Espera um pouco, Gren.

Benjamin, pressentindo que algo estava errado, ultrapassou a pilha de caixas e objetos que há muito não se via e foi até o garoto, que sussurrou em seu ouvido:

— Estou falando com o vovozinho...

— Que vovozinho, moleque?

— O da casa da vovó. Disse que a gente não deve confiar em Elizabeth.

— Como?

— Ele disse que ela é uma mentirosa — Encrenca sentia-se mal por dizer aquelas palavras, mas ao mesmo tempo não podia deixar de passar a mensagem ao irmão.

Benjamin já sabia o que estava acontecendo, mas queria esconder o fato de Grensold a qualquer custo. Tinha muito medo que o dom de seu irmão pudesse de alguma forma prejudicá-lo. Ao mesmo tempo, prestou atenção no que Encrenca dizia. Então até os mortos estavam contra sua avó? Apesar das saudades, suas dúvidas em relação a Elizabeth só aumentavam.

— Tem certeza que é o Sonny? Você lembra bem dele?

— Está um pouco diferente... Mas é ele, sim.

A diferença que Encrenca não conseguia descrever era no nível de luminosidade do homem que, agora, depois da aproximação com Grensold, se desvanecia cada vez mais. Para fugir da solidão, o espírito sem *enits* buscava alento e companhia onde estavam mais próximos.

A nem tão fiel caseira de Elizabeth estava exultante. Sem abrir a boca, conseguira todos os seus objetivos. Ganhar maior confiança dos garotos, descobrir o momento exato em que poderia trazer os Recrutados para acabarem com Elizabeth e ainda cumprir a promessa feita a Ross de deixá-los desconfiados em relação à avó. Ela nem precisou agir nessa última questão. Sonny fizera um ótimo trabalho.

# Capítulo 45

Naquele dia, Layla tinha acordado decidida e, enquanto o sol ainda era uma esfera difusa, sem brilho e cor, já havia dado água para as plantas, colocado uma roupa cômoda e sapatos confortáveis, para andar em qualquer superfície, e estava de saída para se dirigir à vicinal localizada do outro lado da cidade. Aquela que a levaria até a casa de Elizabeth. Como armas, o talismã de milho em um bolso e o pequeno canivete suíço no outro.

A ideia era plantar-se ali desde muito cedo para não perder nenhuma cena, nenhum caminho feito ou tarefa realizada. Já havia tentado segui-la antes, mas sem conseguir qualquer informação concreta que mostrasse a Elizabeth e aos Ross que a caseira não era tão fiel como queria parecer.

Uma das vezes que conseguiu chegar mais perto dos mistérios de Grensold havia sido há muitos anos, por obra do acaso. Sem ter comentado nada com Hudson, Layla fora em direção à casa de pedra abandonada para descobrir mais pistas sobre o mistério do ectoplasma. Ainda não havia encontrado a trilha certa quando ouviu passos e achou melhor se esconder. Era Grensold, andando pela floresta em direção ao lago Saphir. Layla esperou até que a mulher passasse e tentou retomar o caminho, mas não conseguiu localizá-lo. Com a noite próxima, decidiu voltar para casa. Somente ao chegar deu por falta de seu colar de penas de aves sagradas. O mesmo que seria encontrado algum tempo depois pelos Aliados e serviria para aguçar as desconfianças deles em relação à ex-enfermeira.

Mas naquele dia tudo seria diferente, pois o improviso dera lugar ao planejamento. Ela estava disposta a reunir todas as informações e a juntar as peças de um quebra-cabeça que já vinha se formando fazia algum tempo. Se havia algum traidor no círculo familiar dos Ross, esse alguém era Helga Grensold.

Atrás da estufa de Elizabeth, existia um pequeno anexo de cimento com um tanque, prateleiras cheias de vasos de cerâmica e pás repletas de crostas de terra. Dali, era possível ver a porta da frente da casa, através do revestimento telado. Layla ficou naquele local estratégico por cerca de uma hora e temeu ser descoberta no momento em que, apressada, a caseira entrou na estufa para regar algumas espécies. Mas a mulher, curvada sobre as plantas, parecia tão focada e prática que não viu nada ao redor. Depois, Grensold checou o termostato, ajustou alguns caixotes e saiu pela porta sem nem ao menos passar a tramela, desaparecendo dentro de casa.

Layla observou os detalhes com mais atenção. Viu que não havia mais rosas, antigo orgulho de Elizabeth, e notou como as astromélias e as gérberas estavam pequenas e quase sem cor. Isso confirmava sua teoria: "As plantas reagem às energias de quem cuida delas".

Depois desse pensamento, Layla ouviu um barulho metálico. O molho de chaves batendo na maçaneta indicava que Helga estava saindo. Era preciso ficar alerta para segui-la sem ser vista.

O melhor seria caminhar com passos leves pela lateral da estufa e, já na cerca que dava para a rua, pular para a propriedade vizinha e seguir por dentro até a estradinha de terra para alcançar a rodovia. A atenção teria de ser redobrada, mas ainda assim era a única maneira. Deu um salto digno de atleta para o outro lado da cerca e, sem perceber, fez um pequeno rasgo na lateral da calça, o que alargou o bolso, deixando cair seu conteúdo. Depois, de forma cadenciada, tentando não fazer barulho com os pés, foi acompanhando a mulher curvada, que andava a passos lentos pela terra batida. O muro era maciço, então só era possível conferir se Grensold estava de fato do lado de fora quando conseguia enxergar através de algumas falhas das pedras cinza.

Layla havia tido o cuidado de estacionar a caminhonete de Hudson no descampado atrás do ponto de ônibus. Como o coletivo andava devagar, ela teria tempo suficiente para entrar no carro e segui-lo sem levantar suspeitas.

O plano deu certo em cada etapa. Quando pôde ver Grensold já enquadrada pela janelinha do ônibus, partindo na direção sul, Layla atravessou a estrada pela passarela, entrou no carro e acelerou. Eram cerca de sete paradas até a rodoviária de Esparewood, onde a maioria das pessoas descia e local em que Layla imaginava ter de voltar a seguir Helga.

Mas ela não avistou nenhum corpo magro e curvado descendo por ali. Olhou novamente na direção da janela, para ter certeza de que não tinha se enganado, e lá estava a cabeleira bicolor de Grensold, presa em um coque baixo que a deixava ainda mais envelhecida.

Foram longos dez minutos de espera. Assim que as rodas do coletivo começaram a se movimentar, Layla, que não havia saído do carro, ligou o motor e continuou sua perseguição silenciosa. Não demorou muito até avistar a copa das árvores que formavam o Bosque das Clareiras. Estavam no exato ponto de partida da estrada que, em sentido leste, ladeava o cinturão verde. O mesmo ponto onde Tony Tire tinha seu estabelecimento e que, em troca de um punhado de libras, guardava o furgão branco que costumava fazer entregas nada convencionais.

O estranhamento ao ver Grensold descer naquele lugar, no meio do nada, precisava de uma ação imediata. Layla teria de acompanhar os passos dela sem ser vista. A escolha foi seguir em frente por cerca de trezentos metros, estacionar bem rente à vegetação, de forma que o carro ficasse imperceptível no acostamento, e rapidamente entrar pelo mato até mais perto do barracão de Tony Tire.

As folhas ressecadas no chão e sua respiração ofegante formavam uma estranha sinfonia. Ela queria olhar para baixo e assim acompanhar a trilha, mas também precisava ver o que estava acontecendo ali, atrás da pilha de pneus, onde um furgão branco estava estacionado. Ela notou Tony Tire fechando a porta traseira e poderia jurar que havia alguém no veículo. Um vulto... Talvez um rapaz. A única que ela ainda não estava enxergando, ou pelo menos não desde o momento que a vira sair do ônibus, era Helga.

– Procurando alguém em especial, Layla? – a voz arranhada, tão próxima quanto desagradável, fez a mulher dar um salto.

– Grensold!

A mulher, endireitando-se por alguns segundos, colocou a sua frente uma esfera metálica que, em poucos segundos, pareceu tirar todas as resistências de Layla. O Orbe paralisava membros e tronco, e também os músculos da face.

– Você está me parecendo mais enfeitiçada do que nos seus ridículos rituais no Peru – disse Helga com um sorriso sádico.

– *Ffocê... naum..podche..*

– Posso, minha querida. Eu posso tudo. Tenho o instrumento e a coragem necessária para fazer o que eu quiser. E isso é só o começo. Mal vejo a hora de me livrar desta maldita cidade.

Com a ajuda de Tony Tire, um dos Decaídos mais valiosos por sua força física, Grensold colocou Layla no furgão, bem ao lado de Jason Sommer, que estava amordaçado e amarrado. Ela havia escolhido a dedo a nova vítima: o irmão mais novo do delinquente que rondava sua propriedade e que ela vinha aliciando com bolos e tardes na lareira. Mataria dois coelhos com uma só cajadada. Além de enfraquecer aquela gangue que já começava a incomodar, levava um adolescente sem passado e sem futuro, sem pais zelosos. Com certeza ninguém procuraria por ele.

Depois de algum tempo de viagem, ainda circundando o bosque, finalmente o veículo alcançou a entrada de terra que conduzia a Saphir. O caminho percorrido a pé era infinitamente mais rápido do que de carro, mas para levar um refém, ou naquele caso dois, não havia outra maneira senão o furgão.

Assim que chegou, Helga não gastou muito tempo com gentilezas. Apressou-se na descrição de Jason, o que muito agradou a Morloch. Ela exagerou um pouco nos feitos do rapaz, que já havia sido acusado de roubar pelo menos dois automóveis. Era a força e a rebeldia que o morto-vivo estava querendo.

– E onde essa preciosidade está?
– Já foi colocado com os outros, Conselheiro.
– E ela? – Morloch apontou para Layla.

A explicação foi um pouco mais complexa. Grensold teve de relatar o trajeto até ali e o momento exato em que percebeu que estava sendo seguida. Arianna lembrava-se vagamente daquele rosto, como uma memória desenterrada de um passado longínquo. Morloch olhou para a mulher e tirou a mordaça que estava em sua boca, ao mesmo tempo que pedia a Tony Tire que amarrasse os braços dela com mais força. Não foi necessário muito tempo até sua expressão se transformar. Aquela era a invasora de sua casa de pedra, a mesma mulher que tirara o pote de bálsamo do lugar. Suas habilidades de Influenciador muitas vezes permitiam que ele sugasse trechos de memórias.

A raiva e o desprezo de Morloch cresciam, mas foi Arianna a primeira a se manifestar.

– Não podemos deixá-la com os adolescentes. Falta apenas uma semana para a lua nova e não quero nada nos atrapalhando. Vamos acabar logo com ela!

Com os olhos turvos e sem mexer os braços ou as pernas, Layla fazia o máximo para demonstrar estar em transe. Mas ninguém, nem mesmo o Influenciador, notou que ela, ao encostar o cotovelo no bolso, percebeu que não havia mais o volume do talismã feito de palha de milho. E, portanto, não havia mais os poderes dos xamãs da floresta, nem a energia que aquele objeto tão simples concentrava.

Assim que viu o rasgo no bolso de suas calças, Layla compreendeu tudo. Para não morrer, precisava de uma boa ideia. E rápido. Ou seria torturada e morta entre aqueles Seres das Sombras.

– *Elissabef...* segredos de *Elissabeff*...mal *fejo* hora de *fasser* plano de *Elissabeff...* – exagerando no *mise èn scene*, Layla mexia os cabelos e revirava os olhos.

– O que ela está fazendo?

– Ela acha que é uma xamã ou alguma bruxa da floresta – a ironia de Grensold revelava uma ponta de inveja.

– Humanos podem ser ridículos... adoram achar que controlam alguma coisa. Não sabem o que é um verdadeiro ritual – Morloch observava a cena como se estivesse em um teatro.

– Espere, ela falou sobre planos de Elizabeth – para Arianna, era tudo o que interessava. A vingança.

– E você vai acreditar nela? – a mulher magra, de cabelos espigados, desafiou a herdeira de Saphir, que, por sua vez, a ignorou e se voltou para a prisioneira.

– Fale agora, sua idiota. O que sabe dos planos da Tate? – sua beleza se mantinha mesmo com a expressão de ódio e a espuma no canto da boca.

– Cale-se, Arianna – Morloch continuava impassível. – Não vamos matar ninguém agora. Temos técnicas para extrair informações do inimigo, esqueceu? Por enquanto a coloquem no casebre do lago.

Tony pegou o corpo robusto de Layla pela cintura muito fina e a colocou nos ombros da mesma forma que carregava os pneus. Em pouco tempo ela estava no casebre, onde mal podia aguentar o cheiro acre das madeiras apodrecidas e o frio desumano que fazia ali. Mas pelo menos estava viva, consciente e reunindo forças e intuições para descobrir o que teria de fazer para se defender do mal. Se dependesse dela, ainda viraria aquele jogo.

---

Na rotina das presidiárias, as refeições eram os momentos mais esperados. Não pela qualidade da comida, que costumava trazer pães pouco frescos, grãos pouco nobres e sabores pouco prazerosos, mas era uma das poucas chances que tinham de estar fora das celas e de interagir entre si. A liderança de Thammy, que sempre fora um problema em Hogsteel, depois de alguns anos passou a ser um facilitador para a direção. Mantendo Thammy sob controle e relativamente satisfeita, os motins quase inexistiam. As guardas, no entanto, não perceberam que a nova fase da líder tinha mais a ver com a relação com sua colega de cela do que com qualquer outro fator. Aquela que ganhara o apelido de "Tank" por suas dimensões físicas e seus modos pouco amigáveis encontrou em Elizabeth um ponto de equilíbrio. Uma sabedoria com a qual nunca havia tido contato antes. Além disso, a espontaneidade da senhora loira a fazia rir. Trazia momentos de humor não só para ela, como para todas as condenadas, o que em um lugar como Hogsteel era quase um milagre.

– Hoje seria um bom dia para fugir... – Elizabeth, no centro da mesa, disparava a frase como se estivesse em uma sala de estar tomando chá com as amigas. – Mas como estou com uma dorzinha nas costas, melhor deixar para amanhã.

As presas se divertiam e balançavam a cabeça negativamente. Mais uma loucura da mais velha e mais doida entre as internas.

– Vocês estão duvidando? Vou sair, sim, eu não nasci para isso.

– Então por que não fez isso antes, ô, espertinha? Já faz seis anos que você está aqui... – Ronda, um verdadeiro buldogue em forma de pessoa, rosnou sem tirar os olhos de seu pão duro, servido com uma colher de margarina de péssima qualidade.

– Amiga, se você tem um lugar onde pode se proteger do seu inimigo, com três refeições por dia e companhias tão agradáveis como você... para que fazer diferente?

– Ah, Nuts, para me proteger dos meus inimigos eu preferia fugir, ganhar o mundo... – Thammy pensou no padrasto morto e nas pessoas que a acusaram, em vez de ficarem do seu lado.

– É que existem inimigos e inimigos – acrescentou Elizabeth. – Os meus têm toda a maldade do mundo. Estou falando de vilões monstruosos, com escamas, cauda, garras pontiagudas etc.

– Não seja ridícula, Elizabeth – o riso de escárnio de Thammy fazia sua barriga subir e descer. – A gente conhece muita gente má...

– Veja eu, por exemplo – interrompeu Ronda. – Sou bem má e se sair daqui vou acabar com todos aqueles que me traíram. E com requintes de crueldade. Um por um – ainda sem levantar os olhos, ela destroçava os pedaços de pão com seu maxilar poderoso.

– Ah, não, Ronda, não é maldade humana. É outra coisa. São as sombras... As trevas... Você não tem nem ideia do que estamos falando. Mas está chegando a hora de virar a mesa.

O silêncio imperou por um instante e só foi quebrado quando a figura esquálida sentada no canto da mesa se pronunciou.

– Há um furo na segurança...

– O quê? – a líder das presas, que estava perto dela, se irritou com a voz baixa demais, que mal chegava a seus ouvidos. – Fale que nem gente, garota.

– Um furo... um furo no sistema. Sei como sair daqui.

Thammy riu alto. Mirou fixamente Petra Grotovski e levantou o braço dela para que todas o vissem.

– O único furo que você faz é em você mesma, não é, Petra? Quantas vezes já foi para a enfermaria esta semana? As guardas ainda não descobriram como você arranja as lâminas, os cacos de vidro... qual é o segredinho da polaca, hein? – Tank deu mais uma risada vigorosa e foi seguida pelas outras. Apenas Elizabeth manteve seus olhos fixos, sem dizer nada. Sabia que havia uma encenação ali por parte de sua colega de cela.

A figura magérrima, pálida e repleta de cortes finos em todas as partes visíveis de seu corpo voltou ao silêncio. Seus cabelos loiros escorridos emolduravam o rosto que um dia deveria ter sido belo. Não tinha forças para contrapor a líder.

Com o sinal para que todas voltassem às celas, a fila se formou espontaneamente e Thammy se esgueirou de forma a conseguir ficar bem atrás de Petra.

— Não se fala algo assim em público — ela se abaixou para falar bem perto do ouvido da moça com voz firme e ameaçadora.

— É que...

— Petra, você sabe quem manda aqui. Está olhando para a chefe. Se tiver algo assim para falar, tem que ser primeiro comigo, entendeu? Qual é o furo? Diga e vou dar um jeito para sairmos daqui.

— Você precisa passar mal. Para nos encontrarmos na enfermaria. É lá o ponto de partida. Eu tenho um caco de vidro para hoje...

— Petra, Petra... um dia você vai se machucar de verdade...

— Eu sei como fazer. Eu sei os pontos certos. Arrume uma maneira de ir até a enfermaria ainda hoje.

Naquela noite, Hogsteel ouviu os berros de Thammy reclamando de uma horrível cólica, que jurava ser nos rins. A guarda do andar, depois de repreendê-la inúmeras vezes, não viu outra saída a não ser levá-la até a enfermaria. As outras presas estavam se agitando por conta do barulho e ela não queria saber de problemas naquela noite.

Havia duas macas na enfermaria e uma, conforme o previsto, já estava ocupada. Daquela vez, Petra tinha feito o corte bem no supercílio, para que o sangue impressionasse mais. As duas não trocaram nem uma palavra. Não queriam levantar suspeitas. Só começaram o diálogo no meio da madrugada, quando a enfermeira-guarda estava ferrada no sono. Dava para vê-la pela janela de vidro da sala de enfermagem, iluminada pela luz azulada das câmeras.

— Anda, Petra, desembucha. Qual é o furo?

— São quatro minutos...

— Como?

— O tempo que a porta da rua permanece sem vigilância. A enfermeira da noite sai às 6h15 e a guarda que a acompanha vai até a portaria para autorizar a entrada tanto da enfermeira da manhã quanto do caminhão de lixo. São quatro minutos que a porta fica liberada entre a guarda acompanhante checar a planilha de acessos com a guarda da portaria e o caminhão entrar.

— Como você sabe? Como pode ter visto tudo isso?

— Um dos dias eu saí da cama e consegui enxergar o que acontecia lá fora pela câmera que fica ali na sala da enfermagem. A porta estava aberta e dei um jeito de olhar as telas. As duas checam a planilha na guarita enquanto o caminhão passa pelos portões.

— Acho que estou entendendo...

— Então, depois ainda fiz questão de voltar várias vezes no mesmo horário para me certificar do processo.

— Por isso tantos cortes.

— Também por isso. O que importa é que temos que usar os quatro minutos para estar perto do portão, no lado oposto da guarita, e sair no exato momento em que o caminhão entra. O veículo vai impedir que as guardas nos vejam do outro lado.

— Elas só não podem virar para trás e ver a gente.

— Temos que ser rápidas. E andar em diagonal até o outro lado do portão. Se for preciso, usamos os seis latões de lixo pra gente se esconder.

— Entendi... — Thammy ficou pensativa, enquanto tentava visualizar o plano em ação. — Vocês vão ter que ser muito rápidas.

— Como assim? Não seremos só nós duas?

— Não. Tem uma pessoa que precisa sair daqui antes de mim...

— Eu estava esperando você dizer isso.

— Estava?

— E até sei quem você vai escolher.

O alarme da enfermeira-guarda noturna tocou. Era hora da ronda. As duas ficaram caladas e fingiram estar dormindo.

— Que beleza, hein? — a enfermeira acendeu a luz fria. — Quem dorme tão bem não está doente. Anda, levantem! Vou chamar a guarda do andar para levar vocês de volta para a cela que isso aqui não é hotel!

Jason Sommer era um rapaz com muitos truques. Sabia abrir portas com pregos retorcidos, inventar mentiras como ninguém e, segundo ele mesmo "roubar com estilo". Pegava pedaços de torta e peças específicas de roupa nas casas como se estivesse em uma confeitaria ou loja. Deslizando como um gato, sempre sem ser visto, deixava as vítimas encafifadas.

Assim que viu a vistosa mulher ser colocada no furgão ao lado dele, se interessou pelo assunto. Era um menino, mas seu comportamento era o de um sedutor. Estava amarrado e amordaçado como ela, mas seus olhos estavam atentos e, medindo a mulher de cima a baixo, reconheceu algo com que estava muito acostumado. Um pequeno volume se delineando sob a sarja da calça. Um canivete.

Os dois estavam próximos, e ele deu um jeito de se arrastar ainda mais para perto da mulher, que arregalou os olhos, furiosa.

Ele se virou e dobrou a coluna de uma forma que a ponta de seus dedos tocaram o bolso de Layla e começou a fazer movimentos repetidos. A mulher reagiu com o corpo, querendo se desvencilhar do assédio, mas, quando pousou os olhos nos do menino, percebeu o que estava acontecendo e, mesmo a contragosto, permitiu que ele continuasse.

Foram necessários alguns minutos até que o pequeno canivete suíço aparecesse fora do bolso. Mas para abri-lo não seria tão fácil.

Não era a primeira vez que Jason era amarrado. Já tinha acontecido quando havia sido pego roubando uma garrafa de cerveja na mercearia. Mas o velho Jim não fazia nós direito e ele pôde escapar facilmente. Daquela vez, tudo tinha sido conduzido por profissionais.

Ainda assim, tinha os dedos ágeis. E, fazendo o corpo de Layla como o terceiro apoio, usou a ponta dos dedos da mão direita para firmar e a da mão esquerda para tentar levantar a lâmina.

Mais uma, vez foram inúmeras tentativas até que Layla sentisse a lâmina afiada. Teve dúvidas se não chegou a cortar sua pele através do tecido da calça.

Mas ao contrário do que imaginava, depois que conseguiu abrir o canivete, o menino não tomou mais nenhuma atitude. Apenas escondeu a pequena arma entre as cordas.

"Filho da mãe", pensou ela, "roubou meu canivete e não vai me ajudar!"

O que Layla não sabia é que ele tinha outros planos em mente.

# Capítulo 46

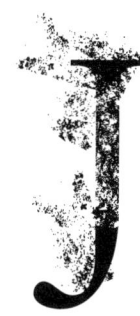

Já era 23 de dezembro e a neve ainda não havia chegado. Diferentemente das crianças de Londres, que raríssimas vezes tinham a chance de fazer bolas e bonecos de neve, em Esparewood as ruas, os carros e os parques costumavam ficar cobertos de branco pelo menos três vezes por ano. Geralmente acontecia em janeiro, no ápice do inverno, quando as temperaturas desciam muito. Mas não era impossível que a neve caísse no Natal, o que explicava os olhares esperançosos de meninos como Encrenca em direção ao céu. Perto dos desejados flocos brancos, a figura do Papai Noel perdia totalmente a importância.

Naquele ano, porém, a neve dava lugar a outras expectativas. A chegada da avó, Elizabeth, era o único assunto que importava aos dois jovens Ross. De tão ansiosos, passaram a ajudar a mãe em cada detalhe da ceia e da arrumação da casa. Emily estava se sentindo a mais felizarda das mulheres por ter uma assessoria tão especial e abstraiu as dificuldades com que teria de lidar no dia seguinte, na véspera do Natal. Afinal, a ilustre convidada da noite era também a mais inoportuna.

Enquanto Encrenca tentava mudar as bolas da árvore de lugar, por achar que uma fileira inteira de azuis ficaria melhor, Marlon Brando mordiscava seus calcanhares, querendo brincar.

— Cara de batata, porque você está trocando tudo?

— Eu gosto de azul. E aposto que minha vó gosta também.

— Shhh, a Emily falou para não falarmos de Elizabeth.

— Emily? Porque você não está chamando a mamãe de mamãe? E a vovó de vovó?

— Porque agora eu já vou fazer catorze anos. Estou em outra fase da vida.

Com tantas emoções no ar, ninguém dormiu bem naquela noite. O casal, embora não falasse entre si, mexia-se de um lado para outro na cama. Os dois irmãos, sussurrando para não levarem bronca, desistiram de ficar deitados e criaram uma sucessão de jogos que, por parecerem um pouco estúpidos aos olhos de Benjamin, foram sendo abandonados, um a um.

Antes das sete da manhã, todos já estavam circulando pela casa, ajustando as luzes no jardim e as cestas de nozes no aparador. Jasper havia comprado os presentes com antecedência, "antes da balbúrdia ensandecida da época das festas". Escolheu um brinquedo para Encrenca, um jogo de inteligência para Benjamin e uma toalha de mesa para Emily. Também passou na confeitaria da praça e comprou doces cristalizados para Hudson, Layla e as meninas, que também foram convidados para a noite de Natal. Por mais que tentasse, não conseguia escolher algo para a sogra, então deixou a desafiadora tarefa nas mãos da esposa.

Mas Emily também não conseguira comprar nada durante a semana. Tanto pela falta de tempo como pelo mesmo raciocínio que atormentou o marido. Não havia nenhum presente que combinasse com uma presidiária.

Quando Benjamin viu todos os pacotes embaixo do pinheiro, nenhum deles com o nome da avó, sentiu um certo orgulho por ter sido o único a pensar nela. Não poderia deixar que os pais vissem, mas o pequeno vaso de pedra branca cuidadosamente embalado estava esperando por Elizabeth no porão.

A chegada das visitas havia sido marcada para as seis da tarde, mas Hudson chegou com Florence cerca de uma hora antes. Pai e filha pareciam preocupados.

— Não acredito que foram jogar *baseball* sem mim! — Benjamin, observando que estavam com roupas de esporte, nem esperou os dois entrarem para se indignar.

— Não foi um jogo, Benjamin. Florence só queria treinar o melhor jeito de fazer um *strike out* nos inimigos!

— O inimigo sou eu?

— Você e todos os bons rebatedores do mundo! — Hudson fez a piada, mas o sorriso não estava tão espontâneo. — Sua mãe está em casa?

— Está. Vou chamar ela na cozinha.

Emily, como sempre deixando para se arrumar por último, estava especialmente desalinhada. O avental com manchas, o cabelo escapando do rabo de cavalo e uma das mangas soltas enquanto a outra continuava dobrada até a altura do cotovelo. Ainda assim, entrou na sala.

— Hudson! Que surpresa... Não chegou um pouco... cedo?

— Sim, muito cedo... ainda vou para casa tomar um banho e pegar as outras duas. Mas é que eu queria te perguntar algo. Você falou com a Layla?

— Não, não falei. Faz um tempinho que não a vejo. O que houve?

— Na semana passada estávamos combinando de vir aqui no Natal e tudo estava bem até que... até que ela... sabe como é...

— Vocês brigaram — concluiu Emily, sem precisar ser uma grande adivinha.

— Não, o que acontece é que...

— Eles brigaram, sim. Eu ouvi — Florence, exausta daquela dinâmica entre seu pai e Layla, parecia desabafar.

— Florence! — ralhou Hudson.

— Pai, não adianta, eu estou achando que ela não vai vir. Está muito brava com você.

— Então eu vou buscá-la. Pronto!

Jasper, que descia as escadas já impecável para o jantar de Natal, desencorajou o amigo.

— Melhor não. Interditaram a rodovia à leste do bosque. Parece que hoje vai nevar e aquele trecho não está com iluminação adequada se acontecer algum acidente.

– Eu vou circundar o Bosque das Clareiras pelo sul. Aí consigo chegar lá.

– Hudson, por favor, desse jeito a ceia vai começar muito tarde. Isso estragaria a festa! – Emily estava ficando nervosa com aquela situação. Ainda havia coisas no forno, ela estava vestida como uma mendiga e, para piorar, um homem de quase dois metros parecia um adolescente ansioso no meio de sua sala. – Olhe, Hudson, pense comigo: a Layla está com o seu carro, certo?

– Está. Ela fica com a caminhonete. Comprei um menor para mim e as meninas.

– Então! Ela vai chegar. Não deu notícias porque sabe que vai ter que fazer um retorno grande pelo sul e saiu mais cedo. Só isso.

– Você acha mesmo, Emily? Mas estou ligando para ela há quatro dias.

– Quatro dias... grande coisa! – Florence, que já tinha sentado ao lado de Benjamin no sofá, virou a cabeça e completou: – A última vez vocês ficaram quase um mês sem se falar! Eu realmente tenho a leve impressão de que vocês mais brigam do que se falam...

– Hudson, por favor... – a voz de Emily era maternal. – Está na hora de vocês dois irem trocar de roupa e voltarem logo para a ceia. Se tiver alguma briguinha com a Layla, isso vai estragar o espírito de Natal. Daqui a pouco ela vai entrar por essa mesma porta, você vai ver.

– É, pai, vamos. A Emily precisa se arrumar.

A sinceridade da menina gerou um pequeno constrangimento e a dona da casa tentou ajeitar um pouco o cabelo, sem sucesso.

A vaidade era algo que parecia fazer parte de seu passado.

---

No casebre ao lado do lago havia algumas frestas que deixavam passar a luz do dia. Mas quando chegava a noite, e já era a segunda que estava ali, a escuridão era total. Layla não tinha medo do negrume, apenas se incomodava por não conseguir ver quais eram os tipos de insetos noturnos que passavam por sua pele.

Mas o maior espanto veio com um barulho que não devia ser de nenhum ser invertebrado, ao contrário. Eram passos leves, como os de um gato.

Dois toques secos a fizeram estremecer.

– Anda, bonita, vamos sair daqui.

Layla logo concluiu que era a voz do rapaz do furgão, o que foi confirmado depois do clique na porta. Ele usou o canivete para desamarrá-la e em poucos segundos ambos estavam caminhando em direção ao bosque.

– Vamos dar o fora.

– Não, eu preciso descobrir algo antes. Vá você. A estrada está naquela direção – ela apontou com a cabeça.

Layla precisava saber o que Arianna, Grensold e aquele ser repugnante estavam tramando.

– Não vai me agradecer por eu ter te salvado? Não me achou um herói?

– Não acredito em heróis. Você estava no meu destino e eu agradeço. Agora vá.

Felinamente, ele se esgueirou pela mata, não sem antes lançar um sorriso em direção à mulher de cabelos encaracolados, agora soltos e desalinhados.

Ela viu o galpão em seu lado direito, mas foi direto para onde havia luz. A casa com varanda na orla do bosque.

Não poderia correr o risco de pisar nas madeiras antigas, pois deviam ranger muito, então foi pela lateral e encontrou uma janela em que um vidro quebrado permitia a passagem do som.

– Não acho que seja necessário matá-la.

– Helga, quantas vezes já ouvi essa frase de você? "Não é necessário matar." Veja, Morloch, eu digo que essa mulher não leva jeito para as Sombras!

– Ela está certa, Arianna, não costumamos eliminar fontes de informação... pelo menos não antes de ter as informações.

– O ataque será no Natal, certo? Logo depois cuidamos dela – a voz de Grensold era inconfundível.

— Mas estamos atrasados. Graças a você!

— Bom, eu trouxe o adolescente. E já expliquei o motivo do atraso. Agora, se me dão licença, vou voltar para minha casa. É um longo caminho e o último ônibus passa na estrada à meia-noite em ponto.

— O importante é que em uma semana terei minha nova pulseira nas mãos! – o tom modulado de Arianna se impôs sobre os demais. – Aí poderei destruir todos que restarem de uma vez. A minha história vai recomeçar.

Era a frase que Layla precisava ouvir. Agora ela já sabia. Queriam eliminar Elizabeth no Natal e ela própria e o resto da família Ross na sequência. Precisava agir. Preparou-se para correr pela lateral quando foi surpreendida por passos pesados vindos da varanda. A voz de Tony Tire tonitruou.

— Vejam que belo felino eu capturei na floresta.

Um som surdo indicou que um corpo fora largado no chão.

— Como ele fugiu?

— Não sei, mas a minha ronda surtiu efeito. Acho que mereço uma recompensa.

— Você merece é calar a boca e amarrá-lo de novo, Tire – a voz era de Arianna, arrogante como sempre.

Layla começou a andar devagar, segurando a respiração a cada passada. O som dos sapatos, que grudavam no lodo, era um agravante para quem não queria ser notada. Ainda assim, era melhor prosseguir do que ter o mesmo destino de Jason.

As palavras de ordem da herdeira de Saphir ao Recrutado Tony ainda continuavam audíveis, enquanto Layla se esforçava para reencontrar o estreito caminho até o portão que conduziria à estrada.

A ex-enfermeira ouviu um barulho no mato, mas seu olfato apurado não detectou nenhum cheiro de bicho. Ao contrário, o único odor que sentia era o de plantas em decomposição. Apesar do frio, não havia vento, e o ruído que pela segunda vez pareceu vir dos arbustos passou a preocupar.

A mulher apertou o passo, o que piorou a situação, uma vez que escorregou nas pedras cobertas de limo e quase caiu. Quando se recompôs e arrumou os cabelos para seguir em frente, a origem do barulho se apresentou. E era assustadora.

– Linda noite de outono, não é? Vai dar um passeio?

A figura repugnante estava a sua frente. Embora assustada, Layla não se deixou levar completamente pelo medo e logo baixou os olhos para não ser influenciada. Buscou também as alternativas para correr, pois avaliou que o corpo em decomposição de Morloch talvez não pudesse alcançá-la.

Mas ele não estava sozinho. E a voz pastosa, empestada pelo hálito forte, pôs-se a dar ordens.

– Acione o Orbe, Grensold. Agora!

Era o fim das esperanças para Layla. A comparsa do morto-vivo, traidora da confiança dos Ross, ligou o campo magnético antes que a fugitiva pudesse tomar qualquer outra atitude.

– Deixe todos juntos. Os três adolescentes e esses dois rebeldes. Já somos íntimos agora, certo? Uma grande família! Não há mais segredos entre nós – o tom irônico e o cheiro forte de vegetal pútrido se espalhavam pelo ar. – Quem sabe eu possa fazer algumas marcas com o fogo nesses dois belos exemplares? No rosto, nos braços... – conforme falava, ele passava os dedos asquerosos no corpo de Layla e Jason. – Tony, leve-os agora.

– Para o matadouro?

– Isso mesmo. Não acha que é um lugar perfeito para recebê-los? Os outros dois já estão lá.

– Dois? – Grensold levantou a sobrancelha falhada.

– Sim, Bob Jr. já partiu para sua Colônia.

---

A chegada à rua Byron foi bem diferente daquela de muitos anos antes, quando Elizabeth era uma das convidadas para outra festa, naquele mesmo sobrado. Desta vez não havia o suporte amistoso de Doris Davis, nem um belo veículo antigo que a trouxesse até a porta.

Na prisão, não havia qualquer tipo de regalia. Nos indultos de Natal, os presos recebiam apenas a orientação do horário de volta antes de serem lançados para fora, com um cartão de transporte. Se houvesse algum familiar para resgatá-los, era uma grande sorte. Caso contrário, eles precisavam andar por no mínimo três milhas até alcançar o ponto de ônibus da estrada e ali torcerem para que, em plena época de festas, os coletivos estivessem funcionando em turno normal.

Elizabeth não tinha notícias de sua família, nem de Grensold, que, estranhamente, jamais fora visitá-la na prisão. Layla tivera a entrada no presídio proibida e Doris, desde o acontecido, havia cortado relações com ela. No entanto, no ano que terminava, a presa mais idosa de Hogsteel vinha recebendo uma visita que chegava a ser sistemática. Uma vez por mês, exatamente às cinco e meia da tarde, último horário permitido para a entrada, ele sentava na cadeira de madeira desconfortável em frente ao vidro grossíssimo e a escutava falar por um tempo. Depois, contava da namorada e de seu novo trabalho em uma lanchonete de um casal de imigrantes indianos. Seu turno era das dez da manhã às cinco da tarde e ele corria bastante em sua motoneta velha para chegar até os portões de ferro do presídio.

– Então você continua com Lucille. Depois de todos esses anos.

– Continuo. Depois da morte do pai, ela finalmente aceitou dizer que é minha namorada. Tive que insistir muito. Sem contar que... bem... agora entendo mais sobre ela.

– Vou para a minha casa no Natal.

– Sério? – o rapaz se animou por frações de segundos, logo retornando a seu habitual estado de torpor. – Que bom que passará o Natal com os seus. Já Lucille disse que não poderá estar aqui.

– Deve ter outros compromissos...

– Como pode ser? Ela só tinha o pai.

– Talvez esteja pensando em atormentar um pouco a madrasta durante a ceia.

– Não. Ela nunca faria isso, Elizabeth. Você me assusta às vezes, sabia?

Frank resolveu mudar de assunto e pela primeira vez aproximou o rosto do vidro.

— Quem vem te buscar?

— Ninguém. Vou de ônibus.

— Não! Nem pensar. Venho aqui te pegar. E trago um casaco para você aguentar o frio na motoneta.

— Será ótimo. Aí você pode passar o Natal com a gente!

— De jeito nenhum, Elizabeth. Apenas quero ser útil. Vou te levar e depois sigo para Herald House. Doris mandou preparar uma ceia para... os meninos que...

— Os meninos que não têm culpa por terem sido abandonados. Os meninos que merecem ter uma boa ceia no dia de Natal — Elizabeth sentia vontade de abraçar seu pupilo. Mal sabia ele a importância que tinha na ordem geral das coisas.

Quando a motoneta de Frank estacionou na frente da casa dos Ross, ele mal se despediu de Elizabeth. Não queria que ela insistisse nem por um segundo para que ficasse na festa. O casaco que tinha separado para ela era bem quente, mas um verdadeiro desastre estético. Ainda mais sobre o vestido que era o mesmo do dia da festa de Isabella e estava puído por ter ficado em algum armário sujo de Hogsteel por todos aqueles anos.

Ela se posicionou bem em frente à casa da filha e conduziu a mão semicongelada até a campainha. Ao som estridente, os meninos pularam do sofá, correram até a porta e se atracaram para abri-la. Quando finalmente conseguiram girar a maçaneta, olharam para fora e pararam, absolutamente estupefatos. As boquinhas abertas quase congelaram com a corrente de ar frio. Não sabiam o que dizer.

Não era só uma senhora com trajes esquisitos e lábios arroxeados pelo frio que estava ali, enquadrada pelo batente. Detrás dela, grandes flocos de neve caíam, iluminados pelas luzes que acendiam e apagavam, dando àquela cena uma magia inexplicável.

Benjamin não a reconheceu de imediato. Ela estava mais magra e abatida. Seu rosto, que antes ele associava ao de um anjo, agora parecia comum e, de certa forma, suspeito. Afinal, ela era uma presidiária. Mas havia um fato que superava o que sua cabeça juvenil tentava entender. A ligação com aquela figura de cabelos loiros se materializava com o estranho calor que passou a percorrer todo o seu corpo e a amenizar o impacto do vento. E aquela neve. A tão esperada neve chegando ao mesmo tempo que ela.

O casal Ross foi o responsável por transformar, em apenas alguns segundos, a sensação de encantamento. Ambos praticamente protegeram os filhos com os próprios corpos e fizeram um gesto mecânico para que Elizabeth entrasse.

– Está frio aí fora – disse Emily.

– O cabide mudou de lugar, Elizabeth. Se quiser, posso pendurar o casaco para você – completou Jasper.

Mas a visitante não estava interessada em amenidades. Fingindo obedecer, logo furou a barreira dos dois cães de guarda e deu um grande abraço nos netos, sem distinção entre aquele que já conhecia e o recém-apresentado.

Emily suspirou e, após alguns movimentos irritados de Jasper, todos foram para o centro da sala. Ele mandou que os meninos fossem trocar de roupa e, para se certificar, subiu os degraus com os dois. Mãe e filha ficaram em pé, de braços cruzados, ainda sem jeito uma com a outra. Não havia mala, nem coisas para ajeitar. A dona da casa já havia preparado para a visitante um kit com lençóis limpos, uma toalha e alguns itens de cuidados pessoais. No supermercado até tinha visto o sabonete de rosas de que ela gostava, mas não o comprara. Não queria dar mostras de muita hospitalidade.

Ambas se dirigiram à cozinha. A sacolinha com as coisas foi deixada em uma cadeira no canto enquanto Emily oferecia à mãe uma sidra e algumas azeitonas e castanhas. Elizabeth, que há tanto tempo não experimentava nada além da comida sofrível do presídio, se deliciava com os aperitivos. Sentiu os aromas vindos do forno e das panelas e, por um instante, só desejou voltar a ser uma pessoa normal, em uma família normal.

— Emily, isso está me cheirando lombo com laranja, a receita que eu te ensinei.

— Uso maçãs, mãe, e não é exatamente a sua receita — a secura da filha era milimetricamente calculada, o que demandava esforço e concentração. Ela mal olhava para a mãe, com medo de uma recaída.

— Eu queria saber tantas coisas deles...

— Os meninos estão ótimos. Benjamin está bem. Superando os acontecimentos... — a última frase veio carregada de julgamento e Elizabeth achou melhor ir por outro caminho.

— O menor é um amor!

— Ele não sabe de nada, nem sabia que tinha uma avó — nem a crueldade da colocação fez a senhora loira se calar.

— Já entendi, Emily, você não quer falar comigo e não quer que eles falem. Mas não importa. Ainda assim vou comer o seu lombo com laranja...

— Maçã. Lombo com maçã.

— Bem, ainda assim vou comer a sua ceia e brindar com vocês. Não vou criar problemas no único momento de felicidade dos últimos anos. Quero aproveitar cada minuto. Até porque amanhã tenho que me apresentar no presídio antes do meio-dia ou estou ferrada.

— Que vocabulário, hein? Deve ter aprendido com as novas amigas do crime.

— Um dia tudo fará sentido, Emily — Elizabeth não se abalou com a provocação. — E vocês ainda vão me agradecer. Pode demorar uma década, mas vai acontecer.

A campainha tocou. Emily foi abrir e Hudson e as três meninas entraram.

— Vocês viram a neve? Finalmente! — o homem falava ruidosamente, enquanto colocava alguns pacotes em volta da árvore.

— Foi a minha vó que trouxe! Acho que ela é uma maga! — Encrenca estava descendo a escada, seguido pelo irmão. O pai ainda estava se preparando para sair do quarto e Emily, na base da escada, deu graças a Deus que Jasper não tivesse ouvido aquela frase.

— Florence, de novo esse vestido? — Benjamin queria chamar a atenção da amiga de qualquer jeito, nem que fosse para deixá-la embaraçada.

— Cala a boca, Benjamin. Não tem graça nenhuma. Esse vestido tá ótimo. Ele é o único que eu tenho, sim, e daí? Aliás, você sabe que eu prefiro uma boa calça jeans.

Rosalyn, que há muito tempo dividia com Hudson as responsabilidades pelas duas irmãs menores, logo interveio.

— Meninos, tenham dó! Hoje é dia de celebrar, vamos parar com isso?

— Ele é muito chato Rose, só isso — Florence avançou pela sala com o queixo levantado. — Vamos, Benjamin, vamos falar com a sua avó, eu não me lembro direito dela.

— Ela está aqui na cozinha! — Encrenca berrou sem pudores e parecia se comportar como se estivesse em uma caça ao tesouro. Benjamin, por sua vez, não estava conseguindo administrar as emoções. Havia esperado tanto por aquele dia e agora não sabia bem o que fazer.

O caçula queria estar junto da senhora loira, entender o porquê da roupa de verão, totalmente inadequada, mas ao mesmo tempo tinha receio. Escutara tudo o que Sonny havia dito no porão e agora não sabia se a avó era "do bem" ou "do mal". Por via das dúvidas, quando ela se aproximou da porta da cozinha depois de alguns minutos se esquentando perto do forno, Encrenca preferiu se afastar e correr para junto dos pais na sala.

Hudson e Jasper já estavam acendendo a lareira. Ela viu no americano o olhar bondoso e acolhedor que ainda não tinha recebido de ninguém na casa. Os Ross adultos estavam inflexíveis e os menores, assustados demais para que ela se sentisse confortável em algum lugar.

— Elizabeth, seja bem-vinda a Esparewood! — Hudson abriu os braços, um gesto recorrente que mostrava muito de sua personalidade. — Nossa, a senhora deve estar com frio.

Ele gostaria de saber sobre a prisão, o que ela havia sofrido, se tinha conseguido escapar de maus-tratos, se pudera se alimentar decentemente. Só quem tinha antepassados que passaram por correntes, como seus bisavós, sabia do quanto era duro perder a liberdade. Ao mesmo tempo, concluiu que aquele tipo de assunto não era o ideal para uma confraternização natalina.

— Chegue mais perto da lareira, Elizabeth. Esse seu vestido é muito leve. Vou colocar essa cadeira aqui. Veja só, se Marlon Brando escolheu esse lugar, é porque é o melhor da casa.

Jasper lançou um olhar de reprovação, mas Hudson estava tão ocupado em mudar os móveis de lugar sem atropelar o cachorro que não percebeu. Finalmente Emily notou que a indumentária da mãe era realmente absurda e se compadeceu.

— Venha, mãe, vamos colocar uma roupa mais quente. Vou te emprestar algo.

— Não se preocupe, Emily, já me acostumei a passar frio na prisão. Lá é tudo gelado... sem contar que antes eu tivesse esse seu corpinho.

— Ainda tenho umas calças e blusas de quando eu estava grávida. Elas vão servir em você.

— Grávida de mim? — sempre que Encrenca se pronunciava, as coisas se suavizavam. Até mesmo o implacável Jasper, embora não sorrisse, abrandava o olhar ao ver a inocência do filho.

— É, grávida de você.

— Posso ir junto? Ver as roupas da vovó?

— Não — o tom seco foi exagerado. — Fique com seu irmão e a Florence. Assim que Layla chegar, vamos sentar à mesa.

Hudson respirou fundo quando o nome da amada foi mencionado. Ela ainda não tinha mandado notícias e a meia-hora que já estava atrasada parecia dez para ele. Elizabeth também teve uma sensação estranha quando ouviu o nome da amiga. Seu coração pareceu apertar dentro do peito. Ao mesmo tempo não queria perder a oportunidade de mais alguns momentos com sua filha e a seguiu pelas escadas.

No quarto, mais um vez Elizabeth tentou puxar assunto, mas Emily foi bastante prática. Tirou algumas roupas que estavam cuidadosamente guardadas em sacos de tecido e as colocou em cima da cama.

– Pode escolher o que fica melhor. Esperamos você lá embaixo.

O relógio já marcava nove da noite e todos se sentaram em volta da mesa. Estava muito bem-arrumada por Emily, com a ajuda dos dois meninos. Benjamim escolheu estrategicamente o lugar entre Florence e Elizabeth, e Marlon Brando logo se ajeitou a seus pés, como sempre fazia nos raros dias em que era admitido dentro de casa. Benjamin dividia sua atenção entre a amiga e a avó e mal via a hora de a ceia terminar para conduzir a avó até o porão e entregar a ela o presente que tinha comprado com todas as suas economias. Para os mais velhos, no entanto, o lugar vazio, ao lado de Hudson, pesava. Onde estaria Layla? Por que ela não avisara que não viria à festa de Natal? Teria sido o ressentimento com Hudson tão grande a esse ponto?

O silêncio imperava, mas todos comiam com prazer os deliciosos pratos preparados ao longo de dois dias de trabalho.

De repente, na porta, um barulho seco que não parecia exatamente um toque, mas, sim, a batida de algo pesado contra a madeira. O primeiro a levantar foi o americano, esperançoso de que fosse a companheira. Talvez ela estivesse com muitas coisas nas mãos para tocar a campainha.

O casal anfitrião também se levantou, mas, como era costume, apenas Emily cruzou a sala para abrir a porta. Foi também a primeira a berrar com o corpo que desabou a seus pés.

O barulho de facas e garfos sendo abandonados, somado ao das cadeiras arrastando, deu início à confusão que se formou em volta da porta.

Jasper, que se tornava rápido como um lince sempre que estava sob o efeito da adrenalina, foi o primeiro a chegar e, com as duas mãos, virou a pessoa que estava no chão.

# Capítulo 47

**B**ob!! – o grito foi em uníssono, vindo da maioria dos presentes.

Aquele que tanto contribuíra para o dia a dia de Esparewood, trazendo o leite e a simpatia matinal, estava quase irreconhecível. A barba enorme havia se alastrado como heras pelo rosto, as roupas estavam sujas e úmidas pela neve derretida e o cheiro de álcool que rescendia em torno dele trazia o retrato perfeito de um pai desesperado. Já fazia muitos anos que Bob Jr. havia desaparecido e, a cada Natal, Bob definhava mais um pouco.

– O sonho... o sonho parecia real... – foram as primeiras palavras ditas pelo visitante inesperado enquanto estava sendo levantado com dificuldade. – Meu Bob... ele estava no meio de um nevoeiro... tudo branco....olhava para mim e dizia... acabou, pai... acabou. Estou livre. E sou um herói, assim como o senhor me ensinou.

– Era só um sonho, Bob, não fique impressionado – Emily pousou delicadamente a mão no ombro do leiteiro e tentou ser o mais convincente possível.

– Ou uma mensagem... – Elizabeth falou em tom baixo. O olhar de Jasper em sua direção foi implacável. Ela entendeu que deveria se calar e saiu de cena.

– Crianças, vamos continuar comendo enquanto eles dão uma forcinha para o Bob? – os adultos assentiram. Pelo menos naquele momento Elizabeth tivera uma boa ideia.

Florence, Benjamin e Encrenca seguiram a senhora loira, enquanto Daisy não soube bem onde se posicionar: não era mais criança, mas não se julgava pronta para lidar com aquela situação. No final, resolveu acompanhar a irmã mais nova até a mesa.

– Bob, por favor, acalme-se. Você precisa descansar – continuou Emily.

– Sim – confirmou Hudson. – Venha sentar no sofá enquanto eu faço um prato para você.

– Não quero comer nada, não quero saber de nada... só quero meu Bob Jr. de volta...

O dono da casa optou por atitudes mais militares. Segurou o leiteiro com força, pediu suporte para Hudson do outro lado e ambos o levaram ao andar de cima. Puseram o homem no chuveiro, guardaram em um saco plástico seus trapos fedorentos e o vestiram com antigas roupas de Richard. As mesmas que Jasper, por amor e apego, jamais conseguira jogar fora. Na falta de um casaco grosso que servisse adequadamente, eles o cobriram com um xale de Emily que, embora não tivesse estampas, terminava com franjas nas duas extremidades. Não acharam que, na situação em que se encontrava, ele se importaria com aquele item levemente feminino no vestuário.

– Agora você vai descer conosco. Sabemos que você está passando por maus bocados, mas nós vamos ajudá-lo a se recuperar. E o primeiro passo é se alimentar direito. Vamos!

– Está bem, sr. Ross, farei o que o senhor está falando. Só queria pedir um favor.

– Diga, homem, o que você quer?

– O que o meu Bob mais adorava fazer eram bonecos de neve. Será que eu poderia fazer um no jardim? Para celebrar o Natal mais perto dele?

– Bob... está muito frio – Hudson interveio.

– Não sinto mais nada... nem fome, nem frio... só tristeza... Por favor, sr. Ross...

– Tudo bem, você faz seu boneco – Jasper olhou para Hudson mostrando que estava no controle –, mas só depois que estiver devidamente alimentado e aquecido.

– Espero que meu garoto também tenha alguma comida e algum calor.

Os dois homens ficaram compadecidos com a situação. Deram tapas afetuosos nas costas dele, mas ainda assim, como é comum entre os soldados, preferiram não falar nada.

O jantar dos mais novos terminou antes dos três homens descerem. Bob pediu para comer na cozinha, enquanto os dois se sentaram à mesa. Para Benjamin, tudo parecia perfeito. Nem seria preciso esperar a hora do café para chamar sua avó para o porão, onde entregaria seu presente e contaria tudo sobre o que vira na noite do jogo. As mensagens da prima, as reações de Grensold. Ele queria se livrar logo daquelas informações, até como uma forma de ter mais alívio e também algumas respostas. Ainda havia um enorme pedaço de torta de maçã no prato de Elizabeth e ele mirava o trajeto que ela fazia de cada pedaço do doce do prato até sua boca, tentando antecipar o momento de chamá-la para o porão.

O menino não sabia, porém, que não era o único a ter uma programação previamente calculada. A conversa com a avó no lugar mais discreto da casa também estava no plano de outras pessoas.

A trilha de carvalhos e faias que margeava o Bosque das Clareiras ficava a cerca de duzentos metros do número 78 da rua Byron. Nas áreas de mata mais fechada, a neve caía em camadas entre as árvores, formando desenhos nos galhos e no chão. Era o local exato para se aproximar da casa sem ser observado.

Se alguém estivesse na rua àquela hora, poderia ver um ponto de luz fraco se mexendo na cadência de passos duros e precisos. Três corpos se aproximavam da casa dos Ross. Um deles era um recém-Decaído em sua primeira missão; o outro tinha por hábito martelar borrachas e metais com força descomunal; quanto à terceira figura, era magra e curvada, não contava com a companhia de ninguém para comemorar o Natal e estava focada em seu principal objetivo: finalmente ganhar o título de Recrutadora

Itinerante Global. Mas não sujaria as mãos de sangue. Seus comparsas estavam ali para isso.

Com o binóculo antigo, emprestado de uma das gavetas de sua patroa, ela conseguiu ver o momento exato em que Elizabeth e Benjamin saíram da sala em direção à cozinha. Era o hora de dar o comando.

– Vão. Agora!

Os dois homens armados e vestindo as longas capas pretas que haviam ganhado no dia de seu recrutamento, deslocaram-se pela neve, demorando mais tempo do que o previsto para alcançar o portão lateral da casa. A neve enganchava nas botas e a imagem que se formava era parecida com a de astronautas. Enquanto isso, Elizabeth e Benjamin tinham uma conversa que não estava no campo de visão do binóculo. Ambos haviam ido em momentos diferentes até a cozinha para não levantar suspeitas. Emily estava ocupada consolando Hudson pela ausência de Layla, enquanto as meninas eram sabatinadas por Jasper, que achava que seria simpático perguntar sobre as matérias da escola.

– Bob, por que não se juntou a nós na mesa?

– Imagina, d. Elizabeth, eu... eu sou um velho imprestável... não quero estragar a ceia de vocês.

– Você não é imprestável coisa nenhuma! Imagine! O pudim e a torta que comemos foram feitos com o leite que você trouxe. Além disso, você sempre foi pontual, eficiente...

– Olha como o Marlon Brando gosta de você! – Benjamin, ao ver o cachorro dando lambidas nas botas de Bob, achou que o fato poderia animá-lo.

– Obrigado, obrigado... sei que vocês são boas pessoas. Agora, se me permitem, o sr. Ross me deixou fazer um boneco de neve no jardim.

– Um boneco de neve! Eu te ajudo – Benjamin, por um instante, se esqueceu de sua missão.

– Bob – ponderou Elizabeth –, tanto eu como você estamos muito despreparados para ficarmos na neve. Isso... isso não vai aproximar você de seu filho. E esse xale que te deram... não suporta um frio desses.

— Mas eu preciso... É o meu único desejo.

— Entendo... Quantas vezes não o vi com o Bob Jr. no festival de inverno na praça? Nos meses de janeiro, foram muitos bonecos enormes que vocês construíram. E era fácil saber quem eram os autores... Só vocês enfiavam garrafas de leite no lugar dos olhos! Vocês brincavam que eles usavam óculos!

— Bonecos de neve também não têm orelhas, por isso que Bob Jr. se identificava tanto com eles – o olhar do leiteiro ficou vazio por alguns segundos. – D. Elizabeth, eu... eu sou um homem sem propósito. Perdi minha esposa, perdi meu filho – em vez de trazer algum alento, a mulher viu que a conversa estava deixando-o ainda mais triste. Resolveu mudar o foco.

— Então façamos o seguinte: nós três vamos até o porão. Aí te empresto o meu casaco e você faz o seu boneco. Depois, volta e me devolve, que tal? Eu e o meu neto temos alguns assuntos particulares para resolver lá também.

— Está bem. Farei isso. Obrigado, d. Elizabeth.

— Não me chame de dona. E vamos logo, então. Neve em Esparewood, nesta época, não é coisa que dure muito.

Os três abriram a porta telada e depois a de madeira, que ficava trancada durante o inverno. Atravessaram o jardim repleto da gélida camada branca e desceram os degraus. Elizabeth quase se arrependeu de sua ideia quando viu que a temperatura do porão não estava tão diferente daquela lá de fora. Ainda assim, acendeu a luz, tirou o casaco com capuz e o entregou para o homem.

— Volte aqui em quinze minutos, o.k.? Antes que o boneco de neve seja eu!

— Certo, d. Elizabeth. Quer dizer, certo, Elizabeth.

Nesse momento, do lado de fora, os dois candidatos a invasores notaram o primeiro desafio. O muro. Para irritação de Grensold, que continuava observando tudo pelos binóculos, eles estavam demorando muito para pular. Ou porque as mãos estavam quase congeladas e não aguentavam segurar o pé do outro para a alavanca até a murada, ou simplesmente porque as roupas molhadas estavam escorregadias. Sabiam que, se continuassem fazendo barulho, poderiam chamar atenção.

Enquanto isso, no porão, as coisas caminhavam de acordo com o planejado por Benjamim. Sem a intimidade de antes, mas ainda assim com uma ligação que se reavivava a cada segundto, ele não esperou nem um minuto para oferecer a Elizabeth o presente que havia comprado. O "quarto" estava bem arrumado por ele, seu irmão e Grensold, e ele se sentiu satisfeito ao ver o olhar agradecido da avó, que, ao abrir o pacote e se deparar com o vasinho de madrepérolas, se emocionou.

– Que coisa mais linda!

– Pensei que ia gostar...

– Eu adorei! Obrigada. E olhe, assim como nesse vaso, há muitas pecinhas na nossa história, eu sei que preciso explicar a você... – o tom era maternal.

– Meu irmão viu Isabella no jogo – o menino foi direto ao assunto. Tinha ensaiado mil vezes aquela frase. – E foi uma noite nada agradável. Você não precisa mais me tratar como criança.

– Que jogo?

– O jogo Conjurium, que você me mandou jogar.

– O quê? Espere, quem te falou do Conjurium? – um vinco de preocupação surgiu na testa da mulher. – Isso não é pra você! É muito perigoso!

– Na carta! Você me mandou encontrar o livro na sua casa...

– Carta? – Elizabeth lembrava muito bem dela e do trabalho que teve para que ela chegasse até Benjamin. – Não... na carta eu só escrevi que o nosso encontro era urgente. Que tinha chegado a hora!

Benjamim abriu a boca involuntariamente, chocado com a informação. Então sua avó tinha realmente endoidecido? Além de uma possível assassina, ela estava colocando sua vida e a do seu irmão em risco? Seu estado de choque o paralisou e foi ela que mais uma vez tomou a palavra.

— Quem te entregou essa carta falsa? Quem? — ela colocou as mãos com força nos ombros do neto, mas pela primeira vez foi repelida por ele.

— Eu não acredito mais em você. As coisas mudaram. Eu sei que Isabella morreu por sua causa. Mas ela disse que a culpa foi minha.

— Isabella? Você viu Isabella? — ela não podia conter o desespero de imaginar seu neto perante as sombras da menina.

— Não. Encrenca a viu... e você não deveria colocar uma criança tão pequena naquela situação.

— Encrenca? Ele estava junto? — ela respirou, percebendo que tinha de retomar o controle para entender aqueles acontecimentos absurdos. Havia algo de muito estranho no ar. — O que ele viu? O que exatamente sua prima disse? — ao sentir a maturidade do neto e a gravidade da situação, Elizabeth mudou o tom. Ao mesmo tempo, temia pela inocência de Benjamin, que já começava a se macular. A Profecia era grandiosa porque levava em conta exatamente esse dado. "É impossível ser inocente por muito tempo quando se vive na Terra."

— Encrenca disse que ela era... escura! — prosseguiu o rapaz.

A informação não a surpreendeu, era a pista para resolver aquele impasse. Havia algo das Sombras naquela história e era preciso mais informações

— E o que mais? O que mais ele viu?

— Na hora ele não me disse mais nada. Estava apavorado — o tom era acusador. — Só depois de uns dias é que ele me descreveu. Falou que Isabella tinha cabelo preto, liso, que estava com um vestido cor de vinho. E que usava um colar... sim, um colar no pescoço.

— Eu lembro muito bem dela. Mas quando era viva não havia colar nenhum...

— Mas ele falou do tal colar. Coitado do Encrenca... ainda bem que eu não consigo... ver as pessoas.

— Interessante esse detalhe... — Elizabeth lembrou-se de algumas conversas com os Aliados, há muitos anos, antes mesmo de virem para Esparewood, quando contavam que as Colônias davam colares para seus habitantes. Como um símbolo de cada comunidade. Precisava passar essa informação a Dorothy.

— Eu estou te falando do desespero do Encrenca e você fica preocupada com o maldito colar? — Benjamin dava mostras de irritação.

— Benjamin, eu já falei isso uma vez e vou dizer de novo. Você precisa ser forte. Você não é um menino comum. Nem menino é mais. Agora é um rapaz. Seu irmão tem um dom importante, mas você nem imagina qual é o seu papel. A sua missão.

— Que papel? Que missão? — Benjamin pareceu ficar ainda mais incomodado. Ele havia omitido outras coisas que ouvira do irmão, como por exemplo que Sonny havia dito que Elizabeth não era confiável. — Você me manda uma carta que diz que não mandou, vem aqui e vira tudo de pernas para o ar, está presa, e depois me diz que eu preciso ser forte. Eu já estou sendo forte, não percebeu?

— Cara de pudim, você não confia em mim? — ela piscou os enormes olhos verdes, o que remeteu o neto aos bons momentos do passado, em que a avó era uma fortaleza de segurança para o pequeno Benjamin Ross.

— Não me chame assim... não faça essas rimas. Isso ficou no passado... muito longe... — a expressão dele era melancólica, de decepção.

— Eu sei o quanto você está evoluindo. Que tem tido conversas com Hudson... não só conversas, como grandes jogadas no *baseball*.

— O quê? Então você tem acompanhado minha vida a distância e a única coisa que me manda é uma carta para eu fazer um jogo perigoso?

— Já falei: você é um ser especial... você tem algumas tarefas importantes a fazer.

— Eu estou cansado de tarefas. Já basta as que meu pai me passa. Sem contar que não vou aceitar nada do que você me mandar fazer...

— Não diga isso. Eu estou aqui agora. E preciso de você. E do seu irmão.

— Você precisa de nós? — o rapaz novamente reagiu com um tom irônico que Elizabeth jamais havia ouvido na voz sempre doce do neto. – Já não foi o suficiente você dar um fim em Isabella? Em ter ido para a prisão? O meu pai tem razão, você não passa de uma maluca!

– Benjamin! Você sabe que não pode falar assim comigo...

– Não, eu não sei. Eu não sei de nada!

Benjamin saiu correndo e, quando sentiu lágrimas querendo escorrer de seus olhos, evitou ir para casa: se trancou no pequeno banheiro que ficava ao lado do tanque. Elizabeth foi atrás do neto. Bob, com o barulho do vento que começou a castigar ainda mais todos os que estavam do lado de fora, não os ouviu passar por trás dele.

Cansada de bater no banheirinho sem sucesso, Elizabeth pensava nas causas daquela confusão. Seria possível que Gregor a tivesse influenciado na noite em que dormiram na prisão? Haveria ele concordado em retomar a Aliança apenas para se vingar dela? Sem qualquer resposta possível, ela se voltou para o jardim, agora um retângulo branco com uma figura solitária no centro. Pensou que estava em uma boa enrascada. Uma carta com conteúdo falso, um neto contra ela e um homem sem juízo a sua frente. O frio já começava a lhe tirar os movimentos, e ela precisava de seu casaco de volta. Era absolutamente necessário, antes que sofresse uma forte hipotermia.

Benjamin, ao notar que ela não estava mais lá, abriu o ferrolho, saiu devagar e chegou a ver a figura roliça descendo as escadas do porão. Entre ir atrás dela ou voltar para casa, optou pela segunda opção. O frio insuportável conduzia a essa escolha. Passou pela porta, pelo telado da cozinha e sem grande alarde subiu as escadas até seu quarto.

– Benjamin! – Florence estava procurando o menino já há algum tempo. – Onde você estava?

– Já desço, só um minuto, esqueci algo no meu quarto – a resposta foi a primeira que lhe veio à mente, mas tudo o que queria era ficar sozinho por alguns instantes.

Enquanto isso, no porão, a sombra que acabara de se formar em contraposição à luz fraca do lampião aumentava de tamanho.

De costas para a porta, o casaco com capuz se destacava no ambiente por causa da cor, um lilás metálico. As mãos geladas ainda tiveram tempo de, em um ato de saudosismo, alcançar o guidão de uma motoneta rosa que estava próxima à parede.

O resto foram gritos, facadas e sangue.

O primeiro a ouvir os berros de desespero foi Hudson, mas quem saiu correndo ao ver a cara assustada do amigo foi o sempre alerta Jasper. No descompasso de sua perna bamba, ele quase rolou pelas escadas do porão. Não pensou em pegar um casaco antes de sair e só sentiu os braços semicongelados ao empurrar a porta. Quase desmontou quando a cena terrível se apresentou à frente de seus olhos.

O corpo, no meio de uma enorme poça de sangue, estava de costas. E o desenho de uma mão, impresso no piso, indicava que o último movimento havia sido a tentativa de se levantar. Ele sabia quem estava vestindo aquele casaco. A mulher que ele odiava e que sempre quisera longe de sua casa e de sua família.

Mas, definitivamente, não queria que fosse daquela maneira.

Ao passar pela figura no centro do jardim, um boneco sem olhos, orelhas ou boca, enrolado com um xale de franjas, Jasper sentiu arrepios. Onde estaria Bob naquele momento? Seria ele o assassino?

Entrou em casa chamando pela esposa, que foi de imediato encontrá-lo na cozinha.

– Emily... eu sinto muito... Emily, eu realmente sinto demais!

– O que aconteceu, o que houve?

– Sua mãe... sua mãe está morta!

– Não fale bobagens, Jasper!

– Eu estou falando, ela está no porão. Foi assassinada!

Todos na sala se entreolharam ao ouvir as frases vindas da cozinha. Após emitirem um som de espanto, as meninas de Hudson se abraçaram, enquanto o pai chegava mais perto para ver o que estava acontecendo.

Nesse momento, pela segunda vez na noite, pancadas soaram na porta da frente.

Sem saber mais o que podia acontecer, todos buscavam suporte uns nos outros para ir até lá. Jasper virou a chave e a maçaneta e abriu a porta com determinação. Emily, que estava de pé perto da mesa, quase caiu para trás.

Na frente deles – com o rosto vermelho por supostamente ter corrido, os lábios arroxeados devido ao frio intenso e os braços e as pernas tremendo enlouquecidamente por uma possível hipotermia – estava alguém que jamais esperariam ver ali.

– Elizabeth!

– Eu... eu tentei... Eram dois...

– Como assim, do que está falando? – Jasper gritava.

– Eu deixei Bob com meu casaco e vim correndo para dentro. Esquentei as mãos no forno por um instante e... e chequei se havia chá na garrafa... na garrafa térmica....

– Elizabeth, seja objetiva!

– Então ouvi um barulho estranho e forte, que vinha do porão... cheguei ali... perto da porta e vi dois homens saindo lá de baixo...

– Do porão?

– É! Eles pularam o muro... então eu peguei aquela escada e consegui subir e pular, mas não correr atrás deles... estou velha para isso...

– Espere, Elizabeth. Respire! Venha imediatamente para perto do fogo – Jasper a puxou com firmeza, embora com um cuidado que nunca tivera com a sogra. Ele já havia passado pelas enfermarias do exército e sabia que aquele grau de hipotermia poderia levar ao óbito.

Hudson voou até o quarto de cima e voltou com um cobertor. Emily correu para ferver água e encontrar uma bacia para um escalda-pés.

– Não se preocupem... eu vou ficar bem – assim que recobrou um pouco da cor, a voz de Elizabeth ficou mais alta. – E Bob? E quanto ao Bob? – os olhos pareciam ter dobrado de tamanho.

– Ele... eu... eu sinto muito, Elizabeth.

– Não me diga que...

– Sim, mãe, os homens... mataram o Bob.
– Por Hermes Trimegisto. Ele e o filho agora estão juntos...
– O que está dizendo?
– Sim. Infelizmente ambos já não estão entre nós.
– Como pode ter tanta certeza?
– Porque tenho. É assim que funciona. Que o universo os receba....

Benjamim, que desceu ao ouvir o alvoroço, e Encrenca, sem entender nada, se acercaram da avó e instintivamente se colocaram junto dela para esquentá-la. O mesmo fez Marlon Brando, que se deitou perto dos pés.

Por incrível que pareça, em plena noite de Natal, um momento raro de união e solidariedade se instaurava. Mesmo estando um cadáver ainda quente naquela mesma casa.

Jasper começava a entender o ocorrido. E novamente se deslocou até o porão, certo do pior. Hudson foi atrás dele e o encontrou agachado, com o corpo de Bob já virado, revelando o enorme corte igual ao usado para estripar porcos. As roupas de Richard, embebidas em sangue, tornavam o quadro ainda mais dramático. Ambos os homens rememoraram as tristes sensações dos tempos de guerra.

– Pobre Bob!
– Que tragédia!
– Que horror!
– Será que Layla está bem? – apesar da cena, era só no que o americano pensava.
– Claro que sim. Não se preocupe, amigo – Jasper tentou passar segurança, mas já não tinha mais certeza de nada.

Foram necessários mais alguns dias até que a verdade viesse à tona. Porque naquela noite o que todos tinham em mente eram suposições, todas elas falsas.

Para os Ross, a família havia sido vítima de um assalto em plena noite de Natal. Para Grensold e seus comparsas, Elizabeth estava morta.

# Capítulo 48

Da neve que caíra abundantemente entre a véspera e o dia de Natal, tudo o que restava era os amontoados de gelo encardido que rodeavam as casas e atrapalhavam os carros nas estradas vicinais e nas rodovias da região. As nuvens cinzentas, baixas, também contribuíam para uma atmosfera de recolhimento e desolação. Até porque fazia muitos anos que Esparewood não tinha um enterro em pleno dia 25 de dezembro.

No centro do Bosque das Clareiras, na esquecida propriedade do lago Saphir, não chegavam notícias da cidade, a não ser por Grensold. Naquele momento, ela trazia novidades realmente esperadas por Morloch. Embora precisasse acompanhar de perto os últimos estágios da forja, o Conselheiro não aparecia havia alguns dias. A ausência se devia a problemas inesperados na Colônia: túneis de energia clandestinos haviam sido descobertos e era preciso fechá-los com urgência.

Quando finalmente o morto-vivo apareceu na casa do lago, Helga estava ansiosa para revelar os resultados obtidos com o jogo Conjurium, e o sucesso da comunicação entre Pietro e Isabella, possibilitado pela tiara que ela mesma havia guardado em uma das gavetas. Contou também sobre o símbolo que ajudaria a revelar a localização da menina: o colar visto por Encrenca e por ela mesma. Eram raras as Colônias que tinham objetos de densidade específica, como colares, distribuídos a seus habitantes. Com a descrição que Helga fez da peça, seria muito mais fácil para Morloch encontrar sua dileta representante das Sombras. Para Arianna, o que interessava era o sucesso absoluto da operação na casa dos Ross, e ela se viu em estado de êxtase quando soube da notícia.

– Então finalmente Isabella está vingada! Já não era sem tempo daquela velha assassina ter sua lição.

– Foi tudo muito rápido – a expressão de Grensold era dúbia: entre a eficiência e a melancolia.

– Conte-me os detalhes. Ela sangrou? Sangrou como os porcos de Saphir?

– Arianna, na verdade eu não acho essa pergunta pertinente. E não vi nada, foram os Decaídos que a atacaram. Só sei que tudo correu bem. Exatamente como combinamos.

– Temos que celebrar! Mais uma vitória! Pena que não tenho nem um maldito bourbon por aqui... Mas tudo bem, muito em breve as coisas vão melhorar ainda mais.

Arianna sabia que, assim que Morloch retornasse para a finalização da forja, ela finalmente teria sua pulseira nas mãos. Seu triunfo seria completo.

Conforme o hábito, a mulher magra e levemente curvada não se esquecia da sopa da noite de seus "hóspedes". Arrumou os pratos na bandeja e se dirigiu até o galpão. Ali, no passado, um rio de sangue de dezenas de criaturas desaguava no lago. Agora, tornara-se uma hospedaria macabra.

A excessiva umidade transformara o local em um ambiente quase insuportável. Os três adolescentes, que poderiam ser descritos como semivivos, ou quase-mortos, tinham pelo menos um privilégio. Um tapete grosso fora colocado no chão batido e vários cobertores serviam para mantê-los aquecidos. O sangue precisava estar saudável, pulsante, para cumprir a última etapa do processo.

Layla, ao contrário, estava sobre o chão gelado, contando apenas com seu casaco de capuz. Quando sentiu o cheiro de comida, se desesperou. A fome de três dias estava castigando seu corpo na mesma medida que a falta de liberdade lancetava sua alma.

Os olhos da ex-enfermeira estavam cobertos por uma venda, mas uma pequena fresta indicava que a luz acabara de ser acesa. As mãos, amarradas, estavam doloridas com os arranhões produzidos pela corda áspera. Ela percebeu os passos em sua direção e sentiu algo sendo pressionado contra sua boca. Uma colher. Recebeu então três pequenas porções de alimento e nada mais.

– Já está de bom tamanho. Tinha que me agradecer por essas colheradas. Ainda não entendi por que Arianna não acabou com você... deve estar esperando o tal bracelete...

Layla não falou nada, preferiu apurar os ouvidos.

– E aqui estão as minhas três capturas... Que troféus! E de pensar no quanto meu marido me batia quando eu não conseguia caçar coelhos no bosque para o jantar...

– Nós gostamos da sua sopa, mas não de você – Jason respondeu sem medo.

Para enxergar em volta, Layla precisava levantar bem o queixo e deixar a fresta paralela aos olhos. Viu e ouviu o diálogo entre os dois e pensou que o animal de poder daquele moleque devia ser um grande e arrogante felino. Talvez um leopardo, espécie de hábitos independentes e solitários.

– Quem se importa? – Grensold continuou. – Aliás, aproveitem, pois acho que esta é a derradeira refeição por aqui. Ouvi que a última sangria no lindo braço de vocês será feita em breve. Bem... vamos aguardar os acontecimentos, não é?

Grensold empilhou os potes e notou a área livre do abatedouro, onde antes circulavam os animais. Normalmente a sopa era servida no casebre ao lado do lago. Pela primeira vez fora usado o local da forja. Ali estava o círculo sulcado no chão, do qual ela era terminantemente proibida de se aproximar. Sua personalidade obediente e determinada acatava, mas sua verdadeira essência era a de um animal selvagem, ferido, que sofrera todos os tipos de agruras em sua adolescência, especialmente quando fora obrigada a se casar com catorze anos. Agora desejava exercer sua liberdade. Não lhe interessava o maldito círculo. Em breve, estaria viajando pelo mundo. Longe de Esparewood. Longe da Inglaterra que tanto a fizera sofrer.

Os túneis de energia que permitiam a Dorothy, Gregor e Gonçalo chegar até Esparewood eram fortemente controlados pela Guarda das Fendas, na Colônia, sendo o tempo e o percurso previamente calculados. Já as vindas clandestinas, em túneis construídos arduamente por voluntários da Resistência, não tinham qualquer facilidade. O gasto de *enits* era muito maior e o desbalanceamento energético chegava a se aproximar da dor que sentiam quando estavam vivos. Foi por um desses túneis secretos que Dorothy chegou a Saphir.

O Pacto de Energia, selado há tantos anos na casa de Elizabeth, fazia com que o sofrimento intenso dos seres de carne e osso fosse compartilhado entre os Aliados não matéricos. Os três sentiram um desconforto, mas apenas Dorothy percebeu que a opressão manifestada não vinha da prisioneira de Hogsteel, Elizabeth, mas de alguém que estava sofrendo maus-tratos e privações muito piores. Na prisão, a temperatura era controlada, e o alimento, embora racionado, servia às necessidades diárias. Dorothy deduziu que, se alguém estava em perigo, só poderia ser Layla. Então, recorreu a seus cálculos e à conexão do pacto para identificar o lugar exato onde ela estava.

A perda de *enits* fora grande durante o percurso, mas se intensificara na chegada ao destino. Ainda levemente atordoada, Dorothy sentia como se a densidade do lugar a estivesse drenando sem parar. Mas uma lagoa próxima ao local permitiu que ela se redimensionasse.

Ao ver o estado da amiga e dos adolescentes presos, ela não conteve seu desalento. Concluiu que não teria forças para agir nas duas frentes. A Aliada seria sua prioridade. Dorothy tirou a venda dos olhos e as cordas dos pulsos de Layla, que, assim que viu a sua frente o vestido florido e o coque esticado, concluiu o que se passava e tentou não se entusiasmar demais, nem emitir qualquer som. Até porque estava muito fraca. A fuga daquele pesadelo estava em curso, e nada podia atrapalhar.

Dorothy tinha de reservar energia para a próxima tarefa, então consultou Layla:

– Você acha que consegue ir daqui até a estrada?

— Claro! — a resposta era de uma mulher com essência de lobo selvagem. — Mas e então? Como vou voltar pra casa?

— Se Gregor fez um bom trabalho, você conseguirá chegar em segurança.

Layla estranhou a falta da luz natural que a Aliada emanava, mas não tinha um segundo a perder. Apesar de estar fraca, e levemente tonta, foi até a porta num passo acelerado, evitando olhar para os adolescentes. Logo que chegasse a Esparewood, mandaria reforços para salvá-los... Mas mudou de ideia assim que abriu a porta. O frio era lancinante, e eles poderiam não passar daquela noite.

— Jason, vou soltá-lo. Onde está o canivete? Rápido!

— Na minha cueca. Você vai ter que pegá-lo — Layla não acreditava que o rapaz se permitisse um sorriso maroto naquela situação crítica. Sua fraqueza comprometia toda a agilidade que a operação demandava, mas ainda assim ela resgatou o pequeno canivete e conseguiu cortar grande parte da corda que amarrava o rapaz. Parou quando sentiu alguém se aproximar de seu ombro.

— Layla, Dorothy me enviou para que te avisasse — Gonçalo estava ofegante. — Eu vi que um ser horrível acaba de chegar na casa do lago. Não é um de nós, nem um de vocês.

— Deve ser Morloch. É a hora dele...

— Você precisa ir! Imediatamente!

— Você vem comigo, Gonçalo?

— Não, só vim avisá-la para que não se demore mais um segundo. Preciso levar Dorothy até outro local para recuperar *enits*. É urgente! — foram as últimas palavras do anglo-português no abatedouro.

— Ei, não vai mais me livrar dessas cordas? — Jason reagiu quando viu Layla levantar.

— Já fiz parte do trabalho, tenho certeza de que você consegue! Você é um verdadeiro Houdini.

— O quê?

— Esqueça! Concentre-se, liberte-se. Eu preciso ir.

— Ei, pelo menos deixe o canivete suíço comigo, bonitona!

Layla olhou para o basculante lateral e decidiu que sairia por ali, em vez de usar a porta. Embora não fosse do tipo magrinha, tinha uma flexibilidade excepcional. Foi a escolha certa, na hora certa, pois, menos de dois minutos depois de passar pela fresta, Arianna e Morloch saíram da casa em direção ao galpão. Se tivesse optado pela saída frontal, seria vista e estaria perdida. Ainda assim, nem todos os problemas estavam resolvidos. Teria de circundar parte da construção e entrar no bosque, sem saber exatamente qual era a direção certa para chegar até a estrada por dentro da mata. Havia ainda o som dos passos e o barulho das folhas misturadas à lama que poderiam chamar atenção.

Mas a ambição, o orgulho, a sede pelo poder deixam a mente mais poderosa e os sentidos menos aguçados. Arianna e Morloch estavam ansiosos para o momento final da forja e não viam nem ouviam nada ao redor. Ela só pensava em colocar a pulseira novamente para destruir toda a família Ross. Morloch, por sua vez, teria a certeza de que a técnica havia funcionado e poderia ser aperfeiçoada. Seu intuito era abreviar o tempo da fundição do metal, para munir os mais cruéis Recrutados com seu próprio Bracelete de Tonåring. Seu exército seria imbatível na Terra e, quando morressem, nas Colônias. Sua influência abarcaria os dois mundos, as duas realidades.

---

Hudson acordou assustado no meio da noite. Estava sonhando com o casebre misterioso onde estivera por duas vezes antes, uma sozinho e outra com Layla. Dentro dele habitava um monstro terrível, gigantesco, com vários olhos e braços, e com uma bocarra prestes a comer aquela cabeça coberta de cachos castanhos. O americano despertou no exato momento em que a besta estava engolindo sua namorada. Depois do susto, Hudson sentou-se na cama, estático, tomou um copo d'água num gole só e ficou tentando entender aquele simbolismo. Após um tempo naquela mesma posição, e sem chegar a conclusão nenhuma, deixou-se cair na cama novamente.

Enquanto isso, no meio da floresta, usando a conexão com seus instintos mais profundos, Layla respirava pela boca, assim como seus irmãos lobos quando precisavam ganhar mais ar para fugir. Algumas vezes também inspirava longamente pelo nariz. Buscava os aromas que diferissem daqueles da mata, como o do cimento e do asfalto, pois eles indicariam o caminho até a estrada. A noite estava sendo longa e desconfortável. Não havia nenhuma luz, a não ser nos poucos momentos em que a lua se revelava por entre as densas nuvens.

Ela não sabia que Arianna e Morloch nem ao menos haviam se abalado com sua fuga. Também não tinha a exata dimensão que, muito em breve, com a pulseira em mãos, a mulher de cabelos negros, transformada em um ser bem mais impactante, poderia destruí-la como a um inseto, sem deixar qualquer vestígio.

Naquele momento, a única certeza de Layla era a de que não podia parar de andar e estava fazendo isso com todas as suas forças.

Na manhã seguinte, quando Hudson se levantou, só tinha uma coisa na cabeça. Pegar o carro e ir até o ponto da estrada onde, há alguns anos, havia se embrenhado no mato para mostrar a sua namorada um estranho casebre. O mesmo casebre aterrorizante do sonho. Alguma coisa, como uma voz em seu ouvido, dizia que a encontraria lá. E que ela poderia estar em perigo.

---

Após uma leve carga de *enits* no bosque, Dorothy chegou em Hogsteel já de madrugada. Gonçalo mais uma vez a carregara para que ganhassem velocidade.

A forma como a amiga acordou Elizabeth foi a menos sutil possível. Dorothy já tinha desenvolvido força e controle, então levantou a coberta da líder sem cerimônia. O frio e o susto fizeram a presidiária soltar um grito que acordou Thammy.

– O que está acontecendo aí embaixo?

– É Dorothy, Thammy, está tudo bem...

– A que mexe as coisas?

– Ela mesma. Veio com Gonçalo...

— Sei, o que faz a cabeça das pessoas...

— Não, esse é Gregor. Gonçalo é o que chega rápido onde quiser.

— Sei, o velho apressadinho... – Gonçalo apenas levantou as grossas sobrancelhas, mas, em seguida, abriu um sorriso. – Não importa quem é quem. Estou cansada dessa gente!

— Vamos, Elizabeth, precisamos conversar! – Dorothy interrompeu o diálogo entre as colegas de cela. – Não temos tempo, sua vida está em jogo! Você está correndo perigo! Muito perigo! Layla foi capturada por Arianna... e o pior... com a ajuda de Grensold!

— Como? Grensold? Do que você está falando? – Elizabeth deu um salto da cama.

— Ela é cúmplice de Arianna. E mais: o bracelete está quase pronto! Você precisa fugir!

— Fugir? Agora? Isso é impossível! – Elizabeth tentou controlar o tom de voz.

— "A" fantasma quer que você fuja? – ao ouvir a frase, Thammy se intrometeu. – Quer levar a única amiga que eu tenho? Isso não é justo!

— Elizabeth, você não entende. Você precisa sair daqui. Precisamos encontrar uma saída. Vou circular por Hogsteel, descobrir uma forma de abrir as portas. Gonçalo já está fazendo o mesmo, vendo as possibilidades. E, por favor, faça essa mulher calar a boca!

— Ei, não precisa falar assim, ela é minha amiga. Aliás, ela está no meu destino.

— Elizabeth – era raro ver Dorothy impaciente, mas ali não havia alternativa –, precisamos ser práticas.

— Práticas? Prática era minha saudosa tia. Nunca me esqueço da frase "Quando as barras de ferro se tornarem serpentes, uma mulher será sua proteção. Você pode confiar nela". E agora tenho certeza de que se referia a Thammy. Ela é uma grande aliada!

— Opa, agora eu ouvi meu nome – a volumosa mulher se manifestou, desconfiada.

— Tank, por favor, que a coisa aqui é séria! Desculpe, juro que já vou terminar, o.k.? – Elizabeth dirigiu-se à colega e em seguida a Dorothy. — Grensold? Cúmplice de Arianna? Prenderam Layla? Não estou entendendo...

— Desconfio que Grensold é próxima de Arianna há mais tempo do que imagina... Mas deixe isso de lado, que Gregor está cuidando da fuga de Layla neste momento, e nós temos de acelerar a sua.

— Por Hermes Trimegisto, será que Layla conseguiu escapar?

— Sim... quer dizer... espero que sim. Já disse que Gregor está cuidando disso.

— Bem, pelo jeito, todos nós temos pressa. E temos que ter mesmo. Até porque Benjamin jogou o Conjurium!

— Claro que jogou, foi você mesma que mandou! Naquela carta que quase nos esgota os *enits* todos para ser entregue a ele.

— Meu neto comentou isso, do Conjurium, e ficou contra mim, obviamente. O jogo é muito perigoso e não fui eu que escrevi aquilo...

— Elizabeth! O que você está querendo dizer? — Gonçalo, que sempre a defendia, levantou a voz.

— Que talvez eu tenha sido influenciada... E só tinha um influenciador aqui, que eu saiba... Ele seguiu o treinamento, quem sabe conseguiu chegar ao nível de conseguir me influenciar?

— Não pense bobagens, criatura. Gregor é turrão, mas jamais um traidor! — Dorothy ficou indignada. — Além do mais, é hora de nos unirmos, e não o contrário!

Elizabeth suspirou. Ao mesmo tempo que se envergonhava de pensar mal do Aliado, não sabia de que outra forma poderia ter sido levada a escrever tamanha barbaridade.

— Vocês têm razão, me perdoem... — ela deixou a ideia de lado e se virou esperançosa para a amiga. — Acha que consegue mover as portas de Hogsteel, Dorothy?

— Infelizmente, não consigo. A minha capacidade comporta no máximo o peso que eu tinha em vida multiplicado por dois.

— Isso é provado? Ou mera suposição sua?

— Está nos manuais. São as informações que temos...

— Ou talvez uma crença... Igualzinho ao que acontece com os vivos...

— Elizabeth! Não há tempo para filosofar, precisamos agir! — Dorothy estava esgotando o limite de sua paciência. — Vamos procurar algum modo de tirar você daqui! Temos que sair cedo! E tente estar inteira.

— Certo — Elizabeth entendeu a gravidade da situação. — Espero você e o Gonçalo. Enquanto isso, penso em algo também.

— Que tal pensar em dormir? — Thammy parecia irritada. Pegou o relógio que tinha conseguido no contrabando de objetos de Hogsteel e viu que já eram cinco da manhã.

— Fale para essa mulher ficar quieta.

— Tenha respeito por Thammy, Dorothy. Minha tia fez a predição. Ela é a enviada da Profecia.

— Certo, e eu sou a rainha Elizabeth I! — seguindo o padrão daquele dia, a Movedora desapareceu numa fração de segundos sem mais explicações.

Ela sabia que o tempo estava contra eles.

Elizabeth calou-se, arrumou a coberta desorganizada por Dorothy e tentou dormir. Mas não conseguiu pregar o olho. Foi o momento em que se lembrou de uma das previsões de tia Ursula: "Alguém da casa será levado para o lado das Sombras. E somente a morte o libertará".

— Meu Deus! — Elizabeth pulou do beliche e caiu desajeitadamente no chão. — Layla! Será que minha tia estava falando de Layla?

Quando a sirene do despertar soou e os Aliados voltaram à cela, Elizabeth ainda estava ofegante, andando de um lado para outro.

— Vocês precisam salvar Layla! — ela disse para Dorothy, e a Movedora recuou alguns passos, estranhando a abordagem.

— Eu sei. Gregor vai resolver isso.

— Vocês não entenderam. Minha tia previu a morte dela!

— Não pode ser! — Gonçalo ficou alvoroçado.

— Me escute — Dorothy tentava acalmar os ânimos —, não podemos voltar lá. Temos que focar na sua fuga agora, enquanto Gregor cuida da de Layla. Vai dar tudo certo! Temos que confiar nele!

Elizabeth balançou a cabeça, sem conseguir disfarçar sua preocupação.

— Agora venham comigo até o refeitório — ordenou Elizabeth, falando para o nada, pelo menos aos olhos de Thammy, que havia erguido o tapa-olhos e espiava a discussão da cama de cima. — Eu não quero que nos distanciemos. Precisamos encontrar uma saída juntos. Acho que não temos Legítimos aqui.

— Então os amigos vão junto? Para o refeitório? Que lindo! — Thammy, adotando seu tom sarcástico, descia a estreita escadinha para lavar o rosto na pia imunda. — Espero que ninguém possa ver os seus coleguinhas vaporizados... Já imaginou a confusão? — ela deu um riso falso.

— Thammy, o que deu em você? Estou estranhando... — Elizabeth tinha construído uma ótima relação com a colega de cela e não entendia tanta agressividade.

— Cansei de você e de seus fantasmas, Nuts! Parece que quando eles chegam eu fico em segundo plano.

— Não diga absurdos, Tankinha, uma coisa não tem nada a ver com a outra.

As chaves das celas estavam sendo agitadas com força pela carcereira, que já vinha pelo corredor, interrompendo todas as conversas paralelas.

— Todas em fila. Agora!

No pátio, como sempre, a líder das presas ocupou o melhor lugar na escadaria onde ficavam (que fazia as vezes de arquibancada nos dias de jogo), enquanto todas as outras disputavam um lugar próximo dela. Elizabeth foi ocupar o lugar de sempre, perto da colega, mas notou que Thammy tinha chamado Ronda para sentar ali.

— Perdeu o lugar, vovó! — Ronda deu um sorriso cerrado, que deixou seu maxilar pronunciado ainda mais esquisito.

— Ei, pessoal, estão sabendo que a Elizabeth tem uns amiguinhos do além? — a líder das presidiárias falou em voz alta, provocando risadas e comentários.

— Thamires, o que você está fazendo? Pare com isso imediatamente.

— A mulher é uma bruxona, viu? Fica falando sozinha com o povo do lado de lá!

— Será que ela consegue falar com as sirigaitas que eu apaguei? — Ronda estava exultante por ser a nova queridinha de Thammy. — Quero saber se aquelas que ficavam dando em cima do meu marido continuam vagabundas depois de mortas!

— Ronda, cala a boca! — Elizabeth encheu o peito e enfrentou o buldogue.

— O que é isso, mulher? Só eu mando as pessoas calarem a boca aqui! — antes de se levantar, Thammy fez um sinal com a cabeça para uma das presas do outro lado do pátio, como se fosse um código. Logo depois encarou fundo Elizabeth. — Estou cheia de você. Pensei que era fiel, mas o que quer é fugir junto com suas almas penadas!

Quando as duas pareciam se fuzilar com a troca de olhares, gritos vindos do outro lado do pátio desviaram sua concentração, e o grupo dispersou. As que ficaram na escadaria-arquibancada estimulavam a animosidade entre as duas, e torciam pelo risca-faca naquela arena mesmo:

— Ela te desafiou, Thammy! Não deixa barato — gritou uma.

— Essas coisas a gente resolve no braço — completou outra.

— Calem a boca! Não posso bater em uma vovó louca! — gritou Tank, sorrindo.

— Mas eu posso bater em uma fedelha mal-educada!

— Não, Elizabeth! Não faça isso! — Dorothy acabara de chegar ao pátio quando ouviu sua amiga desgovernada. Quis agir, mas era tarde demais.

Reunindo todas as suas forças, Elizabeth deu um tapa estalado e desajeitado no peito da oponente. O impacto foi mínimo, mas perfeito para o que Thammy, the Tank, desejava. A senhora loira tinha mordido sua isca.

— Vadia! — gritou a líder das presidiárias. — Você não devia ter feito isso...!

O impacto do soco de Thammy, um direto no maxilar de Elizabeth, a fez cair sentada no degrau. A queda causou um alvoroço entre as internas, e as guardas se dividiram para apartar a briga de um lado e socorrer uma presidiária suicida do outro. Em menos de dois minutos as envolvidas já estavam algemadas.

— A velha desmaiou — gritou uma guarda para a outra. — Melhor eu levar para a enfermaria!

— Já não estava na hora dessa vovó sossegar, não? Pra deixar essa aqui nesse estado... — a guarda que tentava segurar Thammy estava tendo dificuldades. — Era só o que faltava!

No trajeto até a enfermaria, Elizabeth recobrou a consciência. O soco havia sido pra valer, e ela sentia todo o lado direito do rosto latejar. Puseram-na na maca ao lado de uma mulher que tinha um imenso curativo empapado de sangue na altura da jugular. Quando viu as enfermeiras saírem, lembrou-se de Layla. Será que aquela previsão nefasta de tia Ursula iria mesmo se concretizar?

Apesar da dor que sentia, Elizabeth prestava atenção ao que acontecia ao redor. Se a mulher quisesse mesmo cortar a própria jugular, teria de ser na lateral, não no centro, perto do queixo. Olhando melhor, viu que era Petra. Aquela que não era muito sã da cabeça e vivia mutilando a si mesma.

— Então é você a escolhida... — Petra, absolutamente confortável com seu machucado, interpelou Elizabeth. — Não esperava por essa...

— Como?

— Era o momento de agir. E eu agi!

— Do que você está falando, Petra?

— Nós vamos sair daqui ainda hoje. É disso que eu estou falando. Havia uma escolhida para a fuga. Thammy me diria quem seria. E o sinal era uma briga no pátio, para eu dar início ao plano. Mas eu esperava isso para o fim do inverno. Nunca pensei que seria hoje.

— Como assim? Como vocês pretendem fugir?

— Vocês, não, Elizabeth. Nós, eu e você, a escolhida, é que vamos fugir. Eu não conseguiria sozinha...

— Mas por que eu e não ela?

— Ela tem a lógica dela e já tinha me dito que seria outra pessoa. O que importa é que sei de uma forma de fugirmos daqui sem sermos pegas, e armei com Thammy toda a estratégia.

Elizabeth lembrou-se do dia, havia muito tempo, em que Petra havia mencionado o furo na segurança. E lembrou também que Thamires não tinha gostado nada daquilo, trocando segredos na fila. Mas ninguém mais falou nisso. Na ocasião pareceu apenas uma loucura de uma interna frágil e esquisita de Hogsteel, mas naquele momento tudo estava fazendo sentido. Thammy, esperando a oportunidade para pôr em prática o arranjo armado com Petra, viu que a presença dos Aliados em Hogsteel era o *start* que aguardava para isolar Elizabeth e facilitar sua fuga com Petra. Tudo fluiu perfeitamente de acordo com sua orquestração.

"Quando as barras de ferro se tornarem serpentes, uma mulher será sua proteção. Você pode confiar nela."

---

Layla tinha conseguido chegar até a estrada. Estava esgotada, com os pés congelados e as pernas e as mãos muito feridas. O amanhecer trouxe um alívio, mas ainda assim, por mais de uma vez, ela se perdeu, parecendo andar em círculos. Apenas quando o sol já ia alto conseguiu ouvir pela primeira vez o barulho do motor dos carros. Pensou em pedir carona, mas achava que suas roupas sujas e seus machucados no rosto e nas mãos poderiam assustar as pessoas. Apesar da fome e da sede, preferiu andar na mão contrária por algum tempo, até chegar a algum ponto de ônibus. Foi quando viu um veículo familiar e um braço forte acenando em sua direção. Não era possível. Estaria em um sonho?

Hudson, sem se conter, apertou a buzina muitas vezes. Era Layla que estava ali. Sua querida, voluntariosa e cheia de personalidade Layla. Logo depois de cruzar a estrada sem se preocupar com a faixa dupla e parar no acostamento com uma forte freada, Hudson saiu do carro correndo e abraçou a mulher que, exausta, finalmente deixou-se envolver pelos braços fortes e acolhedores de seu namorado. Ele a conduziu até a caminhonete e a sentou no banco da frente com todo o cuidado. Depois também entrou no carro e, finalmente, falou.

– Layla, o que aconteceu? Quase morri de preocupação. Sei que está exausta, mas preciso saber. Eu te amo tanto... quero tanto o seu bem... foram dias muito difíceis.

– O que você está fazendo aqui na estrada? Como soube que eu estava aqui? Não acreditei quando te vi! Que alívio!

Hudson ofereceu uma garrafa de água que tinha no carro e a mulher a bebeu de um gole só.

– Eu não sei. Foi uma sucessão de acontecimentos... Hoje acordei com isso na cabeça, alguma coisa me dizia que era para cá que eu deveria vir. – Tome, coma essas bolachas que estão no porta-luvas. São das meninas.

– Só pra constar, o "alguma coisa" está aqui atrás, viu, Layla? – Gregor, aboletado no banco de trás, deu o ar de sua graça.

A mulher, com a boca cheia de farelo, se engasgou.

– *Grefgor*!

Hudson levou um susto, pensando que ela estivesse delirando de verdade.

– Sou eu, Layla: Hudson. Quem é Grefgor?

– O Gregor... ele é um amigo...

– Amigo? E esse amigo estava preso com você no bosque? – a voz de Hudson saiu modulada.

– O Gregor... ele está aqui com a gente...

– Layla... por favor, que história é essa? Esse Gregor está no meio da nossa relação, é isso que você está querendo dizer? Quem é ele?

– Hudson... eu não sou obrigada a explicar nada... não neste estado...

– Ora, mas é claro que precisa! – o namorado se tornou irascível.

– Ah, não, era só o que faltava... o americano está com ciúme de sua princesinha... Depois de tudo o que eu fiz por ele! – o Aliado suspirou e fez a voz de escárnio que Layla conhecia bem.

– Gregor, pare com isso! Já falei que estou exausta.

— Você já está confundindo os nomes, é isso, Layla?
— Não, Hudson, eu não estou confundindo nada! O Gregor está atrás de mim!
— Sei, é a desculpa clássica... "Ele está atrás de mim, eu não queria..."
— O Gregor está atrás de mim aqui no banco do carro! — a exaustão da mulher foi se transformando em raiva.
— Layla, você está pensando que eu sou idiota?
A mulher inflou o peito e o sangue lhe subiu pelo pescoço, aquecendo-lhe as faces. Estava furiosa com aquela desconfiança descabida.
— Não. Só estou confirmando que você não vê espíritos, seu americano maluco! E eu vejo! Só isso. Gregor está morto, mas eu consigo vê-lo. E falar com ele também! Pronto, é isso!
Gregor, com seu estilo *blasé*, fez uma careta irônica antes de se pronunciar novamente.
— Fala para o mocinho ciumento que eu quero provar para ele que estou aqui.
— Ele está falando que quer te dar uma prova de que está aqui.
— O quê? O espírito quer falar comigo?
— Exatamente.
— Isso é uma piada de mau gosto, isso sim!
— Não, Hudson, isso é apenas um fenômeno real, mesmo com pessoas cabeças-duras como você, que continuam não acreditando! Agora mesmo ele está dizendo que você é muito mal-agradecido. Que foi graças ao sonho e às intuições que ele plantou na sua mente que nos encontramos.
— O sonho... sim... foi um sonho pavoroso, mas não lembro...
— Layla, você nem imagina que sonho bacana eu fiz! Um monstro de oito braços e olhos te engolindo! — Gregor não deixava passar uma.
— Gregor, não é hora de contar sonhos! Ande, faça logo o teste!
— Conte o sonho para ele, Layla, você vai fazer ele se lembrar...

– Bem, Hudson, ele disse que... nesse sonho tinha um monstro de oito braços...

– Layla, você parece uma maluca falando assim. Eu juro que estou ficando com medo de você – Hudson pegou com as duas mãos a direção, irritado. – Mas... o sonho era assim mesmo, tinha um monstro... oito braços.

– Bom, chega de brincadeira!, é hora da verdade – Layla recomeçou a falar sem dar importância às maneiras de Hudson. – Existem vários tipos de espíritos. E o Gregor é do tipo Influenciador. Ele consegue, como o próprio nome diz, influenciar pensamentos e até sonhos. Foi isso que ele fez nesta manhã com você. Mas, pra isso, ele precisa do contato com os olhos.

– Sei... – o americano não parecia convencido e chacoalhava a cabeça de um lado para outro.

– É assim que é. Agora ele vai olhar para sua cara pelo espelho retrovisor e vai influenciar você.

– O quê? Eu não quero ser influenciado por porcaria de espírito nenhum! Layla, vamos parar com essa brincadeira?

– Ele pediu para você parar de ser mal-educado e olhar pelo espelho.

– Layla, eu não falei nada disso! – Gregor estava se divertindo com as liberdades da Aliada.

– Quer saber? Eu vou olhar para o maldito espelho. Mas se nada acontecer eu juro que te deixo aqui na estrada e vou embora!

– Eu não acredito que você está falando isso, Hudson.... – a mulher mostrou que, apesar de forte, estava realmente a ponto de desmaiar. – Você deveria me chamar de heroína. Mal sabe o que eu passei...

O homem se arrependeu instantaneamente e, pegando a mão dela, respirou fundo.

– Tudo bem. É que, depois de todos esses dias... esse cativeiro... agora, isso... está difícil de acreditar.

– Eu lhe explico tudo depois, mas faça o teste. Chegamos a um momento em que a união é a nossa única opção.

— Tudo bem, vamos fazer o teste. Como funciona?

— Ele vai influenciar você a dizer uma frase. Olhe para o retrovisor agora.

— Até parece que ele vai conseguir que eu diga que ele, o pato, tem uma pena roxa em cima da cabeça.

— Como? — Layla sorriu.

— Eu não sei o que eu falei!

— Você falou que o pato tem uma pena roxa em cima da cabeça...

— Mas eu não estou me lembrando de nada e gostaria de dar um beijo no calcanhar do cardeal de Westminster.

— Nem vou repetir o que você disse agora... é pior ainda...

— Eu não consigo me lembrar de nada...

— Viu? É assim que o Influenciador age... Mas não são só as palavras que ele influencia...

— Sei, já entendi — Hudson ligou o carro e, com uma cara desesperada, começou a dirigir. — Pelo jeito, foi ele que me fez ligar o carro e pegar essa outra estrada e não a que nos levaria a Esparewood, certo? — só por meio da consciência o Influenciado poderia saber o que estava de fato fazendo.

— Exatamente! — Gregor e Layla falaram a frase juntos, mas Hudson só ouviu a voz potente de sua amada.

— Certo, eu desisto.... Então pelo menos me diga... ou me digam, onde estamos indo.

— Para Hogsteel — repetiu Layla a partir do que Gregor disse.

— Mas você falou que está exausta. Não é melhor descansar?

— Temos mais um resgate a fazer. Elizabeth precisa de nós. E acabo de saber que tem que ser agora.

# Capítulo 49

Não havia ninguém que conhecesse melhor sua própria fragilidade do que ela mesma. Desde muito jovem, os cortes que fazia em si eram a forma que encontrara de lidar com tudo o que ouvia. A falta de cuidado que tivera ao longo de sua vida de menina pobre, esquecida nos fundos de uma marcenaria, nos confins da Inglaterra, era reforçado por falas que não pertenciam a este mundo. Alguns espíritos confusos e perturbados se aproveitavam da vulnerabilidade dela e contavam seus problemas e até pequenas crueldades, que cometiam por vingança ou por mera diversão. Ela não os via, mas já os reconhecia pelos diversos timbres e tons de voz. As interações como Legítima Auditiva eram demais para ela, e os cortes que fazia em si mesma pareciam aliviar-lhe essa carga. Mas, se lhe sobrava coragem para mutilar o próprio corpo, faltava-lhe na hora de tomar qualquer iniciativa sozinha. Mesmo com os incentivos de sua bisavó, a única voz presente que lhe soava carinhosa e encorajadora, Petra não conseguia se fortalecer.

As coisas mudaram depois de dois anos de prisão, quando recebeu pelo correio uma carta. As carcereiras a confiscaram, mas, depois de notarem que estava escrita em uma língua estrangeira, talvez alemão, largaram-na num canto qualquer. Foi quando Stews, a firme porém correta guarda do pavilhão, a viu e a entregou a sua destinatária. Sempre havia se compadecido da fragilidade daquela presidiária e achou que aquela carta, provavelmente da família, poderia ser um alento para ela. A única motivação de Petra era voltar a sua cidade de origem e denunciar às autoridades quem realmente havia cometido o crime pelo qual ela teve de responder: seu irmão gêmeo, Stein. Depois de tanto tempo de pena cumprida sem qualquer visita dele, Petra decidira que iria revelar a verdade e parar de protegê-lo. Afinal, era o que sempre fazia, desde a infância até o fatídico dia do roubo, que desencadeou um acidente de carro, provocando a morte de muitos inocentes.

Quando abriu a carta, no entanto, percebeu que sua vida miserável não era tão sem sentido como parecia. Ao contrário. Em um alemão perfeito, estava toda a história de sua avó Gertrude, companheira de estudos de uma tal de Ursula Tate, remetente da carta. De acordo com o texto, tanto Gertrude como Eileen e Petra, filha e neta da primeira, tinham a marca do sacrifício. Gertrude, na Segunda Guerra Mundial, salvara muitas crianças que haviam sofrido um acidente de ônibus escolar, mas em decorrência disso teve graves queimaduras, que a levaram à morte. Eileen, sua primogênita, morreu ao contrair uma doença contagiosa no hospital comunitário em que salvou muitas vidas como enfermeira. Quanto a Petra, segundo a carta, teria a função de contribuir em um grande feito ainda não revelado ao mundo. E tudo aconteceria a partir de um momento específico.

*No dia em que a líder lhe disser para sair, então saia. No momento em que as grades se abrirem, então voe.*

A princípio, Petra duvidou de tudo aquilo, especialmente por se tratar de predições feitas por alguém que não conhecia. Ao mesmo tempo, as datas e os fatos relatados batiam com a história de sua família. Mas o que mais a intrigava era a forma como a carta fora enviada, com um envelope dentro do outro. O primeiro a ser aberto era branco e tinha como destinatária Petra Grotovski. Seu carimbo datava de menos de um mês. Já o segundo envelope, o que realmente envolvia a carta, era bem antigo. O selo era de janeiro de 1936. A missiva fora enviada para a caixa postal de Ursula Tate, o mesmo nome que constava como remetente do envelope branco. Depois de muita insistência, Petra conseguiu acessar na secretaria a lista telefônica da Inglaterra e checar os códigos. Aquele pertencia à cidade de Emerald.

A força de suas antepassadas e as insinuações de sua liberdade funcionaram como incentivo para que a frágil Grotovski considerasse essa hipótese. No plano perfeito que idealizara em suas noites na enfermaria, Petra visualizava a poderosa Thammy, the Tank, como sua protetora na empreitada. Mas no fundo sempre soube que seria Elizabeth sua companheira de fuga. Mesmo sem a força física da líder da ala feminina de Hogsteel, já provara em inúmeras situações sua inteligência, sua espertreza e seu poder.

Além disso, uma prova da força de Elizabeth estava bem ali a sua frente: embora tivesse dores terríveis com a costura que estava sendo feita em seu queixo, ela não emitia qualquer som. Os olhos sorriam em vez de chorar.

Dorothy voltou ao pátio para ver se a movimentação das presas já havia se tranquilizado, enquanto Gonçalo também empreendia uma investigação, a muitas milhas dali. Ele queria saber se Layla estava em segurança. Graças ao Pacto de Energia, identificou o lugar exato da estrada onde ela estava. Na verdade não era um ponto fixo e, sim, em movimento. Foi preciso mais algum tempo até Gonçalo entender que ela estava dentro de um veículo em alta velocidade. Ele correu o mais rápido que pôde e conseguiu entrar no carro ao lado de Gregor.

Era necessário contar tudo o que estava acontecendo em Hogsteel.

Enquanto isso, o curativo terminara de ser feito e a enfermeira deixou o quarto. A conversa entre Petra e Elizabeth não tardou a recomeçar, sussurrada.

— E então, Petra, o que tem para mim? Como devemos fazer?

A prisioneira explicou sobre a troca de turnos e também sobre a entrada do caminhão. Deu destaque para os latões de lixo, que serviriam como a primeira parada antes de atingirem a guarita.

— Mas são apenas quatro minutos? Dá tempo de sairmos?

– Pelos meus cálculos, sim. Eu vi todo o processo do turno e da coleta do lixo pela câmera da sala de enfermagem. E, depois disso, marquei o tempo da chegada da enfermeira do turno pelo menos umas cinco vezes em que estive aqui. Vai dar certo.

– Então vamos lá, recapitulando: a enfermeira do turno da manhã sai, nós contamos vinte segundos, que é o tempo que ela leva para chegar à guarita...

– Exato. Aí a guarda da portaria vai dar a ela a prancheta para assinar enquanto recebe a enfermeira da tarde.

– Certo... nesse momento uma vai estar assinando e a outra esperando a prancheta. Então vamos correndo e ficamos atrás dos latões de lixo...

– Daí o portão abre e o caminhão do lixo entra...

– E como o veículo é grande, correremos ao lado dele...

– ...como um escudo!

– Entendi, o caminhão será nosso escudo até a saída.

– Isso. Quanto à guarda, se tudo acontecer como o previsto, estará ao lado da porta do caminhão, pegando as credenciais.

– Um pouco arriscado, não é? – apesar de Elizabeth vislumbrar o plano como a única saída possível, ainda tinha muitas dúvidas, sobretudo porque ainda não havia reencontrado com seus Aliados.

– Uma fuga é sempre arriscada. Mas está tudo calculado. É só não tropeçarmos, nem perdermos a concentração.

– E as câmeras? E a enfermeira que sair? Como vamos nos esconder se aqui só tem um muro enorme e uma estrada?

– Vamos atravessar a pista e entrar no bosque. É o único jeito.

– Arriscado... muito arriscado...

– Você está nessa ou não, Tate? – a jovem não tinha segurança na voz e a frase soou mais como súplica do que como ameaça.

A mulher pensou por um instante. Não exatamente nos riscos, nem mesmo em sua própria segurança. A única coisa que a preocupava era a corrida contra o tempo. Seu neto Benjamin tinha de cumprir a Profecia. O momento havia chegado.

— Estou, Petra — Elizabeth levantou com resolução o queixo costurado. — Se é nossa única chance, é a que vamos agarrar! Segundo seus cálculos, qual é o momento exato?

— Temos que estar preparadas. No momento em que a enfermeira da manhã passar, nos levantaremos imediatamente. — Petra indicou o vidro na parte superior da porta. — É preciso atenção total, ela é baixinha e só conseguimos ver um pedaço da sua touca branca passando.

— Entendi. Essa será a nossa deixa.

— Quer repassar todas as etapas do plano?

— Não, por favor! Sei tudo de cor. Já repassamos o suficiente.

Elizabeth estava aflita, pois nenhum dos Aliados havia chegado. Não entendia por que Dorothy estava demorando tanto. Contar apenas com Petra para a execução de um plano ousado como aquele era como se atirar em um rio desconhecido. A mulher, que parecia contar o tempo na prisão fazendo cortes em seus braços, ganhara fama por suas esquisitices. Mas o que mais preocupava Elizabeth era sua insegurança. A maneira como parecia necessitar de um suporte para cada passo.

As dúvidas desapareceram quando Elizabeth viu uma senhora de tez muito branca cochichar no ouvido de Petra.

— Quem é ela, Grotovski? Há muita luz!

— Você consegue vê-la?

— Claro. Você não?

— Só posso ouvir sua voz. É minha bisavó, Gertrudes.

— E o que ela falou?

— Que está na hora. Que vou cumprir o destino da minha família.

Nesse momento, Gertrudes olhou para Elizabeth e falou algo em alemão, uma língua que ela não compreendia.

— E agora, o que ela disse? — a mulher estava embevecida com a beleza e a radiância da luz que emanava daquela anciã.

— Veja! — Petra apontou a janela de vidro no meio da porta, onde se via o quepe branco da enfermeira. — Chegou a hora!

Elizabeth saltou da cama com sua sempre surpreendente agilidade e ambas foram para a saída. Seguiram pelo corredor e, conforme previsto por Petra, a porta de ferro estava entreaberta. O facho de luz que entrava pela fresta era uma visão tão agradável que, por alguns instantes, a liberdade parecia se materializar.

As duas baixaram o queixo simultaneamente, como se estivessem checando o caminhar apressado dos ponteiros de um relógio: deveriam correr até os latões de lixo. O frágil e marcado braço de Petra puxou a porta, ampliando a claridade e impulsionando a corrida cadenciada, que, de acordo com os cálculos, duraria menos de dez segundos.

Mas foram poucos passos. Assim que viram que os latões tinham sido retirados, elas tiveram de gastar o tempo da corrida de volta ao prédio.

– Petra, e agora? Voltamos ao ponto zero!

– Veja, o portão da rua está abrindo!

– Certo, mas os latões de lixo sumiram. Então usaremos só o caminhão como escudo. Não podemos ser vistas enquanto estivermos correndo.

– Mas como? – a pouca segurança de Petra já se esvaía.

– Respiração, Petra. Inspire e não solte até chegar ao caminhão.

– Elas vão nos ver!

– Não se nós jogarmos algo para chamar a atenção delas. Ande, passe o seu canivete.

– Como? Não posso ficar sem ele!

– Pode, sim! Aliás, já é hora de você parar de se cortar. É a nossa única chance. Não temos nada mais para atirar.

– Vamos voltar ao quarto, tentar achar algo.

– Não temos tempo! Seremos pegas! Passe o canivete!

– Um sapato! Vamos jogar um sapato... – ela já se abaixava para tirar a bota quando foi interceptada por uma voz firme.

– Não seja louca. Tem que ser algo menor. E mais: nenhuma de nós vai conseguir fazer um sapato chegar nessa distância toda. Vamos, Petra, isso é uma ordem! O canivete! Agora!

A presidiária tinha costurado cuidadosamente em seu uniforme um bolso interno onde guardava o estojinho de madeira que parecia isolar o canivete do velho detector de metais do refeitório. Mais uma das falhas de Hogsteel de que só ela sabia. Continuava receosa e, só quando viu o portão quase inteiramente aberto para a passagem do caminhão, cedeu à pressão da colega.

– Ele é meu único valor. É só o que eu tenho – a mão trêmula retirava o objeto da dobra da calça para entregá-lo a Elizabeth.

– Não, não é verdade. Você tem uma bisavó com uma das luzes mais poderosas que eu já vi. E ela está ao seu lado!

Quando o caminhão despontou, o canivete cruzou o ar em um voo perfeito, até chegar a cerca de um metro das duas guardas que conversavam perto da guarita. Ambas viraram para olhar o que poderia ser enquanto Petra e Elizabeth cruzavam o pátio.

Junto com o caminhão, chegou a explicação sobre a ausência dos latões. Aquele não era o veículo da coleta geral. Era a caminhonete de inspeção da corregedoria, que, inclusive, vetava a permanência de qualquer lixo naquele local... Mais uma vez a corrida das duas foi interrompida. O veículo era bem menor que o caminhão, e elas não conseguiriam atingir o portão sem serem vistas. Não sabiam o que fazer, então apenas pararam ao lado da carroceria, abaixadas para que não pudessem ter a imagem refletida pelo espelho do motorista. Da estrada, geralmente vazia, veio um barulho de pneus cantando, seguido de uma freada, o que mais uma vez desviou a atenção das guardas.

Petra estava lívida. Nem uma gota de sangue parecia habitar seu rosto. Elizabeth, ao contrário, estava com as bochechas afogueadas, a cabeça também fervendo em busca de soluções. Era possível ouvir a guarda da tarde entrando e a da manhã se despedindo. Caso ela se virasse para trás, as fugitivas seriam vistas e estariam perdidas. Ao mesmo tempo, se a mulher atingisse rapidamente a saída do prédio e fechasse a porta, não haveria mais retorno possível. E foi exatamente o que aconteceu: ambas ouviram o som metálico da porta fechando.

A responsável pela guarita agora mostrava o caminho do escritório central para a equipe da corregedoria. Por seu tom de voz, era possível perceber que estava intimidada. Ninguém gostava de ser avaliado, ainda mais se esse alguém trabalhasse em Hogsteel, um local com suas próprias leis.

O caminhão seguiu pelo pátio e, na linha de visão da guarda, restaram duas figuras. Uma senhora loira ainda abaixada e uma mulher muito magra, de cabelo escorrido, que já se colocava de pé pensando em como encontrar seu canivete antes de ir para a solitária.

Paralisadas, sem terem para onde ir, com o sol frio de inverno contribuindo para denunciá-las, aos poucos se conscientizaram de que o fim havia chegado. O fim da expedição. O fim da fuga. O fim do sonho de liberdade. Ainda mais quando viram a mulher uniformizada indo na direção das duas.

– Ora, ora, ora... e não é que as duas belezuras estavam tentando escapar? – a policial mantinha um sorriso irônico e um olhar esbugalhado.

– Não, senhora, na verdade, tivemos um problema na enfermaria e viemos buscar ajuda... – Elizabeth tomou a palavra, enquanto Petra fazia jus a seu nome e se mantinha rígida como uma pedra.

– Sei... um problema na enfermaria...

– Pois, é... Um fogo... É isso... Parece que um vidro de álcool caiu sobre uns fios e houve um curto-circuito, um acidente... um acidente que pode ser perigoso... melhor averiguar...

– Elizabeth Tate, certo? – a guarda a mediu dos pés à cabeça.

– Certo.

– Sou uma grande fã sua! Será um prazer conduzi-las à saída!

– Como? – desta vez foi Petra que, atônita, proferiu algum som.

– Vamos, vamos... Que boa ideia uma fuga em um lindo dia como hoje. Venham, é por aqui... – com um sorriso abobalhado, a guarda indicou o portão, enquanto as duas caminhavam em estado letárgico.

Assim que cruzaram a linha da saída, tudo se esclareceu. E duas surpresas, uma seguida da outra, confirmaram para Elizabeth que aquele era realmente um ótimo dia para fugir.

– Gregor!

– Guardas... sempre muito influenciáveis... são incapazes de pensar por si mesmos – o jovem sorria para Elizabeth, enquanto Petra continuava sem entender nada.

– Layla! Hudson!

– Viemos te buscar, garota! Vamos, entre no carro, rápido! – o cabelo cacheado de Layla esvoaçava para fora da janela, enquanto Hudson, aflito, olhava em todas as direções.

– Vamos, Petra! – Elizabeth puxou a mão da colega e as duas entraram no carro.

– Quem são eles?

– Explico no caminho, vamos logo! – as duas se enfiaram no carro, seguidas por Gregor. Gonçalo também apareceu, mas não entrou. Preferia correr ao lado do carro.

– E Dorothy? Onde ela está? – Elizabeth temia pela amiga.

– Olhe para trás! – de uma fresta na lona do bagageiro surgiu um braço coberto por uma manga de flores e a mão de dedos longilíneos.

– Vamos, Hudson! – Layla deu o ultimato quando ouviu o alarme do presídio soando.

O americano acelerou e a caminhonete ganhou velocidade rapidamente, mas logo uma sirene surgiu do lado oposto da estrada. Era um carro de polícia, que estava dando a volta para ir atrás deles. Dorothy, que sacolejava na caçamba, notou que havia duas mulheres na cabine da viatura, ambas vestidas com colete à prova de balas. A que estava no banco do passageiro abriu a janela e projetou o corpo para fora. O cabelo se desprendeu do rabo de cavalo e era possível ver a fúria daquele rosto. Ninguém poderia escapar de Hogsteel impunemente. Ela estava certa de que aquelas eram as fugitivas, então não teve pudores de apontar a arma, e muito menos de disparar quando viu que o carro não estava disposto a parar. Uma das balas raspou no flanco da lataria do carro conduzido por Hudson; a outra passou pela testa de Dorothy e atravessou o vidro traseiro, por pouco não atingindo a cabeça de Petra, que se abaixou e soltou um grito que mais parecia um grunhido.

A Movedora lançou um olhar para Gonçalo, que corria ao lado do carro, e ele entendeu a mensagem tácita. Era hora de agir antes que a missão fracassasse e o número de mortos no grupo aumentasse. O Speedy saiu em disparada na direção da viatura e começou a correr em círculos, levantando a poeira da estrada. Sem visão, as policiais foram obrigadas a reduzir a velocidade, pois pareciam atravessar uma neblina densa. O tempo que ganharam fez Dorothy pensar que seria o momento perfeito para conseguir criar um Campo Magnético Protetor. Há muito ela estava estudando a técnica e, se desse certo, todos estariam imunes a qualquer impacto, incluindo o das balas. Mas a única coisa que a Movedora conseguiu foi uma faísca na ponta dos dedos e um gasto excessivo de *enits*. Olhou para Gonçalo, fez um sinal negativo e voltou a se acomodar na caçamba, exausta. Nem pôde ver que a viatura da polícia cruzava a cortina de poeira e voltava a segui-los com ainda mais determinação.

– O que vamos fazer? – a pergunta de Layla era meramente retórica, pois sabia que estavam perdidos. O piloto, ao contrário, parecia ter todas as respostas.

Tinha guardada na memória a imagem da Batalha de St. Régis, quando teve de se embrenhar pela mata no carro do exército, fugindo dos inimigos. Apesar de nunca ter sido condecorado por nada, no íntimo ele sabia que, graças a sua direção, que combinara ousadia e segurança, ele havia conseguido salvar os cinco homens a bordo do veículo. Naquele momento, também salvaria os vivos e os mortos presentes.

Com o pé fundo no acelerador e uma incrível precisão nas manobras, Hudson deixou bem para trás o carro que tentava alcançá-los e, na primeira oportunidade, se embrenhou por um atalho. Gonçalo, divertindo-se com a chance de também mostrar sua velocidade, fez sinal de positivo pela janela. Em seu reconhecimento de área, já tinha checado que aquele era mesmo o melhor caminho para atingir o outro lado do bosque e sumir pela face oeste da rodovia. Em pouco tempo estariam em Esparewood.

— Eles vão nos encontrar! A placa! Eles devem ter anotado a placa do carro — Petra tremia. Não conseguia entender metade do que se passava.

— Placa? — Gregor já havia visto o que acontecera alguns segundos antes. — Ah, não se preocupem...

Os Legítimos presentes viraram para trás e viram o mesmo braço coberto de flores, a mesma mão alongada. Os dedos finíssimos seguravam a placa cinza escura da qual Hudson tanto se orgulhava e que tinha se esforçado muito para conseguir. JAL 109s. As iniciais e a data de aniversário de seu saudoso pai.

— Ninguém toca nos meus soldados! Vamos sair daqui! — a voz de Hudson trazia a segurança dos fortes.

Ele pisou fundo. Elizabeth e os demais sorriram, até como forma de descarregar a adrenalina que ainda pulsava nas veias. Já Layla, pela primeira vez, teve uma certeza: aquele era o homem perfeito para ela.

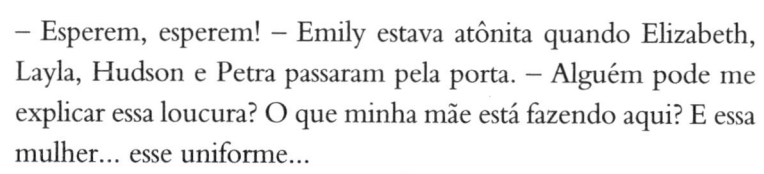

---

— Esperem, esperem! — Emily estava atônita quando Elizabeth, Layla, Hudson e Petra passaram pela porta. — Alguém pode me explicar essa loucura? O que minha mãe está fazendo aqui? E essa mulher... esse uniforme...

— Petra. Ela se chama Petra. É minha colega da prisão.

— Vocês são...

— Sim, somos fugitivas. E não temos tempo para grandes explicações, Emily. Portanto, serei breve.

— Eu não acredito! — Jasper interveio, mirando diretamente os olhos da sogra. — Elizabeth, a sua audácia me dá nos nervos! Você não tem limites!

— Com ou sem seus nervos, Jasper, temos que ser rápidos. Temos que fugir. Arianna voltou e está mais forte do que nunca.

Em breve terá um novo Bracelete de Tonåring e vai destruir esta família. Cada um de nós.

— Fugir? Eu não acredito... Emily, temos que internar sua mãe definitivamente. E não é no hotel cinco estrelas da Doris, não. Tem que ser uma unidade de segurança máxima para malucos! Nem mesmo a prisão foi capaz de detê-la!

— Jasper, por favor — Layla interferiu. — Veja o meu estado! Veja minhas roupas. Fui capturada. Arianna é muito perigosa. E não está sozinha. Você nem imagina o que eu vi.

— Layla, você se deixou levar pelas maluquices da minha sogra, por isso está assim.

— Vamos achar os culpados certos, Jasper! Você precisa acreditar em mim. Todos nós corremos graves riscos!

Layla contou sobre os seus dias no cativeiro. Contou também sobre Morloch e Grensold, a traidora. Jasper ouvia a tudo boquiaberto, sem conseguir esboçar nenhuma reação. Os ânimos continuaram exaltados por alguns momentos, mas Hudson lhe fez aflorar o lado estrategista com alguns dados bastante concretos.

— Ross, temos que lidar com fatos. Houve uma fuga de prisioneiras e elas só têm duas alternativas: continuar fugindo ou se entregar.

— A primeira alternativa, claro — completou Elizabeth, que até de Hudson recebeu um olhar de reprovação.

— Quanto à fuga da família inteira — continuou o americano —, eu não tenho elementos para avaliar. Mas confio em Layla, e ela me garantiu que é a única saída para que nenhum dos Ross se machuque.

— Não use eufemismos, Hudson — Layla tomou a palavra. Nem a exaustão de ter sido mantida presa e quase sem comida a impediu de se posicionar. — Quando eu te expliquei, usei os termos exatos: eles estão ameaçados de morte!

— Layla, já chega! — Elizabeth interrompeu a amiga. — Precisamos agir, e a única saída é organizar essa fuga e o cativeiro provisório.

— Não fale em cativeiro... A prisioneira aqui é você! — Jasper estava furioso.

— Que seja... esconderijo. Temos que nos safar. Ou vocês preferem terminar como Bob?

— E não só Bob — Layla complementou. — Os adolescentes também. Foram eles que capturaram os meninos para a confecção do bracelete. Estão fazendo coisas horríveis! Mataram Bob Jr.

A frase afetou Emily. Desde o Natal tinha sensações muito parecidas com as que sentira logo depois da morte de Isabella. Queria se isolar e proteger seus filhos acima de tudo. Mais uma vez a morte entrara em sua casa.

— Layla, Hudson, eu não sei o que a doida falou para vocês, mas eu não vou sair daqui.

— Sim, você vai! — ninguém acreditou no tom austero que Emily imprimiu em seu ultimato. — Tudo por nossos filhos, por nossa segurança!

— Eu tenho o lugar perfeito — Elizabeth estava aliviada que a filha estivesse a seu lado, de seu modo, e aproveitou a oportunidade. — Lá há espaço para a família e teremos tempo para respirar até pensar no próximo passo.

— De que vamos precisar? — perguntou Emily.

— Vocês vão no carro de Jasper com roupas e mantimentos. Nós três, Layla, Petra e eu, pegamos emprestada a caminhonete de Hudson e vamos com o resto das coisas. Mas temos que sair imediatamente.

— É isso mesmo — Layla entendia como ninguém a urgência da operação. Só ela, entre todos os que se olhavam assustados naquela sala, havia visto o ser repugnante ao lado de Arianna. — Hudson, você se importa se formos com a caminhonete?

— Sim, me importo. Não vou emprestá-la.

— Como assim? Você não vê que estamos em apuros? — os olhos castanhos da mulher faiscavam.

— Há momentos em que temos de contrariar a lógica, minha querida.

— Querida? Como ousa me chamar assim se...

— Eu não vou emprestar a caminhonete. Eu vou guiando a caminhonete. Vou com vocês na viagem.

Layla deixou cair o queixo. Seu olhar ganhou um brilho incomum e o sorriso queria despontar, mas ela brecou o entusiasmo.

— De jeito nenhum, Hudson, você tem três filhas. Elas precisam de você. Não posso aceitar isso.

— Rosalyn já é uma moça. Ela poderá cuidar das duas menores enquanto eu estiver fora. Sem contar que temos a sra. Murray. Vou pedir que ela durma por uns dias em casa. E, me desculpe, Layla, mas não me lembro de ter pedido sua autorização...

— Hudson... — a voz da ex-enfermeira estava baixa e hesitante —, você tem certeza disso? O que vamos fazer é muito perigoso...

— Não me questione, Layla. O meu destino está ligado ao seu. Não teria sentido algum um soldado abandonar a razão de sua batalha.

O diálogo era ao mesmo tempo romântico e insólito, e as pessoas que o presenciavam estavam ligeiramente constrangidas. Elizabeth, como de costume, tomou a dianteira.

— Olhe, acho que o casal pode continuar essa conversa outra hora, certo? Hudson, eu adorei saber que você irá conosco. Precisamos mesmo de mais um soldado entre nós. Mas agora teremos que passar na sua casa também. Então, mais um motivo para sairmos já.

— Onde estão os meninos? — a pergunta de Jasper Ross desestabilizou Elizabeth por um instante. As crianças estavam mais envolvidas em tudo aquilo do que as pessoas daquela sala poderiam imaginar.

— Estão lá em cima. Eu vou buscá-los — Emily se prontificou.

— Já desça com uma mala feita, filha. Coloque trocas de roupa para vocês e as crianças. E, se houver algo de valor, leve também. Ninguém sabe o que acontecerá nesta casa quando Arianna chegar.

Lembrando da carta de sua cunhada e do assassinato recém--ocorrido em sua casa, Emily não discordou. Ao contrário, pareceu apertar os passos enquanto subia. Jasper fez menção de segui-la, mas antes virou-se para a sogra:

— Você venceu, Elizabeth. Mais uma vez suas loucuras vão afetar minha família.

— Desta vez você entenderá a força de Arianna, Ross. Você verá com seus próprios olhos. Por favor, pense em sua mulher e nos seus filhos.

A frase foi suficiente para que ele, mesmo a contragosto, aderisse à movimentação. Mas, antes de sair, Jasper direcionou um último olhar à escada de madeira maciça. Diariamente, sentado em sua poltrona posicionada estrategicamente próxima à lareira, ele olhava para os degraus e revivia o dia do acidente. Ou seria o dia do assassinato? Mesmo refletindo durante todos aqueles anos, ainda não havia chegado a nenhuma conclusão.

Mantinha as imagens impressas perfeitamente em sua tela mental. O movimento do corpo, o sangue, os gritos. Era como um filme macabro reproduzido em câmera lenta. Nele, precisava se deparar com a culpa todos os dias. A culpa de ter omitido uma tragédia, de ter roubado um futuro, de ter destruído um sonho. Richard não vivera para puni-lo. Mas sua própria consciência, sim. Agora, na porta de saída, percebia o quanto era apegado àquela escada, como se ela fosse a coluna vertebral de sua história. Mesmo que velha e repleta de desgraças, ainda assim era sua história.

Em menos de uma hora, os dois carros deixaram a rua Byron e, após uma breve parada na casa de Hudson, onde choros e explicações desencontradas se misturaram, seguiram para a casa de Layla, para ela trocar de roupa e pegar o necessário para a nova etapa, o que incluía o baú de Elizabeth.

— Rosalyn, cuide de suas irmãs. Eu estarei de volta muito em breve.

O americano acreditava piamente no que acabara de dizer. Até porque ainda não tinha a menor consciência do que viria pela frente.

# Capítulo 50

A casa de Ursula, em Emerald, continuava sendo uma propriedade esquecida no meio da Grã-Bretanha. O acesso ao povoado havia ganhado certa atenção das autoridades e já estava asfaltado, mas só até o bolsão que abrigava cerca de trezentas casas e um pequeno comércio local. O centenário sobrado na orla do bosque permanecia isolado, tendo como testemunha as gigantescas árvores e, segundo os comentários da população, os olhos de seres sobrenaturais.

A linha do horizonte, definida por uma extensa pincelada do pôr do sol, logo foi se encurtando à medida que as folhagens do bosque foram aparecendo diante do vidro dos carros. Ainda assim, as placas que conduziam os motoristas da rodovia até o centro da cidade de Emerald eram novas e bem visíveis. As dificuldades só começaram quando o desavisado Hudson começou a perguntar pelo melhor caminho para chegar à casa da sra. Ursula. O dono do único posto de combustível da região mudou de cara quando questionado sobre o sobrado. Recebeu o pagamento do combustível e dos cafés frios que serviu e se meteu de volta na pequena casa de madeira que fazia as vezes de uma loja de conveniência naquele fim de mundo.

Mas a memória de Elizabeth era melhor do que o americano pensava, e foi ela que assumiu o comando a partir dali.

– Hudson, aprenda uma coisa: o maior perigo está nas menores cidades. Geralmente não gostam de novidades, ainda mais as vindas de longe, como nós.

– É verdade – pela primeira vez, Petra se manifestou na viagem. – A minha cidade é menor do que uma vila e sempre foi um perigo viver ali.

Layla não queria que observações como aquela chegassem ao carro de trás. Ainda que não quisesse admitir, sentia-se desconfortável com a presença de Petra ali. Não entendia o porquê daquele inconveniente apêndice na viagem.

— Quando saímos do posto, pegamos a estrada de terra da esquerda, eu me lembro bem disso! — Elizabeth parecia mais segura do que nunca. — Mas antes, por favor, fale com Ross e Emily. Diga que está tudo bem. Eles nem saíram do carro para o café... Meu genro deve estar furioso comigo.

— O Benjamin acaba de sair para levar o cachorro para um xixi — Hudson olhava pelo retrovisor enquanto vestia o casaco. — Mais ninguém arredou pé do carro.

— Vamos, Hudson, explique a eles que temos que ser rápidos.

O ex-soldado sabia a hora de obedecer às ordens e não se importou em fazer o que Elizabeth pedia, mas não sem antes comentar sua condição absurda.

— Justo eu, o mais correto dos combatentes de St. Régis, carregando duas fugitivas fora da lei! E sem o menor remorso!

Girando o corpanzil, abriu a porta, foi até o carro de trás e pediu para Ross abrir a janela. Apoiou-se ali e falou e gesticulou sem parar, em alguns momentos de forma enérgica, talvez por causa do frio. Assim que voltou até o carro onde Elizabeth, Layla e Petra aguardavam, deu partida no motor e pegou novamente o asfalto. Só hesitou quando a senhora loira indicou que deveriam entrar na estrada de terra. O caminho era todo esburacado e não havia nenhum poste de luz. A neblina do lado de fora e a cegueira para além do para-brisa deixavam o motorista inseguro. No volante da outra caminhonete, Ross fazia gestos de que não deveriam seguir por ali.

— Elizabeth, tem certeza de que não é melhor esperarmos até amanhã cedo? Deve haver alguma hospedaria em Emerald — o americano olhava para os lados, como se buscasse alguma esperança.

— Emerald... quem diria... — a voz fraca vinha do banco de trás, mas foi notada por Elizabeth.

— O que está dizendo, Petra?

– Nada, não se incomodem comigo...

– Realmente – a voz de Hudson se sobrepôs à conversa –, acho que é muito perigoso entrarmos no bosque no meio da noite. Vamos procurar...

– De jeito nenhum, não temos tempo a perder – a voz de liderança era imperiosa.

– Ross vai ficar uma fera – Hudson olhou novamente pelo espelho. – Aliás, ele está uma fera.

– Então está no seu hábitat perfeito. Você nem imagina o tanto de bichos que andam por aqui – a ironia com relação a Ross incomodou Hudson, mas ele ficou calado. – Vamos! Acelere este carro que agora já sei o caminho todo até lá.

Nunca houve um portão na propriedade de Ursula. Eram as árvores que faziam a proteção natural para a casa de pedra incrustada no fundo de um extenso e agreste gramado. Os quatro fachos de luz dos faróis permaneceram acesos por um bom tempo, até as oito pessoas saírem dos carros e levarem as coisas para o sobrado. Todos pareciam postergar o momento de entrar na casa abandonada. O musgo recobria longos trechos do granito poroso que circundava a porta de entrada, e a sombra do lustre de ferro que balançava com o vento formava figuras tenebrosas. Somente o fiapo da lua crescente deixava a noite menos assustadora, assim como as lanternas dos dois meninos, que buscavam explorar o ambiente.

– Benja, eu estou com medo.

– Eu sei, cara de batata. Isso aqui é muito estranho.

– Tô me sentindo como no dia do jogo da vovó.

– Não fale disso. Vamos esquecer aquele maldito jogo!

– Essa casa também é da vovó?

– É da tia dela. Mas Elizabeth foi criada aqui. Isso explica muita coisa...

– Explica o quê? – as lanternas se cruzavam como pirilampos.
– Eu não quero entender nada, só queria estar em casa. E também não quero ver nenhum "amigo" dela.

– Esqueça, Encrenca. Agora não tem mais jeito. E, em vez de pensar nos "amigos", pense nessa teia de aranha aí do seu lado!

– Por acaso temos como entrar nessa masmorra? – a voz irritadiça era de Ross. Se a mudança de um milímetro de sua rotina já era difícil, aquele episódio de fuga no meio do nada lhe era quase insuportável.

– Eu tenho as chaves – Elizabeth já as havia resgatado do fundo de seu baú. – Meninos, por favor, iluminem aqui para eu abrir esta porta.

Os dois foram até a avó com os fachos de luz bambeando em suas mãos. Quando iluminaram a fresta de baixo da porta por acaso, viram uma sombra do lado de dentro e deram um berro que ecoou pelo alpendre. Até o soldado de quase dois metros de altura deu um passo atrás.

– Vamos, meninos, não há de ser nada. Vejam, já abri – disse a destemida Elizabeth.

– Não acredito! Um maldito guaxinim! – a voz forte de Hudson trouxe certo alívio ao grupo.

As crianças, que há tempos não viam um guaxinim de perto, passaram a segui-lo com a lanterna, mas foram repreendidas por Elizabeth.

– Assim vocês assustam o bichinho. Se gostasse de luz na cara, ele não teria hábitos noturnos.

Os meninos desistiram na mesma hora de perseguir o roedor e se aproximaram de Marlon Brando, que era o mais assustado com a presença daquele pequeno animal selvagem.

Ninguém tinha grandes ímpetos de entrar naquela velha casa abandonada. Mas, unanimemente, concordaram que era melhor do que ficar ao relento ou dentro do carro. O frio era rascante. Em fila indiana, entrou primeiro Benjamin, com a lanterna em uma mão e a coleira de Marlon Brando na outra, depois Ross, Emily agarrada com Encrenca, Petra, Layla e, por fim, Elizabeth. O americano, que havia pegado a lanterna da mão do caçula dos Ross, disse que ia checar algo no jardim e logo em seguida entraria.

Na sala, a iluminação era fraca demais para que se pudesse ver por onde andavam.

– Sei que há uma caixa de luz na cozinha. Talvez a eletricidade ainda funcione por aqui. Eu sempre paguei a taxa de manutenção – Elizabeth segurou nos ombros do neto, conduzindo-o até o local onde, se estava bem lembrada, ficava a caixa de força. Desta vez, seres noturnos bem menos simpáticos do que um guaxinim assustaram a avó e o neto. Aranhas e centopeias saíram em bando, incomodadas por terem sua casa invadida por aquelas mãos rechonchudas e alvas procurando por disjuntores.

O primeiro clique fez algumas luzes se acenderem e outras explodirem instantaneamente, pelo desgaste do tempo. A sala e o corredor se iluminaram. Apesar do efeito aterrorizante das lâmpadas espocando, Elizabeth continuou a operar a caixa de luz. Antes do terceiro estalo metálico, a casa toda foi revelada aos olhos dos visitantes. Continuava sendo soturna, mas pelo menos podiam entender melhor o espaço. Felizmente, a grossa camada de pedra das paredes externas havia feito um bom trabalho, e não parecia haver sinais de umidade no interior da construção. Apenas alguns pontos isolados de mofo. Os móveis, cobertos com uma crosta de poeira e muitas teias de aranha, eram produzidos de madeira nobre, dando ao lugar uma aparência estranhamente organizada.

– Bancadas, prateleiras, bufê, mesa... Não tem um sofá para a gente se sentar... nem uma poltrona para Ross... – Layla percorria o ambiente, tentando entendê-lo.

– Não é verdade, tia Ursula sempre se orgulhou dessas cadeiras perto da janela – Elizabeth não parava de circular pelo ambiente, como uma estranha anfitriã.

– Parecem o cenário de um filme – a mulher de cabelos castanhos foi até as duas cadeiras de madeira esculpida e viu que de fato eram muito bem-feitas. Petra também se permitiu avaliar os móveis de perto:

– Quem fez essas peças entendia muito bem de marcenaria. Nunca vi um acabamento tão perfeito...

A moça parecia sentir prazer no contato com a madeira. Evocava suas memórias de infância, um tempo em que ainda era feliz. Um tempo guardado em gavetinhas tão secretas quanto aquela sua caixinha do canivete.

– Minha tia conhecia os melhores marceneiros e entalhadores da Grã-Bretanha – Elizabeth voltara da cozinha seguida por Benjamin. – Gente que não só entendia de madeira nobre como sabia para que esses móveis seriam usados. Deviam ser preparados para os mais diversos experimentos...

Nesse instante, a porta da frente bateu. Desde que haviam entrado ali, cada barulho era um sobressalto e todos pareceram se juntar mais em busca de proteção.

– Hudson, precisa entrar assim? – Layla reclamava enquanto ia em direção ao namorado. No fundo, estava preocupada com ele.

– Eu estava sem mão. Com esse tanto de lenha nos braços, tive que empurrar a porta com o quadril.

– Lenha! Você é um gênio! – a herdeira da casa estava justamente preocupada sobre o que fazer para oferecer, sem um aquecedor, um mínimo de conforto aos netos. A calefação, um dos últimos itens instalados na propriedade um pouco antes de ela deixar Emerald, não dava qualquer sinal de estar funcionando.

– Circulei por aí em busca de bons pedaços de madeira. Inclusive, vi a caixa d'água, Elizabeth. Que coisa mais linda, uma relíquia. Só estranhei uma coisa: como pode a grama estar tão bem aparada? Eu nunca vi isso acontecer em uma casa abandonada.

A senhora loira não respondeu. Preferiu direcionar a atenção do americano para as questões do fogo.

– Vamos, homem, o frio está muito forte. Acenda logo essa lareira.

Hudson fez com que as chamas crepitassem enquanto, cada um a sua maneira, os recém-chegados trataram de arrumar o espaço, deixando-o minimamente confortável. Era preciso também checar o estado do andar de cima, ver se os quartos estavam em condições de ser ocupados.

– Vou espantar os fantasmas lá de cima. Crianças, alguém me acompanha? – a brincadeira de Elizabeth não foi muito bem recebida por ninguém, e ela subiu em seguida, sozinha.

Cada degrau da escada trazia-lhe à lembrança um momento vivido com sua tia Ursula. E todos os vários anos que passou naquela casa estudando os mistérios da Profecia e colocando em prática os ensinamentos de sua mestra. Lembrou-se também de sua maquiavélica prima Ellen, e de sua herança mais preciosa: a chave de prata daquele casarão, que havia aberto as portas de sua vida.

Os quartos tinham uma iluminação fraca, mas, apesar disso e do pó, podiam comportar razoavelmente os oito hóspedes. Ou talvez mais...

– Jasper, você ouviu isso? – Emily, que ainda não conseguia relaxar um músculo sequer, puxou o braço do marido.

– Não queria dizer nada, mas não é a primeira vez que tenho a sensação de que não estamos sozinhos... – o homem simplesmente pegou na mão da esposa e não se levantou para ver o que era. Marlon Brando, sempre bonachão, levantou as orelhas e repentinamente começou a cheirar a porta. Soltou dois latidos abafados.

– Os ciganos... talvez sejam os ciganos... – a voz de Emily saiu entrecortada. – Minha mãe sempre falou do povo que vivia aqui... Eu mesma tenho uma vaga lembrança deles. Sabem se esconder como ninguém. E também sabem aparecer do meio do nada...

Todas as pessoas presentes, com exceção de uma, pareciam paralisadas. Haviam escutado histórias terríveis sobre o povo que andava pela Europa fazendo acampamentos, dançando em volta do fogo e roubando as pessoas.

– Se é algum cigano, deve ser muito bem-educado – Layla ironizou, tomando as dores dos nômades tribais. – Parece que acabaram de bater na porta.

– Bateram, sim – Petra fez coro. – Eu também ouvi.

Todos se entreolharam e, mais uma vez, ficaram juntos como um cardume. Encrenca, que mantinha os olhos castanhos arregalados, escondeu-se atrás do irmão. Ross, mancando com mais intensidade do que o habitual, adiantou-se até a porta e a abriu com força, de uma só vez, como se esse gesto pudesse afastar um possível inimigo.

— Florence! O que você está fazendo aqui?

A menina, vestindo um casaco muito mais fino do que o necessário para o intenso frio, batia os dentes e não conseguiu falar nada. Além de abatida, estava assustada, e Emily, tocada por seu instinto maternal, abraçou-a e a conduziu para perto do fogo. Layla foi até a cozinha ver se havia algo para preparar um chá. Hudson era o único que não se mexia. O homem de quase dois metros parecia em estado de choque.

— Papai, não brigue comigo... é que queria muito ficar com vocês...

— Como... como você veio? — o americano parecia voltar aos poucos à vida.

— Eu sei como ela veio — Benjamin se aproximou da amiga. — Florence, aquela vez era verão, dava para a gente viajar na caçamba. Mas com esse frio... não sei como você não congelou!

— Não acredito que caímos duas vezes no mesmo truque! — a voz de Layla vinha da cozinha. — Você se meteu no porta-malas de novo!

A menina apenas tremia. Hora de enormes e aconchegantes braços entrarem em ação. Hudson, ao ver aqueles olhinhos assustados, esqueceu qualquer possibilidade de bronca e apenas aqueceu a filha com o mais terno dos abraços. Era só do que ela precisava naquele momento.

Pela porta da frente, ainda aberta, o frio da noite se apressava em entrar, azulando o fogo na lareira. Layla, irritada por não conseguir encontrar uma chaleira, foi até a porta com a intenção de fechá-la, mas antes fez uma reverência imperceptível, dobrando os joelhos e baixando a cabeça.

— Ah, finalmente... Sejam bem-vindos — tomou o cuidado para falar em um tom inaudível para os outros.

— Obrigada — a Aliada, ajustando os fios de cabelo ruivo, fez um cumprimento com a cabeça. — Os túneis de energia clandestinos que usávamos para descer foram descobertos e bloqueados.

— E o que isso quer dizer? — perguntou Layla, preocupada.

— Isso só reforça a nossa vontade de exterminar as Sombras de uma vez por todas! — Gregor surgiu, fazendo com a mão direita a mímica de quem aponta uma arma.

— Agora já entendi como vieram. Aposto que a viagem de Florence foi mais confortável com vocês dentro do porta-malas.

— Exatamente — respondeu Gonçalo, sob os olhares atentos dos outros dois companheiros. — Agora vamos, porque Dorothy, Gregor e eu precisamos descansar. Depois de nos concentramos a viagem toda para fazer com que nossa energia aquecesse um pouco aquela caçamba, nossos *enits* quase foram pelos ares.

— Era o único jeito. Ou isso, ou a menina podia até morrer — enquanto falava, Dorothy procurava a amiga com o olhar.

A herdeira logo desceu e se deu conta do que acontecia. Espantou-se com a presença de Florence e foi a única que admirou a coragem da menina, em vez de julgá-la.

— Minha querida, como chegou aqui?

— No porta-malas — foi Hudson que respondeu, enquanto tentava aumentar o fogo.

— Nossa, essa viagem não deve ter sido fácil. Já está bem aquecida?

— Estou. Meu pai me deu isso — a menina apontou o grosso casaco camuflado que vestia.

— Ótimo, que bom que deu tudo certo — Elizabeth piscou discretamente para os Aliados, entendendo que eles tinham a ver com o sucesso da empreitada. — Eu já dividi os aposentos. Jasper e Emily ficarão com o quarto maior, a suíte. A perna dele deve estar dolorida e, além do mais... uma mudança repentina como essa não é o forte do casal, não é? E há bastante espaço para os meninos também.

Ross estranhou a gentileza. Chegou a pensar que a sogra estivesse escondendo algo. Mas aflito como estava com o destino de sua família, naquela casa no meio do nada, simplesmente aceitou a proposta e se rendeu à opção de ter um pouco mais de comodidade. A casa da rua Byron era sua eterna fortaleza, seu refúgio de uma vida que sempre lhe parecera ameaçadora. Sem a proteção daquelas paredes construídas pelos pais, ele se sentia completamente vulnerável.

– Eu e Petra dividiremos o quarto da frente. Hudson, Layla e Florence ficarão no quarto do meio.

– O quarto com a vista para a caixa d'água? – o tom saudosista de Hudson destoou do momento.

– Eu nem lembrava que tinha uma caixa d'água aqui! – Emily já separava as poucas bagagens que levaria para cima.

– Está brincando? Nunca vi uma tão linda! Parece a caixa d'água da sede da fazenda em que meu pai trabalhava nos Estados Unidos. Estou louco para que amanheça e eu possa ver os detalhes.

Hudson não costumava falar de sua vida na América. Mas tinha retratos muito fiéis de lá em sua mente. A caixa d'água era de um vizinho latifundiário que depois havia se mudado para a Inglaterra e nunca mais voltou. Às vezes conseguia ir lá com os amigos para brincar, sem o pai saber. O medo da repreensão não impedia que ele se arriscasse. Subia a escadinha de ferro e ficava correndo pela pequena plataforma circular que envolvia o tonel. O telhadinho que o cobria era de cobre, parecia uma casa de brinquedo para os moleques que mal tinham sapatos e roupas, mas não perdiam uma chance de se divertir.

– Viu, Emily? A caixa d'água é o Big Ben de Emerald! – Elizabeth não perdia o humor. Até a melancólica Petra esboçou um sorriso.

– Bem, então acho que agora é hora de arrumarmos tudo para dormir – cortou-a a filha.

– Dormir? Isso é para os fracos, Emily – disse Elizabeth. – Não estamos aqui de férias. Em breve teremos visitas e tenho certeza de que não será nada agradável. Precisamos dividir as tarefas. Amanhã será um dia de trabalho intenso.

– Como assim, visitas? – Ross se exasperou. – Não viemos aqui justamente para nos esconder? Para escapar?

– Sim, mas temos que estar preparados para tudo. Nosso inimigo é poderoso. Ou você não se lembra da personalidade de Arianna? Acho que preciso falar mais com vocês. Contar os detalhes...

– Encontrei a chaleira! – Layla entrou com xícaras de chá quente, o que agradou a todos.

– Sei que meu genro me acha louca e que minhas ações são... digamos... um pouco fora do padrão. Mas vocês não têm noção do que está acontecendo em Esparewood. Há um plano sombrio em curso. Um plano que envolve muitas questões obscuras. Em breve haverá uma batalha do Bem contra o Mal e todos precisarão escolher o seu lado. Ou vocês acham que alguém como Arianna, que foi capaz de assassinar o próprio marido, abandonar a filha e sequestrar e torturar adolescentes, está de brincadeira?

Jasper não podia deixar de concordar com o que a sogra dizia, ainda assim farejava algo de errado.

– Vovó, por que a gente não vai dormir? Eu estou com sono – Encrenca, que já formava um único volume com Marlon Brando, agarrado ao cachorro para se proteger do frio, se manifestou

– É verdade, meu bem, você tem razão! – todos se animaram pensando que ela desistiria de continuar a conversa àquela hora. – Você, Florence, Benjamin e Marlon Brando estão dispensados! Mesmo porque serão bons soldados amanhã, certo? – O menino bateu continência e ela lhe deu um beijo na testa.

– Elizabeth, como pode achar que essa loucura será produtiva?

– Não temos outra saída.

– Não acha melhor contar com as autoridades? – Ross falou em um tom sério, mas sem agressividade. – Não estamos em um filme. Isto é a vida real. Você acha mesmo que vamos ter que lutar contra seres do mal?

– Não só acho, como tenho certeza. Em breve estarão por aqui.

– Mais um motivo para chamarmos a polícia. Você deve parar de ser egoísta e se entregar.

– Pode ter certeza de uma coisa. Se eu estou fazendo tudo isso é para o bem de todos. Preciso neutralizar as Sombras. Preciso lutar para vencer o mal – a resposta tinha um tom diplomático.

– Você fala como uma lunática!

– Ross, quem não acredita no mal pode se tornar um refém dele.

– Eu acredito no mal. O problema é definir de onde exatamente ele vem...

Todos terminaram o chá em silêncio e, depois de um tempo, prepararam-se para planejar o que teriam de fazer.

# Capítulo 51

Os membros da Colônia, juntos em um canto da sala, observavam tudo. Tomaram o cuidado de ficar atrás de uma meia-parede perto do banheiro, para não assustar o pequeno Encrenca. A mais prejudicada era Dorothy. Havia forçado a base da caçamba para baixo durante todo o percurso no porta-malas, tudo para tornar a viagem de Florence mais estável e cômoda. Não por acaso, gastou quase todas as suas reservas de energia. Com a consciência de que precisava estar bem, mantinha o repouso, concentrada na recuperação. Gonçalo e Gregor, que também tinham se desgastado bastante no episódio da fuga da prisão, faziam o mesmo.

— Está bem, Elizabeth, concordo com você — Ross cedeu. — Vamos combinar as tarefas de amanhã. Eu e Hudson já fomos soldados. Temos alguma experiência em batalhas.

— Batalha? De onde você tirou essa ideia, Jasper? — Emily se preocupou e, pela terceira vez, abandonou a mala que ensaiava levar para cima.

— Precisamos estar prontos, Emily. Você sabe do que Arianna é capaz — Ross foi categórico em sua afirmação, surpreendendo os Aliados.

A mulher lembrou-se da carta, um dos itens deixados para trás na fuga de emergência feita naquela tarde. Foi o suficiente para enregelar sua coluna até a base do pescoço.

— Certo, mãe, então vamos falar sobre as tarefas. Mas pelo menos vamos encontrar um lugar para nos sentar confortavelmente.

Os homens arrastaram dois bancos e os juntaram. Ali se acomodaram Elizabeth, Layla e Emily. Petra puxou uma cadeira de palha velha e Jasper preferiu se sentar na escada, assim conseguiria ajustar as pernas irregulares, uma em cada degrau. Hudson, por sua vez, deu um pulo e se sentou na alta bancada de experimentos.

— Muito bem, vamos à divisão de tarefas! — Elizabeth, assim como nas reuniões com os Aliados, falava com segurança e propriedade. Até mesmo Jasper admitia que ela tinha o carisma de uma líder. — Emily, odeio ser obrigada a te colocar nessa função, mas aqui temos que aproveitar ao máximo as habilidades. Você ficará encarregada da alimentação. Nós trouxemos comida suficiente, limpamos as dispensas antes de sair.

— Já estou acostumada — a mulher torceu seu cabelo loiro avermelhado com resignação.

— Layla, já fizemos a lista de ervas durante a viagem. Amanhã cedo preciso que as encontre no bosque. E para acompanhá-la...

— Eu irei com ela, assim pego mais lenha — o homem da bancada se pronunciou.

— Nada disso, Hudson, isso será trabalho para as crianças. Elas também precisam trabalhar. Quero que você e Ross relembrem seus talentos com as armas. Vocês trouxeram os revólveres, certo?

— Aquelas velharias? Quero só ver se vão funcionar. E se as munições ainda prestam... — o ex-soldado tinha bastante conhecimento sobre armas. Fora uma de suas especialidades em St. Régis.

— Não sei o que está mais velho: se somos nós ou as armas — o comentário de Jasper, dito do seu jeito mal-humorado, soou como uma piada.

— Não se preocupe, Layla, amanhã já estarei melhor e vou reconhecer o terreno para você — Gonçalo aproveitou a deixa para falar sussurrando com Layla, numa provocação a Hudson, ainda que o americano não fizesse a menor ideia disso.

Dorothy ergueu o olhar e, apesar do cansaço, lembrou ao amigo da real situação dos Aliados naquele momento.

— Sim, Gonçalo, mas você sabe que amanhã teremos que ficar pelo menos uma hora sem fazer absolutamente nada no bosque virgem. O contato com a natureza é o único meio de recuperarmos alguns *enits* na Terra. Ou você acha que vai haver algum túnel rebelde neste fim de mundo?

Elizabeth ouvia tudo o que estava sendo dito entre os vivos e os mortos. Achou o momento oportuno para fazer a integração entre os dois mundos, explicando sobre os Legítimos. Começou sussurrando no ouvido da filha.

– Você lembra de quando era pequena... quando eu contei que era uma Legítima?

– Do que está falando, mãe?

Elizabeth levantou a voz, agora para falar com todos de uma só vez.

– Caros familiares e amigos, chegou a hora de dizer que há mais alguns membros no nosso pequeno exército. Mas, infelizmente, eles não são visíveis a todos. Só poderá vê-los quem for um Legítimo.

– Legítimo? – Ross não acreditava que teria de aturar mais uma surpresa.

– Legítimo é aquele que consegue ver... eu quero dizer, que interage com...

– Com os que já morreram. Seja mais direta com eles, Elizabeth – Layla estava ficando impaciente com o tato exacerbado da amiga. Olhou diretamente para a mulher a seu lado e, depois, para o homem na escada e disparou: – Emily, Ross, não dá mais para prosseguirmos sem vocês aceitarem o que está acontecendo. Aliás, não estamos sozinhos nesta sala.

– Eu sabia. Eu sabia que não ia dar certo. Eu estava até disposto a ajudar. Mas em coisas práticas, não em loucuras – Ross levantou-se e começou a andar de um lado para outro, agitado. A perna falhava ainda mais. – Hudson, pelo menos você pode me ajudar a recuperar a saúde mental dessa família? Me diga que você não faz parte dessa palhaçada!

– Ross, às vezes precisamos entender que há outros pontos de vista...

– Pontos de vista? Não acredito. Você também foi enfeitiçado? Depois da mudança da Layla, que costumava ser uma moça de bem, agora é você?

— Alto lá, Ross. Eu continuo sendo uma moça de bem! Com a diferença que agora sou também mais esclarecida! – a mulher disse de forma serena, mas não conseguiu evitar que seu cabelo castanho solto viesse para a frente, como uma juba.

— Ross, pare com isso. Eu tive provas. Eles... essas pessoas... realmente estão aqui. Eu pude... eu pude me comunicar – o americano, embora ainda hesitante, era encorajado pelo olhar de Layla.

Gregor, quieto em um dos cantos da sala, tinha vontade de se apresentar a Jasper Ross da mesma forma que fizera com Hudson. Quebrar o Código de Atuação mais uma vez não faria diferença, já que não tinha parentes vivos. Mas logo foi brecado por Elizabeth, que percebeu sua intenção ao rondar Jasper.

— Não é porque você não vê que deve duvidar, senhor – a voz de Petra saiu timidamente e todos estranharam sua participação. – Ninguém nunca acreditou em mim. Eu não tinha provas de que não havia matado ninguém. E olhe no que me transformei.

— Uma coisa é ser acusada injustamente e fazer... bem, fazer alguns riscos nos braços, outra coisa é afirmar que pode falar com fantasmas e que eles estão na sala agora mesmo, nos fazendo uma agradável companhia... Minha jovem, eu sinto muito por você, mas é melhor ficar quieta!

— Opa, fantasma não, perna de pau! – disse Gregor

— É sério que vocês vão discutir sem poder se ouvir? – Layla direcionou a pergunta ao Aliado, que, percebendo a situação esdrúxula, se calou.

— Eu entendo bem o que é ouvir até coisas do além e não ser ouvida aqui – Petra falou tão baixo que quase ninguém a escutou.

Elizabeth, observando a cena, encarava tudo como uma grande perda de tempo. Como se tivesse de alfabetizar uma criança antes de ler um texto que parecia muito óbvio. Culpou-se por adiar tanto a conversa que já deveria ter sido promovida muito antes, mas continuou ouvindo o discurso de Ross.

— Eu vou embora deste lugar. Vou voltar para Esparewood. Se for necessário, mando outro carro para vir buscar vocês. Onde estão as chaves? – o homem, desnorteado, buscava em todos os cantos a chave do carro.

– Ross, pare com isso agora! Não adianta negar o irrefutável! – a voz de Emily reverberou como um chamado. Ela entrou na conversa mais como uma forma de proteger o marido, que, sozinho, seria presa fácil para Arianna. – Eu sei que eles existem. Sempre neguei, sempre pedi para que minha mãe parasse e jamais admiti as conversas que ela tinha, as experiências, as mentalizações. E sabe por quê? Eu só queria ter uma família normal. Queria que tivéssemos uma vida normal. Que nossos filhos não tivessem que passar por isso. Mas, agora, fingir que somos imunes aos fatos não adianta nada. Acho que é hora de encararmos a verdade. Ou você não percebe que a nossa vida jamais voltará ao que era antes?

O homem viu-se perdido, sem forças para contra-argumentar. Agora estava sem sua vida na casa da rua Byron e também sem o apoio de Emily. O que lhe restava?

– Jasper, pense comigo – percebendo o estado do marido, ela suavizou seu discurso –, isso pode explicar muitas coisas. Até mesmo sobre Richard, Isabella, Arianna...

Gregor continuou firme e não cedeu à tentação de influenciar Ross nesse momento. Queria ter a certeza de que o homem poderia verdadeiramente vencer os preconceitos e aceitar os Aliados. Na verdade, todos ansiavam por essa possibilidade.

– Vamos, Elizabeth – o homem falou com uma voz baixa, mas ainda assim provocativa –, dê continuidade aos seus planos... aos agrupamentos... é disso que estávamos falando, certo?

– É impressão minha ou o meu genro está mudando de assunto? – ela não queria que ele cedesse daquela maneira.

– Estou cansado, é tarde, mas concordo que Arianna possa ser um problema. Vamos agir juntos. Embora eu seja um soldado com força em uma perna só, ainda sou um soldado.

Um silêncio contundente se impôs. A honra de Jasper Ross pareceu despontar por trás daquele corpo debilitado. Não que estivesse completamente convencido de alguma coisa, mas voltou a mostrar disposição para colaborar. A líder do grupo, comovida pelos acontecimentos, retomou a palavra.

– Jasper, sei que não conseguimos nos entender nos últimos anos, mas respeito você. Ainda mais agora, que está conosco nesta luta contra as Sombras. O que estava dizendo é que há entre nós pessoas que conseguem ver os que estão do outro lado. Eu sou uma delas, Layla também. Amanhã, teremos uma dessas pessoas em cada grupo. Eu ficarei com vocês na casa, enquanto Layla irá para o bosque acompanhada de Gonçalo.

– Quem é Gonçalo, mãe?

– Ele é mais presente do que muitos vivos que eu conheço. Já me tirou de muitos apuros, não foi, meu amigo? – todos acompanharam o olhar de Elizabeth para o canto da sala.

– Eu já entendi tudo – interrompeu Ross com um tom de ironia. – Então você e Layla podem conversar com o tal Gonçalo e seja lá mais quem esteja aqui...

– Dorothy e Gregor – completou Layla.

– Muito bem, vocês duas podem conversar com eles, isso eu entendi. A pergunta é: por que não há relatos de outras pessoas que tenham essa habilidade?

– Você está enganado, Ross. Há alguns Legítimos espalhados pelo mundo. Mas os membros da Colônia não podem ser vistos, e portanto sabem se esconder. Se acontece de alguém os ver, algum parente deles, desde que seja de primeiro grau, sofre algum... mal-estar.

– É uma punição? – Emily estava incomodada com aquela revelação. – Então, como você consegue vê-los?

– Bom, eu sou um caso à parte. Entre os Legítimos, sou a única capaz de vê-los sem que eles sofram qualquer tipo de punição. Quanto a Layla, nós fizemos um Pacto de Energia que lhe permite vê-los sem que nada ocorra aos descendentes deles.

– E qual é a proporção, Elizabeth? Há quantos seres humanos para cada Legítimo? – Hudson estava curioso em relação a todas aquelas informações. Ao mesmo tempo, era solidário a seu amigo

Ross, e fazia a pergunta de um jeito técnico, para não parecer interessado "demais".

– Não tenho a menor ideia. Só sei que aqui somos três.

– Três? – Ross levantou a cabeça, que estava entre as mãos, em uma espécie de gesto de desespero. – Não eram apenas vocês duas? – às vezes ele baixava a guarda, mas outras, tinha certeza absoluta de que estava sendo enganado por Elizabeth. Não conseguia confiar nela.

Sem esclarecer as suspeitas de Ross, a senhora loira prosseguiu:

– Tudo será dito no momento certo. Mas agora precisamos pensar em mais reforços. Amanhã irei à cidade de Emerald para ligar para um amigo. Vou pedir sua ajuda. Ele também é um Legítimo e precisamos de mais gente. Tenho certeza de que Arianna não virá sozinha.

– Pode ter certeza que não – Layla comentou. – Eu vi a sua turma, e não é nada amigável.

– Eu não sei quem é esse seu amigo e não vejo quem viria nos ajudar neste fim de mundo – pela terceira vez, o homem na escada se levantou e refletiu se era o único a perceber que sua sogra poderia estar armando mais uma grande farsa.

– Mas eu vejo – o rosto quadrado de Hudson pareceu se iluminar. – Nossos amigos, Ross. Nossos amigos do exército. Vou com Elizabeth até o posto telefônico e vou ligar para eles. Tenho certeza de que virão. Em memória de Richard.

– Por que fariam isso? Por que abandonariam suas famílias para entrar em uma guerra bizarra como esta?

– São soldados, como eu e você.

– Faça como quiser. Agora é hora de nos recolhermos. Veja o estado de Layla, Hudson. Sua namorada está dormindo em pé.

– É verdade, eu não aguento mais. Preciso estar inteira para amanhã. A lista de ervas que Elizabeth me passou é enorme.

Ainda assim, Layla não foi a primeira a subir quando todos começaram a se movimentar em direção aos cômodos do segundo andar. Ao contrário, esperou ficar sozinha com a herdeira do casarão para lhe entregar um livro precioso. O *Livro da Profecia*.

– Conforme prometido, guardei-o por todos esses anos. Agora é com você.

– Aí é que você se engana, cara amiga. O livro pode até ser meu. Mas o nosso destino está em outras mãos. Nas mãos do garoto que, neste momento, dorme o sono dos inocentes – Elizabeth não se importaria de falar por mais tempo, mas notou que não era o momento. – Layla, agora vá se deitar. Você merece dormir até mais tarde amanhã. Será a única que não vou acordar de madrugada para os trabalhos.

– Que bom, quero estar preparada para o que vem por aí – a mulher subiu as escadas em tamanho estado de exaustão que cada degrau era um desafio. Mas algo ainda a intrigava, e parou no meio do caminho. Voltou e viu o volume de capa dura e bordas douradas da Profecia ser aberto cuidadosamente pelas mãos firmes de sua amiga, como em um ritual. Um ritual de despedida.

A página selecionada era a 592, aquela que Elizabeth já tinha lido e relido centenas de vezes em seus estudos, especialmente nos momentos em que queria reforçar sua vontade e seu compromisso com a missão que havia assumido. Leu em voz alta.

*"A luz se fortalece quando o obscurecimento se anuncia. E se o que tem Luz alcança a perfeição na inocência plena, então a transformação pode se revelar: os inimigos sentirão o poder de flechas invisíveis. A esta altura muitos passos foram dados rumo à Profecia, porém, cumprindo as exigências, o Escolhido ainda não possui consciência sobre o seu papel, nem maturidade para o caminho que se multiplicará em complexidades e esforços. Talvez ainda não saiba o que precisará ser sacrificado, mas certamente estará pronto para o que for necessário. O momento é de coragem. A transmutação tem vários nomes, nem todos agradáveis aos frágeis sentimentos humanos. O fim como fim."*

A parábola poderia parecer indecifrável a um leitor comum, mas não para quem conseguia ver todo o panorama. Ursula e Elizabeth Tate. Layla também seria capaz de entender, mas temia o desfecho da Profecia... E ainda tinha uma pergunta presa na garganta desde o momento que passara em sua casa para pegar suas coisas e as de Elizabeth, guardadas lá.

– Elizabeth, desculpe...

– Você ainda está aí?

– Antes de dormir, queria saber uma última coisa. Por que você fez questão de pegar dois vidros de fluido para o Fogo Grego? Isso é muito mais do que o necessário para destruir uma porção de metal. Não é perigoso?

– O meu foco agora não é apenas o bracelete. Talvez o Fogo Grego precise queimar muito mais do que isso.

– Do que você está falando, Elizabeth? – Layla se espantou com o olhar da amiga, que parecia hipnotizado.

– A morte só é ruim se você não a compreende. Além disso, eu nunca disse que a Profecia se realizaria neste mundo.

# Capítulo 52

A madrugada chegou e, com ela, um estouro que deu fim ao sono daqueles que estavam nas planícies de Emerald.

– O que foi isso?
– Vocês ouviram?
– Que barulho foi esse?
– Foi lá fora?
– Uma explosão!

O encontro aconteceu no corredor. Alguns estavam de pijama, outros haviam dormido com a roupa do corpo, e as perguntas se misturavam, sem que se pudesse distinguir quem falava o quê. Todos queriam saber a razão daquele estampido forte que tirara todos da cama antes das seis da manhã.

– Foi um tiro. Esse barulho não é tão fácil de ser esquecido – Hudson esclareceu e todos se retraíram diante do fato.

– Eu não sei do Jasper! Ele não estava na cama quando acordei! – Emily agarrou os dois meninos, que, ainda sonolentos, tentavam entender o que estava acontecendo. Florence, a última a sair do quarto, juntou-se a eles esfregando os olhos.

– Um tiro em um lugar remoto como este jamais será ouvido por ninguém. Eu conheço bem isso – Petra, que continuava com o mesmo macacão acinzentado do dia anterior, encolhia-se ainda mais para formular seus terríveis prognósticos. – Se alguém quiser atirar em todos nós, estaremos perdidos, nossos corpos apodrecerão nesta casa.

– Meu Deus, eu preciso encontrar o Jasper – as crianças perceberam o pavor da mãe e ficaram alertas. Hudson não se conteve e desceu desabalado as escadas, seguido por Layla.

– Mãe, se algo acontecer a ele, nem sei do que eu sou capaz! – Emily largou as crianças e se aproximou de Elizabeth, que também demonstrava preocupação e se preparava para descer.

Em poucos minutos, todos estavam no andar de baixo. Quando abriram a porta, tiveram a primeira surpresa. Marlon Brando, que até então não tinha dado sinal de vida, entrou correndo e pulou nos pequenos sem qualquer cerimônia. Mas a visão que intrigou a todos foi a de um homem solitário, no meio do jardim, encapotado com um casaco de capuz, segurando algo nas mãos.

– Ele está armado! – gritou Petra.

– Cale a boca, Petra. Aquele homem é Jasper Ross! – Layla não conseguia ter empatia pela mulher franzina e esquisita.

Emily se preparou para enfrentar o frio e ir até o marido, mas ele já havia visto a movimentação da família e caminhava em direção à porta.

– O que foi? O que houve? – o homem parecia estranhamente animado e jovial.

– Nós é que perguntamos, Jasper, o que houve? – o cabelo loiro-avermelhado de Emily esvoaçava com o vento frio vindo de fora.

– Bem, se querem uma resposta, ela está bem ali: naquela árvore! – todos olharam para o local que o homem apontou e viram Hudson tirando do tronco um pedaço de madeira que estava amarrado com uma corda. Jasper continuou falando com um ânimo que não lhe era peculiar: – Eu acertei a marca de primeira. Ainda sou um artilheiro com ótima pontaria!

Nas mãos do ex-soldado estava a pistola que ele guardara por tanto tempo em seu criado-mudo. Quando o colega chegou com a madeira, apontou o furo chamuscado.

– Vejam, aqui está a prova! – continuou Jasper. – Um tiro bem no meio da marca – orgulhava-se da mira, com um sorriso que raramente se via em seu rosto.

– Meu amigo! – Hudson o abraçou pelos ombros. – Realmente esses anos todos não ofuscaram o seu talento! Agora vamos entrar, comer algo e voltar para os treinos. Quero ver se também me lembro de como atingir um alvo desse jeito.

Com o mistério do tiro resolvido, tudo avançou conforme o planejado. Após o café, preparado por Emily com a ajuda inusitada de Petra, os dois homens praticaram tiro com as armas, o que impediu que Layla tirasse ao menos um cochilo para amenizar a exaustão. Ela preferiu então partir para o bosque e assumir de vez suas funções. As três crianças que a acompanhavam começaram catando gravetos na área do jardim e colocando-os perto do fogão para secar.

Emily havia tomado todas as precauções com os dois botijões de gás que estavam ali por tanto tempo. A última coisa que queria naquela casa era uma explosão. Além disso, encarregou-se de dividir a comida com parcimônia, para que durasse por vários dias. Elizabeth e Petra também ficaram dentro da casa, em busca não só de cobertas e utensílios domésticos que pudessem usar, inclusive armas, mas também (sem que Petra soubesse) atrás de escritos e apetrechos alquímicos utilizados por Ursula décadas antes.

A herdeira de Emerald também se certificou de que seus três Aliados estivessem na parte mais fechada da mata, para que ali pudessem recarregar suas energias. Para si mesma, tinha outros planos: abrir seu baú e reunir os objetos de tia Ursula, para preparar suas armas alquímicas.

— Ah — antes de dispensá-los de vez, ela deu uma última recomendação —, não é para ficar cuidando de Layla, entendeu, Gonçalo? A ideia é que vocês descansem e se recuperem.

— Mas e se ela precisar de mim?

— Todos nós vamos precisar de você! Só que mais tarde. Por favor, não vá dar uma de Gregor! De rebelde, já basta um.

Vivos e mortos se conscientizaram de suas prioridades. Na hora do almoço, aqueles que precisavam de um corpo para se locomover tiveram uma refeição simples, nem de longe tão saborosa como as servidas diariamente na rua Byron. As gavetas cheias de temperos ficaram para trás. Os vegetais frescos também. Mal levantaram da mesa, foram todos se preparar para as atividades da tarde.

– Hudson, vamos até a cidade? – perguntou Elizabeth. – Tenho que ligar para aquele amigo...

– Claro. Vou chamar reforços.

– Vamos, porque quero voltar logo. Ainda temos muito trabalho pela frente.

No momento em que se preparavam para sair, duas pessoas irromperam na sala, sendo que a primeira a falar foi o adolescente.

– Tio Hudson, não há mais gravetos no jardim. Agora temos que ir até o bosque para pegar lenha mais pesada.

– Certo, Benjamin. Podem ir, mas sigam a mesma direção de Layla. E não se afastem muito dela.

– Então vão se mexendo, que eu já estou de partida – durante a manhã, Layla já havia buscado a primeira leva de ervas no lado direito do bosque. Agora queria partir rumo ao oeste. – Vamos, meninos, nesta época do ano a escuridão chega rápido e sem aviso.

A segunda pessoa que parecia pedir permissão para fazer sua pergunta foi Petra.

– Ande, garota, desembuche – Elizabeth já intuía o que a colega de prisão iria dizer.

– Eu vou com vocês até Emerald. De lá voltarei à minha aldeia. Eu preciso provar a eles... é a única forma de me libertar definitivamente.

– Acho arriscado. E se nossa foto estiver espalhada como fugitivas?

– Eu tenho uma missão a cumprir, Elizabeth. Foi dito que eu tenho uma missão. E agora tenho a certeza que é aqui que ela começa.

– Você sabe que pode ser pega, não é? Como pode garantir que seu irmão não vai te denunciar?

– Agradeço a sua preocupação, mas ele não espera que eu volte. E, desta vez, farei tudo certo – Petra não disse, mas ouvia as frases encorajadoras de sua bisavó, todas faladas em alemão.
– Não vou omitir mais nada. Muito menos para protegê-lo. Preciso contar toda a verdade.

— Hudson e eu podemos levá-la de carro. É muito longe para caminhar.

— É melhor que não. Causar alarde vai ser minha ruína. Eu sei o melhor jeito de ser invisível até chegar nas pessoas certas. Desta vez vou falar com o delegado.

— Nossa, estou gostando de ver sua coragem, Petra.

— Acho que um pouco eu aprendi com você nesses dias, Elizabeth. Desta vez sou eu comigo mesma. Ou nunca vou melhorar a porcaria da minha vida.

Não demorou para a caminhonete de Hudson fazer o caminho de volta até Emerald levando os três passageiros. A parada foi ainda na estrada, bem no início da pequena cidade, no prédio antiquado e poeirento onde funcionavam o correio e o posto telefônico.

— Hudson, vou ali comprar uma ficha para ligar para meu amigo. Esses telefones são tão ancestrais que nem com moedas funcionam. De quantas você precisa para pedir reforços?

— Uma só. Vou telefonar para George, e ele se encarrega de comunicar os outros colegas. Vou falar para que cheguem amanhã bem cedo. E que tragam *sleeping bags* e seus uniformes de guerra! Para minha casa vou ligar agora mesmo, a cobrar. Quero ver se as meninas estão bem.

Quando o amigo entrou na cabine, Elizabeth pediu à funcionária, em voz baixa:

— Senhora, pode me dar três fichas, por favor? – a responsável pelo atendimento parecia ter a idade do estabelecimento.

— Tantas ligações em um só dia... Isso é raro aqui em Emerald. Nem mesmo cartas têm chegado ou saído daqui – a mulher pegou a nota de uma libra das mãos de Elizabeth.

A frase despertou Petra, que até então parecia hipnotizada pelos estiletes que serviam para abrir caixas e envelopes no balcão. Assim que a colega presidiária foi à cabine, ela não perdeu a oportunidade de perguntar:

— A senhora também faz o envio das cartas?

— Faço, de tempos em tempos... E também recebemos algumas na caixa postal.

A carta de d. Ursula estava enfiada na sua roupa de baixo, mas ainda assim ela deu um jeito de pegá-la sem chamar a atenção de ninguém.

– A senhora por acaso já viu essa carta antes?

– Humm, deixe ver... – a senhora com a pele craquelada moveu o maxilar inferior ao reconhecer o que tinha nas mãos. Depois, olhou por cima dos óculos para aquela mulher de aspecto maltratado. – Claro, essa carta foi enviada há menos de um mês. Era uma espécie de... missão que eu tive que assumir.

– Como assim? O que sabe sobre isso?

– Digamos que essa carta... saiu um pouco do padrão dos meus quase cinquenta anos de correio. Mas não sei de nada. Ou quase nada. Só sei que recebi um grande envelope cor de rosa aqui no correio, há muitas décadas. Ali havia uma carta, um bilhete, que já joguei fora, e uma nota de cinco libras. Dizia algo como "envie esta carta apenas no dia 20 de novembro de 1993". Anotei no quadro e, no dia correto, cumpri o procedimento. Gastei dois pence com o envelope, e quero saber quem vai me ressarcir...

– Eu adoraria, mas no momento estou sem reservas...

Ao devolver a carta às mãos de dedos esquálidos, a funcionária do correio assumiu um tom de confissão que surpreendeu Petra.

– A remetente era... a bruxa do bosque. Refleti durante décadas se enviava ou não a carta de alguém como ela... uma pagã...

– Mas, no final, a senhora mandou... – a fugitiva parecia agradecida. – E a carta era para mim.

– Minha filha, vou lhe dizer uma coisa: a velhice destrói a pele, o cabelo e as certezas. Aceitei que devia haver algum motivo para que essa carta chegasse tanto tempo depois. Sou apenas uma funcionária do correio e tenho que cumprir minhas tarefas.

– O motivo está aqui, bem na sua frente – Petra parecia convencida de que, como sua bisavó insistia em dizer, mesmo as vidas que começam miseráveis têm chance de terminar de forma grandiosa.

Ela se preparou para sair, mas a voz da amada Gertrude, ainda assoprando em seus ouvidos, disse algo que não apenas a fez parar, como se dirigir ao lado da cabine onde estava Elizabeth. Então entendeu por que a colega tinha comprado uma ficha a mais. Além daquela que deu a Hudson para que ligasse para George e a que usou para falar com Frank, havia uma terceira ligação programada.

"*Ela está cometendo uma pequena traição*", Gertrude avisou a neta sobre a ação fora do script.

Os três já haviam voltado ao local onde o carro estava estacionado, um descampado que funcionava como acostamento para a estrada e também como mirante para os poucos casais de jovens da região que assistiam ao pôr do sol de mãos dadas. Até mesmo os namoros de Emerald pareciam do século passado.

Antes de entrar no carro, Hudson se deteve. Achou que era melhor comprar pilhas para as lanternas na lojinha que ficava a menos de uma milha dali, na parte mais habitada da cidade.

– Vou a pé, que não aguento mais ficar enfurnado em um carro ou em um casarão!

Elizabeth não gostou da ideia, não queria perder um minuto sequer. Ao mesmo tempo, não poderia ir contra seu benfeitor, aquele que a resgatara na fuga da prisão e a levara até Emerald. Nem bem o atlético homem começou a caminhar em direção à venda, Petra se aproximou dela.

– Elizabeth, você me ensinou muito nestes dois dias.

– Petra, imagine, eu apenas...

– Me ensinou a ter coragem, determinação e também... um pouco do que meu irmão sabia tão bem: dissimular as coisas.

– Do que você está falando, menina?

– Ora, a sua última ligação não foi propriamente um exemplo de espírito de equipe. Você ligou para Grensold e disse a localização exata da casa da sua tia.

– Pare com isso imediatamente – Petra nunca tinha ouvido aquele tom na voz de Elizabeth. – Você está aqui graças a mim. E não vai me atrapalhar.

– Ah, sim, ele também está me dizendo que eu não sirvo para nada. É o que ele sempre diz.

– Você está falando com alguém?

– Eu não vou te atrapalhar. Agora preciso reencontrar o meu irmão – os olhos pálidos na face muito branca pareciam contemplar o vazio. – E você sabe onde eu vou encontrá-lo, Elizabeth?

– Na sua aldeia, certo? Vai tentar dizer que ele foi o culpado – o tom era encorajador.

– Não... ele está mais próximo do que eu pensava... – o mesmo estilete do balcão da estação telefônica agora estava nas mãos de Petra, que fazia um corte no próprio braço. – Ele está aqui mesmo, dizendo quanto eu sou inútil.

– Não é verdade! – Elizabeth percebeu que poderia acontecer o pior. – Você é muito melhor do que pensa que é! Não faça nada! Vamos conversar!

– Eu escuto o meu irmão o tempo todo e também os seus amigos, que não param de tagarelar. Eles devem ter se enfiado em alguma encrenca, e agora falam comigo do além. O miserável não foi homem nem mesmo para esperar a minha vingança!

– Petra, pense em Gertrudes, ela te ama!

– Por isso mesmo, mal vejo a hora de encontrá-la.

– Menina, por favor, deixe eu ver esse corte, deixe eu cuidar de você – Elizabeth tirou o casaco com a intenção de enrolar a manga no pulso de Petra para servir de torniquete, mas a frágil mulher deu passos para trás e com a outra mão fez um sinal de distanciamento.

– Petra! Cuidado!

– Não se preocupe, antes vou te deixar a mensagem que recebi na carta: a minha missão é te proteger.

– Do que você está falando?

– Você não entendeu ainda? Parece tão esperta, mas é incapaz de ver: é o contrário, Elizabeth. Se você está aqui hoje, é graças a mim.

– Então era você? Era de você a ajuda que eu teria na prisão, e não da Thammy?

– Veja a carta de sua tia Ursula. Ela era amiga de minha bisavó Gertrude – Petra entregou o envelope nas mãos muito brancas de Elizabeth e continuou, com passos lentos, se aproximando cada vez mais do barranco. Do alto, era possível ver a copa das árvores e uma parede de pedras que parecia guarnecer um braço de rio. – Agora, se me dá licença, vou encurtar o caminho.

– Não faça besteira, Petra!

Elizabeth havia aberto a carta. Ao mesmo tempo em que tentava vigiar a colega de prisão, tinha os olhos captados pelo que estava escrito. Não esperava jamais aquela conexão entre sua tia e Petra. Sentia-se hipnotizada pelo conteúdo ali escrito e tentava lembrar o pouco do alemão que havia aprendido.

– Vou ao encontro de Stein. Ele tem que pagar pelo que fez.

Com as pernas finas, Petra atravessou o *guard-rail*, aproveitando a rápida desatenção de Elizabeth. *"No dia em que a líder lhe disser para sair, então saia. No momento em que as grades se abrirem, então voe."* Petra sussurrava a frase para si mesma.

– Mas Petra – Elizabeth levantou o olhar –, você acabou de dizer que ele está... Petra, não! Saia daí!

– Eu vim confirmar o que sua tia disse. Você é a pessoa certa. Agora... não há mais espaço nos meus braços para cortes...

Quando se projetou no vazio, o corpo magro de Petra Grotovski lembrou o de um pássaro. Elizabeth correu até a borda do precipício, mas não conseguiu ver mais nada. Ela já havia sido engolida pelas árvores que ladeavam as pedras. Definitivamente, Elizabeth não esperava que aquilo fosse acontecer na sua frente, naquela hora.

Ela ainda tentava organizar sua respiração, buscando se conectar com a ação correta para aquele momento, quando viu o homem de quase dois metros se aproximando. Não poderia contar o que havia acontecido.

– Elizabeth, me desculpe, até o funcionário encontrar as pilhas foi um sufoco e... onde está Petra? Telefonando?

– Não, Hudson... ela não tem ninguém pra ligar.

– Então vamos chamá-la, porque temos que seguir viagem.

– Ela já foi, Hudson. Preferiu seguir sozinha. O... o ônibus passou. Ia em direção à cidade dela.

– Engraçado... não vi ônibus nenhum passando.
– Deve ter sido quando entrou na loja. Mas enfim... ela preferiu assim e temos que respeitá-la. Ela já tinha dito que não queria que a levássemos até lá.
– Pobre mulher... Confesso que tive pena dela, Elizabeth.
– Não deveria, Hudson. Aquele ser frágil escondia uma gigante. Uma verdadeira heroína...
– Espero que ela esteja bem...

A volta foi em absoluto silêncio, por motivos diversos. O americano, após falar com as filhas, sentia seus alicerces balançarem. Já não estava tão seguro de ter tomado a decisão certa. Elizabeth, por sua vez, estava em um furacão de emoções e dúvidas. Desde que ouvira o nome de sua tia, passou a ter certeza de que aquele era apenas mais um passo do plano maior do qual fazia parte.

De volta ao casarão, assim que desceram do carro, Hudson e Elizabeth foram recepcionados pelos latidos melancólicos de Marlon Brando, que estava preso pela coleira a um gancho na varanda.

– Por que as crianças não levaram esse cachorro? Coitado, ficar preso aqui sozinho...
– Fui eu que mandei, mãe – Emily saiu pela porta, que estava entreaberta. – Quando as crianças levam o Marlon, se distraem demais. Eu falei que os queria aqui até antes das cinco. No inverno, a noite cai em um instante.
– Você está certa, Emily. Mas confesso que preferiria que Marlon Brando estivesse com eles. Um cachorro é sempre uma proteção.
– Eles me garantiram que não iriam longe. Mas agora... Será que fiz mal?
– De jeito nenhum! Você seguiu seus instintos maternos, e eles não falham. E as crianças também não são bobas. Eu falei do cachorro, mas já me arrependi.
– Bem... onde está Petra? Não a vi descendo do carro...
– Ela... ela cumpriu o prometido. Foi se encontrar com o irmão.

Elizabeth baixou os olhos e Emily imaginou que fosse pelos laços de cumplicidade formados entre quem compartilhou o ambiente horrível da prisão. Em seguida, percebendo quanto Hudson estava aflito, entrando e saindo de casa, andando de cá para lá, comentou baixinho com a filha, para que ele não ouvisse:

— Aposto que ele está preocupado com Layla. Não vai sossegar enquanto não for encontrá-la no bosque — mãe e filha acompanharam com o olhar o homem atônito.

— Pobre Hudson... Sem querer, está envolvido com os eventos mais absurdos desta família. Será que não deveríamos ter insistido com ele, mãe? Para que não viesse?

— Não tenha pena de ninguém, Emily. Vai parecer citação de almanaque, mas vou te dizer: tudo está certo. Tudo segue um plano maior.

— Nossa, você me cansa, sabia? Sempre tem uma frase de efeito... — Emily checou a água do cachorro e aproveitou para tirar um besouro que se debatia de cabeça para baixo na panela que fazia as vezes de pote. — Mas, na verdade, o que eu mais queria saber, mãe, é por que não fugimos? Por que não procuramos outro lugar para viver? Longe de tantas complicações? Temos umas poucas economias e...

— Porque a honra de uma casta de heróis não vai ser manchada por uma maldita fuga, Emily, só isso. Não podemos viver fugindo de Arianna para sempre. O que temos é que nos unir, assim poderemos nos livrar das crueldades dela de uma vez por todas. Em vez de pensar apenas no nosso umbigo, estamos pensando em Esparewood, na Inglaterra e, por que não dizer, em todo o mundo.

— Eu não sei se pertenço a essa "casta", não...

— É porque você ainda não descobriu seu potencial. Ainda é uma montanha coberta de nuvens.

— Sim, mãe, nuvens de complicações familiares que nunca alguém poderia imaginar. Vocês invadem nossa casa, não esclarecem uma palavra e ainda trazem Layla daquele jeito, quase um

cadáver... Sem contar Arianna, claro, que, segundo você, está em nosso encalço para nos matar... O que mais você quer de mim?
— Emily, eu quero que você se lembre de quem foi.
— Eu não lembro de mais nada, mãe, eu não saio da cozinha, seja aqui ou lá em casa. Aliás, para mim, tanto faz...
— Isso vai mudar, Emily. Isso vai mudar radicalmente. E não vai demorar — a matriarca se aproximou da filha, mas sem tocá-la. — Eu quero que você fique com algo. Que guarde uma coisa pra mim.
— Como assim, mãe?
— Um diário. Eu quero que fique com o meu diário.
— Você está me assustando, Elizabeth Tate.
— Na hora certa eu o entregarei a você. Só quero que saiba disso.
— Mãe, por favor...
— Você vai precisar ter coragem, minha filha.

O cachorro, que até então não se levantara mais, aproximou-se de Emily e, como se quisesse consolá-la, deitou a cabeça em seu colo de um jeito tão dócil que ela não resistiu e o acariciou.
— Sua bolota de pelos! Eu ainda vou despachar você para a Sibéria! E sem contar para os meninos! — ela sorriu, sem perceber que dos olhos daquela que a observava escorria uma lágrima. A única lágrima que Elizabeth se permitiria derramar.

# Capítulo 53

Este diário pertence a Elizabeth Tate.

*Foi difícil dormir na noite passada. O treinamento da manhã foi pesado e tive que lidar com ervas perigosas, algumas podiam matar com um simples contato. Finalmente entendi que herbologia não tem nada a ver com plantinhas indefesas. Elas podem causar um belo estrago, isso sim. Além do jaleco branco (aquele sem charme nenhum), dessa vez usei luvas também, o que foi ótimo com esse frio. O inverno este ano está tão severo quanto a tia Ursula. Quando eu cheguei em sua casa, era apenas uma menina e ela foi como uma mãe. Era meiga e compreensiva comigo. Agora, tudo mudou! A cada ano que passa ela fica mais exigente. "Meus elogios não vão te levar a lugar algum", diz ela. Ainda assim, tento olhar sempre pelo lado bom. "A resiliência é o portal para a alquimia" é outra frase que ela sempre usa. Ela tem razão, agora sou adulta e, fora este diário, nada mais me prende ao meu passado.*

*Não tive tempo de descansar, já que estava atrasada com os cartazes. Na verdade, já estou me arrependendo da minha própria ideia! Justo agora um projeto extra? Como se eu não tivesse o caminhão de obrigações que tia Ursula exige? As provas práticas que ela aplica toda semana me atormentam e, nos meus sonhos, vejo as plantas dançando e fazendo uma careta como se zombassem de mim. Além da herbologia, estive treinando aquele que se tornou meu principal objetivo: o Fogo Grego! Enquanto não conseguir com que aconteça, não sossego! Ela não me dá todas as dicas. Diz que talvez eu não esteja pronta para essa arma e que as "as sombras podem se esgueirar por uma fresta de uma porta entreaberta".*

*A verdade é que não tenho conseguido me concentrar nos treinos e estudos. A ansiedade cria uma espécie de bolha no meu estômago. Não sofro só por mim, mas por todos que são como eu. Outro dia na praça vi o sofrimento daquela criança. Ela tentou apresentar para a mãe um menino que chamava de amigo e a mulher só faltou bater nela no meio de todos. A menina insistia e chorava e as pessoas se aproximavam com aquela cara de dó. Mas nada fizeram para ajudá-la! Será que a mãe não podia pelo menos ouvir o que ela tinha a dizer?*

*Claro que eu conseguia ver claramente o menino que ela tentava apresentar. Estava sentado no balanço, inerte, e olhava pra mim com as pálpebras baixas, se sentindo culpado. O pior é que eu não fiz nada. Já passei pelo que aquela menina passa e, mesmo assim, decidi me omitir. Será que isso não é tão terrível quanto a inflexibilidade da mãe? Ou talvez eu tenha feito a coisa certa. Qualquer atitude minha poderia ter piorado o dia já tão conturbado daquela menina. Pobres Legítimos. Aliás, pobres Legítimas, porque a história prova que são elas as primeiras a ser queimadas!*

*Quem sabe lá na frente tudo mude e as pessoas possam ser livres? Quem sabe essa menina possa crescer e até mesmo se casar com seu amigo "imaginário", terminando com a distância dos dois mundos de uma vez por todas? Realmente eu tenho que fazer a diferença no mundo! Sinto-me horrível quando vejo essas injustiças e não faço nada para mudar a situação. Ainda mais quando é uma menina! A ideia do cartaz veio daí. Pensei que eu poderia mudar as coisas. E, no começo, não precisava ser em nada grandioso, não. Bastava que eu conseguisse ajudar uma única pessoa. Foi isso que me comprometi a fazer.*

*Assim que tive a oportunidade de escapar da vigilância eterna de minha tia Ursula, saí do casarão de Emerald, corri até a estrada e peguei uma carona até o comércio mais próximo. Comprei cartolinas e canetas coloridas. À noite, depois de ler algumas páginas do maçante capítulo intitulado "As propriedades de defesa do pó de tijolo", passei a trabalhar nos panfletos. O objetivo era colocar alguma frase de apelo, em letras gordas e maiúsculas, para que eu conseguisse chamar a atenção de algum Legítimo e o fizesse vir até mim. Uma espécie de arapuca com boas intenções (se é que isso é possível). Só queria conversar com um deles. Dizer que eu sei de tudo, entendo tudo e que ele, ou ela, poderia confiar em mim. É o mínimo que eu podia fazer!*

*Comecei esboçando algumas frases mais sutis, como "Não tente apresentar seu amigo imaginário a seus pais; apresente-o a mim primeiro!", ou "Quero ser amiga do seu amigo imaginário!". Depois, tentei ser mais direta e escrevi: "Espíritos existem. Eu também posso vê-los. Quer conversar?". Mas quando tracei no papel "Legítimos da Inglaterra: venham ao meu encontro!", acabei rindo de mim mesma ao perceber o quão ridículas as frases soavam. Iriam dar problema para mim e para as pessoas que eu estava procurando. Foi então que decidi escrever uma sentença neutra, um pouco misteriosa, que só atingiria quem se identificasse com a situação. Ficou assim: "Se você, como eu, nasceu e cresceu com amigos que ninguém quer conhecer, me encontre na orla do Bosque das Clareiras, na saída da cidade, às 18h". Ia ser uma trabalheira para eu conseguir driblar minha tia e sair todos os dias no final da tarde para checar se a mensagem daria resultado, mas definitivamente não podia colocar o endereço do casarão. Se tia Ursula desconfiasse, eu estaria perdida. Ela era onipresente, mas não costumava andar pela cidade de Emerald. Nem precisava, tudo o que queria saber vinha dos ciganos ou de Minerva, a raposa espiã.*

*Confesso que não tinha muitas esperanças, mas estava orgulhosa da minha iniciativa, e estava determinada a espalhar os cartazes pela cidade. Fui o mais discreta possível, pois eu conhecia a maioria dos moradores de Emerald e não queria que eles soubessem que eu estava por trás daquilo. Também tomei o cuidado de observar de longe se a polícia ou o padre não estavam no local e horário do encontro, prontos para me prender ou recriminar. Eles poderiam pensar que os "amigos que ninguém quer conhecer" eram gatunos ou ciganos. Quando voltei pra casa, dei de cara com tia Ursula me esperando na porta e tive de inventar uma desculpa. Claro que ela não acreditou, mas deixou passar, talvez* porque eu tivesse apresentado ótimos resultados no treinamento daquela manhã. Não sei como consegui pregar o olho, tamanha era minha ansiedade. Mas o cansaço falou mais alto e embalei em um sono profundo.

O domingo amanheceu ensolarado e fui alimentar a planta carnívora que tia Ursula ganhara de presente de aniversário dos ciganos no ano passado. Tinha dentinhos finos sempre à mostra, e demorei anos para perceber que ela preferia vespas às moscas, o que dificultou um pouco o meu trabalho. Minha tia dizia que aquele tipo de planta tinha uma forte energia de proteção. Mas foi no final da tarde, quando a lua já dava mostras de que seria um holofote no céu, que tudo passou a ficar interessante.

Eu já havia preparado um lampião a gás para levar na minha caça ao Legítimo. Quando o silêncio tomou conta do casarão, saí devagar, não sem antes checar pela janela se algum cigano circulava por ali. Já na soleira, acendi a chama no archote de metal e iniciei minha longa caminhada em direção à saída da cidade, para o endereço indicado no panfleto. Eu, uma mulher madura, com inteligência acima da média, ciente de técnicas alquímicas, me expondo daquela forma? Seria uma busca desesperada pelo fim da solidão? Ou apenas a vontade de encontrar um igual? Não sabia as respostas, mas estava determinada a cumprir minha missão.

Segui resoluta e, quando cheguei perto de um local onde eu havia colocado um panfleto, vi que ele tinha sumido. Talvez as pessoas da cidade já estivessem em alerta. Continuei em frente até o ponto de encontro, na orla do bosque. Pela haste de metal, ergui e rodei o lampião para iluminar uma área maior. Não havia ninguém. Acabei sorrindo diante da minha situação. Por que haveria algum Legítimo na pacata cidade de Emerald? As estatísticas indicavam que apenas 3,14% das pessoas na Terra tinham esse dom, e o número se tornava ainda menor pelo fato da maioria delas não assumi-lo. No fundo eu entendia o motivo. Por que entrar em uma batalha que já começa perdida?

Ainda assim, resolvi seguir em frente com a minha ideia. Nunca fui de desistir fácil de um objetivo.

Os três dias seguintes transcorreram da mesma forma: nenhum Legítimo. Até que, no quarto dia, quando levantei o archote sem muito ímpeto, vi um vulto perto da mata. Meu racional me trouxe o temor de *pessoas más, que oprimem e perseguem, mas minha intuição me dizia o contrário, e foi nela que eu me apoiei. Estendi o lampião na frente do corpo e avancei. Quase pulei pra trás quando notei a menina de aproximadamente doze anos que se encolhia a poucos metros de mim. Tinha os cabelos revoltos, que escondiam o seu rosto e caíam sobre seu casaco, fino demais para o frio que fazia. Eu fiz um som com a boca, que agora não sei descrever, mas serviu para chamar a atenção da garota. Mas quando ela afastou os cabelos e nossos olhos se cruzaram, senti algo estranho que me fez ficar muda por alguns segundos. Não pareciam olhos humanos. Traziam em seu castanho profundo o sofrimento de algum animal selvagem que havia passado por duras privações. O rostinho, refletido pelas chamas do lampião, estava pálido e endurecido.*

*A garota levantou de forma brusca, espichou o corpo e virou a cabeça como escolhendo para onde correr. Permaneci parada, aguardando a sua reação.*

Elizabeth fechou o seu antigo diário e começou a lembrar, como se fosse um filme, de todos os acontecimentos que se deram a partir daquele momento. Apesar de passados tantos anos, eles estavam impressos de forma muito presente em sua memória.

*– Oi! Sou a responsável pelos cartazes! – disse eu calmamente, como se estivesse começando uma conversa com uma velha amiga.*

*Para meu alívio, ela pareceu relaxar.*

*– Eu sei o que você esta passando – continuei. – E quero te ajudar. Só isso. Você não precisa temer.*

*– Você também pode... – a voz era fraca e doce, contrastando com o aspecto indomável.*

*– Isso mesmo, eu também posso vê-los. Quero que venha comigo até minha casa, pode ser? Você deve estar congelando.*

*Foi tudo mais rápido do que eu imaginava. Era fácil saber que algo de muito errado estava acontecendo com aquela garotinha. E eu estava comprometida a ajudá-la. A caminho do casarão, tentei sondar algumas informações, mas ela não disse uma única palavra. Apenas quando estávamos bem próximas da soleira, me revelou que tinha uma família, mas não se dava bem com ela.*

Antes de entrar, enfiei a cabeça por uma fresta da porta para verificar se Minerva não estava ali. Então respirei fundo e puxei a menina para dentro. Passamos pela sala de visitas totalmente escura e também pela de treinamento, onde uma poção que eu estava produzindo ainda fumegava. Então subimos para o meu quarto. A garota seguia com os braços encolhidos contra o peito e tratei de pegar alguns casacos, gorros e cachecóis no guarda-roupa para cobri-la. Ela ficou parecendo um pinguim e praticamente perdeu os movimentos, mas seu semblante estava bem mais calmo. Depois eu desci e preparei uma sopa.

— Tome isso — estendi a cumbuca, que foi rapidamente aceita. Você deve estar com fome e também vai te ajudar a se aquecer.

— Obrigada.

Ela não me parecia o tipo de menina que foge de casa. Eu diria que vinha de uma boa família. Queria esperar ela terminar a sopa, mas minha ansiedade atropelou tudo.

— Você quer me contar o que aconteceu?

Ela manteve a cabeça baixa e apenas ergueu o olhar. Descansou a colher e respirou fundo.

— Meus pais. Eles são da igreja e... não me aceitam.

Um clássico, pensei. Mas não podia minimizar a sua dor.

— Eu imaginava que fosse algo do tipo. E lamento muito.

— Meus amigos também dizem isso...

— Passei por isso. Sei exatamente como se sente. Ou você pensou que eu estaria aqui nesta casa, no meio do nada, se eu não fosse uma Legítima?

— Uma o quê? — os olhinhos castanhos se estreitaram e eu me peguei encantada pela garotinha selvagem que tinha acabado de conhecer. Sorri diante da careta que ela fez e expliquei.

— Pessoas que podem ver os mortos. Ou, de uma forma mais bonita, pessoas que podem ver os espíritos.

Ficamos algum tempo em um silêncio que só era preenchido pelo barulho da colher raspando o fundo da cumbuca.

— Eu não queria — disse ela de repente, e eu me assustei. — Gosto da minha família.

— Ninguém escolhe, querida. Simplesmente acontece. Nós nascemos com esse dom. E é como ser loira, ou morena, ou alta. Existem diversas combinações de seres humanos.

— Mas não é assim que os outros veem a gente, né? Não é o que acontece de verdade. Minha família diz que... é algo do diabo e não de Deus.

Eu senti que estávamos entrando em um terreno delicado. O eterno embate entre religião e ciência que eu queria evitar.

— Bem, o Deus que eu acredito me aceita bem — ela me encarou e percebi o princípio de um sorriso. — Ele mesmo é um pouco inexplicável, não acha?

Ela não respondeu, apenas continuou andando pelo quarto, apoiando a mão levemente sobre os móveis de madeira.

— Quem é aquela?

A menina apontou para um porta-retratos em meu criado-mudo. A foto mostrava duas mulheres sorrindo uma para a outra, unidas por um abraço.

— É a Emily, minha filha — até eu consegui perceber o saudosismo na minha voz. — E a outra, espero que você tenha percebido, sou eu.

— Onde ela está?

— Está estudando, em uma cidade não tão gelada quanto Emerald. Em breve vai voltar e eu terei que retornar às minhas compotas. Por isso estou correndo contra o tempo.

— Não entendi...

— Bem, não tive a sorte de ter uma filha Legítima como você. Não acho que seria saudável pra ela viver num ambiente como este. Emily é "normal". Uma pena — a brincadeira surtiu efeito, e a menina parecia mais feliz. — E, apesar de tudo o que passamos, tenho muito orgulho da minha filha. Ao seu modo, também é uma guerreira.

— Tem sobremesa?

Não consegui segurar o sorriso, e ela também sorriu pra mim, a ponto de mudar o formato do pequeno nariz. Apesar dos anos que nos distanciavam, tínhamos muita coisa em comum. Era como se já a conhecesse há muito tempo. Desci com a cumbuca vazia e subi com alguns figos cristalizados que haviam sobrado da última leva.

— Aqui está!

Ela agarrou a tigela rapidamente, como se não comesse doce há anos.

— Me diga um coisa — continuei —, as pessoas de sua família não costumam te dar muita atenção, não é?

Ela fez que não com a cabeça enquanto enfiava um figo inteiro na boca. Talvez ela não estivesse entendendo a profundidade da minha pergunta.

— Foi o que eu imaginei. Pois eu vou compensar isso. Vou estar por perto, perguntar sobre suas aflições, vou querer saber o que está passando na sua cabecinha e que confie em mim! Sei que acabamos de nos conhecer, mas eu preciso te contar sobre as coisas que existem neste universo, no nosso universo... ver fantasmas é só o começo.

Foi então que me dei conta da loucura que eu estava fazendo. Aqueles eram planos para um futuro que não iria chegar, muito provavelmente eu não poderia ficar com ela por nem mais um dia. A família logo daria por falta e viria em sua busca. E o que pensariam de mim? Que eu a havia sequestrado? Como se eu já não estivesse me sentindo enrascada o suficiente, ouvi uma voz a minhas costas que fez todos os ossos do meu corpo congelarem.

— O que está acontecendo aqui?

Tia Ursula estava furiosa, parada no vão da porta, nos fuzilando com seus olhos intensos. Estava vestida sobriamente, como sempre, enrolada em sua camisola roxa que lembrava uma túnica antiga. As mangas pendiam embaixo do braço, reforçando o aspecto mágico que envolvia a figura alta e magra. Os cabelos, negros como as asas de um corvo, estavam presos na forma de duas tranças que desciam como serpentes por suas costas e terminavam em seu fino quadril.

— Tia! Não era para a senhora estar na... — mas fui interrompida.

— Você não se cansa de subestimar a capacidade de Minerva, não é?

Claro. Minerva. Como pudera me esquecer dela...

— Eu... eu posso explicar — minha ansiedade tomou a frente e eu gaguejava.

— Elizabeth, você não precisa explicar nada! — ela raramente aumentava o tom de voz, mas daquela vez talvez tenha sido ouvida até pelos ciganos no meio do bosque. — Eu estou vendo com meus próprios olhos!

*O que passou pela sua cabeça? Não pode simplesmente trazer uma criança para cá sem o meu consentimento. Você sabe das regras. Quem é essa garota?*

*Eu abri a boca, mas a voz que soou não foi minha. Para meu espanto, a própria garotinha respondeu:*

*— Meu nome é Layla!*

*As palavras pareciam suspensas no ar e demorou algum tempo para que tia Ursula conseguisse voltar do transe.*

*— Ela pode me ver! — disse ela, revelando um misto de desconforto e admiração.*

*Eu estava confusa demais para participar daquela conversa. Percebi que sequer tinha perguntado o nome da menina. Mas, por outro lado, estava ali uma confirmação de que ela era mesmo uma Legítima, algo que não tinha como eu ter certeza até aquele momento. Isso me animou e me deu forças para enfrentar minha tia.*

*— Isso mesmo, ela é uma de nós. E foi expulsa de casa — Layla me lançou um olhar de reprovação, mas eu continuei. — Se a senhora visse o que eu vi. Estava largada perto do bosque, com frio e fome. Teria feito o mesmo se estivesse no meu lugar, principalmente sabendo que ela...*

*— Não fale por mim, Elizabeth — tia Ursula mantinha a posição de ataque, mas notei que havia baixado um pouco a guarda. — O que aconteceu com você, garota?*

*— Minha família é cristã, senhora — Layla já parecia ter captado o cenário hostil e tentava ser o mais educada possível. — Eles não aceitam o meu dom.*

*— Bem, eu aceito o seu dom... — respondeu minha tia, o que fez o rosto da menina se iluminar. — O que não significa que eu aceite você nesta casa. Pode se preparar para ir embora.*

*— Mas tia — protestei —, já é tarde! Não vou fazer a menina ir embora. É muito perigoso!*

*— Bem, talvez tenha razão, mas amanhã bem cedo quero ela longe daqui. Agora tratem de dormir.*

*Tia Ursula saiu pisando firme pelo corredor. Layla ergueu um olhar inocente que a fez parecer um filhote de cachorro, e eu caí na poltrona, depois de tanto tempo tensa, quase sem respirar. Na falta de um colchão, juntei algumas almofadas perto da minha cama e peguei mais alguns casacos para fazerem as vezes de cobertor. Ficamos olhando para o teto e conversando sobre vários assuntos, desde Seres da Luz e das Sombras até os meninos que Layla considerava bonitos na escola. Ela ficou intrigada quando tocamos nesse tema, pois não devia estar muito acostumada a falar sobre isso com ninguém. Quando finalmente fechei os olhos, fiquei pensando no quanto tia Ursula era inflexível.*

*A luz da janela incidiu direto na minha cara e acordei antes de minha nova amiga, que, de olhos fechados, tinha uma aparência dócil. Através do vidro embaçado, olhei para o gramado quase sem cor da propriedade de Emerald, sombreado por um céu totalmente nublado e cinzento. O frio havia piorado e tia Ursula tinha me passado uma avalanche de deveres. Adiantei alguns deles e consegui fazer uma rápida meditação. Enquanto Layla acordava, eu penteava meu cabelo de frente para o espelho. Os fios loiros estavam bem curtos e sempre penteados para a direita. Menos distrações, mais resultados.*

*Tia Ursula apareceu na fresta da porta e dirigiu apenas um olhar em direção à menina ainda deitada no colchão de almofadas. Entendi que era o seu comando para que eu me livrasse de Layla o mais rápido possível. Ainda assim, esperei que a menina acordasse e desci com ela até a cozinha, onde ofereci uma fatia grossa de pão de centeio e alguns morangos que sobraram do dia anterior. Ou cerejas, não me lembro bem. Ela comeu com ansiedade e, embora seu rosto tivesse um traço de decepção, não falou nada quando percebeu que eu a estava conduzindo para a saída. Já na soleira, percebi a baixa temperatura e resolvi voltar para pegar um casaco para ela. Seria um longo caminho para levá-la até Emerald. Subi correndo as escadas e, quando voltei à porta, que continuava aberta, notei que ela já estava do lado de fora. E em que situação!*

*Um cigano enfurecido, crente que estava diante de uma invasão à propriedade de Ursula, cavalgava em direção ao pequeno corpo bem no centro do jardim. Reconheci o fiel defensor de minha tia, mas fiquei paralisada por uns instantes, sem qualquer ideia do que fazer. Foi então que testemunhei algo inesperado e magnífico.*

*A menina, até então de ombros levemente curvados e postura acanhada, se transformou. Alongou toda a parte superior do corpo e seu pescoço pareceu ganhar vários centímetros, formando com o queixo uma linha diagonal. O peito se abriu, em posição de enfrentamento, e as pernas pareciam estar prestes a correr, não em fuga, mas de encontro ao cavalo. O vento, raro naquela parte abrigada do bosque, veio em forma de redemoinho, espalhando os cachos castanhos. O som que emergiu da boca da menina foi um uivo agudo, e o animal se assustou como se estivesse prestes a ser atacado, então empinou seu robusto corpo, derrubando o cavaleiro. Experiente, o cigano rolou de forma a não ser alvo das patas do cavalo, que saiu em disparada em direção ao bosque.*

*Com o corpo todo tremendo, eu me aproximei da menina e, quando mirei seus olhos, vi que estavam faiscando, como se o castanho ganhasse tons amarelados. Ela estava arredia, quase selvagem, e resolvi não chegar mais perto. Mas o mesmo não aconteceu com a figura que estava atrás de mim. Tia Ursula, com a camisola roxa esvoaçando à suas costas, foi até o local e fez um gesto para que Tarim, o homem que estava no solo, se levantasse. Ele estava sem ferimentos e se explicou em romani, seu idioma. Eles conversaram por alguns minutos e, pelo que pude entender, minha tia e mestra o convenceu a ir em busca de seu cavalo. Depois, ela parou bem em frente a Layla, agora com um certo respeito, por ver alguém tão jovem manifestar de forma contundente seu animal de poder.*

*– O lobo, o mais fiel entre os guias animais. Entre, garota. Esta é uma casa de estudos. Não temos tempo a perder.*

*E foi assim que a menina Legítima teve a oportunidade de aprender os segredos que nunca mais esqueceria. Tia Ursula permitiu que ela ficasse por uma semana inteira em seu centro de estudos. Uma semana crucial, que trouxe conhecimentos não apenas sobre anatomia e medicina alquímica, como sobre uma realidade que já estava em formação. Em breve eu saberia que o meu futuro e o de toda a minha família estava começando ali.*

*Na sala de treinamento, enquanto eu me acomodava no banco alto, já acostumada a apurar meus ouvidos para as aulas de tia Ursula, Layla parecia hipnotizada com a fumacinha que saía do balão volumétrico posicionado sobre o fogo. Ela acompanhava com os olhos o trajeto de gases coloridos que subiam em espiral e se desfaziam antes de alcançar os grandes candelabros pendurados no teto. Apenas três ou quatro velas estavam acesas, e a luz bruxuleante que lançavam não era suficiente para revelar tudo o que havia na sala. Ainda assim, as silhuetas do gramofone dourado e da raposa Minerva se impunham no ambiente.*

*O animal de estimação nada convencional de tia Ursula sempre a acompanhava pela casa, ora movimentando sua cauda como um pêndulo, ora a enrolando em frente ao corpo quando sentada, como se vestisse um elegante casaco de peles. Os olhos cor de âmbar permaneciam sempre atentos, observando tudo com seu porte altivo. Enquanto os ciganos protegiam o vasto terreno da propriedade, Minerva era a guardiã do casarão.*

*Tia Ursula inseriu o disco de vinil no gravador e, com um movimento de cabeça, indicou o início da aula.*

*— 5 de dezembro de 1970 — eu era a responsável por organizar a ordem das gravações e dizer as datas. Logo em seguida, a voz grave de minha tia se imprimiria no disco. E, dessa vez, iniciando com uma narrativa.*

"Tudo aconteceu no século XVII... O ano era 1692 e algo estranho passou a ocorrer em Salem, pequena cidade de Massachussets, nos Estados Unidos. Uma garotinha local, filha de um ministro anglicano, demonstrou comportamentos físicos estranhos. Ela se contorcia e reclamava de picadas imaginárias em seu corpo, enquanto uma febre constante a acompanhava. Em pouco tempo, sua prima passou a ter as mesmas reações, o que despertou os olhares rígidos dos puritanos recém-chegados àquela região. Era uma época de superstições e de intolerância, e as famílias religiosas julgavam que o mal estava à espreita e que o demônio estava sempre pronto a seduzir as pessoas, especialmente aquelas que não se adequavam às regras restritas da sociedade. O clima de acusações e medo se instaurou, assim como uma desgraça sobre as mulheres daquela cidade. Solteiras, casadas, jovens, adultas e até meninas muito pequenas, com quatro anos de idade, foram presas e acusadas de *bruxaria. Algumas foram torturadas e acabaram confessando que estavam sob a influência do diabo, até porque o clima da cidade era de histeria coletiva. Nada menos do que duzentas mulheres foram condenadas e dezenove morreram na forca..."*

*Ao terminar de contar a história, tia Ursula permaneceu alguns segundos calada, como se prestasse uma homenagem. O silêncio só era rompido pelo borbulhar da poção, desde cedo sendo apurada no fogo, e pelo girar arranhado do cilindro no gramofone. Eu e Layla nem sequer piscávamos.*

*— E então, Layla, está preparada para ser uma bruxa? — perguntou tia Ursula.*

*— Eu... — a menina não estava esperando aquela pergunta — aquelas mulheres... Elas morreram, certo?*

*— Foi, menina. E é bom você saber que a caça às bruxas nunca termina.*

*— Como? — perguntei, indignada. — As coisas não são mais assim, tia!*

*— Talvez estejam um pouco melhores do que antigamente. Mas as injustiças e os julgamentos persistem, Elizabeth. E o dom de vocês é um alvo. Não é à toa que nosso treinamento precisou ser intenso.*

*— Penso em Emily — disse eu, sem entender muito bem por que me lembrei de minha filha.*

*— Emily não é uma Legítima.*

*— Eu sei, mas, apesar de ter personalidade, ainda está imersa em ilusões. Tenho medo de que, quando encontrar um marido, ela...*

*— A submissão, se é isso que a preocupa, não faz parte de nossa linhagem. Emily saberá o momento certo de mostrar sua força. O tempo não é igual para todos. Mas a aula de hoje é para você, e não para ela. Vamos seguir em frente.*

*Foi uma das melhores sessões de aprendizado que tive com minha tia naquele casarão, talvez pela presença de Layla, que, tendo se acostumado aos vários procedimentos durante a semana, naquele momento já não agia apenas como uma curiosa. Tomava iniciativas e contribuía nos procedimentos. Era como se formássemos uma equipe. Nos séculos passados, certamente seríamos chamadas de feiticeiras, mas naquele momento eu só sentia uma coisa: felicidade.*

*A aula terminou mais tarde do que de costume e, embora a rigidez da minha tia também tenha dado lugar a uma certa alegria, ela logo recuperou as rédeas firmes do treinamento.*

*— Elizabeth, hoje se encerra um ciclo. A partir daqui, você assume a sua missão. A grande aventura vai finalmente começar.*

*— Você quer dizer que...*

*— Hoje é nossa última aula. Já expliquei todo o percurso que você terá que enfrentar e também já ensinei armas, poções e técnicas. Não há o que temer.*

*Era a mais pura verdade, ela já havia me mostrado como seria o meu caminho. Inclusive com um mapa rascunhado dos lugares por onde eu iria passar. Eu queria encontrá-lo nas minhas anotações, mas ela me interrompeu.*

*— Não vamos precisar de cadernos e livros. O que me interessa é o que ficou na sua cabeça. Você esta confortável com sua trajetória e seus desafios?*

*— Sim, tia Ursula — embora tivesse respondido prontamente, eu sentia um frio na coluna ao imaginar os acontecimentos que já estavam destinados a mim.*

*— Muito bem, é isso mesmo. Lembre-se que a Profecia está prevista para se concretizar no milésimo ciclo, que é como o tempo é medido na Colônia.*

*— E como vou saber isso?*

*— Você não trilhará esse caminho sozinha. Você terá ajuda, Elizabeth. Embora, infelizmente, eu não possa revelar de onde, ou de quem, essa ajuda virá. Até mesmo os traidores serão de grande valia para você.*

*— Como? Isso é muito estranho.*

*— A vida é estranha e só os incautos não sabem disso.*

*Claro. Tia Ursula nunca facilitou nada para mim, não seria agora, no último dia do treinamento, que seria diferente.*

*— Mas há três pessoas, ou melhor, três Áuricos muito habilidosos, que eu devo destacar entre aqueles que estarão ao seu lado. Vou lhe explicar. Mas antes quero que a menina volte para a sua família.*

*— Ela não pode ficar comigo? — não olhei diretamente para Layla, mas me aproximei um pouco dela.*

— Não. Você sabe que não. Ela precisa ir imediatamente e tem alguém ali fora que vai levá-la em seu cavalo. Eu já o destaquei para isso.

— Mas os ciganos não vão até Emerald! Você sabe disso.

— Não se preocupe, já orientei Tarim para deixá-la no lugar onde você a encontrou. Ou pensa que eu não sei onde foi? Se ela chegou até lá sozinha, vai conseguir voltar até sua casa sozinha. Agora vá, menina! E seja esperta. Não repita os erros de Salem.

Layla não se abalou. Parecia que aceitava melhor tudo aquilo do que eu mesma. Simplesmente fez uma reverência para minha tia, veio até mim e me deu um abraço. Retribuí e coloquei seu rosto entre minhas mãos.

— Guarde essa semana no seu coração e na sua mente. Tudo que você aprendeu aqui será útil. Vamos continuar em contato e nosso ponto de encontro já está definido — falei sem pensar, mas logo busquei o rosto de minha tia para ver se ela concordava com aquela possibilidade. Ela apenas fez um pequeno movimento positivo com a cabeça, o que me aliviou. — Vamos nos encontrar lá todas as quintas-feiras, no mesmo horário, Layla.

A menina assentiu com a cabeça e saiu. O relincho do cavalo de Tarim e o início do trote foram a confirmação de que já tinham partido.

Voltei para a bancada onde estávamos tendo aula, tentando esconder minha insatisfação, mas era impossível enganar minha tia.

— Trate de se livrar da revolta. Em primeiro lugar, manter a menina seria um sequestro. Atrairia as pessoas que quero longe da minha propriedade. Em segundo lugar, Emily não aprovaria. Em terceiro lugar, eu já sei o que está destinado a Layla nesta vida. Precisa vivenciar muitas coisas e não será aqui. Não tente impedir que o destino de alguém se manifeste, Elizabeth! O sofrimento pavimenta a estrada que conduz nosso caminho. É muita arrogância sua querer evitá-lo. E agora, vamos retornar à sua última aula. Não sei quando voltarei, ou se voltarei. A partir de agora, eu tenho uma missão muito importante longe daqui. Onde estávamos, mesmo?

Era impressionante o poder que aquela mulher exercia sobre mim. E como a sabedoria dela me encantava e me amedrontava ao mesmo tempo.

— Você estava dizendo que eu teria ajuda...

— Sim, exatamente. Dorothy, uma Movedora; Gregor, um Influenciador, e Gonçalo, um autêntico Speedy. Eles serão seus Aliados e deverão auxiliá-la não só em atividades aqui na Terra, como na conexão com a Colônia.

— Se só Espíritos de Luz são autorizados a descer, então fico tranquila. Pelo menos nunca me deparei com um das Sombras.

— Eu também penso o mesmo, Elizabeth. É no que quero acreditar. Não que não haja lendas e histórias... Movedores perversos, Influenciadores capazes de soprar ideias em cabeças incautas... é por isso que gastamos tantas horas com treinamentos voltados à proteção e ao controle da mente. Além disso, espero que você tenha captado as lições sobre em quem você pode confiar.

— Só devo confiar em mim mesma – respondi, confiante.

— Exatamente. Nada de compartilhar todas as informações, nem mesmo para esses ajudantes que mencionei. Até porque é bem capaz que ficassem um tanto impressionados com o desfecho.

— Essas habilidades... você já comentou comigo que não são apenas essas, não é verdade?

— Claro que não. O universo é múltiplo demais e não se reduziria a tão pouco. Existem aqueles que podem controlar os elementos da natureza – fogo, terra, água e ar. Os que leem memórias de coisas inanimadas. Se houvesse um deles aqui, poderíamos saber tudo o que esse gramofone já "viu" ou "ouviu". E, lógico, há os Videntes, como eu.

— Um poder que todos gostariam de ter.

— Não se engane. É o mais difícil. E o mais sofrido também. Carrega uma responsabilidade atroz. Além disso, nós não podemos simplesmente escolher nossos "poderes". E não se engane. Se todos têm um preço, a Alquimia Universal é bastante justa ao distribuí-lo.

Nesse momento, ouvi um espoco. Um barulho de vidro se estilhaçando. Vinha da poção que estava esquecida no fogo por tempo a mais do que o previsto. A partir daí, tudo aconteceu muito rápido, mas, ao mesmo tempo, parecia ocorrer em câmera lenta, pois não perdi um detalhe sequer do que vi bem na minha frente. Eu me virei por impulso e o líquido, que atingia uma consistência viscosa em contato com *a temperatura mais baixa, se lançou ao ar, na altura dos olhos. Eu queria reparar meu erro e fui até aquela matéria amorfa, que se parecia com uma bolha de sabão, mas muito mais densa, para recolhê-la e a isolar adequadamente. Mas eu não poderia usar as mãos e, de forma destrambelhada, peguei o béquer que estava na bancada e o emborquei para que eu pudesse agarrar o material.*

*Minha tia gritou forte, ciente que eu tinha feito a pior escolha, pois, em contato com a superfície fria, os elementos mais uma vez se transformariam.*

*– Minerva, agora!*

*A raposa pulou sobre suas patas curtas e ágeis e disparou na minha direção, recebendo o impacto dos estilhaços do vidro. Frações de segundos e ela caiu no chão, inerte, e com um grande rombo no ventre, além de vários focos de sangue se misturando em sua pelagem. O cheiro de carne queimada preenchia o ambiente, enquanto eu me dava conta de que Minerva havia me salvado de sérios ferimentos e, quem sabe, da própria morte. Em vez de estar feliz por ter escapado ilesa, eu sentia o peso da culpa e da ineficiência. Eu havia falhado e colocara minha própria vida em risco.*

*Ofegante, tentava me recompor, mas já esperando a merecida repreenda de uma mestra que não admitia irresponsabilidades como aquela.*

*– Agradeça por esse momento – disse a mulher postada a minha frente, com uma calma no olhar e um grau de afetividade que muito me surpreendeu.*

*– Eu... eu sinto muito, tia...*

*Ela pousou suavemente o indicador nos lábios para que eu me calasse.*

*– Vários ensinamentos foram passados aqui. O primeiro deles é a fragilidade dos que habitam este solo. Todo o cuidado é pouco. O segundo é que o destino se impõe, seja como for. Você viveria, Minerva morreria e isso já estava escrito. O terceiro reforça o que eu já suspeitava. Você realmente deve manter contato com a menina.*

*– Layla? – perguntei cabisbaixa e envergonhada.*

*– Sim, desde que entrou nesta sala ela estava hipnotizada pela poção borbulhante. Você não notou que ela não tirava os olhos dali? Sua*

*intuição já pressentia algo. Esse é a força dos que têm acesso ao mundo paralelo. Ela terá grandes poderes. Você precisa ajudá-la.*

– Terei que lidar com a resistência dos pais dela. Mas vou fazer o meu melhor – *o sentimento de inferioridade não me abandonava, mas eu continuava respondendo, pois, ao mesmo tempo, sentia que minha tia realmente não estava brava comigo por conta da explosão e por eu ter causado a morte de Minerva. Ela parecia apenas estar dando continuidade à aula.*

– Os pais tendem a projetar nos filhos as suas próprias verdades e convicções e, com isso, acreditam que estão fazendo o melhor para eles. Não é à toa que não se produzem mais gênios como antigamente. Todos eles precisaram deixar o padrão para que pudessem criar coisas novas e extraordinárias.

– Não é fácil nos dias de hoje... eles são mais fortes.

– Eles? – perguntou ela, muito séria.

– Os conservadores, as normas sociais, os religiosos. Quem está no poder. Eles sempre conseguem abafar tudo.

– Querida, isso é apenas uma questão de ponto de vista. Se você visse três leões se aproximando de uma manada de búfalos, para caçá-los, quem você acha que sairia vitorioso?

– Os leões, claro – nem titubeei.

– Pois é. Mas isso só acontece porque, quando os leões conseguem atacar um búfalo, os outros fogem amedrontados. Mas imagine se a manada se juntasse para salvar a vítima? Os leões não teriam a menor chance.

– A verdade é que Layla deve expandir sua consciência, e você também. Minerva se sacrificou por você. O sacrifício é algo santo e por isso vou dar a ela as honras que merece – *minha tia pegou o animal e o envolveu com uma seda roxa que tirou da gaveta.*

– Eu sinto muito... não queria que...

– Elizabeth! Acabo de dizer que o sacrifício é algo santo. Esse era o destino de Minerva. Não se renda às emoções! Pare de falar "eu sinto muito".

– Você já sabia o destino dela?

– Já. Os Videntes podem escolher até onde querem ir e eu escolhi não apenas saber o futuro, mas também me responsabilizar por ele, o que teve um preço bem alto.

— Qual preço, tia? — no fundo, eu estava com medo da resposta.

— Para ver o que ia além da minha vida, eu tive de abdicar do meu próprio destino. Agora eu estou a serviço da Profecia.

Sem olhar para trás, tia Ursula caminhou em direção à saída, passando em frente a um espelho enferrujado, com borda ornada em bronze, que ficava fixado em uma das altas paredes de pedra. Mas nenhum reflexo se duplicou na fria superfície.

Foi nesse dia que descobri que tia Ursula havia se sacrificado pela Profecia.

Infelizmente, nunca mais a vi.

## Capítulo 54

Quando Hudson saiu para procurar Layla no bosque, os mais difusos pensamentos se misturavam em sua mente. Tudo aquilo que sempre quis afastar de sua vida retornara de forma avassaladora. Estava metido até o pescoço naquela aventura insólita, que agora teria de levar até o fim. Não era homem de abandonar uma batalha, e muito menos uma guerra.

Quando já estava aflito por não conseguir encontrar a misteriosa mulher dos longos cachos, a única que conseguira tocar seu coração depois da morte de sua esposa, ouviu um canto baixo, em um dialeto desconhecido:

*Jipii...Humyquipita... mana aliicunata*
*Shamy winanapa... ricamay y sharky*
*Aumi aumi puedinkin feliz cankipa*
*Aumi puedinkin... aumi manani*
*Paramansesu benderquita sharkasi*
*Y rurashun juk Goya shumaj waraipa*

Sentada sobre os joelhos, Layla retirava do solo algumas ervas, com cuidado, para que as finas ramificações das raízes não se separassem do caule. Depois as acondicionava em um pano estendido a seu lado. Hudson não queria interromper o trabalho, nem seu cântico incompreensível, e ficou ali parado por um bom tempo, até que ela o chamou.

– Quer me ajudar, ou vai ficar aí olhando?

— Que erva é essa?

— Verbena, também é conhecida como erva sagrada. Eu não tinha esperança de encontrar alguma por aqui. Mas os espíritos da floresta sempre acabam me surpreendendo.

— É, e fazem você se embrenhar demais no mato. Demorei um tempão para te achar.

— Ainda não se acostumou com meus sumiços? — ela estendeu a mão. — Chegue mais perto.

— Esse seu mundo, longe do palpável, dá muito trabalho. Traz muito sofrimento...

— Que é isso, homem... Eu nunca te fiz sofrer por causa disso, foi você que...

— New Orleans — a voz forte de Hudson interrompeu a argumentação da mulher. — Em New Orleans houve muita perseguição. Meu avô lidava com os mistérios da vida e da morte. E com o mal. Ele tirava o mal das pessoas.

— Então ele foi um Iniciado!

— Não, Layla, nada de inícios, apenas términos — a respiração de Hudson estava acelerada. — Ele foi perseguido, foi acusado de magia negra, e nunca mais conseguiu trabalhar nem se manter na sua cidade. Morreu na floresta, com fome e doente. Eu era pequeno, e senti muito a falta dele.

— Mas ninguém foi atrás dele?

— Meu pai. Foi até a cabana que ele improvisou na floresta e pediu que ele se retratasse publicamente. Que se convertesse ao cristianismo, e tudo ficaria bem. Mas meu avô não quis, negou-se a abrir mão daquilo em que acreditava. E meu pai proibiu que falássemos nele novamente. Nunca mais o vi.

— Então é por isso que você tem tanto medo...

— Minha família sofreu demais, Layla. O mundo oculto se esconde, mas nós ficamos com a carga... — Hudson abaixou a cabeça enquanto Layla se aproximava dele para um abraço, mas ele se desvencilhou.

— Você tem razão — ela o respeitou e não deu mais nenhum passo. — O oculto está nas profundezas. Mas não é para nos punir, é para que sejamos merecedores de descobri-lo.

— É muito cansativo. E doloroso.

— Hudson, me escute: temos uma guerra pela frente. E não estou exagerando. O que vai acontecer nos próximos dias não vai ser nada bonito de se ver — a mulher falava com uma seriedade tão grande que parecia transpor os sons da floresta. — Precisamos da sua força, da sua coragem. O que aconteceu com o seu avô não é novidade. É só lembrar da Santa Inquisição, da caça às bruxas na Europa e também em Salem, da dizimação dos índios e de seus rituais na América do Sul. São muitos casos. E se eles aconteceram foi justamente porque quem estava no poder nunca quis que as verdades secretas aparecessem. E que o homem se reconectasse aos seus mistérios.

— Tudo o que você fala parece mágico. Mas não sei se é pelo conteúdo ou se pelo que sinto por você.

— Nós não precisamos de romantismo agora. Precisamos de união, o que é muito diferente. Você já entendeu que não estamos sozinhos. Você teve provas dos Aliados. Agora preciso de você absolutamente seguro para a batalha. Preciso que eu e você sejamos um só!

O homem continuou retraído por um tempo, e na sua tela mental passavam todas as cenas que havia compartilhado com o avô. Suas palavras incompreensíveis, seus olhos que ficavam como espelhos vidrados por um tempo, o aroma acre da fumaça que enevoava seu quarto misterioso. Lembrou-se também de quanto amava aquele homem, e de quanto sentiu raiva por ter se afastado dele. Jamais imaginou que teria de lidar com os mesmos temas de novo. Jamais imaginou que conheceria Layla, Elizabeth e as desgraças da família Ross.

— Você tem razão. Estou com você em mais essa loucura. E saiba: não seremos só nós a nos unirmos. Nesta batalha, o espírito do meu avô estará conosco. É minha oportunidade de honrá-lo.

No meio da floresta, ao som das aves que buscavam alimento e proteção em árvores centenárias, uma verdade escondida veio à tona. Mas o que ficaria na memória daquele homem e daquela mulher seria o beijo longo e sincero que selou o compromisso que assumiram, de vida ou de morte...

Enquanto o perfume das verbenas que soprava do oeste do bosque envolvia o casal, Florence, Benjamin e Encrenca voltavam do lado leste com os gravetos para a lareira. Eles haviam conseguido sacos de sisal que estavam em um canto da cozinha e os encheram com tudo que puderam carregar. O caçula, exausto, foi correndo para junto da mãe. Cheia de orgulho pelo seu pequeno desbravador, Emily lavou as mãos arranhadas e sujas de terra do filho. Mas os dois maiores, que cada vez mais gostavam de ficar sozinhos, ainda mais se havia algo diferente para descobrir, esvaziaram os sacos e se puseram a caminho para encontrar mais lenha.

– Ué, não vamos por aqui? – Florence apontava a picada mais aberta, enquanto o amigo já ia andando para o outro lado.

– Pensei em explorarmos a área central. Deve ter bastante graveto ali – a postura dele era diferente e, como os mais velhos já haviam notado, o inevitável acontecia: Benjamin não era mais um menino.

Os dois caminharam por um bom tempo até chegarem a um local onde galhos que haviam caído durante o outono se acumulavam.

– Estão úmidos. Vai dar um trabalhão para secar – Florence buscava na pilha algo que servisse melhor aos propósitos.

– Nós deixamos ao lado do fogão por algum tempo. Vai dar certo.

– Não sei, talvez seja melhor entrarmos um pouco mais... Veja só, ali tem um caminho.

Os dois seguiram por uma picada que parecia um arco repleto de tons verdes ainda resistentes ao inverno. O chão também parecia mais regular do que o resto do bosque, inteiramente recoberto de folhas amarelecidas.

— Andar por aqui é bem mais tranquilo... Parece até que está sendo cuidado por alguém — Florence ia olhando o chão em busca de gravetos ou achas, mas sem encontrar nem um nem outro. — Vamos seguindo para ver se chegamos em algum lugar e... espere: o que é isso no chão?

— Parece... um brinco — antes de ter certeza, o objeto já estava nas mãos da menina. — E é mesmo, uma argola de prata, veja.

— Você vai levar com você?

— Não sei, e se alguém que perdeu vier buscar?

— Bom... — Benjamin parou e o olhou fixamente —, se alguém mora por aqui e ainda não apareceu, acho que temos mais com que nos preocupar, não é? Melhor voltarmos, mas... — o adolescente colocou no rosto um sorriso maroto — vamos ficar sem saber o que há no fim desta trilha.

— Benjamin, já está ficando tarde.

— Não, acho que não são nem quatro horas. Vamos! A gente dá uma olhada e volta rápido. Fique com esta lanterna.

A menina, meio relutante, concordou, mas, a cada barulho que parecia sair dos arbustos misteriosamente verdes do caminho, ambos davam passos um em direção ao outro, como se buscassem proteção.

Eles não se importavam nem um pouco com essa proximidade.

— Veja, uma casa! — Benjamin parou em um pulo.

— Não é uma casa. Parece... a frente de uma casa.

De fato, o que ali estava não era uma construção, mas, sim, uma das paredes daquilo que poderia ter sido um casebre um dia. Eles se aproximaram e notaram duas árvores imensas, de tronco regular, dispostas lado a lado da porta, como se fossem leões de chácara, as guardiãs daquela clareira no meio do bosque.

— Benja, tem certeza que vamos fuçar nisso?

— Tenho certeza absoluta — as palavras combinavam com seu andar resoluto até o local.

Ambos se aproximaram da parede, que, se não estivesse tão destruída, pareceria algum cenário de cinema. A pintura estava coberta de limo, e manchas escuras e pedaços de madeira indicavam o que um dia deveria ter sido uma janela. Até ali, não havia nada de diferente, a não ser uma ruína no meio do bosque. Benjamin olhou para o céu, que parecia bem mais escuro do que há alguns minutos. Mas, em vez de se preocupar, resolveu explorar um pouco mais o ambiente.

– Engraçado... Aqui o chão também está "limpo", e, se eu não estou enganado, aquilo ali é o resto de uma fogueira...

– É verdade... – Florence, também curiosa, estava prestes a se aproximar quando ouviu um som. – O que foi isso, Benja? – Florence pulou para trás.

– Não sei... Parecia o som de um... cavalo?!

– Foi o que pensei. Um relincho!

– Mas não é possível! Um cavalo no meio do bosque. Deve ser outro animal... Um animal selvagem.

– Pior ainda! E agora? – ela continuou andando para se afastar um pouco do bosque até chegar perto das duas árvores, como se elas pudessem oferecer algum tipo de proteção. Circundou-as sentindo a textura lisa e agradável que tinham. Não demorou para dar um grito.

– Você já veio aqui!

– O quê? Está maluca? Como assim "já veio aqui"?

– Olhe isso!

O menino levantou-se bruscamente e deu um tropeção, mas mesmo desequilibrado chegou até a amiga, que indicou a parte de trás dos imensos troncos. Em cada um, havia um nome escavado: Ursula em um e Benjamin no outro. Dessa vez foram seus olhos que quase saíram da órbita.

– Benjamin, como seu nome foi parar aí?

– E eu sei? – ele passava a mão no relevo dos escritos e buscava alguma resposta. Mas encontrou ainda mais enigmas quando puxou algumas folhagens que subiam pelo tronco. – E tem uns números aqui! Trinta e doze.

– Um código? – a dúvida permaneceu por alguns segundos, enquanto a noite dava os primeiros sinais de sua chegada.

— Florence, isso é uma data! – o tom da descoberta era de preocupação. Hoje é dia 29 de dezembro. Essa é a data de amanhã!

— E o que mais tem aí do lado dos números? Tira mais as folhas. Parece um "X".

— Não, não é um "X". É uma cruz.

— Não quero ver mais nada! Já estamos atrasados para voltar! – o impacto das inscrições finalmente o afetou.

Mas Florence parecia destinada a fazer as descobertas daquele dia e viu no chão, atrás das árvores, o relevo em forma retangular. Espalhou com o pé as folhas e a terra e encontrou mais um nome, dessa vez gravado em letras góticas, como só se vê em igrejas e cemitérios. Leu vagarosamente em voz alta.

— Dor...othy... Wan...der...wall!

— Dorothy?! – a cada fonema pronunciado ia crescendo o espanto dos dois.

— Benjamin, é um túmulo! Como o da minha mãe. Vamos sair daqui.

Nessa hora, o mesmo relincho, mas mais vibrante, soou mais perto.

— Vamos, agora!

Os dois pegaram o mesmo caminho pelo qual tinham vindo e, antes de chegarem em casa, ofegantes, prometeram um ao outro não contar nada a ninguém sobre o ocorrido. Pelo menos, não até descobrirem o que significava tudo aquilo.

Atrás deles, protegendo-os de qualquer perigo da floresta, estava ninguém menos que a própria Dorothy Wanderwall com sua carga de *enits* já recuperada e absolutamente segura de que os meninos não corriam nenhum perigo. Ela tinha sido enterrada ali por Ursula, com a ajuda dos ciganos, que forjaram sua placa fúnebre. Os números, por sua vez, vieram muito tempo depois: ela já não estava em seu corpo quando Ursula e Gertrude gravaram a data que mudaria por completo o destino daquelas pessoas.

# Capítulo 55

Os reforços chegavam de três frentes diferentes naquela noite sem lua. Um grupo descera do ônibus no quinto ponto da estrada para em seguida se embrenhar no bosque seguindo um mapa antigo. Outro deixou seus veículos caindo aos pedaços no campo de trigo, para fazer o mesmo percurso que Arianna e Helga Grensold tinham feito tantas vezes a pé pela estrada de terra. Finalmente, chegaram aqueles que vieram em carros luxuosos. Pegaram a estrada de chão batido que cruzava o bosque e os conduziria até bem perto da cerca que rodeava o gramado descuidado e lamacento da casa do lago. Apenas os dois chefes de polícia, os mesmos que sucessivamente arquivavam as buscas pelos adolescentes raptados, já estavam no local desde o começo da tarde. Eles sempre tinham boas orientações de como eliminar vestígios e não produzir provas.

O que tornava o grupo coeso era a túnica preta que cobria a cabeça e o corpo de cada um. O manto sombrio que lhes fora entregue no dia em que fizeram sua escolha definitiva, deixando de ser Rumados para se transformarem em Seres das Sombras. Mas, além da vestimenta que os fazia pertencer ao mesmo secto, todos tinham de executar no mínimo uma prova de força e coragem para merecer a honraria de participar de uma Roda de Fogo. O açougueiro e Tony Tire haviam realizado tal feito no dia em que, segundo eles, tinham matado Elizabeth Tate. Graça Miller, uma das que chegaram pela estrada de terra, dera sua prova de coragem em inúmeras ocasiões, ao abafar os assassinatos e os roubos cometidos pelo novo exército formado por Arianna e Grensold, e ao manipular todos os dias as informações no *EspareNews*.

A cada batida na porta carcomida do abatedouro, mais mantos negros se juntavam ao círculo marcado no chão de terra, com lugares predeterminados. Nenhum deles sabia no entanto que, enterrado no centro, rodeado de velas pretas, estava o Bracelete de Tonåring. Por sete anos, fora sendo forjado aquele amuleto com o sangue de adolescentes e pelo fogo de rituais cujas datas eram definidas após intrincados cálculos feitos por Morloch.

A última a entrar naquele templo obscuro antes de Morloch foi a herdeira da propriedade. Coberta da cabeça aos pés por sua capa, mal se podia enxergar seu belo rosto escondido no capuz. Solene, ela se colocou no centro da roda e acendeu uma a uma as velas a seu redor. Proferiu então um discurso contundente:

> *No centro deste círculo há uma força que nem a mais fértil das mentes aqui presentes pode imaginar o poder. Um poder que se iguala ao despertar de vulcões adormecidos há milênios, que rebate os ventos das piores tempestades, que emula as correntes profundas dos maremotos e os sismos terrestres. Uma força que só é permitida a quem atinge o mais alto mérito da Ordem das Sombras. No metal forjado com terra, fogo e sangue, reside o mistério do desconhecido, e o poder que se faz presente agora...*

O discurso foi interrompido pela entrada de Morloch. Sua capa feita de andrajos destoava das demais e ao mesmo tempo legitimava sua posição de sacerdote daquela legião de criaturas sombrias. Era o mais repugnante dos seres que já tinham visto na vida, mas, inexplicavelmente, sentiam-se como que alimentados com a carga de energia que emanava daquela figura e fazia deles membros da mesma irmandade do mal. O círculo formado pelos Seres das Sombras se curvou diante de Morloch. Arianna sorriu para o mestre.

> *... o poder que se faz presente agora só foi possível pelos esforços do nosso mestre Morloch. Aquele que possibilitou a formação do nosso exército – ainda pequeno, se compararmos aos que têm se formado nas outras*

*regiões da Inglaterra, da Europa, dos países da América. Mas, a partir de hoje, contaremos com um reforço extraordinário: o poder do Bracelete de Tonåring, forjado com uma liga de metais nobres e raros e curado com o sangue puro dos jovens, os únicos seres dotados do poder da transformação da energia vital em sombra perene.*

Nesse exato momento, Grensold entrou com os três adolescentes pálidos, mais turbados do que nunca, vestidos com roupas escuras recém-confeccionadas para eles. Os dois meninos tinham os braços descobertos, repletos das picadas das agulhas que retiravam o seu sangue periodicamente. Os cabelos emaranhados de Sally caíam sobre seu rosto, mas ainda assim ela podia ver um par de olhos de um negro profundo direcionados a ela. Os olhos da mulher que conduzia aquele ritual.

*Sob a terra, exatamente neste centro, repousa o bracelete que irá conferir a mim, Arianna King, por meus próprios méritos, o poder supremo das Sombras.*

*Estes jovens se sacrificaram pela fabricação do bracelete, e por isso terão uma morte digna, no centro do nosso Círculo de Fogo, após fazerem uma última doação. Mas também é imprescindível a cortina de energia negra formada por cada um de vocês, membros desta ordem. A entrega do bracelete tem que ser feita em um ambiente de pura energia negra. Assim, além do poder de transformação possibilitado pelo sangue deles, vocês, meus queridos Decaídos, serão esse escudo inquebrantável para que nosso círculo se fortaleça e não receba nenhuma interferência externa.*

*Vocês serão testemunhas deste momento. Hoje, essa preciosidade, como é de direito, voltará ao meu braço esquerdo, o mesmo em que pulsa a energia sombria por todo o meu corpo, aquele que transmuta o sangue e me inunda de poder. Depois disso, como prometido, nosso exército estará em condições de conquistar o mundo. E aqueles que atrapalharem nosso caminho serão destruídos.*

*Que este momento seja o marco de uma nova fase na nossa existência sobre a Terra e sob ela. Que jamais seja apagado de suas memórias e que seja lembrado por seus descendentes. Que, a partir de hoje, as brumas do eclipse sejam mais veneradas que a claridade do sol.*

– Que belo discurso, Arianna! Quanto talento! – Morloch, com uma voz rouca que parecia se desfazer na mesma proporção que seu corpo decrépito, aproximou-se de uma tocha que estava pousada em um suporte de metal e a agarrou. – Quem sabe você não se torna embaixadora de nosso pequeno império? Mas agora vamos acender o fogo e concluir logo essa forja.

– Como eu aguardei por este momento, Morloch! Parece que esperei uma vida. Assim que eu estiver religada a meu bracelete, darei o troco àqueles hipócritas que tentaram me destruir.

Conforme conclamado por Arianna, o cerco dos Seres das Sombras se fechou e a tocha nas mãos de Morloch levou o fogo até os símbolos impressos na terra, formando uma serpente rastejante composta por faíscas. Depois, com a ajuda de uma espátula de madeira, foi retirada da terra a pulseira de metal ainda quente que, ao primeiro contato com a pele de Arianna, agarrou seu braço como se pertencesse a ela desde sempre. A mulher ficou imóvel por um período de tempo considerável, não se sabe se por prostração ou se por êxtase, até, finalmente, ressurgir em seu novo estado.

Dentro do círculo, dois dos três corpos magros foram destroçados por um ser disforme, de grandes proporções, dono de uma força bestial. Sally, inconsciente, não se deu conta de que havia sido poupada. Do lado de fora, apenas uma figura curvada, muito magra e um tanto perplexa, observava a terrível cena. Uma cena muito próxima da ideia que fazia do inferno.

---

Naquela manhã, a cidade de Emerald ficou em alerta. Os poucos habitantes, já normalmente desconfiados, não entendiam por que aqueles homens de meia-idade, usando antigas roupas de guerra, estavam vindo de todas as partes. Eram dezenas deles, e surgiam pela estrada em carros de passeio e também no único ônibus que chegava até a região. O dono do posto, feliz com o movimento, resolveu perder a carranca e ajudar aqueles homens a alcançar a propriedade da velha Ursula Tate, mas não sem cobrar uma pequena taxa como guia. Tirou a lona empoeirada que cobria sua antiga caminhonete e os acompanhou até a entrada de terra na vicinal.

A movimentação na cidade foi tanta que ninguém notou uma moto conduzida por um rapaz franzino, vestindo uma jaqueta de couro. Ele era o único que tinha um mapa. Havia lhe sido entregue muitos anos antes, quando Elizabeth dera de presente a seu jovem pupilo algumas relíquias de seu tempo de aprendiz.

Na casa no meio do bosque e seus arredores, a balbúrdia se instaurou. As dezenas de correligionários que chegavam já tinham recebido as orientações de Elizabeth, e agora começavam a cavar trincheiras em volta do casarão. E a colocar sacos de areia e de entulho formando barreiras de proteção. Tanto a filha, Emily, como Jasper, o soldado, e até mesmo a amiga Layla acharam aquela cena um pouco exagerada, mas a confiança de Elizabeth era tanta que eles passaram a ajudar nos trabalhos. Nem perceberam quando a líder do grupo, em meio àquela agitação, retirou-se para um dos quartos, junto de seu neto Encrenca. Era preciso incluí-lo rapidamente no Pacto de Energia para que pudesse ver os Áuricos durante a batalha sem causar nenhum dano aos parentes vivos de Dorothy e Gonçalo. Estava ciente de que era sua permissão única, mas considerou que o momento chegara. Todos na batalha se transformariam em atentos soldados, e isso incluía o caçula dos Ross. Para ele, as frases estranhas da avó pareciam uma brincadeira. Não imaginou que estava sendo escolhido para estar no centro do círculo de proteção dos Aliados.

Ao final do ritual, a matriarca abraçou o neto, fechando os olhos para que o momento se eternizasse em sua memória. Depois, desceu resoluta as escadas, reassumindo seu papel de líder.

– Hudson, espero que tenha pedido para seus amigos trazerem as armas.

— Bem, alguns deles ainda tinham suas pistolas guardadas na gaveta, mas não vá esperando uma artilharia. É um exército pequeno e destreinado.

— É um exército acostumado a um lombo de porco com muita cerveja no fim de semana, isso sim — Ross trouxe sua costumeira acidez, mas no fundo via na face madura daquela infantaria o prenúncio de uma tragédia iminente, como a que ceifara a vida de seu irmão, Richard.

— Ross, por favor, vá treinar com Hudson. Você já nos deu mostras de que continua com a mesma destreza de atirador de elite que tinha antes. E pode se aperfeiçoar ainda mais – na liderança, Elizabeth tentava animar até o mais difícil dos soldados.

— Você é uma maluca, Elizabeth. Não percebe que esses homens não estão prontos para guerra nenhuma?

— Estou vendo um exército que veio em auxílio de seus companheiros. E essa força, meu caro genro, é muito rara.

— Não seja poética. Isso me irrita.

— Não seja insubordinado. Eu estou no comando. E mandei você ir treinar com Hudson.

Dito isso, a líder se retirou para instruir Layla. Ross teve de admitir para si mesmo a vocação daquela mulher para organizar as equipes de trabalho. Ela era uma tenente nata.

Minutos depois, Elizabeth entrou na casa e viu Layla sentada à mesa, com seu pano de gaze aberto repleto de ervas e de algumas unidades de uma espécie de canudo.

— Nossa! Vejo que você se divertiu em sua caça às ervas na floresta. E o que é isso?

— Achei que essas zarabatanas poderiam ser úteis. Qualquer índio prefere uma dessas a um revólver.

— E o veneno? O que você coloca na ponta?

— Achei urtiga viperina perto da mina d'água.

— Sério? Isso pode fazer sua mão gangrenar em minutos!

— Sei lidar com isso, Elizabeth, está tudo sob controle. Veja, estou inteira! Além do que, é a única arma que sei usar — Layla olhou com orgulho para o material que tinha a sua frente. – Mas, mudando de assunto, onde estão os Aliados?

– Pela floresta, se reenergizando. Só Dorothy apareceu ontem à tarde, mas misteriosamente saiu como um relâmpago dizendo que precisaria voltar ao bosque para receber uma carga extra de *enits*.

– Que esquisito... Mas você acha que teremos a batalha mesmo, não é?

– Eu tenho certeza.

– Vejo Ross e Emily conversando pelos cantos. Eles ainda consideram a possibilidade de fugir. Jasper usa as crianças como argumento.

– Só o que eu sei é que ele está treinando tiro neste momento, como um soldado fiel. Vou contar com essa possibilidade. E apenas essa.

A expressão de Elizabeth estava firme. Tão confiante que era impossível discordar de suas palavras.

– Certo... Até mesmo porque você parece ter visita.

– Frank! Até que enfim!

Havia alguns minutos que o rapaz estava parado ao lado da porta. Esgueirou-se sem ser visto por ninguém e apenas esperava pela atenção de sua benfeitora. Esboçou um sorriso quando ela falou seu nome.

– Bem, parece que já se conhecem.

– Claro que sim! Layla, esse é Frank. Já te falei sobre ele, meu fiel amigo de Herald House. Frank, essa é...

– Layla! Você já me falou dela.

– Prazer, Frank, Elizabeth também me falou muito de você. Agora tenho que subir para preparar meu embornal. As zarabatanas precisam de um lugar adequado. Vou deixar vocês conversarem em paz.

A mulher foi até o ouvido da amiga e sussurrou:

– Não tem vergonha de colocar mais um jovem em risco?

– Não se preocupe. Está tudo de acordo com a ordem das coisas.

— Às vezes tenho medo do seu conceito de ordem...

Layla saiu em direção às escadas e Elizabeth pegou na mão do rapaz e o colocou sentado a seu lado no canapé de madeira.

— Ora, ora, se não é o grande Frank!

— Elizabeth... eu fiquei sabendo... da fuga da prisão.

— Ah, meu amigo, isso é passado. Agora tudo vai ser diferente... Mas me conte de você. Não parece estar muito bem...

— É... as coisas não têm sido fáceis. O meu pai foi preso de novo, e Doris está pensando em interromper o programa. O senhorio pediu a casa onde estou morando. Mas o pior não é nada disso.

— Lucille?

— Lucille. Ela não apareceu mais. Desde muito antes do Natal que não a vejo.

— Você sabe que pertencem a dimensões diferentes, não é?

— Claro, eu sei... Mas isso não quer dizer que ela possa me abandonar a seu bel-prazer. Nós já tínhamos decidido que nada ia nos impedir de ficarmos juntos. Mas nos últimos tempos ela só falava no pai, sentia muita culpa... se julgava uma assassina... E ela simplesmente se esqueceu de mim. Acho tudo isso muito injusto!

— Há leis que não foram criadas por nós, meu querido. Temos que aceitar.

— Eu não aceito! Lucille era a única coisa que valia a pena para mim. Eu não tenho mais nada.

— Respire, meu amigo, respire fundo. Você ainda vai compreender, e as coisas vão melhorar...

— Como? Me diga, como?

— Fique aqui comigo. Você vai saber o momento. Você vai ser um dos heróis desta batalha. E o seu prêmio vai ser o melhor de todos.

— Qual?

— O encontro com Lucille.

Como há muito não se via naquele rosto, um sorriso se construiu aos poucos, até ficar bem aberto, revelando os dentes perfeitos de Frank. Ele permaneceria nesse estado por mais tempo se dois homens, um deles com quase dois metros de altura, não entrassem correndo na sala.

Atrás deles vieram vários soldados. Layla apareceu novamente no topo da escada e Emily na porta da cozinha.

– Ouvimos relinchos vindos do bosque.

– Vocês viram alguém?

– Não, apenas ouvimos os sons... – Hudson fazia um gesto com as mãos como que materializando o que tinha escutado.

– Não se preocupem. Está tudo bem.

– O que lhe dá tanta certeza disso, Elizabeth? – Ross desafiou a chefe, encarando-a.

– Porque eu sou local. Conheço bem a região. Conheço bem as leis daqui. Além do mais, sei perfeitamente quando eles vão chegar – a fala pausada e monocórdica, o olhar turvo e a postura ereta de Elizabeth, ainda sentada ao lado de Frank, davam-lhe um ar de esfinge de Gizé. – Posso quase dizer o horário preciso, em minutos, em segundos.

– Quando? Quando eles vão chegar? – Jasper Ross estava aflito com aquela certeza.

– Nesta noite. E estaremos prontos para vencê-los.

Num movimento sucinto e contínuo, cada um foi se retirando e voltando a seus postos. A luz do meio-dia trazia claridade pelas janelas e era possível ver três figuras juvenis brincando com um cachorro lá fora. Ainda assim, as nuvens carregadas que passavam sobre Emerald pareciam um prenúncio. A noite chegaria em breve e, com ela, o exército de Arianna.

## Capítulo 56

O dia havia sido intenso. Todos estavam exaustos dos preparativos bélicos contra algo ainda sem forma. Na sala, o clima de tensão contrastava com a bolinha de borracha que Encrenca batia na parede, com um certo ritmo. Benjamin estava hipnotizado por aquele objeto que ia e voltava para as mãos do irmão. Tinha uma vaga lembrança de que aquela tinha sido uma das únicas brincadeiras que conseguira emplacar com sua prima Isabella quando era viva.

Ao fundo, a voz da avó preenchia o ambiente.

– Hudson e Emily ficarão responsáveis pela proteção das crianças.

– Nós sabemos nos proteger, vó – Benjamin levantou a voz, surpreendendo os presentes.

– Sim, inclusive já preparei isso para você, cara de pinguim – a mulher estendeu uma sacola de pano para o neto. – São frutas, castanhas e a receita das bombas de semente.

– Pare de me chamar assim, você sabe que não gosto – a postura de Benjamin era de poucos amigos. – E tem mais: não sei o que fazer com isso.

– Você vai lembrar, tenho certeza.

As sobrancelhas em cima dos imensos olhos verdes do menino se franziram. Realmente aquele nome era familiar. Remetia aos bons tempos de experiências na casa da avó.

– Frank, Layla e Gregor – continuou Elizabeth –, vocês darão suporte a toda a equipe, inclusive fazendo rondas pelo bosque. Dorothy também deverá seguir para lá assim que possível e organizará os ataques-surpresa de nosso exército. Dorothy, para os que não podem vê-la, é uma Movedora que, depois de alguns anos de treinamento pesado, é capaz de usar sua energia para mover objetos a distância. Mas não apenas isso. Ela pode arremessá-los também. Por isso será a responsável por nossa artilharia.

O desconforto se instituía entre aqueles que ainda tinham resistência contra aquela situação inusitada. Ross, Hudson, e mesmo Emily, se entreolhavam sempre que o assunto se referia aos Aliados.

– Por enquanto, como vocês perceberam, há um Legítimo em cada grupo. Layla na floresta e Encrenca em casa. Apenas Ross ficará sozinho. Vai coordenar os soldados.

– E você, Elizabeth? O que vai fazer? – embora lisonjeado pela confiança, Jasper não perdeu o tom desafiador.

– Eu vou ser a isca! Sei que Arianna não vai pensar em outra coisa até me destruir.

– Mãe, fale baixo. As crianças estão na sala! – Emily reagiu imediatamente. – E eu... eu não quero que ela te destrua.

– Não se preocupe, já estou preparando meus reforços desde que cheguei aqui. Tenho Gonçalo para me manter informada de tudo. Ele será o responsável pela comunicação dos grupos. E tenho minhas armas também – ao indicar a mesa repleta de plantas, alguns vidros e livros antigos vindos do baú, Elizabeth pareceu especialmente encantada com um fruto que mais parecia um cacho de olhos.

– A Erva dos Mil Olhos! – Layla lembrou-se dos efeitos daquela planta poderosa, e como seu descuido ao tocá-la fez com que se visse em uma diminuta gaiola, presa como um animal selvagem.

Todos pareciam se dar conta do tamanho de suas responsabilidades quando a líder deu a última instrução.

– E não se esqueçam de Morloch.

– O zumbi? – Hudson se antecipou.

– Ele mesmo. Como Layla nos disse, ele é um Influenciador.

– Não deixem que ele olhe nos olhos de vocês em hipótese alguma – sua discípula dileta completou a informação.

Encrenca desconcentrou-se e a bolinha de borracha quicou da parede para o teto e de lá para fora, por uma janela quebrada. Quando foi buscá-la, voltou correndo com a novidade.

– Mamãe, acho que mais amigos chegaram. Tem uma moça vindo lá na estrada.

Por entre a névoa, três figuras com longas capas surgiram. A que mais chamou a atenção do menino foi a do meio, que usava um chapéu em forma de lemniscata, parecido com os que ele já tinha visto em livros de histórias.

– Não estamos esperando mais nenhum amigo – Elizabeth correu para a janela para confirmar o que já sabia. – Chegou a hora. São eles!

Todos se aproximaram da vidraça e viram que do lado direito da figura altiva de Arianna estava a traidora Helga Grensold e, do esquerdo, um ser repugnante que, pelas características, só poderia ser Morloch.

– Rápido, preparem-se para assumir seus postos – a líder deu o comando enquanto via as outras fileiras de homens e mulheres encapuzados que iluminavam a escuridão do bosque com tochas.

Acostumado com a dinâmica de guerra, Ross não hesitou em sair e dar ordem de ataque para seus homens. Hudson subiu com as crianças e com Emily para o segundo andar, enquanto Layla e Frank se esgueiravam pela porta dos fundos. Elizabeth os seguiu, mas, antes de correr para a colina, que começava nos fundos da propriedade, fez uma parada estratégica na lateral da casa, postando-se ao lado de uma barricada.

Os soldados entrincheirados começaram a atirar. E, quanto mais rápido renovavam a munição, mais se espantavam que suas balas caíam antes de atingir o inimigo. Um escudo invisível parecia brecá-las, e as faíscas desse impacto iluminavam as caras de ódio dos invasores, que avançavam determinados.

Na barricada, apenas trinta homens usavam todas as técnicas de guerra que haviam aprendido no duro treinamento militar, décadas antes. Outros dez soldados, com experiência em busca e rastreamento, espalharam-se ao redor da orla do bosque, nas poucas trincheiras que conseguiram fazer na véspera.

Morloch via naquele ataque a oportunidade de avaliar em ação a força de seu exército de Recrutados. Desejava que os melhores morressem, para compor tropas eficientes na Colônia. Mas não sem que antes lutassem e vencessem aquela batalha, praticamente ganha. Era também a hora certa de testar a competência e a fidelidade de suas duas comandadas. Para acompanhar tudo, precisava encontrar um lugar alto o suficiente, de onde pudesse seguir todos os movimentos. Um lugar isolado onde o corpo decaído do reverendo Roundrup ficasse protegido.

O exército das Sombras fora bem treinado e seguia as indicações de avançar. Arianna, ao contrário de seus comparsas, não estava preocupada em destruir o pequeno contingente que protegia a casa. Seu alvo era outro. Quando viu a figura roliça perto da barricada como que impressa na névoa da noite, deliciou-se com a ideia de poder eliminá-la em primeiro lugar e com facilidade.

Estava orgulhosa de ter recrutado mais de cinquenta pessoas. Eram dezenas de Decaídos que continuavam profundamente comprometidos com o exército das Sombras. Tal fidelidade estava condicionada às recompensas, mais que às convicções dos Recrutados. Mas, ainda assim, era efetiva.

Arianna chamou dois dos melhores homens para dar cobertura enquanto ela deixava o campo magnético protetor e, aproveitando a neblina perto das árvores, se direcionava para a diagonal da casa.

Em uma rápida trégua da artilharia de ambos os lados, um dos soldados de Elizabeth se espantou com a figura da bela mulher e se aproximou com o rifle engatilhado. Mas não teve tempo de acionar o gatilho. Uma esfera de metal, que a princípio pareceu uma granada, foi lançada sobre ele. Em vez do impacto de uma explosão, sentiu seu corpo afundar abaixo da linha do solo. Foram poucos segundos até o sangue do incauto soldado regar a terra fria de Emerald.

Os ex-combatentes de St. Régis não sabiam lidar com as armas de energia do exército de Arianna. Além dos Orbes, as bolas de não matéria atravessavam o campo de batalha, deixando um rastro negro na bruma. Saíam de um tubo cinza-escuro carregado nos ombros por dois homens. Quando atingiam o solo, formavam crateras que levantavam poeira e fumaça. Os estilhaços da bola, que parecia um buraco-negro em miniatura, flutuavam no ar e cortavam a carne humana, ou de qualquer outro ser com sangue quente. A morte era praticamente instantânea.

Ross não se desesperou com sua primeira baixa; ao contrário, ordenou outra saraivada de balas. Mas, mais uma vez, comprovou que não surtiam efeito nenhum. Era necessário mudar de estratégia o quanto antes, mesmo sem ter a menor ideia de como iriam proceder.

Ao olhar para o canto da construção, espantou-se ao perceber que sua sogra estava ali, exposta ao perigo. Pela primeira vez considerou perguntar a ela como seria possível destruir um escudo invisível. E não demorou meio segundo para avistar a figura de Arianna se aproximando dela felinamente.

– Elizabeth! Cuidado!

A mulher, com seu enorme chapéu, desviou o olhar para ele por um instante. Foi tempo suficiente para ambos perceberem que a capitã Tate não estava mais lá. Era como se tivesse evaporado na névoa.

Agora Jasper tinha dois problemas: o exército inimigo protegido por algo sobrenatural e a cunhada vindo em sua direção, escoltada por capangas.

Ao comando dela, um guarda-costas avançou no soldado que protegia a barricada no canto direito da casa, a cerca de cinco metros de onde Jasper estava, e começou a enforcá-lo.

– Ross, onde está aquela velha maldita? – a voz potente de Arianna atravessou a noite. – Não tente acobertá-la.

Naquele local, no canto da casa, encobertos pela própria muralha que construíram, nem Ross, nem o homem aprisionado eram vistos pelos colegas.

— Não me mate, não me mate! Eu sei... eu sei onde a velha está! — a voz do soldado estava esganiçada devido à pressão na garganta.

— Então fale logo — o Recrutado se pronunciou —, antes que seus ossos virem pó.

Ross rangeu os dentes. Era preciso uma atitude drástica e ele não hesitaria em tomá-la.

— Onde ela está, seu idiota? — Arianna aproximou o rosto perfeito dos olhos do refém. — É sua última chance.

— Ela... ela foi para a colina — mal conseguindo respirar, o homem apontou para os fundos da casa.

Ross fuzilou o soldado com o olhar. Uma traição na guerra era algo inadmissível para ele. De pronto, levantou a voz em direção a seu exército.

— Homens, protejam-se na barricada e virem a artilharia. Agora o alvo está a nossa esquerda!

Arianna percebeu o indefectível som de armas sendo preparadas. Foi a deixa para que ela voltasse à segurança das árvores cobertas de neblina e, depois, retornasse ao escudo magnético, margeando as árvores. Em muito breve, iria até a colina.

O Decaído ainda segurava o soldado a sua frente como um escudo, evitando que atirassem nele. Dava passos para trás e, à medida que caminhava, mais o pescoço do refém apertava. A ideia era matá-lo assim que conseguisse chegar à linha do bosque, onde, assim como Arianna, tomaria o atalho para voltar à proteção magnética, que envolvia o exército das Sombras no centro do gramado.

O recruta do Mal só não contava com uma habilidade específica do homem que estava observando cada um de seus passos. O estampido rompeu o breve momento de silêncio que se formou no campo de batalha. Um único e preciso tiro dado pelo ex-tenente Jasper Ross derrubou o inimigo e libertou o soldado, que voltou correndo em direção à barricada.

— Você não tem vergonha? Receberá o que merece! — Jasper ameaçou o soldado George.

– Vergonha nenhuma, Ross. Foi Elizabeth que me mandou esperar ali. E também que eu dissesse onde ela estava para o primeiro inimigo que aparecesse. Ela confiou a mim essa função de alto risco, e eu aceitei. Se pensa que sou um traidor, você realmente não me conhece.

A cerca de uma milha dali, no alto da colina, Elizabeth tirava de seus dedos, cuidadosamente, vestígios do Pó de Projeção. Era uma técnica antiga, feita até por prestidigitadores iniciantes para construir uma imagem falsa de si mesmos. Era a vantagem de conhecer algo sobre magia em tempos onde todos só pensavam em inúteis racionalidades.

---

No segundo andar da casa, Hudson, Emily e as três crianças haviam se agrupado em um dos quartos. Apenas se entreolhavam, sem trocar nenhuma palavra. Os móveis trepidavam com os fortes impactos vindos de fora. Tinham a impressão de que a casa ia desabar a qualquer instante. O espelho enferrujado fixado na parede tremia reproduzindo borrões daquele ambiente caótico.

Florence e Benjamin estenderam um pano no chão sobre o qual preparavam Bombas de Sementes. Seguindo as indicações expressas no papelzinho entregue junto com a sacola, as mãos trabalhavam rápido e, com a divisão de tarefas, os pequenos pacotinhos logo eram montados, unindo pólvora, sementes de árvores e um líquido alquímico composto de ingredientes secretos. Marlon Brando tentava se aproximar, mas os aromas eram fortes demais para seu faro sensível.

Encrenca e Emily lançavam olhares desconfiados ao casal de adolescentes, mas por motivos diferentes. O caçula tinha ciúmes por não poder participar do processo, enquanto a mãe de Benjamin jamais imaginara que um dia permitiria que ele confeccionasse bombas. Mas aquele não era um dia comum. Sua família estava envolvida em uma guerra, e sua maior preocupação estava voltada para um outro Ross, aquele que lutava na linha de frente, impedindo que o exército inimigo alcançasse a casa. Largada na poltrona, paralisada pelo medo e pela impotência, Emily sentia que o marido estava em desvantagem. Achava que deveria fazer algo para ajudá-lo. Levantou-se e caminhou em direção à janela, mas a voz pesada de Hudson a fez estancar.

– Emily! O que você está fazendo?

– Preciso ver como Jasper está.

– Não! Você precisa ficar viva agora, e proteger seus filhos. Não devemos nos aproximar das janelas, lembra-se? Há um "Convencedor" na tropa inimiga.

– É um Influenciador, tio Hudson – Benjamin, embora concentrado no corte das sementes, não pôde deixar de corrigi-lo.

– Que seja! Não importa o nome.

– Eu quero muito saber do meu marido... – Emily continuava andando em direção à janela.

– Volte agora, Emily. Eu estou no comando aqui dentro da casa. Estamos em guerra! – a voz forte de Hudson, proferida de uma forma nunca antes ouvida por nenhum dos membros da família Ross, fez efeito.

– Está bem, general – a mulher voltou para seu lugar, mas antes se surpreendeu com sua própria imagem refletida no espelho velho, que vibrava com os sons dos tiros e das bombas. Sentia-se cadavérica, abatida. Uma derrotada em uma guerra inglória. A imagem da caixa d'água, coberta pela neblina, formava o fundo perfeito para o quadro gótico protagonizado por ela.

– Ross vai ficar bem, minha amiga. Esse homem é de ferro – o americano voltou a suavizar a voz.

Ela permaneceu por mais um tempo recostada na poltrona, momentaneamente tranquilizada pelas palavras de Hudson. Ao mesmo tempo, começou a alongar o pescoço e a esfregar as mãos como se algo a estivesse incomodando. Olhava de uma forma atônita para o ambiente e respirava com mais intensidade. As pupilas dilataram. Sua face, pálida e com olheiras fundas, estava sombreada.

Notou que Hudson desmontou o antigo rifle de caça guardado no quarto, espalhando as peças na cama e buscando reparar o defeito.

Era o momento perfeito.

– Eu vou descer. Vou descer agora!

O movimento foi rápido, e Emily deslizou pela escada como se fosse invisível.

# Capítulo 57

A horda de Seres das Sombras sob o escudo magnético formava uma ilha no meio do gramado de Emerald. Ross entendeu que os estranhos projéteis que vinham sendo lançados pelos canos cinzentos perdiam força quando "comiam" matéria sólida, como se fossem buracos negros às avessas. Então arriscou perder alguns sacos de areia da barricada, jogando-os em direção a eles e, assim, diminuindo os impactos. Como as balas não atingiam os inimigos, deixou apenas dois dos melhores atiradores para dar cobertura e colocou os outros repondo os sacos de areia e protegendo as janelas com madeiras marteladas nos batentes. A desvantagem era tremenda, mas o exército inimigo era bastante dependente do escudo magnético, enquanto seus velhos homens, mesmo destreinados, conheciam a fundo as táticas de combate. Saber como ganhar tempo era uma delas.

Protegida pelo semicírculo invisível, Arianna se preparava para subir sozinha a colina e destruir Elizabeth. Havia pensado em levar três homens para escoltá-la, mas confiou que, tendo o bracelete no pulso, não precisaria de mais nada, a não ser seu poder.

Grensold, por sua vez, já se sentia segura para liderar o lançamento de bolas não matéricas e coordenava essa função com eficiência e orgulho. O que mais a preocupava era o que aprendera nos anos de serviço a Elizabeth: a mesma energia que é acionada para proteger poderia ser usada para destruir. E não queria correr o risco de ser queimada viva embaixo daquele campo magnético.

Seu instinto de sobrevivência sempre havia sido o guia de sua vida. E daquela vez não seria diferente. Não sairia dali sem seu objetivo cumprido. Só o cargo de Recrutadora Itinerante importava.

Mas quando viu o vulto passando, a acumpliciada das Sombras se distraiu por um instante e observou o trajeto que a figura feminina percorria em direção ao bosque. Era Dorothy, a mulher que por muito tempo fingiu não ver para não revelar a Elizabeth que era uma Legítima. Por quantos anos a viu ali, na sala, com seu vestido florido, recebendo muito mais atenção do que ela mesma, que era de carne e osso. Não podia perdoar algumas atitudes.

Perto dali, a Movedora seguia o que havia combinado com Gregor. Das quatro trilhas que saíam do gramado central da propriedade de Ursula e penetravam no bosque, escolheu a que se posicionava paralelamente ao caminho principal e era perfeita para alguém entrar no local, ou deixá-lo, sem ser percebido. Preocupada com o pouco impacto da artilharia de pedras que lançou repetidamente contra o campo magnético, ela queria se encontrar com Layla para que, juntas, descobrissem alguma forma de proteger os Ross e o exército de St. Régis. Pela segunda vez em sua segunda vida, ficou irritada com Elizabeth, por ela ter desaparecido na colina em vez de estar presente para auxiliar sua família e os amigos.

Pelos seus cálculos, imaginou que Layla não estaria tão longe daquela porção da floresta e que logo a encontraria. Quando ouviu passos em sua direção, ficou aliviada.

– Quem diria, a preferida de Elizabeth!...

A Movedora não acreditou no que ouvia.

– Não vai falar nada, Dorothy? Ainda acha que não posso ver você? – Grensold sentia-se mais forte do que nunca. – Se nos tempos das primeiras reuniões aqui em Emerald eu já achava esse cabelo ruivo e esse seu vestido ridículos, imagine agora...

– Helga! Elizabeth sempre confiou em você. Não acredito... Você se rendeu às Sombras?!

– Confiou? Depois de tudo o que eu contei a ela sobre o meu passado? Das perseguições de meu marido que sofri, de ter sido obrigada a casar ainda adolescente e viver em uma floresta fechada, de quase ter sido queimada viva, de ser chamada de bruxa... Abri minha vida para ela, e ela me deu um emprego de faxineira... Nunca me tratou como uma igual!

– O que mais ela poderia fazer? Uma ajudava a outra...

Helga andava em círculos, em volta de Dorothy, mantendo as mãos escondidas atrás do corpo curvado.

– Elizabeth só ajuda a si mesma. Faz tudo por seus planos megalomaníacos e nada pelas pessoas. Você já deveria saber disso – depois de mais uma volta, a mulher esquálida parou em frente à Movedora.

– Agora vou chamar alguns Recrutados para terminarem o serviço. Odeio ter que matar alguém. Ainda mais quem já está morto.

Dorothy, vendo a mulher se virar, aproveitou para correr, mas conseguiu dar apenas um passo. Era como se houvesse uma barreira invisível que a impedisse de avançar. E, quando olhou para o gramado, deparou com o que já temia. Estava presa em um círculo de pó de tijolo.

Da bruma do bosque, surgiram seis seres com longas capas. Entre eles, estava um jovem de cabelo vermelho-fogo que já era considerado um Rumado por Grensold. Mesmo sem a autorização de Morloch, ela prometeu a Sid o benefício de uma casa só dele, para que nunca mais tivesse de dormir ao relento. Mas, embora a oferta fosse sedutora, não era exatamente isso que o motivava. Havia feito um compromisso consigo mesmo que defenderia sua benfeitora naquela batalha, e ao longo de sua vida. Movimentando-se sob o comando de Grensold, os encapuzados começaram a se agrupar em volta do círculo feito no chão. Como aves de rapina que usam suas garras, cada um prendia o pulso de quem estava a seu lado, formando uma corrente de energia maligna. Helga foi a última a entrar no improvisado Círculo das Sombras.

– Hora de apagar a luz. Diga adeus para sua energia, Dorothy.

Emily desceu as escadas como uma sonâmbula, as pálpebras baixas, os braços largados. As velas da sala já haviam se extinguido, e as poucas lâmpadas mal iluminavam o ambiente. Em vez de abrir a porta da frente, onde se ouviam explosões periódicas, saiu pelos fundos e trancou a saída, levando a chave consigo. Algo a impeliu àquela ação: deveria entregar o embrulho de palha, sua proteção, para uma pessoa específica, uma figura que se formava como uma foto em sua mente. Alguém bastante improvável, mas que agora se afigurava como um aliado.

Não muito longe dali, e fora do *front*, ela se encontrou com Kindo, um comerciante que vendia roupas em Esparewood. Emily sempre o considerara um avarento, mas no momento teve certeza de que era a única pessoa a quem deveria entregar o talismã.

O homenzinho de olhos pequenos e cabelo muito escuro levantou-se da pedra em que estava sentado como se a aguardasse há mais tempo. Estendeu o braço por baixo da capa preta, esperando, conforme orientado por Morloch, receber o objeto que ela levava.

O sorriso de dentes amarelados durou só alguns segundos. Assim que agarrou a encomenda, o homem se transformou, girando Emily com os braços e imobilizando-a junto a seu corpo.

– Muito bem, sra. Ross. Vou adorar vingar as inúmeras vezes que escolheu meus concorrentes. E que falou mal de minha loja para a vizinhança.

Emily não respondeu. Mantinha o mesmo olhar turvo, e os lábios fechados formando uma linha reta. Não ofereceu resistência.

– Seu corpo parece bem firme e jovem... Deveria comprar umas roupas mais modernas no Magazine Kindo, sra. Ross – o homem deslizou as mãos pela cintura de Emily, que não esboçava reação. – Aposto que iriam valorizar sua silhueta.

Ao aproximar-se mais do rosto da mulher, buscando uma intimidade que em nada combinava com a situação, foi surpreendido por uma figura de quase dois metros de altura.

– Largue-a imediatamente! – Hudson partiu para cima do comerciante.

— Aproxime-se e eu corto o pescocinho dessa belezinha agora mesmo.

— Fique firme, Emily, eu vou te ajudar — o apelo feito à amiga não surtiu qualquer efeito e Hudson entendeu o que Layla tantas vezes tentara explicar. Ela estava sob ação da influência de Morloch. Mas como isso poderia ter acontecido?

— Saia daqui, ianque! — Arthur Kindo não parecia temer o americano. — Vai ser pior para você, e para ela.

Mas Hudson viu que poderia mudar o quadro daquela situação. Embora não tivesse lhe ocorrido pegar as armas quando percebeu o sumiço de Emily, pensou em uma estratégia para desbancar o inimigo. Não deixava de ser arriscada, mas era a única que tinha naquele momento. Com o movimento certo e o cálculo exato, se livraria daquele ser desprezível.

— Certo, vou sair — anunciou, tentando parecer calmo. — Já que você prefere imobilizar uma mulher a lutar com um homem...

O comerciante sorriu como se o argumento não fizesse o menor sentido para ele. Só não esperava que, como um leopardo, Hudson desse um salto em direção a seu braço, o prendesse com uma mão só e com a outra lhe tomasse o talismã, colocando-o bem diante de seus olhos.

Ao olhar para o objeto confiscado, Kindo ficou repentinamente paralisado, amoleceu o braço e soltou Emily, caindo no chão logo em seguida. Hudson pegou a amiga no colo e a levou para mais próximo da construção.

— Hudson, o que aconteceu com minha mãe? — Benjamin chegava com Florence e Encrenca, e os dois meninos se aproximaram de Emily, que não os abraçava nem esboçava qualquer emoção.

— O que vocês estão fazendo aqui? Voltem para dentro! É perigoso!

— Layla também te deu um talismã? Eu estou sempre com o meu — Benjamin enfiou a mão no bolso para mostrar-lhe o objeto, mas levantou o olhar ao ouvir o grito de Hudson.

– Ele escapou! Onde o miserável se enfiou?

Ao notar o perigo real pela primeira vez, o homem temeu por seus protegidos e os foi conduzindo em direção à casa.

– Como Emily pode ter sido influenciada? – o americano falava sozinho, tentando ligar os pontos. – Não havia ninguém no quarto para isso. A não ser que Gregor... Será que Gregor é um traidor?

No instante mesmo em que o amigo de Layla lhe veio à memória, ele se lembrou do dia da fuga da prisão. E da forma como o Influenciador captou seu olhar por meio do espelho retrovisor.

– Meninos, preciso checar algo no quarto. Escondam-se na barricada com os soldados enquanto eu não voltar. Protejam Emily e, qualquer coisa, usem o talismã de Layla. Isso é uma ordem!

Hudson entrou na casa e em segundos estava na porta do quarto que tinha o espelho enferrujado. Nele, viu o que aparecia refletido, e quase perdeu a respiração. A caixa d'água. Uma de suas mais caras memórias de infância agora assumia outra função. Era o esconderijo do Mal. Superado o choque, ele voltou em um piscar de olhos ao local onde estavam seus protegidos.

– Emily, volte! Agora! Você foi influenciada.

Após o chamado à consciência, ela caiu em si aos poucos. Abraçou os próprios ombros e olhou ao redor em busca de respostas.

– O que aconteceu?

– Não é hora de explicações. Voltem imediatamente para casa! E façam uma barreira na porta da cozinha com tudo o que houver de mais pesado lá dentro. Kindo está por perto.

– Kindo? Da loja?

– Já falei, Emily, melhor nem tentar entender.

# Capítulo 58

Se os *enits* fossem visíveis, talvez parecessem uma nuvem de poeira dourada escapando pelos poros de Dorothy. A postura dela era desalentadora: sentada no chão sobre folhas secas, estava prestes a desfalecer.

O Círculo das Sombras formado em volta da Movedora drenava todas as suas forças e lhe bloqueava qualquer auxílio que viesse da floresta. Era perigoso, pois, com a perda total de *enits*, ela estaria exposta à segunda morte.

Da última vez que levantara as pálpebras, Dorothy vislumbrou uma presença que a agradou, como se uma esperança se materializasse diante dela, mas estava tão perturbada que não soube exatamente se era mesmo uma pessoa ou um arbusto. Os encapuzados, por sua vez, que estavam de frente para a trilha de terra, puderam ver claramente um rapaz muito pálido correndo. E não esperaram para agir.

– Um invasor! Vamos acabar com ele!

Era Frank que tentava fazer algo por Dorothy. Ele segurava entre os dedos uma pedra azul translúcida que, embora não tivesse nenhum poder extraordinário, fazia com que ele se sentisse forte e corajoso. Era a única prova concreta de que Lucille de fato tinha existido em sua vida.

Tony Tire era um dos Decaídos que possuía um Orbe e, assim que viu o rapaz, lançou o campo magnético em sua direção. Mas Frank não apenas conseguiu escapar, como fez uma sequência de movimentos alongados que o colocaram no galho mais alto de uma árvore. Os Recrutados logo deixaram o círculo para se juntar a Tire, sob os olhares enviesados de Grensold, que preferia primeiro esgotar o "caso Dorothy".

Para eles, fazia muito mais sentido ter um alvo visível, com um corpo de verdade, para atacarem.

Assim que os encapuzados se aproximaram do adolescente, ouviram o grito de Grensold.

– Cuidado com o outro! – ela conseguia ver Gregor encostado na árvore ao lado de Frank, com os olhos fechados, como se meditasse, o que a irritava ainda mais.

Pelo Pacto de Energia, Gregor sentira o sofrimento da Movedora e, sabendo onde ela estaria, não demorou para ir em sua defesa. Não se abalou com a movimentação nem com o grito; pelo contrário, concentrou-se ainda mais em sua influência. Já os inimigos tentavam subir na árvore para encontrar o menino escondido entre os galhos e lançar novamente o Orbe, mas, com o peso de seus corpos, escorregavam de volta ao chão pelo tronco liso. Quando estavam se preparando para fazer uma escada humana, sendo Tony Tire o ponto mais alto, foram surpreendidos por um tremor de terra.

O garoto ruivo, o único que permanecera ao lado de Helga mantendo a sustentação das Sombras em volta de Dorothy, também ouviu o tremor, que para ele veio acompanhado por uma espécie de chamado dentro do peito. Em breve, aquilo se apresentou como uma visão. Era uma vara de javalis ferozes correndo em direção aos Recrutados.

Os sons abafados dos animais começaram a se misturar com gritos. As capas escuras dos homens ficaram encharcadas com um líquido cor de vinho, refletindo a luz das poucas tochas ainda acesas. O sangue dos Recrutados jorrava à medida que os chifres penetravam sua carne. Sons craquelados se misturavam com os dos gritos enquanto as patas quebravam os ossos. Eles tentaram reagir, mas os que tinham facas não conseguiram acertar senão áreas periféricas dos bichos. Os que tinham rifles não foram capazes de engatilhá-los a tempo. Quanto a Tire e seu Orbe, foram ambos destroçados. Nessa hora, Grensold lançou sua esfera de metal para o comparsa ruivo, indicando com o olhar que ele interferisse no massacre. O foco era atingir o líder dos animais, que vinha em direção a eles.

Na primeira tentativa, ele não conseguiu acionar o campo magnético, pois jamais havia lidado com um Orbe.

– Aqueça com o seu pulso – indicou aquela que ele considerava sua salvadora.

Mesmo sem estar muito próximo, foi como se o calor do pulso do rapaz alimentasse o metal da esfera platinada e instantaneamente liberasse o campo que aprisionou o animal. Ao ser brecado de repente, no meio de sua corrida, o volumoso corpo caiu no chão, deixando um rastro de terra levantada.

O restante dos javalis também foi parando, como se os bichos organizassem internamente uma nova liderança.

– Pensa que pode contra nós, seu moleque? Eu enxergo seu colega, e ele não vai conseguir nada, certo, Fogueira? Ainda mais guiando esses animais estúpidos – Grensold encarava Gregor enquanto falava. Mas a figura alta e forte manteve a calma e foi andando devagar até ela, evitando olhar para Dorothy, para que a visão de sua companheira em estado tão lastimável não comprometesse suas ações.

– Não adianta mais, Grensold, é hora do "Fogueira" saber a verdade – Gregor virou-se para Frank e, mostrando a ele o fiel escudeiro de Grensold, pediu-lhe que chamasse o rapaz pelo nome.

– Eu não sei o nome dele – disse Frank, aflito.

– Sid "Ruivo" Condatto.

Frank obedeceu e gritou com a voz mais vigorosa que já entoara em sua vida. Ao ouvir aquele nome, o jovem encapuzado, com tufos avermelhados se revelando sob o tecido, ficou estático. Um fio de lembranças era puxado em sua mente, reavivando imagens e sensações.

– Eu não sei quem é você. E esse não é... acho que esse não é meu nome... – confuso, o rapaz aproximou-se o suficiente para que Gregor e Frank o olhassem de frente. Mas, em vez de ir na direção deles, o ruivo desviou o rumo e se aproximou com um olhar terno do animal preso no campo magnético, como se estivesse arrependido por ter lançado o Orbe.

– Sid, você não me conhece, mas eu te conheço – Frank continuou –, e sei que você ainda tem um coração, porque um desses animais se sacrificou por você. Helga queria o seu fim, mas graças....

– O quê? – o corpo volumoso do rapaz se retesou, avançando sobre o menino da Herald House.

– Calma, Sid, não sou eu – Frank deu alguns passos para trás. – Quem está falando é meu amigo, aqui do meu lado. Eu só estou repetindo.

Ruivo tentava caminhar, mas agora parecia embriagado. As lembranças apagadas se desenrolavam com intensidade cada vez maior.

– Eu lembro... Lembro que ela me salvou. Isso, sim – Ruivo apontou pra Grensold. – Eu ia ser morto, iam roubar meu coração.

Mas nem Gregor e muito menos Frank sabiam que o Orbe permitia a Sid controlar as ações do animal. O menino abaixou as sobrancelhas e estreitou os olhos. Com um comando, o líder dos javalis rugiu de forma ameaçadora e, com os chifres em riste, começou a caminhar lentamente em direção a Frank, sob o olhar concentrado de Sid. Gregor se desesperou. Sem seu intermediário, não seria possível se comunicar com o menino ruivo nem libertá-lo do passado que o aprisionava.

– Essa é só uma parte da história. Você precisa saber o resto!

– Cale essa sua boca, moleque! – Sid Condatto voltara a se tornar agressivo.

– Ele disse que você precisa saber. Saber que foi Helga quem te levou até aquela casa em Saphir. Que ela mesma ia arrancar seu coração.

– O meu coração?

– Não acredite nele! – Grensold não saía do lado de Dorothy. – Querem te colocar contra mim, pense bem, Fogueira... Ele não poderia saber nada sobre isso... Éramos só nós dois naquela floresta em Saphir!

– Não! Um jovem javali apareceu e se sacrificou por você! Foi o gatilho para a memória profunda de Sid se lembrar de tudo.

– Grensold – Gregor se dirigiu à inimiga –, estou lendo agora a mente dele como se fosse um filme. Ele está se lembrando, reativando a memória... E vai lembrar ainda mais. Vai se lembrar de tudo.

– Então ande logo com isso, Gregor! – Frank via o chifre manchado de sangue a poucos metros.

O rosto de Sid, naturalmente salpicado por pintas avermelhadas, foi ficando cada vez mais inflamado, sua respiração se acelerou e seu pescoço virou de lado, adotando uma postura muito parecida com a dos animais que tomavam conta da clareira.

– Eles... esses bichos, eles são como... irmãos...

– O que está acontecendo com ele, Gregor? Ele está estranho... – apesar de não saber direito como entrara naquela batalha, Frank jamais poderia imaginar que participaria de algo parecido com aquilo. A morbidez e a aventura o estimulavam...

– Não entendo dessas coisas, Frank, talvez Layla possa te explicar e...

De repente, Ruivo deu um salto que sacudiu todo o seu corpo e soltou um grunhido parecido com o dos javalis, mas muito mais alto. Gregor e Frank arregalaram os olhos simultaneamente.

– Ela é uma assassina!

Foram poucos segundos até Ruivo alcançar Grensold.

– Pare, Fogueira, o que está fazendo? Eu te salvei! Isso tudo é uma farsa, não percebe que estão te manipulando?

Ele se livrou do manto que o cobria, liberando os cabelos que lembravam as chamas de um fogo atiçado, jogou o Orbe para o canto, libertando o animal, e segurou os braços finos da mulher.

– Seu mal-agradecido, me solte! Agora!

Prendendo-a com um braço e enrolando a capa com a mão que estava livre, Sid não estava influenciado. Gregor havia lido seus pensamentos e viu que não era necessária mais nenhuma intervenção. Até porque estava no Código que jamais uma influência poderia ser usada para conduzir um assassinato.

O rapaz agia com ímpeto, por conta própria.

— O que está fazendo, seu capeta vermelho? — Helga continuava gritando. — Pare ou as coisas vão piorar para o seu lado!

Os olhos castanhos de Sid tornaram-se bestiais. Uma fera em defesa de sua raça e de seu bando. Com as duas mãos, cruzou as pontas da capa em torno do pescoço de Helga. Ela arfava e movimentava a cabeça, o que fez com que os cabelos fartos se soltassem e formassem ondas acinzentadas no meio do tecido.

Com um último puxão cruzado, dado com força por Sid, os movimentos desesperados da mulher se multiplicaram, em uma luta bestial pela sobrevivência. Mas não demorou muito até qualquer movimento cessar e um corpo frágil e magro escorregar para o chão. O que o marido de Helga tentara várias vezes no passado fora levado a cabo por um rapaz sem recursos e sem história. Era difícil para Gregor e Dorothy acreditarem no que viam: Grensold estava morta.

---

O Pacto de Energia indicou o local, e Gonçalo chegou em instantes. Mais do que os corpos desmantelados, foi a imagem do que restava de Dorothy que o comoveu. Foi até ela e, impedido de abraçá-la, percebeu que havia pó de tijolo ali.

— Quem é esse menino, Gregor?

— Frank — respondeu Gregor, que demonstrava seu cansaço pela voz —, o amigo da Herald House de Elizabeth.

— Mas... ele é um Legítimo? — Gonçalo perguntou o que já desconfiava, temendo pelas punições a sua família.

— É, mas vou cuidar disso para você. — O Influenciador virou-se para o rapaz. — Ei, Frank, não venha até aqui por uns instantes. Fique virado para o bosque, por favor.

— Gregor, diga a ele que chute a terra em volta de Dorothy para tirar o pó de tijolo. Precisamos libertá-la e... — ele parou por um instante. — Podemos confiar nele?

— Sem sombra de dúvida... Posso até dizer que é um novo soldado para o nosso exército.

– Grensold... – Gonçalo viu que a mulher estirada no chão ainda tinha os olhos abertos. – Quem fez isso?

Gregor apontou para o corpo encolhido de Sid "Ruivo" Condatto, que, com o olhar vidrado, parecia se lembrar de vários detalhes de sua vida.

– Ele se vingou... e sem derramar uma gota de sangue. – Gregor ainda estava impactado por tudo que lera na memória daquele menino. Tão jovem e com tantos desafios. – Agora vá, Gonçalo, use o pacto para encontrar Layla ou Elizabeth. Elas devem saber algo para subir o nível de *enits* de Dorothy. Eu tenho que voltar para o casarão. Preciso ver como estão os meninos. Frank, por favor, fique aqui e cuide de nossa amiga até chegar ajuda.

Todos se movimentaram, menos Sid, que, circundado pela vara de javalis, parecia ser consolado por eles. Pensava na família Condatto e se perguntava se seu pai, sua mãe e sua irmã ainda se lembravam dele.

## Capítulo 59

Hudson entrou no quarto, retirou o espelho da parede e, sem qualquer esperança na eficiência do rifle desmontado, preferiu pegar sua rápida pistola no bolso do casaco. O barulho vindo do andar de baixo fez com que ele a engatilhasse mais cedo do que esperava.

Os passos eram firmes e partiam da porta dos fundos.

– Emily, não se levante. Encrenca, esconda-se embaixo da cama. Benjamim e Florence, preciso que me ajudem com algo que Layla me deu antes de ir para a floresta.

– O que é isso, pai?

– Você vai ver, querida. Ou melhor, vai sentir em breve. A ordem é muito clara: eu desço e, se eu disser a palavra secreta, vocês atiram essa rede na minha direção, certo?

– Mas essa rede parece tão frágil... do que isso vai adiantar? – Benjamin pegou nas mãos aquilo que se assemelhava a uma renda feita de fios de cabelos castanhos.

– Isso é do cabelo da Layla? – Florence esticou a delicada trama na frente de seu rosto.

– Não, é a fibra de uma planta. Um tipo de flor... – Hudson ouviu nitidamente a porta dos fundos sendo arrombada, e foi mais firme no comando. – Não temos tempo. Fiquem atentos! A palavra de ordem é "Bunt".

No parapeito da escada, o americano pôde confirmar o que já receava. Kindo e dois homens, dos quais não conseguia ver os rostos, tinham conseguido retirar facilmente a barricada de móveis e sacos de areia que protegia os fundos da casa. Ao cruzar olhares com Kindo,

Hudson decidiu subitamente dar um salto para o térreo. Assim ganharia tempo para impedi-los de chegar até as crianças e Emily.

Os três homens instintivamente deram um passo para trás quando o corpanzil caiu perto da base da escada fazendo um barulho estrondoso. Mas logo se recuperaram e se aproximaram para agarrá-lo, que, por sua vez, fez um pêndulo com os braços e, levando as pernas ao ar, acertou a cabeça de Kindo e do outro encapuzado, lançando-os longe. O terceiro homem conseguiu dar uma chave de braço no pescoço forte do americano, mas não esperava que ele conseguisse andar de costas e o esmagasse na parede, batendo-o contra ela repetidas vezes até os braços do inimigo se afrouxarem.

Assim que o homem caiu no chão, os dois que há pouco tinham sido golpeados se levantaram e voltaram a atacar, dessa vez com uma arma mais potente: o ódio.

Quando viu que não havia mais chance, Hudson conseguiu se esgueirar pelo meio dos homens e se colocar no centro da sala, de frente para os três.

– Bunt. Push Bunt!

Os meninos atiraram a fina trama pelos ares e notaram que Hudson fez um gesto com as mãos, como um retângulo. Depois, assoprou o centro do retângulo, o que fez com que a trama se colasse ao formato desenhado no ar e formasse um escudo de renda.

– Que cheiro delicioso é esse? – Encrenca, sem obedecer ao tio nem à mãe, já estava atrás dos dois adolescentes havia alguns minutos e perguntou sobre o que todos, até mesmo os inimigos do andar de baixo, queriam saber.

– Que cheiro perfumado... – Florence estava encantada.

Os inimigos estampavam estranhos sorrisos no rosto e pareciam... se preparar para dormir. Arranjavam-se como podiam, encostando a cabeça sobre casacos e pedaços de madeira, como se fossem crianças ouvindo uma cantiga de ninar.

Hudson, segurando o escudo quase transparente, tratou de amarrar os homens rasgando um dos sacos de sisal e formando com os retalhos cordas improvisadas. O mais difícil era não ceder ao perfume, que também o inebriava, mas Layla já o advertira sobre esse efeito, para que ele tomasse precauções.

Quando já estavam completamente imobilizados, o soldado acordou o homem com uma sacudidela forte.

— Você consegue ser ainda pior como soldado do que como comerciante. Você é uma piada, Kindo! Agora me explique o que está fazendo aqui com esse exército dos infernos.

O homem amarrado, com os olhos ainda baixos devido à sonolência, deu uma gargalhada.

— Acha mesmo que pode fazer algo contra Morloch? Não seja patético, seu africano metido a norte-americano.

— O quê? Isso foi uma tentativa de ofensa? — os maxilares de Hudson estavam tensionados como cabos de aço. — Eu teria muita honra de ser africano como meus avós. Agora desembuche! Por que está aqui?

O homem só conseguia desferir um sorriso irônico, o que enraivecia Hudson ainda mais. Sua pistola estava na mão, já engatilhada e apontada para o meio dos olhos fechados e inchados do prisioneiro. Mas o americano não admitia a ideia de matar alguém, ainda mais estando sedado.

— Vamos, ande, vamos lá para fora — com a arma apontada para a cabeça do Recrutado, os braços negros e fortes o conduziram pela porta da cozinha e para além da casa, em direção à pedreira do bosque.

— Me dê um motivo para não acabar com a sua raça. Me conte qual o ponto fraco do morto-vivo e eu poupo a sua vida.

— Morloch? Você jamais poderá derrotá-lo. Quando ele te destruir como a um inseto e me soltar, vou adorar ter a magrinha de novo nos meus braços... aliás, ela estava bem interessada...

— Cale essa sua boca, imbecil!

— Não vou sossegar enquanto não tiver ela aqui, na minha mão. Quando Morloch...

Como há muito tempo não acontecia, Hudson foi tomado por uma raiva avassaladora e, com a mão firme de um combatente, puxou o gatilho, calando a voz de Kindo.

– Seu monte de merda! Vá para o inferno!

Hudson lançou um olhar determinado para a caixa d'água. Checou mais uma vez a munição de sua arma e, com passos seguros, tomou o caminho de volta à velha construção.

Quando avistou o chapéu de lemniscata, Elizabeth estava serena e pronta para o confronto. Momentos antes, recebera de Gonçalo mais um relatório que a havia tranquilizado. Sua família estava resistindo aos ataques.

Todas as Elizabeths, a real e as projetadas pelo Pó de Projeção, se levantaram ao mesmo tempo, confundindo a recém-chegada.

– Seus truques não vão ter muito efeito agora, Tate. Com o Bracelete de Tonåring, eu posso destruir um exército inteiro. Não vai ser difícil trucidar uma dezena de velhas gorduchas.

No alto da colina, havia uma luz forte e alaranjada que servia como sinalização para os aviões. E Arianna notou que, embora houvesse várias figuras dispostas em fila, apenas uma fazia sombra no chão.

Mas antes de se dirigir a ela, pousou a mão esquerda sobre o metal do pulso direito, obtendo rapidamente os primeiros indícios da transformação. O prazer daquela sensação há tanto tempo não vivida tirou-lhe o foco por alguns momentos. Lembrou-se de sua filha tão perfeita nos traços e no talhe, e o quanto gostaria de exibir sua preciosidade para o mundo. Mas a mulher a sua frente, que ela odiava, havia matado Isabella e era hora de destruí-la como a um animal. O Bracelete de Tonåring era novamente seu. E, para tê-lo de volta, havia passado por todas as privações, até mesmo a mais terrível delas, quando, diante de um espelho, não encontrara mais sua exultante beleza. Ao tocar o objeto, sentiu o sangue que parecia jorrar internamente para as extensões que surgiam de seu corpo. Fechando os olhos languidamente, sentiu sua pele endurecer, enquanto os lábios latejavam, dobrando, triplicando de tamanho em pouco tempo. Os globos oculares, também aumentados, se direcionaram mais uma vez para a fileira de senhoras loiras, mas dessa vez uma sombra acompanhava todas.

– Pode fazer o que quiser, vou destruir cada pedaço real ou não de você – a voz agora era cavernosa, como a de um homem primitivo.

– Certo, mas antes que tal cuidar do próprio rabo? – o coro de vozes formado no mesmo tom por Elizabeth abafava qualquer outro ruído noturno.

– Sua velha ridícula!

– Estou falando literalmente: acabei de atirar uma bomba de sementes bem perto dessa cauda de dinossauro.

A explosão emitiu um círculo de luz que revelou pequenos pedaços de carne se despedaçando no ar.

Com a dor e a raiva potencializados, Arianna decidiu não esperar nem um minuto a mais. Os braços agigantados passaram a atacar as imagens, que se desfaziam em fumaça colorida. Nenhuma delas era a verdadeira Elizabeth, que havia se escondido em um escaninho de pedra construído pela natureza ao longo dos séculos.

Mais uma bomba de sementes singrou o topo da colina, mas dessa vez o recém-criado monstro levou a melhor. Além de escapar do projétil, conseguiu visualizar de onde ele vinha. Então, com força descomunal, levantou uma pedra incrustada no solo e se preparou para tampar para sempre a fenda onde Elizabeth estava escondida.

Aquele corpo colossal carregando a pedra ovalada como um obelisco formava uma sombra ainda mais disforme, que cobria o buraco na pedra e fazia com que a mente de Elizabeth trabalhasse à velocidade da luz em busca de uma saída. Era preciso não só escapar, como também ter em mãos a pulseira, fundamental para a Profecia se concretizar. "O metal e o adolescente se fundem, formando o guerreiro além das estrelas."

Mas não era ela a única a presenciar aquela cena dantesca. Do alto de uma murada, nas costas do casarão, Ross, após ter a impressão de ver faíscas na colina, usava seu potente binóculo em busca de pistas. E quase caiu para trás quando viu a brutal figura em ação. Então Elizabeth tinha razão? Ao servir de isca para Arianna, ela havia conseguido seu intento de revelar para todos a verdadeira forma de sua cruel cunhada.

Jamais pensou presenciar uma cena como aquela enquanto vivesse. Muito menos que teria ímpetos de salvar sua sogra.

Dentro do buraco de pedra, Elizabeth ainda não havia se desesperado. Utilizaria dois conhecimentos para reverter aquela situação. Primeiro, a técnica da atração de metal para retirar a pulseira e, assim, enfraquecer Arianna. Depois, a mais forte de suas bombas, feita com frutas da Erva dos Mil Olhos.

Mas os acontecimentos não foram exatamente como planejado.

A técnica de imantação precisava de substância mineral para dar certo. E a pedra em que estava poderia ser perfeita para virar um grande ímã que atraísse todas as peças de metal do ambiente, incluindo o Bracelete de Tonåring. Mas Arianna já se aproximava com o intuito de destruí-la, portanto teria de ser muito rápida.

Mal começou a testar a dureza da pedra com a faca que levou no embornal, ouviu uma movimentação de passos nas folhagens. O monstro também percebeu o barulho e se virou.

Os oito homens que seguiram o líder até a colina para resgatar Elizabeth se depararam com a figura bestial que se avolumava a sua frente. Começaram a atirar, mas logo perceberam que as balas se chocavam contra as duras escamas metálicas e caíam no chão sem produzir qualquer efeito.

O ser pavoroso, que a cada segundo parecia agregar mais um elemento a sua transformação, pousou a pedra no chão e se dirigiu até eles. A ilusão de uma trégua se dissipou em poucos segundos. Com um movimento da cauda que agora já era o dobro de seu corpo, varreu seis dos homens, eliminando-os instantaneamente.

Os dois que sobraram, sem alternativa, correram o mais que puderam em direção ao bosque para tentar salvar suas peles.

Quanto a Ross, mirava seu fuzil para o centro dos olhos daquela aberração, o único local onde a pele parecia desprotegida, para que a morte fosse fulminante.

Elizabeth, revendo mentalmente suas técnicas para ajudá-lo, começou a sentir sua cabeça rodar enquanto uma borboleta vermelha cor de sangue pousava em sua mão.

– É o sinal... não é possível! Tinha de ser agora? – a pergunta que fez a si mesma era retórica, pois ela sabia que era assim que funcionavam as leis compensatórias: o ajuste do tempo viria em algum momento crítico de sua vida.

Ao apagar a memória dos policiais com as balas de amora, no dia da morte de Isabella, ela pagaria com um lapso de consciência quando mais precisasse dela. Essa era a ordem das coisas. Ela sabia dos riscos e a escolha tinha sido feita. Não havia outra saída a não ser se render. Não demorou até Elizabeth sentir os olhos parados e a mente totalmente vazia. Não sabia seu próprio nome, onde estava e muito menos o que era aquele ser monstruoso a sua frente. Não sabia o que tinha de fazer nem como tinha chegado até ali. Não era capaz também de acessar o que já conhecia, que língua falava e só descobriu que era uma mulher quando olhou para o próprio corpo. O pânico se apresentava na forma de uma respiração ofegante. Os sentidos a traíam. Não sabia como agir.

Quando se virou para o lado oposto do platô, viu um homem com uma arma apontada e, por instinto, correu até ele para impedi-lo. Só então notou que tinha algo nas mãos e jogou contra ele. Era uma das bombas preparadas com a Erva dos Mil Olhos. O monstro a viu e tratou de persegui-la, enquanto o homem, distraído pelo impacto, baixou a arma.

Uma partícula do extrato da planta atingiu a pele de Jasper Ross e o efeito logo teve início. Paralelamente, desconhecendo também sua exata idade, Elizabeth se achou capaz de correr como uma atleta. Penetrou no bosque e despistou o perseguidor, que continuou em seu encalço.

— *Seu Jasper?*
— *Sim, Thomas.*
— *A escada não pode ser usada. Tem certeza que ninguém vai passar por ela, não é? Só começamos a obra, ainda não firmamos a estrutura.*
— *Já falei que está tudo bem. Já trouxe meu travesseiro para a sala e meu irmão está viajando com a esposa. Ninguém mais entra aqui.*
— *Então já estou indo.*
— *Certo, bom descanso. Vou olhar o que você fez lá fora.*

As imagens eram nebulosas para Jasper, mas a sequência de fatos era mais nítida do que nunca. O dia da tragédia. Depois de passar momentos nos fundos da casa verificando os outros reparos que Thomas tinha feito no porão e na área de serviço, ele voltou à sala e notou que a porta estava entreaberta. Assustou-se e buscou alguma explicação, até que viu uma bolsa de mão e um casaquinho em cima da poltrona. Pareciam familiares.

— *É um menino!*

A imagem de Richard, com um sorriso ainda mais iluminado do que o normal, e a sensação de um abraço caloroso eram vívidas. O irmão vinha de Londres e tinha nas mãos um acetado escuro preenchido por manchas brancas que ele mostrava com orgulho como se portasse um troféu. Jasper, um típico esparewoodiano, ainda se espantava com inovações como o ultrassom, mas nem teve tempo de pensar nisso quando descobriu que o momento seria ainda mais especial.

— *E você será o padrinho, meu querido irmão! - Richard e sua cunhada, Charlotte, já vinham preparando a surpresa e consideraram que aquela era a hora certa de revelar - e você será um bom exemplo para o meu menino, com certeza!*

A emoção foi intensa e a vontade era de chorar de alegria. Mas, como sempre, o contido Jasper preferiu admirar a expressão de entusiasmo no rosto do irmão, aquela que só confirmava o sonho dele de ser pai, cultivado desde menino.

A memória, envolvida por uma aura de amor fraternal, foi se desvanecendo, para dar lugar a outra, situada na mesma sala, dois meses depois.

*— Jasper, você não sabe, eu esqueci de pegar o que o seu irmão me pediu mil vezes e...*
*— Charlotte! O que está fazendo aí? Como subiu?*
*— Pelas escadas, de que outro jeito poderia ser?*
*— Não use as escadas, a reforma não está pronta! Fique exatamente onde está!*
*— Mas que bobagem, Jasper, eu sou leve e subi até aqui sem problemas.*
*— Charlotte, eu vou buscar a escada do jardim e te ajudo a descer. Não se mexa!*
*— Que nada, vai demorar muito. Richard está me esperando em casa, é um instantinho. Ele está muito bravo porque eu esqueci as receitas.*
*— O empreiteiro disse que...*
*— Já falei que sou muito leve!*
*— Tem certeza?*
*— Claro!*
*— Então venha com cuidado, por favor...*

A cena se apresentava tão vívida como no passado, assim como o sofrimento que trazia. O corpo de Charlotte desabando entre as tábuas da escada, o fio de sangue descendo pela perna, a corrida desabalada até o banheiro e a certeza de que tinha perdido o bebê.

– Jasper... acabou... é o fim...

– Não diga bobagens, Charlotte, estou ligando para a ambulância, vamos cuidar disso!

– Eu sei... eu sei o que acaba de acontecer... Richard queria tanto este filho. Jamais vai me perdoar. Eu tenho vergonha... eu tenho muita vergonha.

– Charlotte, Richard ama muito você, vamos chamá-lo também.

– Não! Já disse que não, largue esse telefone. Eu destruí a vida dele. Não posso enfrentá-lo. Não quero mais nada!

As palavras eram desencontradas e parecia que, além da sequela em seu útero, havia também na cabeça: Charlotte estava dizendo coisas sem sentido. Talvez decorrentes do impacto. O grande erro de Jasper foi deixá-la sozinha na sala para buscar a caderneta com o telefone de seu conhecido no hospital. Quando voltou, a porta estava escancarada, a bolsinha e o casaco haviam sumido e só o que se podia ver eram as costas dela enquanto caminhava na rua. Jasper pôs-se a correr atrás dela, mas antes de chegar perto viu-a subindo no ônibus que parou no cruzamento. Foi assim que ela desapareceu para sempre. "Eu devia ter impedido Charlotte de ir embora. Se eu tivesse pegado a escada no jardim, tudo seria diferente... Richard nunca soube a verdade. Achou que ela tinha sido cruel, que o tinha abandonado, mas a culpa era totalmente minha." Aquele grau de arrependimento tomou tamanha proporção que impediu Jasper de nutrir amor pelo próprio filho. E ainda o levou a se submeter a uma menina que chegou à porta de sua casa de uma forma estranha, dentro de um pequeno moisés.

Benjamin era a personificação de sua culpa. Isabella, o símbolo de sua redenção.

---

O efeito da Erva dos Mil Olhos começou a passar e Jasper voltou a si. Depois de tantos anos, ele revisitava a mácula de seu passado, que se multiplicava de outras formas. Perdera Isabella e agora, naquela guerra, poderia perder Benjamin e Encrenca. Exausto e tomado pela indignação, retomou o rifle e mirou novamente o centro dos olhos do bicho. Mas o enorme braço que parecia de chumbo foi mais rápido. Pegou o cano da arma e jogou o oponente muito longe, como se ele fosse a isca de uma vara de pescar.

A altura e a distância do lançamento, assim como o som do impacto do corpo no chão, foram fortes.

Não longe dali, o lapso de memória de Elizabeth havia passado e ela pôde presenciar a terrível cena. Avistou ao longe o corpo inerte de Ross e sentiu uma dor que jamais imaginara experimentar. O monstro tinha descido uns metros na colina para encontrá-la e se esforçava para subir de volta, então ela aproveitou para correr sem ser vista pela área plana até onde estava o resto de seus armamentos, na cavidade da pedra.

Agora, mais do que nunca era necessário honrar os esforços de seu genro, pensou consigo. Assim que entrou em seu esconderijo, e sem perder nem por um minuto a precisão dos movimentos, ela produziu outra bomba com a Erva dos Mil Olhos. Dessa vez, para lançar sobre o alvo certo: o ser horripilante que materializava, em formato e essência, toda a maldade do coração de Arianna King.

---

Hudson havia sido claro no momento em que se dirigiu à construção de metal, tão parecida com aquela de suas antigas memórias. Todos deveriam permanecer na casa. Só não contava que suas ordens fossem tão negligentemente descumpridas pelo seu pequeno e insubordinado batalhão. Com exceção de Emily, que talvez pela exaustão caíra em sono profundo, nenhum de seus "soldados" fez o que ele havia mandado.

Benjamin e Florence saíram pela porta da frente em absoluto silêncio, esgueirando-se pela barricada para se esconder do inimigo. Os soldados, atentos e em posição de combate, deitados com suas armas firmemente apontadas para a dianteira, nada notaram.

Já do lado de fora, Benjamin olhou para a caixa d'água e viu Hudson subindo a escada estreita e comprida que levava ao topo. Naquela plataforma circular havia uma estrutura de metal pontiaguda. Foi ali que ele avistou uma figura soturna, com as mãos para trás do corpo, como se conduzisse Hudson mentalmente até ele. Não quis revelar aquele fato a Florence, então inventou uma desculpa para que ela voltasse para casa.

— Eu me arrependi, preciso que vá até o casarão e cuide da minha mãe e do meu irmão, Florence, ou não vou conseguir me concentrar!

— E quem vai ficar com você?

— Daqui a pouco vou encontrar o seu pai e voltamos para lá. Confie em mim!

A menina ainda não tinha se convencido, mas acabou cedendo. Assim que ela se virou, Benjamin pegou uma bomba do seu embornal e se concentrou para que o lançamento fosse rápido e certeiro. Jamais imaginou que teria de usar habilidades do *baseball* em um confronto bélico, e muito menos que um dia a vida de seu técnico estaria em suas mãos.

Com as pernas afastadas, uma pouco à frente da outra, os joelhos levemente dobrados para ajudar no impulso, firmou os pés no chão e baixou o tronco. Os olhos estreitos miraram o alvo. O braço direito então se esticou na diagonal superior e o pacote que tinha nas mãos furou o ar. Por um instante, sentiu-se no parque Sullivan com uma bola branca entre os dedos e a voz incansável de Hudson corrigindo cada detalhe.

A bomba fez uma parábola e explodiu no meio do terreno, uns dois metros antes da caixa d'água. Benjamin teria de se aproximar ainda mais. Hudson já havia alcançado o topo, ia ao encontro do perigo, com os braços e as pernas se movimentando mecanicamente devido ao poder da Influência.

Em sua posição confortável, com visão de todo o espaço, Morloch sentia que seu poder se multiplicava. A guerra, a morte e o sofrimento eram energias que o deixavam mais forte, e ele se sentia mais revigorado a cada instante.

As faíscas da bomba lançada por Benjamin foram inócuas para ferir o Conselheiro, mas suficientes para chamar a atenção dos Recrutados isolados no campo magnético, que lançaram uma bola não matérica naquela direção. Benjamin foi rápido e conseguiu pular, mas alguns dos estilhaços autoguiados o atingiram, ferindo seu ombro direito. Justo o que fazia a alavanca para os lançamentos.

Ele estava exposto a mais um ataque dos dois homens que se aproximavam do local trazendo o canhão nos ombros. Mas Benjamin conseguiu se esconder na cratera recém-formada, preparando-se para escapar para o bosque. Foi então que ouviu uma voz por trás de um arbusto há alguns metros dali.

– Rápido! Lance para mim a bomba de sementes. Eles estão chegando! – era Florence. Para se defender, ela trazia nas mãos um pedaço de madeira que muito se parecia com um taco de baseball.

– Não dá! Meu ombro está ferido, não consigo lançar.

Florence sabia que não poderia ser vista. Pensou em chamar os soldados, mas a distância até a casa era ainda maior, o que poderia ser fatal. Então continuou com seu plano.

– Lance a bomba com a mão esquerda, não precisa ser forte, só na direção deles! Eu vou acertá-la com essa madeira – a ideia de Florence lhe pareceu absurda.

– De jeito nenhum! Você está louca? E se você explodir junto com ela?

– Você não está entendendo! Lance a bomba, e eu arremesso o taco para "empurrar" a explosão em direção a eles.

– Isso é muito arriscado e, se não der certo...

– Não tem outro jeito, a gente precisa tentar! E eles estão chegando. Vão jogar aquele troço na gente...

– Então vamos! No três, eu lanço!

– Um, dois...

Benjamin, saindo do arbusto, jogou a bomba de sementes o mais longe que pôde, em direção aos dois Recrutados e a Florence, que, fazendo um giro como uma lançadora de discos das histórias gregas, bateu o taco com toda a força que tinha. Com o impacto da madeira, o pacote explodiu formando uma bola de fogo desgovernada que acabou "sugada" pelo canhão. Isso gerou sucessivos espocos e, na sequência, uma explosão muito maior. O plano não aconteceu da forma que eles pensavam, mas surtiu um efeito melhor do que o esperado. A explosão desintegrou o metal do canhão e os corpos dos inimigos. Benjamin e Florence não viram nada, pois foram lançados longe, o que os fez colecionar mais alguns ferimentos nos braços e nas pernas. Mas nem pensaram nisso quando se levantaram. O importante era que estavam livres para ajudar Hudson, antes que fosse tarde demais.

No topo da caixa d'água, Morloch controlava a mente do americano, conduzindo-o a preparar a arma do crime do qual ele mesmo seria vítima.

– Veja só: esse ferro que você arrancou da grade está em ótimo estado – a voz sádica era ainda mais gutural do que antes. – Vamos afiá-lo um pouco mais, certo? Vamos lembrar os tempos de operário de seu velho pai.

Hudson, solícito e concentrado, começou a passar a lateral do ferro com força no metal da caixa d'água, transformando-a em uma lâmina.

– Muito bem, agora se me dá licença... – Morloch retirou com brusquidão a arma das mãos enormes de Hudson, que a entregou sem qualquer resistência.

Benjamin e Florence, depois de usarem as crateras para chegarem à caixa d'agua sem serem vistos, já tinham começado a subir a escada de metal. O menino estava na frente, mas se desequilibrou em um dos degraus e, ao olhar para baixo, viu o desastre iminente.

– Florence, uma bomba caiu ali na base. Estamos perdidos!

– Pule! Vamos antes que...

Os dois se lançaram em direção à mata e correram muito até se jogarem no chão protegendo a cabeça.

O som da explosão veio segundos depois e eles viram de longe que havia tomado o pedestal.

— A caixa d'água vai cair! — Florence olhou para trás e entrou em desespero. — Como vamos tirar meu pai de lá?

— Vamos gritar. Vamos voltar e gritar lá de baixo. Ele vai nos ouvir e acordar do transe. Ele fez isso com a minha mãe. Vamos!

Os dois voltaram à construção, que agora estava torta, e começaram a berrar com toda a força, enquanto o outro pé da edificação parecia começar a ruir.

No platô da caixa, com a lâmina a um centímetro de seu pescoço, Hudson começou a ouvir um zunido. Ao mesmo tempo, sentiu o movimento da plataforma como se ela não fosse mais sólida.

— Acho que teremos que partir — Morloch segurou o corrimão metálico. — Ou melhor, eu terei. Você nem precisa se dar ao trabalho. Vai morrer agora mesmo.

Mas o americano já tinha captado a voz dos jovens e entendido que estava influenciado. Apenas aguardava o momento certo para agir. Quando Morloch teve um instante de desatenção, ao puxar suas vestes emaranhadas nos ferros do gradil, veio a chance de virar o jogo. Com os pés firmes na plataforma vazada, Hudson agigantou-se sobre o morto-vivo e partiu para cima dele.

— Pois fique sabendo, sua carniça ambulante, que eu sei muito bem uma forma de você parar de usar esse seu corpo nojento — os braços musculosos agarraram aqueles que pareciam galhos de árvores apodrecidos. — Também tenho amigos... do lado de lá. Eles me contaram sobre as técnicas apropriadas para a ocasião...

— Então você também dá atenção aos chamados do além? Nossa... deveria parar de acreditar nessas bobagens de almanaque de terror — a gargalhada ressoou pelos ares e um cheiro vegetal se impôs nas narinas de Hudson.

Mas a fraqueza física de Morloch estava visível e era preciso aproveitar a ocasião. O mais difícil da luta corporal seria não olhar nem por um instante para aqueles olhos desfigurados que atraíam a atenção de Hudson como um ímã. Assim, ele apertou o pulso da aberração com toda a força, até que o objeto de metal, o único que representava perigo, fosse largado, o que não tardou a acontecer.

Mais um golpe no peito do Conselheiro e o magro corpo caiu na base da caixa d'água, sobre a capa de andrajos. Mas ainda havia poder. A força de Morloch estava nos olhos, que continuavam buscando as pupilas escuras do ex-soldado.

– Desculpe, mas acho que quem vai descer sozinho sou eu.

O inimigo virou-se para pegar a lâmina, mas Hudson foi mais rápido, e não só pegou o objeto antes como, em um só golpe, separou a cabeça do corpo do Conselheiro. Depois, desceu até onde os degraus ainda não estavam incandescentes e pulou da caixa d'água em direção ao solo.

Segundos depois, a instalação tombou sobre as árvores, e o metal retorcido misturou-se com os galhos e as folhas.

E foi assim, com seu corpo devolvido à terra, que o reverendo Roundrup finalmente pôde descansar em paz.

Não se poderia dizer o mesmo de Morloch...

# Capítulo 60

Hudson viu as crianças escondidas na cratera e foi se juntar a elas. O abraço de Florence parecia querer eternizar aquele momento, enquanto Benjamin ansiava por algum direcionamento. Mas o encontro não duraria muito, pois logo viram dois Decaídos se aproximando. Um deles tinha nas mãos a esfera de metal.

— Fiquem aqui, eles não nos viram ainda. Estão em busca do chefe deles na caixa d'água.

— Cuidado! – a menina não acreditou quando viu que o pai estava indo ao encontro deles.

Hudson, felinamente, esgueirou-se pelas árvores, contornando o bosque por dentro para chegar ao outro lado dos escombros. A tampa da caixa estava caída ao contrário, com o bico enfiado no solo, o que lhe deu uma ideia. Só precisava de um pequeno reforço, então teve de correr mais rápido do que nunca.

— Cortaram a cabeça dele! – o Decaído se negou a tocar no que via. – E agora? Estamos livres?

— Não seja ridículo! Lembra que o corpo era usado apenas para que ele pudesse falar e andar? Ele continua por aí. Nem pense em sair da linha. Ou quer perder tudo?

— Não! Até porque acho que não vamos demorar muito para acabar com essa gente.

— Assim é que se fala! Vamos voltar para o escudo e terminar logo com isso. Só não sei o que faremos com ele... Vamos enterrá-lo?

— Você mesmo disse, o corpo nem é dele. Não vamos perder tempo com isso. Além disso...

O barulho metálico interrompeu a conversa e ambos foram aprisionados como passarinhos em uma armadilha. Hudson usou toda a sua força, somada à dos três sentinelas que conseguiu chamar, para emborcar a tampa da caixa, desta vez sobre os Decaídos.

– Mais duas baixas do inimigo! Agora é não perder mais nenhum dos nossos – a desvantagem numérica continuava grande, mas o reforço positivo fazia bem ao americano.

– E se eles virarem a tampa?

– Não vão conseguir em dois o que quase não conseguimos em quatro. Ainda mais do lado de dentro. Vamos voltar para o casarão!

O rosto quadrado de Hudson iluminou-se com um sorriso quando, chegando perto da casa, viu a filha e o afilhado em segurança. Entraram todos e se juntaram na frente da lareira, acesa com os últimos e parcos gravetos, que traziam um pouco de calor. Marlon Brando, assustado com as bombas, envolvia o corpo de Encrenca como se estivesse cuidando dele, mas de repente começou a latir sem parar, com a cabeça voltada para a porta.

– Benjamim... eu estou com medo... ele chegou.

– Quem chegou, Encrenca? – Hudson, já acostumado à nova dinâmica entre vivos e mortos, perguntou com naturalidade.

– O velhinho – Gonçalo torceu o longo nariz ao ser apresentado daquela maneira. – Ele disse que ou encontramos a vovó ou a Dorothy vai morrer.

– Nada disso, Encrenca. Dorothy é muito amiga de Elizabeth, não vamos deixar que isso aconteça! – Benjamin tentava trazer maturidade à conversa, um pouco para dar segurança ao irmão, um pouco para impressionar Florence.

– Pergunte a ele se há alguma outra forma – a menina nunca pôde ver a Movedora, mas odiava pensar na possibilidade de perdê-la. – Deve haver alguma coisa que possamos fazer!

– Ele disse que só os ossos de Dorothy podem salvá-la.

Benjamin e Florence se entreolharam com um ar de cumplicidade e abriram um largo sorriso ao mesmo tempo.

— O que vocês sabem que eu não sei? — Hudson logo percebeu que escondiam algum segredo.

— Os ossos de Dorothy estão aqui em Emerald. E nós sabemos onde.

Gonçalo quase caiu para trás ao ouvir aquilo. E tomou outro susto quando a figura de Gregor surgiu do nada.

— Todos bem por aqui, Gonçalo?

— Sim, estão!

— Conseguiu falar com Elizabeth? Sabe onde Layla está? Precisamos urgente encontrar a solução para Dorothy, não sei quanto tempo ainda temos...

— Falei com Layla. Descobri a solução para salvar nossa Aliada. Eu estava muito preocupado até que descobrimos algo aqui, não é, Encrenca? — Gonçalo piscou para o menino.

— Isso mesmo. Meu irmão vai buscar os ossos!

— Ossos? — Gregor se espantou.

— Não é hora de perguntas, vamos resolver isso!

— Então vamos, Florence! — o primogênito dos Ross se animou. — Encrenca, você fica aqui com Hudson, tudo bem?

— Não, Benjamin, você não pode sair daqui. Precisa esperar Elizabeth — Gregor, desde a noite que passara em Hogsteel, entendia tudo o que a líder dos Aliados havia dito, e mais do que nunca queria ajudá-la. — Encrenca, fale isso para o seu irmão, por favor!

— Benja, você não pode sair daqui. Tem que esperar a vovó.

— Por quê? — Benjamin questionou.

— Ele disse que é porque a vovó precisa falar com você. E que é um assunto sério.

— Eu vou, Benjamin. Eu lembro do caminho — Florence pegou a coleira de Marlon Brando. — Ele vai me proteger!

— Fique bem onde está, mocinha. Você não vai sair daqui para lugar nenhum — o pai zeloso foi em direção à filha, que fez um movimento ágil, muito parecido com o que o ex-soldado fazia quando jovem.

— Pai, você não está entendendo. Só eu sei chegar lá!

— Então eu vou junto. Não posso deixar você ir sozinha.

— Ninguém vai me ver na floresta. Já a casa é alvo dos inimigos. Eles podem atacar a qualquer momento. É melhor você ficar aqui protegendo Encrenca e Benjamin — o último não gostou nada do que ouviu, embora quisesse mesmo reencontrar logo a avó.

— Vá rápido, Florence. Minha avó não vai nos perdoar se a mulher sem corpo morrer — Benjamin confiava plenamente nas habilidades de sua melhor amiga.

— Você jura que vai tomar cuidado, Florence? Não vou sossegar aqui...

— Você sabe que eu sempre me safo, pai.

Hudson era obrigado a concordar. Mesmo sendo a caçula, Florence sempre conseguia se sair bem dos pequenos e dos grandes desafios. Era sua filha mais esperta e, no fundo, acreditava que ela cumpriria a tarefa perfeitamente.

— Encrenca, diga que ela deve pegar dois ossos dos braços ou das pernas e o crânio — recomendou Gonçalo.

— Quê? — perguntou o menino.

— Apenas diga isso, que é o que precisamos para o ritual que deve salvar Dorothy.

Seguindo as ordens de Gonçalo, Encrenca orientou Florence, que fingiu não se afligir com a tarefa macabra.

— Vá de uma vez, minha filha — disse Hudson, que não queria prolongar aquele momento de tensão. — Sei que você vai conseguir!

— Eu vou. Mas antes... — Benjamin quase morreu de vergonha quando Florence deu um beijo em seus lábios na frente de todos — ...a gente nunca sabe o que pode acontecer numa guerra, né?

Sem olhar para o pai, a menina saiu correndo o mais rápido que pôde, seguida pelo cão.

---

Gonçalo e Gregor ficaram para dar suporte aos soldados na defesa do casarão, enquanto Florence e Marlon Brando seguiam pelo bosque em ritmo acelerado. Se paravam por alguns instantes para tomar fôlego, era por Marlon Brando. A menina tinha herdado a disposição inabalável do pai.

– Agora é só continuar por esse caminho, Marlon. A parede de pedra e o túmulo estão a cerca de duas milhas daqui – sua animação e seu destemor impediam-na de captar o que o animal, com sua audição privilegiada, já estava ouvindo havia alguns minutos.

– Vamos, não fique aí olhando para os lados, seu preguiçoso! – a luz da lanterna, forte e direcionada, fazia com que ela não perdesse a concentração.

Quando o caminho se estreitou e ficou mais acidentado, as pernas começaram a doer, e os braços, arranhados pelos galhos, passaram a incomodar Florence. Barulhos da floresta se confundiam com sua respiração, e agora o que a conduzia era a adrenalina de chegar num túmulo no meio da noite. Sabia que a segunda vida de Dorothy dependia dela. Era muita responsabilidade. Não demorou para se aproximar da pedra de mármore na qual o nome da Movedora havia sido gravado. Se tivesse mais tempo para refletir, talvez tivesse desistido. Mas era tarde demais.

Marlon Brando começou a latir, o que só aumentou o frio na barriga de Florence. Ainda assim, ela arrastou a pedra lapidar e, com dificuldade, conseguiu deixá-la em diagonal. O cheiro era mesclado e intenso, e a deixou tonta por um instante. Tomou coragem para olhar dentro da fresta e logo a iluminou com a lanterna. Sim, já era possível divisar o esqueleto perfeito. Os olhos vazios e a boca aberta da caveira, tantas vezes vistos no laboratório de ciências, ali pareciam diferentes. Mais tranquilos. Mas a pior parte estava por vir. Seria necessário entrar lá.

Ela então tomou fôlego, prendeu a respiração, firmou a lanterna na mão e desceu no túmulo, testando o chão antes de soltar o corpo. Pegou dois ossos grandes, que deveriam ser das pernas, e também o crânio. Era tudo que haviam pedido, mas o peso tornava difícil a saída, porque não havia apoio para as mãos. Florence então pousou a lanterna e os três ossos, ficando em uma desconfortável escuridão. Foi quando notou que Marlon Brando havia silenciado. Onde estaria ele?

Um ruído entrecortado, que parecia ser de passos, ficava cada vez mais evidente, como se alguém estivesse se aproximando. Florence deitou o corpo e escorregou novamente para dentro da sepultura. Sob aquela perspectiva, a situação era ainda mais assustadora, sobretudo porque não conseguia enxergar um impertinente inseto que andava com suas patinhas finas em seu braço.

– Olá, mocinha, passeando no bosque?

Marlon Brando na verdade só havia se afastado para reconhecer o local, mas, assim que pressentiu o perigo, voltou trotando como um corcel e começou a rosnar. Em vez de assustar os homens, só os fez rir.

– Nossa, que fera. Estamos morrendo de medo! – os três Recrutados, com os capuzes caídos atrás das costas, eram rostos familiares. Muitos dos inimigos eram pessoas que podiam ser encontradas nas ruas, nas instituições e nas praças de Esparewood.

– Depois fazemos um assado com ele... mas, agora, vamos cuidar da nossa chapeuzinho vermelho mórbida. Onde já se viu? Dentro de um túmulo?

– Vocês não vão conseguir me pegar! – Florence deu um salto para fora do túmulo e se colocou em posição de fuga, olhando em volta em busca de uma brecha no bosque. Mas não sem antes pegar os três ossos e a lanterna, pousados na borda da sepultura.

A gargalhada foi geral, mas pareceu se somar a mais alguns sons que não vinham dos zombeteiros. Florence ouviu algo como relinchos de cavalos.

– Eu não tenho medo de vocês! – Florence parecia transformada, o que não impediu os homens de continuarem a rir e, o pior, a se aproximar dela.

Os sons que ouvira se acentuaram. O pavor de Florence começava a intimidá-la.

– Isso mesmo, Florence, não precisa ter medo – Layla, com os cachos soltos e um casaco de couro que caía como se fosse dois números maior, surgiu do meio das árvores. – Meus amigos vão dar um jeito nisso.

Mais de quarenta ciganos fortes e armados com punhais lançaram-se sobre os Recrutados desprevenidos. Numa luta desigual em número e em agilidade, solaparam o inimigo. Layla e uma outra mulher morena, adornada com ouro e um lenço vermelho, puxaram Florence para cima do cavalo e saíram a galope. Queriam impedi-la de ver a batalha que tomava forma. Enquanto isso, as capas sujas de sangue cobriam os Decaídos e os pensamentos sombrios que os moviam.

– Layla, tenho que levar os ossos de Dorothy.

– Eu sei, fui eu que passei as instruções para Gonçalo – o ritual que nunca esperara ver em sua vida estava prestes a acontecer.

– Então estamos indo para lá? – a menina, ainda sem refletir sobre o perigo que correra, estava disposta a concluir o plano.

– Estamos. Cítor vai nos levar pelos atalhos do bosque – Layla e Florence passaram para a garupa do homem, enquanto a cigana ficou incumbida de organizar os próximos passos com o bando.

Marlon Brando, com a postura altiva de um autêntico cão de guarda, os acompanhou imitando o galope do cavalo.

---

Mesmo sem o Círculo das Sombras a sua volta, e apesar da proteção benfazeja de Frank, Dorothy mal conseguia se mexer. Tudo o que fazia era se concentrar para gastar o mínimo possível de energia. O adolescente havia tirado o pó de tijolo com os pés, para que ela pudesse se deitar no solo, mas seu estado avançado de desvitalização não contribuía na recuperação dos *enits*.

Sid, por sua vez, estava integrado à vara de javalis e parecia perdido em pensamentos. Todos os anos de sua infância, a expulsão dos colégios, os pais ausentes e a vida em Esparewood começavam a ser montados como um grande quebra-cabeça. De menino perdido na vida, sem passado e sem futuro, ele passara a ser alguém com duas famílias: a composta pelos animais que o salvaram por duas vezes e a que há anos pensava que ele já estava morto.

Nas reflexões daquele momento, Sid finalmente entendeu que, quando Bob Jr. assoprou três vezes em seu ouvido a palavra javali, não estava maluco, mas sim tentava lhe transmitir a conexão que havia entre ele e aquela espécie que agora se mostrava como uma parte sua.

Tudo na floresta parecia estar em suspenso, uma dinâmica bem diferente daquela que acontecia a cerca de duas milhas dali, no gramado central da propriedade de Ursula.

– O que faremos agora, Hudson? Sem Ross, estamos sem direção! – o soldado George continuava com o rifle apontado para o campo magnético, que estava "caminhando" até eles como se fosse uma imensa tartaruga.

– Eles estão em maior número. Pelo que vejo ali, são cerca de quarenta homens, talvez quarenta e cinco... – Hudson, já assumindo como comandante substituto, colocou o binóculo entre os espaços vazios da barricada. – Quantas baixas tivemos?

– Perdemos dez homens. Um quarto da nossa tropa.

– E eles?

– Creio que diminuíram pela metade. Quando saem daquele maldito escudo, conseguimos alvejá-los.

– Mas por que eles saem se é lá que ficam protegidos? – o americano estava se acostumando com aquela tática de guerra sobrenatural.

– Parece que só conseguem movimentar aquele troço quando saem dele. É quando aproveitamos para atirar. Mas ainda são muitos...

– O problema é que talvez não consigamos acabar com eles antes que cheguem até a borda da barricada.

– Também acho. Temos que arrumar uma maneira de destruir essa arma do demônio. Deve haver um jeito. Porque, se tudo continuar dessa forma, eles vão chegar aqui logo, logo.

— Exato. Eles avançam mais rápido do que nós os destruímos, Hudson – o homem falava com firmeza e honradez, o que comovia o americano. – A parte boa é que têm bem menos daquelas bombas. E faz algum tempo que não lançam a esfera de metal.

— Vamos nos aproveitar disso e...

— Veja, Hudson! – gritou George, fazendo sua voz animada superar o espocar dos tiros. – Quem são aqueles?

O queixo proeminente do homem quase caiu no pescoço com a cena que viu a sua frente. Layla, imponente, com os cabelos soltos ao léu, e Florence, sua filha, na garupa do cavalo de um homem rude, forte, de cabelo muito preto, que vestia calças largas, botas até o joelho e um casaco que parecia ter várias camadas de tecido. Um cigano genuíno.

— Meu Deus! O que ela terá aprontado desta vez? – ele não se conformava, e sentia um misto de ciúmes, pânico, orgulho e instinto paternal. – Me dê cobertura, George, eu vou até lá.

Hudson cruzou o campo, mas, quando começou a contornar o escudo para chegar até onde estavam os cavalos, notou que mais uma bola escura era disparada em sua direção. O exército inimigo não tinha percebido os visitantes ciganos e, sim, sua solitária investida. Ele pulou, mas acabou sendo atingido por algumas fagulhas, que rasgaram sua pele. As bolas não matérias pareciam a arma mais poderosa do exército inimigo, e a explosão gerava grande estrago.

Hudson viu que estava fragilizado. Voltou correndo à barricada, de onde notou que os cavalos haviam desaparecido. Mas agora tinha chamado a atenção do inimigo e constatou que vários saíram do escudo para movimentá-lo.

— Atirem! Eles estão chegando! – a voz grave de Hudson soou mais forte que a de Ross, mas trazia um toque de desespero que confundiu os soldados.

Os tiros só não foram um fracasso completo porque ao menos fizeram dois dos Recrutados caírem. Já o escudo deles conseguiu um avanço maior. Eles estavam só a alguns passos da casa.

– Hudson, sejamos realistas. Acabou. Estamos perdidos – George, mesmo mantendo a postura, baixou a arma e deu uma olhada de resignação para os demais membros da tropa, que continuavam resistindo bravamente, apesar da desvantagem. – Eles estão a menos de dez metros daqui. Para segurá-los, Gregor tentava influenciar suas mentes, mas era impedido pelo escudo. Gonçalo, por sua vez, corria para levantar uma cortina de poeira e impedir a visão dos inimigos, mas os resultados eram muito limitados.

O americano olhou para a casa e pensou que ali dentro estavam as pessoas que havia jurado proteger. Pensou ainda que sua amada o traíra gratuitamente e ainda tinha levado sua filha junto. Pela primeira vez em toda a sua vida, concordou com uma previsão pessimista.

– Você tem razão, companheiro, acabou... – o comandante, estático e cabisbaixo, lamentava a derrocada na batalha.

---

Enquanto isso, no Bosque das Clareiras, Dorothy pensava em uma frase de despedida para que Frank transmitisse aos amigos que ficassem. Ela sentia que o fim estava próximo.

O adolescente estava aflito, não queria aquela responsabilidade tão grande, e tudo o que fez foi apertar a pedra azul que tinha nas mãos. Sid, de volta de suas digressões, ia descobrindo, uma a uma, todas as informações até então escondidas em sua mente. Quando viu Frank, estava angustiado e quis tentar ajudar.

– Você vai ficar aí parado, cara?
– Ela está morrendo.
– Ela quem? Eu não vejo ninguém.
– Dorothy está presa, e prestes a perder a vida pela segunda vez. Isso é muito triste...

Sid "Ruivo" Condatto não era muito bom com palavras, muito menos com as de consolo. Ficou pensando em algo que coubesse naquele contexto e usou a memória que acabara de reaver.

— Eu conheci uma menina semimorta que passou anos no cativeiro. Hoje ela está se recuperando bem no hospital. Se ela pôde se salvar, quem sabe a sua amiga...

— Sua semimorta não devia estar nesta situação... o estado de Dorothy é muito grave — os olhos profundos de Frank miravam o vazio.

— Que nada, o meu bando vive na orla do bosque e me disse que resgataram a menina em estado deplorável... só pele e osso, toda machucada. E o mais incrível é que só agora estou ligando os pontos e sei quem é essa menina. É Sally, minha colega de cativeiro. Só agora entendi que foi ela que se salvou.

— Não sei se entendi bem... você vivia em cativeiro?

— Vivia. Agora eu sei que sim. Eu me lembrei. Passei o inferno ao lado de Sally... Se depois de tudo aquilo ela sobreviveu, sua amiga também vai conseguir.

— Espere! Você está ouvindo isso? — Frank ergueu o rosto.

— Parece... o som de um galope — Sid olhou em volta e viu que os javalis também se alvoroçaram e estavam se preparando para sair da clareira.

— Está se aproximando! — ambos se levantaram prontos para fugir.

Dorothy, por sua vez, não pôde esboçar nenhuma reação.

— Vamos, cara! Pegue umas pedras! — Sid apanhou um pedregulho do chão, para se garantir. — Acho que vamos ter que lutar...

— Não! Não será preciso luta alguma — Frank estava diante de um imenso cavalo negro, que parou bem a sua frente. Ele ouviu uma voz feminina familiar, embora apenas a figura de um homem montado ocupasse seu campo de visão. — É hora de salvarmos Dorothy!

A mulher usou os ombros do cigano Cítor para descer e deu a mão para ajudar Florence.

— Layla! — Frank a reconheceu e foi até ela. — Dorothy está... ela está...

— Eu estou vendo. Não temos tempo a perder — a mulher abaixou-se para olhar bem nos olhos da menina a sua frente.

— Florence, faça agora mesmo o que deve ser feito. Foi você que encontrou os ossos, então é você que tem que realizar o ritual.

A menina, assim como Frank alguns momentos antes, sentiu o peso da responsabilidade. Nunca pensara estar em uma situação que envolvesse os ossos de um cadáver e o espírito de uma mulher. Tinha um misto de medo e curiosidade, mas procedeu de acordo com as orientações de Layla. Primeiro, desenhou no chão em torno de Dorothy uma grande estrela de cinco pontas. Depois, colocou os três ossos juntos e os esfregou incessantemente.

— Tem que ser mais forte, Florence. Os ossos precisam estar bem aquecidos — Layla não podia fazer nada além de encorajá-la.

— Não vai dar tempo! — o pupilo de Elizabeth olhava fixamente para a Movedora e quase não via mais seu rosto, afundado no vestido florido.

— Querida, você precisa usar todas as suas forças — os olhos castanhos de Layla estavam úmidos, e a voz já saía embargada.

A menina, exausta de tanto esforço sem êxito, largou os ossos. Foi quando Sid se aproximou com um galho nas mãos.

— Ou você faz o seu trabalho, ou vou chamar meus amigos! — Fogueira estava disposto a colaborar, mas não sabia se expressar muito bem. — Eles estão ali atrás das folhagens, e são bem bravos.

— Pare com isso, Sid Condatto! — Frank foi em auxílio da menina. — Deixe seus javalis fora disso!

Ao ouvir a palavra "javalis", a menina se esforçou como jamais pensou que poderia. Assim como seu pai, ela morria de medo deles. Ela catou os ossos, e seus pequenos braços ganharam força e agilidade. Florence já não sentia mais dor nem cansaço algum.

— Vejam! Está funcionando! — o grito do adolescente foi como uma música para os ouvidos de Layla, que correu até Dorothy.

Gonçalo, que voltara para perto da eterna amiga sem contar as notícias do campo de batalha, também notou que ela se reanimava aos poucos.

— Vamos,, você vai conseguir. Fique firme!

Assim que Florence conquistou o objetivo de deixar os ossos devidamente aquecidos, ela completou a última parte do ritual cruzando dois gravetos em chamas no chão, na parte mais alta da estrela.

Dorothy foi melhorando, se levantando e, em pouco tempo, estava de pé.

– Gonçalo, meu amigo... eu...

– Shhh, não se desgaste, Dorothy. Melhor esperar tudo isso passar.

Frank e Layla eram os interlocutores entre vivos e mortos.

Com esse novo círculo de energia que se formava a sua volta, e com a força do bosque que agora parecia direcionada exclusivamente a ela, a Movedora parecia estar ainda melhor do que no começo da batalha. Era como uma flor nascendo em pleno inverno.

---

As coisas iam bem na floresta, mas no epicentro da batalha o desespero se espalhava entre os ex-combatentes de St. Régis. Eles estavam cientes que, em questão de segundos, estariam todos destruídos.

– Ei, o que é aquilo? – a voz do soldado fez Hudson se mover, mas foi o calor incomum naquela hora e o galope vindo de forma inesperada que o colocou de novo em posição de combate.

– Tochas!

A cena era de uma beleza épica. Dezenas de corcéis imponentes traziam um bando de ciganos com rostos iluminados pelas chamas que tinham nas mãos. Eles se aproximaram do campo magnético que envolvia o exército das Sombras e, metódica e alinhadamente, abaixaram as tochas até o chão, ateando fogo ao gramado. Os homens que estavam protegidos pelo escudo de energia começaram a sair de trás dele para todos os lados, tentando fugir do calor lancinante que queimava suas peles.

Os homens de St. Régis uniram-se aos ciganos, empregando toda a munição que tinham economizado até ali. Alguns dos Recrutados conseguiram atingir a barricada e partiram para uma luta corpo a corpo. Outros, que traziam revólveres por baixo das capas negras, atiraram contra os homens de Ross, manchando de sangue os sacos de estopa.

Layla, mantendo a zarabatana na algibeira de couro que não tirava de junto de si, colocou-a em ação com um dardo envenenado. Com sopros curtos e precisos, conseguiu salvar George no exato momento em que um encapuzado se aproximava dele pelas costas.

Com o reforço inesperado do esquadrão cigano, o exército local ficou em vantagem. No *front*, havia mais de quarenta corpos sem vida e cerca de dez reféns de manto negro que Gregor influenciou em bando para que permanecessem estáticos. Sem os capuzes, aqueles Seres das Sombras surpreendiam os que os reconheciam como velhos e insuspeitados cidadãos esparewoodianos.

# Capítulo 61

Mesmo transformada, Arianna ainda resguardava sua consciência. Sentia-se pilotando um trator, como se seu desejo de destruição pudesse ser saciado enquanto sua mente continuava impassível na cabine de controle. Uma mulher com sua história e com seus objetivos jamais poderia hesitar. Um de seus alvos já havia sido eliminado havia alguns minutos. Mas o falecido Jasper Ross nunca fora seu alvo. O que realmente importava era o fim de Elizabeth Tate, e estava tão furiosa de ter perdido o rastro dela que quase não percebeu o projétil que explodiu timidamente em sua carapaça sem exercer grande pressão.

Não foram precisos mais do que alguns segundos para que a bomba com a poderosa erva fizesse efeito. Os olhos esbugalhados do monstro, cobertos pelas dobras reptílicas, logo se depararam com a imagem de pelo menos cem Ariannas, que formavam um círculo de estonteante beleza. O prazer de ver os corpos perfeitos, os cabelos brilhantes e a elegância dos movimentos era inebriante, assim como ter a certeza de que aquela seria sua forma definitiva.

Mas era apenas a primeira fase do efeito da planta. Na segunda, o êxtase se transformaria em pesadelo. Cada uma das mulheres com as feições perfeitas começara a se transformar. A pele perdia o viço, os cabelos esbranquiçavam e, enquanto em metade delas um lado da cintura crescia, como se dobras de gordura as invadisse, a outra metade tornava-se esquelética. Cada uma ia se transmutando numa velha decrépita mais horrorosa que a outra. Misturada a tantas Ariannas estava Elizabeth, que agora, em vez do cabelo loiro, tinha na cabeça serpentes de ferro dourado retorcido que se movimentavam de forma ameaçadora. No lugar das bochechas rosadas, trazia vincos profundos, que lhe sombreavam a face. Foi a única que, com uma espada reluzente nas mãos, se aproximara da Arianna real.

As outras, com seus corpos destruídos pelo tempo encapsulado naquele momento, tentaram impedir a medusa metálica de atacar, mas foi em vão. Seus corpos, já em estado de decomposição, despedaçaram-se no solo e formaram montes de poeira negra, que foram dissipados pelo vento.

Alimentada por um ódio atroz, a figura monstruosa preparou-se para destruir a oponente.

Quando se aproximou para atacar, foi detida por algo que não esperava. Uma criança de longo cabelo negro e pele muito branca estava de pé, sozinha, no chão de terra batida. A mais angelical figura ou o mais terrível dos delírios?

— *Mamãe, não faça isso.*

Por trás da garotinha, uma mulher tão bela quanto a filha apareceu vestindo um traje austero, todo negro, com renda nos punhos e na gola. Conduzia agora a filha até uma jaula de metal instalada no meio de uma sala escura e mal decorada.

— *Me tire daqui, mamãe, não me deixe...* — *os traços irretocáveis da garota, numa face de equilíbrio divino, estavam banhados de lágrimas.*
— *Fique aqui, Arianna, fique aqui até você se tornar linda. Sem sol para te queimar, sem doces para te engordar, sem distrações para te desencaminhar. Você precisa ser bela e perfeita.*
— *Mas eles estão me olhando, mamãe. Eu não gosto deles...*
— *São amigos da mamãe. Eles gostam de te olhar, só isso. Comporte-se, Arianna. Você só precisa mostrar toda a sua beleza.*

A consciência por trás do corpo monstruoso se incomodava. As lembranças de uma infância maldita envenenavam ainda mais o sangue escuro daquela criatura.

— *Mamãe, não me deixe aqui sozinha...*
— *Estou fazendo o melhor para você. O melhor para nós. A beleza é o maior valor desta vida. Nunca se esqueça disso.*

A imagem ficava mais nítida. A menina dentro do gradil trajava um vestido de voal transparente e seus cabelos brilhavam, mesmo com a luz difusa do ambiente.

— *Mamãe, eu tenho fome.*
— *Vou trazer umas amoras para você, minha querida.*
— *Eu quero sair daqui.*

As vozes vinham de um passado confuso, que misturava várias realidades, e o monstro sabia que só uma atitude drástica poderia acabar com aquilo. Era hora de se livrar de Elizabeth de uma vez por todas. Mas o efeito da Erva dos Mil Olhos não se esgotara. O pior ainda estava por vir, personificado no maior medo de Arianna.

Apenas um lustre fraco em forma de candelabro iluminava a sala, e dentro da jaula a menina tremia de frio. Ela pensava que não havia mais ninguém no ambiente e buscava as últimas frutas escuras dentro do pote que a mãe havia lhe dado. O silêncio foi quebrado pelo barulho da maçaneta e os sussurros foram se tornando mais reconhecíveis.

— *Venha por aqui. Ela está na sala.*
— *Se é tão linda como me diz, vai valer a pena todo esse dinheiro que me cobrou.*
— *Linda! Maravilhosa! Mas lembre-se: seu limite é a jaula. Não poderá tocar nela.*

A voz próxima da mãe era um conforto para Arianna, mas ela estranhou dessa vez tudo parecer tão secreto.

— *Mamãe?*
— *Arianna querida, trouxe um amigo para te ver. Vou deixá-lo com você por uns instantes.*
— *Mas... você não vai ficar aqui?* — nunca nada parecido havia acontecido.
— *Não, desta vez só ele vai te ver.*
— *Mas, mãe...*

Nesse momento, a maçaneta novamente girou e outra menina com os mesmos cabelos negros, com a mesma pele alva, entrou na sala.

Agora não era a pequena Arianna que aparecia na tela mental povoada de alucinações, mas, sim, Isabella.

O monstro se desesperou. Seu maior medo era o de que um dia Isabella descobrisse seu segredo, as agruras de um passado feito de cárcere e abuso. E aquela velha idiota, Elizabeth, estava promovendo essa desordem em suas memórias.

— *Arianna, minha querida... Nada vai te acontecer. Ninguém vai se aproximar de você. É só um pouquinho. Nem dois minutos.*

Dessa vez, era dos olhos bestiais da assombrosa criatura que lágrimas grossas caíam. Elizabeth, surpresa por aquela estranha hesitação por parte da inimiga, buscava respostas ao mesmo tempo que pensava em maneiras de lhe tirar a pulseira.

— *Mãe, mas por que você vai me abandonar?*
— *Isabella, você ficará bem melhor com o seu tio Jasper... não se preocupe...*
— *Você é uma mentirosa.*
— *Você vai ser bela, minha filha, tanto quanto eu.*
— *Mamãe... por que está fazendo isso comigo?*
— *Foi o que eu aprendi, Isabella. Só a beleza importa.*

Arianna se apegou ao fato de que aquilo era apenas sua imaginação, puro delírio. Não era a realidade. Isabella não tinha visto nada. Ela nunca saberia de nada. Estava morta.

A Recrutadora das Sombras fez um esforço descomunal para dissipar os pensamentos, sem saber mais o que era verdade ou ilusão. Começou a lançar contra Elizabeth escamas afiadas, arrancadas de sua própria pele. Sua percepção a levava a pensar que cada uma servia para abater uma das serpentes da cabeça de sua inimiga mortal. O objetivo final era fincar suas unhas negras e cônicas no coração dela, da mesma forma como fizera com Richard.

A estratégia estava dando certo, e Elizabeth agora só tinha a espada nas mãos. Os ofídios protetores, extirpados de sua cabeça, estavam esparramados pelo chão e só faltava organizar o ataque final.

Foi quando um rugido interrompeu o embate entre as duas. Um urso castanho, enorme e manco surgiu da floresta e se aproximou para atacar. O monstro se preparou para mais uma vez usar a cauda, mas o animal de pelagem castanha se esquivou e cravou os dentes na articulação, onde a pele não estava totalmente revestida de escamas.

A fera teve de usar o corpo como alavanca contra o urso e fez um giro, levando-o junto, ainda grudado nela pela mandíbula. Logo depois da queda, o monstro sentiu que estava com os movimentos restritos e que perdia uma das patas, cortada com uma lâmina afiada.

O contato do sangue com o solo trouxe de volta a forma humana de Arianna. E também o fim do efeito da Erva dos Mil Olhos. Na verdade, o urso da alucinação era Jasper Ross, que o tempo todo estivera lutando contra o monstro. Foi ele que o imobilizou e permitiu que Elizabeth conseguisse cortar-lhe o braço para retirar o bracelete.

Gonçalo chegou esbaforido, ciente de que estava atrasado. O Pacto de Energia já havia indicado que ele precisava estar lá o quanto antes.

— Gonçalo, corra até o casarão e traga reforços para que Ross volte em segurança — instruiu-o Elizabeth, mais segura do que nunca. – E diga para deixarem a casa absolutamente vazia. Para destruir o Bracelete de Tonåring, Benjamin deverá ativar sozinho o Fogo Grego. Se isso não acontecer, teremos sérios problemas. É absolutamente imperioso que todos obedeçam.

– E onde está o bracelete?

Elizabeth estendeu um antebraço liso e alvo, de onde o sangue escorria em gotas densas e escuras. Horrorizado, o Speedy teve certeza de que era hora de imprimir velocidade máxima.

# Capítulo 62

Na sala do sobrado, a face do pós-guerra aparecia no rosto de cada um. Emily servia a sopa racionada para a família e para os soldados, enquanto Hudson buscava encorajar a tropa. Apenas Encrenca, o único preservado de qualquer ataque, tentava entender tudo com olhos curiosos. Os mesmos que viram uma luz cruzar a sala.

— Mãe, o tio português chegou.

— Gonçalo? — aflita e com as roupas rasgadas, Emily se apegou ao fato de contar com um dos Aliados, mesmo que não pudesse vê-lo. — Pergunte a ele como está seu pai, como está a vovó!

— Está tudo bem, Encrenca — antecipou-se o anglo-lusitano. — Diga para sua mãe que eles estão... diga que estão bem. Que conseguiram tirar a pulseira de Arianna.

— Conseguiram? — foi Layla quem rompeu o silêncio dos não Legítimos. — Então significa que... estamos livres!

Ao ouvirem isso, todos, mesmo exaustos, respiraram aliviados e comemoraram. Emily trocou um sorriso com Benjamin, que estava com o rosto arranhado e sujo de terra. Hudson abraçou Florence com força. Era reconfortante receber aquela notícia.

— Não vamos nos antecipar — o anglo-lusitano, como sempre acontecia quando estava sob o impacto das emoções, tinha o sotaque mais forte do que nunca. — Onde está Dorothy? E Gregor?

— Dorothy está no bosque. Moveu várias troncos e galhos que caíram com a explosão das bombas e aprisionou lá dentro os inimigos. Hudson e os ciganos até a ajudaram no começo...

— Depois a deixei — o americano completou a fala de Layla — era uma questão de honra para ela. Cítor também entendeu e levou seu bando de volta para a floresta.

— E Gregor, onde ele está?

A mulher de cabelos castanhos apontou o andar de cima, mas seu rosto indicava que algo não ia bem.

— Parece desolado. Foi o único que não ficou feliz com a nossa vitória.

No quarto que um dia fora de tia Ursula, Gregor estava encostado em uma quina de parede, como se quisesse escorar a casa com seu corpo imaterial. Ele sabia o que aconteceria em breve. Havia descoberto tudo em Hogsteel. Seu treinamento havia avançado muito e, embora ainda não conseguisse influenciar Elizabeth, naquela ocasião tornara-se capaz, pela primeira vez, de ler sua mente. O assunto ocupava a maioria da tela mental da líder dos Aliados, o que permitiu que ele descobrisse até o fim a verdade sobre a Profecia. Em todos os detalhes. No começo, queria lutar contra ela e desejava que tudo fosse apenas uma construção fantasiosa de uma senhora imaginativa. Mas ele foi a fundo. Em suas viagens subversivas, em que não deixava rastros, pesquisou todos os detalhes da Profecia e conseguiu até alguns registros secretos — vindos dos Rebeldes da Zona Neutra — que confirmavam as informações. A morte profetizada nas páginas finais do livro era mesmo inevitável.

O Influenciador só não conseguia se acostumar com a ideia.

— Tudo bem — Gonçalo continuou. — Gregor é assim mesmo, sempre do contra. Agora, Layla, preciso que diga a eles algo importantíssimo — ele olhou em volta e notou que o grupo estava todo junto, como os animais quando se reúnem em bando para se proteger. — Elizabeth pediu que todos saiam da casa e fiquem escondidos. Eu vou mostrar, junto com os ciganos, os lugares mais seguros da propriedade. Ah, só tem mais uma coisa. A mais primordial. Todos devem sair, menos Benjamin. Ele deve permanecer.

Quando a Aliada de carne e osso repassou a informação aos colegas, a mesma dúvida assolou os adultos: como deixar um jovem tão novo na casa, sendo que a batalha não estava inteiramente ganha? Ao mesmo tempo, queriam que tudo terminasse o mais rápido possível.

— Layla, avise seu amigo, minha mãe, o exército, o papa que os meus filhos vão comigo! — Emily abraçou as crianças e se dirigiu à porta.

— Emily, ele está dizendo que isso pode comprometer todos os planos. Se a pulseira não for destruída por Benjamin, podemos ter grandes problemas.

— Por que ele? Por que Hudson ou Ross não acabam com essa maldita pulseira? Ele não disse que Jasper está vivo? Que está tudo bem?

— Emily, ele está dizendo que Arianna não foi inteiramente aniquilada, e esse é o maior perigo. Sem contar que ainda há alguns membros do exército das Sombras espalhados por aí. Os ciganos nos ajudaram, mas não vão comprometer seu povo. É por isso que Elizabeth quer que vocês protejam a chegada deles até aqui. Eles precisam que a pulseira seja destruída nesta casa.

— E por que tem que ser aqui, dentro da casa?

— Terá que ser feito com o Fogo Grego — Layla disse sem muita firmeza, porque sabia que a antiga arma alquímica havia deixado marcas indeléveis no piso e na memória dos Ross.

— Exatamente — continuou Gonçalo. — E Benjamin deve ativá-lo. É a única forma de acabarmos com tudo de uma vez. Diga isso a eles.

Layla, diante dos olhos desconfiados de Emily, explicou com paciência que havia apenas uma maneira efetiva de destruir o metal do Bracelete de Tonåring. Já estava quase desistindo quando a porta dos fundos se abriu com firmeza e os dois soldados que fugiram do ataque de Arianna entraram na sala, imundos e com diversos cortes.

— Senhora, é melhor tirar as crianças da sala, há notícias não muito agradáveis.

Hudson, que também ouvia a namorada com uma certa desconfiança, menos pelo Fogo Grego e mais pela cena no cavalo de Cítor, se antecipou e conduziu a filha e os meninos para cima. Não que tivesse adiantado muito: poucos segundos depois, Benjamin, Florence e Encrenca já haviam saído do quarto e estavam postados no topo da escada, para ouvir o que os homens tinham a dizer.

– Há uma... criatura na colina – o primeiro homem tremia, mas exercia sua função diligentemente.

– Estamos correndo um grande perigo – completou o segundo. – Acho que... que ela matou o tenente Ross.

– O papai? – Encrenca soltou a frase espontaneamente, revelando a todos que os três estavam ali.

– Shh, não é isso, Encrenca, já esqueceu? – Benjamin deu um sorriso amarelo para Hudson, que, no andar de baixo, o fuzilou com o olhar.

Como os soldados não tinham conhecimento da existência de Gonçalo, pareciam contar um filme a que todos já haviam assistido. E que sabiam ter um final bem diferente daquele.

– E tem mais! – o homem continuava seu relato – Ross chamava o monstro... de Arianna! Para nós, Arianna era a inimiga, mas na forma de uma mulher linda. Isso não faz sentido.

– Para nós faz, soldado – Layla tomou a palavra. – Arianna consegue se transformar. E isso só ocorre com a ajuda de um bracelete metálico que deve ser destruído! E não se preocupem com Ross, ele está bem.

– Não sei se temos forças para voltar lá, d. Emily. É muito perigoso. Não nos peça para destruir a tal pulseira...

– Nem que quisessem, vocês poderiam. Não se preocupem. Só uma pessoa pode fazer isso, e seu nome é Benjamin Ross – no alto da escada, o menino sentiu um frio na espinha.

– Espere, Layla! – com a lembrança de algo que parecia óbvio, Emily saltou da cadeira. – Eu sei muito bem que minha mãe sabe fazer esse Fogo Grego. Por que Benjamin tem que se arriscar nessa encrenca?

O caçula dos Ross, também observando tudo, agachado atrás da balaustrada de madeira, cochichou para o irmão:

– Ela está falando de mim?

– Fique quieto, senão vão nos mandar para o quarto outra vez.

A pergunta de Emily provocou um falatório generalizado na sala, cada um querendo se posicionar contra ou a favor de Emily Tate Ross. Mas Layla trouxe-os de volta à questão primordial.

– Elizabeth perdeu a permissão para fazer o Fogo Grego há algum tempo. Foram tantos testes e treinos que sua cota de tentativas se esgotou. Os gregos faziam isso por segurança. Não queriam alguém tão poderoso a ponto de uma guerra jamais acabar. A técnica era passada a um descendente.

– Emily, eu sei que isso também parece tão... fantasioso... – foi Hudson, até então calado, que se posicionou. – Mas nada nesta noite passa perto do que conhecemos como realidade. Então não sei mais o que dizer...

O que o americano disse fazia sentido. Emily só pôde concordar, abaixando a cabeça e colocando a mão na testa.

– Cabo Hudson, desculpe, mas o que eu vi era muito palpável. E garanto que não era deste mundo – o ex-combatente mantinha o olhar longe, reconstruindo na mente a aterrorizante imagem.

– Entende que não há outra saída, Emily? – Layla aproximou-se da amiga e colocou sua mão sobre a dela.

– A menos que eu assuma essa responsabilidade. Eu sou mãe dele! Como posso fazer esse fogo?

– Você não entende, querida. A Profecia pede que...

A voz grave de Layla foi interrompida pela de Benjamin.

– Mãe, não se preocupe. Eu farei o Fogo Grego – a fala surgiu do alto da escada. – Minha vó já me deu as instruções. Eu sei como funciona. Sou eu quem deve fazer isso.

– Benjamin, eu não quero que você se arrisque mais...

– Eu vou fazer tudo da forma que tem que ser, mãe. Você vai se orgulhar de mim!

— E eu vou ficar com o meu irmão — dessa vez era Encrenca que falava, tentando trazer uma seriedade impossível para sua idade.

Depois de um breve silêncio, Layla arrematou a conversa.

— Elizabeth pediu para que Encrenca fique protegido, junto com vocês, na floresta. O acampamento sem dúvida é o lugar mais seguro, especialmente porque ainda não derrotamos todo o exército das Sombras. Podemos ser surpreendidos por algum Recrutado.

A movimentação mais uma vez se deu no andar de cima.

— Quer dizer que eu vou com os adultos pra floresta enquanto você se diverte fazendo Fogo Grego? Não é justo — Encrenca berrou e Emily foi ao encontro dele para abraçá-lo. Um abraço que pareceu durar uma eternidade.

---

Os cortes e as escoriações estavam espalhados pelo corpo de Jasper Ross, mas ele não parecia se importar. Até porque havia um verdadeiro ferimento bem a sua frente. Um braço interrompido, com rios de sangue se esvaindo por ele.

Não se sabe se por honra ou comiseração, Ross não se deteve e preparou, com um pedaço de sua camiseta, um torniquete para estancar a sangria do braço da mulher. A mesma mulher que até pouco tempo atrás era um monstro inimaginável na esfera humana.

Depois, seguindo os procedimentos de primeiros socorros que aprendera com o irmão no exército, checou a respiração e a pulsação dela. Notou que, apesar de inconsciente e decepada, Arianna ainda estava viva.

Virou-se então para o lado de Elizabeth, que, mesmo exaurida pela batalha, parecia se esforçar para imprimir agilidade a seus movimentos. Ela também queria estancar o sangue do braço extirpado. Agora, ao se deparar com a verdade, Jasper se arrependia por jamais ter acreditado na sogra. E o instinto de protegê-la ficava ainda mais intenso.

— Elizabeth, o que está fazendo?

— Precisamos ir para o casarão imediatamente. O sangue ainda deve estar quente para o metal poder ser removido do braço dela. Tenho que encontrar uma forma de tirar essa pulseira. Ou então... ela se desintegrará junto com a morta.

— Pois tenho duas boas notícias para você, Elizabeth. A primeira é que Arianna não está morta. E a segunda é que eu sei como tirar a pulseira. Vi Isabella fazendo isso algumas vezes.

O rosto à frente dele se iluminou.

— Nunca pensei que eu ficaria feliz em saber que a peste não está morta! Então vamos agir — Elizabeth estendeu o tétrico membro a sua frente. — Tire a pulseira, Ross.

— Eu preciso de óleo. Algum óleo. Isabella escondia um vidrinho de azeite no bolso e recobria a pulseira com ele.

— Onde vamos encontrar isso neste lugar? Não temos tempo. O sangue não pode esfriar. Vamos sair daqui.

— E Arianna?

— Temos prioridades, e acho que ela não vai conseguir ir longe nesse estado. Vamos deixá-la amarrada, por via das dúvidas, e pensaremos em algo pelo caminho.

Para uma sexagenária e um deficiente físico, os dois desceram a estradinha de terra batida em tempo recorde. Naquele momento, a solidariedade se consolidou entre duas pessoas que conviviam juntas mas que, por inúmeras razões, jamais haviam enxergado verdadeiramente uma à outra.

— Como está o braço?

— Esfriando, Ross... e isso é muito ruim... Não sei se basta ela estar viva para a pulseira continuar aqui. Talvez, se o membro morrer, ela também se desintegre.

— Espere. Tive uma ideia — Ross voltou para trás, na direção da colina.

— Aonde você vai?

— O rifle. O rifle do meu soldado. Os homens costumam preparar as armas com um pouco de óleo, ainda mais quando não foram usadas há muito tempo. Fique me esperando atrás dessa moita, Elizabeth.

Ross voltou até o corpo de um de seus homens, que avistara na descida, e confirmou que o rifle estava a alguns metros dele.

– Obrigado, Robert, você continua um bom soldado até mesmo depois de morto.

Ross fez o sinal da cruz e desceu novamente, já abrindo o tambor da arma e deixando cair a munição para enfiar os dedos no local onde o artefato havia sido recentemente lubrificado após tantos anos sem uso. Antes mesmo de avistar a sogra, ele começou a falar.

– Veja, eu estava certo. Agora é só...

– Ross!! – o grito de Elizabeth fez com que ele tirasse os olhos da arma e visse a cena. Ela havia sido capturada por um Decaído, enquanto outro se aproximava de Ross com uma faca.

O homem que segurava Elizabeth não estava armado, mas tinha os braços fortes e já dava mostras que a sufocaria. Jasper, mesmo exausto e machucado, engatilhou de novo a arma e tentou fazer dela um bastão para se defender. Mas o inimigo estava em vantagem e segurou o rifle com as duas mãos.

– Ai, como eu odeio gente que só usa a força! – a voz foi ouvida apenas por Elizabeth, mas Jasper também presenciou toras de madeira e pedras voando pelos ares e acertando os dois inimigos de forma precisa. – Mas tudo bem, amiga, eu também sei fazer isso. Olhe só, tenho energia de sobra!

– Dorothy! – a refém se desvencilhou do homem que acabara de ser atingido na cabeça por uma tora e correu até a amiga. – Você nos salvou!

– Eu estou uma fera com esses Decaídos. E agora resolvi pagar na mesma moeda!

– O que está acontecendo? – Jasper se levantou, ainda tentando entender.

– Dorothy está aqui. Ela que atacou!

– Meu Deus, que pontaria! É fantasma, mas deveria trabalhar no exército.

– Vamos sair daqui, rápido – Elizabeth checou o braço, que estava embrulhado por seu casaco.

— Não, eu ainda tenho óleo nos dedos. Vamos tentar tirar a pulseira. Minha família não merece ver mais essa cena grotesca!

— Então faça o que tem que ser feito, Ross.

Pela segunda vez, ela estendeu o braço de Arianna. Dorothy fez uma careta enquanto Ross pegava o membro e tentava esconder os engulhos que aquilo lhe causava.

A operação foi rápida. Ross conseguiu retirar o objeto metálico. Assim que o fez, largou o braço no chão e se afastou.

— Pronto, está aqui. Agora podemos fazer as coisas com mais calma.

— Ao contrário, Ross. É agora que temos que correr. Essa pulseira tem que ser destruída imediatamente.

Os três continuaram correndo pelo caminho descendente até se aproximarem da planície onde ficava o casarão. Já se dirigiam para o arbusto que ladeava o terreno quando ouviram vozes. Pareciam familiares. Elizabeth colocou o dedo nos lábios pedindo silêncio e fez um gesto com as mãos para que desacelerassem os passos. A voz de um dos homens se destacava:

— Somos três. É o suficiente. Eles nem desconfiam que estamos vivos. Vamos invadir pela parte de trás da casa e acabar com essa brincadeira — as risadas inoportunas enojavam Elizabeth e Ross, que se entreolhavam em busca de uma solução.

— Já estou com minha carga de *enits* muito baixa de novo, e não sei se consigo dar conta do trio — Dorothy sussurrou para Elizabeth. — Mas acho que pego o grandalhão. Se você puder ficar com o mais magro e Ross atacar o mais alto, talvez a gente consiga resolver.

— Podemos tentar. — Virando-se para o genro, Elizabeth perguntou: — Ross, você acha que dá conta?

— Com certeza — respondeu, sem tanta certeza assim.

— Então vamos!

Dorothy conseguiu levantar, agora com mais dificuldade, a tora que atingiu seu alvo, mas percebeu que tinha exagerado e realmente estava fraca demais. Entrou com Elizabeth entre os arbustos para proteger a amiga e também para tentar se recuperar. Ross, que esperava usar mais uma vez o rifle para acertar o homem pelas costas, até tentou se aproximar dele com rapidez, mas uma fisgada na perna o fez cair antes.

Elizabeth se afligiu ao vê-lo no chão e saiu de seu esconderijo, sendo surpreendida por um dos Decaídos, que a girou e derrubou. Dorothy, que havia se embrenhado um pouco mais fundo no mato para recarregar seus *enits*, não percebeu o movimento. Nada estava dando certo na operação. Genro e sogra tinham sido aprisionados.

"Então seria assim? Um estúpido e mal calculado fim?", pensava Elizabeth. Os dois homens usaram as tiras de tecido que fechavam seus mantos negros para amarrar em uma árvore os pulsos dela com os de Ross.

O tempo corria e até a brisa fez uma pausa, aumentando a expectativa.

Os dois corpulentos inimigos começaram a cavar com as próprias mãos. E de uma forma tão rápida que chegava a espantar. Em pouco tempo, o buraco tomara uma profundidade impressionante. Enquanto um deles desaparecia lá dentro, o outro espalhava a terra pelos lados com suas mãos já ensanguentadas pelo esforço sobre-humano. Não havia dúvidas, eles estavam cavando a sepultura dos dois reféns.

Ross mantinha o ar altivo de um militar que não pretendia capitular, enquanto Elizabeth tentava buscar nos meandros de sua inventiva mente alguma solução possível. Ambos arregalaram os olhos quando viram o que aconteceria a seguir.

A mão do homem que estava dentro da terra se estendeu para fora, e tudo levava a crer que seria içado pelo companheiro. Mas foi o contrário, ele é que puxou o comparsa para dentro, sem encontrar qualquer resistência. O buraco estava tão fundo que não havia mais como eles saírem sem ajuda.

Dorothy veio correndo, mais fortalecida, e percebeu que, naquela batalha, qualquer desatenção poderia ser fatal. Lamentou sua breve ausência enquanto desamarrava os companheiros.

Elizabeth e Ross, confusos com o que viam e aliviados por não serem os "contemplados" com a cova, foram pé ante pé até mais perto dela, com uma expressão interrogativa no olhar.

– Gostaram das escavadeiras humanas? Cavaram rápido, não é? – a voz de Gregor fez as duas mulheres se assustarem. – Desta vez consegui não apenas dar a ordem, mas a intensidade da ordem. Estou orgulhoso de mim...

– Então foi você?!

– Alguém precisava pôr fim naquela palhaçada.

– Precisamos prendê-los. Eles podem voltar a fazer o mal – Ross não via os Aliados invisíveis, mas, pelas frases soltas de Elizabeth, entendia o sentido.

– Já dei as instruções – continuou o Influenciador. – Eles literalmente cavaram a própria sepultura. Acho que é o suficiente para sairmos daqui. Ou para chamarmos a polícia de Emerald.

– Você sabe que não pode matar, Gregor! É contra nossas leis!

– É só uma forma de expressão, Dorothy. Em algum tempo a influência deve passar, e eles vão dar um jeito de sair dali. Mas até conseguirem, todos nós estaremos longe. Talvez a polícia até já tenha chegado.

– Não se esqueça que polícia é a última coisa que quero – Elizabeth falou com gravidade. – Não vou voltar para Hogsteel.

– Não se preocupe, como Gregor disse, já estaremos longe – a voz da Aliada era apaziguadora.

– Certo. Então vamos voltar para a casa. Ainda temos... passos a trilhar, não é mesmo, Elizabeth? – o Influenciador deu um suspiro profundo, tão melancólico como aqueles que outras covas, em outros tempos, despertaram nele e em sua família.

– Sim, meu caro. A Profecia prevalece. E nós... nós temos que nos conformar.

Dorothy ouviu tudo, Ross apenas uma parte, mas faltavam informações para que ambos entendessem o real sentido daquela conversa.

# Capítulo 63

Para convencer Hudson a ir até o acampamento cigano provisoriamente montado no meio do bosque, Layla usava, a seu ver, um argumento a princípio irrefutável.

— Eles salvaram a vida de sua filha.

— Sim, mas ainda prefiro ficar por perto. Benjamin pode precisar de algo. Vamos fazer uma fogueira e nos instalar na orla do bosque.

— Está muito frio! Os ciganos têm carroças, peles de animais, além de uma técnica infalível para manter o fogo aceso por muito mais tempo... — para Hudson, a imagem de sua amada na garupa de um forte e determinado rapaz fazia com que os comentários elogiosos de Layla fossem ainda mais irritantes.

— Não sei... acho melhor esperar Ross chegar.

— Gonçalo foi claro, Hudson. Não temos tempo. É um ótimo lugar para estarmos enquanto Benjamin... enquanto ele cumpre a sua tarefa. Emily, Encrenca e Florence vão conosco e Gonçalo checa se há mais algum inimigo na propriedade. Frank ficará de sentinela. Vamos facilitar as coisas?

O americano enfim concordou. Mas só deixou a casa depois de se certificar que os filhos do amigo estariam seguros.

— Pode deixar, Hudson — Benjamin parecia amadurecido ao falar. — Estou pronto para a tarefa. E Encrenca ficará bem na floresta.

— Não vou, não! Eu quero ficar com você, Benja. Por favor!

— Encrenca, não adianta, é perigoso. Obedeça a mamãe, o.k.? — Benjamin estava compenetrado. — Assim que eu terminar, vou esperar o tio português para ele avisar vocês.

— O que eu quero são meus dois filhos comigo — Emily continuava resistente.

— Não sei exatamente a razão — Layla estava dizendo a mais pura verdade —, mas desta vez temos que confiar em Elizabeth. O que presenciamos hoje prova que ela estava certa o tempo todo.

---

A casa fora herdada por tia Ursula de seu pai, que a tinha construído antes de morrer. Mas o terreno pertencia aos antepassados da família Tate havia mais de quatro séculos. Diziam que era ali que os poucos ciganos que resistiram à grande diáspora do final do século XVII se esconderam, sob a proteção de um ancestral de Elizabeth.

A Ross, nada daquilo interessava. Só sabia que se encontrava, mais uma vez, num solo maldito, que bebera o sangue de vários companheiros. Queria sair dali com sua família o mais rápido possível.

Quando sogra e genro, agindo em consonância, aproximaram-se da casa, foram abordados por Frank.

— Estão todos no bosque. Layla disse que era mais seguro ficar com os ciganos.

— Frank! — Elizabeth fez menção de ir abraçá-lo, mas foi interceptada por Ross.

— Ciganos? — ele colocou as duas mãos nos ombros do adolescente. — Era só o que me faltava! Onde está o meu exército?

— Eles já foram dispensados, Ross. Estão voltando para as suas famílias. E terão o duro fardo de comunicar as baixas.

O homem respirou fundo ao se conectar com os fatos trágicos de sua vida, em St. Régis e, muito antes, na sala de sua casa. Elizabeth interrompeu o devaneio inoportuno.

— Ross, por favor, vamos até a casa entregar a pulseira a Benjamin. Enquanto ele a destrói, é melhor irmos encontrar com Emily e os outros no bosque. Eu conheço os ciganos. Eles estão do nosso lado.

— Como assim? Não é você que vai destruir a pulseira?

— Ela não pode — Frank repetiu o que havia ouvido. — Está proibida. Precisa ser um outro descendente dos Tate.

Ross estava prestes a retomar sua antiga posição reativa, mas se conteve. Lembrou-se de Arianna transformada em um monstro e nos outros fatos inexplicáveis que presenciara.

— Bem, o que temos que fazer, então?

Elizabeth, mais um vez, tomou a liderança.

— Vamos comigo até a casa, Ross. Você também é responsável por esse resgate — ela mostrou a pulseira. — Frank, você espera aqui. Continue vigiando.

Ao ver o pai e a avó vindo juntos, todo sujos de terra e sangue, Benjamin tomou um susto. Mas o abraço carinhoso e demorado que recebeu de Ross assim que saiu à porta surpreendeu-o mais que qualquer outro fato que presenciara desde o início daquela batalha.

— Filho, parece que você cresceu nessas últimas horas.

Elizabeth, por sua vez, apenas analisava a cena, com um estranho distanciamento. Esperou até que seu neto viesse abraçá-la e, quando aconteceu, não se demorou muito.

— Benjamin, você deve destruir o Bracelete de Tonåring. Já sabe o que fazer. Vamos acabar com isso de uma vez por todas.

— Elizabeth — Ross olhou para o filho, constrangido —, e quanto... e quanto ao que deixamos lá na colina... Ela não pode ficar amarrada até morr... bem, você sabe do que estou falando.

— Nós vamos até os ciganos, Ross. Vamos pedir retaguarda para voltar até Arianna e decidir o que fazer com ela. Me espere na entrada do bosque. Preciso apenas falar uma última palavra com meu neto.

Ross deu mais um longo abraço em Benjamin. Algo o prendia ali. Ele não sabia, mas o que se apoderava dele era uma forte intuição. Um alerta. Mas não tinha treino nem conhecimento sobre esse tipo de sensação, então, movido pelo senso de dever, esse, sim, sempre poderoso em seu comportamento, pegou uma das poucas tochas que ainda restavam acesas na frente das barricadas e se preparou para partir. Frank foi com ele até o final do gramado para indicar exatamente em que direção os outros tinham ido. Ali esperariam por Elizabeth. Antes de partir, Jasper fez uma última pergunta ao filho:

— E Encrenca? Ele está bem?

— Está, sim, ele foi no lombo do cavalo de um cigano.

— Como assim? — Ross não conseguia imaginar como alguém daquele maldito povo poderia estar defendendo sua família.

— Pai, está tudo bem.

— Ross, por favor — a voz de Elizabeth parecia grave e séria —, não temos tempo. Me espere ali fora. Já vou sair. Se Benjamin quiser, pode acompanhar você até a porta.

Elizabeth se emocionou com o olhar de Ross para o filho. Doce como jamais havia visto. Mas não poderia se ater àquele acontecimento, o caminho já estava traçado e era preciso acelerá-lo. Em pé, no meio da sala, passou a mão na antiga mesa de experimentos e olhou para as prateleiras que tinham abrigado uma rica biblioteca.

— Grande momento, não é?

A mulher se assustou com a voz grave.

— Gregor!

— A hora da verdade chegou. Eu sei o que vai acontecer aqui. E não posso dizer que estou de acordo.

— Eu... — Elizabeth ia começar a falar, mas foi interrompida.

— Jamais concordarei porque já fui humano. E também porque sou o guardião de Benjamin. Tantas vezes o protegi, tantas vezes observei seus passos de longe, como um guarda-costas.

— Não há outra maneira. Deve ser assim. E você sabe o quanto eu o amo.

— Não. Não sei. O que eu sei é que, no dia que dormimos na sua cela em Hogsteel, eu consegui entrar em sua mente e vi cada passo do plano. E, como falei, é muito difícil aceitar...

– Gregor...

– Mas eu estou disposto. Pela primeira vez na vida estou tentando influenciar meus próprios pensamentos para aceitar o que está prestes a ocorrer. Eu pesquisei, Elizabeth. Li uma por uma as mensagens enviadas pelos Rebeldes da Zona Neutra. Agora eu sei a importância da Profecia. Entendi que se não acabarmos com o Mal, ele acabará com este e com os outros mundos.

– É o que eu venho tentando explicar.

Depois de se despedir do pai mais uma vez, Benjamin voltou para a sala, interrompendo a conversa.

– Pronto, vamos acabar logo com isso – ele estendeu a palma direita, mostrando que já não se parecia em nada com a mão de uma criança.

Elizabeth sentiu um tremor quando entregou a peça de metal. Não soube classificar se era pela aflição de passar tão difícil tarefa a um adolescente ou se pelo olhar de Gregor, que parecia implacável.

– Agora nós vamos deixá-lo, querido neto. Tenho certeza que muito em breve vamos nos reencontrar.

– Nós? Quem mais está aqui? O tio português?

– Não, seu protetor, Gregor. Diga até logo a ele.

– Por favor, vó. Não me deixe constrangido. Não quero ser mal-educado, mas prefiro falar com quem eu vejo.

– Elizabeth! Deixe o menino em paz! – Gregor defendia Benjamin em qualquer situação. – Vamos logo, não aguento mais isso.

– Só não se esqueça do que eu falei. São alguns segundos antes de fazer efeito. Não pense que não funcionou.

– Sim, vó, já entendi.

Elizabeth juntou-se ao genro na orla do bosque e foram para o acampamento cigano.

Gregor, por sua vez, se colocou sobre os sacos de areia da barricada e, sem conseguir controlar, deixou cair lágrimas em seu rosto inexistente. O choro de um Áurico pode provocar algumas reações no campo físico, como barulhos estalados e uma espécie de zunido. Mas as paredes grossas da casa de tia Ursula não deixaram som algum chegar aos ouvidos do inocente que havia permanecido ali dentro.

---

O papel onde uma letra cheia de arabescos descrevia a fórmula estava amarelado. Um pouco antes da invasão de Arianna e seu exército das Sombras, Benjamin havia presenciado a avó pegar as folhas de uma gaveta da biblioteca e escrever com atenção cada um dos passos para produzir o Fogo Grego.

Antes de entregar as anotações ao neto, Elizabeth contara um pouco da história daquela arma, que havia destruído exércitos e desafiara as fronteiras entre a magia e a ciência.

– É a sua vez de conhecer este segredinho do exército bizantino!

Com exceção do vidro com um líquido espesso e esverdeado, o cheiro dos ingredientes não era nada agradável e atravessava o couro do embornal onde estavam guardados. Ainda assim, Benjamin os retirou, um a um, e os espalhou pela mesa de madeira grossa, tentando replicar a mesma cena que via na casa da avó quando ainda era bem pequeno.

Resina de pinheiro, naftaleno, cal, enxofre, salitre. Elizabeth acrescentou um toque de óleo de lavanda por sua própria conta, pois achava que até uma guerra precisava ter algo de suave.

Deslizando o dedo ainda sujo de terra e sangue sobre os componentes da fórmula, Benjamin buscava se familiarizar com ela. Depois, em uma segunda leitura, passou a medi-los e juntá-los em uma vasilha de cerâmica branca.

Ele seguia fielmente todas as medidas, que resultaram no quase preenchimento do robusto recipiente. Apenas um vidro permaneceu em sua mão. No rótulo, a palavra "Naftaleno" estava quase ilegível pela ação do tempo.

Olhando a tigela alva sobre a mesa, Benjamin pensou que parecia muito maior do que aquelas usadas para as poções de sua infância.

O primogênito dos Ross andou pela sala olhando para o chão até encontrar um bom lugar onde colocar a cerâmica e o tripé de metal, que deveria ficar dentro da mistura. Segundo as indicações, o equipamento precisaria estar no chão e, de preferência, sobre um piso de madeira. Para fazer efeito, eram necessários alguns segundos.

A sala tinha tacos centenários por toda parte, mas não eram todos do mesmo tipo. De tons e tamanhos diferentes, faziam a casa parecer uma colcha de retalhos. O que mais chamou sua atenção foi o do centro da sala de estar.

Ali, Benjamin montou a base para produzir uma das mais poderosas armas da Antiguidade.

Ele sabia que, para que fosse destruída, a pulseira teria de ficar no alto do tripé. E que precisava estar em posição adequada para, após os segundos de espera até o fogo pegar, conseguir jogar o naftaleno sem se queimar. Era esse último ingrediente que diferenciava o fogo comum do Fogo Grego.

Mas antes de realizar a ação, Benjamin não resistiu à curiosidade de manusear o Bracelete de Tonåring, observar o desenho e passar a mão nas argolas perfeitamente encaixadas que ainda traziam um pouco de sangue. Lembrou-se de Isabella, sua prima misteriosa que, mesmo sem nunca estar disponível para ele, conquistara seu amor e sua admiração. Lembrou-se dos cabelos lisos e brilhantes que faziam ondas quando ela movimentava a cabeça. Lembrou-se dos olhos que, mesmo sendo tão diferentes dos dele, pareciam de alguma forma completá-los.

"Todas as pupilas são negras, Benjamin. Todos os olhos, mesmo os azuis, os verdes ou os castanhos têm um pouco do escuro dos meus". Essa era uma das frases que a prima havia dito e ele guardara na memória.

Seu coração batia acelerado e não faltavam motivos para isso. Tanto os fatos do passado longínquo como os da guerra recém-terminada eram duros e perturbadores. Os estalidos que parecia ouvir também começaram a deixá-lo assustado e cada vez mais ansioso.

Mas a origem dos barulhos logo se revelou. Vinha do topo da escada.

— Encrenca! O que você está fazendo aqui?

— O cigano não viu quando eu pulei da garupa. Depois vim correndo para cá.

— Isso não é possível! Claro que ele ia notar!

— Talvez estejam me procurando no bosque. Mas não queria ir para o tal acampamento. Eu queria ficar com você.

— Então vê se fica quieto. Tenho que fazer isso logo. Fica aí. Não saia daí!

Ele voltou a se concentrar. Desta vez, para buscar a posição correta do bracelete sobre a peça de metal.

A avó mais uma vez o deixara com a desagradável função de assumir uma responsabilidade maior do que a que podia aguentar. Às vezes preferia o comportamento superprotetor da mãe, ou até a postura de seu pai, que sempre o achava incompetente, mesmo que fosse para realizar a mais simples das tarefas.

Mais uma vez Benjamin ouviu os estalidos, mas não eram de Encrenca, pois estavam bem próximos. Sem poder ver nem ouvir o choro copioso de Gregor, postado bem a seu lado, resolveu tomar uma atitude e dar cabo da tarefa.

— Benja, o moço está chorando.

— O quê? Que moço?

Quando Gregor viu Encrenca, se desesperou e começou a subir as escadas, transtornado, para convencê-lo a sair. Mas o susto do menino foi tão grande, ao ver o espírito, que na mesma hora ele soltou um grito estridente. Benjamin, que já tinha feito a primeira etapa do procedimento e só estava esperando os segundos finais para o fogo pegar, por instinto também correu até o irmão, ainda com o vidro de naftaleno na mão direita.

— O que foi, Encrenca?

— Ele parece bonzinho, mas está com uma cara estranha. Estou com medo! — o menino apontava para Gregor, que, determinado a conseguir ajuda, lembrou-se que Frank estava de sentinela e saiu para buscá-lo.

– Não acredito. O fogo já pegou lá embaixo. E agora? – Benjamin se desesperou. – Tenho que jogar este negócio.

– Fique comigo e jogue daqui, Benja. Você tem boa pontaria.

– Tudo bem, Encrenca. Vou fazer isso.

Mirando com os olhos, por duas vezes Benjamin ensaiou o movimento de jogar o naftaleno do mesmo jeito que fazia no *baseball* quando queria uma jogada perfeita. A perna de trás, dobrada, contribuía para o pêndulo.

Finalmente, no terceiro lançamento que fez, o vidro atingiu o fogo, que já ia alto.

O Fogo Grego, quando ativado com pequenas doses do ingrediente, pode destruir até um quilo de metal. Mas na quantidade utilizada por Benjamin e prescrita por Elizabeth, seria capaz de destruir um navio bizantino inteiro e todos os seus integrantes.

As terras de tia Ursula eram protegidas pela distância e pela densidade do bosque. Mas ainda assim, naquele madrugada gélida de janeiro, no centro de Emerald, algumas pessoas ficaram com a impressão de ter ouvido um ruído peculiar. Algo como o resquício sonoro de uma explosão.

Enquanto isso, a cena presenciada pelos olhos arregalados de Gregor, que voltara acompanhado de Frank, era próxima e bastante real. Com a força do Fogo Grego, Benjamin e Encrenca foram lançados com força para trás, mas o topo da escada se envergou, formando uma espécie de escudo que os manteve protegidos, encostados na parede do corredor. Estavam próximos, mas separados pela balaustrada da escada, que havia se deslocado com o impacto e também ardia. Frank não encontrava uma forma de subir, porque os degraus estavam em chamas e ele mal conseguia ver os dois. Era como se até as mais ínfimas partículas de ar tivessem se tingido de verde, a cor peculiar do Fogo Grego.

O Influenciador também não conseguia vê-los, e pensou que o pior havia acontecido.

Mas estava enganado.

Ao perceber que o irmão acabara de desmaiar, o jovem guerreiro, movido pela intenção de salvá-lo, saiu cambaleando na tentativa de dominar as chamas usando como escudo um pedaço da janela de madeira que também havia voado da parede oposta. Benjamin não sentia as queimaduras, que avançavam por sua pele, nem percebia as estruturas da casa se despedaçando. Seu foco estava em chegar do outro lado dos balaústres incandescentes. Naquele momento, passou por sua cabeça que aquilo seria um suicídio, mas preferiu não dar ouvidos a qualquer coisa que o impedisse de poupar Encrenca. Esforçou-se o mais que pode, mas viu que toda a estrutura desabara perto de seus pés.

– Benjamin! – a voz era conhecida e vinha da janela.

– Pai! – os olhos do garoto brilharam quando ele se deu conta que Jasper voltara para salvá-los. – Precisamos pegar o Encrenca! Ele desmaiou!

Sem ligar para a lancinante dor na perna, Ross escalou a parede de pedras pela parte externa, que ainda não fora atingida pelas labaredas. Ele conseguiu entrar pela janela do quarto, mas uma grande tora que funcionava como laje estava enviesada, impedindo a passagem.

– Pai, cuidado!

Mais uma parte do teto cedeu, mas Ross estava disposto a tudo por Encrenca, por Benjamin e, de certa forma, também por Isabella e pelo filho de Charlotte. Era a vez de se redimir de todos os seus pecados. Reunindo forças de algum lugar de sua alma ferida, o homem agigantou-se sobre as chamas e transpôs a viga, conseguindo chegar até Encrenca. Quando o pegou nos braços e preparava-se para ir até Benjamin, Frank o chamou da janela de baixo.

– Jogue-o para mim, Ross! Eu consigo pegá-lo.

– É muito alto! Ele vai se machucar, e você também!

Frank, com a presença de espírito que tinha, começou a empilhar os sacos para fazer uma barricada. Um outro par de mãos o ajudava, mas ele demorou alguns segundos para perceber.

— Lucille!

— Vamos rápido. Não se desconcentre!

O jovem obedeceu e em pouco tempo a distância entre ele e a janela ficou menor. Sentindo confiança, Ross lançou Encrenca para Frank e ambos rolaram até o chão. Mas o fogo havia se alastrado pelo quarto e já era impossível voltar. Ele também teve de descer pela barricada.

— Ross, você precisa levar Encrenca até Layla — gritou Frank, que parecia ainda mais determinado depois de ter cruzado olhares com o amor de sua vida. — Ela vai saber o que fazer. Mas vá logo! Ele está inconsciente!

O pai, desesperado, tentou todos os primeiros socorros que sabia, mas viu que Frank tinha razão. Ele havia vindo até ali com o cavalo de Cítor, que, ao se dar conta que Encrenca pulara, retornou ao acampamento para avisar sobre a fuga do menino. Assim como viera no animal, Ross entendeu que o melhor a fazer seria montá-lo novamente e levar o filho para ser cuidado por Layla. Mas como poderia deixar seu outro menino ali?

— Vá você, Frank! Eu fico. Benjamin ainda está lá dentro.

— Eu não sei onde é o acampamento. Vou perder muito tempo. Rápido, Ross! Cuide de Encrenca. Prometo que vou em busca de Benjamin!

Lucille, que estava o tempo todo em posição de alerta para ajudar seu amado, entrou na casa à procura de Benjamin. Seus olhos de um azul profundo encheram-se de lágrimas ao ver que ele resistia bravamente sobre uma espécie de pilastra rodeada de chamas. Era um platô mínimo, no qual mal conseguia se equilibrar.

Gregor, imune ao calor, sentiu o ímpeto de agir. Seus poderes estavam bem ali e nunca em sua vida tivera um motivo tão nobre para usá-los na máxima potência.

Foi então que a jornada começou.

Benjamin vestia uma roupa de metal e tecidos tingidos, como os generais de Bizâncio. Em vez de labaredas, o adolescente sentia a brisa do mar e as ondas suaves que lhe acariciavam as pernas.

Era uma ilha ensolarada, onde pássaros e arbustos repletos de flores compunham a paisagem com a areia branca e o mar azul.

Os peixes davam pulos, como se estivessem saudando os visitantes, e suas escamas se transformavam em metal prateado quando tocadas pelo sol. A brisa era reconfortante.

Do horizonte daquele mar plácido, começaram a surgir barcos pequenos. Dentro deles, jovens adolescentes vestidos de branco se aproximavam, trazendo muitas braçadas de flores alaranjadas, vermelhas e amarelas. Eles desceram dos barcos arrastando as vestes pelo mar transparente e começaram a dispor as flores sobre a areia em vários círculos concêntricos. Era como se formassem uma grande roda com as cores do fogo. Depois, eles mesmos se colocaram sentados na areia, enquanto uma das moças, a líder do grupo, com sua pele cor de chocolate e cabelo encaracolado, aproximou-se de Benjamin.

– Preparamos para você. É um leito mágico.

– Devo deitar?

– Deve. Você acordará em outra parte do oceano. Junto dos guerreiros do Norte.

– Parece que já fiz algo parecido há muito tempo...

O sorriso muito branco da menina, estampado em um rosto conhecido, refletia a luz intensa da cena. E a voz de veludo reverberou em seus ouvidos e continuou se espalhando pelo ar por algum tempo. Até que foi bruscamente interrompida por um grito.

– Benjamin! – era Frank, que, guiado por Lucille, conseguira se aproximar dele por onde ainda era possível passar. – Me dê sua mão!

Gregor, usando todos os seus *enits* para construir a realidade paralela no cérebro de seu protegido, continuou em seu propósito, agora com ainda mais força. Mas antes tentou orientar o candidato a herói.

– Frank, vá embora daqui. Não vê que pode se machucar?

– Eu não me importo, quero que ele viva! Deve haver um lugar para me apoiar e puxá-lo. – Ao notar que Benjamin, assim como o irmão, também havia desmaiado, ele se desesperou.

— Benjamin, acorde! Por favor, acorde!

— Frank... eu sinto muito — a voz feminina estava bem a seu lado. — Não há mais um só lugar por onde você possa avançar. E, daqui a pouco, não vai conseguir voltar. Venha comigo agora.

O jovem, sentindo sobre sua cabeça os estilhaços do teto, chegou a pensar em escapar, mas os olhos azuis a sua frente o conduziam para outra escolha.

Ele enfiou a mão no bolso e sentiu que a pedra azul ainda estava lá.

— Vá, Frank, saia logo daqui! — Gregor já sentia o formigamento da falta de energia. Nunca havia feito uma influência de mudança de dimensão como a que conduzia naquele momento. O consumo de *enits* era avassalador.

— Queria tanto salvar Benjamin...

O Influenciador se encheu de uma espécie de esperança e intimamente quis mais do que nunca que aquele rapaz fosse capaz de fazer o que desejava. Mas ele podia ler mentes, e percebeu que ali não havia a vocação de um herói e, sim, a de um apaixonado.

Quando mais uma parede desabou, o rapaz se lançou instintivamente para trás. A sala parecia rodar, e era como se os móveis, que agora ardiam em brasas, participassem de uma dança.

Uma parte grande do forro, como uma ilha desmembrada do continente, caiu sobre Frank quase ao mesmo tempo que uma segunda explosão acontecia, desta vez causada por um antigo botijão de gás armazenado nos fundos da casa. Os dedos do garoto afrouxaram, deixando cair a pedra brilhante, que rolou enquanto refletia em sua superfície as chamas verdes do Fogo Grego.

As estruturas do casarão não aguentaram a força do impacto e por fim se entregaram ao chão, levantando uma grande cortina de fumaça cinzenta.

Nada nem ninguém pôde se salvar.

Na areia, o círculo de flores vermelhas, amarelas e alaranjadas estava completo e formava uma grande mandala, tocada de leve por uma ou outra onda mais atrevida. A praia estava silenciosa, o céu, profundamente azul e os jovens, vestindo seus mantos improváveis, já seguiam rumo ao horizonte nos mesmos barcos em que tinham chegado. Cantavam uma melodia quase inaudível, uma letra num idioma desconhecido: "*En tonåring kommer att rädda världen*" [Um adolescente salvará o mundo].

A moça com a feição de Florence foi a última a deixar a costa. Antes de entrar em sua embarcação, aproximou-se de Benjamin, entregou-lhe uma flor branca e se despediu com apenas uma frase:

— Você foi ao encontro de seu destino por três vias: pelas suas próprias mãos, pelas mãos de outros e pelas mãos do Desconhecido. Um suicídio, um assassinato e uma fatalidade. Esse é o signo final do Escolhido. E, agora, o futuro do mundo está em suas mãos.

# Epílogo

O último *enit* de Gregor se esvaiu com seu pranto do lado de fora da propriedade de Ursula. As ruínas da construção pareciam emoldurar perfeitamente o desespero daquele homem, que, a partir daquele momento, ficaria preso na Terra, vivendo sua segunda morte.

Nos primeiros dias de janeiro de 1996, a poucos dias de Benjamin completar catorze anos, o destino dos Ross e de todos que orbitavam em volta daquela família havia se transformado para sempre.

O derradeiro encontro entre os sobreviventes da batalha de Emerald se formou no canto do gramado, onde os carros haviam sido estrategicamente escondidos entre as folhagens, perto de uma rota de fuga.

Delinearam-se ali os passos seguintes de cada um dos presentes. Não como uma definição, mas como um esboço. Até porque a verdadeira história de Benjamin Ross, o guerreiro das três vias, só seria conhecida muitos anos depois e em situações ainda mais inusitadas.

Jasper e sua esposa, Emily, dedicavam todas as suas energias a Encrenca, que, recuperado graças à intervenção de Layla, se aninhava junto aos pais como uma avezinha assustada. Evitavam falar ou mesmo pensar sobre o que havia acontecido enquanto organizavam algumas poucas coisas para colocar no carro. Estavam cansados, famintos e furiosos. Jamais, em toda a existência de suas infelizes almas sobre o planeta, queriam ver Elizabeth de novo. Se havia uma responsável por toda aquela desgraça, era aquela mulher que não ousavam mais chamar de mãe ou de sogra. Na cabeça de Ross, ressoava a frase que havia lido há tanto tempo, a explicação que estava tão visível e ele não fora capaz de compreender: "O metal e o adolescente se fundem, formando o guerreiro além das estrelas". Culpava-se tanto quanto odiava Elizabeth e todos os que haviam contribuído com aquele evento. Havia conseguido salvar seu caçula. Mas como viver com o peso de perder Benjamin?

Era certo também que o casal não aguentaria voltar para Esparewood ou mesmo vislumbrar a casa onde uma vez vivera uma família completa. Buscariam outra cidade, talvez no sul, para viver. Ou melhor, para sobreviver. Escorados apenas um no outro, assumiriam suas culpas e suas dores. Foram os primeiros a deixar as terras de Emerald.

Elizabeth, vendo a cena a uma distância que considerou respeitosa, estava impassível. Não derramou uma lágrima, não emitiu um som, nem procurou se justificar. Já havia colocado o diário na sacola improvisada de Emily, com a intenção de que entendessem mais sobre o que acontecera naquela batalha e, principalmente, com a esperança de que lessem, na última página, a reprodução da frase final da Profecia.

*O que parece dor é transformação. O que parece morte é revolução. O caminho que aponta para o fim traz a missão do Escolhido.*

Os olhares de Hudson e Layla em direção a Elizabeth eram de desconfiança e estranhamento, e as perguntas estavam entaladas na garganta. Mas foi o mais enfraquecido dos Aliados o primeiro a abordá-la.

– Quem diria. Estou fadado a ficar. Como Sonny, como aqueles que julguei fracos e irresponsáveis por perderem seus *enits*.

– Não se preocupe, Gregor, você não será um desocupado como Sonny. Não terminamos ainda. A batalha continua e conto mais do que nunca com você.

– Nós dois não conseguiremos nada sozinhos. É uma ilusão.

– Outros se juntarão a nós. E não precisaremos esperar muito – a mulher se voltou para o lado onde estavam os demais Áuricos. – Dorothy, Gonçalo, pensaram sobre o que lhes falei?

– Qual é o assunto? – Gregor não estava entendendo. – O que você disse a eles?

– Ela quer que nós ofereçamos uma transfusão voluntária.

– De *enits*?

– De *enits* transformados em força vital.

– Para ela? – o Influenciador olhou para Elizabeth com um certo desprezo.

– Não, Gregor. Claro que não são para mim – os olhos de Elizabeth pareciam perpassados por uma régua; nenhuma emoção era transmitida por sua voz. – Pensei que um pouco mais de energia seria fundamental para que Emily e Jasper tivessem força para encarar o pior dos pesadelos. É terrível demais perder – como eles acreditam que perderam – o próprio filho. Com a carga extra de *enits*, conseguirão prosseguir.

– Eu realmente não entendo você – Gregor estava indignado.

Todos se calaram. Exceto Hudson, que ainda tentava captar o que se passava e sussurrava perguntas no ouvido de Layla.

Dorothy, depois de levantar os olhos, pensando em caminhos, probabilidades e soluções, chegou ao veredito dado por sua consciência.

– Eu aceito a proposta. Eu fico. Estarei ao seu lado, Elizabeth. E a ideia de ceder meus *enits* para eles me traz uma sensação estranha... parece reacender meu coração humano.

– Eu também ficarei. Um lusitano jamais foge a um desafio. Mas quero saber em que termos ficaremos, em que condições.

– Claro, é um direito seu, Gonçalo. Posso dizer que teremos um acampamento para treinamentos diários. E escolheremos o melhor lugar da floresta, com água e abrigo, para nos estabelecermos e criarmos o Exército da Luz.

– Acha que é mesmo necessário? Esse exército?

– O quê? Você não viu o que aconteceu hoje aqui? O exército será fundamental em muito pouco tempo. Mas não podemos perder nem um dia para pegar a estrada rumo ao norte. Partiremos ainda hoje.

– Elizabeth, só uma coisa – Dorothy sentiu o peso da urgência. – O que acontecerá se alguém nos vir? Sem *enits*, não saberemos o que aconteceu com nossos familiares. Na verdade, não poderemos voltar à Colônia.

– Isso é mesmo muito arriscado – o anglo-lusitano estava de acordo.

– Só para mim não fará muita diferença – Gregor também participava da reunião, apesar da extrema fraqueza. – Minha família está em Colônias distantes espalhadas pelo Universo, nunca vou encontrá-la. E não há ninguém aqui para sofrer as consequências.

– Não é o que parece, Gregor. Acho que você está enganado – Elizabeth se aproximou dele. – Enquanto estávamos no acampamento, os ciganos enxergaram a parte do seu destino que você não conhece. E disseram que você tem o véu da ilusão sobre seus olhos. Que terá que procurar. Alguém da sua família espera por você em algum lugar do continente.

– O quê? Todo mundo sabe que meus pais e meus irmãos morreram em 1944! Que absurdo é esse?

– Um tempo de guerra é um tempo de mentiras, Gregor. Os ciganos enxergam por entre o vapor das palavras.

– E por que eu acreditaria nessa tribo? Nem a conheço.

– Por que não estou surpresa? – Elizabeth fez um gesto impaciente. – Acreditar na sabedoria alheia é muito difícil para você, não é, Gregor?

– Bem, eu acreditei na sua. E olhe no que deu...

Todos baixaram os olhos e sentiram o peso daquela verdade.

– Tudo bem – o Influenciador percebeu que não era hora para discussões. – Eu me unirei a vocês. Com ou sem um parente desconhecido, eu já não tenho escolha. Perdi *enits* e terei que ficar. Que seja com vocês.

Elizabeth, observada de fora, estava fortalecida e agia como uma verdadeira líder. Por dentro, sua angústia quase a consumia. Ninguém, a não ser Gregor, vira exatamente o que se passara com o Fogo Grego, mas todos sabiam que, por meio da arma ancestral, ela conduzira o próprio neto ao mais desafiador dos caminhos. O caminho de um Escolhido.

– Vejam, amigos – Elizabeth continuou –, eu sou uma fugitiva. Não posso voltar. Ao mesmo tempo, minha tia tem outra propriedade que nem a própria filha conhece. Uma porção de terra ao norte que, embora não me pertença, tem muitos hectares e está abandonada. Ali faremos a nossa comunidade. Vamos receber mais Áuricos que estejam preparados para dar suporte à raça humana. Que queiram fazer parte da Profecia.

– Apenas Áuricos? – Layla entrou na conversa pela primeira vez.

– Não. Na verdade eu conto que você virá comigo – Elizabeth se dirigiu apenas à amiga, com medo das reações de Hudson, que passou a fuzilá-la com o olhar. – Acho que você é a única que vai conseguir me ajudar.

– Elizabeth! – o americano reagiu. – Você é pior que uma bomba nuclear. Destrói tudo no seu caminho.

– Eu sei muito bem o que estou fazendo. Eu sofro, eu sinto, eu me inquieto. Mas, ainda assim, tenho que seguir o que está traçado para mim. Sigo uma linhagem de mulheres que resguardaram segredos e transformaram o mundo. Que libertaram as bruxas, que consolaram vivos e mortos ao longo da história, que deram suporte nos mais difíceis momentos da humanidade. A Guerra, a Fome, a Escravidão. O Exército da Luz é apenas mais um passo, e Layla é livre. Ela escolhe. Aliás, todos aqui devem escolher e, se me seguirem, devem fazer o seu juramento.

– Layla, você vai seguir uma mulher que fez a pior das atrocidades?

– Hudson, se olhamos para um grão de areia em um microscópio, ali há um universo inteiro. Nossas verdades são sempre relativas. Eu... eu amava Benjamin... eu amo os Ross... mas sei que há um sentido maior nisso tudo.

Assim, uma mulher de longos cabelos castanhos encaracolados e três seres imateriais fizeram seus votos, tendo como testemunhas um atônito homem com quase dois metros e uma menina inconsolável pela perda de seu primeiro amor.

– Eu, Elizabeth Tate, convoco vocês, Dorothy Wanderwall, Gonçalo Tavares Cooper e Gregor Turner, a ser os primeiros Áuricos do Exército da Luz. Na nossa propriedade, receberemos outros como nós e nos comunicaremos com quem já não está mais neste plano. Vocês estão de acordo com esta aliança, selada na terra de meus antepassados? Vocês aceitam o desafio de se sacrificarem pela Paz nos Mundos?

– Eu aceito – disse Dorothy.

– Eu aceito – comprometeu-se Gonçalo.

– Eu aceito – respondeu Gregor.

As vozes iam do mais agudo ao mais grave e inauguravam um novo tempo para os Aliados.

– Proclamo ainda, como comandante das Forças da Luz, minha fiel amiga, xamã do Peru, feiticeira contemporânea e conhecedora dos mistérios.

– Layla, eu não acredito! Você vai me abandonar? – Hudson não escondia sua expressão de desolação. Florence levava impresso no rosto o mesmo ponto de interrogação do pai.

– Hudson, você tem suas filhas, sua história. Você precisa protegê-las. E eu te juro que manteremos contato – a poderosa mulher escondia as dores por trás da cabeleira, que esvoaçava com os primeiros ventos da manhã.

– Como? Estaremos a milhas e milhas de distância. Não se engane, Layla.

– Eu nunca me engano. Quem vive na floresta acredita na magia da natureza, e não nas ilusões dos homens.

– Eu sei que isso é um adeus. E me sinto traído. Abandonei tudo por você.

— Veja como quiser. Mas garanto que estarei com você — a mulher tirou do bolso da saia o talismã feito de palha de milho. — Tome. Leve isso. Acredite que poderemos nos comunicar.

— Tudo é tão cruel, Layla...

— Não. Estamos aqui para combater a crueldade. Embora ainda não tenha tomado a forma que você gostaria de ver, essa é a verdade.

Um beijo desesperado, que mesclava sentimentos contraditórios, selou aquela conversa.

Assim terminava a missão em Emerald. E começava uma nova etapa rumo à realização da Profecia.

Entre os mistérios que jaziam na propriedade e nas cinzas do casarão de Ursula, estavam uma série de mortes, um túmulo profanado pela segunda vez e a fuga de uma mulher obscura, que, mesmo sem um dos braços e com uma hemorragia em curso, conseguira tirar as cordas que a amarravam a uma árvore no meio do bosque.

Ninguém arriscaria uma teoria sobre a façanha que ela alcançara, mas todos compartilhavam do mesmo espanto.

A única certeza que a criatura levava era que a humanidade não teria paz enquanto ela habitasse a face da Terra.

*Sei que em breve vou esquecer tudo. Uma moça chamada Lucille me advertiu. Será preciso um tempo até que eu tenha o direito à minha memória novamente. Ainda assim, quero dizer que, enquanto você sofria, eu renascia tão leve quanto uma folha na primavera. As barcas e os ventos... Sinceramente, não sei julgar se os pontos positivos – e necessários – serão suficientes para compensar os negativos. Entretanto, ainda que eu não seja mais o dono do meu corpo, sugiro que você, observador da minha história, acredite que ela não termina aqui. O caminho se faz longo e tortuoso, mas talvez cheguemos a uma conexão – sim, essa seria a melhor palavra, tendo em vista a distância, digamos, infinita entre nós. Deixemos que o "tempo" nos conduza a partir de agora. Só me resta desejar boa sorte a você, pois a minha já foi cumprida, e honrada, pelo selo da Profecia.*

*Benjamin Ross (1982-1996)*

# Agradecimentos

É preciso muito entusiasmo para escrever um livro deste tamanho. E foi graças à leitura atenciosa de duas pessoas especiais que Benjamin Ross foi adiante. Meu profundo agradecimento a Renata Kalil (minha querida mãe, a quem este livro também foi dedicado) e a Ethan. À minha mãe, por ter lido todas as versões e ter gostado de todas – pelo menos era o que me dizia. A Ethan, por ter contribuído com ideias geniais e áudios de vinte minutos com alguns elogios e diversas críticas (que ele muitas vezes só desembuchou depois da minha insistência, com receio de me desestimular). Foram suas opiniões contrárias que me fizeram buscar e encontrar caminhos melhores.

Claro que não poderia deixar de agradecer a Adriana Calabró, minha grande parceira, pela confiança e pelo companheirismo. Acredito que essas são as palavras que melhor definem o tempo prazeroso que levou esta jornada. Você sempre acreditou no potencial deste livro, Dri, desde o primeiro dia, quando me perguntou do que se tratava e eu disse que era sobre um assunto que nós provavelmente não tínhamos muita familiaridade, já que, infelizmente, não somos Legítimos. Apoiados quase totalmente em nossa imaginação, e depois de todas as re-re-re-re-revisões, conseguimos terminar.

Se hoje tenho a honra de escrever estes agradecimentos, devo essa incrível oportunidade a José Kalil, meu amado pai, que me apoiou cegamente em tudo que planejei fazer.

Por último, mas não menos importante, agradeço a todos aqueles que me abordaram para saber: "E aí? Como anda o livro?". Sem se darem conta, com essa simples atitude vocês desenharam contornos reais a um projeto que sempre considerei apenas mais um daqueles sonhos distantes que insisto em colecionar.

J. E. Kalil

Honro e agradeço a Giovanna Calabró Orabona e a Alcides Orabona por me trazerem a esta dimensão. E à Musa da escrita por me levar a todos os outros lugares.

N. Basker

Agradecemos também à Laranja Original e aos queridos editores Filipe Moreau, Gabriel Mayor, Germana Zanettini e Clara Baccarin pelo cuidado e pelo entusiasmo. Nosso muito obrigado também ao trabalho dedicado e extremamente participativo de Maria Eugênia de Bittencourt Régis e Eliana Medeiros. Os olhos atentos e o engajamento de ambas foram cruciais para a finalização deste livro.

© 2018, KALIL & BASKER
Todos os direitos desta edição reservados
à Laranja Original Editora e Produtora Ltda.
**www.laranjaoriginal.com.br**

EDIÇÃO: Filipe Moreau e Gabriel Mayor
COEDIÇÃO: Clara Baccarin
CAPA: Luiz Basile e Flavia Fernades
PROJETO GRÁFICO E EDITORAÇÃO: Luiz Basile - Casa Desenho Design
ILUSTRAÇÃO DA CAPA E MAPA: Flávia Fernandes
PRODUÇÃO EXECUTIVA: Gabriel Mayor
PREPARAÇÃO DE TEXTO: Maria Eugênia de Bittencourt Régis
REVISÃO: Eliana Medeiros e Maria Eugênia de Bittencourt Régis
FOTOS DOS AUTORES: Paula Marina
TRATAMENTO DE IMAGEM (FOTO DOS AUTORES): Julia Lima

Você tem a liberdade de compartilhar, copiar, distribuir e transmitir
esta obra, desde que cite a autoria e não faça uso comercial.

**Dados Internacionais de Catalogação na Publicação (CIP)**
**(Câmara Brasileira do Livro, SP, Brasil)**

Kalil, J. E.
Benjamin Ross : e o bracelete de Tonaring
Kalil & Basker. - São Paulo : Laranja Original, 2018.

ISBN 978-85-92875-44-2

1. Ficção brasileira 2. Ficção de fantasia   I. Basker, N. II. Título.
18-20998             CDD-869.93

**Índices para catálogo sistemático:**
1. Ficção de fantasia : Literatura brasileira   869.93
Maria Alice Ferreira - Bibliotecária - CRB-8/7964

Esta obra foi composta em Bembo pela Casa Desenho Design
e impressa em Chambril Avena LD soft 70g pela Gráfica Bartira
para a Editora Laranja Original em outubro de 2018.